WIMMER WILKENLOH

Donnergrollen

TEUFELSTANZ Eine Gewitternacht in Nordfriesland. Mit einer Harpune wird vor dem Herrenhaus Hoyerswort auf einen Mann geschossen. Der ungewöhnliche Mordfall führt das Team um KommissarJan Swensen in die internationale Surferszene, nach Dänemark und weit zurück in die Vergangenheit. Bei den Ermittlungen treffen die Kriminalisten auf Verdächtige aus drei Generationen: solche die den Krieg miterlebt haben, deren Kinder und auch deren Enkel. Wurde hier eine alte Rechnung beglichen? Spielten Eifersucht und Konkurrenz unter Surfern eine Rolle? Oder sind es alte Traumatisierungen, Schuld und unkontrollierte Aggressionen, die zu dem Verbrechen führten? Jan Swensen stößt auf eine Mauer des Schweigens …

Wimmer Wilkenloh, 1948 im schleswig-holsteinischen Itzehoe geboren, studierte an der Hamburger Hochschule für bildende Künste und war viele Jahre als Autor beim NDR-Fernsehen tätig. Heute ist Wilkenloh freier Künstler und Krimiautor in Hamburg. Er ist Mitglied im Netzwerk der Heilhaus Stiftung Ursa Paul und ihr Schüler.

www.wimmer-wilkenloh.de

Bisherige Veröffentlichungen im Gmeiner-Verlag:
Eidernebel (2011)
Poppenspäl (2009)
Feuermal (2006)
Hätschelkind (2005)

WIMMER WILKENLOH

Donnergrollen

Der fünfte Fall für Jan Swensen

GMEINER *Original*

Zitiert wurde aus folgenden Werken:

Hermann Hesse DER STEPPENWOLF in: ders., Sämtliche Werke in 20 Bänden. Herausgegeben von Volker Michels. Band 4. © SUHRKAMP VERLAG Frankfurt am Main 2001.

Horst Janssen HINKEPOTT, © MERLIN VERLAG Gifkendorf 1987.

Jack London A ROYAL SPORT: SURFING AT WAIKIKI © BOOM ENTERPRISES Hawaiian Memorial ed edition 1983.

John Steinbeck DER MOND GEHT UNTER. Übersetzung von Anna Katharina Rehmann-Salten, © HUMANITAS VERLAG Zürich 1943.

Besuchen Sie uns im Internet:
www.gmeiner-verlag.de

Im Ehnried 5, 88605 Meßkirch
Telefon 07575/2095-0
info@gmeiner-verlag.de

1. Auflage 2012

Lektorat: Claudia Senghaas, Kirchardt
Herstellung: Julia Franze
Umschlaggestaltung: U.O.R.G. Lutz Eberle, Stuttgart,
unter Verwendung eines Fotos von: © peppi18 – Fotolia.com
Druck: GGP Media GmbH, Pößneck
Printed in Germany
ISBN 978-3-8392-1319-3

Personen und Handlung sind frei erfunden. Ähnlichkeiten mit lebenden oder toten Personen sind rein zufällig und nicht beabsichtigt.

Im Gedenken an meine Eltern
Hertha Wilkenloh * 1919 † 2010
Walter Wilkenloh * 1917 † 1995

und im Gedenken an
Police Liutenant Peter Nielsen * 1898 † 1945

Peter Nielsen steht stellvertretend für alle Toten, die das nationalsozialistische Regime ermordet hat. Er wurde am Dienstag, dem 19. September 1944 von der Gestapo in Dänemark verhaftet und in das Konzentrationslager Buchenwald gebracht, wo er am 3. Januar 1945 verstarb.

Jetzt legen die Mädchen Dänemarks wieder
Blumen auf Heldengräber,
und das Gemüt hart im Trotze gegen den,
der den Garten Dänemarks zertritt –

unbekannter dänischer Dichter

»Erinnerung ist alles andere als das Sammeln und gezielte Suchen von Momentaufnahmen unseres Lebens im zerebralen Fotoalbum; es ist die am stärksten subjektiv und emotional gefärbte Aktivität, mit der Aufgabe betraut, lebensgeschichtliche Kontinuität herzustellen und damit so etwas wie Identität, Persönlichkeit. Erst unsere Erinnerungen machen uns zu Menschen.«

Daniel L. Schacter, Wir sind Erinnerung

»Nie war das Leben der Menschen trotz aller technischen Errungenschaften so armselig wie heute. Teuflische Menschenbestien drücken von oben, schlachten gewissenlos Millionen Menschen in mörderischen Kriegen, die zur Bereicherung ihres persönlichen Geldbeutels geführt werden. Wilde Menschenbestien rütteln von unten her an den festen Säulen der Kultur … Was wollt ihr da noch eine Hölle im Jenseits! Ist die, in der wir leben und die in uns brennt, nicht schauerlich genug?«

Jörg Lanz von Liebenfels, Antisemit, Rassentheoretiker, Okkultist und der Mann, der Hitler die Ideen gab (1905)

Dänemark 1941

Vom Hafen dröhnt das Rollen der Wellen herauf. Am Himmel türmen sich riesige Gebirge aus Kumuluswolken. Aase Stræde presst die kleinen Kronenstücke fest in ihrer rechten Faust. Das blonde Mädchen spürt auf ihrer Handfläche die runden Löcher in der Mitte der Münzen und hastet über den Sandweg an den geduckten Fischerhäusern vorbei, die sich dicht an dicht zu beiden Seiten der schmalen Schotterstraße reihen. Alle Haustüren und Fenster stehen weit offen. Die dunklen Rechtecke in den weißgekalkten Wänden wirken bedrohlich, Monsteraugen mit flackernden Petroleumpupillen, die Aase unheilvoll hinterherschauen. Ihre Schritte werden schneller, sie heftet ihren Blick ängstlich auf die unebene Erde und summt leise gegen die Angst an. Auf den Hügeln von Hansted geht etwas vor, das weiß Aase ganz genau, denn der heutige Tag ist anders als die Tage der letzten Wochen. Schon gestern hatte der Lehrer der Klasse schulfrei gegeben, für den ganzen morgigen Donnerstag. Wegen der Kanonen, hatte er gesagt und keinerlei Fragen zugelassen.

»Die Deutschen wollen morgen mit den Kanonen schießen.« Die Worte sagte die Mutter beim Zubettgehen. Sie sind am frühen Morgen wieder in Aases Kopf, gleich nachdem sie die Augen aufgeschlagen hatte.

Heute schießen sie mit den Kanonen, heute schießen sie mit den Kanonen, hat sie immer wieder gedacht und ängstlich auf die Lichtstreifen an der Wand gestarrt, die durch einen Schlitz im Vorhang fielen. Sie hat durch die Tür gehört, wie der Vater und ihr großer Bruder in der Küche mit der Mutter sprachen. Es war schon hell und sie waren noch im Haus. Normalerweise waren sie mit dem Kutter schon auf dem Meer, lange bevor Aase aufwachte.

Als sie die Vorhänge aufgezogen hatte, war eine Schar deutscher Soldaten in schilfgrünen Uniformen am Fenster vorbeimarschiert. Aase beobachtete die Deutschen vom Fenster aus, wie sie seitwärts den Hang hinauf zu den Häusern am Hügelrand stapften, dann dort oben von Tür zu Tür gingen und kurze Zeit später die Bewohner ihre Wohnungen Hals über Kopf verließen. Mit Koffern und Pappkartons beladen zog eine Menschenlinie in Richtung Dorfmitte. Das Mädchen konnte erkennen, dass sie beim Weggehen alle Türen und Fenster offenließen. Als sie panisch in die Küche stürmte und ihren Vater danach fragen wollte, erntete sie nur einen versteinerten Blick. Mutter legte blitzschnell den Finger an den Mund, schob sie vor sich her zur Haustür und flüsterte: »Dein Vater und dein Bruder dürfen nicht zum Fischen rausfahren …, heute. Die Deutschen haben es verboten.«

Danach hat die Mutter ihr die Kronen und den Auftrag gegeben, in den Kaufmannsladen von Jørgen Rosen zu gehen und ein grobes Vollkornbrot und ein kleines Stück Bratfett mitzubringen.

Beim Verlassen des Hauses hatte ihre Mutter die Haustür hinter ihr offen gelassen. Aase ist schon ein paar Meter gegangen, da hat sie gehört wie auch die Fenster geöffnet wurden. In den Häusern in der nächsten Gasse sind ebenfalls alle Türen und Fenster geöffnet.

Jetzt sieht das Mädchen, dass es überall genauso ist. Im ganzen Fischerdorf, egal wo Aase entlangkommt, sind die Türen und Fenster in den Häusern sperrangelweit offen.

Wollen die Deutschen in die Wohnungen gucken?

Wohin wollen sie mit den Kanonen schießen?

Müssen wir alle sterben?

Aase ist erleichtert, als sie auf dem Dorfplatz gegenüber von Jørgen Rosens Laden mehrere deutsche Militärlastwagen stehen sieht, um die herum eine Schar Soldaten lungert und Zigaretten raucht.

Hierher werden die Kanonen bestimmt nicht schießen!

In einer langen Reihe liegen Tornister und Stahlhelme am Boden, dazwischen jeweils drei Gewehre, die mit den Läufen aneinandergestellt sind. Aus einiger Entfernung beobachten Anwohner argwöhnisch die Ansammlung der Deutschen. Die meisten dänischen Männer haben die Hände in den Hosentaschen, starren wortlos auf die unbeliebten Besatzer, und ab und zu spuckt einer vor ihnen aus. Aase drückt sich vorsichtig an den Leuten vorbei und stößt die Tür zum Kaufmannsladen auf. Die Türglocke scheppert hell durch den Raum.

»Die Tür offenlassen, Mädchen! Wer hat die denn schon wieder zugemacht«, ruft der Mann mit der blauen Schürze hinter dem hölzernen Verkaufstresen herüber. Herr Rosen hat einen kleinen Bauch und eine rötliche Narbe auf seiner Glatze. Aase mag Herrn Rosen nicht besonders, denn der war öfter unfreundlich zu ihr, besonders wenn Mutter ihr aufgetragen hatte, anschreiben zu lassen.

Unter den Frauen, die sich im Laden drängen, wird rege getuschelt. Im Gegensatz dazu sagt Herr Rosen kein Wort, füllt in aller Ruhe Kartoffeln mit einer Holzschaufel in eine Blechschüssel, die auf einer Waage steht. Aase bleibt etwas abseits, stellt sich regungslos neben einen Sack mit Mehl in den Eingangsbereich.

»Was ist bloß wieder los da draußen, Herr Rosen?«, fragt Frau Mølby fast flüsternd, während sie die Kartoffeln in ihren Korb geschüttet bekommt. »Die Grünen benehmen sich seit Tagen wie aufgescheuchte Hühner!«

Aase grüßt Frau Mølby mit einem artigen Kopfnicken. Frau Mølby wohnt im Nebenhaus und ist die Mutter ihrer besten Freundin Damaris. Sie spitzt die Ohren, ist immer neugierig auf das, was die Erwachsenen miteinander zu reden haben.

»Ich glaube, die wollen uns nur Angst machen, Frau Mølby, damit es keinen Tumult im Dorf gibt«, flüstert der Kaufmann. »Ich habe gehört, dass oben in der Festung alles weiträumig abgesperrt ist. Man behauptet, die Kanonen erzeugen einen gewaltigen Druck, und unsere Häuser könnten einstürzen, wenn sie die ersten Probeschüsse abfeuern. Deswegen haben sie befohlen, dass alle Türen und Fenster offenbleiben müssen.«

»Das ist aber alles übertrieben!«, mischt sich eine Frau dazwischen, die direkt neben Frau Mølby steht. Sie wischt sich eine Haarsträhne aus dem Gesicht und blickt mit kaltem Misstrauen durch ihre runden Brillengläser. »Das hat … mein Mann hat das gesagt. Das Ganze ist dummes Gerede!«

»Was weiß denn Ihr Mann. Woher will der das denn wissen?«, hält eine dritte Kundin dagegen. Sie ist etwas kleiner als die anderen Frauen, trägt einen aufwendig geflochtenen Haarkranz und verschränkt provokativ ihre Hände vor einer Häkelstola, die sie locker über ihre Schultern gelegt hat. »Das sind richtige Schiffskanonen, Spezialanfertigungen, die Deutschen benutzen die normalerweise nur für ihre ganz großen Schlachtschiffe. Riesengroß sind die, länger als zwei Häuser!«

Die Frauen stöhnen hörbar auf und werfen ihr verächtliche Blicke zu. Die kleine Person lässt das unbeeindruckt. Sie gehört nicht zu den derben Fischerfrauen, trägt feinere Kleidung.

»Na, die Dame ist wieder bestens informiert«, giftet Frau Mølby in die bleierne Stimmung. »Haben die Deutschen Ihnen das erzählt? Die Spatzen pfeifen es bereits vom Dach, dass Sie mit denen ja ziemlich gut zurechtkommen, oder?«

Wie auf Kommando rücken die Frauen kollektiv von ihr ab, giften sie aus halbgeschlossenen Augen an.

»Ich hab mit den Deutschen nichts zu tun!«, antwortet der Haarkranz mit beleidigtem Unterton. »Mein Mann ist doch nur Bahnbeamter. Er arbeitet in Thisted und er … er war zufällig dabei, als die Kanonenrohre ankamen … aus Deutschland.«

»Es stimmt schon, was Frau Kristensen sagt. Diese Kanonenrohre sind wirklich ziemlich groß«, bestätigt Herr Rosen. »Ich habe selbst eine gesehen. Vier Stück wurden auf den Hügel gebracht, habe ich gehört, nach und nach, mehrere Tage lang. Und alle diese Ungetüme wurden auf einem riesigen Gefährt heran gekarrt.«

»Einem Blockwagen mit 24 Rädern«, wirft die Eisenbahnergattin ein und erntet erneut verächtliche Blicke. »Die wurden mit einem großen Kran in Thisted verladen.«

»Mindestens 100 Tonnen müssten die wiegen, habe ich gehört«, sagt Herr Rosen.

»110 Tonnen! Jedes Geschütz wiegt 110 Tonnen!«, ergänzt der Haarkranz.

»Und seitdem die dort oben in unseren Dünen stehen, kommen immer mehr Deutsche hierher«, klagt Herr Rosen, ohne auf die Beamtenfrau einzugehen. »Erst Anfang des Monats sollen über 200 neue Soldaten gekommen sein, habe ich gehört, und das werden nicht die letzten …«

Dem Kaufmann bleibt der Satz im Hals stecken. Ein hochgewachsener Mann ist in den Raum getreten. Er steht mit seinen breiten Schultern wie ein Riese neben der kleinen Aase. Das jugendliche Gesicht ist kantig und hat scharfe Züge, sein blondes Haar ist glatt zurückgekämmt und legt seine hohen Schläfen frei. Rechts auf seiner breiten Brust droht ein goldgelber Adler mit dem Hakenkreuz. Auf den linken Ärmel der Uniform ist ein rundes, blaues Abzeichen genäht, darauf eine goldgelbe Granate mit Flügeln. Nach dem unerwarteten Auftritt des Soldaten ist es schlagartig still geworden. Doch die Frauen, die wie versteinert wirken, tauschen hinter seinem Rücken heimliche Blicke aus. In kürzester Zeit hat eine nach der anderen, ohne ein Wort zu sprechen, den Laden verlassen. Aase weiß einen Moment lang nicht, was sie machen soll. Sie schaut verlegen zu dem Mann hinauf, starrt auf seinen ziemlich großen

Adamsapfel. Er lächelt sie an, hat dabei ein leichtes Zucken um den Mundwinkel, ihre Blicke verhaken sich, und das Mädchen schlägt schamhaft die Augen nieder.

»Das ist der Feind! Du darfst nicht hier sein«, spricht eine mahnende Stimme. Das Mädchen stürmt Hals über Kopf zur offenen Tür hinaus.

»Ein guter Däne steht nicht mit dem Feind in einem Raum«, hat der Vater einmal beim Abendbrot gesagt.

Erst an der nächsten Ecke bleibt Aase stehen. Sie sieht das Gesicht des Feindes vor sich, während ihr Herz laut klopft. Eigentlich war der Soldat ganz freundlich, denkt sie, dieser Feind, der einfach so in den Laden gekommen ist. Noch weiß sie nicht, dass ihr dieser Mann in den nächsten Jahren öfter begegnen und zum Mörder ihrer Seele werden wird. Im Moment ist Aase stolz auf sich. Sie hat es ihm gezeigt, diesem Deutschen, der nicht in dänischen Läden einkaufen sollte, denn in Hansted weiß bereits jedes Kind, die Deutschen, das sind die Feinde Dänemarks.

Direkt vor dem Laden hat sich ein kleiner Ausnahmezustand gebildet. Die Frauen stehen demonstrativ mit dem Rücken zur Eingangstür und warten. Erst als der Soldat mit Keksen und Schokolade wieder herauskommt, gehen alle wieder hinein, bis auf Aase. Die bleibt an der Hausecke in sicherer Entfernung stehen. Ahnungsbang verfolgt ihr Blick das Grau der Uniformjacke, die nicht grün ist, wie die Uniformen, die Aase bereits kennt. Der Soldat setzt seine Mütze auf, ihr schwarzer Schirm glänzt in der Sonne. Er geht mit kräftigen Schritten über die Straße, sie kann jeden davon hören. Die Kameraden des Soldaten winken ihm zu, noch bevor er den Lagerplatz erreicht. Das Mädchen hört Lachen und fröhliche Stimmen, die »Herr Leutnant« rufen, und sieht die Männer nach den Keksen und der Schokolade greifen, die der Feind in den Händen trägt.

»Aase!«, ruft eine Stimme aus dem Laden, doch Aase hört die Stimme von Herrn Rosen nicht.

In ihrem Kopf brummt ein Flugzeug, ein großes Flugzeug. Es fliegt niedrig über die Reetdächer des Fischerdorfes. Es ist der 9. Mai 1940, ihr zwölfter Geburtstag vor einem Jahr. Sie hat noch nie solch ein Flugzeug gesehen. Jemand sagt, es sei ein deutsches Transportflugzeug, eine Ju-52. Es fliegt sehr niedrig, die breiten Flügel streifen fast die Schonsteine der Häuser, aus denen Frauen und Männer stürzen und zum Himmel hinaufschauen. Das silberne Ungetüm kommt langsam näher, am Heckflügel prangt ein schwarzes Hakenkreuz auf kreisrundem Weiß. Und es fallen Schneeflocken vom Himmel, große Flocken, die immer größer werden, je weiter sie zur Erde herunterschweben. Aase strahlt vor Freude, reckt ihre Hände nach oben. Sie glaubt fest daran, dass die Flocken wegen ihres Geburtstags vom Himmel fallen. Ein besonderes Geschenk vom Vater, von der Mutter und ihrem Bruder. Aber das stimmt nicht. Mit lautem Gedröhne saust der Flieger über ihre Köpfe hinweg, und aus dem Schnee wird Papier, bedrucktes Papier, das ihnen vor die Füße weht. Ihr großer Bruder ballt eine Faust zum Himmel, brüllt dem Flieger hinterher: »Scheißkerle! Verschwindet aus Dänemark!«

Mutter zuckt zusammen und schimpft den Bruder aus, so etwas vor dem Mädchen zu sagen. Aase ist tief enttäuscht, dass keine Geschenke für sie vom Himmel gefallen sind.

OPROP! – Til Danmarks Soldater og Danmarks Folk!, steht in großen Buchstaben auf den Zetteln. Der große Bruder hebt einen vom Boden auf und liest mit lauter, verächtlicher Stimme vor: »Achtung – für Dänemarks Soldaten und Dänemarks Volk.« In einem merkwürdigen Gemisch aus Dänisch, Norwegisch und Deutsch wird im Text bekannt gegeben, dass die Deutschen gekommen sind, um die Dänen vor den Engländern und Franzosen zu beschützen, dass alle Dänen die Ruhe bewahren und ihr Leben normal weiter führen sollen.

Die Mutter beißt sich auf die Lippen und hält die Tränen

zurück. Der Vater steht mit trüben Augen und beklemmendem Schweigen neben ihr. Der Bruder flucht leise vor sich hin. Aase hat das Gefühl, dass alle ganz erschrocken sind und Angst haben. Von da an hat sie selbst Angst, Angst vor ihrem nächsten Geburtstag und vor den schrecklichen Geschenken, die dann wieder vom Himmel fallen könnten. Doch was Angst wirklich ist, weiß sie noch nicht und auch nicht, wer die Angst hierher gebracht hatte.

Die Engländer?

Die Franzosen?

Oder die Deutschen, die uns vor denen beschützen wollen?

Weisung für den »Fall Weserübung«

Die Entwicklung der Lage in Skandinavien erfordert es, alle Vorbereitungen dafür zu treffen, um mit Teilkräften der Wehrmacht Dänemark und Norwegen zu besetzen. Hierdurch soll englischen Übergriffen nach Skandinavien und der Ostsee vorgebeugt, unsere Erzbasis in Schweden gesichert und für Kriegsmarine und Luftwaffe die Ausgangsstellung gegen England erweitert werden …

Decknamen: Wesertag = Tag des Unternehmens
Weserzeit = Uhrzeit des Unternehmens

(gez.) Adolf Hitler

»Die Deutschen kommen, die Deutschen kommen!«

Einen Tag später marschiert der Zweite Weltkrieg mit lautem Getöse durch das Dorf. Aase ist gerade mit der Mutter auf dem Markt, um Fisch zu verkaufen, da sieht sie den Krieg kommen, das erste Mal leibhaftig. Kolonnen von Soldaten treibt er vor sich her. Uniformen ziehen in einer langen Reihe auf der Straße vorbei, an den niedrigen Hausmauern entlang, und sichern mit erhobenen Waffen seine Flanken. Aus den Kehlen der Soldaten dröhnt ein Lied, dessen Worte Aase nicht verstehen kann, die aber unheilvoll in ihren Ohren klingen und die ihr die Kehle zuschnüren.

Wildgänse rauschen durch die Nacht
Mit schrillem Schrei nach Norden;
Unstete Fahrt habt Acht, habt Acht,
die Welt ist voller Morden.

Wie ein wolkenschweres Gewitter zieht der Spuk vorbei, Helme, Gewehre und Rucksäcke, schier endlose Reihen von Uniformen, grün in grün, schwarze Stiefel, die im Gleichschritt stampfen, sture Blicke, die sich geradeaus einrichten. Am Ende des Zuges poltern Pferdewagen voll Brot, keine Panzer und kein einziges motorisiertes Fahrzeug. Die Menschen von Hansted verharren dort, wo sie gerade sind, stehen stumm am Fleck. Sie wollen nicht wahrhaben, was ihren Augen zugemutet wird. Aase spürt die Feindseligkeit der Hanstedter. Sie will auch zornig sein, wie alle anderen, zornig auf diese Fremden, die durch ihr Dorf ziehen, durch ein Dorf, das ihnen nicht gehört. Sie geht an den Straßenrand und streckt ihre Zunge heraus, dreht allen eine lange Nase. Die Mutter packt sie an beiden Schultern, schüttelt sie hin und her, zieht sie von der Straße weg und schimpft: »Mach das nie wieder, Kind! Willst du uns alle umbringen?«

Aber Aase will niemanden umbringen.

Warum sagt die Mutter so etwas?

Erst viel später in ihrem Leben wird sie begreifen, dass jede verbrecherische Handlung die Menschen verändert. Sie werden merkwürdig verwirrt, können mit einem Mal Gut und Böse nicht mehr unterscheiden. Und besonders die Kinderseelen müssen das dann aushalten, Kinderseelen, denen man nichts mehr richtig erklären kann, die mit ihrer Angst allein bleiben, jeden Tag, jede Stunde, jede Minute. Und dann krallt sich eine Welt mit dunklen Gestalten in ihrer Kinderphantasie fest, und sie glauben, wildfremde Menschen können plötzlich ihre Gedanken lesen, und wenn die Möwen über der Brandung kreischen, kommen die Deutschen einfach in ihr Haus, die Deutschen, die jetzt an jeder Ecke des Dorfes herumstehen und die anscheinend hier tun und lassen können, was sie wollen.

Aus dem kleinen Radio in der Wohnstube krächzen Nachrichten aus dem Land, das hinter ihrem Dorf beginnt: 30.000 deutsche Soldaten haben in den frühen Morgenstunden die dänische Staatsgrenze überschritten. Eine Infanteriedivision ist über Krusau eingedrungen und rückt durch Ostjütland vor. Eine andere Truppe versucht von Pattburg und Rens aus, das westliche und mittlere Jütland zu besetzen.

Schon lange vor diesen Nachrichten haben die Deutschen das Haus des dänischen Rundfunks betreten. Es ist so früh, dass die Sendung der Morgengymnastik noch nicht begonnen hat. Ein alter Hausmeister ist gerade damit beschäftigt, Ordnung zu machen, als plötzlich die Tür auffliegt, ein preußischer Offizier in den Raum tritt, die Hacken zusammenknallt und brüllt: »Deutsche Wehrmacht!«

Der Hausmeister sieht erstaunt auf, reicht dem Deutschen die Hand und sagt seelenruhig: »Petersen.«

Nach dänischer Sommerzeit ist das alles zwischen 4.00 und 4.30 passiert. Die deutschen Truppen sind bereits überall im Land, da überreicht der deutsche Gesandte v. Renthe-Fink dem dänischen Außenminister Munch in Kopenhagen das deutsche Memorandum. Munch veranlasst eine Regierungssitzung unter Vorsitz des Königs auf Schloss Amalienburg, Beginn 6.45 Uhr. Draußen sind Gewehrschüsse zu hören. Die Schlossgarde liefert sich ein Feuergefecht mit einem deutschen Voraustrupp. Zwei getroffene Gardisten werden ins Schloss getragen. Die Königin bittet den König, den ungleichen Kampf zu beenden. Um 7.20 Uhr, vier Stunden nach dem Überfall kapituliert Dänemark. 16 dänische Soldaten sind tot. Der sozialdemokratische Verteidigungsminister Alsing Andersen wendet sich mit folgenden Worten an das Volk: »Der Mut, den wir in der gegebenen Situation brauchen, ist, sich die harten Tatsachen vor Augen zu führen und danach zu handeln. Es ist damit zu rechnen, dass seit bald anderthalb Stunden ein völlig ungleicher Kampf in Nordschleswig ausgefochten wird. Auch hier in der Stadt, vielleicht auch anderenorts, wird gekämpft. Wenn man sieht, dass das Resultat schon gegeben ist, muss man meiner Meinung nach weitere Opfer vermeiden. Ich bin in dieser Lage bereit, die Mitverantwortung dafür zu übernehmen.«

»Elender Verräter!«, knurrt der Bruder, als er die Worte aus dem Radio hört.

»Wir müssen jetzt in jedem Fall ruhig bleiben und erst einmal abwarten, was geschieht!«, erwidert der Vater.

»Wir müssen uns wehren, Vater! Das können wir uns nicht gefallen lassen!«

Die äußere Welt ist identisch mit dem Verstand.

Die innere Welt ist eins mit dem Herzen.

Doch in solchen gewalttätigen Zeiten sind die Vorgänge in der äußeren Welt so gigantisch groß, dass der Verstand eines kleinen Mädchens sie nicht einmal annähernd begreifen kann. Und das Herz ist voll mit unaussprechlicher Angst, eine Angst, die den Boden bereitet für ein inneres Leiden, welches langsam, ganz langsam einen Keim des Hasses wachsen lässt. Ein Hass, der erst in ferner Zukunft zur Rache reifen wird. Aase weiß noch nichts vom Hass, hat keine Ahnung, was er in einem Menschen anrichten kann.

Es gibt nur einen Mann, der den Hass in die Welt bringt, sagen alle, der Bruder, der Vater und die Mutter, der Lehrer und auch Herr Rosen. Das ist dieser wahnsinnig blickende Mann mit den verkrampften Händen, der mit seinem schnurgeraden Scheitel im Haar und dem scharfkantigen Viereck seines Schnurrbarts manchmal in der Zeitung abgebildet wird. Der führt weiter einen Krieg mit der ganzen Welt, sagen sie alle. Und alle guten Dänen fürchten sich davor, dass dieser Mann aus Dänemark bald Deutschland macht.

Fast synchron, noch während Aase vor dem Kaufmannsladen von Herrn Rosen die Gedanken an diesen schrecklichen Mann durch den Kopf gehen, schreibt der Befehlshaber der deutschen Marinetruppen in Dänemark, Admiral Mewis, in sein Tagebuch:

Am gestrigen Tage mehrere feindliche Einflüge mit stärkeren BAW (Bombenabwürfen) der Engländer im westlichsten Mitteljütland. Sachschaden, Zivilpersonen verletzt: Tiefangriff auf Flugplatz Rom. Fliegermeldung nach Berlin. Herausgabe eines Tagesbefehls an die Truppen in Dänemark anlässlich des Führergeburtstags.

»Aase, Mädchen!«, rufen die Frauen im Laden. »Hör gefälligst, wenn Herr Rosen dich ruft und kauf endlich die Sachen für deine Mutter. Die wartet bestimmt schon darauf, dass du heimkommst!«

Aase kann die Mahnungen nicht mehr hören. Oben auf dem Hügel, hinter dem alten Leuchtturm, gibt es in diesem Moment einen ohrenbetäubenden Knall, gefolgt von einem lauten Donnergrollen, das nachhallend zu dem Mädchen herabrollt und einschüchternd durch ihren Körper vibriert.

Das war die Kanone! Jetzt haben die Deutschen die große Kanone abgeschossen!

Aase hält den Atem an, so lange sie kann, bleibt bewegungslos im Donnerhall gefangen, bis das Grollen langsam verklingt. Vor ihren Augen ist alles noch genauso wie davor, nichts ist passiert. Der kurze Moment der Stille ist wie das Erwachen aus dem Schlaf. Doch genauso schnell, wie das Donnergrollen verflogen ist, geht das Leben weiter, die schrillen Stimmen der Frauen im Laden sind schon wieder zu hören. »Aase, Mädchen, wo bleibst du denn?«

Das magische Theater

Unscheinbar nähert sich der Tag, an dem Oleander Eschenberg sterben wird. Dabei führte er lange ein Aufsehen erregendes Leben. Doch auch ein solches Leben entwickelt im Fluss der Zeit einen gewissen Alltag, der selbst Höhepunkte in immerwährende Routine verwandelt. Die fade Eintönigkeit der gewöhnlichen Leben, wie sie viele Menschen führen, ist dem nicht gänzlich unähnlich.

Oleander Eschenberg ist ein großer, muskulöser Mann mit graublauen Augen. Sein dichter, roter Haarschopf besteht aus sonnengebleichten Locken, und sein meist zotteliger Bart sieht nicht viel anders aus. Jedermann hat es schwer, auf Anhieb sein Alter zu schätzen. Das Gesicht ist wettergegerbt, macht ihn älter, und viele Menschen, wenn sie ihn sehen, sind überzeugt, dass er noch nie hinter einem Schreibtisch gesessen hat.

Er ist an diesem Mittwochmorgen bereits in aller Herrgottsfrühe unterwegs, obwohl er erst um drei Uhr nachts im Klitmøller Kro angekommen ist. In dem vor Jahren geschlossenen, schon völlig heruntergekommenen Badehotel hat seine dänische Freundin eine einsame Wohnung gemietet, sie kann dort solange wohnen, bis das riesige Gebäude in nicht allzu ferner Zukunft endgültig abgerissen werden wird. Der Schlüssel lag wie immer unter dem schneeweißen Stein mit dem kleinen Loch in der Mitte, wie man sie hier oft an den Stränden finden kann. Er tappte auf Zehenspitzen durch die Wohnung, um dann verwundert festzustellen, dass niemand im Haus war. Grübelnd war er ins verwaiste Bett gestiegen und hatte über eine Stunde keinen Schlaf gefunden. Die Dünen von Klitmøller sind zum Greifen nah, und die Meeresbrandung hatte ihn bereits in der Morgendämmerung wieder aus dem Bett gerufen.

Die monotone Stimme des Meeres erreicht sofort seine Seele, flüstert ihn augenblicklich hellwach. Das Wetter ist stürmisch, und er sieht bereits die Brecher vor sich, wie sie donnernd mit gischtfransigen Hauben an den Strand spülen, sodass der Sand unter ihnen wie ein Hornissenschwarm zu summen beginnt.

Im Gegensatz zu seiner Mutter ist für Oleander das Meer der Inbegriff allumfassender Freiheit. Salziger Dunst in der Luft treibt ihn ans Wasser, egal in welchem Land er sich gerade befindet, nur mit dem Wasser fühlt er sich eins, eins mit sich und der Natur. Aus Wasser besteht der Mensch, Wasser fließt mit seinem Blut, Wasser sind seine Tränen, sein Schweiß und Urin. Im Wasser des Meeres verdient er seinen Lebensunterhalt und nur dort findet er spirituelle Anbindung.

Seine Mutter kennt Oleander nur mit einer diffusen Angst vor dem Meer und seinen Wassermassen. Jahrzehnte ihres Lebens lauerte es heimtückisch um ihren Besitz herum. Heute ist es zwei Deiche entfernt, anders als in ihrer Jugend, wo der Vordeich noch der Seedeich war. Damals streckte das Meer immer wieder bedrohlich seine Zungen über die Deichkrone, und bei der Orkanflut 1962 wurde ihre überzogene Angst blanke Realität, als das Meer die seeseitige Deichberme schwer beschädigte, schließlich den Deich durchbrach und den gesamte Koog mit seinen Höfen hoch überflutete. Seine Mutter konnte ihre Pferde in letzter Sekunde noch in Sicherheit bringen. In dieser ländlichen Atmosphäre, im rauen Norden der Halbinsel Eiderstedt, ist Oleander aufgewachsen.

Dem Vater dagegen scheint das Meer ein Neutrum zu sein. Paradoxerweise lässt ihn das Meer völlig gleichgültig, obwohl er Marineoffizier ist und mit Kriegsschiffen auf seiner Oberfläche bis auf die andere Seite der Welt fährt, um für Deutschland am Horn von Afrika den internationalen Terror zu bekämpfen. Dabei verbringt er mehr Zeit auf dem Meer als zu Hause, aber Oleander hat aus seinem Mund noch nie gehört, dass ihm das Meer etwas bedeuten würde.

Bis in seine Jugendzeit war Oleander meist mit seiner Mutter allein, die eine aufwendige Pferdezucht auf dem Leutnantshof betreibt, wie das Gebäude im Volksmund bis heute im Dorf genannt wird. Das reetgedeckte Bauernhaus am Rande von Uelvesbüll ist ein Geschenk des Großvaters zur Hochzeit gewesen. Seine Mutter ließ noch einen großen Peerboos anbauen und nannte den Besitz von dem Zeitpunkt ab nur noch Oleanderhof.

Oleanders erste große Enttäuschung war der Moment, als er erfuhr, dass nicht er der Namensgeber für ihr Anwesen war, sondern der Hof schon vor seiner Geburt diesen Namen bekommen hatte. Oleander war ein legendäres Rennpferd, hatte seine Mutter ihm ohne das leiseste Anzeichen von Reue erklärt. Sie hatte den Namen ausgewählt, weil dieser Ausnahmehengst im selben Jahr wie der Großvater geboren worden war. Das Vollblut, schwärmte sie ihm weiter vor, stammte aus dem bekannten Gestüt Schlenderhan. Freiherr Eduard v. Oppenheim hatte es 1869 gegründet. Der Hengst bestritt 23 Rennen und siegte 19 Mal, teilweise mit erdrückender Überlegenheit, und brachte dem Besitzer trotz Inflation, Krieg und Währungsumstellung über 500.000 Mark ein.

Als wenn ihn der ätzende Mist interessiert hätte! Es war völlig beknackt, seine Mutter hatte es wirklich gewagt, ihn nach einem abgefuckten Gaul zu benennen. Wenn er heute darüber nachdenkt, spürt er immer noch Wut aufsteigen, dieselbe Wut, die er damals empfunden hat. Dass Oleander auch der Name einer Pflanze ist, hat er erst viel später erfahren, Oleander, auch Rosenlorbeer genannt. Aber auch das nachträgliche Wissen darum hat ihn nie mit der ungeilen Entscheidung seiner Mutter versöhnt, obwohl diese Pflanze eine Eigenschaft besitzt, die ihm sofort gefallen hatte: Sie ist giftig und kann sogar tödlich sein.

Manchmal ist Oleander davon überzeugt, dass sein ausgefallener Name mit dazu beigetragen hat, dass es ihm besonders leicht gelingt, andere Menschen mit Worten zu verletzen, sozusagen mit Worten Gift zu versprühen. Dabei ist sein Talent eindeutig aus der Auflehnung gegen seinen Vater entstanden, dessen an ihn gerichtete Worte nur die berufsbedingte Befehlsform kannten und die ihn letztendlich so früh aus dem Elternhaus getrieben hatten.

Der Sturm kommt von Nordwest, fegt scharf über das Wasser, kehrt die Gischtwolken auf den sich auftürmenden Wellen zusammen und zerstäubt sie im nächsten Moment im Licht der Sonne in tausende von Diamanten. Das ist die Sprache der Natur, die er ohne Worte versteht. Ein einziger Blick genügt, und der Wirrwarr seiner Gedanken fliegt über die Dünen landeinwärts, sein Kopf wird leer, der Körper strotzt voller Lebensenergie. Er stapft ohne Überlegung drauflos, den weißen Strand entlang in Richtung Hanstholm. Das Meer hat über Nacht den Wohlstandsmüll darauf abgeladen, Plastikflaschen, Marmeladengläser, verrostete Farbeimer stecken im Schlick, Kunststoffkisten und Unmengen knallroter Gummihandschuhe verschwinden langsam unter dem Sandgebläse des Windes. Zwischen aufgetürmtem Schwemmholz liegt eine einsame tote Kegelrobbe mit tiefen Wunden im Fell, kreisrunde, blutverkrustete Löcher. Die Möwen haben mit ihrer Mahlzeit bereits begonnen, ohne große Eile, und sie kommen wieder, wenn sie erneut hungrig sind. Oleander stoppt seinen Marsch und beugt sich gerade über den Kadaver, als sein Handy zu klingeln beginnt. Er fingert es aus der Brusttasche und nimmt das Gespräch an.

»Ole?«, fragt eine weibliche Stimme.

»Freja, wo verdammt noch mal steckst du?«, braust er auf.

»Heeeh, reg dich ab! Ich habe gestern schon versucht, dich zu erreichen! Warum gehst du nicht ran, wenn dich jemand anruft?«, braust die Stimme zurück.

»Es gibt Personen, mit denen ich im Moment nicht reden will!«

»Was heißt das denn? Du meinst doch nicht etwa Kilian?«

»Kilian? Hast du Kilian getroffen?«

»Erzähl mir nicht, dass dir das nicht klar war. Kilian ist bei jedem Weltcup dabei.«

»Habt ihr über mich gesprochen?«

»Ich habe mit ihm gesprochen, aber nicht über dich.«

»Ich will alles wissen, Freja! Was habt ihr besprochen, und wo bist du jetzt? Ist er bei dir?«

»Flughafen Charles de Gaulle, und zwar allein! Die Fluglotsen streiken. Hier herrscht das reinste Chaos. Und hör auf, weiterhin so mit mir zu sprechen, sonst bringe ich das Chaos von hier mit – verstanden? – spätestens dann, wenn ich zurück bin. Schätze allerdings, vor morgen Abend werde ich es auf keinen Fall schaffen, so wie es hier aussieht.«

»Okay, wir reden, wenn du da bist. Sollte ich nicht in der Wohnung sein, treibe ich mich an irgendeinem Strand rum. Ich hab das Handy dabei.«

»Ich komm so schnell ich kann, klaro!«

»Und wie sind deine Runs gelaufen?«

»Der schiere Wahnsinn, sag ich dir! Das waren Bedingungen, wie ich sie noch nie vorher hatte. Ich sag nur, das war der Traum vom perfekten Surfen, volle Windpower, das Meer hat gebrodelt, und ich bin bestimmt mit 38 Knoten über die Strecken. Ich war wie im Rausch! Hat aber trotzdem nur zur Vizeweltmeisterin gereicht.«

»Nur? Du spinnst doch Freja! Gratuliere, ich freue mich für dich. Wenn du hier bist, reden wir weiter.«

»Okay, bis bald!«

Er drückt auf die Taste des Handys, steckt es in die Jackentasche zurück. Das Bild von Kilian ist noch da. Seine großen Augen strahlen ihn an, das sommersprossige Gesicht weicht nicht von seiner Seite, verfolgt ihn penetrant und herausfordernd, auch dann noch, als er sich entschließt umzukehren und den Weg zurück stapft.

*

Kilian ist knapp ein Jahr älter als Oleander und der Sohn von Heinrich Martens, dem Wirt aus dem Smeerkrog. Obwohl die beiden Jungen bereits die Hälfte ihres Lebens auf derselben Schule sind, haben sie nichts gemeinsam, gehen sich vorsichtshalber aus dem Weg. Erst als Kilian erfährt, dass Oleander den gleichen, abgedrehten Spleen für das Meer hegt wie er, gibt es die ersten Anzeichen für eine beginnende Freundschaft.

Oleanders Eltern halten nicht viel von dem Nachbarssohn. Für den Marineoffizier und die Pferdezüchterin ist er ein ungezogener Bengel, der in einem Wirtshaus aufgewachsen ist, wie ein streunender Hund die Gegend unsicher macht und mit seinem jugendlichen Leichtsinn kein gutes Vorbild für ihren Sohn abgibt. Doch Oleander ist ihre Meinung schnuppe. Kilian hat Fähigkeiten, die ihn unweigerlich in den Bann ziehen. Besonders seine schauspielerische Begabung begeistert Oleander, Kilian äfft aus dem Stehgreif die militärische Zackigkeit seines Vater nach und flüstert ihm grinsend ins Ohr: »Hast du auch ein Taschentuch dabei?«, bevor seine Mutter es ihm im gleichen Tonfall hinterherruft, wenn sie gemeinsam losziehen und das Haus verlassen.

In Kilians kleinem Zimmer stapeln sich die Bücher bis unter die Decke und fast alle haben etwas mit dem Meer zu tun, Robinson Crusoe zum Beispiel, Moby Dick, Die Schatzinsel, Der alte Mann und das Meer und natürlich Der Seewolf. Jack London mochte er als Jugendlicher am liebsten.

»Weißt du, was Jack London über das Surfen geschrieben hat?«, fragt Kilian ihn eines Tages und zieht geheimnisvoll die Augenbrauen hoch.

Oleander zuckt verlegen mit den Achseln, während Kilian zielsicher nach einem dünnen Bändchen greift, es an einer geknickten Seite aufschlägt und mit leidenschaftlicher Stimme vorträgt:

»In der Tat fühlt man sich mikroskopisch klein, und der Gedanke daran, mit diesem Meer zu ringen, lässt den Nervenkitzel düsterer Vorahnungen aufsteigen, beinahe Angst. Immerhin sind sie eine Meile lang, diese Monster mit ihrem gewaltigen Schlund, und sie wiegen tausend Tonnen und eilen weitaus schneller der Küste zu, als ein Mensch laufen kann. Welche Chance hat man da? Überhaupt keine Chance, ist das Urteil des schrumpfenden Egos.«

»Monster? Was meint dieser Scheißkerl mit diesen Monstern?«

»Wellen, Ole, gewaltige Wellen! Hoch wie ein Hochhaus! Du hast echt keine Ahnung.«

Kilian sieht Oleander mit weitgeöffneten Augen an. Oleander spiegelt sich in seinen Pupillen, klein und weit entfernt. »Solche Wellen gibt es gar nicht, Alter!«, sagt er trotzig.

»Gibt es wohl, auf Hawaii, da kann man auf solch hohen Wellen surfen. Jack London hat das getan, vor fast 100 Jahren. Was dieser Scheißkerl kann, dass können wir doch schon lange, oder?«

»Wie meinst du das?«

»Willst du weiterhin über die Pipiwellen der Nordsee paddeln? Lass uns abhauen aus dieser miesen Gegend, Ole, nur wir beide, du und ich!« Kilians Stimme klingt besessen wie Kapitän Ahab aus Moby Dick, und sein Gesichtsausdruck funkelt vor Überzeugung. »Komm, wir hauen ab nach Hawaii und da surfen wir uns die Seele aus dem Leib. Nur surfen, für den Rest unseres Lebens!«

Erst 1993, ganze sechs Jahre später, wird ihre Vision endlich Wirklichkeit. Kilian und Oleander landen auf dem Flughafen von Kahului. Die Trauminsel Maui empfängt sie mit dem betörenden Geruch von Yasmin, Plumeria und frisch gemähtem Gras. Ihr Gepäck Surfboards, Rucksäcke, Schlafsäcke, ein Zelt und ein Seesack voller Klamotten.

Vor der Abreise hatte Oleander seiner Mutter noch voller Trotz einen Zettel hingelegt: An meine biologischen Erzeuger, ich will mich in der nächsten Zeit ein wenig durch die Weltgeschichte treiben lassen, um ein paar meiner Träume zu verwirklichen. Deshalb fehlt etwas Geld auf Mamas Konto. Das ist natürlich nur ausgeliehen und ich zahle es irgendwann zurück. Macht euch keinen Kopf, ich konnte einfach nicht anders. Ich melde mich.

Kilian und er hatten keine andere Möglichkeit mehr gesehen, um endlich wirklich loszukommen, weg aus der miefigen Enge der Provinz. Sie waren in den Jahren zuvor bereit gewesen, jede auch noch so wahnwitzige Maloche anzunehmen, um ihre Kasse aufzustocken. Aber mit Holzhacken, Zeitungsaustragen und Rasenmähen kamen im Laufe der Zeit nur mehrere 100 Märker zusammen. Die benötigte Summe blieb unerreichbar. So entschieden sie sich für diesen nicht ganz legalen Weg und betrachteten ihn als eine Art Vorkasse für den künftigen Ruhm, den sie selbstverständlich erreichen würden.

»Wir nehmen ein Taxi rüber nach Lahaima und suchen ein Zimmer für die Nacht«, schlägt Kilian kleinlaut vor, »morgen sehen wir dann weiter.«

Im Moment sieht er nicht wie ein Jack London aus, eher ratlos wie ein verirrter Eiderstedter. Doch die kurze Verunsicherung wegen einer Bleibe hält nicht lange an. Beide starren fast besinnungslos vor Freude aus dem Fenster des angeheuerten Wagens auf den Vulkan, der aus der Insel in die Höhe ragt. Es geht durch endlose Zuckerrohrfelder, und die verwelkten Anasträucher und Guaven verströmen einen exotischen Duft. Die Nacht ist so dunkel wie ihr Schlaf. Der Klang der Wellen, die leise über die Kieselsteine schlürfen, öffnet am nächsten Morgen ihre Augenlider.

»Das ist Hawaii!«, kreischt Oleander schrill und hysterisch, damit er glauben kann, was er beim Blick aus dem Fenster sieht. »Heeeh, kneif mich mal!«

Das Meer strahlt aus der Tiefe indigoblau, zieht spiegelglatt eine Linie unter den Himmel. Beiden wird klar, das ist nicht gerade der optimale Tag zum Surfen. Vor der Tür des Appartements kratzen sie das harte, schmutzige Wachs von den Decks und beschichten sie neu. Mit den Surfbrettern unterm Arm und dem Geruch von Paraffinwachs in der Nase, marschieren sie den Strand entlang, bis sie völlig frustriert sind, es sich aber nicht zu sagen wagen.

»Tragt ihr ein wenig eure Boards spazieren?«, ruft ein ziegenbärtiger Kerl mit Perlen im langen Haar. Er lehnt sich aus dem Seitenfenster seines rostigen VW-Kombis.

»Klar, die Dinger brauchen täglich ihre drei Stunden Auslauf«, brüllt Kilian wütend zurück.

»Und den Rest der Zeit? Was macht ihr da?«, feixt die Ziege mit breitem Grinsen, während sein Wagen langsam neben ihnen her fährt.

»Da suchen wir ein billiges Zimmer und schöne Brandung!«, sagt Oleander und versucht, seine resignierte Stimme zu kaschieren.

»Paia, Jungs, ihr solltet euch von hier nach Paia absetzen.«

»Hast du zwei Plätze auf der Ladefläche?«

Der Mann macht eine kurze Handbewegung, und wenig später rauscht sein Wagen durch die Ananasfelder von Dole. Meilenweit sind nur kleine stachlige Stauden mit winzigen Früchten zu sehen. In Paia, dem ehemaligen Hippiestädtchen, finden sich an jeder Ecke noch Überbleibsel aus jener legendären Zeit. Bärtige Rucksacktouristen schleichen durch die von Mauern umsäumten Straßen, die voller kleiner Shops und Surfer-Läden sind.

Kilian und Oleander mieten von einem dürren Vietnamveteranen, wie er sich selbst bezeichnet, eine Strandhütte für 350 Dollar im Monat. Er hat eine blutunterlaufene Narbe quer über der linken Wange, trägt eine ausgebleichte Uniformjacke, und vor seiner nackten Brust hängt eine ovale Erkennungsmarke.

»Ich kann keinen Stress mit den Behörden gebrauchen, Jungs. Keine Scheißdrogen, sonst seid ihr draußen!«, droht er und nimmt einen Schluck aus der Bierflasche, die aussieht, als wäre sie an seine Hand angewachsen. »Wisst ihr genau, dass ihr schon 18 seid?«

»In Deutschland sehen alle Menschen jünger aus«, versichert Kilian süffisant. Das findet der Dürre nicht lustig, vermietet ihnen aber trotzdem die Unterkunft.

Die türkisfarbenen Wasserwände, nur einige 100 Meter vor ihrer Tür, gleichen den Bildern aus den Surfer-Magazinen, die in ihren Zimmern auf Eiderstedt an die Wände gepinnt waren. Sie stehen zwischen Smashball spielenden Bikinimädchen ehrfürchtig am Strand und sehen, wie braungebrannte Typen auf Brettern perfekte Gischtfächer in die Wellen schneiden. Das Warten ist vorbei, Kilian und Oleander legen sich auf ihre Surfboards und paddeln mit Leibeskräften dem Horizont entgegen. Doch sie kommen nicht weit, schon nach wenigen Metern kracht ein Wasserberg über ihnen zusammen. Oleander schnappt im weißen Schaum nach Luft, schluckt Salzwasser und findet sich an demselben Fleck wieder, an dem er gerade noch das Meer erobern wollte.

»Kooks!«, rufen ihnen ein paar Hawaiianer höhnisch zu und schütteln sich vor Lachen.

Jeden Tag, mehrere Stunden lang, beziehen die beiden Freunde Prügel im Schnellwaschgang der Meeresspülung. Die Wellen stürzen tosend heran wie eine Elefantenherde, die alles niederwalzt. Gegen Abend kehren sie meist geschunden und groggy in ihre Strandhütte zurück.

»Mach dir keinen Kopf, Ole, der Weg ist das Ziel«, beteuert Kilian jeden neuen Morgen mit dem Mut der Verzweiflung, während Oleander noch aus seinem Schlafsack ins Sonnenlicht blinzelt.

An dem Morgen, als sie sich zu schlapp fühlen, um ihre Körper über den Strand zu schleppen, hält direkt vor ihrer Hütte ein verrosteter VW-Kombi, einer Fata Morgana gleich, in der Morgensonne. Eine Gruppe Frauen und Männer stürmt in Richtung Meer davon, taucht durch die Wasserwände und ist bald außerhalb der schäumenden Uferbrandung. Beschämt schauen die beiden dem Treiben zu, würden sich am liebsten heimlich verdrücken. Doch mit einem markerschütternden Schrei startet Kilian einen erneuten Versuch, der wie immer kläglich scheitert. Im selben Moment entdeckt Oleander den Typen mit den Perlen im Haar, der sie nach Paia gebracht hat, auf der Ladefläche des Kombis. Er hat seine knubbeligen Surferknie dicht an seinen Ziegenbart gezogen und ruft ihnen zu: »Es geht nicht mit Gewalt, Jungs. Duckdiving, die Nase des Boards muss unter die Welle.«

Die Worte treffen Oleanders Eitelkeit wie feine Nadelstiche, er packt mit zusammengepressten Lippen sein Board und stürmt Kilian in die Fluten nach. Die nächste Welle ist noch mächtiger als alle davor. Sie fletscht ihre Haifischzähne aus weißer Gischt. Oleander zwingt das Brett mit dem Knie nach unten. Und da ist die Raubfischwelle plötzlich weich wie Marzipan und lässt ihn ohne Kraftanstrengung durch sich hindurch. Kilian tauchte ebenfalls hinter ihr wieder auf. Beide johlen übermütig vor Freude.

Ausgelassen paddeln sie auf die Gruppe der kreischenden Leute zu, die weiter draußen in Richtung der großen Wellenkämme krault. Kilian feuert Oleander an. Sie versuchen, die anderen zu kopieren, sich wie sie aufzurichten, wenn ein Swell unter ihnen anwächst. Doch auch diese Versuche enden meist in einem Gewirr von Gliedern, einem Board das himmelwärts, einem geworfenen Geldstück gleich, davonschießt, und mit panisch hochgestreckten Armen, als würden sie sich selbst am Schopf hinaufziehen wollen, um in letzter Sekunde frische Luft zu atmen.

»Eine Meereswoge atmet genauso wie ein Mensch«, philosophiert der Ziegenbart, als sie das Ufer erreichen und an seinem Kombi ankommen. Die kleine Gruppe von Surfern, die Oleander und Kilian eben noch auf dem Wasser bewundert hat, hat sich um die Rostlaube versammelt wie um den Altar einer Kathedrale. Die Boards werden einer Frau in einem Deep-Purple-Bikini hinaufgereicht, die sie auf der Ladefläche stehend in Empfang nimmt und mit sicheren Handgriffen auf einem Holzgestell verstaut. Ihr zierlicher Körper ist durchtrainiert und biegsam wie eine Gerte, das schmale, fast spitze Gesicht ziert ein voller Kirschmund. Die rotblonden Haare hat die Frau zu seildicken Zöpfen geflochten. Sie grinst Kilian unübersehbar an, als der sich alle Mühe gibt, in Jack London Manier seine Muskeln spielen zu lassen. Oleander findet die Frau atemberaubend schön und ist das erste Mal angepisst von seinem egomanischen Freund, der jeden Flecken Erde zu einer Theaterbühne umfunktioniert, auf der natürlich nur er die Hauptrolle besetzen kann.

»Hey, ich bin Kilian!«, hört er ihn rufen.

»Freja!«, antwortet sie knapp.

»Freja kommt aus Dänemark«, sagt der Ziegenbart. »Hab, ehrlich gesagt, keine Ahnung, wo das ist. Aber Freja ist eine erstklassige Surferin, ein richtiges Talent, die bald mit den ganz großen Namen mithalten kann. Denkt an meine Worte, Jungs, ihr werdet das noch erleben!«

*

Für Kilian waren Speedwettkämpfe auf dem Surfboard die wirklich magischen Momente, stellt Oleander fest, und das Telefonat mit Freja klingt erneut in seinem Ohr, erzeugt ein unbehagliches Gefühl von Zeiten, die schon lange vorbei sind. Damals waren wir drei, Kilian, Freja und ich, selbstzerfressen vom Wunsch, zu surfen. Wir waren Verrückte, die übers Wasser laufen wollten. Fürchte dich vor nichts, hieß unsere Einstellung, und der Sinn des Lebens drehte sich einzig und allein um die elementare Frage: Wie werden wir mit Surfen weltberühmt und haben auch genügend Spaß dabei?

Doch diese hochgepriesene Freiheit wurde mehr und mehr, ohne dass wir es realisierten, zu einem engen Korsett, grübelt Oleander. Diese immerwährende Jagd nach Erfolg schnürte uns klammheimlich die Luft ab, machte uns zu Sklaven unserer selbst.

Heute kann Oleander darüber lächeln, glaubt klüger geworden zu sein als sein alter Freund, der immer noch starrsinnig dem alten Leben hinterherläuft. Heute fühlt er sich nur frei, wenn er ohne Absicht am Wasser ist, ohne Leistungsgedanken die Salzluft atmet. Aber es ist eine brüchige Freiheit, das hat er auch gelernt, eine Freiheit, die schon verfliegt, kaum dass er die schmale Holztreppe zu Frejas Wohnung hinaufsteigt. Oben in der Wohnung lauern die alten Seeschlangen, die mit ihren glatten Leibern seine Gedanken zu unauflöslichen Knäueln verknoten und ihn darüber nachgrübeln lassen, woher die nächste Kohle kommen soll.

Er zieht die Windklamotten aus, setzt sich an den Schreibtisch und muss plötzlich herzhaft lachen. Freja hat neben ihrem Laptop einen Bilderrahmen mit seinem Foto aufgestellt. Es zeigt ihn als kleinen Jungen in kurzer Lederhose mit Hosenträgern, auf dem Schoß seines Großvaters sitzend. Seine Mutter und sein Vater stehen wie Wächter des Glücks links und rechts daneben. Als Freja das alte Foto beim letzten Besuch zufällig in seiner Brieftasche entdeckt hatte, war sie völlig angerührt gewesen und bettelte solange, bis er es ihr geschenkt hatte.

Es ist eingerahmt, in einen Goldrahmen! Oleander spürt einen leichten Anflug von Melancholie, der aber sofort wieder verfliegt, als er gleichzeitig den Laptop hochfahren lässt. Über Google klickt er auf ›windguru.cz‹ und geht auf die Seite Klitmøller.

Laut Beaufort-Skala wird der Wind zum Nachmittag abflauen. Er dreht dann überwiegend auf Süd-Südwest und bläst höchstens mit vier. Hört sich nach einem guten Spot am ›Bunker Beach‹ an, denkt er.

Der ›Bunker Beach‹ ist ein Strandabschnitt, auf dem über mehrere 100 Meter verstreut alte Bunkerruinen aus dem zweiten Weltkrieg liegen. An der rechten Uferseite ragt eine kleine Landzunge ins Meer hinaus, die durch eine mit Muscheln bedeckte Kalkbank noch verlängert wird. Bei Süd-Südwest gibt es ideale Sideshore-Bedingungen mit steilen Wellen, die sauber brechen und wunderbar abgeritten werden können.

Oleander schaut auf die Uhr, stellt fest, dass er noch genügend Zeit hat, sich für drei Stunden aufs Ohr zu hauen, erst dann werden die Wellen am Spot wirklich optimal sein. Er reibt sich die Augen und obwohl er sich richtig müde fühlt, surfen seine Gedanken einfach weiter durch seinen Kopf, stürzen sich den an- und abschwellenden Erinnerungen entgegen. Sein Geist gleicht dem Salzwasser, spült unentwegt neue Bilder vor sein inneres Auge. Er sieht Kilians Rückenmuskeln, hart wie Granitfelsen, sieht seine Arme rotieren, mit kräftigen Schlägen paddeln. Er hält mit dem Board auf eine sich hebende Linie zu. Blitzschnell steht sein Schattenriss auf der smaragdgrünen Welle, und der Kamm krümmt sich über ihn hinweg. Seine Gestalt ist für eine Ewigkeit unter dem dünnen Wassermantel verschwunden, wird am Ende aus dem Lauf der Welle, der Eisenkugel einer Kanone gleich, herausgeschossen.

Freja will es bis heute nicht wahr haben, dass er, Oleander Eschenberg, freiwillig das Wettkampf-Team von Kilian verlassen hat.

Er kann sich noch genau an 1996 erinnern, an das Jahr, als er diese Entscheidung traf. Der große Kilian Martens war auf dem Höhepunkt seines Erfolges als Profi-Sportler angekommen. Oleander quälten bereits tiefe Zweifel, ob er in den verrückten Speedwettkämpfen wirklich Erfüllung finden würde, derentwegen er von Zuhause abgehauen war. Vielleicht lag seine Unzufriedenheit aber auch nur daran, dass Kilian ihm immer ein Stück weit voraus war. Dieser entscheidende Hauch, der ihn quälte und der ihn neidisch machte. In den Windsurferkreisen auf Hawaii nannten alle Kilian nur ›die Maschine‹, die mechanisch immer auf absoluter Power lief. Für sein Selbstwertgefühl war es wichtig, mit einem feinen Lächeln auf den Lippen jedermann zu trotzen, der das Zeug hatte, ihn herauszufordern. Kilian dachte an nichts anderes als den nächsten Run, er lebte auf, wenn er in jeder Sekunde seinen Mut unter Beweis stellen konnte. Geschwindigkeit wurde zu seiner Droge, er war süchtig danach und ist wahrscheinlich noch heute abhängig.

Im Schatten des großen Kilian, als sein Unterstützer und Handlanger, führte der ›Zirkus Windsurfen‹ Oleander von Hawaii in die Karibik, nach Japan und weiter nach Südafrika. Geld gab es ohne Ende, Kilian brachte es in seiner Glanzzeit mit seinen Preisgeldern bis auf eine Million Dollar pro Jahr, und für Oleander fielen immer genügend Krumen vom Kuchen ab. Aber so wie das Geld hereinkam, ebenso schnell war es mit den Surfkumpels wieder verpulvert. Er kam nie dazu, über den nächsten Tag nachzudenken. Eines Tages musste Oleander selbstkritisch feststellen, dass er nicht mehr begeistert war, diszipliniert zu trainieren, täglich Gewichte zu stemmen und diese elenden Diätpläne einzuhalten. Irgendein Funke war auf der Strecke erloschen, sein Körper zeigte die ersten Schwachstellen, und eine innere Stimme mahnte ihn immer wieder: Du verzettelst dich, mein Lieber!

Auf dem Flughafen von Kahului war es dann soweit. Oleander stand am Eincheckschalter inmitten der schweren Ausrüstung von drei Surfern für den größten Wettkampf des Jahres und starrte auf die Berge von Brettsäcken, Matten und Segeln.

»Ja, natürlich gehört das gesamte Material zu mir!«

Die Gepäckwaage addierte alles zur Realität einer wahrhaftigen Dekadenz: 870 Kilogramm.

Was ist bloß aus diesem Jack-London-Feeling geworden, von dem Kilian immer so geschwärmt hatte, hämmerte es damals in seinem Kopf, während er der Frau in blauer Uniform erklären musste, dass er keine Aufgebühr bezahlen müsse, weil vorher telefonisch eine Pauschale vereinbart worden war. Bereits auf dem Flug, schon lange vor der Ankunft in San Francisco, plagten ihn organisatorische Fragen: Wo kann ein passendes Transportmittel besorgt werden? Wie wird alles auf dem Dachgepäckträger verstaut, bevor die Mitarbeiter der Autovermietung in Panik geraten?

In ihm formulierte sich ein unmissverständliches Anklageplädoyer: Was ist nur mit diesem Sport passiert? Was wir hier durch die Gegend karren ist zu viel, es ist einfach viel zu viel!

I'm pickin' up good vibrations

She's giving me excitations

Der schrille Klingelton schreckt Oleander aus dem Schlaf. Freja hat ihm den Song der Beach Boys gegen seinen Protest auf sein Handy geladen. Mit geschlossenen Augen tastet er vom Sofa aus nach der immer wiederkehrenden Horrormelodie, packt das Gerät, als wolle er es zerquetschen, und nimmt das Gespräch entgegen.

»Heeeh, Ole, hier ist die perfekte Welle! Bunker Beach, echt geil! Komm in die Hufe, alter Ackergaul!«, meldet sich eine männliche Stimme.

»Arne?«, fragt Oleander schlaftrunken und braucht einen Moment, um innerlich auf Englisch umzuschalten.

»Wer sonst? Komm her, hier geht es gerade ab!«

»Woher weißt du, dass ich in Dänemark bin?«

»Habe vorhin deine Karre vor dem Strandhotel gesehen. Los, Alter, quassle nicht so viel, schwing lieber deinen Arsch hierher.«

»Sind die Jungs von Hawaii da?«

»Hier ist voll die Party, Alter! Alle Kumpel sind da, Niels, Erik, Knud, die du von Hawaii kennst, und eine verrückte Truppe aus Ringkøbing. Wie sagst du immer so schön: Fürchte Gott und folge der Landstraße!«

»Okay, bin schon auf dem Asphalt!«

Oleander setzt sich auf, reckt seine Glieder und schaut durch das Fenster auf das Heer der Kumuluswolken, das mit seinen blumenkohlartigen Helmen über den blauen Himmel zieht.

Wechselnde Winde sind angesagt, spricht seine innere Stimme. Er zieht den blauschwarzen Neoprenanzug aus seinem Seesack, nimmt eines von Frejas Brettern aus dem Regal und verstaut alles in seinem Auto. Ganz mit dem Surfen aufzuhören ist für Oleander nie die Frage gewesen, aber das angehäufte Material eines Profi-Sportlers, das ist der Konsumterror des Ruhms. Um in vollkommene Harmonie mit der Natur zu kommen, reicht ein Brett und eine gute Welle.

Die mächtigen Bunkerruinen, die das Meer über die Jahre aus den Dünen herausgewaschen hat, liegen wie gefährliche Riesenkäfer im Uferbereich und trotzen mit ihren grauen Betonpanzern dem Meer. Der Bewehrungsstahl, der alten Wunden gleich unter abgebröckeltem Gestein hervorschaut, rostet in der Salzluft und sickert als rotbraunes Sekret an den noch glatten Flächen hinunter. Eine der Maschinengewehrstellungen aus dem Nachlass des zweiten Weltkriegs, die den Surfer Point am ›Bunker Beach‹ entscheidend mitbestimmt, ist nach links geneigt in den Sandstrand eingesunken. Der Beton ist mit Graffitis übersät, die sich von Jahr zu Jahr verändern.

Die Brandung kommt gewaltiger herein, als Oleander es erwartet hat. Draußen auf dem Wasser ist es düster. Die öligen Wolken, die über das Meer herandrängen, haben die Farbe von alter Seife und tauchen jeden ansteigenden Swell in dasselbe Licht. Die kleine Surfergruppe hinter der schäumenden Uferbrandung paddelt seewärts den heranrollenden Wellen entgegen. Oleander kämpft sich durch die Gischt, befindet sich in wenigen Minuten zwischen den Mädels und Jungs, die wie ein Schwarm Fische im Einklang schwimmen und sich gegenseitig necken und veräppeln.

»Heeeh, Arne, du schwappst hier rum wie ein alter Teebeutel im Wasserglas!«

»Und du? Du paddelst wie eine Sattelrobbe ohne Sattel und mit viel zu kleinem Schwanz!«

Oleander spürt eine euphorische Stimmung in sich aufsteigen, versucht die abtastenden Seitenblicke untereinander, jede angehobene Augenbraue, zu deuten, um den richtigen Augenblick nicht zu verpassen, wenn der richtige Swell unter ihm anwächst wie eine unendlich große Lunge, die tief Luft einholt. Er bringt sich mit dem Brett vor der Welle in Position, springt auf die Füße und beugt seinen Körper auf die senkrechte Wasserwand zu. Das Brett folgt ihm, als wäre es ein Teil seines Geistes. Die Welle ist fett und der Kamm ein breiter Pfad. Er taucht in die Nebelschwaden der kochenden Gischt, die ihm Milliarden von flirrenden Lichtsplittern um den Kopf schlägt. Jahuuu!

Die Welt atmet durch das Meer, denkt er in einer plötzlichen Erkenntnis und findet es unbegreiflich, dass er übers Atmen noch nie wirklich nachgedacht hat. Man atmet eben. Atem ist das Letzte über das man ernsthaft nachdenken muss. Das Leben setzt uns an die Luft und danach sind wir dem Mechanismus ausgeliefert zu atmen, zu atmen und zu atmen.

Und schon ist sie da, die winzige Unachtsamkeit. Das Brett driftet zur Seite, Oleander hängt sekundenlang in der Luft und stürzt im freien Fall in den Rücken der Welle. Sein Körper prallt auf die salzige Haut, dreht sich in den Mantel des Meeres, der ihn blind in die Stille hinabzieht.

Denken und surfen geht einfach nicht zusammen!

Er taucht auf, die nächste Welle ist schon über ihm, keine Zeit zum Atmen, nur noch brodelnder Dampf. Das erneute Aufrichten ist purer Instinkt. Es geht weiter, den Wellen entgegen. Oleander lässt das Brett unter seinen Sohlen rattern. Es ist wie Formel 1 fahren. Und dann wieder paddeln und surfen, paddeln, surfen, für einige Sekunden Rennfahrerfeeling, ohne nur einen Moment über das Rätsel des Atems zu grübeln, bis er sich völlig schlapp fühlt und fast taumelt, als er das feste Ufer wieder betritt.

Am Rand der Dünen, im Schatten einer Bunkerruine mit runder Geschützscharte, bekommt Oleander bei seiner Ankunft eine Dose Faxe in die Hand gedrückt.

»Ganz schöner Whirlpool da draußen! Siehst aber nicht besonders erholt aus, Ole!«, lästert einer.

Die aufgedrehte Gruppe spricht Englisch, seit Oleander dazugekommen ist. Sie hat einen Kreis gebildet, es wird lauthals gelacht, gegessen und getrunken. Drei Jungs aus Ringkøbing haben Spraydosen dabei und besprühen mit lockerer Hand den grauen Beton mit einem langmähnigen Surfschönling, der ein gestreiftes O'Neill-Board in seinen tätowierten Armen hält und mit seinem Body vor einer blauen Welle steht. Und dann, wie aus heiterem Himmel, schlägt die Stimmung um.

»Guck dir das an, Ole!«, ruft Knud mit zornigen kleinen Augen zu Oleander hinüber, der gerade einen kräftigen Schluck Bier nimmt. »Die Jungs machen gerade etwas Vergangenheitsbewältigung! Eigentlich wäre das doch deine Aufgabe, oder!«

»Ich versteh nicht, was du damit meinst, Alter?«

Knud lässt ein gutes Maß an Schweigen verstreichen, bevor er erneut ausholt: »Was denkst du eigentlich, wie dieser wunderschöne Beton auf unseren geilen Strand gekommen ist? Es wird höchste Zeit ihn wieder mit nach Hause zu nehmen!«

»Wenn du mir etwas sagen willst, dann rede nicht drum herum!«, giftet Oleander zurück und fixiert Knud abschätzend von unten bis oben.

»Das ist noch immer euer Atlantikwall, Mann! Ihr habt ihn hier vergessen, als ihr euch hier verpisst habt!«

»Ihr?« Oleander zieht das Wort in die Länge.

»Ihr Deutschen, Alter! Schon vergessen? Das sind die Reste deiner Geschichte, das ist der Rest von deinem Atlantikwall!«

»Du bist völlig durchgeknallt, Knud! Wie viele Faxe hast du bereits intus?«

»Knud ist ein Däne, Ole!«, schlägt Niels in Knuds Kerbe. »Er kann nicht begreifen, dass ein Deutscher den Jantelov nicht kennt!«

»Den was? Jantelov?«, fragt Oleander, als erwarte er eine Erklärung. »Seid ihr jetzt alle auf dem Trip, oder was geht hier ab?« Er trinkt die Dose leer und pfeffert sie mit voller Wucht an die Betonwand.

»Das Jantegesetz! Ich erklär's dir«, verspricht Niels und grinst verschmitzt. »Jante ist unsere imaginäre Stadt. Und das Gesetz von Jante ist eine Art unausgesprochener Codex, der bei uns im Norden gilt. Und das wichtigste Gebot lautet: Glaube ja nicht, dass du etwas Besonderes bist.«

»Ich kann euch beim besten Willen nicht mehr folgen!«, knurrt Oleander überfordert. Die Falten zwischen den Augen werden tiefer. Er hat genug und möchte gehen, aber diese Blöße kann er sich nicht geben.

»In Dänemark ist niemand etwas Besonderes! Das ist alles, was Knud sagt. Die Betonmonster sind hier, weil ihr Deutschen euch für etwas Besonderes gehalten habt. Es war ein gewisser Adolf Hitler, der seine Truppen ohne Kriegserklärung und gegen alle Abkommen in unser Land marschieren ließ.«

»Das ist 1.000 Jahre her, Alter!«, wehrt Oleander müde ab. »Hitler ist vermodert wie dieser Bunker. Der Rest ist Geschwafel von gestern. Du willst Spaß haben und ich will Spaß haben und hier bei euch in Klitmøller gibt es nun mal die besten Wellen. Das ist alles was zählt!«

Doch Oleander sieht resigniert, dass Knuds Augen weiterhin angriffslustig funkeln.

»Es ist erst 64 Jahre her, keine 1.000 Jahre! Nicht so lange Zeit, finde ich!«, macht Knud mit unterschwelliger Aggression weiter.

»Jetzt ist aber langsam gut, Alter!«, zischt Oleander erbost. »Erik? Arne? Warum werde ich von euren Kumpels so peinlich angemacht? Habt ihr keine Meinung dazu?«

»Knud erzählt dir etwas über unsere dänische Vergangenheit, und er wird seine Gründe haben!«, stellt Niels mit Nachdruck fest. »Und ein Deutscher, der Dänemark besucht, sollte darüber Bescheid wissen.«

»Was interessiert mich Knuds Geschwafel! Er ist nicht mein Kumpel! Aber du bist mein Kumpel, Niels! Und Erik und Arne sind meine Kumpel. Mensch, Leute, wir waren dicke Freunde auf Hawaii, haben nächtelang zusammen gefeiert! Hatten wir jemals irgendwelche Probleme?«

»Aber wir sind nicht mehr auf Hawaii, Alter! Das ist 1.000 Jahre her! Wir sind hier in Cold Hawaii, und das liegt im Königreich Dänemark!« Niels Stimme überschlägt sich, und er hält dem wütenden Blick von Oleander stand.

»Du hast ein Problem mit mir, Niels? Na los, spuck es aus!«

»Wozu, Alter? Du weißt genau, was das Problem ist!«

»Ich bin halt im Moment klamm, Kumpel! Unser Laden muss erst einmal richtig laufen.«

»Du vertröstest mich schon Jahre, Ole. Wann wirfst du endlich ein wenig Kohle rüber, wie du es versprochen hast?«

*

Die niedrige Sonne hat den Himmel in Brand gesetzt und die mächtigen Sturmwolken beim Untergang zu orangefarbener Asche verbrannt. Oleanders Wut im Bauch wandelt sich schlagartig in Schmetterlinge, als er mit seinem Suzuki Jimny auf den Seitenhof des Hotelgebäudes fährt. Direkt vor der Eingangstür von Frejas Wohnung parkt ihr alter Renault Kangoo, daneben steht ein dunkelblauer GM Daewoo.

Der Flug hat anscheinend schneller geklappt, als sie erwartet hatte, denkt er und schaut zum brennenden Licht im Badfenster hinauf. Er klingelt, um seine Ankunft anzukündigen, bevor er die Treppe in den ersten Stock hinaufsteigt. Freja erwartet ihn an der offenen Wohnungstür, steht da in abgewetzten Jeans, einem weißen, zu kurz geratenen Hemd und mit einer gespannten Körperhaltung, als wäre sie in Alarmbereitschaft. Sie ist frisch geduscht, hat ihre Haare zum Trocknen in ein Handtuch gedreht, das dem schmalen, fast spitzen Gesicht die Ausstrahlung einer Madonna verleiht. Sie lächelt mit ihrem Kirschmund, als wolle sie jeden Heiligen sofort vom rechten Weg abbringen. Als sie sich küssen, überkommt Oleander das Gänsehautgefühl nackter Begierde, dem er aber bei dem Gedanken an das zweite Auto keinen freien Lauf lässt. Gleichzeitig fühlt er sich unwohl, verspannt seine Nackenmuskulatur. Frejas Mutter ist bezaubernd und unberechenbar in einer Person, das hat er aus den wenigen Begegnungen mit ihr gelernt.

»Warum hast du nicht angerufen, bevor du geflogen bist?«, fragt Oleander Freja und lässt bewusst etwas Vorwurfvolles in seiner Stimme mitschwingen. Dann löst er sich abrupt aus ihrer Umarmung. »Ich wäre schon früher vom Strand aufgebrochen.«

»Freja, hvem er det der er kommet?«, ruft die Stimme der Mutter aus dem Wohnzimmer.

»Oleander!«, ruft sie zurück

Die Mutter sitzt lässig auf dem schwarzen Ledersofa, das

neben dem brennenden Kaminofen steht. Oleander steht in der Tür, sein Blick bleibt an der Mutter haften. Sie ist so ziemlich die schönste Frau, die er je gesehen hat. Ein erhabenes Ebenbild ihrer Tochter, mit derselben unbändigen Erotik, die von den eisengrauen Haaren und ihrer sportlichen Figur sofort in eine unantastbare Ferne gerückt wird. Eine Erotik, die in jeder ihrer Bewegungen mitschwingt. Doch genauso anziehend wie Oleander Sandi Sjøqvist vom ersten Augenblick an empfunden hat, umso weniger ist sie ihm näher gekommen. Sie war stets unnahbar geblieben, hatte manchmal sogar etwas Feindliches ausgestrahlt. Dabei war sie nach außen freundlich und zugewandt, und Oleander hatte Freja sein ungutes Gefühl nie offenbart.

Freja schiebt Oleander mit Nachdruck in den Raum. Der nickt der Mutter verkniffen zu, bringt mit Mühe ein »God dag, Miss Sjøqvist« heraus und starrt danach auf die langen Finger ihrer Hände, die nervös ein Kissen kneten.

»Hold fingrene fra fyren, F r e y a!« Die Worte fegen an ihm vorbei, während sie den Namen ihrer Tochter scharf in die Länge zieht. »Det kann vi ordne i det skjulte!«

»Rede gefälligst Deutsch, Mutter. Ich will, dass du Deutsch redest, wenn Oleander hier ist!«

»O l e a n d e r«, sagt sie abfällig. »Min mor har altid sagt, alle Tyske re nazister!«

In Oleanders Kopf bleiben nur die Worte Deutsche und Nazis hängen. Was ist denn heute nur los, denkt er, holt tief Luft und zwingt sich zur Ruhe. Vor seinen Augen wogt das Wasser der Nordsee in einer smaragdgrünen Welle in das Wohnzimmer von Freja, schwemmt die Mutter und ihre Worte vom Sofa.

Frejas Mutter springt auf und zischt in Richtung ihrer Tochter: »Jeg skal afsted!« Mit schnellen Schritten rauscht sie durch die Tür, ohne Oleander nur eines Blickes zu würdigen.

»Er du blevet vanvittig, Freja, tænk dig dog om!«, hört Oleander die scharfe Stimme der Frau im Flur, die der Tochter entgegenpeitscht, als sie ihrer Mutter mit zusammengekniffenen Augen nacheilt. »Engang nazister, altid nazister!«

Nebenan sinkt eine bleierne Stille zu Boden. Unendliche Sekunden, die Jahren gleichen, bis hastige Schritte die Holztreppe hinabeilen. Frejas Gesicht ist ein glänzender Stein, als sie zurückkommt, von den Wellen an den Strand gespült. Ihr Handrücken wischt flüchtig über die starren Augen. Sie steht unschlüssig im Türrahmen und lächelt dünn. Oleander ahnt, dass sie ihm ihre Tränen verheimlichen will. Er geht auf Freja zu, blickt sie an, will danach fragen, was soeben passiert ist. Doch bevor er etwas sagen kann, legt sie ihm sanft den Zeigefinger auf den Mund, küsst seinen Hals und arbeitet sich mit den Lippen zum Ohr hinauf. Dort hält sie inne und flüstert in seine Muschel: »Ich bin schwanger!«

Ihre Worte stürzen durch sein Bewusstsein, ohne Halt zu finden, und treiben eiskalt in der Magengegend hin und her.

»Mein Gott, Freja, du … ich … ich …«, quillt es mühsam aus seinem Mund. Seine Worte klingen rau, als würden sie über ein Reibeisen geschoben.

»Du freust dich nicht?« Freja klingt verzweifelt, ihre Stimme ist plötzlich um einige Oktaven lauter. »Wir bekommen ein Kind!«

»Doch klar …«, bricht es aus ihm heraus, »klar … ich freu mich!«

»Jemand, der sich freut, sieht anders aus!«

»Heeeh, Freja! Ich muss es sacken lassen. Ich kann nicht sofort den Schalter umlegen. Deine Mutter hat gerade einen sehr merkwürdigen Auftritt hingelegt. Hatte der mit dem Kind zu tun?«

»Meine Mutter ist verbittert. Vergiss sie einfach!«

»Sie hat mich als Nazi beschimpft. So viel kann ich noch verstehen. Wie kommt sie auf so was?«

»Vergiss es! Meine Mutter lebt in der Welt von gestern. Unser Kind wird ein Kind der Zukunft, unserer Zukunft!«

»Du hast dich also schon entschieden?«

»Du nicht? Willst du etwa auch, dass ich das Kind abtreiben lasse?«

»Nein, Freja. Du verstehst mich falsch. Will deine Mutter, dass du es abtreiben lässt?«

»Was meine Mutter den lieben, langen Tag von sich gibt, hat für mich nicht die geringste Bedeutung!«

»Für mich aber schon, Freja! Was hat sie alles gesagt, als ich reingekommen bin?«

»Dass ich die Finger von dir lassen soll, und dass wir immer noch alles unter uns regeln können.«

»Freja, lass dir von ihr nichts einreden, hörst du! Ich will das Kind!«

»Ich hatte eben nicht das Gefühl, Ole!«

»Na ja, das ist ja auch ziemlich viel auf einmal hier. Und ich habe dabei auch an dich gedacht. Du müsstest mit einem Kind deine Profi-Karriere an den Nagel hängen.«

»Die ist mir egal!«

»Wie sollen wir ohne das Geld über die Runden kommen?«

»Du hast deinen Surf-Laden!«

»Das ist nicht mein Surf-Laden, er gehört mir nicht allein, ich habe ihn mit einem Kumpel zusammen. Und im Moment wirft er nicht gerade die Kohle ab, die wir brauchen würden.«

»Du willst, dass ich abtreibe! Los, gib's zu!«

»Du weißt, dass du Unsinn redest, Freja!«

»Ich weiß im Moment nicht, was ich glauben soll«, schluchzt Freja auf.

»Du kannst mir glauben«, flüstert Oleander, nimmt sie in den Arm und hält sie fest umschlungen. »Ich liebe dich, Freja, wirklich. Wir werden das Kind zusammen bekommen.«

Sie packt Oleanders Sweatshirt, dreht den Stoff mit einem zaghaften Lächeln in der Faust zu einem Knoten und zieht ihn mit zum Sofa.

»Ich bin im Moment ziemlich angeschlagen«, beichtet er mit gequältem Gesicht. »Es ist nicht das Kind, Freja, das musst du mir glauben!«

»Was ist denn passiert?«

»Immer, überall in der Welt, waren es immer die Dänen, die besonders tolerant sind. Ich kann das Alter deiner Mutter zwar schwer einschätzen, aber sie ist doch bestimmt noch ein Säugling gewesen, als die Nazis in Dänemark waren. Woher dieser unbändige Deutschenhass?«

»Keine Ahnung«, grübelt Freja. »Ich kann mich nicht entsinnen, dass ich bei meiner Mutter jemals vorher das Wort ›Nazi‹ gehört habe. Außerdem ist sie nach dem zweiten Weltkrieg geboren.«

»Ich bin schon geschockt, was da im Moment auf mich einprasselt. Irgendwie hat das gesamte dänische Volk es heute auf mich abgesehen.«

Freja sieht Oleander verwundert von der Seite an. Er sitzt mit vorgebeugten Schultern und gesenktem Kopf neben ihr, trotzig wie ein kleines Kind.

»Was ist denn eigentlich passiert?«, drängelt Freja.

»Knud hat mich angemacht, ziemlich unter der Gürtellinie!« Oleanders Augen werden kalt und hart. »Und Niels, der Idiot, hat dazu auch noch Beifall geklatscht!«

»Worum ging es denn?«

»Um nichts! Eigentlich um nichts!« Oleander ist wieder außer sich. »Um diese Scheißbunker, die am Strand rumliegen. Ich solle sie mit nach Deutschland nehmen! Hitler hätte sie hier vergessen! Ich bin schließlich ein Deutscher!«

»Die Jungs meinen das nicht ernst, Ole! Das ist ein Spaß! Knuds Humor ist immer makaber.«

»Habe ich auch erst gedacht. Aber die haben es ernst gemeint, da bin ich mir sicher. Und Erik und Arne haben ihm nicht widersprochen.«

»Erik und Arne sind immer derselben Meinung wie Niels.«

»Wir kennen uns von Hawaii, sind Kumpels. Ich versteh das nicht.«

»Männer müssen sich beweisen, das weißt du doch besser als ich!«

»Wir sind nicht auf Hawaii, wir sind im Königreich Dänemark, hat Niels gesagt.«

»Vielleicht hat Knud ihm und den Jungs von seinen Großeltern erzählt«, versucht Freja zu beschwichtigen. »Seine Familie kam aus Hanstholm. Die Nazis haben seinen Großeltern ihr Haus weggenommen, damals, als Hansted geräumt wurde.«

»Hansted? Sagtest du nicht Hanstholm?«

»Stimmt, das kannst du nicht wissen. Hanstholm ist der Ort, den es niemals gegeben hat. Bis in die 60er Jahre nannte man den Höhenzug über der Stadt Hanstholm, und die Ansiedlung am Hügelrand hieß Hansted. Auf dem Höhenzug haben die Nazis eine Festungsanlage gebaut, mit vier riesigen Kanonen, um das Skagerrak unter Kontrolle zu bekommen.«

»Woher soll ich das wissen? Das weiß in Deutschland doch kein Mensch.«

»Dann sollten wir uns das Bunkermuseum in Hanstholm anschauen. Wenn du das gesehen hast, begreifst du vielleicht, warum Knud so empfindlich ist.«

»Dieser alte Kriegsscheiß, ich kann das nicht mehr hören! In meiner Familie wurde ständig über das Militär gequatscht, es steht mir bis Unterkante Oberlippe!«

»Oleander, du bist Deutscher. Das ist eure Vergangenheit!«

»Verschone mich mit dem Gewäsch von Knud!«

»Eure Vergangenheit ist so real wie das Kind, dass wir zusammen bekommen.«

»Gerade deswegen ärgert mich das! Wenn unser Kind erwachsen ist, ist die Generation der Deutschenhasser hoffentlich ausgestorben. Ich will mit unserem Kind und dir surfen gehen, später, es soll wissen was Frieden und nicht was Krieg ist!«

»Erinnerung macht uns zu Menschen, hat ein kluger Mann einmal gesagt, und ich möchte, dass mein Kind zu einem Menschen wird.« Freja setzt sich auf, kneift die Augen zusammen, zieht entschlossen die Luft ein und drückt ihre Fäuste tief in den Sofastoff. »Morgen machen wir unseren ersten Familienausflug!« Ihre Stimme ist klar und bestimmt. »Hast du mich verstanden, Ole? Ich möchte das unbedingt! Du, ich und unser Kind besichtigen das Bunker-Museum in Hanstholm. Und wenn wir dem Krieg ins Auge geblickt haben, gehen wir zusammen surfen und freuen uns über den Frieden.«

»Unser Kind braucht noch keine Nachhilfe in deutscher Geschichte.« Oleander sitzt kerzengerade wie ein Zinnsoldat, der Befehle erteilt, die niemand ausführen will.

»Ihr Deutschen habt keinen Humor, Ole! Unser Kind würde dich auslachen, wenn es dich jetzt sehen könnte.« Freja grinst verschmitzt. »Ich sag dir mal eine dänische Redensart: Hitler hätte es in Dänemark nie zu etwas gebracht. Wir Dänen hätten ihn kaputt gelacht. So, und jetzt will ich nichts mehr hören, ich bin nur noch müde!«

Sie springt vom Sofa auf, und einen kurzen Moment später hört Oleander, wie die Schlafzimmertür lauter als sonst ins Schloss fällt. Sein erster Impuls ist, Freja sofort zu folgen, sie in den Arm zu nehmen. Doch er bleibt angespannt sitzen. Mehrere Male spürt er den Impuls, doch noch zu ihr zu gehen, mit ein paar versöhnenden Worten die Sache aus der Welt zu schaffen. Letztendlich bleiben seine Glieder bleischwer wie der Trotz gegen seine Eltern.

Er starrt aus dem Fenster, in dem sich das Feuer des Kaminofens spiegelt. Es flackert wie seine Traurigkeit, die er vor sich selbst verbergen möchte. Einer seiner Gedanken zieht ihn in ein Früher, ein friedliches Früher. Vor seinen Augen taucht die prachtvolle Bambushütte von Kilian auf, die einsam inmitten der Bäume an einem Hang des Haleakala steht, ein tempelähnlicher

Pfahlbau auf riesigen Kiavé-Baumstämmen. Kilian verbringt dort nur wenig Zeit, höchstens einige Tage, auch mal eine Woche, nach einem seiner aufreibenden Wettkämpfe irgendwo auf der Welt. Er hat Oleander gleich nach Fertigstellung der Hütte angeboten, dass er jederzeit und unangemeldet dort wohnen könne und hat das Versprechen auch nach dem Ausscheiden Oleanders aus seinem Team nicht widerrufen. Wenn Kilian auf Maui weilt, lebt er hauptsächlich im Tal, direkt am Strand. Dort hat er für das ›tow-in-surfing‹, wie er sein Schleppsurf-Projekt nennt, zusätzlich ein großes Gelände mit Häusern und Schuppen gekauft. Von da aus schleppen Mitarbeiter mit Jetskis, einer Art Motorrad der Meere, Leute gegen Bezahlung auf ihren Brettern zu den Riesenwellen weit vor der Insel.

Im Herbst 1997 stürmt der Kona-Wind, dieser unangenehme Passatwind aus dem Süden. An dem Tag steuert Oleander seinen Wagen das erste Mal nach Ende seiner Profilaufbahn den steinigen Weg zu Kilians Hütte hinauf. Er fährt durch eine Allee von zerzausten Bananenstauden. Die weißen Scheinwerferkegel erfassen eine Gestalt, die auf der Holztreppe vor der Terrasse sitzt. Oleander hat seinen Wagen noch nicht abgestellt, da steht der Mann bereits neben der Fahrertür.

»Niels Skov«, sagt der knapp, als er den Fuß auf den Boden stellt. »Ich bin ein Freund von Kilian. Hab ihn im Sommer in Saintes-Maries-de-la-Mer getroffen und er hat mir angeboten, ein paar Wochen kostenlos in seiner Hütte zu wohnen.«

Niels Skov, ein drahtiger Mann mit auffällig großen Händen und einem fast lautlosen Lachen, ist genauso groß wie Oleander. Der blonde, sommersprossige Däne versteht sich auf Anhieb mit ihm, und sie teilen sich die Hütte, als hätten sie vorher schon eine Ewigkeit zusammengelebt. Am meisten amüsiert es sie, dass sie gerade aus den gleichen Gründen mit dem Windsurfen aufgehört haben. An dem Abend, an dem sie ihre Gemeinsamkeiten entdecken, sitzen sie auf der Terrasse. Ein feuchter Nebel liegt in der Luft, und die vertrauten Geschichten aus der Surferwelt wollen nicht enden.

»Ich konnte diese überdrehte Schauakrobatik irgendwann nicht mehr ertragen, Alter«, hört Oleander, während Niels mit theatralischer Gestik ein Fazit aus seinen letzten Jahren zieht. »Dieses Tohuwabohu mit dem Material, diese wie Monsterwellen anschwellenden Kosten, jeden Tag neu den elenden Scheiß irgendwo hinschaffen.«

Oleander braucht nichts dazu zu sagen, er nickt nur und dreht nebenbei einen Joint nach dem anderen.

»Ich hab mich aller Sachen entledigt«, beschwört Niels. »Im Moment besitze ich nur noch ein Surfboard, für die richtig guten Tage vor Hookipa.«

»Ohne Meer und Wind kann ich mir mein Leben nicht vorstellen«, widerspricht Oleander dann doch. »Aber ich würde gerne eine andere Art des Surfens finden, näher an der Natur, ein nur vom Wind getriebenes Dahingleiten. Vor einigen Jahren habe ich einen Surfer beobachtet, der sich mit einem kleinen Drachen über den Sandstrand ziehen ließ. Das Ding war völlig simpel gemacht. Stoff, zwei Leinen und zwei Griffe. Und jetzt stell dir vor, das auf dem Wasser zu machen. Du stehst auf einem Brett und ein Drachen zieht dich über die Wellen. Das wäre der Wahnsinn! Was sagst du dazu, Niels?«

»Ich könnte welche besorgen, Alter, wenn ich wieder in Neuseeland bin. Ich kenne dort einen Typen, der solche halbmondförmigen Drachen verkauft, etwa zwei bis drei Quadratmeter Fläche.«

»Das ist es, Niels, das ist genau, wonach ich gesucht habe! Mach das! Ich warte hier auf dich und arbeite unterdessen an den passenden Brettern für uns.«

Obwohl Oleander feststellen muss, dass seine Joints feucht geworden sind, rauchen sie gemeinsam auf ihren Beschluss. Das Gras schmeckt zwar wie ein schwelender Misthaufen auf Eiderstedt, aber die Wirkung bleibt nicht aus. Angeschlagen macht sich Oleander weit nach Mitternacht zu seinem Schlafplatz auf und stutzt, als er die Bambustür zur Hütte aufstoßen will. Das alte Holzschild, das beim Richtfest des Gebäudes von Kilian persönlich dort angebracht worden war, ist verschwunden.

Eintritt nicht für jedermann,
nur für Verrückte

Die Buchstaben, liebevoll aus einem Zedernholzstück herausgeschnitzt, waren die Kopie einer bekannten Inschrift, die an der Pforte zum Magischen Theater hängt, um Harry Haller ins Innere zu locken. Der Steppenwolf von Hermann Hesse, ein Buch wie eine Offenbarung! Kilian und Oleander bekamen es am selben Tag von Freja geschenkt, ohne dass sie gegenseitig davon wussten.

Oleander sitzt im Dunkeln auf Frejas Sofa und zermartert sich das Hirn, warum er damals über eine Woche brauchte, bevor er das Fehlen des Schildes bemerkte. Harry Haller, der Steppenwolf, lässt grüßen, denkt er und sieht die Digitalanzeige der Uhr, die von Frejas Schreibtisch herüberleuchtet. Es ist 0.23 Uhr. Er tastet sich durch die Wohnung bis zum Schlafzimmer, drückt vorsichtig die Türklinke herunter und öffnet leise die Tür. Das Licht der Nachttischlampe geht an, springt ihm grell in die Augen.

»Was sind das für Bilder, die dort unter dem Fenster stehen?«

Oleander braucht einen Moment, bis er wieder etwas sehen kann. Freja sitzt aufrecht im Bett, ist hellwach, als wenn sie die ganze Zeit auf ihn gewartet hat. Ein verlegenes Lächeln huscht über sein Gesicht, er fühlt sich von ihr ertappt und möchte ihre Frage am liebsten im Keim ersticken. »Das sind Zeichnungen und Aquarelle«, wiegelt er ab.

»Sie sind wunderschön, Ole! So eindringlich, die Liebespaare beim Liebemachen. Sind die für mich?« Ihre Stimme klingt betont sentimental, als wäre ihr Streit niemals passiert.

»Das geht nicht, Freja, wirklich nicht.« Jedes Wort brennt auf seinen Lippen. »Ich brauche dringend Geld, um einen Kredit abzubezahlen und das ist richtig teure Kunst, Freja.«

Sie verzieht den Mund, setzt ein enttäuschtes Gesicht auf. »Aber wenn die wirklich viel Geld kosten, woher hast du sie denn?«

»Von einem Freund!« Seine Antwort kommt viel zu schnell. Er setzt sich auf die Bettkante, mit dem Rücken zu ihr, und knöpft sein Hemd auf. »Der Freund hat mich beauftragt, die Bilder zu verkaufen. Da fällt eine gute Provision ab.«

»Schade«, sagt Freja leise. »Sie hätten mir gefallen.«

Nach einem langen Schweigen löscht sie das Licht. Er fühlt sich von ihr mit in die Dunkelheit genommen. Das Raubtier erwacht. Geschmeidig, einem Kraken gleich, kriecht er an ihre Seite, tastet mit tausend weichen Tentakelhänden nach ihrer Haut.

*

In dem schlauchartigen Korridor reiht sich eine Tür an die nächste. An jeder von ihnen ein Messingschild mit einer Inschrift. Oleander spürt eine würgende Panik. Er weiß nur, er will die eingravierten Botschaften nicht lesen, duckt sich weg, läuft mit halbgeschlossenen Augen über den schwarzen Teppichboden. Den Nacken trifft ein Luftzug, ein eiskalter Atem, als wäre ein Ungeheuer mit scharfen Zähnen hinter ihm her. Doch so oft er sich auch umdreht, nichts folgt ihm, niemand ist hinter ihm her. Er keucht. Die Angst packt ihn fester, schnürt ihm die Kehle zu.

Ich sollte in eine dieser Türen gehen, mich in Sicherheit bringen, hämmert es in seinem Kopf. Er stoppt abrupt vor der nächsten Tür. Erstaunt liest er die Aufschrift des Schildes.

Alle Mädchen sind dein
Einwurf eine Mark

Was ist schon begehrenswerter als solch ein Versprechen, flüstert eine lockende Stimme zu ihm.

Er sucht nach einer passenden Münze, wühlt hastig in seinen Jackentaschen, findet ein altes Markstück und wirft es in den Geldschlitz unter dem Türgriff. Wie von Geisterhand schwingt die Tür auf. Vorsichtig setzt er den ersten Schritt hinein.

»Stopp, mein Freund«, flüstert eine bekannte Stimme in sein Ohr. »Du hast gerade das Magische Theater betreten. Der Eintritt ist aber nur für Verrückte.«

»Ich bin verrückt!«, verteidigt er sich vehement.

»Das sagen alle, aber alle sind völlig normal«, beharrt die Stimme.

Oleander wendet seinen Kopf, will dem Sprecher in die Augen sehen. Neben ihm steht Kilian, grinst über das ganze Gesicht, packt seine Hand und zieht ihn hinter sich her in den nächsten Raum. Darin ist es stockfinster, bis plötzlich ein schwaches Licht aufblitzt und ein einsames Bett mitten im Zimmer anstrahlt. Die Laken sind in ein unwirkliches Phosphorblau getaucht. Oleander erkennt Frejas Gesicht, sieht ihren entblößten Oberkörper, ihre wunderschön geformten Brüste. Ihr linker Arm ruht auf der nackten Schulter einer männlichen Person, die bäuchlings neben ihr liegt, das Gesicht in den Kissen verborgen. An der Körpergestalt erkennt er Kilian. Ein tiefer Schmerz durchzuckt seine Brust. Der Mann hebt den Kopf aus den Kissen, dreht ihn zur Seite und blickt Oleander direkt in die Augen.

»Und du behauptest, dass du verrückt bist.« Kilians Stimme hat einen verächtlichen Unterton, der sein Selbstwertgefühl ankratzt. Als Oleander sich erzürnt abwenden will, ertönt sein schallendes Gelächter, laut und verletzend, das anhält und nicht enden will.

Oleander starrt wütend auf den Kilian, der neben Freja im Bett liegt, und dann auf den anderen Kilian, der noch immer neben ihm steht.

Das kann nicht sein, schießt es ihm durch den Kopf.

»Was kann nicht sein«, erwidert Kilian seinen stummen Gedanken.

Als Oleander seinen Blick wieder auf das Bett richtet, ist Kilian verschwunden. Der Mann, der jetzt neben Freja liegt, ist er selbst. Oleander sieht sich selbst in die Augen und kann seinem eigenen Blick nicht standhalten. Voll Panik schlägt er die Augen nieder.

»Oleander, Oleander, du verstehst das Magische Theater nicht!«, ruft eine leise Stimme aus der Ferne. »Wir waren beide verrückt, Oleander, damals, als Harry Haller uns das Leben erklärte. Du und ich wollten die freie Liebe. Keine Frau sollte nur einem Mann gehören.«

»Wenn die Liebe ruft, dann folge ihr. Das sind deine eigenen Worte, Kilian. Sind sie wahr oder hast du mich angelogen?«

»Ich wollte Freja nie für mich allein, Oleander!«

»Du hast es die ganze Zeit gewusst, das zwischen mir und Freja?«

»Selbstverständlich! So ist die freie Liebe. Wenn Freja bei dir war, dann kam sie danach zu mir.«

»Nein! Du lügst! Du hast mich dein Leben lang angelogen!«, schreit eine gewaltige Stimme in ihm.

»Du machst den ersten Ausflug mit deinem Kind.«

Frejas Hand legt sich auf seinen Oberschenkel. Oleander sitzt mit geschlossenen Augen zurückgelehnt auf dem Beifahrersitz, denkt an die Zeit zurück, als er den Steppenwolf zum letzten Mal gelesen hat. Harry Haller ahnt am Ende des Buches den Sinn vom Spiel des Lebens, er ist bereit, dieses Spiel aufs Neue zu beginnen, seine Qualen nochmals zu kosten.

»Was ist, Ole?«, fragt Freja mit unsicherer Stimme.

»Ich denke nur an damals, an die verrückte Zeit auf Maui. Du hast übrigens bis jetzt kein Wort über dein Treffen mit Kilian gesagt.«

Er öffnet die Augen und blickt auf die Hügelketten, die, einer braungrünen Mondlandschaft gleich, am Seitenfenster vorbeiziehen. Die Landstraße 181 führt schnurgerade in Richtung Norden, links der schmale Dünengürtel, der sich vor die Nordsee spannt.

»Allgemeines Surfergeplänkel«, antwortet Freja beiläufig. Ihre Stimme monoton gepresst, als solle sie möglichst emotionslos klingen. »Ich kann mir nicht vorstellen, dass es dich großartig interessiert.«

»Hattest du, seitdem wir zusammen sind, noch mal was mit Kilian?«

Der Wagen wird plötzlich schneller. Oleander schaut zu Freja hinüber, die verkrampft das Lenkrad umfasst und aufs Gas drückt.

»Was soll die Frage?«

»Ich möchte es einfach gerne wissen.«

»Wir bekommen ein Kind, Ole. Ich denke, du kannst dir die Frage selbst beantworten!«

»Kann ich nicht!«

»Wenn du das nicht kannst, musst du wohl verrückt geworden sein.«

Aus den Hügelketten starren graue Betonruinen aus eckigen Geschützscharten herüber. Kurz darauf brechen dunkle Kalksteinkanten aus der Dünenheide. Die Straße hat den nördlichsten Küstenpunkt erreicht, macht einen Rechtsknick und führt steil bergauf. Freja steuert den Wagen wortlos durch eine lang gezogene Schleife, bevor die ersten Ziegelhäuser von Hanstholm sich ins Blickfeld schieben.

Oleander weiß, dass sie seine Frage nicht beantworten wird.

Er schweigt den Rest der Fahrt. Die vergangene Nacht liegt hinter ihnen, am anderen Ende der Straße ist nur noch ein Traumbild der Lust, das lebendig bleibt, solange er daran denkt.

Frejas nackter Körper gleitet über den Rand der Dunkelheit, dort wo die Augen fühlen und die Finger sehen. Haut schmiegt sich an Haut. Sein Kopf sinkt zwischen ihre Brüste, die Zunge schnellt hemmungslos zur nächsten Brustwarze, kreist um die erblühte Knospe, streift abrupt hinab zum Nabel und beiläufig die kleine Kuhle des Bauchnabels, um dann noch tiefer in den lockigen Haarbusch einzudringen. Aus dem Delta der fleischigen Blütenblätter strömt ein schwerer süßlicher Geruch. Dann wieder das schallende Gelächter, das seine Lust verhöhnt. Der große Kilian lacht in seinem Nacken, scheucht seine entflammten Gefühle zurück in seine eiskalten Gedanken.

Der bestialische Gestank von Fischmehl dringt durch die Ritzen des Wagens, weht von der Fischfabrik herüber und unterbricht sein eifersüchtiges Nachsinnen. Der herbe Geruch liegt wie ein klebriger Ölfilm über der ganzen Stadt, Oleander kann ihn auf der Zunge schmecken. Am Schild ›Bunkermuseum‹ biegt Freja ab, steuert auf den Parkplatz, und sie steigen aus. Am Wegrand liegt ein Kanonenphallus auf zwei Betonstelen, deutet in blitzsauberem Grau zum blauen Himmel.

Feuer frei!

Er blickt Freja an, sie lächelt und drückt seine Hand. Er bleibt vor dem Geschützrohr stehen, betrachtet es aus der Nähe.

»Ein gigantisches Teil! Ist das eine von diesen Kanonen?«

»Nein, die hat man in den 50ern in Stücke zerteilt und umgeschmolzen.«

»Eine Nachbildung?«

»Nein, die sollte in der Batterie ›Tirpitz‹ einsetzt werden, in der Nähe von Blåvand. Dort wurde sie aber nie montiert, lag lange Jahre im Hof des Tøjhusmuseums in Kopenhagen herum.«

Ein Reisebus kommt auf das Gelände gefahren, und aus den

Türen stürmen dänische Mädchen und Jungen mit lautem Gejohle auf die Kanone zu. Während der Lehrer sie mit deutscher Vergangenheit zu bändigen versucht, räumen Oleander und Freja den Platz, flüchten zum Glasbau des Museums, vorbei an einer kleineren Feldhaubitze und einem Spalier von Panzersperren aus gekreuzten Winkeleisen. Freja kauft die Eintrittskarten, aber die Exponate hinter den großen Panoramascheiben langweilen Oleander, haben nichts mit ihm zu tun. Die Uniformen, hundertmal in Kriegsfilmen gesehen, wirken so wenig abschreckend wie Vogelscheuchen auf Vögel. Selten steigt ein beklemmendes Gefühl in ihm auf, doch manchmal reicht eine Kleinigkeit, ein banales Hinweisschild, das auf Deutsch warnt: Wer feste Kraftstoffe für andere Zwecke als zum Motorenbetrieb verwendet, gefährdet die Einsatzbereitschaft der Truppe und hat mit schwerster Strafe – unter Umständen mit Todesstrafe – zu rechnen.

Am Ende des Rundgangs, vorbei an ausgedienten Seeminen, Funkanlagen und Flugabwehrgeschützen, hat sie ihn besiegt, die Vergangenheit, hängt wie ein Klotz am Bein, der ihm nur hinderlich ist. Erst das Modell der großen Geschützanlage weckt seinen Spieltrieb. Per Knopfdruck kann der Turm gedreht und die Kanone in Stellung gebracht werden. Freja wirft ihm einen verstörten Blick zu, irritiert von seinem plötzlichen Gefallen am Kriegspielen.

Eine schräge Rampe führt in den Bunkerbau, der sich unter der Erde befindet.

»Das ist der Gang in die deutsche Dunkelheit«, feixt Oleander süffisant zu Freja, die sich an ihn schmiegt. Vor ihnen schleppt ein dänischer Museumsbegleiter eine Gruppe Schaulustige durch die Betonwohnräume, Sanitäranlagen, Maschinenräume und Munitionsbunker. Freja und Oleander folgen den Leuten in einiger Entfernung und landen in einem Geschützbunker, in dem mannsgroße Granaten lagern.

»Die Besatzungsstärke mit Funktionspersonal betrug 112 Mann«, übersetzt Freja leise die Worte des Begleiters. »In dem Raum, in dem wir uns befinden, lagen höchstens 65 Schuss. Der Rest wurde aus Sicherheitsgründen separat gelagert. Für das Geschütz dieser Batterie wurde extra das sogenannte ›Siegfried-Geschoss‹ entwickelt. Es war nur 500 kg schwer und erreichte mit der Treibladung eine Reichweite von 55.000 Metern.«

Plötzlich ist die Gruppe durch eine Türöffnung in der Mauer verschwunden. Freja und Oleander eilen hinterher und kommen in den inneren Kreis der Kanonenstellung, in dessen Mitte ein runder Betonsockel hervorragt, auf dem sich vermutlich einmal das Geschütz gedreht hat.

»Die Kesselbettung hat einen Durchmesser von 30 Metern. Der Geschützbunker ist über 7.000 qm groß und die Wandstärke des Betons beträgt 3,5 Meter. Mit einer Schmalspurbahn, die gleich zu einer Rundfahrt bereitsteht, wurde die Munition zum Geschütz transportiert, an Ketten befestigt und von hinten zum Geschützrohr hinaufgehievt.«

Freja dolmetscht den Monolog. Oleander lehnt mit dem Rücken am grauen Beton, schließt die Augen und genießt die warme Sonne. In seinem Kopf sucht er nach den Bildern, die sich hier vielleicht abgespielt haben könnten, es stellen sich aber keine ein.

Nur eine Bauruine wie jede andere, spricht sein innerer Widerstand.

Alles erscheint ihm ernüchternd unspektakulär, die Normalität hat sich wie Staub über alles gelegt. Nur die Inschrift, die er vorhin in einem Wachschuppen sah, hat er noch in seinem Gedächtnis.

»Hier stand ich Stunde um Stunde und dachte darüber nach, welcher boshafte Teufel hat mich wohl nach Hansted gebracht.«

»Komm, lass uns abhauen«, mault er. »Das Zeug törnt mich einfach nicht an.«

»Aber die Rundfahrt machen wir noch mit«, bettelt Freja und zieht ihn weiter hinter der Gruppe her, die an den schmalen Schienen entlangmarschiert, bis sie die kleine grüne Diesellok erreichen, die mit sechs Waggons und einem Hänger mit zwei Granaten zur Abfahrt bereitsteht.

»Okay, fahren wir die Munition spazieren«, albert Oleander und zwängt sich mit Freja in den engen Waggon, in dem bereits zwei junge Männer in blauen Trainingsanzügen und Turnschuhen Platz genommen haben. Einer fummelt unentwegt mit seiner Kamera herum.

»Pass bloß auf, dass du genau im richtigen Augenblick abdrückst«, ermahnt der andere in deutscher Sprache. »Wir fahren in genau dieselbe Richtung wie die Olsenbande.«

Die Bahn setzt sich in Bewegung, fährt mit Blick aufs Meer durch die Dünenlandschaft und taucht in dichtbelaubte Büsche ab.

»Jetzt kommt der Ausschnitt! Exakt! Genau wie im Film!«, jubelt der Mann mit der Kamera und schießt ein Foto nach dem anderen.

»Was macht ihr denn da?«, fragt Oleander neugierig, nachdem er eine Weile dem Treiben zugesehen hat.

»Wir sind auf der Fährte von Egon, Benny und Kjeld«, erklärt der Mann, ohne seine Kamera vom Auge zu nehmen.

»Muss ich die kennen?«, fragt Oleander.

»Du kennst die Olsenbande nicht?«

Oleander zuckt mit den Achseln.

»Wir sind vom Olsenbande-Fan-Club Deutschland«, erklärt der andere Mann. »Wir sind auf den Spuren von ›Die Olsenbande fährt nach Jütland‹. Ein Kult-Film, spielt unter anderem auf diesem Gelände.«

»Jetzt fahren wir in den Egonbunker«, unterbricht sein Kumpel.

Die Schienenstrecke geht leicht bergab. Die Bahn hält auf eine Öffnung in einem Erdhügel zu, verschwindet in einem schwarzen Quadrat und rattert zwischen Betonwänden mit diffusem

Lampenlicht ins Bunkerinnere. Metall trifft auf Metall, die Räder kreischen mit Höllenlärm.

»Guck mal, der Bunkereingang!«, brüllt der Mann mit dem Fotoapparat gegen das Getöse an.

»Wie im Film! Genau dieselben Geräusche! Alles wie im Film!«, sprudelt es aus dem Mund des Kameramanns.

»Da kann man sich richtig vorstellen, wie Rico von da oben hineingeschlichen kam, um den Schatz zu holen«, brüllt sein Kumpel zurück.

Oleander ist sicher, er befindet sich im falschen Film. Wenn Hitler das noch erlebt hätte, denkt er sarkastisch und muss über die beiden Fans vom Olsenbande-Fan-Club Deutschland und über sich selbst innerlich lachen.

Mein hochverehrtes Publikum! Meine Damen und Herren, Sie befinden sich im Magischen Theater der deutschen Vergangenheit! Zutritt natürlich nur für Verrückte!

Die Feldbahn rattert mit schwindelerregender Geschwindigkeit durch die Kurven seiner Hirnwindungen, verrückt die festgefügten Realitäten in Oleanders Kopf. An der eisernen Bunkertür schwebt ein Schild vorbei, kaum lesbar im Dämmerlicht.

Auf zum fröhlichen Jagen Hochjagd auf Automobile

Oleander kennt die Aufschrift, sie stammt aus dem Steppenwolf. Kilian hatte sie ihm einmal auf Hawaii vorgelesen, damals, und mit überschäumender Begeisterung gleich auch den ganzen Abschnitt danach. Und plötzlich, hier zwischen den feuchten Betonwänden, kann Oleander die Textpassage, die er damals nur mit dem Verstand begriffen hat, mit jeder Faser seines Herzens fühlen.

»Auf den Straßen jagten Automobile, zum Teil gepanzerte, und machten Jagd auf die Fußgänger, überfuhren sie zu Brei, drückten sie an den Mauern der Häuser zuschanden. Ich begriff sofort: es war der Kampf zwischen Menschen und Maschinen, lang vorbereitet, lang erwartet, lang gefürchtet, nun endlich zum Ausbruch gekommen. Überall lagen Tote und Zerfetzte herum, überall auch zerschmissene, verbogene, halbverbrannte Automobile, über dem wüsten Durcheinander kreisten Flugzeuge, und auch auf sie wurde von vielen Dächern und Fenstern aus mit Büchsen und mit Maschinengewehren geschossen.«

Ein Text nur für Verrückte?

Oder hatte Hermann Hesse eine Vision, in der er das tausendjährige Reich vorweggenommen hat?

Sei's drum, denkt Oleander und fegt seinen Gedanken als sentimentales Hirngespinst beiseite. Eine Vision aus dem Jahre 1927 ist heute keine Vision mehr. Sie ist nur noch eine nutzlose Erinnerung.

Doch seine Gedanken lassen ihm keine Ruhe, durchforsten die eigene Vergangenheit und fragen sich selbst, wie er zu dem Menschen geworden ist, der er heute ist. Und gleichzeitig kreieren sie in seinem Kopf ganz nebenbei ein nagelneues Schild. Und die Schrift auf diesem Schild ist eine Botschaft an den Oleander, für den Verrückten, dem alten Steppenwolf der Meere, wie man ihn auf Hawaii immer scherzhaft bezeichnet hat. Der Oleander, den er noch aus seiner Erinnerung kennt, der Harry Haller mit dem Surfbrett, der 1927 noch nicht gelebt hat, der aber jetzt – im Jahr 2004 – existiert.

Erinnerung
ist ein Lebenselixier

Er weiß aber nicht, dass diese Botschaft, diese tiefe Erkenntnis, kaum noch einen Nutzen für ihn hat, seine weitere Lebenszeit ist dafür zu kurz bemessen.

Dänemark 1942

Regierungschef Thorvald Stauning, der große alte Mann der dänischen Sozialdemokratie, stirbt am 3. Mai 1942. Er hatte seit dem Ersten Weltkrieg die Geschicke des Landes mitgeprägt, zeitlebens eine gute Nachbarschaft zu Deutschland gepflegt und war bei allen Dänen eine Art selbstverständliche Institution gewesen.

Schon zwei Tage zuvor hatte Erik Scavenius den deutschen Gesandten v. Renthe-Fink über den kritischen Zustand von Stauning unterrichtet und ihn über den Kabinettsbeschluss informiert, Finanzminister Vilhelm Buhl als Nachfolger zum Regierungschef zu nominieren. Am 5. Mai 1942 sagt dieser in seiner Regierungserklärung:

»Dank des rücksichtsvollen Auftretens der Besatzungsmacht, teils der Besonnenheit der Bevölkerung und ihres Verständnisses für die Schwierigkeiten der Zeit ist es bisher gelungen, die Linie durchzuführen, die am 9. April 1940 festgelegt wurde, und sie zwei Jahre unter Verhältnissen zu überstehen, die günstiger gewesen sind, als von vornherein zu erwarten gewesen war ...«

Buhls Regierungszeit wird nur sieben Monate dauern. Sie endet am 8. November 1942, und am 9. November übernimmt Erik Scavenius das Amt des Ministerpräsidenten von Dänemark. Er wird es bis zum 5. Mai 1945 innehaben.

Jemand hat ein Fahrrad an die schmutzige Kalkwand ihres Hauses gelehnt. Aus dem offenen Fenster hört Aase eine fremde Stimme. Sie stellt ihren Schulranzen auf den Boden und schielt vorsichtig in die Küche. Mutter sitzt dort mit einem Mann am Küchentisch und starrt auf einen beschriebenen Zettel in ihrer Hand.

»Ein Räumungsbefehl für den 11. August? Wie sollen wir das schaffen, Herr Bechgaard?«

»Wir konnten das nicht mehr weiter hinauszögern, Frau Stræde. Glauben Sie mir, der Herr Landrat hat alles versucht. Aber dieser Kommandant Crüger besteht aus Sicherheitsgründen auf der sofortigen Räumung von 16 Häusern am Moenvej, die in unmittelbarer Nähe der Batterie stehen.«

»Pølsetyskere! (Wurst-Deutsche)«, schimpft die Mutter. »Was wollen diese Deutschen uns noch alles antun? Letztes Jahr haben sie ohne Warnung mit ihrer Kanone auf unser Fischerboot geschossen. Es haben nur wenige Meter gefehlt, hat mein Mann mir gesagt. Und jetzt wollen sie uns aus unserem Heim werfen. Das geht doch nicht!«

»Das dient auch zu unserer Sicherheit, Frau Stræde. Stellen Sie sich nur vor, die Engländer würden kommen. Wir sollten uns alle an die Anweisungen der Deutschen halten.«

»Und wohin werden wir gebracht?«

»Nicht weit weg, Frau Stræde. Südöstlich von hier, bei Nytorp, das ist nur zirka zwei Kilometer entfernt. Da sind extra zwölf neue Wohneinheiten für Umsiedler errichtet worden.«

»Im Interesse der raschen Räumung des befestigten Raumes von Hansted und der dort noch wohnenden Zivilpersonen wurden Erhebungen angestellt. Auf Befehl des Führers wurde für Dänemark die Verstärkung der Küstenverteidigung nach Westwall-Grundsätzen angeordnet. In den monatlichen Meldungen an das Oberkommando der Wehrmacht über den Stand des Ausbaus wurde zum 10.9.42 gemeldet, dass der Bau der Infanterie-Hindernisse im Rahmen des geplanten Ausbauabschnittes durchgeführt sei und mit einer Verstärkung (2. Ausbauabschnitt) begonnen würde. An Kräften waren am Stichtag eingesetzt 27 Firmen mit etwa 2.350 Arbeitern.«

»Es ist wünschenswert, deutsche Bauarbeiten in Dänemark von dänischen Unternehmen ausführen zu lassen. Es gilt zu vermeiden, dass es zu Störungen des Arbeitsmarkts durch deutsche Firmen, deutsche Arbeitskräfte oder deutsche Zwangsarbeiter kommen kann. Dadurch wird das Risiko für eine Nazifizierung der dänischen Arbeiter, die unter den Deutschen arbeiten würden, ausgeschaltet.«

Regierungsbeschluss unter Thorvald Stauning

Aase muss jede Nacht im Schlafzimmer der Eltern schlafen, damit ihr Bruder einen eigenen Raum für sich hat. Vor ihrem Bett ist eine graue Wolldecke über ein halbhoch gespanntes Seil gehängt, die den Blick auf das Ehebett der Eltern versperrt. Als die Mutter am heutigen Abend, früher als gewohnt, das Mädchen drängt, dass es bereits Schlafenszeit sei, waren der Vater und der Bruder erst vor ein paar Minuten mit grauem Zementstaub in den Haaren heimgekommen. Während die Mutter mit feuchten Augen Aase am Arm packt und durch die Schlafzimmertür schiebt, lesen die beiden Männer den Zettel, den der Mann von der Zivilverteidigung am Mittag gebracht hat. Aase kann noch kurz ihre grimmigen Gesichter sehen, bevor die Mutter ihr hinterherruft: »Morgen ist keine Schule, du musst aber trotzdem früh aufstehen, Kind!«

Dann steht sie im Dämmerlicht des Raums, tastet sich zum Bett, zieht die Kleider aus und kriecht unter die Decke. Aber was nebenan vor sich geht, ist viel zu aufregend, um zu schlafen. Sie starrt mit offenen Augen in die Dunkelheit und sperrt ihre Ohren weit auf, damit sie jedes Wort verstehen kann.

»Warum hast du mich überredet, für dieses deutsche Pack zu arbeiten?«, schimpft ihr Bruder Malthe. Seine Stimme dringt nur gedämpft durch die Bretterwand an ihr Ohr. »Die Deutschen machen in unserem Land, was sie wollen! Warum sind wir nicht weiter Fischen gefahren?«

»Sprich nicht so respektlos mit deinem Vater«, fährt Mutters Stimme dazwischen. »Beim nächsten Mal habt ihr kein Glück! Dann wird die Kanone euch treffen. Wie sollen Aase und ich dann allein durchkommen?«

»Und was machen wir jetzt? Jetzt bauen wir Scheißbunker für das Gesindel, damit es sich möglichst lange in unserem Land breit machen kann!«

»Wir bekommen über zwei Kronen die Stunde, Malthe! Das ist mehr, als wir mit Fischen verdienen. Die Baufirmen zahlen uns, was wir verlangen. Sie haben keinen Grund, unseren Lohn niedrig zu halten, sie bekommen das Geld von den Deutschen.«

»Kein Grund, seelenruhig zuzusehen, wie sie mit uns umspringen!«

»Was willst du, Junge? Wir müssen leben!« Aase hört die Mutter betteln. »Was sollen wir machen, wenn wir morgen in dieses Barackenlager müssen?«

»Uns wehren, Mutter! Wir können uns das nicht alles gefallen lassen!«

»Unsere Regierung ist für Besonnenheit. Ich bin auch dafür.«

»Ich nicht, Vater! Wenn wir für die arbeiten müssen, sollten wir es zumindest so langsam und so schlecht wie möglich machen. Was unsere Regierung sagt, interessiert mich überhaupt nicht, die geben beim kleinsten Druck der Deutschen sofort kleinbei. Hast du schon vergessen, was unsere saubere Regierung letztes Jahr gemacht hat? Hunderte von dänischen Kommunisten haben sie verhaften lassen, das haben sie gemacht! Und dann haben sie alle bei Horserød in ein Lager gesperrt.«

Kampfhandlungen.

Feindberührungen zu Lande und zur See fanden in der Berichtszeit nicht statt. Die feindliche Fliegertätigkeit hielt sich in den gewohnten Grenzen. Sie nahm in diesem Monat gegenüber dem Vormonat erheblich ab.

Die Sabotagetätigkeit stieg zunächst weiter an. Gegen Ende der Berichtszeit war jedoch auch hier ein merkliches Absinken festzustellen. Dieser Umstand ist im Wesentlichen zurückzuführen auf die Festnahme einer größeren Anzahl Saboteure sowie auf den Aufruf zur Loyalität durch den dänischen König anlässlich der Wiederaufnahme seiner Regierungsgeschäfte.

Zur weiteren Drosselung der Sabotagetätigkeit wurde die dänische Regierung über den Bevollmächtigten des Reiches ersucht, eine erhöhte Bewachung der gefährdeten Objekte durch zusätzliche Einstellung von etwa 1.000 Polizeimannschaften durchzuführen.

Bericht des Befehlshabers in Dänemark

Oberleutnant Kreuzhausen leuchtet mit der Taschenlampe auf das Zifferblatt seiner Armbanduhr. Es ist kurz nach drei Uhr.

Noch fünf Stunden, dann kommt die Ablösung, denkt er wenig erfreut, schließt die Augen, gähnt lauthals und rutscht tief in den Sitz. Seit über zwei Jahren ist der Stützpunkt jederzeit kampfbereit, doch der ärgste Feind in dieser ganzen Zeit lauert innerhalb der dicken Bunkermauern. Es ist die unendliche Langeweile. Kein Wunder, dass mancher der Kameraden immer mal wieder durchdreht. Bunkerkoller oder Dünenkoller wird es in der Truppe spöttisch genannt. Vor drei Tagen ist diese Langeweile in den Mannschaftsräumen eskaliert, und die gesamte Bunkerbesatzung hat sich eine aberwitzige Keilerei geliefert. Ein Soldat war ausgeflippt, weil das Schnarchen eines Kameraden auf der Nachbarpritsche ihn geweckt hatte. Er griff nach der Kaffeekanne und schlug damit auf den Kopf des Schnarchenden ein, bis der blutete. Er konnte die Soldaten nur mit Mühe auseinanderbringen.

»In Deutschland reden alle von der Schlagsahnefront, wenn man erzählt, dass man in Dänemark stationiert ist«, hat ihm gestern gerade Hauptmann Röndich erzählt. Der war gerade aus dem Heimaturlaub in Husum zurückgekommen. Langeweile hat nichts mit Schlagsahne zu tun. Immer mehr Kameraden werden trübsinnig, wollen die Batterie verlassen und melden sich freiwillig zur Ostfront.

Oberleutnant Kreuzhausen hat dafür kein Verständnis. Wir haben es gut hier, was wollen wir mehr? Der Wehrsold wird in dänischen Kronen ausgezahlt, und hier in Dänemark kann man alle Lebensmittel einkaufen, die das Herz begehrt: Butter, Eier, Zucker, Speck, Weißbrot. Hier gibt es keinerlei Beschränkungen, keine Lebensmittelkarten.

Gute Ernährung ist aber noch lange keine Schlagsahnefront, denkt der Oberleutnant erbost. Ich glaube kaum, dass irgendjemand in Deutschland weiß, was hier wirklich los ist. Die Dänen sind nicht gerade freundlich, wenn sie uns Deutsche sehen.

Gerade vor einer Woche war er mit Leutnant Dunser in seiner Freizeit in Thisted gewesen. Einer der Kuriere hatte sie im Kübelwagen mitgenommen und auch wieder zurückgebracht. Die Anweisung des Kommandanten: Die Batterie Schill darf nur zu zweit verlassen werden, Stahlhelm am Koppel und geschultertes Gewehr ist Pflicht.

Im Café direkt am Marktplatz hatten sie fast eine halbe Stunde gesessen, ohne dass jemand kam, um sie zu bedienen. Das Fräulein mit der weißen Schürze stand im Türrahmen der Küche und guckte demonstrativ an ihnen vorbei. Im Knopfloch ihrer Bluse hingen vier dieser Lochmünzen an einem rotweißen Band. Rotweiß ist die Farbe der dänischen Flagge. Sie wussten natürlich, dass die Münzen ein Protest gegen die deutschen Besatzer sind. Das Geld hat einen Wert von neun Öre, symbolisch für den 9. April, an dem die Wehrmacht in Dänemark einmarschiert war.

Unter ihrem verachtenden Blick hatten sie das Feld geräumt.

Kaum waren sie auf die Straße getreten, flammte ein greller Explosionsblitz auf, keine 50 Meter von ihnen entfernt. Große Trümmerteile flogen ihnen um die Ohren, und sie hatten sich auf den Bauch geworfen. In kürzester Zeit waren Straßenkreuzungen und der Hafen mit Kettenfahrzeugen und leichten Geschützen besetzt.

Dänische Widerstandskämpfer hatten die deutsche Kommandantur in die Luft gesprengt, erfuhren sie, als sie zurück auf der Basis waren. Eine Alarmstufe wurde ausgerufen, die Posten doppelt besetzt, mehr Wachdienst befohlen, und es vergingen zwei Monate, bevor die altbewährte Langeweile erneut Einzug in der Batterie halten konnte.

In der Nacht feiert die Erinnerung Triumphe, alle möglichen Wahnbilder, und kein Wille kann das verhindern, denkt Oberleutnant Kreuzhausen und macht dafür ebenfalls die Langeweile verantwortlich. Gerade ist er vom letzten Kontrollgang in dieser Nacht aus dem Gelände in den Raum des Wachhabenden zurückgekehrt. Wie erwartet gab es überall nur dieselbe Meldung: Keine besonderen Vorkommnisse, Herr Oberleutnant.

Rosarote Wolkenfetzen stehen am dunklen Himmel, künden den Sonnenaufgang an. Heinrich Kreuzhausen schlendert nach der Ablösung durch die Dünenlandschaft zur Marinehalle hinüber, um sich noch einen Schlaftrunk in der Bierstube zu genehmigen. Der große Ziegelbau ist im Frühjahr 42 auf Bestreben des Kommandanten für kulturelle und sportliche Aktivitäten errichtet worden. Er besitzt einen großen Bühnenraum mit über 1.000 Sitzplätzen, in dem auch Kinovorführungen stattfinden können. Die Wände der Deutschen Bierstube sind mit Holzschnitzereien dekoriert, und auf die Deckenbalken sind heimatliche Sprichwörter gemalt:

Im Kampf tut Wut so gut wie Mut
Kameradschaft ist stärker als der Tod

Die Hälfte seines Lebens wartet der Soldat vergebens

»Kreuzhausen! Gut, dass ich Sie treffe«, ruft eine tiefe Stimme von einem Ecktisch herüber. Hauptmann Röndich sitzt dort bei Spiegeleiern und Speck und einer Tasse Kaffee. »Setzen Sie sich, Kreuzhausen, setzen Sie sich! Schauen Sie sich diese Scheiße an!«

Er schiebt dem Oberleutnant eine Zeitung über den Tisch. ›Frit Danmark‹ steht dort in roten Buchstaben. Kreuzhausen wirft nur einen verächtlichen Blick drauf.

»›Freies Dänemark‹, dumme Widerstandsschmiererei, oder?«

»Schon, aber wir sollten lesen, was der Feind schreibt, Kreuzhausen! Lesen Sie, was da behauptet wird.«

»Dafür reicht mein Dänisch nicht aus, Herr Hauptmann.«

Röndich greift die Zeitung und liest langsam Wort für Wort.

»Überschrift: Zuckersabotage beim Bunkerbau. Dann schreiben sie: Bei der Entfernung der Verschalung eines Bunkers in Südwestjütland sind die dicken Mauern wie *Gummi elastikum* zusammengestürzt. Dänische Arbeiter sollen Zucker in den Beton gemischt haben, um eine Härtung zu verhindern.«

»Ammenmärchen«, sagt Kreuzhausen verächtlich. »Papier ist geduldig, Herr Hauptmann! Dafür bräuchte man Unmengen von Zucker, wenn das wirklich klappen sollte. Woher sollten die Arbeiter in diesen Zeiten soviel Zucker herhaben, und wie wollen sie den auch noch unbemerkt unter den Beton gemischt haben?«

»Irgendwie haben sie es anscheinend hingekriegt, Kreuzhausen, wie auch immer! Und deswegen muss ich mit Ihnen reden, denn es gibt eine neue Aufgabe für Sie! Der Festungspionierstab möchte unsere militärischen Kompetenzen auf den Bunkerbaustellen mehr nutzen. Es ist kein Geheimnis, dass es auf den Baustellen drunter und drüber geht. Das liegt an der Organisation Todt, der man die Ausführung der Bauarbeiten übertragen hat. Ich brauch Ihnen das ja nicht zu sagen, aber das sind Zivilisten durch und durch, die teilen unser militärisches Interesse nicht im geringsten, Kreuzhausen. Die OT bleibt zwar weiterhin der offizielle Arbeitgeber für die dänischen Befestigungsarbeiter, aber … also, der Festungspionierstab will, dass eine Vertrauensperson die militärische Aufsicht auf den Baustellen effektiver koordiniert. Die notwendigen, taktischen Zielsetzungen des Militärs müssen genügend berücksichtigt werden. Im Notfall greifen wir in die stattfindenden Bauarbeiten ein und setzen Änderungen durch. Der Schlendrian auf den Baustellen muss ein Ende haben! Trauen Sie sich zu, diese Typen der OT auf Vordermann zu bringen, Kreuzhausen?«

»Jawoll, Herr Hauptmann!«

Die Schule ist vorbei. Aase tritt aus Leibeskräften in die Pedale, um ihre Freundin Damaris Mølby abzuhängen, die bereits einige Meter hinter ihr zurückgeblieben ist. Von der Straße zweigt ein Sandweg ab, der in die Dünenlandschaft führt. Der Fahrtwind bläst Aase ins Gesicht, und sie stellt sich vor, sie wäre dieses blonde Mädchen, das in Kopenhagen mit dem Fahrrad nur wenige Meter vor dem König herradelte.

Aase hat den König auf einem Foto gesehen, auf einem mächtigen Pferd mit weißer Blesse. Der Lehrer hat das Foto vor ein paar Wochen neben der Tafel an die Wand gehängt. Danach erzählte er der Klasse mit feierlicher Stimme, dass König Christan X. von Dänemark, seitdem die Deutschen in ihrem Land sind, jeden Tag unbewaffnet und ohne Leibwache durch Kopenhagen reitet.

»Der König ist ein Symbol, Kinder! Ein Symbol für den Widerstand gegen die deutsche Besatzung!«

Aase hat das mit dem Symbol zwar nicht verstanden, stellt sich seitdem aber immer den König vor, wie der in schicker Uniform, mit einer doppelten Reihe Goldknöpfe, hinter ihrem

Fahrrad herreitet und sie dabei lauthals in die Menschenmenge ruft: »Macht den Weg frei ihr Leute, euer König kommt!« Und der König freut sich darüber, dass Aase ihm hilft, grüßt freundlich alle Dänen, die jubelnd an der Straße stehen und dänische Fähnchen schwenken.

Aases Augen strahlen, sie lässt den König wieder und wieder durch ihre Vorstellung reiten und guckt voller Übermut über ihre Schulter hinter sich. Doch dort reitet kein König, dort fährt nur Damaris, fuchtelt mit dem linken Arm und schreit ihr hinterher: »Warte auf mich, Aase! Nun warte doch!«

Aase nimmt Schwung und radelt auf eine kleine Anhöhe zu. Doch der feine Dünensand lässt ihre Reifen einsinken und sie muss trotz aller Anstrengung absteigen. Sofort hat Damaris sie eingeholt. Die letzten Meter schieben beide gemeinsam ihre Räder auf den Hügel. Von dort aus ist ihr neues Zuhause zu sehen, die Barackensiedlung Nytorp. Die hässlichen Holzhäuser sind in aller Eile in Reih und Glied auf einen schmucklosen Erdplatz gestellt worden. Es gibt nur einen einzigen Wasserhahn für alle Anwohner, und Strom gibt es überhaupt nicht. Die Mutter findet es gar nicht schön, hier zu wohnen. Aase auch nicht. Sie hat die Mutter schon einmal in der Nacht weinen gehört, als der Wind von der See durch die Ritzen der Bretter blies und die Dachlatten laut klapperten. Die ganze Familie hat nur noch einen Wohnraum, einen Schlafraum und eine Küche. Der Lokus ist durch eine dünne, undichte Holzwand von der Küche abgetrennt und es riecht sehr unangenehm.

Die Baracken, in denen die Eltern der beiden Mädchen wohnen, stehen direkt nebeneinander. Zwischen den beiden Holzhütten sind nur wenige Meter Platz. Aase stellt ihr Fahrrad neben die Eingangstür und nimmt den Ranzen vom Gepäckträger.

»Bis nachher!«, ruft Damaris, winkt ausgelassen und schiebt ihr Rad ein Haus weiter. Ihre Mutter sitzt auf der untersten Stufe der Treppe in der Sonne, putzt die Schuhe von Herrn Mølby und guckt neugierig, wer gerade in die leerstehende Baracke gegenüber einzieht. Ein großer Lastwagen steht vor der offenen Eingangstür, genau so einer, mit dem auch Aase und ihr Bruder und die Eltern hier angekommen sind. Der dröhnende Dieselmotor lässt im Umfeld die lockeren Scheiben vibrieren. Aase grüßt mit einem Kopfnicken die neuen Nachbarn, die ihre Möbelstücke von der Ladefläche in den Innenraum schleppen.

Schade, niemand zum Spielen dabei, stellt das Mädchen enttäuscht fest, als sie die zwei größeren Jungen zwischen den Erwachsenen entdeckt. Aber ein kleiner Hund läuft laut kläffend hinter ihnen her. Aase versucht ihn herüberzulocken, doch das Tier beachtet sie nicht.

»Komm endlich rein«, hört sie die Stimme der Mutter. »Es gibt Kartoffelsuppe. Und beeile dich, du musst gleich das Essen auf die Baustelle bringen!«

Winzige Partikel schweben wie dichter Nebel in der Luft. Hose, Schuhe, Brust, Hände und Gesicht von Jesper Stræde sind mit einer grauen Zementkruste bedeckt. Er arbeitet im Akkord, sein nackter Oberkörper ist mit kleinen Rissen und alten Narben von früher überzogen, die er sich beim Fischen geholt hat. Der tägliche Ablauf im Befestigungsbau der Deutschen ist allerdings noch anstrengender als die Knochenarbeit eines Fischers. Im Laufe des Tages scheinen die Zementsäcke immer mehr Gewicht zu bekommen. Die Armmuskeln sind kurz davor zu reißen, und jedes Mal, wenn er den Rücken beugt, tritt die Wirbelsäule wie ein knotiges Seil deutlich unter der Haut hervor. Auf seiner Stirn stehen Schweißperlen, sammeln sich zu prallen Tropfen, stürzen die Wangen hinab und ziehen dunkle Streifen über den Staub. Immer wieder, wenn er einen neuen Sack in einen der Aufzugseimer entleert, die ununterbrochen zu den drei Mischmaschinen auf dem Holzgerüst hinaufgezogen werden, wirbelt die nächste Staubexplosion in die Luft, weht der schmierige Schmutz über das Gelände und überdeckt alles. Jesper Stræde steht mitten drin in den dichten Wolken aus Staubpartikeln, die Schleimhäute in Nase und Rachen sind geschwollen. Sein Husten klingt wie das trockene Kläffen eines Hundes, und seine Gedanken wirbeln in seinem Kopf, grau wie der Zement, die sorgenvollen Gedanken an Malthe, seinen Sohn, der seit zwei Wochen nicht mehr nach Hause gekommen ist und dessen Brief jemand gestern Nacht unter der Barackentür durchgeschoben hat.

Liebe Eltern,

was ich in der kurzen Zeit, seitdem ich von euch weg bin, alles erlebt habe, ist kaum zu beschreiben. Je länger ich bei meinen neuen Freunden in der Stadt lebe, zwischen all den fremden Menschen, die hier schon immer gewohnt haben, umso mehr glaube ich an unsere gerechte Sache. Ich weiß, wovon ich rede, ich habe mittlerweile mit unterschiedlichen Deutschen gesprochen, die mit ihren stumpfen, blauen Augen in den dänischen Himmel starren und damit ihre Dummheit verdecken. Es ist durch die Bank ein unverschämtes Pack, aufdringlich und unangenehm. Deutsche sind wie eine reife Frucht, sagen meine Kumpel, sie brauchen nur noch angestochen zu werden. Und dann haben wir über die Strafe diskutiert, die sie erleiden müssten. Und einer stellte die Frage: Wer hat den Mut, das Gewehr an die Wange zu legen und sie gnadenlos niederzuknallen? Keiner gab eine Antwort, keiner im Widerstand will Menschen töten. Doch ich glaube, irgendwann stößt der Mensch auf etwas, für das es keinen Platz in dieser Welt gibt. In so einem Moment ist keine Zeit für zaghafte Angst, dann muss die Tat begangen werden, allen Banden zum Trotz, die uns mit dieser Welt verbinden.

Es gibt aber auch trübe Gedanken. Manchmal sehne ich mich nach den alten Zeiten, mit Vater auf dem Kutter, einen Guss eiskaltes Salzwasser im Gesicht. Dann möchte ich nur einen Augenblick den Wind spüren, der uns um die Ohren tost. Aber die Gedanken sind nur kurz, denn was getan werden muss, das muss jetzt getan werden. Meine Gedanken drehen sich allein um die Gegenwart, jeden Augenblick muss ich auf das Unvorhergesehene gefasst sein. Volle Anspannung, immer auf dem Sprung und bereit, das eigene Leben als Einsatz in die Waagschale zu werfen. Ich habe mich für dieses Leben entschieden, bis kein Deutscher mehr in unserem Land ist.

Ich denke jeden Tag an euch, liebe Eltern. Ich liebe euch! Grüßt meine kleine Schwester von mir und sagt ihr, ich lebe mit Freunden zusammen, die alles für Dänemark tun.

PS. Übrigens, die beiden Lastwagen der Organisation Todt, die Baumaterial auf die Befestigungsanlage nach Hansted transportieren wollten und die in Thisted in die Luft gesprengt wurden, die gehen auf unsere Rechnung.

Euer Malthe

Er starrt auf die Schubkarren, die unaufhaltsam große Mengen Kies und Sand an ihm vorbeischaffen, starrt auf die immer tiefer werdenden Spuren, die sich in den Erdboden fressen, sodass die Männer für die gleiche Strecke von Mal zu Mal länger brauchen. Oben auf dem Gerüst winken die Mischer herunter, heben fragend die Schultern, wo denn die nächsten Eimer Zement bleiben. Die Männer haben fast ihr menschliches Aussehen verloren. Hinter ihren dicken Staubbrillen sehen sie aus, als wären sie bereits versteinert. Graue Mumien. Nur der rote Mund ist beim Schreien noch deutlich zu erkennen.

»Was ist los mit dir, da unten? Träumst du, Jesper! Deine Säcke stapeln sich schon neben dir!«

»Heeeh! Die deutschen Wachen gucken schon rüber«, mahnt eine der grauen Gestalten und wuchtet einen neuen Zementsack von der Schulter vor Jesper Strædes Füße. Die schleichende Angst, die seine Glieder einen Moment im Griff hatte, ist nicht verschwunden, aber die Handgriffe funktionieren wieder.

Von den Betonmischern führt eine 200 Meter lange Holzbrücke zu dem Fundament der Bunkerbaustelle. Hier ist eine Handvoll dänischer Arbeiter damit beschäftigt, mit routinierten Handbewegungen den letzten Rest Armierungseisen mit Stahldraht zu verbinden. Als sie endlich aus der Baugrube klettern, winken die deutschen Wachen den Arbeitern am ersten Mischer zu: »Es kann losgehen! »Så kan vi starte!«

Für den fertigen Beton gibt es spezielle Schubkarren, die sogenannten ›Japaner‹, wannenartige Gebilde mit großen Speichenrädern. Auf der Brücke setzt sofort ein reger Betrieb ein. Männer karren im Eilschritt den Mörtel zu einem Trichter an der Bunkerbaustelle, von dem aus er zwischen das Eisengitternetz verteilt wird. Als die Betonmischung die Bodenhöhe der späteren Räume erreicht hat, kündigt eine Sirene die Mittagspause an. Der Beton muss erst anhärten, bevor es weitergeht.

»Es gibt leckere Brotsuppe«, scherzt einer der Arbeiter, während er mit den anderen zu einer Holzbaracke stapft. »Brotsuppe, Kollegen, mit extra kleinen Mäusestückchen!«

Jesper Stræde ist froh, dass er nicht die Verpflegung auf der Baustelle essen muss. Mit festem Schritt marschiert er zum Wachhäuschen am Eingang des Militärgeländes. Aus der Ferne kann er schon Aase und Damaris mit ihren Fahrrädern stehen sehen. Die beiden Mädchen sind mittlerweile unzertrennlich, Damaris ist immer dort, wo auch Aase ist. Das Mädchen reicht dem Vater gerade das Essgeschirr, das sie jeden Tag für ihn auf die Baustelle bringt, als eine dunkelbraune Opel Olympia Limousine über den Feldweg zum Gelände heranbraust. Dem Wachsoldaten gelingt es gerade noch rechtzeitig, den Schlagbaum in die Höhe zu stemmen. Neugierig hebt Aase den Blick, und sie sieht das Gesicht eines Soldaten auf dem Beifahrersitz, der im selben Moment zu ihr hinüberblickt. Die Farbe seines goldblonden Haars und sein breites Lächeln springen durch die Seitenscheibe auf sie zu, sekundenschnell, dann sind sie schon davon, nur noch ein durchsichtiges Trugbild in der Luft. Das Fahrzeug rast auf das Gelände und verschwindet hinter den Baracken.

Das war er, dieser Soldat aus Herrn Rosens Laden, schießt es dem Mädchen durch den Kopf. Damals, als die Kanone geschossen hat und alle rausgegangen sind, als er hereingekommen ist.

»Arbeiten Sie mit daran«, sagt Ministerpräsident Vilhelm Buhl am 2. September 1942, »damit allen Dänen, und namentlich den jungen, klar gemacht wird, dass derjenige, der Sabotage begeht oder sich daran beteiligt oder den Behörden gegenüber Kenntnis von Sabotageplänen verheimlicht oder es unterlässt, an der Aufklärung von Sabotage mitzuarbeiten, gegen das Interesse seines Vaterlandes handelt.«

29. September 1942

»Der Führer hat dem König von Dänemark zu seinem Geburtstag einen freundlichen Glückwunsch geschickt. Der König hat dies damit quittiert, dass er lediglich eine kurze Empfangsbestätigung übersandt hat. Es scheint demnach, dass der dänische König in völliger Verkennung der ihm zukommenden Stellung sich darüber nicht im Klaren ist, dass ein Glückwunsch des Führers des Großdeutschen Reiches für einen König von Dänemark eine ganz besondere Ehrung darstellt. Die Form der Antwort des Königs von Dänemark stellt daher einen bewussten Affront des Führers und des Großdeutschen Reiches dar, und es werden Mittel und Wege gefunden werden, um ein für allemal eine Wiederholung eines solchen Vorkommnisses unmöglich zu machen. Der Führer hat angeordnet, dass der deutsche Gesandte in Kopenhagen sofort zurückgerufen wird und dass der dänische Gesandte in Berlin gleichfalls seinen Posten verlässt.«

»Lieber Best!

Im Einvernehmen mit dem Herrn Reichsaußenminister habe ich Scavenius bei meiner Abreise Lebewohl gesagt und mit ihm bei dieser Gelegenheit in dem verabredeten Sinne gesprochen. Insbesondere habe ich ihm gesagt, dass ich mich freute, dass gerade Sie mein Nachfolger geworden wären, denn wenn sich auch jeder Missionschef selbstverständlich streng an seine Instruktionen halten müsse, so hätte ich doch in der Woche des Zusammenseins mit Ihnen den Eindruck erhalten, dass Sie bestrebt sein werden, ein gutes und freundschaftliches Verhältnis herzustellen, soweit das die dänische Politik und Haltung erlaubte, und dass Sie von der Größe und Verantwortung der Ihnen jetzt übertragenen Aufgabe durchdrungen seien ...«

Dr. von Renthe-Fink, 4. November 1942

Der Teufel von Hoyerswort

Der Mann hat einen gequälten Gesichtsausdruck, sein Blick wandert unruhig hin und her, obwohl er sich bemüht, nach außen ruhig zu wirken. Er bummelt an einer Reihe parkender Autos entlang. Der Körper ist durchtrainiert, was auch die weite, bunte Windjacke nicht verbergen kann. Seine blaue Jogginghose hat an der Seite weiße Streifen und passt zu seinem Erscheinungsbild wie der Porzellanladen zum Elefanten. Ein kantiges Gesicht, eine gerade Nase und die dünnen Lippen werden von kräftigen Backenknochen eingerahmt. Der Bürstenhaarschnitt über der schmalen Stirn hat eine fast schwarze Farbe.

Der Mann stoppt an einem blauen VW-Golf und schaut auf das Schild, das hinter dem Scheibenwischer klemmt. Mit krickeliger Schrift und falschem Deutsch hat jemand geschrieben: Preis 900 €, vieles Teile neu, Radio-Kast inkl. Pole, denkt Stephan Mielke. Der stoppelbärtige Verkäufer, der daneben auf einem Klappstuhl sitzt, springt auf, eilt lächelnd auf den vermeintlichen Kunden zu und fordert ihn mit einladenden Handbewegungen auf, sich das Fahrzeug auch von innen anzusehen. Doch der Oberkommissar schüttelt den Kopf, vergräbt seine Hände noch tiefer in den Hosentaschen und schlendert weiter. Er hasst seine überzogene Aufmachung, aber die Kollegen meinten, ein wenig Proll-Outfit könne die Razzia gewaltig erleichtern.

Zumindest scheine ich wirklich nicht besonders aufzufallen, stellt er nüchtern fest und nähert sich unauffällig dem nächsten anvisierten Objekt, einem feuerroten Opel Corsa mit Alufelgen. Sein flüchtiger Blick taxiert den gut gekleideten Verkäufer aus dem Augenwinkel. Südländischer Typ, kein Hänfling, aber auch kein Muskelmann.

»Polizeikontrolle!«, bellt er scharf, tritt entschlossen vor den Mann und hält ihm den grünen Dienstausweis vor die Nase.

Die Augen des Autohändlers blitzen erschreckt. Doch seine Drehung auf der Sohle geschieht blitzschnell und ohne Schrecksekunde. Aber der Arm des Gesetzes ist darauf vorbereitet. Bevor seine Flucht richtig begonnen hat, packen ihn vier Hände an den Armen.

»Wir wollen doch nichts überstürzen«, scherzt Jacobsen süffisant und hält den Ausreißer in einem Schraubstock.

»Wo wollt ihr bloß immer alle hin, liebe Leute?«, fragt Swensen kopfschüttelnd. »Es gibt keinen Ort, wo wir nicht auf euch warten würden.«

Mielke reißt die Beifahrertür des Opel Corsa auf und öffnet mit zielsicherem Griff eine Plastikklappe an der Verkleidung. Er leuchtet mit einer Taschenlampe, die er aus der Jacke zieht, in den Hohlraum. Um die Fahrgestellnummer hebt sich im Metall eine unebene Umrahmung ab.

Sieht man auf den ersten Blick, umgeschweißt, denkt er und weist Jacobsen und Swensen an: »Festnehmen! Die Nummer ist klar manipuliert!«

»Vorsicht, aufgepasst!«, brüllt der Kollege Schlüter lauthals, der mit zwei Beamten den Automarkt auf der Neuen Freiheit von der anderen Seite her aufrollt. Swensen sieht, wie ein Opel Astra in voller Fahrt den schmalen Pfad zwischen den beiden Autoreihen herangeprescht kommt, sodass die Menschen panisch zur Seite springen.

»Da haut einer ab!«, tönt Schlüters Stimme aus der Ferne.

»Ihr kommt zu zweit mit dem Mann klar!«, bestimmt Swensen knapp und sprintet ohne nachzudenken zu seinem Privatwagen hinüber, den er nur wenige Meter entfernt geparkt hat. Das Türschloss aufklicken und sich hinters Lenkrad setzen ist eine Bewegung. Der Motor heult auf, der Polo setzt zurück und jagt dem Flüchtigen nach, der gerade rechts abbiegt, als der Hauptkommissar die Straße erreicht und auf der Adolf-Brütt-Straße stadteinwärts rast. In der Brinkmannstraße kommt der Fluchtwagen wieder in Sichtweite. Swensen fingert sein Handy aus der Jackentasche, drückt die Speichernummer der Inspektion und hält das Gerät ans Ohr. Hinterm Kuhsteig biegt der Wagen links in die Norderstraße.

»Swensen hier. Bin hinter einem flüchtigen Opel Astra, blau metallic, her. Ist grad in die Herzog-Adolf-Straße eingebogen. Wenn er schnurgerade weiterfährt, kommt er direkt an der Inspektion vorbei. Ist ein Streifenwagen in der Nähe?«

Die nächste Ampel springt auf Rot, während er noch die Autonummer durchgibt und »Mist!« flucht, weil er ohne Blaulicht unterwegs ist. Er nimmt den Fuß vom Gas, der Opel rauscht ohne Rücksicht auf Verluste über die Kreuzung.

»Wie sieht es aus, Kollegen? Hallo …! Richter fährt grad vom Hof? Okay, sagt ihm, er soll die Kiste quer stellen! Der Typ kommt jeden Moment um die Ecke!«

Der Fluchtwagen ist wieder außer Sichtweite. Grün. Swensen drückt aufs Gaspedal. Finanzamt und Nissenhaus, Kreisverkehr am ZOB in Richtung Bahnhof, Poggenburgerstraße, die kleinen Läden. Am Ende der Kurve spürt er das Adrenalin. Er steigt auf die Bremse und bringt den Wagen gerade noch rechtzeitig zum Stehen. Was er vor sich sieht, ist kaum zu fassen. Der verfolgte Opel Astra steckt festgekeilt zwischen den Kühlern zweier Fahrzeuge, die zerbeulte Haube steht senkrecht hoch. Das Szenario hat etwas so Aberwitziges, dass Swensen Mühe hat, sich ein Grinsen zu verkneifen. In der Einfahrt steht ein Streifenwagen der Inspektion, die Vorderreifen halb auf der Fahrbahn. Auf der Gegenfahrbahn hat sich ein dunkelroter Ford Fiesta quer gestellt. Der Opel ist mittenrein geknallt, hat beide Fahrzeuge an den Kotflügeln erwischt und die Scheinwerfer zertrümmert. Das Blaulicht des Streifenwagens kreist bedrohlich über dem qualmenden Trümmerhaufen. Mit einem Satz ist der Hauptkommissar aus seinem Wagen. Die Streifenpolizisten Richter und Seibel scheinen wohlauf, kümmern sich um den Opelfahrer, der ziemlich benommen aus dem Fluchtauto klettert.

»Bist du bescheuert, Mann? Mit solchem Affenzahn durch die Stadt zu brettern?«, brüllt Seibel aus Leibeskräften los.

Im selben Moment klettert der andere Fahrer aus seinem BMW. Es ist Peter Hollmann, der Chef der Spurensicherung. Sein Gesicht kreideweiß vom Talkumpuder des Airbags, stützt er sich auf der Wagentür ab.

»Mensch, Peter!«, ruft Swensen besorgt und läuft zu ihm hin. »Alles in Ordnung?«

»Bei mir ist noch alles dran«, meldet Hollmann zurück und wischt sich den weißen Staub aus seinem Schnauzer.

»Ihr solltet den Wagen nur anhalten, nicht gleich schrottreif fahren«, ruft Swensen scherzend zu den Kollegen des Streifenwagens hinüber. »Neue Methode, einen Autodieb zu stoppen?«

»Das ist der Kerl, wegen dem wir ausrücken sollten?«, fragt Richter ungläubig. »Das glaub ich jetzt nicht!«

»Ihr habt allen Grund, es zu glauben, Kollegen. Nehmt ihn vorläufig fest«, grinst der Hauptkommissar. »Und bringt ihn gleich in den Verhörraum. Ein zweiter Fisch trifft jeden Moment ein.«

Während Seibel beginnt, die Unfallstelle abzusichern, verschwindet Richter mit dem mutmaßlichen Autodieb im Gebäude der Inspektion. Swensen steht neben Hollmann, der sich hinter das Steuer mit dem abgeschlafften Airbag geklemmt hat. Er versucht, den Wagen anzulassen, doch es ertönt nur ein schnarrendes Geräusch.

»Mist! Verdammter Mist!«, flucht Hollmann.

»Wie konnte das bloß passieren?«, fragt der Hauptkommissar.

Peter Hollmann zieht die Augenbrauen hoch, dreht noch einmal vergeblich den Zündschlüssel und atmet laut aus. Zwischen seinen Schulterblättern sitzt ein Schmerz wie von einem Messerstich. Er reibt sich den Nacken und dreht den Kopf ein paar Mal von rechts nach links. Swensen wartet geduldig.

»Ich will gerade in die Einfahrt biegen, hör die Sirene und stoppe in der Mitte der Fahrbahn«, berichtet der Spurensicherer, während er wieder aussteigt. »Die Kollegen wollen rechts an mir vorbei. Da kommt dieser Idiot um die Kurve und kracht in uns rein! Und nun springt meine Karre nicht an. Wie komm ich jetzt nach Haus und morgen wieder zur Arbeit?«

»Das ist das geringste Problem, Peter«, beruhigt Swensen. »Du wohnst in Uelvesbüll, ich in Witzwort, ich fahr dich rum. Morgen hole ich dich ab, wann, brauchen wir nur abzusprechen.«

Hollmann tatscht gegen Swensens Oberarm, steht unbeholfen neben ihm und grinst verlegen.

»Es macht mir echt keine Umstände«, bekräftigt Swensen.

»Danke«, würgt Hollmann hervor.

»Schaffen wir die Kisten von der Straße!«, ruft Seibel den Kollegen zu, die inzwischen neugierig aus der Inspektion gestolpert kommen. Gemeinsam schieben alle zuerst den Opel Astra auf den Hinterhof.

Das Nehmen von Dingen, die uns nicht gegeben wurden, gehört zu den destruktiven Handlungen von uns Menschen. Eine destruktive Handlung ist immer dadurch gekennzeichnet, dass sie von Gier und Zorn geprägt ist und von Einfalt bezüglich der Konsequenzen getragen wird. Es ist ein Verhalten, in dem wir uns für nichts, was wir tun, schämen und keine Verlegenheit spüren. Destruktive Handlungen sind selbstzerstörerische Handlungen, die letztendlich in uns selbst Leiden verursachen.

Vor diesen Leiden wollen wir die Menschen doch nur bewahren, amüsiert sich Swensen innerlich, als er über den verrückten Ablauf der Ereignisse nachdenkt. Deshalb bin ich damals zur Polizei gegangen, als ich das Kloster von Meister Rinpoche verlassen habe, ich wollte diesen Beruf im Sinne eines Buddhas ausüben. Doch die Menschen wollen anscheinend lieber an ihrem Leiden anhaften, als sich von einem wild entschlossenen Polizisten bekehren zu lassen.

Der Hauptkommissar ist vor wenigen Minuten an der Voßkuhle von der B 5 abgebogen und fährt jetzt über das flache Land in Richtung Uelvesbüll. Direkt vor ihm steht die untergehende Sonne hinter einem Geflecht aus bronzefarbenen Wolken und taucht den Himmel in ein Flammenrot. Aus dem schwarzen Untergrund der Wiesenlandschaft löst sich ein ungeordneter Schwarm Rabenkrähen, der Wirrwarr ihrer Flügelschläge zerflattert die Linie des Horizonts.

»Wahnsinn!«, stöhnt Hollmann auf. »Halt kurz an, Jan! Schnell, bitte!« Der Spurensicherer greift nach seinem Fotoapparat, den er auf die Rückbank gelegt hat. »Guck dir das bloß an!«, jubelt er. »Das muss man einfach aufnehmen! So was bekommt man nie wieder vor die Linse!«

Er stürzt aus der Tür, noch bevor Swensen seinen Wagen endgültig zum Halten bringt, hält die Kamera ans Auge und drückt wie besessen auf den Auslöser. Der Hauptkommissar schaut ihm überrascht zu, weiß nicht, was er faszinierender finden soll, den Sonnenuntergang oder seinen Kollegen.

»Ich hatte keine Ahnung, wie begeistert du fotografierst«, sagt er bewundernd, als Hollmann wieder auf den Beifahrersitz klettert.

»Seitdem ich mir diese Digitale geleistet habe, ist meine alte Leidenschaft wieder erwacht. Du wirst es nicht glauben, aber in meinen jungen Jahren wollte ich ein berühmter Modefotograf werden. Aber wie es denn so läuft – das Leben.«

»Zumindest kommt unser Polizeijob nicht aus der Mode«, scherzt Swensen, als plötzlich die Melodie ›Üb immer Treu und Redlichkeit‹ erklingt. Er fingert das Handy mit einem »Jedenfalls stehen wir ausnahmsweise mal gerade« aus der Brusttasche der Jacke und nimmt den Anruf entgegen. Hollmann hört nur ein paar Mal »Ja – ja – okay – ich kümmere mich darum«.

»Weißt du, wo in Uelvesbüll der Leutnantshof steht?«, fragt Swensen am Ende des Gesprächs.

»Kommen wir direkt dran vorbei«, versichert Hollmann und betrachtet dabei die Ausbeute seiner Sonnenuntergänge, die wie rote Lichtflecken über das Display huschen. »Was gibt's denn dort so Wichtiges?«

»Vermutlich Einbruch. Die Zentrale fragt, ob ich mir das kurz ansehen kann, wenn ich schon da bin«

»Ich komm mit! Kannst mich ja danach heimfahren.«

»Spricht nichts dagegen«, murmelt Swensen und fährt an. Sein Blick folgt dem Lichtkegel der Scheinwerfer, welcher der kurvigen Strecke vorauseilt. Auf dem Beifahrersitz betrachtet Hollmann noch immer seine Himmelsbilder, während der reale Himmel bereits in einem violetten Schwarz versunken ist. Abseits der schmalen Straße liegen verstreut Bauernhöfe, deren diffuse Konturen hinter scharfen Baumsilhouetten hervorlugen. In Uelvesbüll geht es an einer langen Reihe von Einfamilienhäusern vorbei, die gedrängt auf einem deichähnlichen Hügel stehen. Die erleuchteten Fenster werfen ein wenig Licht auf die roten Ziegelmauern und geben einen beiläufigen Blick ins Innere frei. Auf der Wasseroberfläche eines Angelteiches schimmert der Abendhimmel im Mondlicht.

»Das ist es. Das Gebäude rechts. Das ist der ehemalige Leutnantshof«, meldet sich Hollmann zurück und schaltet seine Kamera aus.

»Ehemalig?«, fragt Swensen nach.

»Die jetzigen Besitzer haben ihn umbenannt. Heißt jetzt Oleanderhof, habe ich gehört. Im Dorf bleibt er aber weiterhin der Leutnantshof.«

Der Kriminalist steuert seinen Wagen rasant auf die Einfahrt und parkt ihn vor dem beleuchteten Eingang. Im selben Moment, in dem die beiden Beamten aus dem Fahrzeug klettern, öffnet sich die Haustür, und eine Frau tritt ins Freie. Swensen schätzt ihre Körpergröße auf knapp einssiebzig. Für ihr Alter, und er ordnet sie Ende Fünfzig ein, hat sie kein Pfund zu viel. Das rundliche Gesicht ist von Falten gezeichnet, das offene rote Haar gibt der Frau etwas Kämpferisches.

»Sind Sie von der Polizei?«, fragt sie. Ihre Stimme klingt misstrauisch. »Man sagte mir, es kommt nur ein Beamter!«

»Das kann sein, aber ich habe durch Zufall einen Kollegen dabei, Hauptkommissar Hollmann. Ich bin Hauptkommissar Swensen und Sie sind Frau Eschenberg?«

Die Frau nickt, ihre zusammengekniffenen Augen entspannen sich etwas.

»Dann haben Sie den Einbruch gemeldet.«

»Oh, ja! Entschuldigung!«, sagt die Frau, schenkt ihnen ein kurzes Lächeln. »So schnell hatte ich gar nicht mit Ihnen gerechnet. Kommen Sie doch herein, ich führe Sie gleich auf den Dachboden.«

Die beiden Kommissare folgen der Frau in braunen Reithosen und schwarzen Stiefeln ins Haus. Im großzügigen Vorraum mit chinesischen Standvasen und Ölbildern mit unbekannten Persönlichkeiten in Uniformen führt eine breite, rustikale Holztreppe in die oberen Räume. An der weißen Wand hängen zwei farblose Landschaften in schlichten Rahmen. Darauf filigrane Weidenstämme vor einem flachen Horizont, der an die Eiderstedter Landschaft erinnert.

»Das sind Federzeichnungen von Horst Janssen«, erklärt Frau Eschenberg, als sie bemerkt, wie Swensen kurz davor stehen bleibt.

»Ist das nicht dieser Saufbold aus Hamburg?«, fragt Hollmann völlig unbekümmert und erntet einen missbilligenden Blick.

»Herr Janssen war ein begnadeter Zeichner, für viele der

größte der Gegenwart«, weist die Frau ihn zurecht und macht eine ehrfürchtige Handbewegung auf die Bilder zu, die mitten in der Luft erstarrt. »Sie sind übrigens genau deswegen hier. Mir sind nämlich zwölf besonders wertvolle Originalarbeiten des Künstlers vom Dachboden gestohlen worden.«

»Darf ich fragen, warum Sie wertvolle Bilder auf dem Dachboden aufbewahren?«, fragt Swensen provozierend, während sie eine schmale Treppe weiter nach oben steigen. »Hat das irgendeine Bewandtnis?«

»Sie kennen sich mit dem Werk des Herrn Janssen nicht aus, oder?« Frau Eschenbergs Stimme klingt spitz und von oben herab.

»Ich kenne seinen Namen. Persönlich kenne ich nur ein Bild von ihm. Es hängt bei unserem Chef im Büro. Eine Amaryllisblüte. Ist allerdings kein Original, soweit ich weiß.«

»Wissen Sie, was Horst Janssen mir einmal persönlich gesagt hat?«, fragt Frau Eschenberg und ihre Stimme beginnt zu zittern. »Die Welt bezahlt mir ohne zu Murren Tausende von Mark für den gezeichneten Fruchtknoten und die Staubstengel der Amaryllis, aber sie schmäht meine Bildchen mit Schwanz und Vötzchen.«

Swensen traut seinen Ohren kaum. Er hätte nicht erwartet, dass diese Frau aus gutem Hause jemals solche frivolen Wörter in den Mund nehmen würde. Hollmann pfeift leise durch die Zähne und grinst in sich hinein. Danach sind eine Zeitlang nur noch die Fußtritte auf der Treppe zu hören.

»Herr Janssen hatte immer eine sehr spezielle Art.« Frau Eschenberg klingt plötzlich fast ein wenig mädchenhaft, ihre Bewegungen wirken nicht mehr ganz so steif. Sie schließt die Tür zum Dachboden auf. »Ich habe mich vielleicht etwas drastisch ausgedrückt, aber so verstehen sie vielleicht, was er auf einigen dieser Bilder dargestellt hat und warum sie nicht offen im Haus hingen. Wir haben neben der Pferdezucht auch Feriengäste auf unserem Hof.«

»Sie kannten Herrn Janssen also noch persönlich«, stellt Swensen fest, während sie den riesigen Bodenraum betreten. »Das muss doch schon ziemlich lange zurückliegen, oder?«

»Das ist richtig, Herr Swensen. Zum ersten Mal habe ich ihn 1973 gesehen, ich war noch eine junge Frau. Ich sah eines Tages einen Mann, der mit einem Zeichenblock bei den Weiden auf dem Grundstück meines Vaters hockte und Landschaftsskizzen kritzelte. Wir kamen ins Gespräch, und erst ein Jahr später habe ich erfahren, dass dieser Mann Horst Janssen, der Künstler aus Hamburg, war.«

Ihr Blick heftet sich an einen imaginären Punkt irgendwo außerhalb der Wirklichkeit, verharrt dort kurz und kehrt in den Raum zurück. Dann deutet sie auf einen breiten Metallschrank mit besonders großen Schubladen.

»Hier drin waren Tuschezeichnungen und Radierungen von Herrn Janssen aufbewahrt. Wie gesagt, zwölf ganz besonders schöne Originale. Vier dieser Arbeiten gehören zu einem Bilderzyklus, der sich um die Tänzerin von Hoyerswort dreht. Sie wurden noch nie in der Öffentlichkeit gezeigt. Herr Janssen hat sie nur für mich persönlich angefertigt. Sie können sich vorstellen, was sie mir bedeuten, zumal meinem Vater das Herrenhaus von Hoyerswort gehört, in dem diese Sage angeblich gespielt haben soll.«

»Die Bilder wurden nur für Sie angefertigt? Haben Sie ihm einen Auftrag erteilt?«

»In der Zeit, als Herr Janssen manchmal auf seinem Haubarg bei Witzwort war, ist er mir mehrere Male über den Weg gelaufen, rein zufällig. Herr Janssen konnte sehr charmant sein. Er zeigte mir jedes Mal Zeichnungen, und ich war fasziniert von der Dynamik seiner Striche. Sie sind mich regelrecht angesprungen, und er war so sensibel, es zu bemerken. Daraus ist eine etwas merkwürdige Beziehung entstanden. Er hat mir spontan Arbeiten geschenkt, kleine Skizzen, die er gerade gemacht hatte. Als ich ihm die Geschichte von der Tänzerin erzählte, wollte er unbedingt

Zeichnungen machen. Das waren die ersten, die ich ihm abgekauft habe, symbolisch sozusagen. Er hat immer nur einen Freundschaftspreis verlangt, eigentlich haben sie nichts gekostet.«

»Sie sagten doch, die Bilder sind besonders wertvoll?«

»Herr Janssen hat einen hohen Marktwert, der nach seinem Tod stabil geblieben ist.«

»Und was muss ein Laie sich da vorstellen?«, fragt Swensen neugierig.

»Ich habe es nie in Erwägung gezogen, nur eine seiner Arbeiten zu verkaufen. Geschätzt würden sie bestimmt zwischen 100.- und 200.000 Euro einbringen.«

»Holla, holla!«, platzt es aus Swensen heraus. »Jetzt dämmert es allmählich! Aber wie kommen Sie auf einen Einbruch, Frau Eschenberg? Die Tür zum Dachboden war völlig unversehrt, als Sie aufgeschlossen haben.«

»Es gibt einen zweiten Eingang, vom Hof aus«, erklärt die Frau, deutet in die linke Ecke des Raumes und geht zu einer kleinen Holztür hinüber. »Dahinter führt eine Art Feuerleiter über die einzelnen Stockwerke nach unten.«

Die Kriminalisten schauen sich die Tür aus der Nähe an. Sie ist nur angelehnt, das Holz in Höhe des Schlosses zersplittert.

»Haben Sie hier irgendetwas angefasst?«, fragt Peter Hollmann.

»Ja, ich bin kurz auf die Treppe raus, als ich das hier realisiert habe.«

»Dann sollten wir Ihre Fingerabdrücke nehmen, damit wir Sie ausschließen können«, stellt der Spurensicherer fest und wendet sich an seinen Kollegen. »Ich hole schnell meinen Koffer aus dem Wagen, Jan, ich kann das gleich spurentechnisch untersuchen und zur Sicherheit ein paar Fotos mit meiner Kamera machen. Das dürfte reichen!«

*

Fakuda Misugi hat ein rundes Gesicht, das mit einem Netz von winzigen Falten überzogen ist. Ihre braunen Mandelaugen, über die sie schmale, gebogene Striche gemalt hat, haben einen gierigen Glanz. Die dünnen, silbergrauen Haare fallen ihr bis über die Schulter. Sie trägt einen blaugrauen Haori-Überwurf aus Yuki-Seide mit feinem Auberginenmuster. Aus den angeschnittenen Ärmeln ragen bleiche Ärmchen heraus, die zierlichen Hände haben kleine braune Flecken. Vorsichtig, wie zerbrechliches Pergament, schieben die langen Finger die Tuschezeichnungen auf einem Tisch des Sushi-Restaurants hin und her.

»Schön, aber anders«, sagt die Japanerin bedächtig, als spreche die feine Stimme nur mit sich selbst. Dann schaukelt der Kopf nachdenklich zur Seite und zurück. »Es fehlen die dominanten Linien, die ich gerne mag. Die Blätter sind sehr zurückhaltend, haben kaum Komposition. Das dunkle Moor, schauen Sie, zarte Flächen und Flecken mittendrin. Dazu ein herabgezogener, heller Horizont. Wie er mit Lichtpartien spielt, sehr ungewöhnlich.«

»Die Arbeiten gefallen Ihnen nicht?«, fragt Oleander vorsichtig. Er hat bereits die Landschaftsradierungen von Janssen an den Wänden entdeckt, die sich wie Ausrufezeichen vom schlichten Purismus der Inneneinrichtung abheben.

»Das nicht. Ich hatte nur etwas anderes erwartet. Wir Japaner lieben diesen deutschen Künstler in erster Linie wegen seiner Landschaften. Die beiden Blätter, die Landschaften zeigen, würden mir schon gefallen. Aber, entschuldigen Sie, die unanständigen Arbeiten sind mir sehr fremd, genauso wie die Zeichnungen dieser Tänzerin mit dem Mann an ihrer Seite. Ich finde sie bedrohlich, fast diabolisch.«

»Es ist der Teufel! Sie haben einen außergewöhnlichen Blick«, schmeichelt Oleander der Frau, und in seinem Kopf schwingen die Worte seiner Mutter mit, die ihm gerade diese vier Tuschezeichnungen einmal detailliert erklärt hat. »Der Teufel, den Sie da sehen, verehrte Frau Misugi, ist kein Geringerer als der Künstler selbst, eins der vielen Selbstbildnisse von Horst Janssen. Auf den vier Bildern hat er sich selbst als Teufel dargestellt, der das arme Mädchen, das er im Arm hält, gnadenlos zu Tode tanzt.«

Die alte Japanerin führt erschreckt die Hand vor den Mund. Oleander beginnt zu ahnen, dass es mit einem spontanen Verkauf eher nicht klappen wird.

»Meine Mutter liebt die Bilder von Janssen über alles«, hatte ihm Risako, die Tochter der Japanerin, vor gut zwei Jahren mit felsenfester Überzeugung versichert. Die Mutter hätte eine umfangreiche Janssen-Sammlung.

Oleander war der bildschönen Asiatin damals beim Surfen auf Okinawa begegnet, auf irgendeiner dieser Partys am Strand. Ihr japanischer Akzent und die langen schwarzen Haare hatten ihn nervös gemacht. Die verrückte Tatsache, eine Japanerin in Japan zu treffen, die eigentlich seit Jahren in Dänemark lebt, war so abgedreht gewesen, dass sich der Reiz noch potenziert hatte. Alles kam zusammen. Niels Skov, ihr dänischer Freund, war Oleander zu dem Zeitpunkt noch ein Unbekannter. Freja bestritt gerade in Kalifornien einen Wettkampf vor Encinitas, war für eine Woche nicht da. Die Affäre mit Risako dauerte genau diese eine Woche, in der Oleander und die Japanerin am Strand schliefen, in der Nacht vögelten und den lieben langen Tag surften. Und während Oleander ihr ins Ohr flüsterte, dass der Sex mit ihr sensationell sei, erzählte sie ihm von ihrer dominanten Mutter, die in Thisted, im fernen Dänemark, ein gutgehendes Sushi-Restaurant betreibe und sie völlig vereinnahme, sobald sie sich daheim sehen ließe.

»Seine Selbstbildnisse sind voller Grauen!«, presst die Japanerin hervor und schließt angewidert die Augen. »Diese voluminösen Münder und diese fetten Gesichter mit den runden Augenlöchern, das ist nicht schön, ganz und gar nicht. Ein Teufel, der ein nymphenhaftes Mädchen zum Tanzen verführen will, kommt nicht wie ein Sittenstrolch daher. Nein, Herr Eschenberg, diese Zeichnungen möchte ich nicht besitzen.«

»Aber es geht doch gerade um das Abgründige, Frau Misugi. Das Gesicht des Künstlers ist wie eine bewegte Landschaft gezeichnet«, mobilisiert Oleander seine letzten Englischkenntnisse, um das Geschäft zu retten. »Es sind völlig unbekannte Blätter, unbezahlbar, die im gesamten Werk von Horst Janssen ihresgleichen suchen. Solche Arbeiten werden Ihnen nicht ein zweites Mal angeboten.«

»Ich suche Harmonie und Schönheit, wenn ich Kunst kaufen möchte. Die Landschaftsbilder haben viel mit unserer japanischen Kultur zu tun, die verstehe ich. Sagen Sie einen guten Preis, und ich kaufe Ihnen die beiden Landschaften ab.«

»Ich wollte die Blätter nur zusammen hergeben«, taktiert Oleander. »Wenn ich zwei Arbeiten separat anbiete, müssten Sie mir mindestens 10.000 Euro pro Blatt bieten.«

»Sagen wir 15.000 Euro zusammen.«

»Bei 18.000 haben Sie den Zuschlag.«

Frau Misugis Augenschlitze gleichen denen einer Katze auf Beutejagd, ihr Kopf wiegt langsam hin und her, und sie nimmt jede Zeichnung in aller Ruhe noch einmal in die Hand.

»Ich werde sie nehmen«, sagt sie plötzlich, verschwindet hinter der Kasse und kommt mit einem Bündel Euronoten in der Hand zurück. Langsam zählt sie die Scheine vor Oleander auf den Tisch. Der greift rasch nach dem Geld, als könnte sie sich noch anders entscheiden, faltet es zusammen und steckt es lose in die Innentasche seiner Jacke.

»Ich bewundere Ihren Geschmack, Frau Misugi. Sie haben eine gute Wahl getroffen.«

»Kunst hat die Fähigkeit, uns für einen Moment den Atem zu nehmen, Herr Eschenberg. Wer Schönheit betrachtet, wird ein guter Mensch.«

»Falls Sie die anderen Arbeiten doch noch interessieren sollten, rufen Sie mich einfach an, Frau Misugi.«

»Der Tod ist ein einziges, riesiges Händchenhalten.«

Worte über den Tod, die Horst Janssen seiner Mutter einmal auf einen Zettel geschrieben haben soll. Sie gehen Oleander durch den Kopf, bleiben als ambivalentes Gefühl zurück, als er mit seiner noch gut gefüllten Mappe wieder auf die Storegade tritt und den Weg in Richtung Hafen einschlägt. Alles, was er über diesen Hamburger Künstler weiß, hat er von seiner Mutter.

»Der Janssen war ein Bürgerschreck und Grenzüberschreiter, da warst du noch gar nicht geboren«, hat sie bei seinem letzten Besuch vor vier Wochen zu ihm gesagt und versucht, die alten Zwistigkeiten zu beenden. Sie ist mit ihm auf den Dachboden gegangen und hat ihm die versteckten Arbeiten von Janssen gezeigt. Er hat es im Nachhinein nur als eine unbewusste Anspielung auf ihre eigene, gescheiterte Ehe gedeutet.

»Dein Vater darf auf keinen Fall wissen, dass solche Zeichnungen sich in unserem Haus befinden, versprichst du mir das? Für Vater war der Janssen immer ein Scharlatan und seine Bilder talentloses Krickelkrackel. Ich möchte, dass du sie einmal bekommst, Oleander, verstehst du? Wenn ich einmal nicht mehr bin, sollst du sie alle haben!«

»Red nicht so 'n Zeug, Mutti. Du wirst uns alle überleben.«

»Was weißt du vom Tod, mein Junge. Du bist jung und gesund. Ich werde langsam alt, das geht schneller, als es einem lieb ist. Janssen sagte immer, der Tod ist jederzeit in unserer unmittelbaren Nähe, er ist Ewigkeit und Gleichgültigkeit gemeinsam.«

Kein Wunder, dass sich das Zeug schwer verkaufen lässt, denkt Oleander angepisst und spürt erneut seinen Ärger über den Misserfolg seines ersten Verkaufsversuchs. Wer will sich auch den Tod ansehen, wenn er sich ein Bild an die Wand hängen möchte.

Oleander hat keine Vorahnung, kein Gespür, dass der Tod bereits auf dem Weg zu ihm ist, um ihm seine Hand entgegenzustrecken, bereit zu einem einzigen, riesigen Händchenhalten für alle Ewigkeit.

Mit der sperrigen Mappe unter der Achsel stapft Oleander die Fußgängerzone hinunter und überlegt kurz, ob er draußen vor einem Café einen Cappuccino trinken soll. Doch alle Sonnenplätze sind bereits besetzt. Er beschließt, das Café am Hafen zu nehmen und spürt gleichzeitig, wie er nasse Füße bekommt. In den Steinplatten sind kleine Wasserstraßen eingelassen. Oleander sucht am Rande des Einkaufsgetümmels einen Platz, um abseits vom Fußgängerstrom die nassen Socken auszuziehen. An der blau gestrichenen Hauswand gegenüber ist die weiße Silhouette von drei Männern zu sehen, daneben steht in großen Buchstaben: Kino 1-2-3. Das muss die Olsenbande sein!

Oleander erinnert sich an die zwei Männer vom Olsenbande-Fan-Club-Deutschland und ihre gemeinsame Schmalspurfahrt. Die Deutschen hatten von einem Kino in Thisted gesprochen, von ihrem Gespräch mit der Besitzerin Dorte Gade und der Suche nach den Drehorten in der Stadt. Aus ›Krabbe's Konditori‹ ist ein Haushaltselektronikladen geworden. Im Film haben Benny, Børge, Yvonne und Kjeld dort genüsslich Kuchen gegessen, während Egon das Falschgeld in der Sparkasse umtauschen wollte und geschnappt wurde. Die ›Sparekassen Thy‹ wurde auch eingebaut, hatten die vom Fan-Club erzählt.

Oleander findet sie kurze Zeit später, jetzt mit nackten Füßen in seinen Sandalen, und hebt Kronen am Automaten ab. Danach marschiert er über den Kreisverkehr am Thisted Kystvej zum Hafengelände am Limfjord hinüber, vorbei an den blitzblanken Segelyachten. Den Cappuccino muss er sich drinnen im Café holen, Selbstbedienung. Er setzt sich an einen der sonnenbeschienenen Tische und schaut den Muschelfischern beim Entladen ihrer Boote zu. Möwen kreischen über dem Wasser.

»Ole?« Die kreischende Stimme ist keine Möwe, er erkennt sie sofort. Abrupt dreht er sich um und sieht in das runde Gesicht von Risako, die er nach den gemeinsamen, leidenschaftlichen Strandnächten auf Okinawa nicht mehr wiedergesehen hat. Der Blick aus ihren schmalen Augenschlitzen ist schneidend wie eine Samuraiklinge. Oleander spürt die geballte Ablehnung, kein Lächeln des Wiedersehens. Er ringt nach Worten, und sie steht bewegungslos, die Fäuste in den Hüften, vor ihm.

»Risako, du bist in Dänemark?«, fragt er verlegen auf Englisch, etwas Klügeres fällt ihm nicht ein.

»Was redest du, Ole?«, zischt sie. »Du weißt, ich lebe mit Niels hier in Thisted!«

»Ich muss erst realisieren, dass du es wirklich bist! Damit habe ich überhaupt nicht gerechnet«, versucht er Zeit zu schinden und spielt nervös mit dem Henkel der Kaffeetasse. Die Leibhaftigkeit einer kurzen Affäre, die er sich gerade noch an einem azurblauen Meer vorstellen könnte, ist in einer dänischen Kleinstadt mehr, als er aus dem Stehgreif bewältigen kann.

»Hat es dir die Sprache verschlagen, Ole?«

»Du wirkst auch nicht gerade gesprächig!«

»Ich habe auch gute Gründe.«

»Weil ich zu Freja zurückgegangen bin? Du wolltest auch zu Niels zurück.«

»Ein Strohfeuer, ist längst Asche!«

»Warum dann der vorwurfsvolle Ton?«

»Du hast Niels einen Brief geschickt, du Scheißkerl! Vor zwei Tagen hast du ihn am Strand getroffen und kein Wort darüber gesagt. Da war er aber schon abgeschickt, er wurde in Deutschland abgestempelt.«

»Der Brief geht nur Niels und mich etwas an!«

»Und dein Fick geht auch nur dich etwas an, oder? Was wäre, wenn Freja auch einen Brief bekommt?«

»Bist du übergeschnappt, Risako? Übernimm dich nicht!«

»Niels hat dich immer für einen guten Kumpel gehalten, und du willst ihn jetzt bescheißen. Erst vögelst du heimlich seine Freundin und dann behältst du das Geld, das ihm zusteht! Wie kannst du das machen?«

»Du warst beim Vögeln mit von der Partie! Und was für Grundkosten ein Surfladen hat, davon hast du keine Ahnung. Niels hat nicht eine Krone dazu beigetragen, das Geschäft auf die Beine zu stellen. Das haben Moritz und ich gemacht!«

»Niels hat das System der vier Leinen erfunden, mit dem du jetzt Geschäfte machst!«

»Niels hat gar nichts erfunden, wir haben das System für den kommerziellen Vertrieb weiterentwickelt, gemeinsam!«

»Du hast ein Patent auf die vier Leinen angemeldet, du und dein Partner!«

»Genau, dieses Patent verursacht Kosten, jährliche Gebühren, die bezahlt werden müssen.«

»Und Niels geht leer aus, oder?«

»Die Entwicklung des Kite, besonders die Lenkstange, hat viel Geld gekostet. Moritz und ich müssen Niels Anteil daran erst bewerten. Solange wird er sich gedulden müssen, klar!«

»Ich muss mich nicht gedulden, Ole! Du wirst von mir hören!«

»Wenn du Freja von unserem Abenteuer berichtest, denk immer daran, dass Niels es im selben Moment auch erfährt.«

»Abenteuer!«, kreischt Risako außer sich, ihre schmächtige Gestalt stürzt auf ihn zu, greift mit einer schnellen Handbewegung nach seiner halbvollen Cappuccinotasse und wirft sie im hohen Bogen ins Hafenbecken.

Oleander schaut erschrocken in ihr wutverzerrtes Gesicht. Ihre rotgeschminkten Lippen zittern kaum wahrnehmbar, dann dreht sie sich abrupt um und hastet in ihren gelben Flip Flops mit kurzen, schnellen Schritten davon. Seine Augen folgen ihr noch, als bereits vergangene Bilder heranschwemmen, ein ferner Horizont sich öffnet, der blaue Himmel darüber, eine weiß flackernde Bombora. Die Welle entwickelt sich gerade zu einer Monsterwelle, einer Wellenmauer, die wenig später mit einem Donnerschlag den Sandstrand in Vibration versetzt. Er sieht Niels und sich auf dem weiten Sandstrand mit den neuen Drachen trainieren.

»Machst du etwas einmal, bist du nichts«, philosophiert Niels. »Aber machst du etwas tausendmal, dann bist du ein Experte!«

Bevor es mit dem Drachen aufs Meer hinausgeht, so hatten sie für sich beschlossen, ist es lebensnotwendig, das Steuern eines Kite mit festem Boden unter den Füßen zu erlernen, seine Handhabung wie im Traum zu beherrschen. So spielerisch, wie es im ersten Moment wirkte, war die Sache nicht, sie war brandgefährlich. Schon eine Böe konnte einen davontragen oder hilflos über den Sand schleifen. Die zwei Leinen mit einem Griff, mit dem der Drachen beim Start gehalten wurde, stellten sich schnell als nicht ideal heraus.

»Wir brauchen eine Art Lenkstange«, schlug Niels vor, »so ähnlich wie der Gabelbaum beim Windsurfen.«

An Kilians Haus fanden sie eine gebogene Mastspitze, womit die beiden Leinen zusammengehalten werden konnten. Weitere, noch entscheidendere Fragen taten sich auf:

»Kann unsere Idee, ein Surfbrett von einem Drachen ziehen zu lassen, wirklich funktionieren?«

»Und ist es möglich, wenn das Segel einmal ins Wasser stürzt, es allein wieder in die Luft zu bringen?«

Dann kam endlich der Tag, an dem sie sich bereit fühlten, mit ihrem Kite aufs Meer zu gehen. Oleander hatte beschlossen, dass Niels die Ehre gebührte, als Erster das Modell in der Praxis zu erproben. Er startete in einem großen Bogen von dem Schlauchboot aus, mit dem sie hinausgefahren waren.

»Das ist vollkommen!«, schrie er hinüber. »Du hebst den

Kopf, vor dir ist nichts und du denkst, dass Himmel und Meer nur nach dir Ausschau halten!«

Er schoss mehrere 100 Meter dahin, bis eine Windböe den Kite erfasste und aufs Wasser knallte. Trotzdem jubelten beide: »Es funktioniert! Es funktioniert!«

Sie fühlten sich wie James Cook und Christoph Kolumbus zusammen, waren sich sicher, gerade die dritte Dimension entdeckt zu haben

*

Der Beerdigungsunternehmer führt Maria Teske an das Stehpult. Die erste Seite im Kondolenzbuch ist leer. Die Journalistin nimmt den Kugelschreiber und setzt schwungvoll ihre Unterschrift auf das weiße Blatt. Die Stühle in der Kapelle sind ebenfalls leer. Auf einer kleinen Säule steht eine hellblaue Urne mit gelbem Blumengesteck. Daneben brennen zwei große Altarkerzen. In der ersten Stuhlreihe liegen rote Gesangbücher auf den Sitzflächen. Maria Teske nimmt mit dem Gefühl »Was soll ich eigentlich hier« in der Mitte Platz. Sie schaut über ihre Schulter, aber es scheint kein Mensch mehr zu kommen, nicht ihre Mutter, nicht einmal ihre Schwester, die sie vor eineinhalb Wochen angerufen und der sie den Tod der Großtante mitgeteilt hatte.

»Wer ist gestorben? Hertha Dullweber? Wer ist Hertha Dullweber?«

»Das ist die Ehefrau von Omas verstorbenem Bruder, deine Großtante!«

»Meine Großtante. Den Namen hör ich heute zum ersten Mal. Wieso weiß ich nichts von ihr?«

»Keine Ahnung, das musst du Mama fragen! Ich wusste auch nichts von der Großtante, bis mich ein Notar angerufen hat und mir eröffnete, dass ich ihren Nachlass erbe.«

»Du erbst? Ist das viel?«

»Ein paar alte Möbel, nichts Besonderes, gut für einen Trödelmarkt. Aber es gibt etwas Bargeld, einige tausend Euro!«

»Und wieso erbst du das allein? Warum hat sie das nicht unserer ganzen Familie vererbt?«

»Weil es so in ihrem Testament steht.«

»Ach so! Und wie kommt dein Name in dieses Testament?«

»Zufall, Isabelle, reiner Zufall. Ich hab vor geraumer Zeit ein Interview mit ihr geführt, ohne zu wissen, wer sie ist, über die Nazi-Zeit in Husum. Wir hatten uns richtig gut verstanden, uns ein wenig angefreundet. Nachdem der Artikel in der Rundschau erschienen war, haben wir uns noch ein paar Mal privat getroffen. Damals hab ich mir nichts dabei gedacht, dass sie unbedingt alles über meine Familie wissen wollte. Das ist über vier Jahre her.«

»Und du willst mir erzählen, dass sie dir nicht gesagt hat, wer sie ist, Maria?«

»War aber so.«

»Erzähl mir nichts, du hast es mir verschwiegen, mit Absicht, damit du alles allein erben kannst!«

»Isabelle, deine Geldgier geht wieder mit dir durch.«

So ist sie, die kleine Schwester, denkt Maria Teske enttäuscht. Die Großtante vermacht ihr kein Geld für Parfüm und Lippenstifte, schon hat sie auch keinen Bock auf ein letztes Geleit.

»Sie sind eine Angehörige?«, fragt eine leise Stimme. Die Journalistin schreckt aus ihren Gedanken, dreht den Kopf, hat nur schwarzen Stoff vor Augen und schaut nach oben. Vor ihr steht ein sehr großer Mann im Talar, über dem schneeweißen Beffchen thront ein rundes Gesicht.

»Die Verstorbene war meine Großtante«, flüstert Maria Teske und fügt fast entschuldigend hinzu, »es sieht so aus, als würde ich die Einzige bleiben.«

»Es kommt nicht auf die Anzahl an. Gottes Liebe gilt jedem einzelnen«, spricht der Pastor salbungsvoll, schüttelt der Journalistin die Hand und stellt sich neben die Urne. »Liebe Trauernde, auch wenn sich keine Gemeinde versammelt hat, lebte Hertha Dullweber in ihrer Mitte, 90 Jahre lang. Viele Tage für einen Erdenmenschen, nicht einmal ein Tag für die Ewigkeit. Für Hertha Dullweber haben die vielen Tage dieses Lebens ein Ende gefunden und der neue, ewige Tag ist angebrochen. Uns bleibt der Glaube an Jesus Christus und unseren Gottvater, der Hertha Dullweber die Hand reicht und der sie jetzt in die ewige Welt geleitet. Darum lassen Sie und ich uns das Lied von den guten Mächten singen, das uns der evangelische Theologe Dietrich Bonhoeffer hinterlassen hat, der, von den Nazis ermordet, auch ohne Begleitung in sein Grab gelegt wurde.«

Maria Teske greift zum Gesangsbuch, sucht nervös nach der Liednummer 65, während bereits die Orgelmusik ertönt und der Pastor mit führender Stimme die Melodie anstimmt. Der Gesang der Journalistin bleibt dagegen zaghaft.

Von guten Mächten wunderbar geborgen
erwarten wir getrost, was kommen mag.
Gott ist bei uns am Abend und am Morgen
und ganz gewiss an jedem neuen Tag.

Ihre Gedanken stolpern über die Orgeltöne und bringen sie zu der lebendigen Hertha Dullweber. Sie sitzt ihr am Küchentisch gegenüber. Die Journalistin ist beruflich zu der alten Frau gekommen, hat sie ausfindig gemacht, als ihr bei der Recherche beiläufig der Name Dullweber unter den Gemeinderatsmitgliedern der Kirchspielgemeinde Mildstedt auffiel. Sie soll eine Reportage über die Dörfer Rödemis, Nord- und Osterhusum, die 1934 in das Husumer Stadtgebiet eingemeindet wurden, für die Husumer Rundschau machen. Ludwig Dullweber war noch im Krieg verstorben, war aber mit einer gewissen Hertha Dullweber verheiratet gewesen. Mit Mühe hatte Maria Teske herausbekommen, dass diese Frau noch lebte.

»Die Dörfer gehörten zum Amt Mildstedt, Kindchen, wo mein Ludwig im Gemeinderat war«, erzählt Hertha Dullweber munter drauflos. »Ein richtiges Tohuwabohu war das damals, kann ich dir sagen. Die Nordhusumer wollten unbedingt eingemeindet werden, die Leute in Rödemis und Osterhusum waren dagegen, wollten ihre Selbstverwaltungsrechte behalten. Aber Hermann Hansen, der NSDAP-Kreisleiter wollte Ordnung in der Region, hat dem Landrat richtig Druck gemacht. Die Partei wollte Militär in Husum stationieren, eine Garnison aufbauen, die brauchten unbedingt Platz für die ganzen Soldaten. Aber diese Gründe haben sie der Bevölkerung verschwiegen. Das geschieht nur aus Gründen des öffentlichen Wohls, hieß es offiziell. Ende März 1938 gab's 'ne große Feier, nach der Umgemeindung, mit Fahneneinmarsch der Hitler-Jugend, mit Gesang und Sprechchören und Reden natürlich, vom Ortsgruppenleiter, dem Kreisleiter und dem Husumer Bürgermeister.«

»Wie alt waren Sie denn da, Frau Dullweber?«

»1938? Jaaaa, Kindchen, da war ich 24 Jahre … damals, und erst drei Jahre verheiratet. Meine Mutter, besonders aber mein Vater waren strikt dagegen gewesen, dass ich meinen Ludwig heirate. Du heiratest standesgemäß, du heiratest einen Offizier, hat mein Vater befohlen, wie sich das in unserer Familie gehört. Diesen Mann schlägst du dir sofort aus dem Kopf, hat er geschimpft. Richtig wütend ist er geworden! Ich werfe dich eigenhändig aus dem Haus! So hat man damals mit den Töchtern gesprochen, Kindchen. Mein Vater war ein streng Nationaler, Leutnant im Ersten Weltkrieg, war beim Sturm auf Monte Matajur mit dabei, an der Seite von diesem Rommel.«

»Ihr Vater wollte die Heirat verbieten, weil Ihr Mann kein Offizier war?«

»Erst ein Offizier ist ein richtiger Mensch, war seine Ansicht. Er gab mir das Buch ›Infanterie greift an‹ von Oberstleutnant Rommel. Dieser Mann ist ein deutscher Held, ein Vorbild. Und du kommst mit einem Krüppel daher – noch dazu ein Sozi!«

»War ihr Mann denn behindert, Frau Dullweber?«

»Aber nein, Kindchen! Der Ludwig hatte ein verkürztes Bein. Das war kaum zu sehen, nur wenn man genau hingeschaut hat. Mein Ludwig hat das immer mit Humor genommen. Heutzutage bin ich damit doch in guter Gesellschaft, hat er immer rumgealbert, selbst der Goebbels hat einen Klumpfuß. Aber nein, das stimmt ja gar nicht, der Goebbels hat ja gar keinen Klumpfuß, das ist ja nur eine Batterie für sein großes Maul.«

Hertha Dullweber kichert in sich hinein, und Maria Teske hakt nach: »Und wegen des zu kurzen Beins war Ihr Vater wirklich gegen die Heirat?«

»Das waren andere Zeiten damals! Überleg dir genau, was du da vorhast, Kind, hat er mir gedroht. Du kannst diesen Kerl nämlich erst heiraten, wenn er sterilisiert ist. Das ist Reichsgesetz! Unsere völkische Gemeinschaft muss sich schließlich vor erbkrankem Nachwuchs schützen.«

»Sie haben Ihren Ludwig aber trotzdem geheiratet, das heißt, Sie haben sich nicht an die Worte Ihres Vaters gehalten.«

»So ist es, ich hatte meinen eigenen Dickschädel!«

»Und Ihre Mutter?«

»Die ganze Familie hat mich verstoßen, ohne ein Wort, hat nicht mehr mit mir gesprochen. Mir war das egal, Kindchen, du weißt ja selbst: Wo die Liebe hinfällt.«

»Aus der Erde sind wir genommen, zu Erde sollen wir wieder werden, Asche zu Asche, Staub zu Staub«, spricht der Pastor, greift eine Handvoll Erde, die neben dem Urnenloch liegt und wirft sie mit den Worten »Ruhe in Frieden« hinein. Der Klang der Kirchenglocken weht aus der Ferne herüber. Maria Teske stellt fest, dass sie die Beerdigungszeremonie nur beiläufig mitbekommen hat. Meist war sie mit ihren Gedanken bei ihrer lebenden Großtante.

Jetzt macht sie den letzten Gang zu ihrem Grab, wirft mit dem kleinen Spaten drei Schaufeln Erde auf die Urne, die in dem mit Tannengrün umkränzten Loch verschwunden ist, bedankt sich beim Pastor und geht mit zügigen Schritten in Richtung Friedhofsausgang davon. Die Inschrift auf dem alten Grabstein, der hinter dem Urnenloch aufgestellt war, hat sie noch deutlich im Kopf.

Ludwig Dullweber	* 11. März 1909 † 15. April 1944
Traudl Dullweber	* 23. April 1935 † 15. April 1944

Meine Großtante hatte ein Kind, grübelt Maria Teske, das am selben Tag wie sein Vater gestorben ist, gegen Ende des Krieges. Was ist da nur passiert, damals?

Sie geht an der grasbewachsenen Friedhofsmauer den gepflasterten Totengang entlang, durch den Fischergang zum Marktplatz hinüber. In Höhe des Sky-Supermarkts ist das Alte Rathaus zu sehen, in dem sich heute eine Touristeninformation befindet. Der Journalistin schwebt unwillkürlich ein stumpf gewordenes Foto mit Zackenrand vor Augen, das Hertha Dullweber ihr nach dem Gespräch gezeigt hatte. Der offene Mercedes von Adolf Hitler ist darauf zu sehen, wie er an der Spitze einer Fahrzeugkolonne durch Husum fährt. Zu beiden Seiten der Straße ein Spalier von Menschenreihen, alle den rechten Arm zum Hitler-Gruß hochgereckt, selbst die Treppe zum Alten Rathaus hinauf ist mit Jubelnden vollgestellt. Auf der Rückseite steht in ungelenker altdeutscher Tintenschrift das Datum 29. August 1935.

Die Treppe zum Alten Rathaus ist leer, stellt Maria Teske mit gemischten Gefühlen fest. Die Großstraße vor dem Marktplatz geht sie fast jeden Tag mehrmals entlang. Etwas weiter oben steht das Redaktionsgebäude der ›Husumer Rundschau‹. Diese Straße ist für sie etwas durch und durch Alltägliches. Doch nach dem Besuch bei Hertha Dullweber hat das Bild, einer Fata Morgana der Vergangenheit gleich, ihren unschuldigen Blick auf das heutige Husum für immer verändert.

Bei ihrer damaligen Recherche war sie unter anderem auch auf das nicht weit entfernte Dorf Wittbek gestoßen. Adolf Hitler hatte dort die Ehrenbürgerschaft angenommen, weil die Bürger bei den Kommunalwahlen fünfmal hintereinander alle Stimmen für die NSPAP abgegeben hatten.

Wer heute darüber nachdenkt, sinniert die Journalistin, kann das alles nicht wirklich begreifen. Genauso wird es wahrscheinlich auch den Menschen damals gegangen sein, als nach der Eingemeindung von Rödemis und Osterhusum endlich genug Baugrund für die geplanten Militärbauten bereit stand. Bis Ende 39 sind 6.000 Soldaten nach Husum gebracht worden, die Stadt ist über Nacht zu einer Garnisonsstadt geworden. Alle großen Säle wurden mit Militär belegt, die Schulen mit Arbeitssoldaten. In der Theodor-Storm-Jugendherberge an der Schobüller Straße richtete man ein Reserve-Lazarett ein. Das Thomas-Hotel wurde zum Offiziers-Kasino umgebaut, es ist heute das Hauptgebäude der Klaus-Groth-Schule. Auf der Neustadt stellte man Viehställe zur Unterbringung von Militärpferden bereit, und die frisch einberufenen Soldaten wurden eingekleidet und am 9. September 1939 an die Westgrenze des Reiches verlegt.

Rund um den Tinebrunnen vor der Marienkirche haben Händler ihre Verkaufsstände aufgebaut. ›Frische Erbsensuppe‹, das Schild mit weißen Buchstaben auf blauem Grund, das an einem der mobilen Imbissfahrzeuge hängt, setzt bei Maria Teske sofort assoziative Bilder frei, Bilder von Mobilmachung, verschmutzten Soldaten mit Essgeschirr vor einer Gulaschkanone. Doch die Stehtische sind leer, kein Mensch weit und breit möchte im Moment etwas essen. Am stoffüberdachten Stand daneben bietet eine Händlerin Bastkörbe, Basttaschen und große Holzwindmühlen für den Vorgarten an. Plötzlich weht ein altes Lied von André Heller in ihr Ohr: »Misstraue der Idylle, denn sie ist ein Mörderstück. Schlägst du dich auf ihre Seite, schlägt sie dich zurück.«

Maria Teske hält es nicht mehr aus, zieht ihr Handy aus der Tasche und tippt eine Nummer ein.

»Teske«, meldet sich eine Stimme.

»Mutter, ich bin's, Maria. Kannst du mir erklären, warum in unserer Familie der Name Ludwig Dullweber eigentlich nie erwähnt wurde? Er muss doch der Bruder von Oma gewesen sein! Ich komm gerade von der Beerdigung deiner Tante und bin auf das Grab deines Onkels gestoßen, in dem er mit seinem Kind begraben liegt.«

*

Am rechten Seitenfenster von Oleanders Wagen huscht eine Bunkerruine mit rostigen Eisenteilen vorbei. Die deutsche Vergangenheit rottet überall an den Küsten von Dänemark stumm vor sich hin. Auf dem Oddesund tanzt das Sonnenlicht, als trieben tausende Goldmünzen auf der blauen Wasseroberfläche. Über den Horizont zieht sich eine flache Hügelsilhouette um die Bucht. Links auf der separaten Schienenspur rattert ein grüner Nahverkehrszug. Geschwindigkeitsbegrenzung von 60 km/h. Die grauen Brückenpfeiler blockieren die Sicht auf den idyllischen Ausblick, und im Rückspiegel ist ein blauer Fiat zu sehen, der seit fast einer halben Stunde penetrant dicht an seiner Heckklappe klebt.

Wer in Dänemark auf der Landstraße unterwegs ist, bekommt unweigerlich das Gefühl, ständig von einem Auto verfolgt zu werden, geht es Oleander durch den Kopf. Er beißt ein kleines

Stück von einer Karamelllakritzstange ab, die er an der letzten Tankstelle gekauft hat, und kaut darauf wie ein Hund auf einem Hundeknochen. Es besteht natürlich kein Grund für einen Verfolgungswahn, der Fiat fährt deshalb solange hinter ihm, weil die meisten Dänen sich exakt an die vorgeschriebene Geschwindigkeit halten und die gleichen Ziele haben.

Der süße Karamellgeschmack breitet sich im Mund aus, aber seine Abreise hat einen bitteren Beigeschmack. Zuvor war es ziemlich turbulent zugegangen. Am frühen Morgen haben Freja und er noch die Bretter in seinen Wagen gepackt und sind zum Strand in Agger hinübergefahren, dorthin wo ein schräger, vierkantiger Betonklotz, ein ehemaliger Funkmessbunker der Deutschen, nah am Wasser steht. Der Surfspot wird unter Insidern nur ›Pisa‹ genannt. Es gab die Vorhersage für einen primären Swell. Völlig ausgepowert sind sie danach am späten Vormittag wieder in Frejas Wohnung eingetroffen. Oleander hat in aller Eile seine Sachen zusammengepackt und verstaute gerade seine Taschen im Auto, als der blaue GM von Frejas Mutter auf den Hof bog, die Seitenscheibe herunterfuhr und er nur noch Bahnhof verstand.

»Skrider han nu? Jeg sagde det til dig Freja. Og jeg ved hvad jeg snakker om.«

(Macht er sich aus dem Staub? Ich hab's dir gesagt, Freja. Ich weiß, wovon ich rede!)

»Was willst du? Verschone mich mit deinen Weisheiten, Mutter!«

»Dein Vater hat mich noch vor deiner Geburt verlassen. Ich will nur nicht, dass du ins gleiche Unglück läufst.«

»Ich bin nicht du!«

»Ich sage dir, er packt seine Sachen, und du siehst ihn nicht mehr wieder! Die Männer sind alle gleich, du wirst noch an meine Worte denken!«

»Unsinn, Mutter! Oleander fährt zum Geburtstag seines Großvaters. Der wird morgen 85 Jahre alt.«

»Geburtstag? Und du bist sicher, dass dieser Großvater überhaupt existiert?«

»Ziemlich sicher! Er lebt in einem sehr schönen alten Herrenhaus in Hoyerswort. Oleander hat es mir selbst gezeigt, als wir seine Eltern besucht haben.«

»Und warum nimmt er dich nicht mit?«

»Weil er nicht gern dort hinfährt und schnell wieder weg möchte!«

»Ausreden!«

»Halte dich aus meinen Leben raus, du kennst Oleander überhaupt nicht! Nach dem Geburtstag kommt er sofort zurück, hat er versprochen, und wir werden heiraten.«

»Heiraten!? Bist du verrückt?«

»Hau ab, Mutter! Ich will dich nicht mehr sehen! Hau endlich ab, sofort!«

Oleander hatte kein Wort von alledem verstanden und sah verstört, wie Frejas Mutter mit Vollgas vom Hof sauste. Seine Freundin warf sich ihm schluchzend in die Arme. Erst als er Freja langsam beruhigen konnte, war ihm der ganze Streit übersetzt worden.

Gerade jetzt, auf der E 45 in Richtung Flensburg, klingt das laute Gekeife der beiden Frauen erneut in seinen Ohren. Er drückt aufs Gas, um seinen Kopf frei zu bekommen, doch die Heftigkeit des Streits macht ihm ein schlechtes Gefühl und er grübelt darüber nach, wie es mit Frejas Mutter und ihm weitergehen kann. Je länger er sich die Situation durch den Kopf gehen lässt, desto verworrener und unlogischer erscheint ihm alles.

Er muss erst wieder lächeln, als ihn ein Lastwagen behindert, auf dessen Plane in großen Buchstaben steht: Freja, Transporte und Logistik. Am Grenzübergang Ellund flattern die skandinavischen Flaggen am Rand der Autobahn. Deutschland ist eine andere Welt, gemächlicher Fahrstil, ade! Die Fahrzeuge werden von einer unsichtbaren Macht angetrieben. Schneller fahren! Schneller fahren!

Man sitzt ihm wieder im Nacken, Oleander treibt willenlos in die Hetzjagd. Keine halbe Stunde später parkt er seinen Wagen bereits vor seinem Geschäft in der Flensburger Nordstadt. ›Surferparadies Makahiki‹ steht in roten Buchstaben über der breiten Schaufensterfront. Der Name stammt von einem uralten Fest auf Hawaii, an dem die Arbeit für drei Monate unterbrochen wird und große Wellenreitwettkämpfe stattfinden. Oleander ist noch nicht ausgestiegen, schon stürmt sein Geschäftspartner Moritz Krüger aus der Ladentür.

»Ole, du wirst es nicht glauben, wer gestern bei uns im Geschäft war!«, ruft er ihm aufgeregt entgegen.

»Nach deinem Gesichtsausdruck zu urteilen, endlich mal keine unangenehme Person.«

»Der große Kilian Martens in persona!«

»Kilian? Bist … bist du sicher?«, fragt Oleander verhalten.

»Klar doch, so häufig wie der Kerl auf der Titelseite von ›Surf‹ zu sehen war, würde ich ihn mit geschlossenen Augen unter Wasser erkennen. Außerdem hat er nach dir gefragt, wollte dich sprechen. Warum hast du mir gegenüber nie ein Wort darüber verloren, dass er dich persönlich kennt!«

»Weil es Geschichten aus längst vergessenen Tagen sind, lange bevor wir uns kennengelernt haben. Aber was wollte er, warum ist er in Deutschland?«

»Er hat nur gesagt, er will dich sprechen. Morgen ist er bei seinen Eltern auf Eiderstedt und danach will er nach Klitmøller hoch, mit dir, hat er gesagt, ehrlich. Der große Kilian Martens will mit dir in Dänemark surfen gehen, echter Wahnsinn! Du sollst ihn unbedingt anrufen, hat er gesagt, du kennst seine Handynummer. Ich hab sie mir aber trotzdem aufgeschrieben, liegt drin auf dem Tresen.«

Moritz zieht Oleander am Handgelenk, als der sich nicht von der Stelle rührt.

»Bleib cool, Mann. Kilian Martens muss sich genauso den Arsch abwischen wie wir alle.«

»Mensch, das kann unseren Laden in Schwung bringen! Kilian Martens, Kunde in unserem Laden! Lass dir von ihm ein paar Poster unterschreiben, Ole! Kilian auf einer Riesenwelle, damit pflastern wir das Schaufenster!«

Oleander trottet ohne ein Wort zum Schaufenster, wirft einen flüchtigen Blick auf die Dekoration und sagt stoisch: »Ist doch gut genug, wie es ist.« Sein Geschäftspartner bleibt hartnäckig an seiner Seite.

»Die neuen Offroad Kites von Advance sind vorgestern geliefert worden«, leiert Moritz Krüger herunter, weil das merkwürdige Schweigen von Oleander andauert. Der nickt nur kurz, geht in den Laden und steuert direkt auf den Tresen zu. Moritz ist ihm gefolgt, schaut neugierig auf jede Bewegung. Oleander greift nach dem Zettel mit der Telefonnummer, zerreißt ihn und wirft die Schnipsel demonstrativ in den Papierkorb.

»Das glaub ich jetzt nicht, bist du bescheuert?«, protestiert Moritz laut.

»Ich hab meine Gründe«, sagt Oleander ruhig.

»Die Werbung hätte unser Laden dringend nötigt. Wirf mal einen Blick auf den Rechnungsberg.«

»Keine Panik, Moritz, bin bereits mit Hochdruck an der Sache dran.«

»Das Wasser steht uns bald bis zum Hals!«

»Ist ja gut, ist ja gut, Moritz!«, knurrt Oleander und sieht gleichzeitig durch die Schaufensterscheibe einen Mercedes SL 600 mit getönten Scheiben auf den Parkplatz biegen. Drei schwarz gekleidete Männer mit Spiegelglassonnenbrillen auf der Nase klettern unheilvoll ins Freie, besprechen sich kurz und marschieren zielsicher auf die Ladentür zu. Oleander fühlt ein spitzes Stechen im Kopf. Er steht wie versteinert neben Moritz Krüger, während seine Augen panisch nach einem Versteck Ausschau halten. Doch es gibt keinen Fleck, an dem er unauffällig verschwinden könnte. Die Ladentür geht auf, ein graumelierter Mann in einem gepflegten Rollkragenpullover und kugelsicherer Weste darüber tritt ein. Zwei muskelbepackte Glatzköpfe mit grimmigen Gesichtern folgen, ebenfalls Westen über ihren Sweatshirts.

»Ukrainy Inkasso«, verkündet der Graumelierte mit sanfter Stimme, nimmt bedächtig die Sonnenbrille ab und fährt in höflichem Ton fort: »Wir kommen wegen Ihrer Außenstände. Wer von Ihnen ist Herr Eschenberg?«

»Der bin ich«, meldet sich Oleander mit belegter Stimme, während Moritz Krüger auf Abstand geht.

»Wir kommen von Herrn Efendija. Er hat lange nichts von Ihnen gehört, seitdem Sie das letzte Mal in seinem Etablissement waren. Wir hörten von Herrn Efendija, dass es bei Ihnen mit den Karten nicht gut gelaufen ist. Ihre Schulden belaufen sich auf 20.000 Euro. Wenn ich richtig informiert bin, ist das Geld heute fällig. Wir würden es gerne gleich mitnehmen, wenn es Ihnen recht ist?«

»Sie bekommen es, aber …es … es gibt nur ein … Problem.«

»Herr Efendija mag Probleme nicht besonders. Deswegen sind wir gekommen, Herr Eschenberg!«

»Im Moment hab ich nur 18.000 Euro flüssig, die restlichen 2.000 habe ich spätestens in drei, vier Tagen.«

»Das ist schön, sehr schön. In diesem Fall geht heute ausnahmsweise nichts zu Bruch, Herr Eschenberg. Wenn Sie dann bitte so freundlich sind, wir nehmen natürlich nur Bargeld.«

Oleander fischt die zusammengerollten, mit Gummiband umwickelten Geldscheine aus der Jackentasche und reicht sie dem Graumelierten. Der wiegt die Scheine in der Hand und schaut lächelnd zu seinen Begleitern.

»Ich nehme an, wir brauchen nicht nachzuzählen, was meint

ihr? Igor? Andrej? Herr Eschenberg wird wissen, dass wir sonst wiederkommen werden, oder?«

Die beiden Glatzköpfe grinsen und nicken.

»Wir kommen natürlich auch wieder, wenn Herr Efendija in drei, na, sagen wir in vier Tagen, sein restliches Geld nicht hat. Sie haben uns verstanden, Herr Eschenberg?«

Oleanders Mund ist trocken, er steht stocksteif am Verkaufstresen und starrt dem freundlich lächelnden Graumelierten in die Augen.

»Ich höre nichts, Herr Eschenberg«, stellt der unbeirrt fest. »Haben wir uns verstanden?«

»Ich besorge das restliche Geld, Sie können sich darauf verlassen.«

»Dann möglichst nicht auf Wiedersehen, Herr Eschenberg«, sagt der Graumelierte und gibt seinen beiden Begleitern einen Wink. Danach verlassen sie gemächlich den Laden. Erst als der Mercedes vom Parkplatz rollt, schlägt Moritz Krüger sich mit der Hand an die Stirn.

»Bist du von allen guten Geistern verlassen, wir haben einen 80.000 Euro Kredit bei der Bank, und du hast nichts anderes zu tun, als in irgendeiner Pokerkaschemme 20.000 Euro zu verspielen? Woher hast du das Geld für diesen Wahnsinn?«

»Ich wollte Geld für den Kredit. Damit wir schneller von den 80.000 runterkommen.«

»Und woher hattest du das Geld fürs Spielen?«

»Die letzte Kreditrate, wollte sie nur kurz ausleihen. Wenn es geklappt hätte, wären wir jetzt fein raus.«

»Es hat aber nicht geklappt, Mann!«

»Es war eine verdammt blöde Pechsträhne.«

»Und wo hast du die 18.000 her?«

»Ich hab eine todsichere Sache in petto. Wenn alles gut geht, können wir die 80.000 schon in ein paar Tagen zurückzahlen, Moritz.«

»Erzähl keinen Scheiß, Ole!«

»Ich erzähl keinen Scheiß, Moritz, ehrlich. Ich muss nur ein paar Dinge verkaufen, dann sind wir unsere Schulden los.«

»Wenn Felix Bieling nicht wäre, hätten wir bei der Bank nie und nimmer einen Kredit bekommen. Aber wenn wir unseren Laden an die Wand fahren, dann gehen wir beide nicht nur den Bach runter, dann gibt es auch mächtig Ärger mit Felix. Er ist zwar ein alter Surfkumpel, aber bei Geld hört die Freundschaft auf. Der kann schon jähzornig werden, wenn ihm jemand nur seine Welle wegschnappt. Was meinst du, wird er mit uns machen, wenn wir ihm seinen Job bei der Bank demolieren?«

*

Das Handy, das Peter Hollmann bei der Abfahrt auf den Beifahrersitz gelegt hat, klingelt. Er steuert seinen Leihwagen auf den Grünstreifen, stoppt und greift nach dem Gerät.

»Hollmann!«, meldet er sich.

»Swensen hier, Peter! Du bist auf dem Anrufbeantworter!«

»Richtig! Wegen des Einbruchs in Uelvesbüll, die geklauten Zeichnungen von diesem Saufbold. Ich hatte doch ein paar Fotos mit meiner Digitalen geschossen und die hab ich mir gestern noch einmal genau auf dem Computer angesehen. Dabei ist mir eine Ungereimtheit aufgefallen.«

»Eine Ungereimtheit. Die Tür war doch aufgebrochen.«

»Schon, aber die Frau hatte doch behauptet, dass die Tür immer abgeschlossen war.«

»Ja und?«

»Das war sie aber nicht, Jan. Auf einem Foto ist deutlich zu sehen, dass das Schloss nicht abgeschlossen war.«

»Du vermutest doch was, Peter, oder?«

»Nun ja, ich könnte mir vorstellen, dass die Tür normal mit einem Schlüssel geöffnet und erst danach aufgebrochen wurde.

Wahrscheinlich nachdem sie jemand ins Schloss gezogen hat. Hinzu kommt, dass heutzutage Einbrecher kaum noch Türen wirklich aufbrechen, die meisten kommen mit irgendwelchen Nachschlüsseln. Vielleicht wollte jemand, dass es nach Einbruch aussieht.«

»Du meinst, ein vorgetäuschter Einbruch?«

»Könnte sein, Jan.«

»Versicherungsbetrug?«

»Solltet ihr nachprüfen, die Kunst war immerhin ziemlich wertvoll.«

»Danke, Peter, ich kümmere mich drum.«

»Okay, Jan, bis die Tage!«, beendet Hollmann das Gespräch und legt das Handy auf den Beifahrersitz zurück. Wenig später kreuzt sein silbergrauer Smart im Schritttempo die unbeschrankte Bahnstrecke der Nord-Ostsee-Bahn. Der kleine Wagen kutschiert langsam durch die flache Marschlandschaft in Richtung St. Peter-Böhl. An der Pension Seerose biegt Hollmann auf die Hauptstraße. Vier Minuten später erreicht er St. Peter, fährt über den Außendeich bei Böhl und den schmalen Teerweg durch die Salzwiesen bis zum Autostrand. Eine Unzahl von Fahrzeugen parkt hier bereits am Rande des Watts. Der Kriminalist registriert erleichtert, dass die meisten Sonntagsausflügler nicht zur Wassergrenze hinausmarschieren, sondern auf dem Weg zu den Pfahlbauten-Restaurants unterwegs sind oder gerade von ihrer Kaffeetrinktour von dort zurückkommen. Es weht ein seichter Wind vom Meer. Niedrigwasser. Ein Blick auf die Armbanduhr, es ist knapp 17.00 Uhr. Hollmann zieht seine Schuhe aus, legt sie hinter den Sitz, greift die Fotokamera und stapft barfuß über die Schlickrippel am Rand der Salzwiesen entlang, die hier fast nahtlos ins Watt hineinragen. Hier wächst der Queller, eine verzweigte, grünliche Pflanze mit fleischig, kahlen Trieben. Der Blick des Hauptkommissars haftet aufmerksam am Boden, sucht nach den ungewöhnlichen

Motiven, die von dem zurückgewichenen Wasser für nur wenige Stunden freigegeben werden.

Mischwatt ist Wattwurmwatt, hat Hollmann in einem Buch gelesen. Man erkennt es an den fadenähnlichen Schlickhäufchen, die überall aus dem Boden ragen. In einigen Vertiefungen steht das Wasser noch knöcheltief. An den ausgewaschenen Rändern haben sich rotbraune Beläge abgesetzt. Hollmann geht in die Knie, nimmt seine Nikon ans Auge und wählt einen Ausschnitt, indem er den Oberkörper neigt. In dem Buch stand auch, dass die braunen, teilweise rötlichen Färbungen, die diese wunderschönen Strukturen unter der Wasseroberfläche bilden, ein Rasen aus Kieselalgen sind. Diese winzigen, einzelligen Organismen gewinnen Energie aus dem Sonnenlicht, das bekannte System der Photosynthese.

Der rechte Zeigefinger drückt leicht an den Auslöser. Die Schärfenautomatik zieht mit einem feinen Geräusch nach. Voller Druck, Klick, das Foto ist im Kasten. Hollmann sieht es auf dem Display der Kamera an und ist damit zufrieden.

Auch Kieselalgen können einen Täter überführen, weiß der Kriminalist, denn fände man nur eine dieser einzigartigen Algen unter seinen Schuhen, könnte man ihm beweisen, dass er an einem bestimmten Ort gewesen ist. Das Fotografieren einer Algenstruktur im Sand sieht er dagegen als eine Art persönlicher Spurensicherung.

Er erinnert sich noch genau daran, wie das Fotografieren im Watt zu seiner Leidenschaft geworden ist. Ihm war plötzlich bewusst geworden, dass die Strömungsrippel im Schlick eine verblüffende Ähnlichkeit mit einem Fingerabdruck haben. Die Gezeiten formen Schleifen, Bögen und Windungen, die genauso einmalig sind, wie die Papillarleisten am Endglied eines Fingers.

Damals hatte er bereits ein halbes Berufsleben hinter sich, erst lange Jahre mit Schwerpunkt Einbruch, später dann Organisierte Kriminalität, bis 1993 in Hamburg eine zentrale Spurensicherungsdienststelle eingerichtet wurde. Sechs Monate hatte die interne Ausbildung zum Kriminaltechniker gedauert. Am Anfang musste Hollmann einen Eignungstest hinlegen, ob er in der Läge wäre, einen Sachverhalt analytisch zu durchdringen. Er bestand ihn mit Bravour. ›Learning by doing‹ hieß die Devise seines Ausbilders, die er auch zu seiner Devise gemacht hat. In den Anfängen wurde seine Abteilung salopp nur die ›Spusi‹ genannt, und Hollmann hatte damals ein besonderes Händchen für die Sicherung von Fingerabdrücken entwickelt. Wenn das Team an einen Tatort ging, hatte er fast immer den ›Dakty-Koffer‹ fest im Griff.

»Du bist unser Experte für serologisches Spurenmaterial«, klingen die Lobesworte seines Vorgesetzten manchmal noch heute in seinem Ohr. Ihm fällt gerade ein besonders faszinierender Spiralwirbel im nassen Wattsand ins Auge. Die schrägen Sonnenstrahlen haben einen Sternenhimmel auf die schwarzen Schlickfurchen gesprenkelt.

Es ist die Skulptur eines Fingerabdrucks, stellt der Spurensicherer berufsbedingt fest, geht in die Hocke, schaut durch den Sucher und beugt sich so weit in das Motiv hinein, bis der Schärfebereich seiner Optik nicht mehr mitmacht. Er drückt den Auslöser, verändert den Ausschnitt und drückt erneut. Nachdem er die Ausbeute auf dem Display kontrolliert hat, marschiert Hollmann weiter. Er biegt vom Weg ab, die Salzwiesen mit Rotschwingel, Andelgras und Queller locken ihn an. Zwischen den Pflanzen haben sich kleine Ölfilme gebildet, die in Regenbogenfarben schimmern. Herzmuscheln mit schmutzigbrauner Schale ragen aus den morbiden Tümpeln. Das sind die Motive, nach denen der Hauptkommissar Ausschau hält, weitab von den Zuckerguss-Postkartenidyllen der Touristen.

Ein Vorbild ist ihm der englische Landschaftsfotograf David Ward, der seine Strukturfotos von Bäumen, Wasserfällen oder

Steinformationen nach besonderen Lichtstimmungen und Kontrasten aussucht. Hollmann hat mehrere Fotobände allein von diesem Künstler. Aber auch Terry Hopes spirituelle Landschaftsaufnahmen begeistern ihn immer wieder.

In Laufe der Jahre hat er eine riesige Sammlung von Fotobänden angehäuft. Einen beträchtlichen Raum nimmt allerdings die Landschaftsfotografie ein, wie der Schwede Hans Strand mit seinen spektakulären Aufnahmen von einem aktiven isländischen Vulkan. Yann Arthus-Bertrand ›Die Erde von oben‹ oder ›50°‹ von Jörg Heieck. Auch die alten Klassiker der ›Group f/64‹ sind dabei. Sie fotografierte in den dreißiger Jahren ausschließlich mit der Blende 64, um eine größtmögliche Tiefenschärfe zu bekommen. Der amerikanische Meister des Schwarz-Weiß-Fotos Ansel Adams, der die Fotografie zu einer Kunstform entwickelte. In einem seiner historischen Fotobände gibt es eine legendäre Abbildung von einer gigantischen Holzbalkenkamera, der sogenannten ›Mammut‹, mit der 90 x 90 cm große Glasplatten belichtet werden konnten.

Hollmann hat das Foto der Riesenkamera vor Augen, als ihm ein Priel den Weg versperrt. Er muss erst die Hosenbeine hochkrempeln, bevor er durch die ablaufende Strömung waten kann. Ein Lichtstreifen zeichnet die ausgewaschene Schlickkante am anderen Ufer nach, die wie ein Goldklumpen glänzt. Der Hauptkommissar kann nicht weitergehen, ohne mehrere Nahaufnahmen zu schießen. Die Zeit scheint stillzustehen. Wieder lockt ein Motiv, wieder stoppt er, um es abzulichten und hat schon das nächste im Visier. Zwei Stränge einer Strandsode liegen in einer Ölfilmlache, die sich wie eine silberne Aura um die fleischige Pflanze gelegt hat. Die kleinen graugrünen Blätter trotzen dem Umweltdreck. So bedrückend er das Stillleben auch findet, aber die sterbenden Pflanzen haben eine atemberaubende Ästhetik. Während er intuitiv den richtigen Ausschnitt im Sucher festlegt, fallen ihm die Pflanzenaufnahmen des Karl Blossfeldt ein, der sich streng analytisch nur auf die Struktur von Knospen, Stängeln und Blättern konzentriert hat. Der Fotoband ›Wundergarten der Natur‹ ist für Peter Hollmann bis heute seine größte Inspiration geblieben. Damals, als er das Buch entdeckt hatte, leistete er sich, gegen den Protest seiner Frau, eine wirklich teure Spiegelreflexkamera, um danach stundenlange Fotostreifzüge an der Elbe entlang zu machen. Alles in der knappen Freizeit seiner Polizeiarbeit.

Das war der Anfang vom Ende seiner Ehe. Die unangenehme Wahrheit hat er auf seinen einsamen Streifzügen immer dabei. Er drückt wie in Trance auf den Auslöser und geht weiter ins Watt hinaus. Zu dem Zeitpunkt, rumort es in ihm, hatte er seinen Kopf bereits in den Sand gesteckt, war lieber fotografieren gegangen, als sich den Problemen zu Hause zu stellen. Es kam, wie es kommen musste. An einem freien Samstag war er allein in der eisigen Kälte am Elbufer gewesen, um Aufnahmen von den sich auftürmenden Eisschollen zu machen. Er hatte nicht lange durchgehalten, weil seine Finger in Kürze fast blau gefroren waren, sodass er den Auslöser nicht mehr betätigen konnte. Die frühe Heimkehr bescherte ihm ein völlig unerwartetes Motiv, seine Frau Gabriele und ein Kollege der Spurensicherung, der seine Freizeit freizügiger gestaltete als er selber. Peter Hollmann hatte vor Wut seine Spiegelreflexkamera an die Wand geschleudert und fand sich eineinhalb Jahre später vor dem Scheidungsrichter wieder. In der Zwischenzeit war er in den Norden geflüchtet und hatte in Husum eine neue Bleibe gefunden. Vom Fotografieren wollte er allerdings jahrelang nichts mehr wissen. Doch eines Tages beendete er das Einsiedlerleben abrupt, war das erste Mal an die Küste gefahren und ins Wattenmeer hinausmarschiert. Die unendliche Weite der Landschaft hatte ihn auf Anhieb verzaubert. Liebe auf den ersten Blick. Der Kauf einer neuen Digitalkamera war die Konsequenz, um seiner Begeisterung für diese einzigartige Natur Ausdruck zu verleihen. Seitdem hat die Freizeit für Peter Hollmann wieder einen Sinn. Bei jedem Wetter ist er im Watt, eifert seinem Idol Karl Blossfeldt nach.

Über der Wassernaht am Horizont ziehen dunkle Wolken auf. Von vorn stürmt eine Böe heran, wellt sachte die Oberfläche einer großen Wasserpfütze, die von der letzten Flut zurückgeblieben ist. Ein erstes Donnergrollen, das dröhnend über den Himmel rollt, kündigt schlechtes Wetter an. Peter Hollmann steckt seine Kamera in die Fototasche zurück und beschließt rechtzeitig umzukehren, bevor der Regen ihn ohne Schutz hier draußen erwischt. Er marschiert mit ausladenden Schritten seinen eigenen Fußspuren entgegen.

*

Aus der Ferne schneidet das schrille Signal der Nord-Ostsee-Bahn durch die dicke Luft. Das Blinklicht am unbeschrankten Bahnübergang Harblek hat noch nicht eingesetzt. Oleander drückt aufs Gas, um noch vor dem Nahverkehrszug auf die andere Seite der Schienen zu kommen. An der nächsten Kreuzung biegt er links ab, sieht den rötlichen Schimmer an der Küste. Die ganze Fahrt über spürt er schon einen unangenehmen Kopfdruck. Seit kurzer Zeit ist es windstill, ein drückendes Vakuum liegt über der Landschaft. Pechschwarze Wolken schieben sich zusammen. Eine scharfe Windböe peitscht eine leere Plastiktüte über die Straße. Sein Ziel ist in Sichtweite. Mitten in der flachen Ebene, etwas abseits von der Straße, ragen hinter Büschen und Bäumen versteckt die Giebel und Türmchen des Herrenhauses Hoyerswort hervor. An mehreren Stellen flackert Feuerschein durch die Zweige.

Das hätte ich mir denken können, der Alte veranstaltet die wahre Götterdämmerung. Oleander kaut verächtlich auf den Lippen, schleicht im Schritttempo an den geparkten Autos am

Straßenrand vorbei und hält nach einer Parklücke Ausschau. Eines muss man dem alten Herrn lassen, wenn der zum Tanz bittet, wird nicht gekleckert, da wird richtig geklotzt.

Oleander fragt sich insgeheim, ob es bei den Unmengen von Gästen überhaupt auffallen würde, wenn der Enkel auf dem 85sten gar nicht erschiene. Er hat den Impuls, einfach den Wagen zu wenden und klammheimlich wieder zu verschwinden. Doch aus beiden Richtungen nähern sich unentwegt neue Fahrzeuge und stauen sich vor der Auffahrt zum Grundstück, es gibt kaum ein Weiterkommen. Beidseitig ist der breite Sandweg zum Herrenhaus bereits zugeparkt. Oleander hat weit entfernt von dem Getümmel endlich einen Platz gefunden. Nachdem er seinen Wagen eingeparkt hat, nimmt er den Blumenstrauß von der Rückbank, holt das in Geschenkpapier eingeschlagene Päckchen aus dem Kofferraum und macht sich zu Fuß auf den Weg. Noch weiß er nicht, dass er nie mehr hierher zurückkommen wird.

Die Menschen, die auf beiden Seiten der Straße aus ihren Fahrzeugen steigen, sind in festliche Abendgarderobe gehüllt. Die Männer meist im dunkelblauen oder schwarzen Sakko mit weißem Hemd und Krawatte. Einige tragen sogar Smoking, andere sind in Galauniformen der Bundeswehr gekommen. Hochhackige Pumps stöckeln über den Asphalt, Ballkleider werden leicht angehoben, und Diamantschmuck blitzt im letzten Licht des Tages. Oleander reiht sich unauffällig in den steten Strom ein, der einem Gang über den Catwalk der Eitelkeiten gleicht. Auf dem Hof hat sich eine Menschentraube gebildet, vor der Eingangstür zum Herrenhaus ist ein langer schokofarbener Teppich ausgerollt worden, der mit Feuerschalen flankiert ist. Er kann nur von einem Paar nach dem anderen betreten werden. Oleander ist einer der wenigen Einzelgänger. Einer der Bediensteten nimmt seine Einladungskarte in Empfang und lässt ihn durch die Tür treten. In der Mitte der großen Eingangshalle erwartet der Großvater im Smoking die Gratulanten, schüttelt Hände, verteilt Handküsse, nimmt Geschenke entgegen und reicht sie unverzüglich an elegant gekleidete Bedienstete weiter, die sie wortlos in Empfang nehmen und auf einem riesigen Dielentisch anordnen. Junge Mädchen in schwarzen Kleidern und weißen Schürzen tragen Sektgläser auf Silbertabletts. Es wird dem Jubilar zugeprostet und manchmal tönt ein scharfes »Er lebe hoch, er lebe hoch, er lebe dreimal hoch« durch den Raum. Oleander hat das Treiben eine Zeitlang beobachtet, bevor er auf seinen Großvater zugeht.

»Heinrich, meinen allerherzlichsten Glückwunsch«, sagt er breit lächelnd, reicht die Blumen und das Päckchen dem Personal und drückt seinem Großvater kräftig die Hand. »Du siehst wirklich nicht aus, als wärst du 85 Jahre alt geworden.«

»Lass das, Junge, einem alten Mann braucht man nicht mehr zu schmeicheln.«

»Ich sage nur, was mir ins Auge fällt.«

»Du siehst auch blendend aus, Junge. Ich freue mich, dass du bei aller Weltenbummelei gekommen bist. Du siehst auch, was hier los ist! Entschuldige bitte, aber wir reden später, wenn alle Gäste begrüßt sind. Mutter und Vater findest du oben im Festsaal!«

Die Vorstellung, hier den Sohn abgeben zu müssen, lässt Oleander verlegen grinsen. Er klopft seinem Großvater kurz auf die Schulter und steigt die breiten Steinstufen des Treppenturms hinauf in den ersten Stock. Der riesige Renaissancesaal erstrahlt in einem Flammenmeer von Kerzen. An einer Wand entlang sind Eichentische aufgestellt, auf den goldgeränderten Platten finden sich Fasanenfilet, Spanferkelrücken, Tafelspitz, Kapaun und andere Köstlichkeiten. Neben dem Kamin musizieren eine Flötistin und eine Geigerin, begleitet von einem jungen Mann am Klavier, Stücke von Joseph Haydn. Der Raum brodelt im Rausch der Gespräche. Menschen tragen ihre Teller am Buffet entlang und picken mit der Gabel erlesene Fleischstückchen heraus. Andere stehen mit gefüllten Sekt-, Wein- oder Biergläsern trinkend in den Ecken zusammen. Oleander hat seine Eltern sofort in einer Traube fröhlich Trinkender ausgemacht, seine Mutter im Abendkleid aus glänzendem Satin, sein Vater in Marineausgehuniform. Sein erster Eindruck genügt, um sich in den Flur abzusetzen. Dort tritt er völlig unerwartet in den Bannkreis von Kilian Martens, der ihm wie ein sommersprossiger Mephistopheles ins Gesicht lacht. Doch das Lachen verschwindet genauso schnell wieder von seinen Lippen, es bleibt ein gefühlsloser Blick, der ihn aus zwei Seelen fixiert.

»Ich war in deinem Kiteshop, Ole, aber du hast nicht angerufen.«

»Das war auch nicht nötig«, entgegnet Oleander überheblich. »Du findest mich auch ohne meine Hilfe. Was machst du hier, wieso bist du auf diesem Fest?«

»Deine Mutter hat mich eingeladen, ich hab sie zufällig in Uelvesbüll getroffen.«

»Bei dir gibt es keinen Zufall, Kilian!«

»Was ist mit dir? Ich war nie nachtragend, wegen damals! Du warst derjenige, der alles geschmissen hat, Ole, nicht ich. Du hast weiterhin kostenlos bei mir gewohnt, solange du wolltest. Was gibt es also für ein Problem zwischen uns?«

»Du willst zum Surfen nach Dänemark, hab ich gehört?«

»Was hat das mit unserem Problem zu tun?«

»Du willst nicht zufällig nach Klitmøller?«

»Wieso nicht?«

»Freja weiß, dass du kommst?«

»Sag endlich, was du sagen willst!«

»Freja bekommt ein Kind von mir, und wir werden heiraten. Es wird langsam Zeit, dass du die Finger von ihr lässt.«

»Ihr wollt heiraten?«

»Wir wollen nicht, wir heiraten, Kilian! Verstehst du, wir heiraten! Freja ist tabu!«

»Wir sind freie Menschen, Oleander. Freja entscheidet selbst, was sie macht.«

»Wir sind keine Steppenwölfe mehr, Kilian! Auch du solltest langsam erwachsen werden!«

»Dann verhalte du dich auch wie ein Erwachsener.«

»Finger weg von Freja, Kilian, ich sag es nicht noch einmal!«

Kilian schließt die Augen zu Schlitzen, sie blitzen kurz auf. Sofort lacht er wieder, verbeugt sich theatralisch wie ein Burgschauspieler, macht einen Ausfallschritt zurück und verschwindet ohne ein Wort im Festsaal. Oleander eilt hinterher, kann ihn aber in der Menschenmenge nicht mehr entdecken. Das helle Klingen eines Glases lässt die Musik verstummen. Oleander wendet den Kopf, sieht, wie sein Großvater neben den Musikern steht und mehrmals mit dem Messer gegen ein leeres Sektglas schlägt. Das letzte Gemurmel im Raum ebbt ab.

»Verehrte Gäste, meine Damen und Herren!«, beginnt der Großvater mit lauter Stimme, »Sie können mir glauben, ein alter Haudegen wie ich ist selten gerührt! Aber heute bin ich es! Ich möchte mich bei Ihnen allen recht herzlich bedanken und freue mich, dass Sie so zahlreich zu meinem Ehrentag erschienen sind. Doch bevor der festliche Teil des Abends beginnt, nur einige, wenige Worte über diesen historischen Ort. Das Schloss Hoyerswort ist ein Wahrzeichen der Halbinsel Eiderstedt. Es wurde im 16. Jahrhundert von dem herzöglichen Verwalter Eiderstedts, dem Staller Caspar Hoyer erbaut. Als deutscher Wehrmachts- und Bundeswehroffizier bin ich besonders stolz darauf, dass faktisch auf meinem Besitz der große Nordische Krieg in Schleswig-Holstein beendet wurde. Um 1700 hatten dänische, russische und sächsische Truppen Tönning belagert. 1713 musste der General der schwedischen Truppen, Graf Steenbock, letztendlich aufgeben und unterschrieb auf Hoyerswort die Kapitulation.«

Selige, unausgegorene Soldatenromantik, immer dasselbe in

dieser Familie, gärt es in Oleander. Es bleibt ihm unbegreiflich, warum er als Halbwüchsiger seinen Großvater so kritiklos angehimmelt hat. Er muss unwillkürlich an das alte Foto denken, eine NSDAP-Kundgebung ist darauf zu sehen, auf der ›Alte Freiheit‹ in Husum vor der Vereinsturnhalle. Der Großvater als junger Kerl stolz wie Bolle mit der Hakenkreuzfahne, neben ihm der Redner Prinz August Wilhelm von Preußen, der vierte Sohn Kaiser Wilhelms. Über seinem Kopf ein Banner mit der Aufschrift: Freiheit und Brot.

»Das war ein schneidiger Mann, der junge Preuße«, hatte sein Großvater geschwärmt, als er ihm das Foto zeigte. »Sein Auftritt brachte der NSDAP bei der Reichstagswahl 1932 in Husum 50% der Stimmen.«

Das Foto rührte an Oleanders Sehnsucht nach Gemeinschaft. Das Hakenkreuz im Strahlenkranz auf dem Turnhallendach, das Spalier der Flaggenträger und die vielen Menschen, 6.000, nach Aussage seines Großvaters.

Aus heutiger Sicht kann er nicht glauben, wie Deutschland sich damals freiwillig ans Messer geliefert hat. Erst Jahre später war Oleander die merkwürdige Rolle seines Großvaters in dieser Zeit aufgegangen, die gepaart war mit seiner fortwährenden Uneinsichtigkeit, diesen teuflischen Krieg von Adolf Hitler als einen Fehler einzugestehen.

Trotzdem liebte er seinen Enkel abgöttisch. Oleander bekam von ihm, was er wollte. Seine Verachtung hat Oleander ihn nie spüren lassen, hat die so glorreich erzählte Vergangenheit, das selbstverständliche Soldatsein in seiner Familie bis heute nicht thematisiert.

»›Und wenn der Teufel mich selbst zum Tanze auffordert, so schlüg' ich es ihm nicht ab.‹ Das sind die Worte, die einst eine flinke Tänzerin auf einer großen Hochzeit sagte, die hier auf dem Hoyersworter Schloss stattfand.«

Die Rede des Großvaters schlägt volkstümliche Töne an. Oleander weiß bereits, was ihn jetzt erwartet, die pflichtgemäße Geschichte von dem Teufel auf Hoyerswort, die noch auf keinem Festakt ausgelassen wurde.

Warum hat er eigentlich sein Leben während der Nazizeit nie in einem Zusammenhang mit dieser Eiderstedter Sage gesehen? Auch er hat mit dem Teufel getanzt! Adolf Hitler!

»In diesem Saal gibt es einen Blutfleck. Er zeugt von der schicksalhaften Begegnung der Tänzerin mit dem Teufel. Der rötliche Fleck wurde schon oft mit weißer Farbe überstrichen, aber er kam immer wieder zum Vorschein. Auch wenn viele Zweifler meinen, dieser Fleck wäre nur eine profane Salpeterausblühung. Alle anwesenden Damen sind, bevor zum Tanz aufgespielt wird, hiermit gewarnt!«

Der Großvater setzt an dieser Stelle eine gezielte Pause für das allgemeine Kichern, das auch erwartungsgemäß einsetzt und bittet dann mit beiden Händen um Ruhe.

»Deshalb möchte ich Ihnen jetzt die Landesvorsitzende des Schleswig-Holsteinischen Heimatbundes, Frau Elisabeth Meinert, vorstellen, die uns die unheimliche Schauergeschichte mit den Worten unseres großen deutschen Dramatikers und Lyrikers Christian Friedrich Hebbel vorträgt. Frau Meinert hat das Wort!«

Der Großvater macht eine einladende Geste in Richtung einer zierlichen Frau mit auffälliger Rüschenbluse, deren spitzes Gesicht und die glatt zurückgekämmten Haare an einen Singvogel im Käfig denken lassen. Während sich Frau Meinert in der Mitte des Saales in Positur stellt und eine kurze Verbeugung andeutet, setzt pflichtgemäßer Applaus ein. Die Frau wartet geduldig, bis er abgeklungen ist, bevor sie, einen Spickzettel in der Hand haltend, ihre singende Stimme erhebt:

»Der Tanz«, von Christian Friedrich Hebbel

Die Kerzen verlieren den hellen Glanz,
Ein Mägdlein schwingt sich im raschen Tanz,
Sie ist nur allein noch im Freudensaal,
Die Gäste entfernten sich allzumal.

»Hör' auf, hör' auf, lieb Töchterlein!«
»Ach lasse mich, lasse mich, Mutter mein,
Und wäre der Teufel hier selbst zur Statt,
Er tanzte mich nimmermehr müde und matt.«

Und als sie das Wort nur gesprochen hat,
Im schwarzen Gewande ein Jüngling sich naht;
Er sieht so kalt, so gespenstisch darein,
Gleichwie in der Nacht des Mondes Schein.

»Kannst du so tanzen, so tanze mit mir.«
»Wohl, spricht die Jungfrau, ich tanze mit dir!«
Doch wird's ihr im Busen so angst und so weh,
Als ob sie am Eingang des Grabes steh!

Sie schwingen sich wild im Saale herum,
Der fremde Jüngling ist still und stumm –
Von Menschenschmerz und Menschenlust
War wohl nimmer ein Funke in seiner Brust.
Die Mutter tritt wieder zur Tür herein:
»Nun hörst du mir auf, o Tochter mein!«
»Ach Mutter, ich kann nicht, ach Mutter, leb' wohl!«
Das keucht die Jungfrau dumpf und hohl.

Da springt aus dem Mund ihr Blut so rot,
Und sie sinkt zur Erde, ist bleich und tot.

Der Jüngling verschwindet in Nebel und Nacht.

Verhöhnet nimmer der Geister Macht!«

Ein kurzer Beifall und Frau Meinerts Wangen beginnen rötlich zu schimmern. Oleander steht mit einem Glas Rotwein etwas abseits an einem Fenster und blickt auf die Fackeln im Hof. Der schwarze Himmel darüber wird von einem grellen Zackenstrich in zwei Hälften zerteilt. Ein dumpfes Donnergrollen folgt, das zeitversetzt in nächster Nähe über den Himmel vibriert und ein wenig das Glas erzittern lässt. In seinem Rücken hört Oleander, wie der Großvater mit seiner markigen Stimme versucht, das Donnerwetter zu überbieten.

»Ein herzliches Dankschön unserer lieben Frau Meinert vom Heimatbund! Es ist eine Freude, Ihnen zuzuhören! Und jetzt amüsieren Sie sich bitte, lassen Sie es sich schmecken und genießen Sie den Abend.«

Die ersten Regentropfen schlagen hart an die Scheiben, rollen im Feuerschein wie Blutschnüre in einem Nebelmantel am Glas hinab, um letztendlich zu einem roten Sturzbach zu werden.

Oleander schließt die Augen, sieht hinter den Lidern eine riesige Wellenwand heranrollen. Sieht, wie diese in einem Schaumregen an einem Felsen explodiert. Es folgt eine Woge aus Angst und Dunkelheit, die über sein Herz flutet. Freja sitzt ihm am Tisch eines Restaurants gegenüber. Sie blicken sich an, ihr Gespräch in der Ewigkeit ist verstummt. Im Nebel des Zigarettenrauchs formt sich ein Schatten, wird zu einer realen Gestalt, bekannt und fremd zugleich. Kilian, der dämonische Freund, zeigt die Perlenschnur seiner blanken Zähne, nimmt Freja ihr Glas aus der Hand, beugt sich damit provozierend zu Oleander herunter und fragt leise: »Hast du die Schrift gesehen, Steppenwolf, die Schrift am Magischen Theater?«

»Du redest Unsinn, Kilian!«

»Wie kannst du das sagen, Ole! Du musst sie dir ansehen. Los, geh auf den Flur, sie sagt etwas über unsere Freundschaft!«

Zu Tode erschrocken springt Oleander vom Tisch auf, ohne einen Blick für Freja, stürzt auf den Korridor hinaus und findet eine vergoldete Toilettentür mit einem Spiegel. Er sieht hinein, sieht sein verzerrtes Gesicht, seine weit aufgerissenen Augen hinter den unwirklichen Buchstaben, die rot und durchsichtig im Raum der Spiegelung schweben, sich zu einem Satz zusammenfügen, der ihn bis ins Mark erschüttert.

Wie man durch Liebe
seinen Freund tötet

»Oleander!«, eine vertraute Stimme reißt ihn aus seinen Bildern. »Manchmal könnte man glauben, du gehst deinen Eltern ganz bewusst aus dem Weg!«

»Mutter!«, sagt er beiläufig, ohne sich umzudrehen. »Ich bin alt genug, um mich nicht vor dir verstecken zu müssen.«

Flötistin, Geigerin und Klavierspieler sind von den Haydnsonaten auf den weltlichen Bach umgestiegen, spielen mit einer eigenwilligen Interpretation der Bauern-Kantate »Mer hahn en neue Oberkeet« zum Tanz auf. Auf dem rustikalen Holzboden des Schlosssaals trommeln die Schuhe, drehen sich die bunten Stoffe mit Anzug, Smoking und Uniform.

»Warum hast du vorher nicht kurz bei uns vorbeigeschaut? Mit siebzehn bist du von Zuhause abgehauen, hast Geld von meinem Konto …«

»Du hast es zurückbekommen, Mutter! Warum kannst du nicht damit aufhören! Ich lebe außerhalb deiner Kontrolle. Warum hast du Kilian auf dieses Fest eingeladen?«

»Ich denke, er ist dein Freund?«

»Du konntest ihn früher nicht ausstehen, warum der Sineswandel?«

»Ich dachte, er könnte dich zur Vernunft bringen.«

»Du dachtest auch, ich bin dein bestes Pferd im Stall! Aber ich habe keine Lust, für dich ins Rennen zu gehen, klar.«

»Oleander, Junge, lass uns nicht streiten, nicht hier! Wie wäre es, wenn du deinem Vater ›Hallo‹ sagst.«

»You say hello, and I say goodbye!« Oleander trällert spöttisch den Song und schlägt demonstrativ die Hacken zusammen. »Melde gehorsam, ich hab keinen Bock auf seine Uniform. Es ist besser, ich verschwinde, bevor der Haussegen hier noch schief zu hängen beginnt.«

Oleander eilt in Richtung Treppenturm davon, während die harte Stimme seiner Mutter sich in seinen Nacken krallt.

»Bleib hier! Oleander! Das kannst du nicht machen!«

Kühle Luft empfängt Oleander in der Eingangstür. Der Regen hat aufgehört. Das Unwetter hat einen durchnässten schwarzbraunen Teppich hinterlassen. Alle Fackeln sind erloschen, ihre feuchten Stümpfe schimmern im Licht der Fenster. In der Ferne treibt das abziehende Gewitter sein Donnergrollen wie galoppierende Pferde vor sich her. Der Mond tränkt die Erde mit seinem Schein, und aus dem Schloss schwebt leise Musik durch die klare Nacht.

Oleander sucht sich einen Weg an den parkenden Autos entlang, springt über spiegelnde Pfützen, erreicht die Straße und hält nach seinem Wagen Ausschau, der irgendwo zwischen der Blechfront auf dem Grünstreifen stehen muss. Es ist windstill, um ihn herum herrscht plötzlich Totenstille, selbst der Trubel aus dem Schloss ist hier nicht mehr zu hören. In nächster Nähe springt ein Automotor an, erwürgt den kurzen friedlichen Moment. Oleander hört das Rauschen von Reifen, die auf dem nassen Asphalt langsam näher kommen. Er entdeckt seinen Wagen in zehn Meter Entfernung, bleibt stehen und versucht, den Schlüssel aus der Jackentasche zu fischen. Das langsam heranfahrende Auto stoppt in seinem Rücken. Er hört, wie ein Seitenfenster heruntergelassen wird. Seine Nackenhaare richten sich auf, er verspürt den Impuls sich hinzuwerfen. Im gleichen Moment gibt es ein kurzes, dumpfes Schlaggeräusch. Er starrt auf den dünnen Metallstab, auf die zwei Widerhaken an der Spitze, die plötzlich aus seiner Brust ragen. Ein brennendheißer Schmerz rast durch seinen Körper. Seine Sinne schwinden, die Beine werden weich, er kann sein Gewicht nicht mehr halten. Er sackt durch den Boden, der ihn ein Leben lang getragen hat, hindurch in ein bodenloses Meer. Von schräg links treibt ein mächtiger Swell heran. Ein Berg erhebt sich, sprudelnd und spritzend, dehnt die Wasserhaut zu einem Gebirgszug in die Höhe. Die Welle atmet ihre Wassermassen zu einer hässlichen Fratze auf, dröhnt und donnert und schleudert übersättigt ihr Inneres nach außen. Tonnenschwere Hände packen seinen Körper, schleudern ihn durch die Luft und werfen ihn in einen milchigen Gischtnebel. Er versinkt in einem Blizzard aus Blasen, schwebt langsam hinab in ein schwarzes All, tiefer und immer tiefer, vorbei an monströsen Fischgeistern, die ihn stumm wie bucklige Planeten umkreisen, ihre bizarren Kiefer aufsperren, schnappende Mäuler, Supernovae gleich, Schwarze Löcher, angefüllt mit spitzen Zähnen. Monsterleiber, denen Laternen aus dem Kopf wachsen und Drachenköpfe mit grellen Leuchtorganen an den Augenrändern leuchten ihn hinab bis auf den Grund. Luciferine Lichtquanten greifen mit ihren durchsichtigen Tentakeln nach seinem schwach pulsierenden Herzen, wippen im Rhythmus seines Atems …

Dänemark 1943

»Als künftiger Regierungschef ist Ihr Name ganz oben auf der Liste«, verkündet Joachim von Ribbentrop mit einem kurzen Zögern in seiner Stimme. Sein ovales Gesicht mit dem markanten Kinngrübchen wirkt müde. »In Berlin haben wir uns Gedanken gemacht, wie eine künftige dänische Regierung personell aussehen kann, Herr Scavenius. Um eine verbesserte Zusammenarbeit mit dem Deutschen Reich zu ermöglichen, wäre es gut, wenn Thune Jacobsen das Justiz- gegen das Innenressort tauscht. Der altgediente Johannes Kjærbøl, Arbeit und Soziales, bekommt zwei weitere Gewerkschaftler mit ins Kabinett, nämlich Laurits Hansen für die Finanzen und Axel Olsen als Sozialminister. Für die Verteidigung würden wir es begrüßen, wenn Orlogskapitän Wodschow der Chef des Kopenhagener DNSAP-Stabskontors wird, sein Stellvertreter von Clausens. Der Jütländer Jørgensen übernimmt die Landwirtschaft, Wanscher wird Unterrichtsminister, Popp-Madson Justizminister. Ich brauche nicht zu betonen, dass der Führer diesen Vorschlag voll und ganz akzeptieren würde.«

Selbst wenn dieser Mann etwas von anderen will, vermittelt er es mit unterschwelliger Überlegenheit, denkt Eric Scavenius verärgert und entgegnet mit scharfem Ton: »Herr Außenminister, in aller Bescheidenheit, aber ihre Liste beschreibt eine Phantasieregierung, die nur Unsicherheit und Chaos in meinem Land anrichten würde.«

»Aber selbstverständlich bleibt es Ihnen überlassen, Ihre neuen Minister auszuwählen«, lenkt der Reichsminister ein, »es bedarf lediglich einer Verständigung mit dem neuen Reichsbevollmächtigten Dr. Best. Die zukünftige Regierung muss allerdings das deutsche Vertrauen genießen. Das ist am besten gewährleistet, wenn Sie, Herr Scavenius, als Staatsminister an ihre Spitze treten.«

»Ich bin Diplomat, Herr Reichsminister, mir fehlt jegliche innenpolitische Erfahrung.«

»Für das Deutsche Reich erfüllen Sie die nötige Garantie, um das deutsch-dänische Verhältnis wieder auf einen vernünftigen Kurs zu bringen.«

Der Reichsaußenminister glaubt fest an seine Gabe, die Tendenz einer politischen Meinung im Gespräch frühzeitig aufzuspüren. Diese Gabe hat er im persönlichen Kontakt mit Adolf Hitler immer wieder erfolgreich eingesetzt. Er konnte fast immer die künftige Ausrichtung des Führers frühzeitig überbieten und sich sein Wohlwollen sichern. So wie damals, in dem Gespräch, das Hitler mit General v. Hanneken führte, nachdem er ihn zum neuen Befehlshaber der deutschen Truppen in Dänemark ernannt hatte. Auch da war er rechtzeitig darauf vorbereitet gewesen, dass Hitler die deutsche Erklärung vom 9. April 1940 nach der Telegrammaffäre mit dem König als hinfällig betrachten würde.

»Die Erklärung muss verschwinden!«, hört von Ribbentrop den Führer brüllen, bevor er zu einem seiner berüchtigten Monologe ansetzt. »Künftig wird es unmöglich sein, dass es in einem neu geordneten Europa unter deutscher Führung ein Staatsgebilde mit demokratischem Anstrich geben wird, noch dazu unter einem Königshaus, das nichts als schlechten Willen an den Tag legt. Für mich gilt es als ausgeschlossen, Dänemark in seiner bisherigen Form zu erhalten. Daran tragen die Dänen mit ihrem König und ihrer Regierung selbst Schuld. Der Besitz von Dänemark ist unerlässlich. Ich brauche Dänemark, weil ich Norwegen brauche, um England in Schach zu halten. Sie sind der Mann, der das für mich gewährleisten wird, General v. Hanneken. Gehen Sie mit harter Hand vor, sorgen Sie dafür, dass das

Land zu einer deutschen Provinz wird. Ich schicke sie nicht in ein befreundetes Land, sondern in Feindesland. Und was die dänische Regierung betrifft, muss es unser Ziel sein, möglichst bald eine Regierung einzusetzen, die unter der Führung der dänischen Nationalsozialisten steht. Ich will eine Marionettenregierung, egal ob dieser Frits Clausen geeignet ist oder nicht. Und mir ist es völlig gleichgültig, ob er einen kleinen oder großen Teil des dänischen Volkes hinter sich hat.«

Und auch wenig später, 1942, im ukrainischen Hauptquartier bei Winniza, hatte von Ribbentrop wieder geahnt, dass die Meinung des Führers sich um 180 Grad drehen würde. Die Zeichen für Dänemark standen plötzlich wieder auf Krisenentspannung.

»Ich wünsche das endgültige Verhältnis zwischen Deutschland und Dänemark durch Verträge mit einer legalen dänischen Regierung zu regeln.«

Von Ribbentrop wartet auf eine Antwort von Scavenius, der still im Sessel gegenüber sitzt. Er wendet sich seinem Chefdolmetscher Paul Schmidt zu und fordert: »Es ist Eile geboten Herr Außenminister. Der Führer darf auf keinen Fall den Eindruck gewinnen, dass Dänemark den Weg der Zusammenarbeit ablehnt. Dann geht in der Tat alles entzwei, was einem gemeinsamen Interesse nützlich ist.«

»Aber ich kann nicht kommandieren und bestimmte Politiker wie Rekruten in eine Regierung zwingen. Außerdem halte ich es für völlig ausgeschlossen, aktive nationalsozialistische Mitglieder der DNASP in eine neue Regierung aufzunehmen. Das ist nur eine kleine, unbedeutende Partei. Die Anführer dieser Partei befinden sich in einem unüberbrückbaren Gegensatz zu denjenigen, die für eine neue Regierungsbildung in Dänemark in Betracht kommen.«

Aus Richtung Hansted schallt das dumpfe Rattern der deutschen Flak herüber. Englische Aufklärer vor der Küste, denkt Jesper Stræde besorgt und dreht den Wasserhahn zu, der sich auf dem Siedlungsplatz befindet. Der Zementstaub im Gesicht ist nur notdürftig abgewaschen. Fröstelnd kommt er in die Baracke, in der ein penetranter Geruch von Kohlsuppe und Ofenruß steht. Die Tochter ist bereits im Bett, seine Frau steht mit Schal und dickem Mantel am Herd. Windböen fegen eiskalt aus Nordwest, bringen feinen Dünensand mit und blasen ihn durch die Spalten der Bretter. Der Dachbelag klappert unentwegt. Der Fischer lässt sich mit einem Seufzer auf den Holzhocker vor der Kommode nieder.

»19.00 Uhr«, murmelt er leise mit Blick auf die Standuhr. Seine spröden Finger packen den glänzenden Bakelitknopf des Radios und schalten es ein. Vier Paukenschläge, kurz – kurz – kurz – lang, quäken aus dem kleinen Holzkasten und bringen ihn zum Dröhnen. Die BBC-Nachrichten sind ein abendlicher Ritus, den Jesper Stræde trotz seiner wenigen Brocken Deutsch nicht auslässt, wenn er es rechtzeitig von der Baustelle schafft. Die Paukenschläge klingen nach Beethovens ›Fünfter‹. Für Jesper Stræde sind sie eine Drohung gegen die Besatzer. Als Kutterbesitzer weiß er, es ist das Morsezeichen für den Buchstaben V, V für ›Victory‹.

»Mach es leiser, Jesper!« Jonna Strædes Stimme zittert, ihre Hände zerknüllen ihre Schürze. »Die Deutschen wollen nicht, dass wir ausländische Sender hören. Diesem Bechgaard von der Zivilverteidigung ist nicht zu trauen. Alle hier sagen, der ist Mitglied in der DNASP. Er schleicht im Lager herum, um uns das Leben schwer zu machen.«

»Hier ist England, hier ist England!«, meldet eine quäkende Stimme. Jesper Stræde gibt nach, dreht mürrisch die Lautstärke leiser und rückt mit seinem rechten Ohr dichter an die stoffüberspannten Lautsprecher.

»Der Kampf um Stalingrad ist zu Ende, die Sechste Armee der deutschen Wehrmacht ist besiegt. Feldmarschall Friedrich Paulus hat vor der Übermacht der Sowjetarmee kapituliert. Seit dem 2. Februar 1943 gibt es im Kessel keine Kampfhandlungen mehr.«

Endlich, denkt der Fischer, das Schicksal pocht mit Paukenschlägen an die Tür der Deutschen. Und auch Bechgaard, diese dänische Naziratte, wird sich bald warm anziehen müssen.

Berichte des Befehlshabers in Dänemark:

Zusätzliche Bewaffnung der dänischen Polizei mit 200 Maschinenpistolen ist vonseiten des Herrn Befehlshaber abgelehnt, jedoch steht der Beschaffung von 200 einfachen Pistolen nichts im Wege.

Alle geschlossen marschierenden Truppenteile haben in Städten Dänemarks in Exerzierordnung zu marschieren und jedes Singen zu unterlassen. In den Vorstädten darf gesungen werden, jedoch nicht beim Vorbeimarsch an Kirchhöfen und Kirchen. An den Befehl, wonach jedes Singen den Abteilungen in Lastkraftwagen in allen Ortschaften verboten ist, wird hierbei erinnert. Die Standortältesten haben gegebenenfalls die näheren Grenzen des Stadtkerns nach den örtlichen Verhältnissen festzulegen.

»Aaaaa-se! Händewaschen, Essen!«, ruft die Mutter dem Mädchen entgegen. Sie steht in Jacke und Schürze, einen Zinkeimer in der Hand, in der Eingangstür und zeigt mit dem Finger in Richtung Siedlungsplatz, wo es den Wasserhahn gibt. »Und bring gleich Wasser mit!«

Aase und ihrer Freundin Damaris sind soeben mit den Rädern von der Schule zurück, außer Atem. Sie haben den Rest des Wegs eine Wettfahrt zwischen den Baracken gemacht. Das Mädchen stoppt verschwitzt, lehnt das Rad an die Holzwand, und während Damaris winkend weiter zum Nebenhaus radelt, greift sie nach dem Eimer und schlendert an einem der Lastwagen vorbei, die vollgeladen mit Möbeln fast jeden Tag neue Familien ins Lager nach Nytorp bringen. An allen Seiten des Barackenlagers erklingen Baugeräusche, überall wird gehämmert und gesägt. Täglich werden neue Häuser fertig gestellt, damit möglichst viele Menschen, die Hansted verlassen müssen, hier untergebracht werden können. Seit langer Zeit gibt es nicht enden wollende Gerüchte, dass die Deutschen die totale Räumung von Hanstedt fordern. Jetzt hat Aase aufgeschnappt, dass alle Hanstedter nun definitiv das Fischerdorf verlassen müssen. Der böse Mann war nämlich wieder gekommen, der Herr Bechgaard, der damals das Papier von dem Amt gebracht hat. Aase hat ihn mit der Mutter sprechen gehört.

»Die letzte Frist für die endgültige Evakuierung ist der 15. Februar. Sagen Sie Ihrem Mann, dass er das Fischerboot bis zu dem Zeitpunkt in einen anderen Hafen gebracht haben muss.«

»Und wo sollen wir damit hin?«

»Nach Hirtshals, das hat die Behörde jetzt beschlossen. Keiner von euch Sturköpfen wollte ja in die alten Fischersiedlungen an der Nordküste, nach Thy oder Hanherred.«

»Sie wissen genau, dass diese Dörfer viel zu klein sind. Es liegen 17 Kutter in Hansted. Außerdem fängt man dort viel zu wenig. Wollen die Deutschen wirklich keine Krone Entschädigung zahlen?«

»Die haben uns klipp und klar gesagt, dass ihre Anwesenheit den Bewohnern von Hansted einen wirtschaftlichen Aufschwung und steigende Umsätze gebracht hat. Bei ›Wehrmachtskonjunkturgewinnen‹, werden keine Wiedergutmachungen geleistet. Und wenn man es genau betrachtet, dann stimmt das ja auch, Frau Stræde. Wenn Adolf Hitler erst den Krieg gewonnen hat, wird es allen Dänen hier oben sowieso besser gehen.«

Aase hat nicht verstanden, was ›Wehrmachtskonjunkturgewinne‹ sind, aber dass die Deutschen nichts wieder gut machen wollen, macht ihr Angst. Die wollen unser Haus für immer behalten, hat sie bei sich gedacht, und wir dürfen nie, nie wieder in unser Dorf.

Seitdem hat Aase diese Angst, wenn sie einen deutschen Soldaten sieht, und sie traut sich nicht, die Mutter zu fragen, ob die Deutschen das Haus wirklich behalten wollen, damit die Mutter nicht noch trauriger wird. Sie hat gesehen, wie sie in der Küche den Brief von Malthe gelesen und geweint hat.

Wenn Malthe erst nach Hause kommt, wird alles wieder gut.

Vor dem Wasserhahn steht eine Reihe Menschen mit Eimern, Schüsseln und Kannen. Aase stellt sich ans Ende und schwenkt gelangweilt den Eimer hin und her. Der Mann, der gerade seine Kanne füllt, hat eine Glatze. Die Narbe darauf erkennt Aase sofort. Es ist Herr Rosen aus dem Kaufmannsladen in Hansted, wo sie früher einkaufen war. Er muss jetzt hier wohnen, überlegt Aase und möchte ihm lieber nicht begegnen. Sie versteckt sich hinter dem Rücken der Frau, die vor ihr wartet. Doch Herr Rosen entdeckt sie sofort, als er mit der vollen Kanne vorbeistapft.

»Ist das nicht die kleine Aase Stræde?«, ruft er übertrieben. »Gut, dass ich dich sehe, mein Kind.«

Ich bin kein Kind mehr, denkt Aase trotzig, ich werde schon bald 15.

»Wo wohnt deine Familie, Kind?«

»Den Weg dort und dann nach links, Herr Rosen, die Nummer 17.«

»Grüß deine Frau Mutter ganz herzlich von mir und sag ihr, ich werde nachher zu einem kurzen Besuch vorbeikommen.«

Bericht an das Auswärtige Amt in Berlin vom 13. Januar 1943:

»I. Von Seiten der Dänen – und zwar sowohl von den gegenwärtig den Staat tragenden politischen Faktoren wie auch von der Gesamtbevölkerung des Landes – wird die Judenfrage in erster Linie als ein Problem des verfassungsmäßigen Zustandes des Landes angesehen. Ein Grundpfeiler der gegenwärtigen Verfassung ist die Gleichheit aller dänischen Staatsbürger vor dem Gesetz. Würde für eine Gruppe bisheriger dänischer Staatsbürger – die Juden dänischer Staatsangehörigkeit – eine Sonderbehandlung, die Rechtsungleichheit bedeutet, gefördert, so sähen die Dänen darin den Auftakt zur Aufhebung oder Auflösung ihrer bisherigen Verfassung.

Deshalb würden nach meinen Feststellungen alle verfassungsmäßigen Faktoren des dänischen Staates einer deutschen Forderung auf eine Sonderbehandlung der Juden in Dänemark – also auf eine Judengesetzgebung nach deutschem Vorbild – Widerstand entgegensetzen und eher ihre weitere Mitarbeit verweigern, als in dieser Frage nachgeben.

Der Staatsminister Scavenius hat mir erklärt, dass er in einem solchen Falle mit seiner gesamten Regierung zurücktreten werde. Eine neue Regierung, die die deutsche Forderung annähme, könnte nicht mehr gebildet werden, da sowohl der König wie auch der Reichstag ihre Mitwirkung verweigern würden. Dies würde bedeuten, dass der Reichsbevollmächtigte die Verwaltung des Landes nach der Art der Reichskommissare selbst übernehmen müsste.

Die voraussichtliche Reaktion der dänischen Bevölkerung gegen allgemein und sichtbar in Erscheinung tretende Maßnahmen gegen die Juden hat der Führer der DNSAP, Frits Clausen, mir gegenüber auf die Formel gebracht, dass nach der Einführung des Judensterns bestimmt Zehntausende germanischer Dänen als Protest gegen diese Maßnahme selbst den Judenstern anlegen würden. Ein Systemwechsel, d.h. die Aufhebung des bisherigen verfassungsmäßigen Regierungssystems in Dänemark würde alle Hemmungen der dänischen Bevölkerung beseitigen und ihren allgemeinen passiven und z.T. aktiven Widerstand gegen die Besatzung auslösen.

II. Ohne die Notwendigkeit eines Systemwechsels in der deutschen Lenkung Dänemarks heraufzubeschwören, können die folgenden Maßnahmen eingeleitet werden, die geeignet sind, für eine spätere totale Lösung der Judenfrage in Dänemark den Boden vorzubereiten:

1) Systematische Entfernung aller Juden aus dem öffentlichen Leben – Staatsdienst, öffentliche Körperschaften, Presse usw. –, indem sie einzeln der dänischen Regierung als für eine Zusammenarbeit untragbar erklärt werden;
2) systematische Entfernung aller Juden aus dem deutsch-dänischen Wirtschaftsverkehr, indem bei deutschen Aufträgen zur Auflage gemacht wird, dass an der dänischen Firma keine Juden beteiligt sein dürfen;
3) einzelne Zugriffe gegen Juden durch die deutsche Exekutive mit der Begründung politischer oder krimineller Vergehen.

Zur Vorbereitung einer späteren totalen Lösung der Judenfrage in Dänemark wird im übrigen von meiner Behörde eine Übersicht über die hier ansässigen Juden geschaffen werden, auf Grund derer später weitere Maßnahmen veranlasst werden können. Die Gesamtzahl wird nach meiner Schätzung verhältnismäßig gering sein; nach meinem gegenwärtigen Überblick dürfte es sich um etwa 6.000 Köpfe handeln. Diese geringe Zahl und die Konzentration der meisten Juden in der Stadt Kopenhagen wird die spätere Lösung erleichtern.«

Reichsbevollmächtigter, SS-Obergruppenführer,
Dr. Werner Best

Aases Mutter reckt den Hals. Sie steht auf der Holztreppe der Baracke und wippt ungeduldig mit dem rechten Fuß. Endlich kommt das Mädchen mit dem Eimer in Sicht. Er ist so schwer, dass sie ihn mehrmals von einer in die andere Hand wechseln muss.

»Wo bleibst du denn nur, Aase? Beeil dich, die Suppe wird noch kalt!«, ruft die Mutter der Tochter von weitem entgegen.

Aase schleppt das Wasser ins Haus, stellt es ab, schaut ihre Mutter an und fragt: »Was ist ein Jude?«

»Wie kommst du denn darauf?«, fragt die Mutter verwundert.

»Beim Wasserholen hat eine Frau gesagt, Herr Rosen ist ein Jude. Ist Herr Rosen kein Däne, Mutter?«

»Doch, Aase, natürlich ist Herr Rosen ein Däne.« Die Mutter kniet sich vor Aase hin und schaut ihr in die Augen. »Jude ist man, wenn man zu einer Religion gehört. Wir sind Christen und Herr Rose ist Jude. Aber wir sind alle Dänen. Das ist alles, Aase. Wir sind einfach alle Dänen!«

»Die Frau hat aber gesagt, die Deutschen mögen die Juden nicht.«

»Und wir Dänen, ob Christen oder Juden, mögen die Deutschen nicht, weil sie einfach in unser Land gekommen sind.«

»Ich möchte, dass die Deutschen weggehen und wir wieder in unserem Haus wohnen.«

»Das dauert nicht mehr lange, Aase. Und wenn sie weg sind, gehen wir wieder nach Hansted in unser Haus zurück.«

»Wie lange noch?«

»Das weiß ich nicht genau, Aase, aber nicht mehr lange! So, und jetzt setzt du dich an den Tisch und isst deine Suppe.«

Die Mutter stellt der Tochter den dampfenden Teller hin. Der Kohlgeruch steigt Aase in die Nase. Kohlsuppe schmeckt nicht gut. Sie mag lieber Fisch, aber den gibt es nicht mehr, seitdem der Vater bei den Deutschen arbeitet. Aase stochert unwillig in den weichen Blättern herum und blickt neugierig auf, als es an die Tür klopft.

»Du isst deine Suppe!«, sagt die Mutter mit einem scharfen Blick, öffnet, geht mit einem »Herr Rosen, meine Tochter hat mir schon erzählt, dass Sie jetzt auch hier sind« nach draußen und schließt die Tür hinter sich. Aber Aase kann trotzdem alles hören, was sie miteinander sprechen.

»Hansted ist bis auf das letzte Haus geräumt, Frau Stræde. Ich musste meinen Laden zumachen. Meine Frau und ich wissen nicht, wovon wir leben sollen. Ich verhandle noch immer mit der Behörde um eine Entschädigung. Die wollen nur eine Erstattung anhand meiner Jahresumsätze vor 1940 leisten. Wenn mein Gespartes verbraucht ist, was mach ich dann?«

»Es werden überall Bunker gebaut, Herr Rosen. Mein Mann arbeitet auch auf einer dieser Baustellen.«

»Aber solch schwere Arbeit schaffe ich nicht mehr, Frau Stræde, dafür bin ich zu alt.«

»Es gibt auch leichte Arbeit, Herr Rosen. Sie suchen Leute, die Strandhafer auf die Bunker pflanzen, damit sie getarnt sind. Oder Faschinen herstellen, für die Panzergräben. Äste bündeln schaffen sie bestimmt.«

»Bei den Deutschen arbeiten ist mir zu gefährlich, Frau Stræde, als Jude. Da, wo viele Deutsche auf einem Haufen sind, halte ich mich lieber fern.«

»Zigarettenanzünder!«, befiehlt Oberleutnant Kreuzhausen von der Rückbank aus seinem Fahrer. Der Mercedes-Benz prescht durch die flache, kieferbewaldete Hügellandschaft. Dunkle Regenwolken hängen bis knapp über die Baumwipfel. Auf einer eingezäunten Fläche mit spärlichem Dünengras heben mehrere Jungpferde neugierig die Köpfe, schauen hinter dem vorbeisausenden schwarzen Wagen her.

»Herr Oberleutnant! Der Anzünder!«, meldet der Fahrer und reicht den glühenden Stift herüber. Der Offizier aus der Marine-Artillerie 118 drückt ihn an seine Zigarette. Er saugt gierig den Rauch ein und lässt ihn langsam durch die Nase entweichen. Die Straße nach Bulbjerg geht im leichten Bogen über einen Hügel. Der dreifache Stacheldrahtzaun und die zwei Reihen Tschechenigel dahinter tauchen im Dunst auf. Der Bunker hinter der Befestigung ist unter dem Dünengras kaum zu sehen, ein Maschinengewehr lugt aus der Schießscharte hervor. Auf der linken Seite des Geländes ist eine lange Reihe von Arbeitern dabei, mit dem Spaten tiefe Panzergräben auszuheben. Der Mercedes stoppt am Schlagbaum. Der Wachposten, der an die Seitenscheibe tritt, erkennt das Gesicht des Oberleutnants und gibt sofort die Durchfahrt aufs Gelände frei. Kurz vor dem Kommandobunker öffnen sich der Himmel und der Blick auf das Panorama der Jammerbucht. Auf den mächtigen Kalksteinfelsen von Bulbjerg entsteht gerade der Radar- und Abhörposten für die Kanonenstellung von Hanstholm. Vom höchsten Punkt aus gibt es eine hervorragende Sicht auf die gesamte Küste. Die Felsnadel, die unterhalb des befestigten Beobachtungspostens aus dem Meer ragt, kennt Oberleutnant Kreuzhausen von einer früheren Inspektion her.

Mal sehen, was diese Idioten von der OT in der Zwischenzeit verzapft haben, denkt der Offizier, nachdem er ausgestiegen ist. Er atmet tief durch, wirft einen flüchtigen Blick auf die Möwen, die kreischend über seinem Kopf kreisen, und geht zur offenen Stahltür hinüber.

»Die Weisung des Führers ist unmissverständlich. Er hat angewiesen, dass der Ausbau der deutschen Küstenverteidigung in Jütland noch einmal um ein Wesentliches zu beschleunigen ist«, eröffnet Kreuzhausen die Lagebesprechung.

»Nun dann«, räuspert sich Heinrich Schulze, einer der Techniker aus der Organisation Todt, »ich kann nur dazu sagen, dass wir im letzten Jahr, nur hier an der Westküste, 10.000 Tonnen Zement verbraucht haben. Die Menge wurde bereits im ersten Drittel diesen Jahres weit übertroffen und es …«

»Ich weiß, ich weiß«, fällt ihm der Oberleutnant ins Wort, »ich kenne diese Zahlenspielerei. Das wichtigste Erfolgskriterium der OT scheint aus der Menge des gegossenen Betons zu bestehen, lieber Schulze! Ihre einzige Sorge ist, möglichst viele Kubikmeter nach Berlin ins Hauptquartier zu melden. Qualität und Nutzen der Bunkerbauten stehen weit hinten an, habe ich recht? Ihre imponierenden Mengenangaben, lieber Schulze, dazu sage ich nur: Papier ist geduldig! Nehmen wir ein Beispiel, die Ausschachtungen von Laufgräben. Haben Sie eigentlich einmal nachgerechnet, wie viel gegrabene Meter auf dem Papier bereits ausgeschachtet sind? Nein, bestimmt nicht! Dann würden Sie feststellen, dass man damit das gesamte Gelände dreimal umrunden könnte!«

»Und?«, poltert der Bauingenieur zurück. »Wollen Sie hinter jeden dänischen Arbeiter einen Bewacher stellen, Herr Oberleutnant? Es arbeiten um die 20.000 Dänen auf den Baustellen. Haben Sie 20.000 Mann für eine Bewachung? Berlin will, dass die Bunker so schnell wie möglich fertig werden, das Gelände gesichert ist.«

»Das Ergebnis Ihrer Arbeit soll die Schlagkraft der Truppe erhöhen. Das ist im Sinne Berlins, verstanden?!«

»Es gibt immer wieder geringe Ungereimtheiten, das kann niemand verhindern. Aber das Deutsche Reich hat dadurch keinen finanziellen Schaden. Die dänischen Unternehmer werden über das Wehrmachtskonto bei der Nationalbank bezahlt. Das heißt de facto, die dänische Regierung bezahlt unsere Befestigungsarbeiter. Die Dänen, die uns betrügen, bescheißen sich also nur selbst!«

Bericht des Befehlshabers in Dänemark: Küstenverteidigung.

Zur Überprüfung der Verteidigungsanlagen in Jütland wurden Offiziere aus den Kommandostellen der drei Wehrmachtsteile beauftragt und hierzu durch den Herrn Befehlshaber mit besonderen Vollmachten ausgestattet. Für den gleichen Zweck wurde außerdem im Gebiet der 416. Infanterie Division. und Div. Nr. 160 für jeden Regiments-Abschnitt ein Arbeitsstab in Stärke von drei bis vier Offizieren gebildet, der die Aufgabe erhielt, den Stellungsbau, die Feuerpläne für die infanteristische Abwehr und die Förderung der Waffenausbildung zu überwachen.

Vom 24.-28.5. besichtigte der Herr Befehlshaber Verteidigungsanlagen an der Westküste Nordjütlands und nahm an einem Scharfschießen mehrerer Küstenbatterien teil.

Es erwies sich als notwendig, für weitere Gebiete Dänemarks besondere Maßnahmen zur Personenüberwachung durchzuführen. Die dänische Regierung entsprach den an sie gestellten Ersuchen.

Bericht an das Auswärtige Amt in Berlin, 24. März 1943

Wahlkampf und Wahltag – an dem sogar deutsche Soldaten nicht auf die Straße gehen durften – verliefen völlig ruhig. Die Zusammensetzung des Reichstags blieb unverändert, was eine Bestätigung der Regierung bedeutet, mit welcher der Reichsbevollmächtigte seit fünf Monaten reibungslos zusammengearbeitet hat. Die dänischen Nationalsozialisten bleiben bei ihren drei Mandaten stehen, wodurch die Haltung des Reichsbevollmächtigten gegenüber dieser Gruppe gerechtfertigt wurde. Und ›Dansk Samling‹ erhielt auch nur drei Mandate, was bestimmt nicht als deutschfeindliche Demonstration des dänischen Volkes zu bewerten ist. Dieses hat zu 96 Prozent für die Regierung Scavenius und damit für die von ihr und dem Reichsbevollmächtigten gemachte Politik gestimmt.

Die Mauer des Schweigens

Über dem Horizont im Osten hat sich ein pechschwarzer Vorhang geschlossen. Hinter der Kulisse grollt ein dröhnender Donner, Lichtblitze verwandeln Bäume und Windräder in Schattenrisse, und in der Ferne rauscht der Regen wie brausender Applaus über die Landschaft. Die Frontscheibe von Swensens Polo ist bereits getrocknet, die Scheibenwischer beginnen zu quietschen. Der Hauptkommissar stellt sie ab, das große Theater ist vorbeigezogen. Er hat die Fahrt durch das Unwetter in einer Art Trancezustand erlebt. Sein Wagen wurde immer wieder von dem fliehenden Getöse der auseinanderdriftenden Luft eingeholt, die über ihm mehrmals krachend die Schallmauer durchbrach. Die Akkorde des Tumults oszillierten durch den Raum seiner Gedanken.

Die Nachricht, an einen Tatort zu müssen, an dem er ein Gewaltopfer vorfinden wird, ist selbst nach vielen Berufsjahren immer wieder eine Herausforderung für ihn. In solchen Momenten kommt es vor, dass Swensen mit sich und seinem Glauben hadert. Wird die buddhistische Lehre ihn jemals dazu bringen, in allen Lebenslagen völlig gelassen im Hier und Jetzt zu sein? Damals, als er dem kleinen, hutzligen Tibetermönch in seiner orangefarbenen Leinenrobe das erste Mal begegnet war, hatte Swensen in tiefster Überzeugung geglaubt, sein Aufenthalt in dem Schweizer Kloster würde ihn im Handumdrehen zu einem anderen Menschen machen.

»Es gibt eine frohe Botschaft. Im Grunde sind wir von Natur aus Buddha und von Natur aus gut.«

Meister Rinpoche spricht zu seinen neuen Schülern. Es ist das Jahr 1970, unter den Neuankömmlingen im Schweizer Tsurphu Tempel befindet sich der junge Jan Swensen mit einem abgebrochenen Philosophiestudium im Gepäck, der aus dem politischen Wirrwarr an der Hamburger Universität geflohen ist und nach dem Sinn des Lebens sucht.

»Der Buddha ist in uns, er ist ganz von selbst in uns. Das gilt für euch alle, ohne Ausnahme, und ihr braucht dafür keine analytischen Studien zu betreiben. Wir Buddhisten nennen das die Buddha-Natur oder auch Bodhichitta, das Herz des Buddha. Es ist ein Herz von ungeheurer Kraft, es hat großes Selbstvertrauen, ist deshalb ein furchtloses Herz und es ist höchst wissbegierig.«

Ein furchtloses Herz, denkt Swensen ernüchtert, ich bin vermutlich die Ausnahme von der Regel.

Entfernt tönt eine schrille Sirene, ein Blaulicht flimmert durch die Blätter der Bäume, kommt näher, leuchtet dem Hauptkommissar über die Schulter und zieht im rasanten Tempo am Seitenfenster seines Polos vorbei. Die Lichtstreifen kreisen, einem Leuchtturm gleich, durch die Dunkelheit, lassen den Asphalt immer wieder blau aufglänzen.

Das ist das Meer des Hier und Jetzt, Herr Kommissar! Folge mir! Ich weiß alles über das Leiden in der Welt!

Der fährt zum Tatort, stellt Swensen beiläufig fest und tritt automatisch aufs Gaspedal. Es wurde also ein Rettungswagen angefordert, dann scheint die Person noch zu leben.

Der Kriminalist hat den Kastenwagen eingeholt, hängt sich hinter das Heck. Das Fahrzeug verlässt im selben Moment die B 5 in Richtung Oldenswort, Swensen bleibt dran.

Wenn ich noch einen Eindruck vom Tatort bekommen will, muss ich zeitgleich mit den Sanitätern ankommen, sagt er sich. Die werden keine Rücksicht auf uns Kripobeamte nehmen, und die paar Spuren, die nach dem Regen noch geblieben sind, werden nullkommanix futsch sein.

Die Verfolgungsjagd, die der Hauptkommissar sich mit dem Krankenwagen liefert, geht über den Bahnübergang Harblek weiter in Richtung Hoyerswort und wird erst von einer Menschenansammlung zum Stillstand gebracht. Einige winken wild gestikulierend das Fahrzeug durch. Der Kriminalist rauscht auf den Rand des Grünstreifens, steigt auf die Bremse und schaltet die Warnblinkanlage ein. Er reißt die Wagentür auf, stürzt hinaus und rennt beinah Stephan Mielke um. Der Kollege ist nur als Silhouette im mehrfarbigen Lichtschein zu erkennen. Er drängt die Leute von der Straße in die Auffahrt zum Schlosshof zurück.

»Machen Sie sofort die Straße frei«, hört Swensen seine Worte am Ohr vorbeifliegen. »Dies ist ein Tatort, Sie behindern die Arbeit der Polizei!«

Weitere Sirenen sind hinter ihm zu hören. Die Husumer Polizei scheint bereits mit mehreren Einsatzfahrzeugen im Anmarsch zu sein. Swensen ist den Sanitätern dicht auf den Fersen, die ihre Rettungskoffer greifen, sich einen Weg durch eine Lücke in der Menschenmauer bahnen und auf die am Boden liegende Person zustürmen.

»Sauerstoff! Blutdruck kontrollieren!«, brüllt der Rettungsmann, der sich neben den Oberkörper des Verwundeten kniet und das Gesicht betrachtet. »Geweitete Pupillen, große Eintrittswunde, Herz wurde wahrscheinlich nur um Haaresbreite verfehlt.«

Swensen sieht, wie Silvia Haman dicht neben das Opfer tritt, registriert erleichtert, dass sie Fotos mit ihrer Handykamera schießt.

»Sind Sie bescheuert!«, blafft ein zweiter Sanitäter und will die Hauptkommissarin an der Jacke packen. Haman macht einen blitzschnellen Schritt zur Seite, und die Handfläche des Mannes stößt in Leere.

»Finger weg! Hauptkommissarin Haman! Glauben Sie, ich mache das hier aus Spaß!?«

»Verschwinden Sie! Wollen Sie das Leben des Patienten gefährden?«

Zwei Mann rollen eine Trage heran. Mit sicheren Handgriffen wird der Mann draufgelegt und im Eiltempo zum Rettungswagen geschoben.

»Alle Personen haben weiträumig den Tatort zu verlassen, sofort!«, brüllt Swensen und hält seinen Dienstausweis in die Höhe. Im selben Moment drängeln sich einige Streifenpolizisten aus Husum durch. Es reichen einige Anweisungen und sie übernehmen die Aufgabe. Der Hauptkommissar lässt sich von Silvia die Fotos auf ihrem Handy zeigen und lobt sie für ihre Geistesgegenwart. In ihrem Rücken werden schon die ersten Absperrbänder gezogen. Der Rettungswagen rast mit Sirene und Blaulicht davon.

»Einer muss hinterher, mit ins Krankenhaus«, fordert Silvia Haman.

»Kannst du das machen?«, fragt Swensen. »Wieso wart ihr eigentlich schon da?«

»Ich war mit Stephan gleich um die Ecke, als der Einsatzbefehl kam. Sag ihm, ich bin mit dem Dienstwagen ins Krankenhaus!«

»Okay«, bestätigt Swensen. »Schick mir die Fotos vom Tatort auf mein Handy, vergiss es bitte nicht.«

»Mach ich!«, ruft Silvia und ist schon weg. Der Hauptkommissar eilt auf Stephan Mielke zu, der sich nicht weit entfernt mit einer Frau und einem Mann in festlicher Garderobe unterhält.

»Die Herrschaften haben Rettungswagen und Polizei informiert«, klärt er den Hauptkommissar auf. »Sie sind von der Geburtstagsfeier gekommen, dort von Schloss Hoyerswort. Haben den Mann am Boden liegend gefunden, einen Pfeil in der Brust.«

»Kennen Sie den Mann?« Swensen erntet nur ein Kopfschütteln »War er auf der Feier, haben Sie ihn dort gesehen?«

»Ich weiß nicht, ich glaube nicht«, überlegt die Frau angestrengt. Trotz Rouge auf den Wangen ist ihre bleiche Gesichtsfarbe nicht zu übersehen. »Hast du den Mann dort gesehen, Martin?«

Der Mann schüttelt den Kopf und reibt sich nervös an der Nase. Swensen holt sein Handy aus der Jackentasche, stellt erfreut fest, dass die Tatortfotos schon angekommen sind und lädt ein Foto vom Gesicht des Opfers aufs Display.

»Das ist der Mann, schauen Sie ihn sich noch einmal in aller Ruhe an«, bittet Swensen, doch das Ergebnis bleibt dasselbe. Er bedankt sich bei den Zeugen und weist Mielke an: »Wir brauchen Namen und Adressen von allen Personen, die von der Feier kommen und wegfahren wollen. Sag den Streifenbeamten Bescheid, sie sollen so viele wie möglich aufnehmen. Und sprich mit der Spurensicherung, Stephan, zeig ihnen, wo es passiert ist, wenn sie kommt.«

»Schätze da wird nichts mehr zu sichern übrig sein«, knurrt der Kollege. »Der Regen wird alles weggewaschen haben, den Rest haben die Rettungsmenschen plattgetreten.«

»Die Kleidung des Mannes war trocken. Außerdem finden Hollmanns Leute selbst eine Nadel im Heuhaufen. Ist Flensburg schon angerufen worden?«

»Das wollte Jacobsen erledigen«, erwidert Mielke mit gereiztem Unterton. »Und wenn der Chef kommt, schicke ich ihn selbstverständlich zu dir, oder?«

»Genauso läuft es ab!«, meldet Swensen zurück. »Heinz findet mich im Schloss. Schaun wir mal, was wir dort herausfinden können.«

Auf dem unebenen Weg zum Schlosshof kommen dem Hauptkommissar mehrere Paare in glanzvoller Garderobe entgegen. Eine der Frauen hat ihr langes Abendkleid bis unter die Knie gehoben, damit es nicht durch die Pfützen schleift. Vor dem Haupteingang versuchen einige Bedienste, Fackeln zu entzünden. Das scheint aber nicht auf Anhieb zu gelingen, wie Swensen den leisen Flüchen entnimmt. Er spricht einen der Männer an, zeigt seinen Dienstausweis und fragt, wo der Hausherr zu finden ist. Der ruft einem weiteren, der im Livree auf der obersten Stufe der Eingangstreppe steht, zu: »Ein Herr von der Polizei möchte zum Herrn Fregattenkapitän gebracht werden.«

Tanzmusik schallt aus den offenen Fenstern, während Swensen dem Rock des Angestellten ins Gebäude folgt. In der rechten Ecke der großen Eingangshalle steht ein hochgewachsener Mann mit silbergrauen Haaren. Er befindet sich im Gespräch mit einem rundlichen Herrn, den Swensen aus einigen Gerichtsverhandlungen kennt, bei denen er im Zeugenstand vernommen wurde.

Sieh an, sieh an, der alte Meurer, denkt er bestätigend, das nenn ich gut funktionierende Seilschaften.

»Herr Fregattenkapitän«, flüstert der Rock und wartet geduldig, bis die beiden Männer aufschauen. »Ein Herr von der Polizei ist gekommen und möchte Sie sprechen.«

»Hauptkommissar Swensen?« Meurer blickt ungläubig auf den Kriminalisten.

»Ich bin nur dienstlich hier, Richter Meurer.«

»Oh …, ja, natürlich. Dann scheint es zu stimmen, was hier überall erzählt wird.«

»Was wird denn erzählt?« Swensens Stimme ist betont gelassen.

»In der Nähe soll es ein Verbrechen gegeben haben«, antwortet der Richter. »Jemand soll auf der Straße liegen, einen Pfeil in der Brust. Ich wollte diesem Gerücht gar nicht glauben.«

»Das Gerücht entspricht leider den Tatsachen«, bestätigt der Hauptkommissar.

»Sind Sie deswegen hier?«, mischt sich der Fregattenkapitän mit markiger Befehlstimme ein. »Das hat doch sicher nichts mit unserer kleinen Feier hier zu tun, Herr Kommissar?«

»Das können wir im Moment leider noch nicht ausschließen, Herr …?«

»Fregattenkapitän Kreuzhausen«, antwortet der Gefragte sichtlich pikiert. »Eins möchte ich von Vornherein klarstellen, Sie werden hier nicht wahllos durch die Reihen trampeln und meine Gäste ohne Grund brüskieren. So schnell schießen die Preußen nicht. Was soll ein Verbrechen vor meiner Haustür mit meiner Feier hier drinnen zu tun haben.« Der Hauptkommissar hatte nicht mit solch heftigen Worten gerechnet, hält aber unerschrocken dem aggressiven Blick stand. Heinrich Kreuzhausen legt eine Hand auf die Schulter des Richters. »Das siehst du doch sicher genauso, Joseph, oder? Meine Gäste sind angesehene Bürger, die begehen doch keine Verbrechen.«

»Das mag sein.« Swensen bleibt betont höflich. »Aber es ist meine Pflicht, dem Verbrechen nachzugehen, Herr Kreuzhausen, und da muss ich erstmal alle Möglichkeiten in Betracht ziehen. Gibt es eine Gästeliste? Wenn ja, möchte ich die bitte haben.«

»Muss ich der Polizei meine Gästeliste überlassen?«, fragt Kreuzhausen aufgebracht den Richter.

»Das ist Routine, Heinrich«, versucht der den aufgebrachten Gastgeber zu beruhigen. »Es wird diskret ermittelt, das verspreche ich dir, Heinrich. Das ist doch so, Herr Hauptkommissar?«

»Das versteht sich von selbst«, versichert Swensen. »Gerade die Liste ermöglicht uns, nicht jeden Gast persönlich um Namen und Adresse zu bitten.«

»Martin, Sie kümmern sich darum!«, befiehlt der Gastgeber dem Rock, der immer noch an seiner Seite steht. »Ist Ihr Besuch damit erledigt, Herr Kommissar?«

»Eine Bitte habe ich noch«, sagt Swensen, zieht sein Handy aus der Tasche und zeigt dem Fregattenkapitän das Foto des Opfers auf dem Display. »Kennen Sie diese Person?«

Das hagere Gesicht versteinert, zeigt keinerlei Regung. Die rechte Hand streift flüchtig über die faltige Wange, dann atmet Kreuzhausen tief durch und zitiert lauthals den Bediensteten zurück: »Martin, die Liste hat noch Zeit! Finden Sie vorher meine Tochter und ihren Mann! Sie sollen sofort hierher in die Eingangshalle kommen.«

»Sie haben die Person erkannt?«, hakt Swensen nach.

»Ich verstehe nicht, was Sie wollen!«, antwortet der Fregattenkapitän barsch.

»Sie sind verpflichtet, eine wahrheitsgemäße Aussage zu machen!« Swensen legt Druck auf seine Worte. »Wenn Sie die Person kennen, müssen Sie mir das sagen!«

»Gibt es ein Problem, meine Herren?« Polizeirat Püchels hektischer Tonfall ist unverkennbar. Der Hauptkommissar würde ihn unter einem Dutzend Stimmen erkennen.

»Und wer sind Sie?«, bellt der Fregattenkapitän.

»Das ist Polizeirat Püchel, er ist Chef der Husumer Polizeiinspektion.« Richter Meurer berührt den Oberarm des Fregattenkapitäns mit der flachen Hand. »Jetzt beruhige dich wieder, Heinrich. Wenn du die Identität der Person kennst, rate ich dir, sie preiszugeben.«

»Was ich preisgebe, überlasse bitt …«

»Herr Swensen?«, fällt ihm eine Frauenstimme ins Wort.

Der Hauptkommissar wendet den Kopf und erblickt Gerda Eschenberg vom Leutnantshof. »Frau Eschenberg?«

Das plötzliche Auftreten so vieler bekannter Personen verursacht eine leichte Irritierung beim Kriminalisten. Noch bevor er sich wieder vollends im Griff hat, zeichnet sich auf dem Gesicht der Frau bereits eine düstere Vorahnung ab.

»Sie sind nicht wegen des Einbruchs hier, oder? Ist es … geht es um das Verbrechen, von dem hier jeder redet?«

»Ich will sofort mit meiner Tochter unter vier Augen sprechen«, fährt der Fregattenkapitän dazwischen.

»Kennen Sie diese Person?«, fragt Swensen und hält der Frau unbeirrt das Foto auf dem Display seines Handys vors Gesicht.

»Lassen Sie das!«, protestiert Kreuzhausen. Einen Moment spannen sich seine Schultern an, als wolle er dazwischengehen, doch dann entscheidet er sich dagegen. »Das ist eine interne Familienange…!«

»Oleander! Das … das ist Oleander! Was ist mit meinem Sohn?« In den Augen der Frau steht das blanke Entsetzen. »Was ist mit ihm passiert?«

»Sind Sie sicher, dass es Ihr Sohn ist?«, fragt Swensen.

Die Frau antwortet nicht, ihr Blick ist leer, schaut durch den Kriminalisten hindurch in eine andere Welt.

»Man hat Ihren Sohn überfallen«, versucht Heinz Püchel zu ihr durchzudringen.

»Stimmt es, was erzählt wird? Er hat einen Pfeil in der Brust?« Ihre Stimme klingt körperlos, kommt tief aus ihrem Inneren. »Ist er tot?«

»Er lebt!«, beruhigt Swensen. »Man hat ihn mit dem Rettungswagen ins Krankenhaus gebracht. Aber es ist eine schwere Verletzung.«

»Gerda, wir besprechen das allein!«

»Nein, Vater, wir müssen ins Krankenhaus. Ich muss zu ihm!«

»Ich kann meine Gäste nicht sich selbst überlassen!«

»Vater, Oleander ist schwer verletzt! Ist dir das völlig egal?«

»Natürlich nicht, Kind. Aber es gibt noch anderes. In unserer Familie gelten die Tugenden eines Offiziers, Opferbereitschaft und Tapferkeit. Daran halte ich mich, Gerda, jederzeit, egal, was um mich herum passiert! Dein Sohn ist tapfer genug, er wird das verstehen. Meine Pflichttreue ist es, hier standzuhalten! Ich hab ein Gesicht zu verlieren an diesem Abend, vor meinen Gästen.«

*

Der summende Wecker reißt Swensen aus einem Albtraum. Er schlägt erschrocken die Augen auf, das grelle Blaulicht des Rettungswagens streift noch sekundenlang über die Netzhaut, bevor er Anna auf der Bettkante sitzen sieht. Die Haut ihres nackten Rückens schimmert im gelblichen Licht der Leselampe, blattdünnes Gold. Er schielt zum Zifferblatt, 5.17 Uhr.

»Was ist los?«, knurrt er schlaftrunken. »Wo willst du hin?«

»Ich musste den Wecker stellen«, flüstert Anna, »sonst hätte ich garantiert verschlafen.«

»Es ist kurz nach fünf Uhr!«

»Ich muss den ersten Zug nach Hamburg kriegen. Der Kongress, Schnüffelhase, du hast es nur vergessen! Ich fahre zum Kongress nach Wien.«

Der Traumakongress, dämmert es dem Hauptkommissar. »Nein, natürlich nicht, der Traumakongress, den hab ich nicht vergessen. Es ist gestern nur wieder ziemlich spät geworden.«

»Schlaf einfach weiter, ich bin schon weg«, flüstert sie ihm ins Ohr und verschwindet durch die Tür. Wenig später hört Swensen die Dusche im Bad. Das rauschende Wasser zieht die Augenlider herab, Trugbilder überfallen ihn, geistern durch seinen Halbschlaf. Er sieht eine dunkle Gestalt in einem Boot den Strom hinabgleiten, hört den Takt der Ruderschläge. Vom Ufer blitzen vereinzelte Lichter aus dem Nebel des dämmrigen Morgens. Mit dem tiefen Ton einer Schiffssirene taucht ein Kopf hinter dem Geländer einer Brücke auf, ein schwarzes Gesicht ohne Antlitz, verborgen hinter einer scheußlichen Maske aus Gummi und Glimmer. Das Lampenlicht wird reflektiert in den Glasaugen, färbt sie gelb wie die einer Schlange. In der Hand eine Harpune, den Ellenbogen auf das Geländer gestützt. Ein Gummifinger schiebt sich hinter den Abzug.

Zoom!

Der Mann im Boot, einen Pfeil im Rücken, kippt lautlos über Bord und versinkt in den Fluten.

»Du willst meinen Namen wissen? Den erfährst du, wenn du ihn von mir selbst empfangen hast.« Die Gummimaske des Froschmanns ist bedrohlich nah. Swensen streckt die Hand aus, packt das Gummi, um es vom Gesicht zu reißen. Doch es ist so schmierig glatt, dass er es nicht fassen kann.

Der Hauptkommissar erwacht zum zweiten Mal. Seine Hand ist ins zerknüllte Bettlaken gekrallt. Er spürt das schweißnasse Kopfkissen, schaut zur Decke und überlegt, was seine Seele ihm mit diesem merkwürdigen Traum wohl sagen will.

»Das Gasthaus an der Themse«, wird die Frage innerlich beantwortet. Das ist die Anfangsszene aus diesem uralten Wallace-Film, den sie vor drei Wochen zum wiederholten Mal im Fernsehen gezeigt haben. Und aus dem Nichts sind die Bilder der vergangenen Nacht wieder präsent, der Mann mit dem Pfeil in der Brust. Silvia hatte ihn nach Mitternacht noch am Tatort angerufen und informiert, dass der Mann verstorben war, bevor sie mit ihm reden konnte. Die Ärzte hatten den Widerhaken abgesägt und den Pfeil herausgezogen, einen Harpunenpfeil, wie er von Tauchern benutzt wird. Die Hauptkommissarin hatte die beiden Teile, bevor sie in den Müll geworfen wurden, für die Spurensicherung sicherstellen können.

Es ist bitter, denkt Swensen, aber wir haben einen neuen Mordfall.

Er erhebt sich mühsam, streckt die Glieder, schlurft ins Bad hinüber und stellt sich unter die Dusche. Während das heiße Wasser ihm die Müdigkeit vom Körper spült, klingt das Lied der Gasthausbesitzerin Nelly Oaks in seinem Ohr, gesungen von der unvergessenen Schauspielerin Elisabeth Flickenschildt.

»Was in der Welt passiert und was uns amüsiert, geschieht besonders in der Nacht. Auch was man Liebe nennt, so wie's der Fachmann kennt, geschieht besonders in der Nacht. Von abends bis morgens tut sich so mancherlei, und wenn es hinterher in jeder Zeitung steht, weiß es sogar die Polizei.«

Auf der Fahrt nach Husum will ihm das kleine Lied nicht aus dem Kopf gehen. Er summt es leise vor sich hin, überlegt, warum jemand auf die obskure Idee kommen konnte, einen Menschen mit einer Harpune umzubringen, und beschließt in einem Anflug von Humor, es – wie im Lied – einfach in der Zeitung nachzusehen. Susan Biehl schwebt ihm in einem hellblauen Leinenkleid auf der Treppe in den ersten Stock entgegen. Ihr Gesicht ist blass und ihre Mimik wirkt angespannt: »Mensch Jan, hallo! Ich hab's schon gehört, von gestern Nacht! Wie geht's dir?«

»Kannst du dir ja denken. Schlecht geschlafen, zu viel gegrübelt, das Übliche. Eine Harpune als Mordwaffe hatte ich in meiner Laufbahn bisher noch nicht. Ungewöhnliche Art, um sich jemandes zu entledigen, findest du nicht?«

»Vielleicht ein Sporttaucher? Liegt doch auf der Hand!«

»Könnte man meinen, mir allerdings zu simpel. Ich mach mir erst mal einen Tee, dann kann ich besser denken. Bist du eigentlich dieses Jahr wieder im Organisationsteam der Poppenspäler-Tage?«

»Sehr wahrscheinlich, aber da ist noch reichlich Zeit, bevor es in die heiße Phase geht.«

»Na dann, einen schönen Tag noch, Susan!«

»Dir auch, Jan!«

Der Hauptkommissar hebt die Hand zum Gruß und steigt den Rest der Treppe hinauf. In der kleinen Teeküche holt er seine Blechbüchse aus dem Hängeschrank, nimmt den gepressten Ziegel Pu-Erh-Tee heraus und schneidet mit dem Messer einen kleinen Brocken ab. 15 Minuten später trabt der Hauptkommissar mit dampfender Teekanne und einer Tasse in den Konferenzraum. Normalerweise ist er immer der Erste, der den Raum betritt, doch heute sitzt Jean-Claude Colditz vom K1 in

Flensburg bereits am Tisch und betrachtet Fotos auf seinem Laptop.

»Jean-Claude«, grüßt Swensen erstaunt, »seit wann ist die Flensburger Truppe vor Ort?«

»Zu spät, wie es aussieht«, entgegnet der trocken. »Ihr wart alle auf Achse, und am Tatort gab es für mich nichts mehr zu sehen. Zum Glück hat Silvia wenigstens einige Fotos geschossen. Ich schau sie mir gerade an, aber wirklich aufschlussreich sind sie leider nicht.«

»Die Sanitäter haben wahrscheinlich keine verwertbaren Spuren mehr übrig gelassen. Meine ersten Befragungen waren auch nicht sehr ergiebig. Ich befürchte, dieser Mord könnte ein zäher Fall werden.«

»Ich bin nach meiner Ankunft gleich ins Krankenhaus und konnte noch mit Silvia sprechen. Der Tote ist ein gewisser Oleander Eschenberg, wohnhaft in Flensburg.«

»Aus Flensburg?«

»Ja, er soll dort eine kleine Berühmtheit in der Surfer-Szene sein, behauptet ein Kollege aus meinem Team. Der kannte den Eschenberg persönlich, kauft seine Surfausrüstung in dessen Geschäft. Die Mutter hat das mit dem Laden bestätigt. Und es gibt anscheinend einen zweiten Inhaber. Die Mutter war übrigens außergewöhnlich gefasst, keine Tränen, keine Gefühlsregung.«

»Das sagt nicht viel, Jean-Claude, ich hab sie völlig anders erlebt«, sagt Swensen. »Es gibt einen zweiten Inhaber?«

»Ein gewisser Moritz Krüger.«

»Ich werde mit ihm reden, möglichst bald.«

»Der Vater machte fast den Eindruck, als ginge ihn das alles nichts an. Hat meine Fragen fast stoisch beantwortet, ohne eine Miene zu verziehen. Er fragte ein paar Mal, wann der Sohn beerdigt werden kann. Bei ihm steht wohl ein längerer Einsatz an, Operation ›ENDURING FREEDOM‹, und er müsse das wissen. Wirkte irgendwie abgespalten, merkwürdiger Typ, finde ich.«

»Menschen, die trauern, verhalten sich meist anders, als wir erwarten.«

»Das weiß ich doch, Jan. Aber in diesem Fall war es anders, auffällig anders.«

»Der Großvater war nicht im Krankenhaus?«

»Nein, warum fragst du?«

»Wenn sich jemand merkwürdig verhalten hat, dann der, kann ich dir sagen. Der hatte gestern eine riesige Feier, seinen 85sten, aber als ich ihm das Foto seines Enkels gezeigt habe, hat er getan, als würde er ihn nicht erkennen.«

»Was? Hört sich völlig abgedreht an. Bis du dir da wirklich sicher, Jan?«

»Du kannst es mir schon glauben, Jean-Claude!«

»Mach ich ja, klingt aber schon sehr suspekt. Da sollten wir dranbleiben. Warten wir auf die Kollegen und besprechen die Fakten, dann sehen wir weiter.«

Swensen nickt, setzt sich, gießt Tee in die Tasse und nimmt einen Schluck. Er spürt den erdigen, torfigen Geschmack auf der Zunge. Mit müden Augen schleichen die ersten Kollegen in den Raum. Oberkommissar Rudolf Jacobsen lässt sich direkt neben ihm auf dem Stuhl nieder und knallt die Husumer Rundschau auf den Tisch. Die Schlagzeile ›Folternde Befreier‹ prangt in schwarzen Buchstaben auf der Titelseite. Swensen überfliegt den Artikel aus dem Augenwinkel. Es geht um die grausamen Misshandlungen von Gefangenen in Abu Ghraib und darum, dass George Bush und sein Kommandant Mark Kimmit natürlich entsetzt sind und ›Verweise‹ hageln lassen. Die Bilder sind schon vor längerer Zeit durch die Medien gegeistert. Swensen hatte sie im Fernsehen gesehen, und während er die Titelseite der Zeitung auf die andere Seite dreht, hat er die Abbildung des Gefangenen vor seinem Auge, der in einem braunen Leinenumhang auf einem Pappkarton steht, eine Kapuze über dem Kopf und Stromdrähte an den ausgebreiteten Händen.

Eine amerikanische Vogelscheuche, assoziiert er und spürt eine tiefe Ohnmacht im Bauch, gegenüber den Mächtigen, ihren Begriffen von Gerechtigkeit. Er fragt sich nach dem Sinn seiner Arbeit, was sie eigentlich wirklich ausrichten kann. Gedanken und Gefühle, die ihn meistens überfallen, wenn es einen schwierigen Fall zu bearbeiten gibt. Und plötzlich ist es wieder da, das kleine Lied der Nelly Oaks.

»Von abends bis morgens geschieht so mancherlei. Und wenn es hinterher in keiner Zeitung steht, merkt es auch nicht die Polizei.«

Jacobsen greift seine Zeitung und zieht sie zu sich an seinen Platz.

»Es steht nichts drin, was uns weiterhelfen könnte«, bemerkt Swensen beiläufig. Jacobsen schaut ihn verwundert an, und als sein Kollege nichts Weiteres dazu sagt, schüttelt er ungläubig den Kopf.

»Lasst uns anfangen, Kollegen«, sagt Colditz und ergänzt nach einem Blick von Silvia Haman, »und Kollegin.«

Der Stimmenpegel ebbt ab.

»Ein Name für die SOKO? Hat jemand einen Vorschlag«, fragt Colditz nach einer Pause in den Raum.

»SOKO Hai!«, sagt Swensen und hat damit sämtliche Blicke auf sich gerichtet.

»SOKO Hai? Das meinst du nicht ernst, oder?« Colditz' Stimme ist anzumerken, dass er es mehr für einen Scherz hält.

»Doch! Ich meine das ernst«, bleibt Swensen hartnäckig. »Das Gasthaus an der Themse, dieser Edgar Wallace Film, darin gibt es einen Harpunenmörder, und Scotland Yard gibt ihm den Namen ›der Hai‹.«

»Du meinst es nicht ernst. Ich seh's dir doch an«, grinst Colditz. »Aber warum eigentlich nicht. SOKO Hai klingt gar nicht schlecht. Damit haben wir das Interesse der Presse auf unserer Seite.«

»Und Heinz Püchel!«, wirft Mielke scharfzüngig ein. »Ich stelle mir gerade sein Gesicht vor, wenn er den Namen Staatsanwalt Rebinger verklickern darf.«

*

Ein Blick nach dem Aufstehen heute Morgen auf dem Fenster: »Regen!« Na, das kann ja eine nette ungemütliche Sache werden beim Besuch unseres Führers, denkt man unwillkürlich. Und man hatte sich doch das allerbeste Wetter gewünscht. Ein alter Fahrensmann meinte bedächtig auf die Frage: »Ick glöw, dat dat Wedder noch gud ward, de Wolken fangt an to trecken, un een lüttje Wind mehr, denn fangt de Sonn noch an to lachen!« Wir wollen ja gerne dem Alten glauben, aber vorläufig um 7½ Uhr regnet es immer noch in einer Tour.

Doch nun beginnt ein emsiges Kommen auf der Straße, von allen Seiten strömen das Jungvolk, H-Jugend, BDM heran, um sich auf dem Marktplatz zu sammeln: Gestern Abend erfolgte durch verschiedene Sprechchöre der Hitler-Jugend und vom Jungvolk in markigem Chor die Aufforderung heute Morgen um 7.50 Uhr sich auf den Marktplatz zu stellen.

Maria Teske muss sich anstrengen. Das Schriftnegativ auf dem Lesegerät ist nur zu entziffern, wenn sie mit ihrer Nase fast am Bildschirm klebt. Das Kreisarchiv Nordfriesland befindet sich in einem Seitenflügel des Schlossgebäudes. Es ist ein katakombenartiger Raum mit Säulen und einer gewölbten Decke. Eine Mitarbeiterin hat der Journalistin einen Arbeitsplatz vor dem Fenster zum Schlosspark zugewiesen. Maria Teske ist den Archiv-Verwalterinnen nicht unbekannt, ihre Recherchen führen sie regelmäßig hierher. Doch heute ist sie eigentlich privat hier, aus reiner Neugier auf ihre geheimnisvolle Familiengeschichte. Sie hat sich eine Microfilm-Spule der Zeitungsjahrgänge Mai 1935 bis Januar 1936 in das Canon-Lesegerät einlegen lassen, ein klobiges Wunderwerk der Technik, das besser im Deutschen Museum stehen sollte. Mit einem Drehknopf an der Bedienungstastatur ist die Journalistin, nach mehreren Kontrollstopps, zu dem gewünschten Datum gekommen, dem Führerbesuch in Husum. Mit einem Seitenhebel am Gerät wird die Zeitungsseite in Originalgröße hoch und runter geschoben. Donnerstag, der 29. August 1935. Der Aufmacher: Der Führer in Husum. Darunter: Ein großer Tag für die Stadt – Adolf Hitler fährt über den Damm nach Nordstrand – Weiterfahrt zur Einweihung des Adolf-Hitler-Kooges bei Marne.

Neugierig hat sich Maria Teske in den Artikel vertieft. Die Sprache ihrer Berufskollegen, die aus der Vergangenheit zu ihr spricht, lässt unangenehme Gefühle aufsteigen, hat aber gleichzeitig eine merkwürdige Faszination.

Kurz vor 9 Uhr! Eine Schar der Hitlerjugend eilt noch in jagendem Lauf vorbei, wahrscheinlich um eine fehlende Lücke irgendwo zu schließen. Vereinzelt suchen sich noch Autos einen Weg hinter der Postenkette zu bahnen und schieben sich langsam und vorsichtig durch die sich stauenden Menschenmassen. Ein wundervoller Anblick, von der Ecke der Großstraße bis weit in die Norderstraße hin, die Straßenmitte frei und rechts und links die Menschenmassen. Auch auf der Neustadt das dichtgedrängte Bild der Menschen. Die Hakenkreuzfahnen flattern leise im Winde und dunkle Regenwolken geben immer wieder nur für Augenblicke die Sonne frei.

10 Uhr vormittags! Die Minuten scheinen unendlich langsam vorzukriechen, immer wieder folgt ein prüfender Blick nach der Kirchturmsuhr und dann ein vergleichender mit dem Chronometer. Dann geht es auf einmal wie ein Ruck durch die Menschenmassen: »Der Führer kommt«

*

Kurz vor ½11 Uhr kam der braune Wagen des SA-Gruppenführers Meyer-Quade in Sicht. Langsam fahrend gab er nach rechts und links den Absperrmannschaften noch einen kleinen Wink. Bald nach ihm tauchte der graue Wagen des Obergruppenführers der SS Dietrich auf. Die Spannung der Wartenden stand auf dem Höhepunkt. Der Führer kam. Eine lange Autokolonne rollte in gemäßigtem Tempo den Friedrichsberg herunter. Durch das Grün der Bäume des Osterendes blitzte silbern das helle Metall der Kraftwagen. Gebannt blickten alle Augen auf die Wagenreihe und suchten das Gesicht des Führers. Leicht zurückgelehnt in seinem Wagen saß Adolf Hitler und erwiderte mit ernstem Gesicht den Gruß der Menge. Der Heilruf pflanzte sich fort. Am Markt erklangen die Trommeln. Langsam und doch zu schnell für die Harrenden fuhr der Führerwagen vorbei.

Die Melodie ihres Handys beendet den Führeraufmarsch. Maria Teske wendet sich vom Bildschirm ab, lehnt ihren Rücken an die Stuhllehne und nimmt das Gerät ans Ohr. Sie sagt ihren Namen, sieht durch das Fenster in den Schlosspark. Der Sandweg hinter den Bäumen wäre ihr vor zwei Jahren beinahe zum Verhängnis geworden. Eine Frau geht darauf mit ihrem Hund Gassi. Das Wetter ist schön, die Sonnenstrahlen durchleuchten die Blätter und zeigen die netzartigen Adern.

Misstraue der Idylle!

»Bigdowski!« Die ewig gehetzte Stimme des Chefredakteurs springt aus dem Hörer. »Wo steckst du?«

»Im Kreisarchiv!«

»Ach ja, gut! Aber den geplanten Artikel über die Pogromnacht in Friedrichstadt legen wir erstmal auf Eis. In Hoyerswort ist in der letzten Nacht ein Mord geschehen. Der Enkel von dem Gutshausbesitzer Kreuzhausen ist umgebracht worden, nach dem Verlassen der Feier zum 85sten Geburtstag seines Großvaters.«

»Du hast mir versprochen, dass ich von Mordfällen verschont bleibe. Lass es jemand anderen machen, Theodor!«

»Maria, Maria! Ich hab einfach niemanden, der es machen kann. Dazu ist der alte Kreuzhausen eine zu bekannte Persönlichkeit auf Eiderstedt, das braucht Fingerspitzengefühl.«

»Ich kenne keinen Kreuzhausen.«

»Die Kreuzhausen sind eine berühmte Offiziersfamilie. Ich hab noch mit dem Senior ein Interview geführt, kurz bevor der gestorben ist. Hat unter Rommel am Monte Matajur gekämpft.«

»Monte Matajur? Rommels Spähtrupp, der die italienischen Stellungen überrannt hat?«

»Du kennst diese Kriegslist? Maria, ich bin beeindruckt!«

»Und der Vater vom alten Kreuzhausen war damals mit dabei?«

»Genau, aber das spielt für uns jetzt keine Rolle! Wir brauchen den Alten, um an den Mordfall seines Enkels heranzukommen. Das wird nicht leicht, Maria. Der Name hat Tradition. Der alte Kreuzhausen war Wehrmachtsoffizier, hat nach der Wiederbewaffnung in den 50ern eine blitzsaubere Karriere bei der Bundeswehr hingelegt. Du siehst, der Mordfall wird in bestimmten Kreisen für Aufsehen sorgen. Um zwei Uhr ist eine Pressekonferenz im Rathaus mit der Husumer Kripo. Das hat eindeutig Priorität, Maria. Geh hin und komm mit einer Story zurück. Du weißt schon, schön viel Tragik und das ganze Programm drumrum. Ich zähl auf dich, Moin, Moin!«

Maria Teske legt das Handy unsanft auf den Tisch und schaut auf die Armbanduhr, 11.53 Uhr.

Auf Eis legen, denkt die Journalistin essigsauer, die Pogromnacht auf Eis legen. Das klingt wie Realsatire.

Sie fährt den Film im Lesegerät vorsichtig auf der Spule zurück. Das schleifende Geräusch lässt ihre Gedanken abdriften. Ein Artikel, den sie vor kurzem im Landesarchiv gelesen hat, lässt einen inneren Film vor ihrem Auge entstehen. In ihrer Phantasie sieht sie irreale Menschen, die einmal sehr real waren, mörderisch real.

Es ist der 10. November 1938. Am Morgen um fünf Uhr treffen Husumer SA-Männer auf einem schweren Pionier-LKW in Friedrichstadt ein. Sie stürmen die Synagoge Ecke Westermarkstraße/Am Binnenhafen und lösen mit einer Handgranate eine Explosion aus. Anschließend wird im Gestühl des Betsaales ein Feuer gelegt. Der Friedrichstädter NS-Bürgermeister Albin Rühling lässt den Brand löschen, damit anliegende Gebäude nicht gefährdet werden. Mit Spitzhacken und Spaten zieht die Horde weiter zum Ladengeschäft des Schlachters Julius Wolff. Einer brüllt »Aufmachen!«, dann ist bereits die Tür eingeschlagen. Marodierend führt der Weg der SA-Meute zum Tabakladen von Heymann in der Prinzenstraße 24. Er wird von den Männern vollständig verwüstet. Die Schaufensterscheiben des Produktenhändlers Leopold Meyer gehen in 1.000 Scherben. In der Textil- und Bettenhandlung von Levi in der Westerhafenstraße schlitzt der Husumer Heinrich Möller mit dem Taschenmesser ein Bett auf, bis die Federn durch den Raum wirbeln. Danach schlägt er mit einem Stuhl vier Fensterscheiben ein.

Das taktfeste Stiefelstapfen der SA-Männer schreckt Maria Teske aus den Gedanken. Der eingelegte Film ist durchgelaufen, keine Stiefel, nur das rhythmische Flattergeräusch des Filmendes.

»Welches Datum möchten Sie als Nächstes?«, fragt die Mitarbeiterin des Archivs, nimmt die Spule aus dem Gerät, zieht eine Schublade auf und legt sie in einen der kleinen Kartons.

»Die Ausgaben vom November 1938, bitte!«

Wenig später wischen die negativen Zeitungsseiten im Schnelllauf über den Bildschirm. Mit einigen Stopps hat die Journalistin die Ausgabe vom 12. November gefunden. Doch es gibt nicht den kleinsten Artikel zur Reichskristallnacht aus der Region, nur übergeordnete Beiträge aus Berlin, in denen darüber berichtet wird, dass in zahlreichen Städten und Orten des Reiches Vergeltungsaktionen gegen jüdische Gebäude und Geschäfte vorgenommen wurden. Eine Schlagzeile am unteren Rand springt der Journalistin ins Auge: Dänische Krokodilstränen für die Juden.

Die Tatſache, daſſ daſ deutſche Volk in begreiflicher Erregung nach dem Mord deſ Juden Grünſpan an dem deutſchen Diplomaten von Rath in Pariſ ſeine Empörung in einigen Demonſtrationen zum Auſdruck brachte, bei denen einige Fenſterſcheiben zerſprangen und einige Synagogen in Brand gerieten, gibt einer gewiſſen Auſlandſpreſſe Veranlaſſung, ihren Leſern von einem »Bürgerkrieg« in Deutſchland zu berichten. Auch ein Teil der däniſchen Preſſe macht davon keine Auſnahme und vergießt bittere Krokodilſtränen über daſ Geſchick der »armen Juden«.

Begreifliche Erregung. Die Worte rücken Maria Teske auf den Leib. Der Vater meiner Mutter war doch Däne, grübelt sie. Wieso hat der denn eigentlich in Deutschland gearbeitet, wenn die Nazis solch eine Meinung von Dänemark hatten? Und war es nicht meine Großtante, die damals den Namen Monte Matajur erwähnt hat? Genau, Monte Matajur und ihr Vater, der hat am Monte Matajur zusammen mit Rommel gekämpft.

Die Journalistin starrt nachdenklich auf die weißen Buchstaben auf dem Bildschirm.

Und dieser Kreuzhausen senior hat auch mit Rommel gekämpft. Ein ziemlich großer Zufall. Es sei denn … ja, der Vater von meiner Großtante ist dieser Kreuzhausen. Mit einem Schlag ist die Journalistin hellwach. Sie schaut auf die Uhr, 13.27 Uhr, übergibt der Mitarbeiterin des Archivs einen Zettel mit den Nummern der Zeitungsausgaben, die sie gerne kopiert haben möchte, und verlässt das Gebäude mit den Worten: »Ich muss leider los, Frau Keller, ich hol die Kopien nächsten Dienstag ab und bezahl dann.«

Wenige Minuten später eilt die Journalistin durch den Schlossgang in Richtung Marktplatz. Der mögliche Zusammenhang zwischen dem Mordfall und ihrer Familiengeschichte geht ihr unentwegt durch den Kopf. Nach der Wohnungsauflösung ihrer Großtante Hertha Dullweber hatte sie von dort etliche Kartons mit Bildern und Ordner mit Unterlagen und Papieren mitgenommen und in ihrer Wohnung gelagert. Sie war aber bisher nicht dazu gekommen, den Inhalt gründlich in Augenschein zu nehmen.

Bei ihrer Ankunft vor dem Rathaus haben sich erst wenige Kollegen dort eingefunden. Dafür warten Menschen vor der Saaltür, die ihr noch auf keiner Pressekonferenz der Polizei begegnet sind, darunter mehrere Uniformträger der Bundeswehr, anscheinend von hohem Rang. Es ist mucksmäuschenstill, die Personen beäugen sich gegenseitig argwöhnisch, und Maria Teske setzt sich, nachdem der Saal geöffnet wird, an den äußeren Rand der hinteren Stuhlreihen. Am Kopfende des Raums erkennt sie die altbekannten Gesichter auf dem Podium, Jean-Claude Colditz, der SOKO-Chef, Staatsanwalt Dr. Rebinger und Hauptkommissar Jan Swensen. Der stämmige Staatsanwalt, mit dem die Journalistin latent auf Kriegsfuß steht, hat zugelegt und erneut ein leichtes Doppelkinn angesetzt. Er greift zum Mikrofon.

»In der heutigen Nacht hat es in unserer Region einen ungewöhnlichen Mordfall gegeben. Das Opfer ist ein gewisser Oleander Eschenberg, 28 Jahre alt. Der Mann führte ein Sportgeschäft in Flensburg. Er verließ die Geburtstagsfeier seines Großvaters Heinrich Kreuzhausen auf dem Herrenhaus Hoyerswort und traf auf der Straße vor dem Grundstück auf seinen Mörder. Die Tatzeit war kurz nach zwei Uhr in der Nacht. Bei der Tatwaffe handelt es sich um einen Pfeil, der aus einer Harpune abgeschossen wurde. Der Mann ist im Krankenhaus seinen Verletzungen erlegen.«

»Die Mitarbeiter der SOKO Hai stehen vor einem Rätsel«, ergänzt Colditz. »Keiner der ermittelnden Beamten hat jemals mit einer solchen Mordwaffe zu tun gehabt. Wir vermuten, dass die Harpune kein Gerät mit einem traditionellen Gummizug-System ist. Die Wucht des Metallspeers hat ohne Mühe zwei Rippenknochen durchschlagen. Wir gehen von einer Druckluft- oder Gasdruckharpune aus, die von Sporttauchern meistens bei Haien und anderen Großraubfischen eingesetzt wird.«

»Ist das der Grund, dass es zu dieser pietätlosen Bezeichnung ihrer Einsatztruppe gekommen ist?«, fragt einer der Uniformträger in der ersten Reihe mit markiger Stimme.

»Es geht hier um Wichtigeres, als um den Namen der SOKO, meine Damen und Herren«, beschwichtigt der Staatsanwalt. »Auch wenn den Kollegen von der Exekutive vielleicht ein wenig die Fantasie durchgegangen ist. Wir sollten uns den ernsten Dingen zuwenden!«

Der Uniformträger erhebt sich vom Stuhl, er schaut wie ein hungriger Hund zum Podium und scheint auf die Situation gut vorbereitet.

»Einer der Hinterbliebenen ist Fregattenkapitän Kreuzhausen. Er war lange Jahre eine Führungspersönlichkeit in einer hervorragenden Kampfeinheit. Seinem Stand gebührt Respekt. Wir behalten uns eine eventuelle Beschwerde gegen diese undifferenzierte Namensgebung vor.«

»Sind Sie nur deshalb auf die Pressekonferenz gekommen?«, fragt Rebinger und trommelt nervös mit den Fingern auf dem Tisch.

»Ich bin Presseoffizier der Bundeswehr!«

»Ich bin erstaunt, wie empfindlich man heutzutage bei der Bundeswehr ist.« Das breite Grinsen des Staatsanwalts gerät zur Grimasse, seine Stimme geht um eine Oktave hoch. »Wir haben keine Zeit für solche Banalitäten! Es geht hier um schnelle Aufklärung eines schrecklichen Verbrechens! Deswegen möchte ich jetzt weitermachen. Also, es gibt keine Augenzeugen der Tat, es gibt keine Spuren am Tatort. Wir sind in einer Situation, in der wir ganz besonders auf die Mitarbeit der Bevölkerung angewiesen sind. Deshalb der Name SOKO Hai. Wir hoffen dadurch die nötige Aufmerksamkeit zu erregen, um eventuelle Zeugen zu erreichen. Nicht der Name, nur das Ergebnis zählt!«

»Ich kann nicht glauben, dass Sie das wirklich denken!« Der Presseoffizier steht immer noch. »Ich sage Ihnen schon einmal die Schlagzeile in den morgigen Zeitungsausgaben: Der Hai-Mörder von Hoyerswort!«

Gar nicht so schlecht, Herr Specht, denkt Maria Teske, danke für den ausgezeichneten Tipp.

*

Jan Swensen spürt ein leichtes Schwindelgefühl. Er hält sich kurz an der Wagentür fest, bevor er sie schließt. Ein unangenehmer Druck im Hinterkopf sagt ihm, dass sein Blutdruck zu niedrig sein könnte. Er atmet mehrmals tief durch und gibt der Hitze im Wagen die Schuld daran. Silvia Haman ist bereits losgegangen, ist an der Baumreihe am Rand des Weihers vorbei, der mit grüner Entengrütze überzogen ist. Die Hauptkommissarin stapft zielstrebig über den knirschenden Kiesweg auf das große Reetdachgebäude zu. Swensen legt einen kurzen Spurt ein, um aufzuschließen. Der Leutnantshof wirkt auf ihn ganz anders, als er ihn von der Einbruchsermittlung in Erinnerung behalten hat. Silvia drückt auf den Klingelknopf, als er gerade die Haustür erreicht. Ein lautes ›Ding-Dong‹ erklingt. Selbst nach dem zweiten Versuch rührt sich nichts im Inneren.

»Niemand da?«

»Glaub ich nicht«, knurrt die Kriminalistin. »Irgendwo schabt was! Hör doch mal!«

Sie eilt in Richtung Geräusch weiter, das sie hinter das Gebäude leitet. Manchmal geht Swensen die direkte Ermittlungsart von Silvia, die ohne nach links und rechts zu schauen losrennt, gehörig auf die Nerven. Doch bevor er etwas Abfälliges sagen kann, spricht die Stimme von Meister Rinpoche.

»Beginne mit dem, was gerade ansteht. Einfach das! Das!« Er bleibt der davonziehenden Kollegin auf den Fersen. »Du solltest immer das Gefühl haben, dass die Sache, um die du dich kümmerst, locker bleibt. Nichts haftet an ihr. Wenn du loslässt, ist alles weg. Dann kommt die Situation zu dir zurück. Sie kommt zu dir und du gehst darauf zu. Eine sehr aufregende Erfahrung, ein gewaltiges Gefühl von Raum.«

Auch im Hinterhof ist kein Mensch zu sehen. Das schabende Geräusch dringt aus dem offenen Fenster eines Stallgebäudes. Sie marschieren beide darauf zu, und die Kriminalistin steigt auf eine dicke Steinplatte, die darunter liegt, und schaut ins Innere. Ohne es zu bemerken, ist sie auf das Relief einer jungen Frau getreten, die in alter Trachtenkleidung die Hände vor dem Bauch faltet. Die Füße von Silvia Haman stehen genau auf ihrer Brust. Die Steininschrift ist schon ziemlich verwittert. Swensen versucht sie zu lesen, kann etwas wie »Anno 1614, den 25 December is de tugentsame Junckfrawe Margareta Hans selich im Hern entslapen eres Olders im 18 Jahr der Sele Got Gnedich si« entziffern.

Muss uralt sein. Vermutlich eine Grabplatte, denkt er und fixiert das rundliche Steingesicht des Mädchens. Warum liegt das Ding hier so achtlos herum?

»Hallo! Ist da jemand!?«, ruft Silvia Haman durchs Fenster.

Fast im selben Moment schwingt die riesige Flügelstalltür auf und eine Frau in schmutzigem Blaumann und Gummistiefeln tritt ins Freie, die Haare unter eine Schirmmütze gezwängt. Ihre rechte Hand umklammert den Stiel einer Mistforke. Swensen muss zweimal hinschauen, bevor er Gerda Eschenberg erkennt. Die Frau wischt die Schweißperlen von der Stirn und steht mit hochrotem Kopf wie erstarrt vor ihnen. Eine peinliche Stille kommt auf, in der beide Seiten verharren.

Das gewaltige Gefühl von Raum geht mir gerade abhanden, denkt Swensen und sucht krampfhaft nach Worten.

»Ich muss meine Pferde versorgen«, platzt es plötzlich aus der Frau heraus. »Trauern kann ich in der Nacht genug.«

»Haben Sie keine Hilfe?«, fragt Silvia Haman leise.

»Mein Mann ist Soldat. Und ich … ich wollte heute keinen Menschen um mich haben. Hab die Stallburschen heute Morgen nach Haus geschickt.«

»Sollen wir ein anderes Mal wiederkommen?«, fragt Swensen betroffen.

»Nein! Ich komme zurecht«, sagt die Frau unwirsch und die peinliche Stille kehrt zurück.

Das meinte Meister Rinpoche mit Anhaftung, fällt es Swensen wie Schuppen von den Augen. Ich hafte an, weil ich das Schweigen nicht aushalten kann. Beginne einfach mit dem, was gerade ansteht.

»Wer könnte das Ihrem Sohn angetan haben?«, fragt Swensen gelassener.

Die Frau zuckt mit den Schultern, zupft nervös mit den Fingern an den Trägern des Blaumanns und schaut zum Himmel hinauf, als ob von dort eine Antwort kommen könnte.

»Das haben Sie mich bereits im Krankenhaus gefragt«, sagt sie und schaut Silvia an. »Ich kann Ihnen nichts dazu sagen, ich weiß es nicht. Ich hatte nur noch wenig Kontakt mit meinem Sohn. Ich weiß nicht einmal genau, was er eigentlich wirklich gemacht hat.«

»Mir ist bewusst, dass diese Fragen nicht leicht für Sie sind, Frau Eschenberg«, sagt Silvia Haman, »aber wir müssen die letzten Stunden Ihres Sohnes rekonstruieren. Sie haben mir erzählt, dass er vor der Tat auf der Feier Ihres Vaters war. Ist Ihnen da etwas an seinem Verhalten aufgefallen? War er nervös, ängstlich, oder haben Sie nicht mit ihm gesprochen?«

»Doch, aber nur ein paar Sätze. Er war wie immer kurz angebunden.«

»Jede Kleinigkeit kann uns weiterhelfen, auch wenn sie noch so unwichtig erscheint«, hakt Swensen nach. »Worüber haben Sie miteinander gesprochen?«

»Er war sehr ungehalten, dass ich seinen Freund auf die Feier eingeladen habe. Ich hatte es nur gut gemeint.«

»Er wollte nicht, dass Sie seinen Freund eingeladen haben? Das verstehe ich nicht.«

»Ich verstehe es auch nicht. Ich habe meinen Sohn aber noch nie wirklich verstanden. Er ist schon mit 17 Jahren von Zuhause ausgerissen. Seitdem treibt er sich in der Weltgeschichte herum, zusammen mit diesem Freund. Selbst als er wieder in Deutschland war, ist seine Ablehnung gegenüber meinem Mann und mir geblieben. Er kam immer nur sporadisch hier vorbei, immer unangemeldet, blieb höchstens für ein paar Stunden. Vor zwei Jahren hat er sein Vagabundenleben anscheinend beendet, er lebte in Flensburg, wo er einen Surfladen haben soll. Wenn ich ganz ehrlich bin, sind wir uns einfach nur fremd.«

»Wie ist der Name des Freundes, von dem Sie gesprochen haben, Frau Eschenberg?«

»Martens, Kilian Martens.«

»Können Sie uns auch sagen, wo wir ihn finden?«

»Nein, der lebt normalerweise im Ausland, soweit ich weiß, auf irgendeiner Südseeinsel von Hawaii. Vielleicht treffen Sie ihn heute in seinem Elternhaus an, dem alten Smeerkrog.«

»Smeerkrog? Noch nie gehört. Wie kommen wir dort hin?«

»Der ist ganz in der der Nähe. Sie kommen über den Moordeich hin.«

»Die laufenden Ermittlungen haben ergeben, dass Ihr Sohn allem Anschein nach mit einer Druckluft- oder Gasdruckharpune getötet wurde. Können Sie sich denken, warum jemand solch eine Waffe benutzt haben könnte?«

»Mein Sohn war Surfer, wohl auch ein bekannter. Er war

sogar einmal auf dem Titelblatt eines Magazins, hat er mir selbst gezeigt. Anscheinend hat er mit diesem Sport sein Geld verdient. Vielleicht kannte er Menschen, die Harpunen besitzen.«

»Gibt es in Ihrem unmittelbaren Freundes- oder Bekanntenkreis Wassersportler, Sporttaucher vielleicht?«

»Nein, glaube ich nicht. Bis auf ... aber nein, das ist absurd!«

»Was ist absurd? Sagen Sie uns alles, was Ihnen einfällt. Nur so können wir den Mörder Ihres Sohnes finden!«

»Mein Vater hat als Soldat mit Tauchern zu tun gehabt. Bis zu seiner Rente war er Kommandeur der Minentaucherkompanie in Eckernförde. Aber was soll das mit meinem Sohn zu tun haben?«

»Es gab viele Uniformträger auf der Geburtstagsfeier.«

»Das waren Kameraden meines Vaters, ranghohe Offiziere und Führungspersönlichkeiten. Die sind allesamt über jeden Verdacht erhaben!«

»Alle Fragen sind nur Routinefragen, Frau Eschenberg, Sie sollten keine persönlichen Rückschlüsse daraus ziehen. Wir wollen uns nur ein genaues Bild machen und müssen jeder noch so kleinen Spur nachgehen.«

»Mein Sohn war gegen alles Militärische, schon als Jugendlicher, da kann es keinen Kontakt zu den Tauchern meines Vaters geben. Er ist auf Grund dieser Tätigkeit seinem Großvater sogar privat aus dem Weg gegangen, schon damals. Mein Vater war natürlich immer davon ausgegangen, dass mein Sohn auch eine Offizierslaufbahn beginnen und unsere Familientradition weiterführen würde. Aber Oleander und Militär, das war völlig ausgeschlossen.«

»Aber Sie sagten vorhin, Sie kennen Ihren Sohn nicht wirklich.«

»Trotzdem, dabei bin ich mir 100-prozentig sicher.«

»Eine letzte Frage, Frau Eschenberg. Der Einbruch und die

gestohlenen Bilder, sehen Sie im Nachhinein vielleicht einen Zusammenhang mit dem schrecklichen Ereignis?«

»Der Einbruch?« Der Frau ist anzusehen, dass die Frage sie verwundert. »Ich ... ich verstehe nicht. Sie meinen, mein Sohn und der Einbruch? Was soll es da für einen Zusammenhang geben?«

»Wusste Ihr Sohn von den Kunstwerken?«

»Was fragen Sie denn nur? Mein Sohn? Sie glauben doch nicht, mein Sohn ...? Nein ..., das verbitte ich mir!«

»Es gibt Ungereimtheiten bei diesem Einbruch, die wir durch das Verbrechen an Ihrem Sohn neu beurteilen müssen. Hatte Ihr Sohn einen Schlüssel für das Haus?«

»Das ist ungeheuerlich, was Sie hier für Fragen stellen!«

»Hatte er einen Schlüssel oder hatte er keinen?«

»Natürlich kann er einen Schlüssel gehabt haben, er war mein Sohn! Aber warum sollte mein eigener Sohn hier einbrechen. Das ist ein absurder Gedanke!«

»Es gibt Beweise, dass der Einbruch nur vorgetäuscht war.«

»Wird mir jetzt ein Versicherungsbetrug unterstellt? Das wird ja immer besser!«

»Nein, Frau Eschenberg. Aber in einem Mordfall werden auch solche Möglichkeiten in Betracht gezogen, die im ersten Moment unwahrscheinlich aussehen.«

»In unserer Familie herrschen die höchsten moralischen Grundsätze, Herr Swensen! Das sollte Ihnen genügen! Ich werde jetzt keine weiteren Fragen beantworten, auf Wiedersehen!«

Ihre Augen funkeln zornig, sie macht auf der Stelle kehrt und verschwindet, die Forke in der Faust, durch die Stalltür. Silvia Haman schaut Jan Swensen an, und der zuckt mit den Schultern. Wortlos räumen sie das Feld und stapfen zum Auto zurück.

»Was zuerst? Smeerkrog oder Hoyerswort?«, fragt Swensen beiläufig, als er die Wagentür aufklickt.

»Wir fahren geradeaus über Barneckermoor, dann kommen wir automatisch an der Schankwirtschaft vorbei.« Silvia Haman nimmt auf dem Beifahrersitz Platz und schnallt sich an.

»Smeerkrog, merkwürdiger Name«, stellt der Hauptkommissar fest. »Du kennst die Schankwirtschaft?«

»Stephan ist mal extra da vorbeigefahren, um mir die Kneipe zu zeigen. Die steht übrigens genau auf der Grenzlinie von Oldenswort und Uelvesbüll. Hausseite und Scheunentor gehört sozusagen zu Oldenswort, die andere Seite zu Uelvesbüll.«

»Wer mit Stephan unterwegs ist, kommt gebildet zurück.«

»Stimmt haargenau! Unser wandelndes Heimatkundebuch hat mir selbstverständlich ellenlang erklärt, was es mit dem Namen auf sich hat.«

»Hochdeutsch heißt es Schmierkrug, denke ich mir«, sagt Swensen und drückt aufs Gaspedal.

»Richtig! Ist schon 350 Jahre alt, der Krug, und lag damals an einem dieser Ochsenwege, auf dem die Rinder von Husum auf die Fennen getrieben wurden. Und weil der Marschboden meist morastig war, mussten die Radnaben der Fuhrwagen regelmäßig eingefettet werden. Am Smeerkrog gab es dann einen Topf mit Schmierfett und einen Quast dazu.«

»Klingt wie ein Vorläufer unserer Tankstellen.«

»Die nächste Kreuzung, da steht er«, sagt Silvia, ohne Swensens Vergleich zu würdigen. »Sieht geschlossen aus, es brennt kein Licht.«

Swensen steuert auf den Kiesplatz und stoppt neben einer Tischbank. Ein Teil des Backsteingebäudes scheint noch aus der alten Zeit zu stammen und könnte das Wohnhaus sein. Der Anbau mit der Gastwirtschaft ist neueren Datums, die Steine haben noch eine satte Farbe und sind nicht verwittert. Sie gehen zur paneelverzierten Wirtshaustür, die nicht recht zum Haus passen will, und Swensen fasst an die Klinke. Geschlossen. Gleich am Ende des Anbaus ist die Tür zum alten Gebäude. Sie gehen hinüber und klingeln. Jemand stapft schwerfällig eine Treppe hinab, die Tür öffnet sich, und eine gedrungene, dralle Frau schaut die Ermittler mit großen Augen an.

»Sind Sie Frau Martens?«, fragt Silvia Haman.

»Richtig, mein Kind, aber wir öffnen erst am Abend.«

»Wir sind von der Husumer Kriminalpolizei. Wir möchten gern mit Kilian Martens sprechen. Das ist doch Ihr Sohn?«

»Mein Sohn? Der wohnt nicht bei uns, schon lange nicht mehr.«

»Ihr Sohn war in Hoyerswort, vor zwei Tagen. Wir hofften, ihn hier anzutreffen.«

»Mein Sohn in Hoyerswort?« Die Frau hat plötzlich einen gequälten Gesichtsausdruck.

»Sie wissen das nicht?«

»Nein, er hat sich schon jahrelang nicht bei uns gemeldet. Ich wusste nicht einmal, dass er in Deutschland ist. Mein Sohn lebt im Ausland.«

»Wir müssen ihn als Zeuge vernehmen. Falls er sich doch noch meldet, gebe ich Ihnen meine Telefonnummer«, sagt die Hauptkommissarin und zieht eine Visitenkarte aus ihrer Jackentasche. »Er möchte uns bitte umgehend anrufen.«

»Er hat doch nichts ausgefressen?«, fragt die Frau erschocken, nimmt zögerlich die Karte.

»Nein, Frau Martens, es geht nur um Routinefragen.«

Haman und Swensen verabschieden sich, lassen die alte Frau mit unangenehmen Gefühlen zurück. Die steht wie festgewachsen im Türrahmen und wischt mit dem Handrücken verschämt ihre feuchten Augen. Die beiden sind froh, als ihre Fahrt in Richtung Oldenswort weitergeht.

»Schrecklich«, platzt es aus Silvia Haman heraus. »Der Sohn ist nur wenige Kilometer entfernt und meldet sich nicht bei den Eltern.«

»Er wird seine Gründe haben«, sagt Swensen und muss daran

denken, wie früh er sein Elternhaus verlassen hat. »Er ist ja offensichtlich, wie unser Opfer auch, sehr früh von Zuhause abgehauen.«

*

»Die Konzession für die Schankwirtschaft ist von 1668«, erzählt Wilhelm Andresen, der Inhaber der gleichnamigen Schankwirtschaft, und die Damen der kleinen Touristengruppe kleben förmlich an seinen Lippen. »Ist nach Ende des Dreißigjährigen Kriegs gebaut worden, war eine Hafenkneipe und Postwechselstation. Gleich hinterm Deich befand sich damals der Handelshafen Katingsiel. Da haben Lastkähne aus Belgien und Holland angelegt. Von da hat man Getreide und Ochsenfleisch verschifft. Viele der Inselfriesen fuhren zu der Zeit auf den holländischen Schiffen. Die kehrten natürlich gerne hier ein und hatten Kacheln dabei, wie hier an den Wänden. Die Kacheln waren verkaufbarer Ballast. Damit wurde Gewicht in die Schiffe gebracht, bei den Leerfahrten hierher. Ein gutes Zusatzgeschäft, die waren schließlich plietsch, die Jungs.«

Jan Swensen und Peter Hollmann sitzen nur wenige Meter entfernt auf einem weinroten, abgewetzten Kanapee in der Ecke der Friesenstube und lauschen dem sprudelnden Wortschwall des Eiderstedter Originals. Gegen Abend, wenn nur noch wenige Gäste hier ausharren, wird Wilhelm immer besonders kommunikativ. Jan Swensen hat über die Jahre viele Geschichten aus dessen Leben aufgeschnappt: dass er gleich nach dem Krieg als ›Kapitän der Landstraße‹ 25 Jahre lang kreuz und quer durch Europa gefahren ist, danach als Vertreter für einen Weltkonzern rund um den Globus unterwegs war und in der Zeit im Pazifischen Raum und in Kalifornien lebte. In den 80er Jahren verpflichtete seine Mutter, die blonde Kathrein, die 64 Jahre das Regiment über die Schankwirtschaft geführt hatte, ihren Sohn, die Nachfolge anzutreten. Er hatte 500.000 DM aufgenommen, brachte es aber im ersten Jahr nur auf 7.500 DM Umsatz.

»Junge, Junge, da ging mir die Muffe auf Grundeis, mein Lieber«, hört der Hauptkommissar noch die gepresste Stimme im Ohr, während er das gerahmte Foto vom riesengroßen Rindermarkt in Husum betrachtet, das an der Kachelwand hängt. Die Friesenstube ist rundherum bis unter die Holzdecke mit Kacheln gepflastert. Jeweils vier manganfarbene Eckkacheln ergeben eines der Muster aus Zackenrauten- und Blütenblattrosetten.

»Delfter Kacheln«, schwärmt Swensen mit leiser Stimme. Als Hollmann ihn ansieht, streicht er ehrfürchtig mit der Hand über das glänzende Porzellan. »Mindestens 300 Jahre alt.«

»Zweimal Krabbenbrot, die Herren!«, unterbricht die junge Frau und stellt den beiden Beamten die Teller hin. »Guten Appetit!«

Swensen wollte den Spurensicherer nach Dienstschluss wie immer kurz Zuhause vorbeifahren, als sein knurrender Magen und die Unlust, allein für sich zu kochen, ihn und seinen Kollegen hierher nach Katingsiel brachte. Allein essen macht keinen Spaß, und das Krabbenbrot in der Schankwirtschaft ist vorzüglich.

Auf dem Teller liegt eine Scheibe Schwarzbrot mit Eiderstedter Butter, ein Berg von Nordseekrabben, die über den Brotrand quellen, darüber ein Spiegelei und die übliche Deko aus Gurke und Tomaten. Der Hauptkommissar greift zum Besteck. Obwohl Vegetarier, kann er den kleinen Tierchen nicht widerstehen. Der unverwechselbare Geschmack ist ein wahrer Hochgenuss. Beides Gründe, sie mit aller Achtsamkeit der Sinne zu verspeisen, denkt er und lässt jeden Bissen auf der Zunge zergehen.

»Wie geht's dir in der neuen Heimat Witzwort?«, fragt Peter Hollmann, nachdem sein Teller blitzblank ist. »Wenn man jahrelang allein gewohnt hat, ist es doch bestimmt eine große Umstellung?«

»Anna und ich raufen uns langsam zusammen«, feixt der Kriminalist. »Im Großen und Ganzen war es aber eine gute Entscheidung. Und du wirst es nicht glauben, ich bin tatsächlich in den Witzworter Boßelverein eingetreten. Das macht echt Spaß, kann ich dir sagen, ein guter Ausgleich zu Mord und Totschlag.«

»Mein Fitnessprogramm ist fotografieren! Ohne meine Streifzüge hätte ich noch etliche Pfunde mehr auf den Rippen, als ohnehin schon. Das ist das einzig Gute an meiner Scheidung, ich hab endlich gemacht, was ich immer machen wollte. An dienstfreien Tagen bin ich manchmal stundenlang unterwegs und mache Aufnahmen von Wattstrukturen. Ich möchte nicht wissen, wie viele Kilometer ich bereits abgerissen hab. Bei jedem Wetter bin ich dort draußen, ob's regnet, stürmt oder schneit.«

»Du machst Fotos im Watt? Ich gehe ins Watt, um abzuschalten. Ich bewundere die Rippel. Sie erinnern mich an japanische Zengärten.«

»Daran habe ich auch schon mal gedacht«, bestätigt Hollmann aufgedreht. »Nur harkt das Meer die Struktur, keine Mönche. Wenn du Lust hast, kann ich dir welche zeigen, ich hab heut gerade Fotos abgeholt.«

Peter Hollmann öffnet die Aktentasche, die er neben sich aufs Sofa gestellt hat, zieht einen großen Umschlag heraus und breitet die Aufnahmen auf dem Tisch aus. Swensen betrachtet ungläubig die exakten Ausschnitte. Eine sonnendurchflutete Schwertmuschel liegt quer zu den wellenförmigen Rippeln auf schwarzem Schlickboden. Ein rostbrauner Stein spiegelt sich mit den blauen Sprenkeln des Himmels in einer von Schlickwellen umrandeten Wasserlache.

»Wahnsinn!«, platzt es aus Swensen heraus. »Die sind richtig gut, Peter! Was sage ich, die sind genial. Hier, dieser Stein zum Beispiel, der sieht für mich aus wie eine Planetenkugel, die durch ein Weltall schwebt. Da fällt mir spontan ein Satz meines Meisters ein: Mit seinen Taten sollte man nicht die Welt beherrschen wollen.«

»Was du alles siehst, Jan«, sagt Hollmann verlegen und nimmt das Foto in die Hand, als hätte er es nicht selbst gestaltet. »Mit einem Spruch bekommt das Bild eine völlig andere Dimension!«

»Ihr seid doch ganz gut im Kopf, ihr zwei beiden, das seh ich euch doch an!« Wilhelm Andresen hat sich unbemerkt neben die Kriminalisten gestellt und ihnen über die Schulter geguckt. »Nun tüttelt bloß nicht lange damit rum, Jungs. Hört auf den Rat eines fachkundigen Fachmanns. Das sind richtig schmucke Bilders, die ihr da habt. Im Vertrauen, macht was Schönes damit!«

»Was Schönes?«, fragt Hollmann und legt seine Stirn in Falten. »Was denn?«

»Ein …, ich finde … ein Buch, wir machen ein Buch!«, sagt Swensen mit leuchtenden Augen.

»Sag ich das nicht die ganze Zeit«, grient Wilhelm spitzbübisch, »ihr habt es im Kopf! Und wie besiegelt man das in Nordfriesland, so'n Spitzeninfall!«

»Mit Eiergrog!«

»Goot! Ihr seid richtig plietsche Kerle.«

Keine fünf Minuten später ist die junge Bedienung mit zwei Gläsern zurück. Der gelbe Eischaum steht wie eine Bierblume über dem Rand. Wilhelm schiebt das heiße Rumgetränk den beiden Kriminalisten vor die Hände und haut Hollmann sofort auf die Finger, als der unbedarft den Teelöffel herausziehen will.

»Hier hört man mir erst mal zu, bevor man alles falsch macht, klar? Also, den Löffel erstmal am Boden belassen und in kreisenden Bewegungen ganz langsam durchziehen, mit Gefühl. Löffel raus, ablecken von beiden Seiten, den Stängel auch. Und jetzt legt ihr den Löffel mit der Spitze auf den Bierdeckel. Und da bleibt er liegen, nicht mehr anrühren bis am Ende zum Auskratzen. Alsdann nehme jeder das Glas in die Hand, führe es zum Munde. Die Oberlippe nach vorne. Man lege sie großflächig über den Rand und entnehme zwei Zentimeter vom Inhalt. Na los, hoch mit dem Glas und saugen. Die zwei Zentimeter im Mund behalten und schön durchkauen. Zeit lassen, denn das ist der schönste Schluck vom Eiergrog. So, und danach könnt ihr ihn ohne weitere Hilfe von mir in aller Ruhe austrinken.«

Der zweite Grog war einer zuviel, denkt Swensen und sucht in der Jacke nach seiner Brieftasche. Er spürt am unbeholfenen Gang, dass er doch ziemlich beschwipst ist. Nachdem er mit Mühe bezahlt hat, klettert er ins bestellte Taxi und versackt auf der Rückbank. Die Fahrt geht durch die klare Nacht, unter dem Himmelsrasen entlang, den erblühten Sternen und der Milchstraße mit den Milliarden Gänseblümchen. Der Mond hängt eiergrogfarben über dem Reetdachhaus in Witzwort. Swensen tänzelt übermütig durch den Garten zur Haustür hinauf, mit sich im Reinen, dass sein Wagen bei Wilhelm steht und Peter ebenfalls ein Taxi genommen hat. Der Schlüssel will nicht ins Schloss passen, als sein Handy klingelt. Er bricht den Versuch ab, setzt sich auf die Steinstufe und fingert das Gerät heraus.

»Swensen, fast daheim«, albert er mit schwerer Stimme.

»Ich bin's! Was ist mit dir? Wieso bist du fast daheim?«

»Weil ich vor der Haustür sitze, einen im ›T‹ habe und mit dir rede, obwohl du in Wien bist«, kichert der Hauptkommissar.

»Jan Swensen! Was ist da los, wenn ich nur kurz mal weg bin?«

»Dann bin ich auch mal kurz weg, bei Wilhelm, mit Peter, auf einen Eiergrog, oder auch zwei! Und du? Tanzt der Kongress?«

»Nein! Hier ist alles nüchtern und trocken, dafür aber höchst spannend. Heute war ich auf einem Vortag über Traumaheilung und Stammhirnaktivitäten.«

»Ich glaub, jetzt werde ich wieder nüchtern.«

»Einen Vortrag von Peter Levine, der Mann hätte dich bestimmt interessiert. Er ist Amerikaner und stützt seine Thesen auf buddhistische Übungen der Achtsamkeit. Aber das erzähl ich dir, wenn ich wieder in Witzwort bin.«

»Ich danke dir, Anna!«

»Wie war dein Tag, Schnüffelhase?«

»Ich bin im Moment nicht in der Lage, klare Gedanken zu fassen, Schatz.«

»Okay, okay, ich ruf wieder an, wenn du ausgeschlafen bist! Gute Nacht«

»Danke, Schatz, wünsch ich dir auch.«

Der Hauptkommissar startet einen erneuten Versuch, die Tür zu öffnen. Diesmal klappt es auf Anhieb. Im Schlafzimmer öffnet er das Fenster. Frische Luft strömt herein, während er sich auszieht und auf der Bettkante hockt. Sein Kopf hämmert. Er schleicht in die Küche, nimmt ein Aspirin mit einem großen Glas Wasser und fühlt sich langsam wieder klarer.

Das ist der Fluch von Hoyerswort, geistert es durch seine Gedanken, als er eine Stunde später noch immer mit offenen Augen im Bett liegt und sich hin und her wälzt. Er setzt sich auf, schaut durch das Fenster in die Nacht. Das Herrenhaus von Hoyerswort erscheint in seiner Vorstellung, sein weißgetünchter Treppengiebel und der kleine Turm an der Seite. Er sieht seinen Finger, wie er die Türklingel drückt.

»Hauptkommissarin Haman und Hauptkommissar Swensen möchten mit Herrn Kreuzhausen sprechen.« Er zeigt dem Bediensteten, der ihn mustert, seinen Dienstausweis.

»Der Herr Fregattenkapitän möchte heute keinen Menschen empfangen«, sagt der unwirsch.

»Das trifft nicht auf Kriminalbeamte zu, die in einem Mordfall ermitteln«, stellt Swensen mit ruhiger Stimme fest.

Ohne ein weiteres Wort bringt der Mann im Livree sie in

einen schummrigen Raum, in dem Bücherregale bis an die Decke reichen. Der Fregattenkapitän sitzt neben einer Leselampe in einem Ohrensessel. Im ersten Moment traut Hauptkommissar Swensen seinen Augen nicht. Der alte Mann, der am gestrigen Abend resolut und körperlich fit gewirkt hat, scheint über Nacht um Jahre gealtert zu sein. Sein Gesicht ist aschfahl, die wässrigen Augen wirken verschleiert. Auf den Schläfen treten knotige, blaue Adern hervor. Die Hände sind bleich wie Pergament. Ein gequälter Ausdruck huscht über die blutleeren Lippen, als er sich nur mühevoll erhebt und mit großer Anstrengung gerade aufrichtet.

»Es gibt anscheinend keinerlei Anstand mehr in den Reihen der Polizei!« Die Stimme hat die alte Schärfe, die Swensen bereits erlebt hat. »Sie würden sonst die Höflichkeit besitzen, in einem geeigneteren Moment in meinen Räumen zu erscheinen. Ist es nicht schon schrecklich genug, was meiner Familie widerfahren ist? Können Sie nicht warten, bis man Sie rufen lässt?«

»Sie haben mein tiefstes Mitgefühl, Herr Kreuzhausen, aber dafür haben wir keine Zeit«, entgegnet Swensen unbeirrt. »Um ein Verbrechen aufzuklären, kommt es in den ersten Tagen auf jede Minute an.«

»Ja dann …, in Herrgotts Namen, was wollen Sie hier?«

»Können Sie sich vorstellen, wer Ihrem Enkel das angetan haben könnte?«

»Diese verrottete Gesellschaft hat ihm das angetan, der es an moralischen Werten fehlt, die keine Treue und Gehorsam mehr kennt. Immer wenn es an Wahrhaftigkeit fehlt, nimmt die Niedertracht den Raum ein. Deswegen hat Deutschland den Krieg verloren. Ich weiß, wovon ich rede, ich lebe seit Jahren in einem Haus, in dem es ein Blutzeichen gibt. Wenn der Sittenverfall nicht gestoppt werden kann, rüttelt der alte Fluch von Hoyerswort an den Grundpfeilern der Gesellschaft.«

»Der Fluch von Hoyerswort?«, fragt Swensen irritiert,

erstaunt darüber, dass so ein alter Kämpfer an Flüche zu glauben scheint. »Sie reden von einem Gespenst oder so was?«

»Nein, er redet vom Teufel!«, sagt Silvia Haman trocken. »Es geht um die alte Bauerngeschichte von dem Teufel und der Tänzerin.«

»Das ist keine alte Bauerngeschichte.« Die Stimme des Fregattenkapitäns klingt brüchig. »Mein Enkel ist tot, der Teufel war wieder hier, hier auf Hoyerswort! Man hat ihn gewarnt, meinen Großvater, als er das Schloss unbedingt kaufen wollte. Das war lange bevor ich geboren wurde. Da haben die Bauern der Umgebung ihm damals schon prophezeit, das Schloss würde Unheil bringen. Und jetzt ist es passiert!«

»Das ist Eiderstedter Spökenkram«, versucht Swensen, den alten Mann in die Realität zurückzuholen. »Das hat mit Ihrem Enkel nichts zu tun, der ist nicht vom Teufel ermordet worden.«

»Und der Zusammenhang? Das ist kein Zufall!« Kreuzhausens Augen haben einen irrealen Glanz, seine aufrechte Haltung ist verschwunden.

»Welchen Zusammenhang meinen Sie?«, fragt Swensen vorsichtig.

»Der Leutnantshof, mein Geschenk zur Hochzeit meiner Tochter! Einige Monate später hat sie am Stall eine Grabplatte gefunden. Margareta Hans steht auf dem alten Stein, am 25. Dezember 1614 mit 18 Jahren gestorben. Margareta Hans ist die Tänzerin von Hoyerswort. Mein Enkel wurde auf dem Leutnantshof geboren, und jetzt ist er vor Hoyerswort gestorben.«

»Jetzt läuft mir doch eine Gänsehaut über den Rücken«, flüstert Silvia Haman.

»Fängst du auch noch an! Das ist nur eine erdachte Geschichte!«, würgt Swensen seine Kollegin ärgerlich ab.

»Aber das sind doch schon merkwürdige Parallelen.«

»Schluss mit dem Unsinn! Wir ermitteln in einem Mordfall!«, sagt Swensen scharf und beobachtet den Fregattenkapitän aus dem Augenwinkel, dem sein Diener gerade ein halb volles Glas Wasser vom Beistelltisch reicht, welches er in kleinen Schlucken austrinkt.

»Geht es Ihnen gut, Herr Kreuzhausen? Sind Sie in der Lage weiterzumachen?«

»Ich war Führungsoffizier!«, sagt der matt und stützt sich auf die Lehne seines Ohrensessels.

»Ihre Tochter sagte uns, Sie waren Kommandeur einer Minentaucherkompanie in Eckernförde?«

Der Fregattenkapitän starrt den Hauptkommissar an, sagt aber kein Wort.

»Hatten Sie während Ihrer Dienstzeit irgendwelche Meinungsverschiedenheiten oder Probleme mit Untergebenen?«

»Was sind das für Fragen? Nennen Sie das Ermittlungen?«

»Ihr Enkel ist mit einer Druckluft- oder Gasdruckharpune getötet worden. Ich nehme an, dass die Rekruten in Ihrer ehemaligen Einheit an solchen Waffen ausgebildet wurden.«

»Mir ist schwindelig, Martin!«, sagt Kreuzhausen und lässt sich von ihm dabei helfen, sich in den Sessel zu setzen. »Ich … ich kann … ich will nichts aussagen, im Moment nicht. Martin, der Hausarzt, ich will, dass mein Hausarzt kommt, sofort!«

Swensen ist sich nicht sicher, ob der zusammengesunkene Mann seine Gebrechlichkeit nur perfekt simuliert, oder ob er wirklich einen vom Schicksalsschlag gebrochenen Menschen vor sich hat.

*

»Ob wir uns diese Wohnung nun angesehen haben oder nicht«, ruft Silvia Haman genervt aus einem Nebenraum herüber. »Das ist eine Rumpelkammer, vollgemüllt mit noch verschlossenen

Kartons. Der scheint die gesamte Ware seines Ladens hier zwischengelagert zu haben.«

Jan Swensen kaut auf seiner Unterlippe, zieht Schubladen auf und lässt seine Blicke über Sofa, Musikanlage und Sperrmüllmöbel streifen.

»Es sieht wirklich so aus, als ob Oleander Eschenberg hier nie richtig gelebt hat«, bestätigt er seiner Kollegin.

»Höchstens ab und zu übernachtet«, ruft Silvia zurück. »Bis auf ein paar Fotos in den Schubladen ist nichts Persönliches zu finden. Hier sind nur Unmengen von Surfbrettern und Sammelsurien aus aller Herren Länder. Über seine Person erfahren wir nicht mehr, als wir ohnehin schon wissen.«

»Trotzdem!«, sagt der Hauptkommissar, als sie wieder im Dienstwagen sitzen. »Oberflächlich scheinen wir zwar nichts Brauchbares gefunden zu haben. Aber der Zustand der Wohnung könnte auch etwas über den Zustand seiner Psyche aussagen. Sein Leben macht den Eindruck einer Baustelle. Außerdem sind wir erst am Anfang, um uns ein Bild zu machen.« Sie fahren durch einen Außenbezirk von Flensburg. Swensen steuert den Dienstwagen auf einen mit Buchen umrandeten Parkplatz, der mit mehreren VW-Bussen vollgestellt ist. Er muss hin und her rangieren, um in eine Parklücke zu kommen. Eine quirlige Schar Männer und Frauen in blauen Bermudas und Kapuzensweatern mit breiten Hurley-Schriftzügen auf der Brust hat fast die gesamte freie Fläche belegt und für ihre Freizeitaktivität umfunktioniert. Einige wachsen ihre Bretter, andere verstauen sie gerade auf den Dachträgern ihrer Wagen. Vor dem Gewusel sitzen noch andere im Kreis auf dem Asphalt, essen, trinken, und ihr Lachen und Johlen ist weithin zu hören. Nicht unweit der Menschen steht ein flaches Ladengebäude, ›Surferparadies Makahiki‹ steht am oberen Rand der Fassade. Die roten Buchstaben thronen über einem Wirrwarr knallbunter Ausstellungsstücke in den Schaufenstern. Ein Anflug von Strandfeeling kommt auf, als der Hauptkommissar und seine Kollegin sich der Eingangstür nähern. In den lichten Räumen empfängt die Kriminalisten eine rockige Musikberieselung, die ab und zu von einer hektischen Stimme mit Titelansagen unterbrochen wird. In einer Ecke stehen zwei durchtrainierte Männer mit braunen Gesichtern. Ihr Outfit gleicht den Leuten vom Parkplatz. Einer scheint offensichtlich der Verkäufer zu sein, denn er wird förmlich mit Fragen bombardiert. Swensen spitzt die Ohren, versteht von dieser Fremdsprache jedoch nicht einmal die Hälfte.

»Pop-outs, dieser Standard-Polyester-Kram, davon halte ich überhaupt nix, die sind nach einer Saison schon völlig ausgelutscht. Mal ehrlich, was sagen Sie zu einem Bufo-Board? Die werden doch überall angepriesen, wegen des bionischen Flex und weil sie dünner sein sollen als die anderen?«

»Das stimmt auch!«, versichert der Verkäufer. »Das Board ist durchaus flexibel, es antwortet auf jeden Impuls und ist enorm langlebig, dazu bietet es eine sehr gute Rail-to-Rail-Performance. Aber sagen wir es mal so, der Shape ist nun mal nicht der, den ich gerade zurzeit empfehle. Ich denke, wenn ich mir Ihre Statur ansehe, Sie bräuchten ein solides Shortboard mit dünnen Rails und viel Rocker.«

»Gibt's was Preisgünstiges?«

»Nun ja, wie wär's mit diesem älteren Board, war zwar in der Mitte gespalten, aber wir haben es vorbildlich repariert. Ein Liebhaberstück, ziemlich flottes Teil, hat dem guten Kilian Martens gehört.«

»Kilian Martens? Der Tabarly des Windsurfens? Ich bin interessiert! Quanta costa!?«

»Na, … sagen wir … 280 Euro.«

»200!«

»250!«

»230!«

»Okay, Deal!«

»Sie kennen einen gewissen Kilian Martens?« Swensen drängt sich zwischen die Männer. Silvia bleibt dicht dahinter. Der Kunde zieht mit seinem Board zur Kasse ab und der Verkäufer mustert den Hauptkommissar.

»Kilian Martens? Sie kennen Kilian Martens?«, fragt er dann abfällig und macht eine Kopfbewegung zu einem großen Poster an der Wand, das eine kleine Gestalt auf einer smaragdgrünen Riesenwelle zeigt.

»Nicht persönlich, wenn Sie mich schon so höflich fragen«, antwortet Swensen und hält seinen Dienstausweis hoch. »Ich möchte aber wissen, ob Sie diesen Herrn kennen, persönlich kennen?«

»Er ist mir ein paar Mal über den Weg gelaufen.«

»Wann und wo?«

»Weshalb wollen Sie das überhaupt wissen?«

»Weil wir im Mordfall Oleander Eschenberg ermitteln. Und Sie sind bestimmt Moritz Krüger, sein Geschäftspartner.«

Der Mann nickt stumm, erstarrt in seiner Bewegung und versucht dem eindringlichen Blick von Jan Swensen auszuweichen.

»Wann haben Sie Herrn Eschenberg zuletzt gesehen?«

Der Mann zuckt mit den Schultern.

»Können Sie nicht sprechen oder wollen Sie nichts sagen?«

»Ich bin kein Holzklotz, Mann!«, platzt es aus ihm heraus. »Ich … ich bin einfach viel zu sehr geschockt. Ich kann es immer noch nicht glauben, dass Ole wirklich tot ist.«

»Sie haben unser Mitgefühl«, sagt Swensen, »aber bitte beantworten Sie die Frage. Wann haben Sie ihn zuletzt gesehen?«

»Vor drei, vier Tagen! Drei Tagen, er wollte auf die Geburtstagsfeier seines Großvaters.«

»Wie lange kannten Sie Herrn Eschenberg?«

»Wie lange? Das muss … ich denke seit 98 … ja genau, da traf ich Ole und Niels das erste Mal auf Maui. Sie versuchten gerade, sich von einem Drachen auf dem Brett ziehen zu lassen, fingen damit an, Slalom zu surfen und Kurven zu fahren.«

»Und dabei haben Sie ihn näher kennengelernt?«

»Ja, ich half den beiden bei ihren Schleppaktionen. Wenn das Segel ins Wasser gefallen war, musste ich es an Bord meines Bootes holen. Ich hab's dann vom Wasser befreit, damit erneut gestartet werden konnte. Wir verbrachten Stunden mit dieser Plackerei, alles nur für wenige Minuten Fahrt. Aber interessiert Sie das überhaupt?«

»Doch, doch, alles, was wir über Herrn Eschenberg erfahren, kann uns weiterbringen.«

»Wie gesagt, es war eine Riesenplackerei! Im Laufe der Tage begann die beiden das ewig gleiche Prozedere zu nerven. Deshalb wurden sie sofort hellhörig, als ich ihnen erzählte, dass ich mich bereits seit einigen Jahren mit Drachenbau beschäftige. Ich hatte eine kleine Werkstatt hier in Flensburg, baute für Boote und Strandbuggys aufblasbare Drachen, die sich im Wind wieder allein aufrichten ließen. Ich besaß ein Patent dafür, aber die Drachen liefen schlecht. Zu dem Zeitpunkt hatte ich keine 30 Stück verkauft und dachte ernsthaft darüber nach, die Sache hinzuschmeißen. Ole und Niels waren völlig aus dem Häuschen. Sie wollten, dass ich in Deutschland mehrere Drachen für sie anfertigte.«

»Und wie haben Sie mit Herrn Eschenberg das Geschäft hier eröffnet?«

»Erst viel später. Ole ist extra nach Flensburg gekommen, damit ich meine Segel vorführe. Sie haben nicht überzeugt. Aber er sagte mir, die Drachen sind zu schade, um damit Boote zu ziehen. Die Segel sollten Surfbretter durchs Wasser ziehen. Wir haben dann intern ein Geschäftsmodell entwickelt und mit meinem Patent in der Hinterhand den Laden gemietet.«

»Und was meinen Sie mit intern, Herr Krüger?«, fragt Swensen und bemerkt, wie er sein Gegenüber damit verunsichert. Er hält ungerührt den Blickkontakt.

»Äh, wir … haben das … also, diesen Vertrag für einen gemeinsamen Laden … den haben wir eben nur zu zweit durchgezogen«, gesteht der Mann nach einigem Zögern. »Niels sollte davon keinen Wind bekommen. Das wollte Ole so.«

»Und haben Sie eine Idee, warum Herr Eschenberg seinen alten Kumpel ausgebootet hat?«

»Nein, das hat er mir nicht verraten, und ich hab auch nicht nachgefragt. Ich dachte nur an die Kohle, die wir damit machen könnten.«

»Und Sie konnten mit gutem Gewissen damit leben, nicht wahr?«

»Ich hatte schließlich das Patent eingebracht und die Werkstatt. Wir haben das Anfangskapital für den Laden besorgt. Für drei Leute hätte der Laden nicht genug abgeworfen, nicht in der Anfangszeit. Außerdem kannte ich Niels doch kaum.«

»Aber trotzdem nicht die feine englische Art, oder?«, bohrt Swensen weiter.

»Bei Geld hört Freundschaft auf. Ich hatte schon genug Ärger mit Ole.«

»Wieso das?«

»Ole hat … also, auf seine Versprechungen konnte man sich nicht verlassen. Unsere Raten für den Kredit, den Ole zusätzlich für den Laden aufgenommen hat, wurden häufig erst auf den letzten Drücker bezahlt.«

»Das Konto von Herrn Eschenberg wurde überprüft. Er war mit über 2.000 Euro in den Miesen. Woher hatte er das Geld, um die Raten abzubezahlen?«

»Keine Ahnung, irgendwoher! Ole hat sich in Geldangelegenheiten bedeckt gehalten. Die fehlende Summe war immer rechtzeitig parat, also habe ich mir keine Gedanken gemacht. Mein Kumpel Felix arbeitet bei der Bank, der hätte mich sonst gewarnt. Der hat auch den Kredit bei der Geschäftsleitung durchgedrückt, trotz unserer geringen Sicherheiten. Hat uns einiges gekostet.

Doch in letzter Zeit soll Ole verrückt gespielt haben. Felix rief mich an, völlig wütend, und sagte, ich solle Ole ins Gewissen reden, sonst könne er für nichts mehr garantieren.«

»Das war kurz vor dem Tod von Herrn Eschenberg?«

»Ja, aber Felix wollte mir nicht sagen, was los ist!«

»Was ist jetzt, nachdem Herr Eschenberg nicht mehr lebt? Führen Sie den Laden jetzt allein weiter?«

»Ich habe ihn nicht ermordet, wenn Sie darauf hinauswollen.«

»Davon habe ich kein Wort gesagt, Herr Krüger. Ich wollte nur hören, was aus dem Laden wird.«

»Im Todesfall fällt alles an den jeweils anderen, so steht es in unserem Vertrag. Im umgekehrten Fall wäre Ole jetzt Alleinbesitzer.«

»Keine Panik, Herr Krüger, ich stelle nur Routinefragen. Ich bezichtige Sie nicht, Ihren Geschäftspartner umgebracht zu haben. Es ist aber ein mögliches Motiv!«

»Der pure Gedanke ist absurd!«

»Ich nehme zur Kenntnis, dass Sie kein Geständnis ablegen wollen«, provoziert Swensen. »Aber noch mal zurück zu Herrn Martens! Er soll ein sehr guter Kumpel von Herrn Eschenberg gewesen sein. Wussten Sie das?«

»Doch …, schon. Aber nicht in der Zeit, seit wir den Laden haben. Das muss davor gewesen sein. Ich weiß nur, als ich auf Maui war, wohnte Ole in seinem Haus. Er hat über Kilian Martens aber nie ein Wort verloren. Wurde immer ärgerlich, wenn man ihn nach Kilian fragte.«

»Es gab keine Gerüchte, woran das lag? Niemand hat Andeutungen gemacht.«

»Nichts Genaues, sollen sich in die Quere gekommen sein, irgendwelche Weibergeschichten. Sie haben beide nichts anbrennen lassen, wurde gemunkelt, Kilian ebenso wenig wie Ole.«

»Kilian Martens ist Ihnen schon über den Weg gelaufen, haben

Sie gesagt. Auch in jüngster Zeit? Er ist nämlich in Deutschland und soll sich hier im Norden aufhalten.«

»Vor einigen Tagen kam er in unseren Laden, wollte mit Ole sprechen. Der war aber nicht da.«

»Was heißt vor einigen Tagen? Vor zwei, drei, vier, oder wann?«

»Genau vor drei Tagen.«

»Und die beiden Männer haben sich nicht getroffen?«

»Der Martens hat seine Telefonnummer dagelassen, aber Ole hat sie zerrissen. Mehr weiß ich nun wirklich nicht.«

»Okay, Herr Krüger, wenn Ihnen noch etwas einfallen sollte, hier ist meine Karte«, sagt Swensen, reicht dem Mann seine Visitenkarte und verlässt mit Silvia Haman den Laden. Moritz Krüger blickt den Kriminalisten lange hinterher. Wie warmes Wasser steigt seine Erleichterung in ihm hoch, überspült seine Gedanken, ergießt sich smaragdgrün in ein riesiges Naturbecken. Die Haipua'ena Falls, Bilder aus Maui. Er hört, wie sein Tarzanschrei von den Klippen der Honomanu Bay zurückgeworfen wird. Die tropische Natur, der hohe Bambus, die farbenprächtigen Orchideen, die gedrehte Banyan-Feige mit ihren Luftwurzeln.

»Wo sind die Kites, Moritz!«, hört er Ole sagen. Seine Stimme klingt scharf und ungeduldig.

Es ist der zweite Sommer, in dem Moritz bei Ole und Niels zu Gast ist. Sie testen zusammen wie besessen seine neuen Prototypen. Niels nimmt akribisch sämtliche Details unter die Lupe, fährt mit den Fingern über die Nahtstellen, prüft die Luftkammern und Spanngurte. Er erkennt auf Anhieb, wo es ein Problem geben könnte. Besonderen Wert legt er auf die Haltbarkeit der Klettverschlüsse zum Schutz der Ventile.

»Die dürfen sich auf keinen Fall öffnen«, redet er immer wieder auf Ole ein. »Stell dir vor, wir sind da draußen auf dem offenen Meer, das Segel stürzt herab und ein Ventil springt auf und die Luft entweicht. Dann sind wir voll verratzt, allein auf dem Meer.«

An der Nordküste von Maui liegen nur drei *spots*, Hookipa, Spreckelsville und Kanaha, zwischen denen es überall gute Wellen zum surfen gibt. Hier stellen sich die neuen Segel als bereits brauchbar heraus, man kann auf dem Brett gut den Kurs halten.

»Good vibrations!«, hört er Oles Gejohle im Ohr. »Das ist der wahre ›Aloha spirit‹, das ist genau das was wir brauchen. Und genauso sollte es auch weitergehen, Moritz! Und halt die Klappe, kein Wort über unsere gemeinsamen Pläne, auch nicht, wenn wir uns mal einen hinter die Binde kippen, verstanden!«

Dänemark 1943

Ich fordere alle Dänen auf, sich auf die persönliche Verantwortung für den Verlauf des Krieges zu besinnen. Nur ein Tropfen im Ozean, sagten diejenigen, die an dem Nutzen eines dänischen Widerstands zweifeln. Jawohl, aber der Ozean besteht aus Tropfen.«

Morgens Fog, Mitbegründer der *Frit Danmark*

Lernen Sie ein Maschinengewehr zu bedienen. Es ist der Wille Christi, dass man Witwen und Waisen helfen soll, und das kann man u.a. dadurch tun, dass man auf die Räuber schießt, die sie überfallen wollen. Umgekehrt ist es kein Christentum, andere den Verteidigungskampf und die Qual auf sich nehmen zu lassen, wenn man selbst nur da sitzt und sich Nirwana-Vorstellungen hingibt. Das ist Opium und Lasterhaftigkeit. Seien Sie jetzt ein Christ und lernen Sie im Namen Jesu zu töten.

Kaj Munk, Pfarrer und Widerständler

Die Flamme tanzt auf dem Docht der Kerze, wirft einen trüben Schein über die vergilbten Seiten des Heftchens, das Aase dicht an ihre Augen hält. Sie muss sich anstrengen, um aus den kleinen Buchstaben Worte und Sätze zu bilden. Das flackernde Licht scheint sie in steter Bewegung zu halten.

»Sie werden Bürgermeister bleiben«, sagt Lanser. »So wird es keine Schwierigkeiten mit den Leuten geben.«

Immer wenn Aase den Namen des Oberst liest, erscheint eine bekannte Gestalt in ihrer Vorstellung, der große blonde Mann aus dem Laden von Herrn Rosen. Der Oberst schaut den Bürgermeister Orden an. Das ist der gute Mensch in der Geschichte und hat natürlich Ähnlichkeit mit dem Vater. Der Oberst erwartet eine Antwort.

»Herr Oberst, ich gehöre zu diesem Volk. Aber ich kann Ihnen nicht sagen, was es tun wird.« Der Oberst verzieht sein Gesicht. Aase ist sich sicher, ihm scheint die Antwort nicht zu gefallen. »Das Volk hat mich in freier Wahl zum Bürgermeister gemacht, hat mich zu ihrem Oberhaupt gemacht. Wenn das Volk glaubt, ich würde mit Ihnen gemeinsame Sache machen, kann es mich wieder zu einem Nichts machen.«

»Es ist Ihre Pflicht, Ihr Volk vor Bösem zu bewahren«, schreit Oberst Lansers markige Stimme in Aases Kopf, während sie den Text liest. »Wenn es rebelliert, begibt es sich in große Gefahr. Wir brauchen die Kohle, die sich in diesem Land befindet. Deshalb sind wir gekommen, um sie uns zu nehmen, so oder so. Sie müssen das Volk schützen, Herr Bürgermeister, Sie müssen Ihrem Volk sagen, dass es weiterhin die Arbeit tun muss.«

Aase stockt der Atem. Was jetzt? Was wird der Bürgermeister antworten?

»Die Menschen in meinem Volk lieben es nicht, wenn andere für sie denken, Herr Oberst. Vielleicht sind sie anders als Ihr Volk.«

Aase bewundert den Bürgermeister und ist etwas erleichtert, dass in diesem Augenblick der Diener Joseph eintritt und vorgebeugt stehen bleibt. Doch die Situation scheint sich weiter zuzuspitzen. In den Hinterhof des Gebäudes sind Soldaten eingerückt, meldet der Diener, und sie haben Ärger bei der Köchin Annie ausgelöst.

»Was ist los mit Annie, Joseph?«, erkundigt sich der Bürgermeister und macht ein Gesicht wie der Vater, wenn irgendetwas mit der Mutter von Aase ist.

»Annie ist wütend, Exzellenz«, meldet Joseph, »sie möchte die Soldaten im Hinterhof nicht. Sie schauen durch die Tür in ihre Küche. Das hasst Annie!«

»Bereiten sie irgendwelche Unannehmlichkeiten?« Der Oberst lächelt überlegen. Aase kann sich den Mann plötzlich leibhaftig vorstellen, wie er direkt neben ihrem Bett steht. In seinem kantigen Gesicht lauert Heimtücke. »Die Männer führen meine Befehle aus! Sie tun nur ihre Pflicht! Sagen Sie das der Frau«, befiehlt er laut.

Aase blättert die Seite um. Es dauert eine Sekunde, dann schickt der Bürgermeister Joseph hinaus, um die aufgebrachte Köchin zu beruhigen.

»Noch etwas, Euer Exzellenz«, sagt Oberst Lanser, »mein Stab wird hier wohnen!«

»Das Haus ist klein, nicht komfortabel für Ihre Leute, Herr Oberst.«

»Es ist unser Wunsch. Unsere Erfahrung hat uns gezeigt, dass es die Leute beruhigt, wenn der Stab im Haus der lokalen Obrigkeit einquartiert ist.«

»Dem Volk wird so etwas nicht gefallen«, appelliert Bürgermeister Orden, und das findet Aase auch.

»Das Volk! Immer das Volk«, tobt der Oberst und stampft mit dem Stiefel auf. »Das Volk ist entwaffnet. Das Volk hat nichts zu sagen!«

»Sie schüttet kochendes Wasser«, meldet Joseph, der außer Atem von draußen hereinkommt. »Annie ist schrecklich wütend.«

»Ihre Dienstboten tanzen Ihnen auf der Nase herum, Exzellenz!«, stellt Oberst Lanser erbost fest.

»Annie ist eine gute Köchin, wenn sie zufrieden ist«, entgegnet der Bürgermeister. Aase fühlt sich plötzlich wie Annie, will dass die Soldaten verschwinden.

»Bändigen Sie ihre Köchin, Exzellenz!«

»Das kann ich nicht«, erklärt Bürgermeister Orden, »sie wird kündigen.«

»Sie ist für unsere Ernährung da! Sie kann nicht kündigen!«

»Dann wird sie kochendes Wasser schütten.«

Sie wird kochendes Wasser schütten, es sind die Feinde Dänemarks, denkt Aase und liest weiter, wie ein Soldat in den Raum stürmt und meldet: »Soll ich diese Frau verhaften, Herr Oberst?«

Das kantige Gesicht von Lanser ist jetzt bestimmt noch kantiger geworden, freut Aase sich, als sie völlig erstaunt die Antwort vom Oberst liest:

»Lasst die Frau los und verlasst den Hinterhof.«

»Zu Befehl, Herr Oberst!«

»Ich könnte sie einsperren lassen, Exzellenz. Ich könnte sie sogar erschießen lassen!«

»Dann hätten wir keine Köchin!«

Die Tür wird aufgerissen.

»Was ist hier los? Du schläfst gar nicht? Mach auf der Stelle die Kerze aus, Aase!«

Das Licht, das durch die offene Küchentür in den Schlafraum flutet, blendet das Mädchen. Mit zugekniffenen Augen hält sie das Büchlein in der Hand und blickt erschrocken auf den Umriss der Mutter, die drohend im Türrahmen steht.

»Was hast du da für ein Heftchen?«, schimpft sie, kommt mit Riesenschritten auf ihr Bett zu, reißt ihr das dünne Heft aus der Hand und liest den Titel mit lauter Stimme: »Der Mond ging unter? John Steinbeck? Wer ist das? Woher hast du das?«

»Von … das hat … unser Lehrer hat uns das zum Lesen gegeben«, lügt Aase und ist froh, dass die Mutter ihren glühenden Kopf nicht sehen kann. »Das ist ein berühmter amerikanischer Dichter.«

»Ist mir egal, wie berühmt der ist. Das bekommst du erst morgen wieder«, knurrt die Mutter. »Und jetzt machst du sofort die Augen zu, verstanden!«

Sie löscht die Kerze mit ihren angefeuchteten Fingern. Als sie die Tür hinter sich schließt, wird es dunkel im Raum, nur noch diffuse Lichtstreifen dringen durch die Ritzen der Bretter, in denen der Staub im Tanz wirbelt. Das Mädchen zieht die Decke bis unter die Nase, hört auf den Wind, der leise um die Baracke pfeift. Ihr Bruder tritt hinter einem Baum hervor und kommt aus dem kleinen Wäldchen auf sie zu. Er hatte ihr gesagt, dass sie auf ihn warten soll, hier am kleinen See vor dem Waldrand. Aase hat ihn nicht gehört. Sie muss bei Gott schwören, niemandem, auch den Eltern nicht, von ihrem Treffen zu erzählen.

»Wenn du etwas sagst, ist das sehr gefährlich für mich«, warnt der Bruder. »Du willst doch nicht, dass mir etwas passiert, oder?«

Aase schüttelt ganz doll ihren Kopf, hält sich an seinem Arm fest und bettelt: »Kommst du jetzt wieder mit nach Hause, Malthe?«

»Das geht nicht, Aase. Mutter und Vater haben dir doch bestimmt erzählt, dass ich bei Freunden in der Stadt wohne und wir Dänemark helfen, dass die Deutschen wieder weggehen.«

»Und wie macht ihr das, Malthe?«

»Damit!«, antwortet der Bruder und zieht lächelnd ein dünnes Heftchen aus der Jackentasche. Er streicht Aase kurz mit der Hand übers Haar und drückt ihr das Heft in die Hand. »Das ist ein Roman, den hab ich für dich gemacht. Meine Freunde haben eine kleine Maschine, da kann man ganz viele solcher Romane und Zeitungen drucken.«

»Drucken? Wie geht das, Malthe?«

»Mit einer Matrize. Die kann man mit einer Schreibmaschine beschreiben, in unsere Maschine spannen und damit drucken. Und dann drucken wir viele, viele von diesen Heften, damit alle Dänen den Roman lesen können, wie du jetzt auch.«

»Und warum darf das keiner wissen? Nicht mal Mutter und Vater?«

»Weil die Deutschen es verboten haben!«

»Und deswegen wollen sie dich fangen?«

»Ja, und genau deshalb darfst du auch nichts sagen!«

Aases Augen werden schwer, die Gestalt ihres Bruders verschwimmt. Die Müdigkeit zieht sie hinab in einen Halbschlaf voller neuer Traumbilder. Sie kommt von der Baustelle, hat ihrem Vater das Abendessen gebracht. Er kann nicht nach Haus kommen, weil die Deutschen wollen, dass bis in die Nacht Beton gegossen wird. Aase und ihre Freundin Damaris radeln wie immer übermütig um die Wette. Wer ist als Erste wieder in der Siedlung! Die Mädchen sausen nebeneinander über den dämmrigen Waldweg, da weckt ein lautes Knacken im Unterholz ihre Neugier. In einiger Entfernung, im Schatten der Bäume, schleichen mehrere Gestalten auf einen hohen Maschendrahtzaun zu, hinter dem sich ein düsteres Gebäude vor dem violetten Licht der Dämmerung abzeichnet.

»Damaris, da drüben.« Aase stoppt ihr Rad und zeigt mit dem Finger. »Da sind Leute.«

»Polizisten«, flüstert Damaris, die ebenfalls angehalten hat. »Das ist die große Werkstatt, wo die vielen deutschen Autos reinfahren. Wir sollten lieber abhauen!«

»Lass uns gucken, was die da machen wollen.«

»Und wenn die uns sehen und es unseren Eltern sagen?«

»Die gehen zu dem Haus, die haben hinten keine Augen.«

Damaris ist es unheimlich, Aase findet es spannend. Sie geraten fast in einen Streit, als plötzlich laute Rufe in der Ferne zu hören sind. Der folgende Schuss lässt die Mädchen endgültig verstummen, der vibrierende Knall schallt bis in ihr Versteck.

»Ich fahr heim«, sagt Damaris mit zittriger Stimme. »Kommst du nun mit oder nicht?«

»Wir bleiben in unserem Versteck, bis die wieder weg sind!«

»Nein!«, sagt Damaris bestimmt, steigt auf ihr Fahrrad und fährt davon.

Im selben Moment ertönt ein zweiter Schuss. Aase drückt sich ängstlich ins Gras, traut sich nicht mehr, sich zu bewegen. Ein dritter Schuss fällt. Schritte brechen durchs Unterholz, der

Lichtstrahl einer Taschenlampe blitzt zwischen den Bäumen. Das Mädchen kriecht panisch flach auf dem Bauch hinter einen der Kiefernstämme. Die Person ist bereits nah, läuft aus Leibeskräften, sie kann den keuchenden Atem hören. Dann spürt sie einen Schmerz an der Wade. Jemand ist an ihrem Bein hängen geblieben und fällt mit einem lang gezogenen Stöhnen ins Gras. Aase schlägt das Herz bis zum Hals, aus dem Augenwinkel sieht sie eine blaue Uniform. Ein dänischer Hilfspolizist. Sie will die Hände vors Gesicht pressen, als sie die Stimme ihres Bruders erkennt.

»Aase! Was machst du hier?« Seine Stimme klingt wütend. »Bist du verrückt, die Deutschen sind gleich hier. Mach, dass du nach Haus kommst, sofort!«

»Kommst du nicht mit, Malthe?«

»Nein, ich muss schnell weg. Wenn du angehalten wirst, du hast mich nicht gesehen, verstanden. Und sei in drei Tagen am See bei der Siedlung, um 16.00 Uhr und allein, hast du verstanden!«

Aase nickt zaghaft. Malthe wartet ab, bis sie mit dem Fahrrad losfährt und läuft weiter in den Wald.

BEKANNTMACHUNG

Die jüngsten Ereignisse haben gezeigt, dass die dänischen Behörden nicht mehr in der Lage sind, Ruhe und Ordnung in Dänemark aufrechtzuerhalten. Die von feindlichen Agenten angezettelten Unruhen richten sich unmittelbar gegen die Deutsche Wehrmacht. Ich erkläre daher im Sinne der Artikel 42-56 der Haager Landkriegsordnung den *militärischen Ausnahmezustand* für ganz Dänemark. Mit sofortiger Wirkung ordne ich an:

1) Die Beamten und Angestellten der öffentlichen Behörden haben ihre Dienstgeschäfte loyal weiterzuführen. Sie haben

Weisungen der eingesetzten deutschen Aufsichtspersonen Folge zu leisten.

2) Zusammenrottungen – Ansammlungen von mehr als fünf Personen – in der Öffentlichkeit sind verboten, desgleichen alle Versammlungen, auch die nicht öffentlichen.
3) Die Polizeistunde wird auf Eintritt der Dunkelheit festgelegt. Mit diesem Zeitpunkt ist auch jeder Verkehr auf der Straße untersagt.
4) Jeder zivile Nachrichtenverkehr ist vorläufig verboten.
5) Jeder Streik ist verboten. Aufhetzung zum Streik zum Nachteil der Deutschen Wehrmacht ist Feindbegünstigung und wird in der Regel mit dem Tod bestraft.

Zuwiderhandlungen gegen vorstehende Bestimmungen werden von den deutschen Standgerichten abgeurteilt. Gegen Gewaltanwendung, Zusammenrottungen usw. wird rücksichtslos von der Waffe Gebrauch gemacht. Jedem Einwohner Dänemarks, der sich den auf völkerrechtlicher Grundlage beruhenden Kriegsanordnungen fügt, wird Unversehrtheit der Person und des Eigentums im Rahmen der Gesetze zugesichert.

Der Befehlshaber der deutschen Truppen in Dänemark

Die vollziehende Gewalt ist damit auf die deutsche Wehrmacht übergegangen. In Folge des militärischen Ausnahmezustands habe ich die Entwaffnung und Auflösung der dänischen Armee befohlen.

Ich habe Seiner Majestät dem König und Seiner Königlichen Hoheit dem Kronprinzen Mitteilung von der Verhängung des militärischen Ausnahmezustandes gemacht.

Ich bitte der Regierung mitzuteilen, dass ihre Befugnisse durch die Übernahme der vollziehenden Gewalt auf die Deutsche Wehrmacht beendet sind.

Ich erwarte, dass die Regierungsmitglieder sich jeder gegen das Deutsche Reich gerichteten Handlungen enthalten.

gez. Von Hanneken

»Endlich Freunde! Dänemark hat endlich NEIN zu den Deutschen gesagt«, ruft Holger Nan mit beschwörender Stimme in den Raum. Die Männer haben sich im hinteren Raum der Buchhandlung in Thisted versammelt und sitzen um einen Tisch herum. Holger Nan ist der Anführer von ›Widerstand Niels Ebbesen‹, kurz WNE. Die versammelte Schar, unter ihnen auch Malthe Stræde, hat sich gemeinsam diesen Namen ausgesucht. Niels Ebbesen ist als dänischer Wilhelm Tell bekannt geworden. Er hat 1340 den Grafen Gerhard von Holstein getötet und damit einen Wendepunkt in der dänischen Geschichte herbeigeführt.

Holger Nan ist die neue Autorität ihrer Sabotagegruppe. Er hat eine stattliche Figur und einen wallenden, blonden Vollbart, der dem ihres Namensgebers nicht ganz unähnlich ist. Seine Augen sind stetig in Bewegung und wechseln urplötzlich ihren Ausdruck. Seine Stimme ist in jedem Moment eindringlich und von überzeugender Kraft.

»Ich bin zutiefst davon überzeugt, dass unsere Aktionen mit zu diesem Sieg beigetragen haben. Wir haben ihn erzwungen, diesen Abbruch der Zusammenarbeit mit den Deutschen. In der Zeitung steht, Scavenius' Kabinett hat sein Entlassungsgesuch eingereicht und die Verwaltung den Beamten überlassen. Es ist natürlich klar, dass wir uns jetzt auf scharfe Reaktionen unserer Besatzer gefasst machen müssen. Sie sprechen bereits davon, wir Dänen hätten das Kriegsrecht zu befolgen. Aber ich frage euch, welches Kriegsrecht, wenn es offiziell gar keinen Krieg in Dänemark gibt?«

»Was ist deiner Meinung nach zu tun?«, fragt Malthe Stræde und schaut Holger Nan erwartungsvoll an.

»Das, was wir geplant haben! Oder seht ihr das anders?«

Die Männer in der Gruppe haben nicht viele Informationen über Holger Nan. Er ist erst vor zwei Monaten, auf eine verlässliche Empfehlung aus Kopenhagen hin, in die WNS-Gruppe aufgenommen worden. Nach einer Woche gegenseitigen Abtastens hatte er mit Nachdruck den Anspruch auf die Leitung ihrer Aktionen angemeldet. Malthe Stræde kennt nur Gerüchte über ihn. Er soll eine lange Ausbildung in England gemacht haben, und danach haben die Engländer ihn mit dem Fallschirm über Dänemark abgesetzt. Schon am ersten Tag, als er in ihre Gruppe kam, hatte er eine Tasche dabei, voll mit Zündschnüren, Sprengkapseln, verschiedenen Bomben und Sprengmaterial. Er hatte alles auf dem Tisch ausgebreitet und sofort mit dem Unterricht angefangen.

»Das ist ein Plastiksprengstoff vom Typ P 808, und in dieser Metallbüchse sind 1.250 Gramm feste, gelbe Masse. Das ist eine englische Thermitbrandbombe mit Bleistiftzünder.«

Alle Männer aus der Gruppe hatten Decknamen bekommen, gefälschte Papiere und Pistolen und waren in deren Gebrauch unterwiesen worden.

»Unsere letzte Aktion auf dem Fabriksgelände für Rundfunkgeräte ist leider fehlgeschlagen«, fährt Holger Nan fort, nachdem aus der Gruppe kein Widerwort zu der bisherigen Taktik gekommen ist. »Wir wissen, dass der Direktor Nazi ist. Der produziert weiterhin ungehindert Störsender und Rundfunkzubehör für die Deutsche Wehrmacht. Ich bin unseren alten Plan noch einmal genau durchgegangen und hab die Schwachstellen ausgemerzt. Wenn ihr euch alle akribisch an meine Instruktionen haltet, werden wir die Sache diesmal auch hinbekommen, das verspreche ich euch!«

Malthe Stræde wird jedesmal unruhig, bevor eine Aktion endlich beginnen kann. Er spürt seinen verspannten Nacken, das Herz schlägt schneller, im Blut ist bereits Adrenalin ausgeschüttet, aber der Körper ist noch nicht in Bewegung.

Sabotage ist kein Terror, versucht er sich innerlich zu rechtfertigen, auch wenn die Deutschen uns als Terroristen brandmarken.

Doch manchmal mischt sich ein Zweifel in seine Entschlossenheit. Einige langjährige Mitglieder haben die Gruppe nach dem Eintritt von Holger Nan verlassen, beharrten vehement auf dem fünften Gebot: Du sollst nicht töten. Malthe findet es qualvoll, sich immer wieder mit den Grundsatzfragen des Daseins herumschlagen zu müssen.

Nur die Schwachen brauchen Gesetze. Danach können sie sich richten. Man erklärt sie ihnen, muss ihnen bei Befolgung Belohnung versprechen oder bei Nichtbefolgung Strafe androhen, damit sie nicht ziellos durchs Leben irren. Aber der Starke braucht das nicht. Er kann sich seine Gesetze selbst geben, und er muss es sogar, wenn er sich die Situation in Dänemark ansieht.

Ich entscheide über meine Handlungen. Ich trage auch die Folgen, denkt er. Ihm kommt der fehlgeschlagene Einsatz vor zwei Wochen in den Kopf. Er sieht sich in Polizeiuniform vor der Eingangstür der Fabrik stehen und klingeln. Doch anstatt, dass ihm geöffnet wird, geht im ersten Stock ein Fenster auf.

»Was wollen Sie?«, fragt eine Stimme schroff.

Der Lichtstrahl einer Lampe richtet sich auf ihn.

»Die Verdunklung muss inspiziert werden!«, ruft er hinauf. »Lassen Sie mich rein!«

»Von welchem Polizeirevier sind Sie denn? Sagen Sie mir Ihren Namen und die Dienstnummer!«

»Dazu haben Sie kein Recht!«

»Sie bleiben da unten stehen, sonst ziele ich mit meiner Pistole auf Sie.«

Die Waffe in der Hand des Wachmannes richtet sich auf ihn, er dreht sich um und beginnt in Todesangst zum Fabriktor zu rennen. Ein Knall lässt ihn zusammenschrecken. Holger Nan hat mit der flachen Hand auf den Tisch geschlagen. »Jetzt habe ich genug geredet, Männer«, sagt er. »Lasst es uns hinter uns bringen. Die neue Taktik heißt: Frontalangriff!«

Eine halbe Stunde später gehen vier Schützen der Deckungsgruppe vor der Fensterfront der Fabrik in Stellung. Gleichzeitig rückt Malthe mit einem zweiten Mann bis zur Backsteinmauer vor. Holger Nan gibt das Signal. Schüsse prasseln, das Glas der Scheiben zersplittert.

»Wenn jemand drinnen ist, hat er genau drei Minuten, um zu verschwinden!«, brüllt Malthe aus Leibeskräften, danach werfen sie kleine Brandbomben durch die zerborstenen Fenster. Die Lunte brennt drei bis vier Minuten. Als der Feuerschein das Innere des Gebäudes erhellt, folgen zwei Sprengbomben mit jeweils zehn Kilogramm TNT. Die Sabotagegruppe tritt blitzartig den Rückzug an. Die Männer verlassen gerade das Gelände, als eine riesige Detonation die Luft zum Erzittern bringt und das Gebäude kurz danach lichterloh in Flammen aufgeht.

»Bei folgerichtiger Durchführung des neuen Kurses in Dänemark muss nach meiner Auffassung auch eine Lösung der Judenfrage und der Freimaurerfrage in Dänemark ins Auge gefasst werden.

Die hierfür erforderlichen Maßnahmen müssten noch während des gegenwärtigen Ausnahmezustandes getroffen werden, weil sie in einem späteren Stadium Reaktionen im Lande hervorrufen würden, die zur erneuten Verhängung des allgemeinen Ausnahmezustandes unter wahrscheinlich ungünstigeren Verhältnissen als heute führen würden. Insbesondere würde, wie ich aus zahlreichen Informationen weiß, eine etwa bestehende verfassungsmäßige Regierung zurücktreten, ebenso würden der König und der Reichstag ihre weitere Mitwirkung an der Regierung des Landes einstellen. Außerdem wäre wohl mit einem Generalstreik zu rechnen, weil auf Grund dieser Maßnahmen die Gewerkschaften ihre Tätigkeit und damit ihre mäßigende Beeinflussung der Arbeiter einstellen würden. – Werden die Maßnahmen während des jetzigen Ausnahmezustandes getroffen, so besteht allerdings die Möglichkeit, dass eine verfassungsmäßige Regierung nicht mehr gebildet werden kann, so dass ein Verwaltungsausschuss unter meiner Leitung gebildet und Rechtsetzung von mir im Verordnungswege ausgeübt werden müsste. – Um etwa 6.000 Juden (einschließlich der Frauen und Kinder) schlagartig festzunehmen und abzutransportieren, wären die von mir in meinem Telegramm Nr. 1.001 vom 1.9.1943 angeforderten Polizeikräfte erforderlich, die fast ausschließlich in Groß-Kopenhagen, wo die weitaus meisten hiesigen Juden leben, eingesetzt werden müssten. Ergänzende Kräfte müssten vom Befehlshaber der deutschen Truppen in Dänemark gestellt werden. Zum Abtransport kämen in erster Linie Schiffe in Frage, die rechtzeitig hierher beordert werden müssten.«

Reichsbevollmächtigter, SS-Obergruppenführer, Dr. Werner Best
Telegramm Nr. 1.032 vom 8. September 1943 an Ribbentrop

Im Banne des Mythos

Alle Mitarbeiter, die zur heutigen Konferenz ins Büro des Chefredakteurs gekommen sind, spüren auf Anhieb: Think Big hat schlechte Laune. Das typische Warnsignal für seinen erhöhten Blutdruck, der rote Kopf, ist nicht zu übersehen. Dazu steht unübersehbar wieder fetter Krabbensalat mit Majo auf seinem Schreibtisch, und auch das strikte Rauchverbot in den Räumen hat er vor einem Monat klammheimlich wieder aufgehoben, ohne dass Theodor Bigdowski darüber auch nur ein Wörtchen verloren hat. Mit dem plötzlichen Abbruch seines Gesundheitsprogramms ist auch seine alte Übellaunigkeit zurückgekehrt. Daher herrscht bereits gedrückte Stimmung, noch bevor alle Mitarbeiter und Mitarbeiterinnen im Halbkreis um den Schreibtisch des Chefs Platz genommen haben. Maria Teske hat ihre Anwesenheit bis zum letzten Moment hinausgezögert. Sie ahnt nichts Gutes, bekommt die Wucht seiner Erwartungen als Erste zu spüren.

»Der Mordfall Hoyerswort«, eröffnet Think Big selbstgefällig die alltägliche Themenparade. »Wie geht die Story weiter? Wann darf ich mit dem nächsten Artikel rechnen, Maria? Ich hoffe, er ist nicht schon tot wie unser Ermordeter. Kleiner Scherz!«

Think Big lehnt sich lässig in seinem Drehstuhl zurück und lässt seinen Blick missmutig über die Runde schweifen.

»Du hast es mal wieder auf den Punkt gebracht, Theodor!«, verkündet die Journalistin und nimmt der Attacke den Wind aus den Segeln. »Es gibt momentan nichts, worüber sich zu schreiben lohnt. Keine Neuigkeiten von der Husumer Kripo, und sonst läuft auch nichts. Die Eltern des Ermordeten geben kein Interview. Der Großvater Heinrich Kreuzhausen hat mich von seinem Grundstück jagen lassen. Er will mit der Schweinepresse nichts zu tun haben, hat er ausrichten lassen.«

»Kein Grund für eine gute Journalistin, sich nicht eine Story zurechtzubasteln«, knurrt Bigdowski. »Ein Mord auf einem Schloss! In so einem Ambiente ist die Dramatik vorprogrammiert. Ich erwarte einen Vorschlag, verstanden?«

»Ich hätte da was ... nicht unproblematisch ... aber du ... du hast mir selbst erzählt, du hättest den Senior vom alten Kreuzhausen interviewt. Ich denke, die Familiengeschichte Kreuzhausen bietet genügend Stoff für eine Story. Sie sind angesehene Persönlichkeiten in dieser Region. Wie wäre es mit einer Art Homestory. Das hält unsere Leser solange bei der Stange, bis es wieder nennenswerte Neuigkeiten in unserem Mordfall gibt.«

»Und wie willst du das hinkriegen, wenn keiner mit dir reden will?«

»Ich trage alles zusammen, was ich in den Archiven über die Kreuzhausens finde. Ich kann ja auf dein Interview zurückgreifen, und da wird es doch noch mehr geben, oder?«

»Einen Versuch ist das wert«, sagt Bigdowski leise, als würde er mit sich selbst sprechen. Und während seine Mimik sich aufhellt, schiebt er ein »Überzeugt!« hinterher. »Mach das, Maria, und halt dich ran, Hoyerswort ist das aktuellste Thema, das wir zurzeit haben.«

Die Journalistin ist einen Moment richtiggehend perplex. Dass ihre vagen Andeutungen auf solche Zustimmung stoßen würden, damit hat sie nicht gerechnet. Sie fühlt sich, als wenn der alte Fuchs sie durchschaut hat und weiß, dass sie in ihrer eigenen Familiengeschichte recherchiert hat und über die Kreuzhausens bereits bestens informiert ist. Während die Themenkonferenz im Hintergrund weiterbrabbelt, hat Maria Teske sich gedanklich ausgeklinkt, sitzt weit entfernt im Lesesaal des Landesarchivs Schleswig-Holstein, blättert sich durch alte Bücher und stutzt, als ihr das Reichsgesetzblatt zur Verhütung erbkranken Nachwuchses aus dem Jahre 1933 ins Auge springt:

Die Reichsregierung hat das folgende Gesetz beschlossen, das hiermit verkündet wird:

§ 1

(1) Wer erbkrank ist, kann durch chirurgischen Eingriff unfruchtbar gemacht (sterilisiert) werden, wenn nach den Erfahrungen der ärztlichen Wissenschaft mit großer Wahrscheinlichkeit zu erwarten ist, daß seine Nachkommen an schweren körperlichen oder geistigen Erbschäden leiden werden.

(2) Erbkrank im Sinne dieses Gesetzes ist, wer an einer der folgenden Krankheiten leidet: angeborenem Schwachsinn, Schizophrenie, zirkulärem (manisch-depressivem) Irresein, erblicher Fallsucht, erblichem Veitstanz (Huntington'sche Chorea), erblicher Blindheit, erblicher Taubheit, schwerer erblicher körperlicher Missbildung.

(3) Ferner kann unfruchtbar gemacht werden, wer an schwerem Alkoholismus leidet.

§ 18

Dieses Gesetz tritt am 1. Januar 1934 in Kraft.

(2) Berlin, den 14. Juli 1933

Der Reichskanzler Adolf Hitler
Der Reichsminister des Innern Frick
Der Reichsminister der Justiz Dr. Gürtner

Der Klumpfuß von Ludwig Dullweber hat sie bis ins Landesarchiv gebracht, sie will alles über die Kastrationspraktiken des NS-Staates wissen. Dieser Wunsch war sofort nach dem Gespräch mit ihrer Mutter geweckt worden, noch bevor sie den Nachlass ihrer Großtante durchgesehen hatte, all die verstaubten Kartons in Hertha Dullwebers Wohnung. Dass sie darin das streng gehütete Familiengeheimnis der Familie Teske entdecken würde, wäre der Journalistin zum damaligen Zeitpunkt nicht im Traum eingefallen.

»Großonkel Ludwig … der war doch Omas Bruder«, fragt sie aufgebracht ihre Mutter. »Wieso hat man seine Person bis heute in unserer Familie verschwiegen?«

»Das waren andere Zeiten, Maria! Wir beide können uns nicht vorstellen, wie es unter den Nazis zugegangen ist. Ich bin schließlich selbst erst nach dem Krieg geboren. Mein Vater hat so gut wie nie über die Vergangenheit gesprochen. Das Wenige, was ich von damals weiß, habe ich nur nach und nach von meiner Mutter erfahren.«

»Aber ihr Bruder war verheiratet, hatte ein Kind. Es war erst neun Jahre alt, da sind beide gestorben, am selben Tag. Da ist doch etwas Schreckliches passiert? Das musst du doch gewusst haben?«

»Du wolltest nie etwas über deine Großeltern wissen, hast nie gefragt!«

»Ich kannte sie ja auch kaum. Ich weiß noch, dass Opa aus Dänemark kam. Aber wie haben Oma und er sich denn kennengelernt?«

»Das willst du alles wissen? Mal sehen, ob ich das noch zusammen bekomme. Also gut … Opa ist im Sommer 1940 nach Deutschland gekommen, um zu arbeiten. Hitlerdeutschland fehlten Arbeitskräfte. Das hat Oma mir erzählt, als ich selbst noch ein junges Mädchen war. Es fehlten Arbeiter, weil die deutschen Männer für den Krieg gebraucht wurden. Gleich nach der Besetzung Dänemarks hat man dänische Arbeitslose angeworben. Dein Opa war unter den ersten Freiwilligen, die nach Schleswig-Holstein gekommen sind. Die Dänen haben in Nordhusum auf dem Flugplatz Schauendahl Pisten gebaut und Schutzwälle aufgeschüttet. Opa hat es aber nicht gefallen, hier in Deutschland. Er hat über die Hungerernährung in Deutschland geschimpft, als er deine Oma kennengelernt hat, beim Schwof in Hensens Garten in der Nordbahnhofsstraße. Wenn Oma nicht immer wieder mit Jørgen getanzt hätte, wäre er bestimmt wieder nach Dänemark zurück, hat Oma immer gesagt, dann hätten wir nie geheiratet, und dich, Elisabeth, hätte es nie gegeben.«

»Oma und Opa haben erst nach dem Krieg geheiratet, Großonkel Ludwig aber im November 1934 oder?«

»Das wird schon stimmen, so genau weiß ich das nicht mehr.«

»Hertha hat mir ihre Hochzeitsurkunde gezeigt, als ich mit ihr gesprochen hab, für die Zeitung. Das Kind ist im April 1935 geboren. Sie mussten heiraten oder?«

»Dein Großonkel durfte erst heiraten, nachdem er sterilisiert war, wegen seinem Klumpfuß. Deswegen haben die beiden heimlich beschlossen, erst ein Kind zu zeugen, bevor er sich sterilisieren ließ.«

»Was? Er musste sich sterilisieren lassen?«

»Das waren die Gesetze der Nazis.«

»Und deswegen wurde er in der Familie totgeschwiegen?«

»Nein, deswegen nicht. Deine Urgroßeltern waren Kommunisten, die waren wütend, dass dein Großonkel in eine Nazifamilie einheiratet.«

»Ich glaube, ich versteh überhaupt nichts mehr. Das hört sich alles völlig verzwickt an!«

»Ich habe dir gleich gesagt, das ist heute alles schwer zu verstehen, Maria.«

»Und warum sind mein Großonkel und sein Kind am gleichen Tag gestorben?«

»Das ist bei einem Luftangriff passiert. Die Engländer haben regelmäßig den Flugplatz Schauendahl angegriffen, nur wenige Kilometer vom Stadtzentrum entfernt. Eine verirrte Bombe ist in der Neustadt eingeschlagen, direkt in das Haus deines Großonkels. Deine Großtante war in einem Luftschutzkeller, mehr weiß ich auch nicht.«

»Aber das … das würde bedeuten … ich meine, dann … dann hat Opa an dem Flugplatz mitgebaut, der beim Angriff meinem Großonkel das Leben gekostet hat?«

»Es waren schreckliche Zeiten, Maria.«

»Und über schreckliche Zeiten wird in unserer Familie nicht gesprochen?«

»Du hast nie gefragt, nach den schrecklichen Zeiten, mein Kind.«

Sie hat genau meinen Nerv getroffen, meine Mutter, muss Maria Teske sich eingestehen. Für die Zeitung frage ich ununterbrochen, in meiner Familie habe ich die Klappe gehalten.

Sie atmet tief durch, und im selben Moment erklärt Think Big die Themenkonferenz für beendet. Die Journalistin hat keinen blassen Schimmer, was sonst noch beschlossen wurde. Sie schlendert zu ihrem Schreibtisch hinüber und überfliegt ihre Notizen, die sie vor der Konferenz bei ihrer Internetrecherche gemacht hat.

Vielleicht bin ich nur Journalistin geworden, weil ich einen Nachholbedarf im Nachfragen habe, grübelt sie und muss zugeben, dass ihre ganze Entrüstung über das Familiengeheimnis erst angefangen hat, als der Name Kreuzhausen in diesem Zusammenhang aufgetaucht ist. Erst als sie im Nachlass ihrer Großtante ein Handbuch der Deutschen Rechtswissenschaften aus dem Jahre 1937 ans Tageslicht befördert hatte und ihr eine mögliche Zeitungsstory in den Sinn gekommen war, begann auch der Ärger auf ihre Mutter. Sie fand die ganze Geschichte ungeheuerlich, und alles hatte plötzlich mit ihrer Familie zu tun. Dieses Handbuch zum Beispiel, in dem ein gewisser Ferdinand Kreuzhausen dem Führer Adolf Hitler eine fast göttliche Unfehlbarkeit zuerkannte. Wortwörtlich stand da geschrieben:

»Was der Führer von Gemeinschaft wegen als richtig oder umgekehrt als sittenwidrig und daher als Recht oder Unrecht bezeichnet, das ist es, ohne dass es eines formellen Rechts bedarf. Ein derartiges feierliches Zum-Ausdruckbringen des Volksgewissens, insbesondere des Rechtsgewissens des Volkes, lässt sich meines Erachtens am besten als Führerbefehl bezeichnen. Das bedeutet aber nicht, dass das Volk den Führer in irgendeiner Form konkret zur Verantwortung ziehen könnte.«

Die Journalistin hatte sich bei der Lektüre des Textes an ihr Gespräch mit Think Big erinnert, der den Vater von Heinrich Kreuzhausen interviewt haben wollte. Ihre spontane Vermutung, dass dieser Vater und Ferdinand Kreuzhausen vielleicht ein und dieselbe Person sind, bestätigte sich nach ein paar Recherchen im Landesarchiv. Ferdinand Kreuzhausen war Rechtsanwalt, Weltkriegsoffizier und Spross eines Eiderstedter Großgrundbesitzergeschlechts gewesen. Sein Standesbewusstsein und seine Weltgewandtheit prädestinierten ihn für eine schnelle Karriere in der NSDAP. Nach der Machtübernahme wurde er zum Kreisleiter ernannt, dann zum Landrat von Eiderstedt, ab 1938 zum Regierungspräsidenten. Nach seinem Tod im Jahre 1959 erbte sein Sohn Heinrich Kreuzhausen das Herrenhaus von Hoyerswort. Maria Teske war sich sofort sicher gewesen, dass das für eine Story reichen würde, wenn sie den heutigen Mord irgendwie mit der Vergangenheit verknüpfen könnte, und wenn … ja, wenn der Chefredakteur mitziehen würde.

Und er zieht wirklich mit, denkt sie innerlich jubelnd und lässt die letzten Tage noch einmal Revue passieren, in denen Scham, Angst und Entschlossenheit, der Sache auf den Grund zu gehen, sich die Waage gehalten hatten. Das ist eine gute Gelegenheit, meinem verwirrten Zustand durch eine distanzierte Sichtweise näher zu kommen, indem ich aus dem Geheimnis eine Story für die Zeitung mache. Dann kann ich noch einmal genauer begreifen, auf welche Weise meine Familie und diese Kreuzhausens miteinander verbunden sind.

*

Hauptkommissar Swensen steht im Schatten der knubbeligen Linden, die sich entlang der grasbewachsenen Steinmauer des Totengangs reihen. Nur mit Mühe kann er seine Unruhe bändigen, tritt nervös von einem Bein auf das andere.

Polizeiarbeit besteht zum größten Teil aus warten, warten und nochmals warten, denkt er ungehalten und erhält prompt die Widerworte seines Meister Rhinto Rinpoche, der wie selbstverständlich, ohne dass er darum gebeten hat, zu ihm spricht.

»Geduld ist etwas Heldenhaftes, darum übe dich jeden Tag geduldig in Achtsamkeit. Geduld ist der Ausgangspunkt, damit du tief in dir erkennst, dass du nichts zu verlieren hast. Wenn du nicht zum persönlichen Nutzen deines Egos nach Erleuchtung suchst, hast du auch kein Verlangen, einen Zaun um deinen Garten zu errichten. Dein bestellter Garten wird zum Niemandsland, der für jedermann zugänglich ist. Er öffnet sich zum Land des Strahlens, dem Prabhakari-Bhumi. Es ist die Geduld, durch die der Bodhisattva die Einsicht in die Vergänglichkeit des Daseins gewinnt.«

Swensen schaut über die Mauer auf die Gräber des Friedhofsgeländes. Selbst der letzte Weg zur Vergänglichkeit ist nicht vor Polizeiarbeit geschützt. An mehreren Ecken haben sich bereits Kollegen von der K1 aus Flensburg hinter Büschen und Bäumen positioniert, nur die Husumer Kripobeamten sind nirgendwo zu sehen. Swensen überlegt, ob er Silvia oder Stephan anrufen soll, verwirft den Impuls aber gleich wieder. Seine Geduld ist auf eine harte Probe gestellt, noch knappe 20 Minuten, bevor es losgehen soll.

Alles ist nur die Interpretation deiner eigenen Sichtweise, müsste der Meister jetzt eigentlich sagen, denkt der Kriminalist. Doch der Meister schweigt. So liefert er sich selbst die passende Antwort: Nur weil du besonders früh an Ort und Stelle bist, sind die anderen nicht unpünktlich.

Ein Motorengeräusch lässt ihn hoffen. Ein blauer GM biegt in den Totengang. Das sind nicht die Kollegen. Es gibt kaum Parkplätze in der Gasse, aber die junge Frau am Steuer manövriert den Wagen gekonnt in die erstbeste Lücke. Dann steigt sie zusammen mit einer älteren Frau aus dem Fahrzeug. Beide sind schwarz gekleidet. Swensens Blick verfolgt die auffällig durchtrainierte Gestalt der Jüngeren, die Jeans und ein langärmliges Top trägt. Die Ältere hat eisengraue Haare, ihr knielanges Kleid ist schlicht geschnitten. Die beiden holen zwei Blumengestecke aus dem Kofferraum und gehen weiter zum Haupteingang des Friedhofs. Ein Blick zum Nummernschild zeigt ihm, dass sie Däninnen sind. Der Kriminalist sieht ihnen hinterher, bis sie sich in die Schar der Trauergäste einreihen. Er entdeckt Oberkommissar Mielke und Hauptkommissarin Haman, winkt und eilt zu ihnen hinüber. Gemeinsam marschieren sie über den Sandweg zur Kapelle. Als sie ankommen, sind die Türen für die Trauerfeier bereits geschlossen. Gedämpfte Orgelmusik dringt nach draußen. Jetzt heißt es erst einmal wieder warten.

In den letzten Tagen hat der Hauptkommissar für sich festgestellt, dass seine Lebensgeschichte einige Parallelen mit der des Mordopfers Eschenberg aufweist. Der Mann war noch sehr jung von Zuhause abgehauen, weit weg, bis nach Hawaii, nur um zu surfen. Er selbst hatte sich in dem Alter wahrscheinlich ähnlich gefühlt, hatte die biedere, gediegene Atmosphäre der Kleinstadt Husum gehasst. Er wollte nur weg, ging nach Hamburg, um Philosophie zu studieren, und landete mitten in der Studentenbewegung. Unter den Talaren der Mief von 1.000 Jahren. Philosophen haben die Welt nur verschieden interpretiert, es kommt darauf an, sie zu verändern. Große Worte, zu groß für einen Kleinstädter. On the road again! In die Schweiz, das Schweigen erlernen in einem buddhistischen Kloster.

Der junge Eschenberg dürfte vergleichbare Gefühle gehabt haben, nur um einiges dramatischer. Er hatte alle Wurzeln zum

Elternhaus gnadenlos gekappt. Das macht die Ermittlungen in diesem Mordfall besonders schwierig, grübelt der Hauptkommissar. Mutter und Vater können über sein bisheriges Leben so gut wie gar nichts sagen, wussten über Jahre nicht, auf welchem Flecken der Welt sich ihr Sprössling gerade aufhält. Die enge Beziehung, die der Großvater zu seinem Enkel gehabt haben soll, hat dieser, trotz häufiger Geldzuwendungen, wohl nie wirklich erwidert. In Oleander Eschenbergs Welt lassen sich keine Schnittstellen zu seiner Familie aufspüren. Die Tatwaffe bleibt ambivalent. Eigentlich deutet sie auf eine Beziehungstat im engsten Familienkreis – doch dort gibt es keine Beziehungen. SOKO Hai tritt auf der Stelle. Selbst wenn wir alle seine Freunde ausfindig machen, wir können nicht in der Weltgeschichte herumfahren, um sie zu befragen. Es sei denn, sie geben ihm die letzte Ehre, und wir treffen sie hier alle an.

So ist es geplant, an diesem Tag möchte Jean-Claude Colditz das Blatt wenden. Alle Beamten richten ihre Augen auf das heutige Beerdigungszeremoniell. Der Chef der SOKO hofft auf Ergebnisse bei dieser Trauerfeier, glaubt, unter den Gästen unbekannt gebliebene Zeugen zu entdecken. Es muss sie doch geben, Menschen, die Eschenberg näher gekannt haben.

Die Worte der Trauerrede, die in der Kapelle gesprochen werden, kann Swensen nur als monotones Gemurmel wahrnehmen. Silvia und Stephan stehen weiter abseits unter einem Baum und flüstern miteinander. Der Hauptkommissar spürt die warme Sonne, schließt genussvoll die Augen und betritt sein Gedankenkino, um die Wartezeit zu verkürzen. Er reist nach Eckernförde, zum Bundeswehrstandort der Marinetaucher. Den Satz »Das halte ich für unnütz!« im Gepäck. Niemand in der SOKO ist der Meinung, dass der ehemalige Wirkungsbereich von Fregattenkapitän Kreuzhausen im Zusammenhang mit dem Mordfall steht. Aber Troja wurde auch nur entdeckt, weil Schliemann an der Stelle gegraben hat, die er in Homers Ilias gefunden hatte. Und Froschmänner benutzen nun einmal Harpunen, so simpel ist das.

»Froschmänner? Sie meinen sicherlich die ›Verwendungsreihe 3.402‹, Herr Hauptkommissar. So nennt man hier bei uns die Kampfschwimmerkompanie«, berichtigt Korvettenkapitän Peter Degenhardt, nachdem sich Swensen nach Froschmännern erkundigt hat.

»Werden in der Truppe Gas- oder Druckluft-Harpunen verwendet?« Der Kriminalist erntet erneut ein süffisantes Lächeln, was sein bereits vorhandenes Gefühl von Unwissenheit noch vertieft.

»Harpunen? Meine Männer sind keine Sporttaucher, wir sind Elitesoldaten! Seit 1976 verwenden wir für den Unterwasserkampf unsere HK P11. Das ist eine Gasdruckwaffe, die zwölf Zentimeter lange Pfeile verschießt. Das Besondere dieser Waffe ist die Bündelung von fünf Läufen. Dadurch können fünf Pfeile nacheinander abgeschossen werden.«

»Wegen solcher Pfeile bin ich gekommen, die Spurensicherung braucht Vergleichspfeile. Ich würde gern einen davon mitnehmen.«

Die Augen des Offiziers bleiben kalt und stechend. Der Hauptkommissar spürt eine Ablehnung, die sich nicht allein auf seinen Wunsch zu beziehen scheint. Er hat vielmehr den Eindruck, es gehe um seine Person, dass er eben nur Zivilist ist und kein Militärangehöriger.

»Das kann ich nicht entscheiden, Herr Hauptkommissar, das wird auf dem Dienstweg beschieden. Ihre Behörde muss in der Sache einen Antrag beim Verteidigungsministerium stellen.«

»Muss ich auch einen Antrag stellen, wenn ich Sie nach dem Wirkungsbereich von Fregattenkapitän Kreuzhausen befragen möchte?«

»Der Herr Fregattenkapitän ist schon seit Jahren nicht mehr

Kommandeur unserer Einheit, was sollte es da noch für Fragen geben?«

»Ob Sie ihn noch persönlich gekannt haben, zum Beispiel?«

»Aber ja, ich gehöre zum alten Inventar des Standorts.«

»Dann wissen Sie sicher, ob es zu Zeiten des Herrn Fregattenkapitäns irgendwelchen Ärger um seine Person gegeben hat. Hat er sich Feinde gemacht? Gab es Personen, die auf ihn nicht besonders gut zu sprechen waren?«

»Der Feind ist nicht unseresgleichen, der Feind gefährdet die Sicherheit Deutschlands. Hier gibt es Meinungsverschiedenheiten, und die regeln wir unter uns. Kameraden sind keine Feinde.«

»Gab es Meinungsverschiedenheiten, besonders in Bezug auf den Fregattenkapitän Kreuzhausen?«

»Herr Fregattenkapitän ist ein verdienter Offizier, ein alter Kämpfer. Er hat unter Adenauer die Bundeswehr neu aufgebaut, da spielen Lappalien keine Rolle.«

»Ich sorge auch für die Sicherheit in Deutschland, Herr Korvettenkapitän. Ich mache es auf meine Art, indem ich Fragen stelle. Was sind für Sie Meinungsverschiedenheiten? Ich brauche eine Auskunft, die ein normaler Kriminalbeamter mit nach Hause nehmen kann. Und bedenken Sie, es geht dabei um einen Mordfall. Der Enkel von Herrn Kreuzhausen ist ermordet worden!«

Swensen sucht den Augenkontakt. Der Fregattenkapitän lächelt, es ist nicht ersichtlich, ob es freundlich oder ironisch gemeint ist.

»Es gab eine Art Skandal, eine kleine Sache, nicht der Rede wert. Aber die Polizei will anscheinend selbst Banalitäten wissen.«

Swensen nickt. Langes Schweigen.

»Eine Lappalie, wie gesagt, kurz bevor der Herr Fregattenkapitän seinen Dienst in der Truppe quittierte. Er hat auf einer Feier im Offizierskasino, natürlich nur im privaten Rahmen, vom ›Jüdischen Aussaugesystem‹ gesprochen. Das ist irgendwie an die Öffentlichkeit geraten, und die Gazetten haben versucht, ihm einen Strick daraus zu drehen.«

»Aber diese angebliche Lappalie muss doch der Presse gesteckt worden sein. Das dürfte doch reichen, um von Feindschaft in den eigenen Reihen zu sprechen.«

»Das ist übertrieben! Das war irgendein Kameradenschwein, so was kommt vor! Aber wer es gewesen ist, ist nie herausgekommen! Liegt auch schon 20 Jahre zurück, das ist Schnee von gestern, Herr Hauptkommissar.«

»Die Seele ist ein Lebensgeist und wohnt im Blut. Seele bedeutet Rasse von innen gesehen.« Originalsätze des Heinrich Kreuzhausen. Swensen hat sie nach seinem Besuch bei der Bundeswehr in den Presseberichten gefunden, die im Zusammenhang mit der Aussage vom ›Jüdischen Aussaugesystem‹ erschienen waren. Eindeutig nationalsozialistisches Gedankengut. »Der Sinn, dass unsere Toten des Weltkriegs nicht umsonst gefallen sind, kann nur in einer geistigen Wiedergeburt Deutschlands liegen.«

Das Geräusch von Schritten holt den Hauptkommissar zurück. Er schlägt die Augen auf und sieht über den Friedhof. Direkt im Blickfeld, auf der Familiengruft der Kreuzhausens, steht ein aufragender Obelisk. Die Schritte gehören zu der Journalistin Maria Teske, die auf genau diese Ruhestätte zumarschiert. Sie hat einen Fotografen im Schlepptau, und das Zeitungspärchen duckt sich in den Schatten einer mächtigen Eiche. Während die Journalistin telefoniert, sucht der Fotograf offensichtlich nach einer Position, um möglichst unauffällig fotografieren zu können. Swensen beschließt, sich über die Aktivitäten der Presse zu informieren und schleicht sich vorsichtig an. Als Maria Teske das Handy in ihre Jackentasche zurücksteckt, steht der Hauptkommissar bereits neben ihr.

»Sind Sie eigentlich gegen Pietät resistent oder gehört es zu Ihrem Berufsethos, Angehörigen einer Trauerfeier auf die Pelle zu rücken?« Swensen ist um einen beiläufigen Ton bemüht, damit Platz für die eigene Einsicht bleibt. Doch er hat keinen Erfolg. Die Augen der Journalistin funkeln ihn zornig an, und in ihrer Stimme schwingt nicht der Hauch von Reue mit.

»Es gibt Menschen, denen muss man auf die Pelle rücken!«

»Muss ich das jetzt verstehen, Frau Teske?«

»Sie kennen die Familie Kreuzhausen nicht!«

»Da muss ich Sie leider enttäuschen!«

»Die Hintergründe der Familie Kreuzhausen meine ich, nicht die Fassade! Es ist nicht alles Gold, was glänzt. An manchen Stellen schimmert es dunkelbraun durch. Ich brauche nur ein paar aktuelle Bildchen, dann bin ich schon wieder weg.«

»Darf ich Ihre Andeutungen auch verstehen? Zum Beispiel, was Sie mit ›dunkelbraun‹ meinen?«

»Die Nazivergangenheit! Ich meine die Nazivergangenheit vom alten Kreuzhausen!«

»Das hört sich interessant an. Geben Sie der Polizei von Husum einen kurzen Einblick in Ihr Wissen?«

»Verstehe, jetzt heißt die Parole plötzlich: Die Presse, dein Freund und Helfer?«

»Ich ermittle in einem Mordfall, das wissen Sie doch!«

»Ich bin aber nicht wegen diesem Mordfall hier.«

»Ach nein! Weswegen denn dann?«

»Es geht um ein persönliches Ding!«

»Persönliche Dinge sind mir immer suspekt, Frau Teske. Das macht mich nur noch neugieriger. Also, ein paar aufklärende Sätze wären jetzt schon angebracht.«

»Was ist mit der Pressefreiheit?«

»Ich denke, es geht um Ihr persönliches Ding? Was denn nun?

Außerdem gibt es in einem Mordfall keine persönlichen Dinge. Was ist jetzt mit dieser Nazivergangenheit, Frau Teske?«

»Sie können meine Recherchen gerne durchsehen, aber erst wenn mein Artikel erschienen ist. Ein kleines Schmankerl kann ich Ihnen allerdings schon geben. Eine bemerkenswerte Rede von Ferdinand Kreuzhausen, der Senior hat sie in den 20er Jahren vor Bauern in Itzehoe gehalten. Frisch aus dem Landesarchiv, vor zwei Tagen entdeckt. Und zufälliger Weise hab ich eine Kopie dabei.«

Die Journalistin zieht ein zusammengefaltetes Blatt Papier aus der Jackentasche und drückt es dem Hauptkommissar in die Hand.

Die Kirchenglocken setzen ein. Der Trauerzug ist zur Familiengruft unterwegs. Swensen steckt das Papier ein, verschwindet mit einem kurzen Kopfnicken und eilt auf seinen festgelegten Posten. Die Position ist günstig gewählt, er hat einen Überblick aufs Gelände und die Menschen, die sich langsam um das offene Grab versammeln. Außerhalb des engsten Familienkreises stehen die dänischen Frauen aus dem Totengang. In ihrem Umfeld haben sich noch andere Personen eingefunden, die dem Hauptkommissar ebenfalls unbekannt sind. Besonders eine Asiatin mit langen schwarzen Haaren sticht ihm sofort ins Auge, er schätzt ihre Herkunft auf Japan oder Korea. Daneben steht eine Gruppe muskulöser Männer, die er allesamt der Surfer-Szene zuordnet.

Vielleicht fischen wir bei denen diesen Kilian heraus, denkt er angespannt und verfolgt die letzten Worte des Pastors, bevor der Sarg herabgelassen wird. Gerda Eschenberg laufen die Tränen über die Wangen. Sie und ihr Ehemann haben Heinrich Kreuzhausen in ihre Mitte genommen und stützen ihn von beiden Seiten. Der alte Mann versucht mit letzter Kraft seine Haltung zu bewahren. Er wird mit wackligen Beinen und einem versteinerten Gesichtausdruck an die offene Grube geführt, starrt unendliche Zeit bewegungslos hinein, bis seine Tochter ihm die Hand führt und sie gemeinsam eine Schaufel Erde auf den Sarg werfen. Danach nimmt die Familie stocksteif die Beileidsbekundungen entgegen.

Jetzt kommt Bewegung in die Beamten. Stephan und Silvia fangen die ersten Personen ab, sprechen sie an und nehmen die Personalien auf. Swensen zieht ebenfalls seinen Notizblock aus der Jacke. Es ist ihm nicht entgangen, dass die Asiatin ihn die ganze Zeit am Grab nicht aus dem Auge gelassen hat. Jetzt versucht sie sich anscheinend heimlich auf einem Seitenweg abzusetzen. Swensen bleibt ihr auf den Fersen, schneidet ihr den Weg ab und stellt sie kurz vor dem Friedhofstor.

*

Mit einem erleichterten Seufzer öffnet der Hauptkommissar die Haustür. Das blinkende Lämpchen des Anrufbeantworters wirft einen roten Streifen auf die Flurgarderobe. Im Vorbeigehen tippt er auf den Abhörknopf. »Sie haben eine neue Nachricht«, tönt die sterile Frauenstimme hinter ihm her. Er schnürt bereits in der Hocke sitzend die Schuhe auf, als die leicht quäkende Nachricht startet.

»Hallo, Schnüffelhase! Du wirst dich wundern, dass ich nicht zuhause bin, aber es kann noch etwas dauern. Ich hab auf dem Kongress eine interessante Frau kennengelernt, die Leiterin einer Traumaklinik in der Schweiz. Sie hat mich eingeladen, mir dort ihre Arbeitsweise zu zeigen. Die Gelegenheit kann ich mir nicht entgehen lassen. Ich bin deshalb auch telefonisch schwer erreichbar, weil ich bei den Therapien dabei sein darf. Mach dir eine gute Zeit, ich ruf dich wieder an!«

In die Küche setzt der Hauptkommissar Wasser für einen Tee auf und spürt das große Haus, das er allein ausfüllen muss. Obwohl Anna und er nicht allzu viel Zeit miteinander verbringen können, ist sie meist daheim, wenn er vom Dienst kommt, und die Spuren ihrer Anwesenheit sind überall zu sehen. Jetzt empfindet er eine Leere, als wären die Gegenstände nicht von ihr beseelt. Als er sich mit dem Tee ins dunkle Wohnzimmer setzt, hat er plötzlich das Gesicht seiner Mutter vor Augen. Er hatte schon fast geglaubt, das Bild wäre nach ihrem Tod verloren gegangen. Er sieht ihren Ausdruck von Schrecken, als sie zusammen in der Küche stehen und die Sirenen für einen Probealarm losheulen, der auf- und abschwellende Ton, der von zwei Pausen unterbrochen wird.

»Das war der Voralarm, damals«, sagt sie. »Danach kamen die englischen Flieger und sind zum Flugplatz rüber! Die Explosionen, man konnte sie bis in die Stadt hören. Wir hatten viel Alarm, hier in Husum, wegen dem Flugplatz.«

Er sieht ihre müden Augen, in denen der Schrecken des Krieges aufblitzt. Das Wort Trauma war völlig unbekannt, denkt er, damals in Husum, Ende der 50er. Er erinnert sich an seine ängstliche Mutter und seinen wortkargen Vater, der Granatsplitter hinter den Narben mit sich herumschleppte und seine kaputte Hand nicht richtig bewegen konnte. Ein russischer Scharfschütze hatte ihm eine Sehne zerschossen. Beim Zusammenflicken im Lazarett war sie verkürzt geblieben. Auf seine neugierigen Fragen gab es immer nur die stereotype Antwort: »Das kann man nicht erzählen!«

Manchmal, auf beschwingten Familienfeiern, durchbrach der Vater das Nachkriegsvakuum, wenn Bagatellen ihn urplötzlich in Jähzorn versetzten. Manchmal schloss er sich beleidigt im Schlafzimmer ein und ging dann ohne ein Wort der Erklärung wieder zur Tagesordnung über.

Swensen sitzt im dunklen Raum, schaut durch das Fenster in den vom Mondlicht beschienenen Garten. Draußen bläst ein starker Wind, rüttelt an den Bäumen, pfeift um das Haus, dass es im Gebälk stöhnt und knarrt. Der heutige Tag steckt ihm in den Knochen, er fühlt sich müde, das Denken beginnt schwer zu fallen. Es gibt keinen Impuls für sein tägliches Ritual, sich aufs Kissen zu setzen und zu meditieren. Stattdessen schlurft er ins Bad, putzt die Zähne und liegt keine 20 Minuten später ausgestreckt auf dem Bett. Er sinkt hinab in das Unbewusste des Schlafs. Mitten in der Nacht bricht ein Gewitter los. Ein krachender Donnerschlag reißt ihn aus dem Tiefschlaf. Regen prasselt an die Scheiben. Es steht eine drückende Luft im Raum. Er wälzt sich hin und her, und es dauert eine Ewigkeit, bis er vom fernen Donnergrollen begleitet in eine Art Halbschlaf zurückfällt. Draußen bleibt es unruhig, das Gewitter kehrt langsam zurück. Es sind Einschläge in der Nähe zu hören, dann folgen rasselnde Geräusche, wie von Panzerketten. Ein Maschinengewehr bellt los. Die Panzer schießen zurück. Granatenexplosionen lassen das Erdreich aufspritzen. Er liegt mit Karl im Schützengraben, neben der Brücke, die sie bis zum letzten Mann verteidigen sollen. Hinter den geborstenen Mauern schleicht eine Gestalt durch den Pulverdampf, kommt hinter einem brennenden Panzer hervor und brüllt: »Give up, stop shooting! We don't fight kids! Go home or go to kindergarten! Go home! Kindergarten!«

Karl beginnt zu feuern, zerfetzt den Bauch des Amerikaners, der wimmernd in den Staub stürzt und sich in Schmerzen windet.

»Schieß doch, Karl, mach ihn tot!«, hört Swensen sich voller Verzweiflung rufen. »Karl, schieß doch! Karl, schieß doch!«

Swensen spürt nackte Panik, reißt die Augen auf, liegt schweißgebadet auf seinem zerwühlten Laken. Er starrt in die Dunkelheit, bis er realisiert, dass die Schreckensbilder nicht wirklich waren. Erlöst kann er sie in Gedanken fassen: Bernhard Wicki, die Brücke. Ein Anti-Kriegsfilm, den er mit zwölf Jahren gesehen hat.

Er nimmt die angstbesetzten Gefühle mit unter die Dusche, kann sie nicht wegspülen und ist verwundert, wie sehr Annas Nachricht auf dem Anrufbeantworter ihn aufgewühlt hat. Eine

Ahnung steigt auf, die Ahnung von der Dimension eines Traumas, mit dem sich sein Vater ein Leben lang herumgeschlagen haben musste.

Der Hauptkommissar sucht sein Handy, findet es auf dem Küchentisch und steckt es in seine Jackentasche. Dabei ertasten die Finger das Papier der Journalistin. Neugierig zieht er es heraus, entfaltet es und streicht es auf dem Küchentisch glatt. Und wieder bricht die Vergangenheit unerwartet in seine Gegenwart, trifft ihn wie der Alptraum der Nacht:

»Dem Landmann ist es früher auch schon schlecht ergangen. Jetzt liegen die Verhältnisse aber anders. In alten Zeiten hatten die Juden viele Fürsten in der Tasche, die ihre Lasten auf die Bauern abwälzten, wodurch sogar Kriege entstanden, die für die Bauern ergebnislos verliefen. Die traurigen Zeiten von Graf Caprivis überstand das Landvolk, weil der Feind seine herrschende Stellung von heute nicht hatte. Das jüdische Kapital beherrscht Amerika und diktiert die Preise. Die Zersplitterung der Kräfte im Lande fördert auch das parlamentarische System, das nur dazu führte, zersplittert und unterjocht zu werden.«

Was ist denn das? Swensen schaut fassungslos auf den Text der Fotokopie. Das hat der Kreuzhausen senior verzapft? Mannomann, das ist Antisemitismus vom Feinsten! Angewidert stopft er den Zettel in die Jackentasche, verlässt das Haus und steigt in seinen Polo. Er sitzt unentschlossen hinter dem Steuer, ein diffuses Gefühl hält ihn davon ab, den Motor zu starten und die Strecke nach Husum einzuschlagen. Er besinnt sich auf das Gespräch mit der Asiatin, das er auf dem Friedhof geführt hat. Davor hatte er das Gefühl gehabt, als wolle die junge Frau vor ihm abhauen. Am Friedhofstor war er ihr in den Weg getreten.

»Kripo Husum, Hauptkommissar Swensen.«

»I don't understand!«

»German Police! Inspector Swensen, I have some questions!«

Die Asiatin schaut verschämt auf den Boden. »Es ist wegen Oleander? Weil er ermordet wurde?« Ihr Englisch ist perfekt.

»In welchem Verhältnis standen Sie zu dem Toten?«

»Wir kannten uns.«

»Ich nehme an, dass Sie ihn gut kannten, sonst wären Sie nicht zu seiner Beerdigung gekommen. Woher kannten Sie Herrn Eschenberg?«

»Aus Japan, wir sind uns das erste Mal vor Jahren auf Okinawa begegnet. Wer in der Surfer-Szene aktiv ist, begegnet sich irgendwann irgendwo in der Welt wieder.«

»Sie sind aus Japan?«

»Nein, ich bin in Dänemark geboren.«

»Wie haben Sie von dem tragischen Tod erfahren?«

»Von Surfern, Freunde aus Flensburg haben mich angerufen.«

»Es sind noch mehr Personen aus Dänemark hier, nicht wahr?«

»Ich kenne nur Freja Sjøqvist.«

»Die rotblonde Frau? Jeans, schwarzes T-Shirt?«

Sie nickt, schaut zur Seite, als wäre ihr die Frage unangenehm.

»Die Frau mit den grauen Haaren, kennen Sie die auch?«

»Nein, die sehe ich zum ersten Mal.«

»Wissen Sie, in welchem Verhältnis Frau Sjø …«

»Sjøqvist!«

»Sjøqvist … in welchem Verhältnis sie zu Herrn Eschenberg stand?«

»Sie waren ein Paar, soweit ich weiß.«

»Sie kennen Frau Sjøqvist aber auch persönlich?«

»Entfernt, nicht besonders. Man sieht sich beim Surfen.«

»Aber Sie wissen von der Beziehung?«

»Sie waren schon zusammen, als ich Oleander auf Okinawa begegnet bin.«

»Sind sie verheiratet?«

»Nein, noch nicht.«

»Noch nicht?«

»Es wird gemunkelt, dass Freja ein Baby erwartet.«

»Ein Kind? Wirklich? Ein Kind von Herrn Eschenberg?«

»Keine Ahnung! Ich weiß nicht, ob es wirklich stimmt! Es wurde darüber geredet, unter Surfern.«

»Wir werden es überprüfen.«

»Sagen Sie nicht, dass ich es gesagt habe!« Die Stimme der Asiatin klingt ängstlich. »Freja mag mich nicht, das spüre ich. Es ist auch nur ein Gerücht, ich möchte nicht …«

»Bleiben Sie ganz ruhig, Miss …?«

»Misugi!«

»Miss Misugi, wenn es die Ermittlungen nicht erfordern, bleibt Ihre Aussage vertraulich. Und jetzt brauche ich noch Ihre Adresse und Telefonnummer.«

Swensen startet den Motor, fährt in entgegengesetzter Richtung aus Witzwort heraus. Er weiß endlich, wohin er will. Der dunkle Wolkenteppich der vergangenen Nacht treibt langsam in Richtung Norden davon. Zwischen den Lücken brechen die schrägen Strahlen der Morgensonne durch, tänzeln zersplittert über die Wellen der Fischteiche, als er in Uelvesbüll ankommt. Der Hauptkommissar fährt eine lange Linkskurve und steuert seinen Polo wenig später auf die Einfahrt zum Leutnantshof.

Das mit dem Baby, Silvia hat nichts davon erzählt, grübelt Swensen. So eine entscheidende Sache hätte sie mir bestimmt nicht verschwiegen.

Nach dem Einsatz auf dem Friedhof sind sie sich noch im Flur der Inspektion begegnet, haben kurz über die beiden Däninnen gesprochen, die Silvia befragt hat. Kein Wort über eine Beziehung zum Mordopfer, kein Wort von einer Schwangerschaft.

Es ist nicht Silvias Art, eine solche Info bis zur Frühbesprechung aufzuheben, geht es dem Hauptkommissar durch den Kopf, während er den Wagen parkt. Als er aussteigt, hört er das Wiehern eines Pferdes im Hof und stapft über den Kiesweg hinter das Gebäude. Gerda Eschenberg steht neben einem braunen Hengst und legt vorsichtig den Sattel vor den Widerrist des Tieres. Als die Frau seine Schritte hört, wirft sie einen kurzen Blick über die Schulter. Der Hengst tänzelt nervös und beginnt zu schnauben.

»Ruhig, Obstinado, ganz ruhig!«, redet sie auf den Hengst ein und tätschelt ihm die Blesse.

Der Kriminalist bleibt in zirka fünf Metern Entfernung stehen und wartet darauf, dass sie sich ihm zuwendet. Doch die Frau bleibt unbeeindruckt von seiner Anwesenheit, schnürt seelenruhig den Sattel fest.

»Wenn Sie extra gekommen sind, um mich zu fragen, wer die vielen fremden Menschen auf der Beerdigung waren, dann kann ich nur sagen: Ich weiß es nicht«, sagt sie mit einer unmissverständlichen Gewissheit, ohne sich dabei umzudrehen.

»Sie kennen die Frau nicht, mit der Ihr Sohn eine Beziehung hatte?«

»Welche Frau soll denn das gewesen sein?«

»Rotblond, schwarze Jeans, schwarzes T-Shirt mit einem schwarz-weißen Ringelbund. Die Frau neben ihr hatte graue Haare.«

»Die kenne ich, allerdings nur flüchtig. Sie war ein paar Mal dabei, als mein Sohn bei mir auf Besuch war. Er hat aber behauptet, sie wäre nur eine gute Bekannte, die er vom Surfen kennt und die in seinem Laden mit aushilft.«

»Die Frau wollte kein Gespräch mit Ihnen?«

»Nein«, sagt Gerda Eschenberg schroff und dreht sich abrupt herum. »Warum sollte die Frau ein Gespräch mit mir suchen?«

»Weil sie zum Beispiel schwanger ist!«

»Was soll das … nein … Sie wollen damit andeuten, sie wäre schwanger von meinem Sohn?«

»Nach meinen Informationen ist das nicht ausgeschlossen.«

»Sie wollen mich provozieren!«, zischt die Frau und blickt dem Kriminalisten fest in die Augen. »Sie wollen mich nur aus der Reserve locken!«

»Frau Eschenberg, ich bin hier, um den Mord an Ihrem Sohn aufzuklären. Sie machen auf mich den Eindruck, als würde Sie das gar nicht interessieren!«

»Ich traue Ihnen nicht, Herr Swensen. Vordergründig geben Sie sich freundlich und im nächsten Moment wollen Sie mir einreden, der Einbruch in meinem Haus wäre gar kein Einbruch gewesen. Jetzt behaupten Sie, mein Sohn hätte ein Verhältnis mit einer wildfremden Frau, die auch noch ein Baby von ihm erwarten soll. Ich glaube das alles nicht.«

»Ich habe das Gefühl, ihre Familie scheint überaus misstrauisch zu sein. Auch Ihr Herr Vater verweigert bisher jegliche Zusammenarbeit. Ich finde das sehr befremdlich und denke mir meinen Teil.«

»Mein Vater ist eine angesehene Persönlichkeit, die viel für Eiderstedt getan hat. Glauben Sie etwa, unsere Familie würde sich gegen die Polizei verschwören? Das ist doch absurd, wir wollen alle, dass der Mörder meines Sohnes gefasst wird.«

»Dann vermisse ich umsomehr Ihre Unterstützung. Ich habe langsam den Verdacht, es gibt etwas in der Vergangenheit Ihrer Familie, was mit dieser Tat im Zusammenhang steht.«

»Genau das ist es, wovon ich die ganze Zeit rede. Sie sprechen in Rätseln, machen vage Andeutungen. Von welcher Vergangenheit reden Sie da?«

Der Kriminalist spürt ihre unterschwellige Aggression und seinen eigenen Ärger darüber, greift ungehalten in seine Jackentasche und zieht die Fotokopie der Journalistin heraus.

»Lesen Sie das!«, sagt er befehlend, faltet das Papier auseinander und drückt es Gerda Eschenberg in die Hand.

»Was ist das?«, fragt sie misstrauisch.

»Ein wenig Vergangenheit«, sagt Swensen abfällig. »In diesem Fall die Ihres Großvaters.«

Gerda Eschenberg liest widerwillig. Ihr Körper verspannt sich, nimmt eine abwehrende Haltung ein. Dann schüttelt sie den Kopf, zerknüllt den Zettel und lässt ihn zu Boden fallen.

»Weswegen sollte ich das lesen?«, fragt sie gereizt, während Swensen das Papierknäuel vom Boden aufhebt.

»Das ist eine Rede Ihres Großvaters! Da lässt er seinem Antisemitismus freien Lauf!«

»Mein Großvater ist seit über 35 Jahren tot!«

»Vielleicht lebt sein Mythos ja noch? Ich mache mir jedenfalls Gedanken darüber, aus was für einer Familie Ihr Sohn stammt.«

»Das ist infam! Ich habe in meinem ganzen Leben nie etwas gegen Juden gehabt und mein Sohn auch nicht!«

»Und Ihr Vater? Auch der soll sich schon antisemitisch geäußert haben. Darüber wurde sogar in der Presse berichtet.«

»Was hat das alles mit dem Tod meines Sohnes zu tun? Verschwinden Sie, machen Sie endlich Ihre Arbeit, und zwar anständig, oder ich werde mich an Ihre oberste Dienststelle wenden und mich über Sie beschweren!«

»Das ist Ihr gutes Recht. Es war nicht meine Absicht, Sie zu erzürnen, das tut mir leid. Und ich kann Ihnen versichern, die Husumer Kriminalpolizei wird alles tun, um den Mord an Ihrem Sohn aufzuklären.«

Das Pferd wiehert laut. Swensen nimmt das als eine Bestätigung seiner Worte.

*

Wenig später biegt der Hauptkommissar in den oberen Flur der Husumer Polizeiinspektion. Das gedämpfte Stimmengewirr aus dem Konferenzraum ist nicht zu überhören. Swensen ist spät dran, eilt mit einem Becher in der einen Hand und der Kanne mit grünem Tee in der anderen auf die geschlossene Tür zu. In dem Moment kommt Jean-Claude Colditz aus seinem Büro gegenüber, grüßt knapp und springt dem Kollegen hilfreich zur Seite, als der umständlich versucht, mit dem Ellenbogen die Klinke herunterzudrücken. Drinnen steht das Team in Grüppchen um den langen Konferenztisch. Mehrere Zeitungen liegen verstreut auf der lichtgrauen Fläche, alle an derselben Stelle aufgeschlagen. Das hitzige Wortgefecht bezieht sich anscheinend auf einen Artikel der Husumer Rundschau. Rudolf Jacobsen ist einer der Wortführer, der lauthals seine Meinung verkündet.

»Die Tradition des Hoyersworter Teufels!«, rezitiert er mit geschwellter Brust. »Die Schlagzeile sagt alles! Die Zeitungsdame schreckt vor nichts zurück, bauscht eine kleine, harmlose Legende zu einem deutschnationalen Mythos über den Judenhass auf.«

»Um was geht es?«, fragt Colditz beiläufig.

»Die Familiengeschichte der Kreuzhausens«, informiert Jacobsen.

»Das klingt interessant«, sagt Swensen mit angespanntem Lächeln, das der Kollege prompt als eine Art Abwertung versteht.

»Dass dir meine Haltung nicht gefällt, Kollege Swensen, das war mir gleich klar. Aber die Journaille zerrt selbst den alten Ferdinand Kreuzhausen wieder aus dem Grab hervor, kippt Dreck über Heinrich Kreuzhausen und bezichtigt sogar den Ehemann der Tochter als gedankenlosen Nachfahren dieser Tradition. Der Mann setzt sein Leben aufs Spiel. Kämpft für die Freiheit Deutschlands am Horn von Afrika.«

»Und weswegen regst du dich so auf, Rudolf?«

»Weil das alles undifferenziert ist, da werden Parallelen von Kreuzhausen senior, der noch mit Rommel am Monte Matajur kämpfte, zu Kreuzhausen junior gezogen, der Rommel bei einer Inspektion in Hanstholm als Sicherheitsmann zur Seite stand. Und als Beweis lässt die Dame ein Foto abdrucken. Rommel studiert eine Karte, und Heinrich Kreuzhausen im Hintergrund, in dritter Reihe. Als wenn das etwas aussagen würde.«

»Kann ich mal sehen?«, fragt Swensen hellhörig und zieht eine Zeitung zu sich herüber. Jacobsen deutet mit dem Finger auf ein Bild. »Rommel mit Marineberater Vizeadmiral Ruge und General von Hanneken beim Studieren einer Karte der Bunkeranlagen in Hanstholm«, steht unter dem Bild.

»Heinrich Kreuzhausen war in Dänemark?«, fragt der Hauptkommissar mehr sich selbst.

»Leute, das reicht! Ich sehe keinen Zusammenhang zu unserem Mordfall«, ruft Colditz mit lauter Stimme in den Raum. »Wir fangen an! Hallo!« Er stellt sich demonstrativ vor die Pinnwand. Etliche Fotos hängen daran, die gesamte Ausbeute der Beerdigungsaktion.

»Ich finde, wir sollten das mit dem Rundschauartikel zu Ende diskutieren«, beharrt Swensen und hält die Zeitung in die Höhe. »Die Vergangenheit der Kreuzhausens sagt zumindest etwas über die Familie Eschenberg aus. Je mehr wir darüber wissen, umso eher stoßen wir vielleicht auf ein Motiv.«

»Der Mörder, der aus dem Zweiten Weltkrieg kam«, feixt Jacobsen überheblich. »Das ist bald 60 Jahre her, wo willst du da ein Motiv finden?«

»Die Familie Eschenberg und der alte Kreuzhausen halten sich mehr als bedeckt. Ich denke, die haben etwas zu verbergen«, bleibt Swensen hartnäckig.

»Und wenn schon, was hat das mit deren Vergangenheit zu tun?«

»Da bin ich ganz anderer Mei …«

»Kannst du uns das bitte später verklickern, Jan?«, unterbricht Colditz und wartet, bis endlich Ruhe einkehrt. »Bevor wir beginnen, möchte ich kurz mitteilen, dass Rüdiger Eschenberg nach der Beerdigung persönlich bei Staatsanwalt Rebinger war. Er hat ihm mitgeteilt, dass er im nächsten Vierteljahr auf der Fregatte ›Rheinland-Pfalz‹ im Golf von Aden im Einsatz ist. Er ist dort nur telefonisch oder über Funk zu erreichen. Mit seiner Einwilligung wurde er erkennungsdienstlich behandelt. Eine reine Vorsorgemaßnahme für die Spurensicherung.«

»Er ist also nicht verdächtig?«, fragt ein Kollege von der K1.

»Nein, ist er nicht! Und jetzt bitte zur gestrigen Aktion auf dem Friedhof. Was wissen wir in der Zwischenzeit? Wer fängt an?«

Stephan Mielke hebt den Arm und tritt an die Pinnwand. Es setzt ein kurzes Stühlerücken ein, bis alle an ihrem Platz sitzen. Der Oberkommissar zeigt auf eines der Fotos, ein energisch dreinblickender Mann mit kurz geschnittenen Haaren und einem deutlichen Glatzenansatz.

»Das ist Felix Bieling«, beginnt Mielke. »Filialleiter bei einer Commerzbank in Flensburg. Der Mann gehört zu den Kitern, die alle aus Flensburg gekommen sind. Den Namen hatte ich schon vorher in einem Bericht von Jan gelesen. Eschenbergs Geschäftspartner Krüger hat darin ausgesagt, dass Bieling sich für den Kredit des Surfladens eingesetzt hat. Doch obwohl in Jans Bericht stand, es hätte immer Schwierigkeiten bei der Tilgung gegeben, hat Bieling sich in meiner Befragung dazu ziemlich bedeckt gehalten. Mit dem Kredit läuft alles korrekt, hat er mir versichert. Einer spinnt also, Bieling oder Krüger.«

»Oder beide sagen nicht die Wahrheit«, ergänzt Silvia.

»Stimmt!«, bestätigt Mielke. »Wo Silvia recht hat, da hat sie recht. Ansonsten habe ich alle Namen dieser Kitesurfer aufgenommen. Die kannten Eschenberg alle aus dem Laden oder vom Kiten an der Flensburger Förde. Mir ist nichts Widersprüchliches aufgefallen, bei den Typen … äh … es waren auch zwei Frauen dabei. Aber alle behaupten, dass sie Eschenberg nicht besonders gut kannten.«

»Und kommen trotzdem zur Beerdigung?«, fragt der K1-Beamte Peter Stark. »Ist das nicht merkwürdig?«

»Dachte ich auch kurz. Aber im Gespräch schimmerte durch, dass sie eigentlich alle wegen diesem Kilian Martens gekommen sind, der aber gar nicht da war. Für die Surfer scheint dieser Typ so eine Art Heiliger der Meere zu sein.«

»Sag bloß, du kennst Kilian Martens nicht?«, stöhnt Paul Völker auf, ein weiterer K1-Beamter. »Das ist der Tabarly des Windsurfens!«

»Und wer ist Tabarly?«, fragt Mielke abfällig.

»Éric Tabarly!«, schwärmt Völker mit leuchtenden Augen. »Das war der herausragenste Hochseesegler des 20. Jahrhunderts. Der hat etliche Siege in Einhandregatten geholt und Rekordfahrten über den Nordatlantik unternommen. 1980 unterbot er die Rekordfahrt von Charlie …«

»Danke, Kollege«, unterbricht Colditz, »wir haben alle begriffen, wer dieser Tabarly war.«

»Ihr Erscheinen auf der Beerdigung war also ganz auf Kilian Martens ausgerichtet«, stellt Swensen ungeduldig fest. »Und der hat sich nicht sehen lassen. Man könnte fast annehmen, er geht uns aus dem Weg. Oder er ist nur ein Geist, und es gibt ihn überhaupt nicht.«

»Ab heute setzen wir ihn ganz oben auf unsere Liste«, stellt Colditz trocken fest. »Weiter bitte! Silvia, was hast du rausbekommen?«

»Nicht viel. Die Personen, mit denen ich gesprochen habe, waren alle aus Dänemark«, beginnt die Hauptkommissarin. »Unser Mordopfer hat einige Kontakte in dem Land, in der oberen Region, speziell in Nordjütland um den Ort Klitmøller. Dort soll ein Surferparadies sein.«

»Røm, pøm, pøm, pøm!«, ulkt Mielke spöttisch und fängt sich einen scharfen Blick von Colditz ein.

»Jeg tror ikke at du har den mindste forstand på smørrebrød«, erwidert Silvia mit einem triumphierenden Seitenblick auf ihren Kollegen. »Und damit Stephan weiß, wovon ich rede, das Ganze noch mal auf Hochdeutsch: Du hast keine Ahnung von belegten, dänischen Butterbroten.«

Mielke wirkt völlig perplex. Colditz gibt Silvia durch eine unwirsche Handbewegung zu verstehen, dass sie weitermachen soll.

»Zuerst zu diesen beiden Männern.« Silvia zeigt nacheinander auf zwei Fotos an der Pinnwand. »Erik Dragsted ist aus Klitmøller, und Knud Abrahamowitz wohnt in Vigsø. Die beiden Typen sind aus der dortigen Surferszene, beide waren einige Jahre im Profisport und sind jetzt voll berufstätig. Dragsted in der Touristikbranche und Abrahamowitz im Fischhandel. Sie haben Eschenberg oft an den Stränden von Klitmøller und Umgebung getroffen und ausgesagt, er wäre dort bekannt wie ein bunter Hund.«

»Abrahamowitz? Das ist aber kein typisch dänischer Name«, bemerkt Peter Stark vom K1. »Das hört sich irgendwie jüdisch an.«

»Stimmt!«, bestätigt Silvia. »Ich hatte denselben Gedanken! Knud Abrahamowitz ist gebürtiger Däne, mit jüdischen Wurzeln. Die Familie lebt seit Generationen in Dänemark, hat selbst die Nazizeit überstanden. Der Vater und die Großeltern sind vorübergehend nach Schweden geflohen und erst nach 45 wieder zurückgekehrt.«

»Geht es in unserem Fall eigentlich überall um Vergangenheitsbewältigung?«, stöhnt Jacobsen. »Was ist mit Eschenberg? Woher haben die von seinem Tod gewusst?«

»Die Surf-Szene hat eine Art Netzwerk im Internet«, informiert Silvia unbeeindruckt. »Surfer aus Klitmøller sind in Flensburg und umgekehrt. Die kennen sich fast alle untereinander.«

»Kann ich bestätigen!«, springt Swensen Silvia zur Seite. »Das wurde mir genauso gesagt!«

»Erik Dragsted war mit Eschenberg längere Zeit auf Maui zusammen. Die waren alle auf der Beerdigung, weil sie ihn gut kannten.«

»Wir wissen jetzt, dass Eschenbergs Bekanntenkreis einen extrem weiten Radius hat.« Colditz Stimme klingt entmutigt. »Das heißt im Klartext, das Motiv für den Mord könnte in Dänemark, auf Hawaii oder auch irgendwo sonst auf der Welt entstanden sein.«

»Aber trotzdem wurde er auf Eiderstedt umgebracht!«, sagt Mielke bestimmt. »Bei all den Möglichkeiten kann das kein Zufall sein.«

»Da ist auch wieder was dran«, grübelt Colditz. »Lasst uns weitermachen!«

Silvia wartet einen Moment, bevor sie auf zwei weitere Fotos deutet. »Freja Sjøqvist aus Klitmøller, und das ist ihre Mutter Sandi Sjøqvist, die kommt aus Sennels. Die junge Frau hat einen Namen in der weltweiten Surfer-Szene, das haben mir Erik Dragsted und Knud Abrahamowitz gesteckt. Sie soll schon einige Siege auf internationalen Surfwettbewerben geholt haben. Wenn Eschenberg zum Surfen in Dänemark war, hat er wohl meistens bei Frau Sjøqvist gewohnt. Die besitzt eine Wohnung in einem geschlossenen Hotelgebäude, in dem es viele leerstehende Zimmer gibt, die oft von Surfern aus aller Herren Länder benutzt werden, wenn dort Wettkämpfe vor Ort stattfinden. Eschenberg und Frau Sjøqvist waren auf Maui lange Jahre im Team von Kilian Martens. Als Eschenberg vor zirka drei Jahren das Team verlassen hat, ist Frau Sjøqvist nach Dänemark zurückgekehrt.«

»Ist das alles?«, fragt Swensen.

»Das ist das, was die Frau mir gesagt hat. Wieso fragst du, Jan?«

»Das hört sich an, als wäre Eschenberg in ihrem Haus nur ein Gast wie jeder andere gewesen.«

»So habe ich das auch verstanden«, bestätigt Silvia Haman.

»Das heißt, sie hat nichts von einer Beziehung erwähnt?«

»Eine Beziehung? Nein!«

»Meine Informationen sind andere«, sagt der Hauptkommissar, geht zur Pinnwand und tippt mit dem Finger auf das Foto der Asiatin.

»Risako Misugi, gebürtige Dänin mit japanischen Wurzeln, lebt in Thisted. Die Frau hat mir gegenüber behauptet, Eschenberg und Freja Sjøqvist hätten seit Jahren eine Beziehung.«

»Das haut mich jetzt aber um!«, stellt Silvia konsterniert fest. »Wenn das wirklich wahr ist, dann hätten wir plötzlich eine völlig andere Situation. Die Frau muss doch einen Grund haben, warum sie mir so etwas Wichtiges verschwiegen hat?«

»Es kommt noch dicker!«, kündigt Swensen an. »Frau Misugi hat obendrein behauptet, dass Frau Sjøqvist von Eschenberg schwanger sein soll.«

»Jetzt könnte endlich Bewegung in den Fall kommen«, platzt es aus Colditz heraus. »Wir sollten die Frau auf der Stelle vernehmen.«

»Wie ich es einschätze, ist sie nicht mehr in Deutschland«, sagt Swensen. »Ich war vor der Konferenz bei Eschenbergs Mutter. Ich dachte, wenn das mit der Schwangerschaft stimmt, weiß die bestimmt Bescheid. Sie hat aber keine Ahnung davon. Frau Sjøqvist hat nach der Beerdigung nicht mit ihr gesprochen, hat nicht einmal eine Beileidsbekundung abgegeben.«

»Dann ist die Schwangerschaft vielleicht doch erfunden«, zweifelt Silvia Haman. »Vielleicht gibt es bloß eine Rivalität zwischen den beiden Frauen?«

»Zumindest scheint etwas faul zu sein im Staate Dänemark!«, grinst Colditz über seinen eigenen Wortwitz.

»Und die Mutter von Frau Sjøqvist? Was ist mit der?«, fragt Mielke.

»Die hat sich ziemlich bedeckt gehalten, wenn ich jetzt drüber nachdenke«, überlegt Silvia. »Hat mir nur gesagt, sie würde ihre Tochter begleiten. Eschenberg kenne sie nur flüchtig, ist ihm ein paar Mal bei ihrer Tochter begegnet. Eigentlich ziemlich merkwürdig, nicht wahr?«

»Was ist daran merkwürdig?«, fragt Colditz.

»Na ja! Also, meine Mutter würde nicht zu einer Beerdigung eines Freundes von mir gehen. Zumal wenn sie ihn kaum kennt.«

»Meine Mutter schon«, sagt Mielke, »ich finde das überhaupt nicht merkwürdig.«

»Okay, Kollegen«, unterbricht Colditz. »Wir haben eine Menge neuer Anhaltspunkte, denen wir auf den Grund gehen müssen. Wir dürfen trotzdem dabei nicht das Umfeld der Eschenbergs links liegen lassen. Das heißt konkret, wir kümmern uns genauso um Nachbarn und Menschen aus den umliegenden Dörfern, die auch auf der Beerdigung waren. Es gibt von jeder Person einen separaten Fotoabzug. Außerdem steht dieser Kilian Martens ganz oben auf der Liste. Wir müssen ihn schnappen, bevor er Deutschland wieder verlässt. Halten wir uns ran! Auf geht's!«

»Was ist mit der Flensburger Surfer-Szene?«, fragt Swensen.

»Die übernimmt immer der, der fragt!«

»Okay, ich knöpf mir die Jungs vor, besonders diesen Bieling. Würde ich aber gerne mit Silvia zusammen machen, gerade jetzt, wo sie ihre Dänischkenntnisse geoutet hat. In den Buchten um Flensburg tummeln sich bestimmt 'ne Menge Dänen, da wäre Silvia schon eine tolle Hilfe.«

»Røm, pøm, pøm, pøm!«, singt Mielke leise und provokant vor sich hin.

»Du nervst, Stephan!«, bellt Colditz dazwischen. »Wir sind hier nicht bei der Muppet Show!«

Stephan Mielke zuckt zusammen, als hätte ihm jemand mit einem Lineal auf die Finger gehauen. Schweigen breitet sich im Raum aus. »Was ist nun?«, fragt der Hauptkommissar in die Stille.

»Ihr beide macht den Flensburg-Job zusammen«, wendet sich Colditz grinsend an Haman und Swensen. »Ist dir doch recht, Silvia, oder war der Satz vorhin nur auswendig gelernt?«

»Ich kann schon ein paar Brocken mehr, Jean-Claude«, grinst die Kollegin zurück. »Bin als Kind schließlich in Dänemark aufgewachsen.«

»Wenn es um Kolleginnen geht, lernt ›Mann‹ nie aus!«, gibt Colditz zurück.

»Ist die Vergangenheit der Familie Kreuzhausen jetzt eigentlich völlig vom Tisch?« Swensen hebt die Stimme, weil einige Kollegen die Besprechung anscheinend als beendet ansehen und sich vom Tisch erheben.

»Ich glaube, du verrennst dich da«, versucht Colditz auszuweichen. »Ich sehe im Moment nichts, was in diese Richtung weist, Jan.«

»Vielleicht ist Eschenberg nur ein stellvertretendes Opfer!«

»Ein stellvertretendes Opfer?« Colditz sieht Swensen ratlos an. »Was soll das denn sein?«

»Der Täter will den alten Kreuzhausen an den Pranger stellen und versucht, mit dem Mord das Augenmerk der Presse auf ihn zu richten.«

»Obskure Theorie, kann ich überhaupt nicht nachvollziehen!«

»Eine Idee, die mir bei seiner ehemaligen Kompanie in Eckernförde gekommen ist. Vielleicht hat dort jemand noch eine Rechnung mit Kreuzhausen offen?«

»Du meinst wegen der Tatwaffe, diese Gasdruckwaffe HK

P11? Das LKA ist übrigens in der Sache bereits tätig und hat sich mit dem Verteidigungsministerium kurzgeschlossen. Das wird aber dauern.«

»Ich denke nicht an die Waffe, ich denke an diese antisemitische Äußerung von Kreuzhausen. Irgendeiner hat ihn damals bei der Presse verpfiffen. Vielleicht kannte Kreuzhausen den Verräter und hat ihm Steine in den Weg gelegt, seine Karriere blockiert.«

»Wenn du das so erzählst, hört es sich nicht mehr ganz so abwegig an. Aber ich halte das trotzdem für eine Kopfgeburt.«

»Ich auch!«, sagt Jacobsen. »Kollege Swensen wühlt vermutlich gern im braunen Schlamm. Er übersieht, dass es genügend Menschen gibt, die den alten Kram endlich ruhen lassen wollen.«

Im ersten Moment ist Swensen nur verblüfft über Jacobsen, dann steigt Ärger in ihm hoch. Er sucht nach Worten, um seinen Kollegen zurechtzuweisen, doch Meister Rinpoche stoppt seine Bemühung.

»Wenn du lange Zeit meditiert hast, dich sehr angestrengt hast, deine Achtsamkeit und Gelassenheit zu trainieren, kann eine gewaltige Arroganz in dir entstehen. Du hast das Gefühl, deine Anstrengungen machen dich zu einem wertvollen Menschen. Wenn du in diesem Gefühl einem anderen Menschen begegnest, der es deiner Meinung nach noch nicht so weit gebracht hat, möchtest du ihn herabsetzen. Deine Handlungsweise darauf ist ganz einfach: Tu es nicht!«

Der Hauptkommissar atmet tief durch und schweigt.

*

Swensen erreicht den Ortseingang von Tating. Den Ärger auf seinen Kollegen hat er aus der Inspektion mitgenommen, er hat sich in seinem Kopf breitgemacht, und darüber ist er genauso verärgert. Er muss an die Zeit im Schweizer Tempel denken, als die klaren Worte seines Meisters ihn unmittelbar erreichten, ohne das störende Beiwerk der Wirklichkeit.

»Wenn du die Vergangenheit kennen möchtest, schau deinen Körper an. Wenn du deine Zukunft kennen möchtest, schau deine Handlungen an.« Mit diesem Satz wollte der Lama seinen Schülern den Begriff des Karma näher bringen. »Bedenkt immer, nur im Hier und Jetzt erwacht unsere Eigenschaft, gemeinsam Mensch zu sein, in der wir gemeinsam erleben, wie es ist, geboren zu sein. Im Hier und Jetzt verbindet uns alle ein kollektives Karma, ein spezielles Erbe aus der Vergangenheit, welches zu diesem jetzigen Leben geführt hat. Es ist das universelle Gesetz von Ursache und Wirkung.«

Swensen bremst seinen Polo auf Ortsgeschwindigkeit herunter, und das Wort Vergangenheit kriecht zu ihm in seine Gegenwart, fährt im Auto mit durch die flache Landschaft von Eiderstedt.

Ursache und Wirkung, dann wäre jede Handlung, die mein Vater in der Vergangenheit getan hat, heute noch wirksam, grübelt der Hauptkommissar und ahnt gleichzeitig, dass er den Karma-Begriff wohl nie richtig begreifen wird. Ein schwarzes Fotoalbum mit Reichsadler und Hakenkreuz kommt ihm in den Sinn. Die silberne Inschrift ›Infanterie-Regiment 76‹ hat ihn als kleinen Jungen magisch angezogen. Heute liegt es unbeachtet in irgendeiner seiner Schrankschubladen. Doch die Fotos darin sind noch immer Gegenwart. Sein Vater auf dem Polenfeldzug, Haubitzen, ein Maschinengewehr auf Rädern, zerstörte Panzer, zerbombte Städte. Russen mit mongolischen Gesichtszügen auf einem Lastwagen, die in die Kamera des Vaters gucken, Gewehre in den Händen.

Sein Vater ist schon vor langem gestorben, die Vergangenheit hinterm Albumdeckel bleibt weiterhin präsent. Bilder, bei denen sein Finger den Auslöser betätigt hat, eine gewesene Wirklichkeit, die seine Augen gesehen haben. Und sind Bilder der Vergangenheit, die nicht fotografiert wurden, genauso existent? Werden sie ebenso weitergegeben, von Generation zu Generation? Hätte das nicht ungeahnte Konsequenzen für jeden der Nachkommen, auch wenn er mit dem, was damals passiert ist, vordergründig nichts mehr zu tun hat?

Das Licht an der Küste verzaubert ihn. Die Sonne bricht durch die Wolken, sticht ihren Strahlenkranz in den Horizont. Die geduckten Bauernhäuser treiben vorbei, und in der klaren Luft kann Swensen die Hochhäuser von St. Peter sehen.

Kann es sein, dass die NSDAP-Vergangenheit von Kreuzhausen senior bis zum Mord seines Urenkels reicht?

Swensen erinnert sich an den Artikel in der Husumer Rundschau. Selbst nach der Nazi-Zeit hatte der feine Herr seine Handlungsweise nicht verändert. Er nahm einfach wieder seine alte Juristenlaufbahn auf und wurde Staatsanwalt in Kiel. Dort hatte er den ehemaligen Gauleiter Hinrich Lohse zu den Judenpogromen in Schleswig-Holstein vernommen und sich von ihm Märchen erzählen lassen.

»Ich war damals in München und erfuhr am nächsten Tage von den Ausschreitungen«, hatte Lohse wortwörtlich ausgesagt. »Als ich einige Tage später nach Kiel zurückkam, habe ich mir von dem damaligen Gauinspekteur Beckmann – der gefallen ist – Bericht erstatten lassen. Dass vor dem Brand auf der SA-Gruppe eine Besprechung stattgefunden haben soll, war und ist mir nicht bekannt. Ich weiß also nicht, von welcher Organisation der Plan ausgegangen ist.«

Kreuzhausen junior hat ihm diese eindeutige Lüge durchgehen lassen und vermerkt: »Lohse macht unwiderlegbar geltend, dass er in dieser Nacht zur Feier des 9. November 1938 in München gewesen sei.«

Dem Flensburger Polizeidirektor und SS-Führer Hinrich Möller, der auch in Friedrichstadt dabei war, ging es nicht viel schlechter. Obwohl 1947 wegen antisemitischer Ausschreitungen und wegen zweier verübter Morde zum Tode verurteilt, wurde er wenig später von SPD-Ministerpräsident Lüdemann zu lebenslänglichem Zuchthaus begnadigt. Schon 1954 setzte CDU-Ministerpräsident Kai Uwe von Hassel die Gesamtstrafe auf 15 Jahre herab, und 1957 wurde Möller bereits frühzeitig entlassen.

Ursache und Wirkung? Was ist die Wirkung heute, wo ist sie zu finden, fragt sich Swensen und passiert mit seinem Wagen Brösum. Die Eiderstedter Weite öffnet sich vor ihm, Wiesen, Schafe, Rinder, traditionelle Reetdachbauernhöfe. Es geht schnurgerade in Richtung Küste. Swensen steuert rechts am Küstendeich entlang bis zu einem kleinen Parkplatz für Touristen, zahlt an dem kleinen Glashäuschen 2.50 Euro und parkt seinen Polo auf dem Grasplatz neben der großen Scheune. Als er aussteigt, sieht er Peter Hollmanns BMW zwischen den Fahrzeugen stehen. Er muss ihn aus der Reparatur zurückbekommen haben. Der Hauptkommissar geht zur Treppe, die auf die Deichkrone führt. Oben weht eine scharfe Brise landeinwärts. Er knöpft die Jacke zu, schlägt den Kragen hoch und hofft, dass der Wind ihm seinen Kopf frei bläst. Die Wattlandschaft vor der Tümlauer Bucht, besonders wenn die Sonne sie zur weißen Fläche macht, ist mit einer unendlichen Sandwüste vergleichbar. Aus Südost treibt feiner Sand aus den Dünen aufs Meer hinaus. Der Wind weht ihn knöchelhoch über die Wattrippel. Vor Hindernissen wie Muscheln, Blasentang und angetriebenen Holzbalken türmen sich graue Verwehungen, als würden buddhistische Mönche unentwegt winzige Sandmandalas von spiritueller Schönheit erschaffen. Ein angeschwemmter Damenschuh ist zu einer Henry Moore Skulptur geworden, eine zerfetzte Stoffplane zu einem Himalaja in Miniatur. Swensen stapft staunend in Richtung Westerhever Leuchtturm, der in der flimmernden Luft wie eine Fata Morgana über der Wasseroberfläche schwebt.

Hier ist man in kürzester Zeit kein Kriminalist mehr, hier wird unser Mordfall zu einem Sandkorn im Weltengetriebe der Menschen, denkt Swensen. Generation um Generation ist es noch immer nicht gelungen, sich friedlich zu begegnen.

In der Ferne fällt ihm eine Gestalt auf, die sich mehr als ungewöhnlich bewegt. Mal schrumpft die Silhouette abrupt zu einem runden Punkt zusammen, dann läuft sie nach links, um im nächsten Augenblick die Richtung zu wechseln und an einem anderen Ort zu verharren. Dann steht sie eine längere Zeit wie erstarrt, wird erneut zum Punkt, richtet sich wieder auf und dasselbe Spiel beginnt von vorn. Je näher er kommt, gewinnt sie an Volumen, hat eine rundliche, eher gedrungene Figur und hält einen Gegenstand in den Händen. Schon wenig später ist Swensen klar, dass die Art, sich zu bewegen, ihn an Peter Hollmann erinnert, wenn er an einem Tatort die Spuren sichert. Er erinnert sich an den BMW auf dem Parkplatz und ist sicher, seinen Kollegen vor sich zu haben.

»Peter! Peter Hollmann«, brüllt er aus Leibeskräften in den Wind, und seine Worte scheinen mühelos beim Kollegen anzukommen. Die Gestalt in der grünen Windjacke ist keine 20 Meter entfernt. Sie bleibt stehen, dreht sich um, winkt und marschiert auf Swensen zu.

»Jan!«, ruft er ihm entgegen, »was machst du denn hier?«

»Feierabend! Ich geh spazieren, um etwas runterzukommen. Und du?«

»Ich eigentlich auch, aber das Fotografieren steht dabei natürlich im Vordergrund. Solche verrückten Sandverwehungen bekommt man nicht alle Tage vor die Linse«, antwortet er mit begeisterter Stimme, öffnet die Jacke und zeigt seine Kamera. »Ich muss nur ein wenig aufpassen, dass der Wind sie nicht voller Sand bläst.«

»Dann ist unsere Idee mit dem Buch keine Eintagsfliege?«, fragt Swensen.

»Nein, natürlich nicht!«, sagt Hollmann entrüstet. »Ich hoffe, dein Angebot steht, die Texte für die Fotos beizusteuern.«

»Was ich versprochen habe, halte ich!«

Die beiden Männer gehen ein Stück zusammen über die Sandbank, die bei Ebbe jedesmal aus dem Wasser auftaucht. Sie kommen aber kaum voran, immer wieder stoppt der Spurensicherer, zückt die Kamera und kniet sich in den silbergrauen Schlick. Swensen schaut ihm über die Schulter. Eine halbgeöffnete, von Sandkörnern bedeckte Scheidenmuschel hat Hollmanns Aufmerksamkeit erregt, und er sucht nach dem perfekten Ausschnitt. Die Zeit steht still und verfliegt gleichzeitig. Ehe Swensen sich versieht, kratzt die Sonne bereits an der Wasseroberfläche des Horizonts. Sie stapfen zurück in Richtung Parkplatz und erreichen ihre Fahrzeuge, als bereits die Dämmerung einsetzt. Ein Kiebitz stößt schrille Töne aus, gaukelt auf der Suche nach einem Schlafplätzchen wild in der Luft herum. Hollmann und Swensen verabschieden sich, und der Hauptkommissar sitzt schon auf dem Fahrersitz seines Polos, da kommt der Spurensicherer noch einmal zu ihm herüber. Er hat ein Bild auf den Digitalbildschirm geladen und hält es Swensen vor die Augen.

»Guck dir mal dieses Foto an. Das hab ich gestern am Deich vor Katingsiel geschossen.«

Swensen braucht einen Moment, um die kleine Abbildung zu erkennen. Auf der glatten Meeresoberfläche ist ein winziger Krabbenkutter zu entdecken, der fast mit dem dunklen Wasser verschmilzt. Eine mächtige Regenwolke hängt am grauweißen Himmel direkt darüber. Dem Kriminalisten kommen sofort die Worte seines Meisters in den Sinn, damals im Kloster, als der versuchte, seinen Schülern eine praktische Meditationsübung des Hinayana, des kleinen Fahrzeugs des Buddhismus, zu erklären:

»Stellt euch eure Seele als ein gewaltiges Meer vor, das voll mit Informationen ist. Diese Informationen sind unter der Wasseroberfläche und formen sich unsichtbar zu einem Sinnzusammenhang. Jetzt stellt euch euren Geist als ein kleines Fahrzeug vor, das über das Meer gleitet. In diesem Fahrzeug sitzt euer Ich und beobachtet die gekräuselten Wellen, die der Wind in Bewegung hält. Aber es nimmt nur einen begrenzten Ausschnitt wahr, die Weite des Meeres ist unüberschaubar. Was unterhalb des Fahrzeuges in der Tiefe geschieht, hat eine Wirkung auf seine Bewegungen und somit auch auf das beobachtende Ich. Unser Bewusstsein nutzt den Geist als ein Fahrzeug, steuert ihn über die unendliche Weite der Seele. Es hängt also von der Stärke des Geistes und den Bewegungen der Seele ab, wohin uns das Bewusstsein am Ende bringen wird.«

»Der Geist ist ein Boot, das über das Meer der Seele gleitet«, sagt Swensen intuitiv. Hollmann macht ein verdutztes Gesicht. Dann fällt der Groschen und seine Augen strahlen.

»Das ist gut!«, lobt er fast glücklich. »Das ist sogar sehr gut! Genau so was hab ich mir vorgestellt für diese Bilder.«

»Findest du? Das ist jetzt sehr spontan gekommen.«

»Doch, Jan, das ist Klasse! Ich mach dir einen Vorschlag, ich bringe dir morgen einen Stapel von meinen Fotos mit. Du siehst sie dir in Ruhe durch und lässt dir etwas dazu einfallen. Ich kümmere mich in der Zwischenzeit um einen Verlag, der sich für unsere Idee interessieren könnte. Du siehst, du kannst dir alle Zeit der Welt lassen, denn das wird sicherlich nicht auf Anhieb klappen. Hauptsache, bei dir kommt am Ende etwas raus, wie … ja, wie gerade eben!«

»Du kannst Leute motivieren, Peter«, grinst Swensen. »Okay, lass uns das Buch machen!«

»Handschlag!«, sagt Peter Hollmann und streckt dem Hauptkommissar seine Hand entgegen. Der schlägt bereitwillig ein.

Wenig später ist Swensen, den langen Arbeitstag in den Knochen, auf der Rückfahrt durch die Dunkelheit. Er öffnet das Seitenfenster einen Spalt und hält seine Stirn in den kühlen Fahrtwind. Schwarze Windräder drehen Striche in die tiefblaue Nacht. Die Scheinwerferlichter des Polos lecken an den verschlafenen Backsteinhäusern von Oldenswort entlang. In Swensens Gedanken vermischen sich die stillen Bilder aus dem Watt mit den Kriegsbildern seines Vaters. Er sieht ihn im gestreiften Pyjama, lächelnd, mit verbundenem Arm auf einer Krankenhaustreppe stehen, inmitten von verletzten Kameraden, irgendwo in Polen. Ein anderes Bild zeigt ihn, umringt von denselben Kameraden mit Bierflaschen in den Händen. Sie schäkern ausgelassen mit einer Krankenschwester, die sich in frivoler Pose auf einem kleinen Tisch räkelt.

Auch Witzwort träumt bereits unter einem klaren Sternenhimmel. Er parkt seinen Wagen unter der Milchstrasse und marschiert durch den Vorgarten dem verwaisten Reetdachhaus entgegen, seinem Zuhause. Auf dem Anrufbeantworter ist eine Nachricht aus der Schweiz. Anna hat eine Telefonnummer und den Hinweis hinterlassen, er könne sie auch noch spät am Abend anrufen. Er tippt die Zahlen ein, um Annas Stimme zu hören, und sie nimmt gleich nach dem ersten Klingeln ab.

»Schön, dass du noch anrufst«, meldet sie sich aufgekratzt und erzählt begeistert von den Eindrücken, die sie bis jetzt in dem Trauma-Zentrum gewonnen hat.

»Und du?«, fragt sie. »Wie geht euer Fall voran?«

»In typisch norddeutscher Mentalität«, versucht er abzuwiegeln.

»Wortkarg wie die Friesen, mein Lieber«, hakt Anna nach. »Erzähl schon, was ist los mit dir?«

»Eigentlich nichts Besonderes, mir geht nur gerade mein Vater durch den Kopf, warum er freiwillig in den Krieg gezogen ist? Manchmal steigt ein Gefühl in mir hoch, als schleppe ich seine Altlast mit mir herum. Du hast mal etwas von einem kollektiven Unbewussten erzählt, weißt du noch?«

»Du meinst die Lehre von C.G. Jung, diesem Schweizer Psychiater. Der hat von einer Art psychischem Erbe der Menschheitsgeschichte gesprochen.«

»Genau, daran habe ich gedacht, als ich an meinen Vater denken musste! Ich habe mich gefragt, ob es auch ein kollektives Trauma geben könnte, ein Erbe des Krieges, das an uns Kinder weitergegeben wurde?«

»Eine spannende Idee, aber im klinischen Sinne werden nur Einzelpersonen traumatisiert. Das hast du doch selbst am eigenen Leibe erfahren, denk nur an die Zeit zurück, als du an PTBS gelitten hast.«

»Meine posttraumatische Belastungsstörung?«

»Die meine ich. In der Traumatheorie, das wurde gerade auf meinem Kongress behandelt, gibt es verschiedene Konzepte. Nicht ganz einfach zu erklären, aber kurz nach dem 11. September 2001 kam tatsächlich kurzfristig der Begriff eines kollektiven Traumas auf. Dabei haben sich die Psychologen aus dem Symptomkatalog der PTBS bedient: Eine verzögerte Reaktion auf ein belastendes Ereignisses mit Albträumen und sich aufdrängenden Erinnerungen. Erinnere dich an deine Flashbacks, als du immer wieder die ermordeten Kinder gesehen hast.«

»Solche Erfahrungen hat mein Vater im Krieg bestimmt auch gemacht.«

»Das ist anzunehmen, aber daraus muss sich nicht notgedrungen ein Trauma entwickelt haben. Die Sache ist wesentlich komplizierter. Auf dem Kongress gab es einen Vortrag über den deutschen Militärarzt Erich Simmel. Der hat schocktraumatisierte Soldaten im Ersten Weltkrieg behandelt und später dazu geschrieben, dass schon ein Vorgesetzter, der die Verantwortung übernimmt, dem Soldaten in einer unüberschaubaren Kriegssituation ein Gefühl der Sicherheit und sogar eine Immunität gegen Todesangst geben kann.«

»Das gibt es? Wirklich?«

»Ja, die Psychologin Anna Freud hat Ähnliches bestätigt. Sie schrieb über Londoner Kinder, die während der deutschen Luftangriffe gegen ein Trauma gefeit waren, wenn sie bei Bombardierungen bei ihren Eltern waren und sich geschützt fühlten. Erst wenn auch die Eltern Angst zeigten oder sie von den Eltern getrennt wurden, wirkten sich die Schrecken des Krieges traumatisch aus. Und noch verrückter! Eine historische Untersuchung belegt, dass die Deutschen während der alliierten Luftangriffe auf deutsche Städte eine stärkere Führerbindung und einen größeren Antisemitismus entwickelten. Der Soziologe Jan Lohl spricht in dem Zusammenhang von der ›Schiefheilung‹ eines Traumas.«

›Der Geist ist ein Boot, das über das Meer der Seele gleitet.‹ Swensens Gedanken haben sich nach und nach mit den Fakten verknäuelt, unentwirrbar, auch die Vorstellung eines traumatisierten Täters, der Oleander Eschenberg ermordet haben könnte, ist in dem Wust verknotet.

*

»Wir möchten gern mit Herrn Bieling sprechen«, bittet Hauptkommissarin Silvia Haman die junge Frau im taillenbetonten Blazer, die hinter dem gelben Informationstresen der Bankfiliale steht.

»In welcher Angelegenheit?«, fragt ihre distanzierte Stimme zurück. Ihre Körperhaltung verrät, dass ihr die maskuline Frauengestalt, die vor ihr steht, nicht sonderlich gefällt. Silvia Haman ist das nicht entgangen, ihre Stirn legt sich in Falten.

»Darum!«, bricht der Ärger aus ihr heraus, und sie hält der Bankangestellten ihren Dienstausweis dicht vor die Nase.

»Es tut mir leid, aber Herr Bieling ist momentan nicht im Hause«, reagiert die Frau in einem bemüht freundlichen Tonfall.

»Was heißt das?«, fragt Silvia Haman schroff. »Kommt er heute noch wieder oder ist er im Urlaub?

»Er hat ein paar Tage freigenommen, die Beerdigung eines Freundes, soweit ich weiß.«

»Seine Handynummer!«

Hauptkommissar Swensen geht auf Distanz, tritt einige Schritte zurück. Der aggressive Grundton seiner Kollegin ist ihm heute besonders unangenehm. Normalerweise gelingt es ihm, sich nicht mit ihrer Person zu verstricken, Silvia einfach nur zu beobachten, ohne zu bewerten, wie sie mit der Welt umgeht. Heute glückt ihm das nicht, und er stellt sich die Frage, woran es liegen könnte. Doch bevor er zu einem Ergebnis kommt, hat Silvia die Handynummer bekommen. Sie verlassen das Bankgebäude, steigen in den Dienstwagen und während Swensen den Motor anwirft, hat die Hauptkommissarin den gesuchten Bieling bereits am Apparat. Das Gespräch dauert nicht lange, einige Fragen, danach sagt die Kriminalistin nur knapp »Bockholmwik, wir müssen nach Bockholmwik.«

Swensen macht ein fragendes Gesicht, sagt aber nichts

»Irgendwo an der Förde, halt dich in Richtung Glücksburg. Ich schau kurz auf die Karte.«

Die Kriminalistin zieht eine Schleswig-Holstein-Karte aus dem Türfach. Geknister und ellenlanges Falten setzt ein.

»Wieso sprichst du eigentlich so gut Dänisch?«, fragt Swensen, während er den Dienstwagen von Ampel zu Ampel durch die Stadt steuert.

»Von Glücksburg aus müssen wir über die Rüder Strasse bis nach Rüde, weiter über die Bockholmwiker Straße bis nach Bockholmwik«, vermeldet Silvia ihr Kartenstudium.

»Dein Dänisch, wo hast du das gelernt«, wiederholt Swensen.

»In Nykøbing.« Silvia scheint einen Moment innerlich damit zu ringen, wie viel Privatleben sie preisgeben möchte, plaudert dann aber frisch drauflos. »Sieben Jahre, bis ich zehn war, bin ich dort aufgewachsen.«

»Ehrlich? Wir kennen uns jetzt schon solange, aber davon habe ich nichts mitbekommen.«

»Das war meine Kindheit! Ich weiß auch nicht, was du mit 10 Jahren gemacht hast.«

»Da habe ich irgendwo in Husum gespielt.«

»Ich bin aus Schleswig. Mein Vater ist nach meiner Geburt abgehauen. Meine Mutter hat einen Dänen aufgerissen und ist mit ihm nach Dänemark. Sieben Jahre hielt die Sache, dann sind wir nach Schleswig zurück.«

»Und Dänemark, wie war das für dich?«

»Nicht richtig toll, glaube ich. Zumindest gibt es schreckliche Erinnerungen, die ich nicht vergessen habe, Einkäufe mit meiner Mutter zum Beispiel, furchtbar! Ich erinnere mich noch genau an den Gemüsehändler in der Østergade oder den Bäcker am Enighedsvej. Wenn wir in den Laden kamen, war es immer schlagartig still. Die Leute starrten uns an und drehten sich dann weg. Alle wurden bedient, nur uns ließ man warten. Einmal hat meine Mutter wie eine Furie die Verkäuferin beschimpft, auf Deutsch: Sie blödes Sommersprossengesicht, ich will nur ein Vollkornbrot. Da haben sie uns alle ausgelacht, und ich hab mich furchtbar geschämt.«

»Aber du hast Dänisch gelernt, das ist doch nicht schlecht.«

»Für Urlaub in Dänemark reicht es aus!«

»Und für Ermittlungen auch!«

Den Rest der Fahrt versinken sie in Schweigen. In Rüde folgt Swensen dem Schild in Richtung Bockholmwik, es geht an einer größeren Waldschonung vorbei. Bis ins Wageninnere riecht es nach Meer. Am Yachthafen findet Swensen einen Parkplatz, der wegen des stürmischen Wetters nur mäßig belegt ist. Gegenüber steht ein Wagen mit Surfbrett auf dem Dachträger. Die Heckklappe ist geöffnet und ein breitschultriger Mann zerrt einen schweren Seesack heraus. Das Oberteil seines Wetsuit hängt herunter, die Neoprenärmel klatschen bei jeder Bewegung an seine Oberschenkel. Auf dem Rücken ist das Spiel seiner Muskeln zu sehen.

»Wie kommt man zu den Kitesurfern?«, ruft der Hauptkommissar hinüber.

»Den Weg dort entlang«, ruft der Athlet zurück und deutet mit der Hand in eine Richtung. »Gehen Sie so lange, bis das weiße Haus zu sehen ist!«

Swensen bedankt sich, indem er kurz den Arm hebt und marschiert mit Silvia über den Sand, bis in Höhe des weißen Hauses das Meer in Sicht kommt. Es weht ein kräftiger Ostwind. Der Strand fällt seicht bis zum Wasser ab. Rund um die Landzunge der Bucht treiben mehrere gebogene Lenkdrachen durch die Luft und reißen die Kiter auf ihren Brettern mit atemberaubendem Speed über die Wellen. Swensen und Haman ziehen sich die Schuhe aus und stapfen barfuß, mit ihren Schuhen in der Hand, über den Sandstrand auf eine kleine Gruppe zu, die das Treiben vom Land aus verfolgt. Schon die Kleidung verrät von weitem, dass alle Personen zur Surfergemeinde gehören.

»Sehen alle aus wie Außerirdische«, flüstert Silvia. Swensen lässt seine Schuhe in einer Hand hinter dem Rücken verschwinden.

»Kriminalpolizei Husum!«, sagt er mit lauter Stimme und hat sofort die gesamte Aufmerksamkeit. »Wir sind auf der Suche nach einem gewissen Felix Bieling! Kennt einer der Anwesenden diesen Herrn?«

Das Grinsen auf den Gesichtern friert ein, Blicke fliegen hin und her, eine der Frauen löst sich aus der Gruppe und geht auf Silvia zu.

»Der Felix, der ist draußen auf dem Wasser, vorn an der Spitze.« Sie zeigt rechts auf die Bucht hinaus. »Der grüne Drachen, der gerade an der Landzunge entlang auf uns zukommt.«

Swensen schaut angestrengt aufs Wasser und sieht einen grünen Drachenschirm, der sich aus einem Dutzend verschiedener Segelfarben löst. Er steht prall gefüllt im Wind und rast mit einem leisen Zischen heran, hält unmittelbar auf den Punkt des Ufers zu, an dem der Hauptkommissar Posten bezogen hat, um seinen Zeugen zu erwarten. Swensen befürchtet beinahe, es könne brenzlig werden, aber seine Angst stellt sich als unberechtigt heraus. Der Mann lenkt das Segeltuch nach oben, lässt es im Zenit über sich stehen und steuert sein Board mit dem letzten Schub zielgenau auf den Strand. Knirschend gleitet es über den Sand. Lässig macht er einen Schritt zur Seite, tritt auf festen Boden und lenkt mit den Leinen den Kite nach unten, bis er knapp über dem Boden steht.

»Okay, jetzt los!«, ruft er lauthals.

Mehrere Männer eilen ihrem Kumpel zur Hilfe. Einer packt mit einem Griff den Luftschlauch an der Front des Segels, dreht den Stoff blitzschnell auf die andere Seite und beschwert ihn mit Sand. Der Kiter zieht die Lenkstange zum Körper. Er nimmt den Trapezhaken aus dem Gurtsystem und, während er zum Drachen hinüber schreitet, wickelt er die Leinen um die Lenkstange. Nachdem die hektische Phase der Landung vorbei ist, stapft der Hauptkommissar entschlossen zu dem Mann im schwarzen Neoprenanzug hinüber, dessen knallrote Schulterstücke fast in den Augen schmerzen.

»Felix Bieling?«, fragt Swensen unüberhörbar, während der Mann mit einem Zischen die Luft aus seinem Drachenschirm lässt und sich verwundert umdreht.

»Was sind Sie denn für einer?«, fragt der Mann und mustert den Hauptkommissar mit angespanntem Nacken. »Merkwürdiges Outfit! Sind Sie Kunde bei meiner Bank?«

»Haben Sie Kunden, die Sie bis an den Strand verfolgen?«, fragt Swensen ironisch zurück.

»Nein, eigentlich nicht. Aber ich kenne Sie, irgendwoher

kenne ich Sie«, stellt Bieling nebenbei fest, indem er kurz aufblickt und zu den Männern, die den Kite zusammenfalten, hinüberruft. »Ihr kommt allein zurecht, Jungs?«

»Wir packen das schon, Felix!«, tönt es zurück.

Bieling steht auf, schaut Swensen in die Augen und grübelt: »Ich kenne Sie. Stimmt doch, oder?«

»Die Beerdigung in Husum? Vielleicht haben Sie mich dort gesehen?«

»Sie waren ein Kumpel von Ole?«

»Nein, meine Kollegin und ich sind von der Kripo Husum.«

»Polizei? Man hat mich doch dort schon ausgefragt.«

»Aber Sie haben nicht alles gesagt, was Sie wissen!« Silvia Haman verschränkt die Arme und sendet einen frostigen Blick. »Außerdem stimmt Ihre Aussage nicht mit der von anderen überein.«

»Sie wollen mich der Falschaussage bezichtigen?«

»Glauben Sie, wir sind Ihnen zum Vergnügen hinterher gelatscht?«

»Nun ist gut, Silvia«, knurrt Swensen, »er weiß jetzt, dass wir sauer sind!«

»Was werfen Sie mir denn vor?«, fragt Bieling trotzig.

»Herr Eschenberg hat einen Kredit von Ihrer Bank bekommen«, sagt Swensen mit ruhiger Stimme. Silvias Augen funkeln zornig, sie presst die Lippen zusammen und tritt zur Seite.

»Das wissen Sie bereits!«, entgegnet Bieling weiterhin gereizt.

»Der Geschäftspartner von Herrn Eschenberg hat ausgesagt, dass es Unregelmäßigkeiten mit diesem Kredit gab. Sie haben uns versichert, es hätte keine Probleme gegeben. Was stimmt jetzt, Herr Bieling?«

»Beides!«, antwortet der Kiter. »Jedenfalls kann man es so sagen.«

»Ich bin etwas begriffsstutzig, Herr Bieling!«

»Das ist ganz einfach zu verstehen. Es gab Probleme, aber zum Zeitpunkt meiner Aussage gab es keine Probleme mehr.«

»Interessant! Und wie ist das passiert?«

»Ich hatte mich mit Herrn Eschenberg arrangiert, unter der Hand sozusagen.«

»Und?«, kann Silvia nicht mehr an sich halten, »Wie wäre es mit einer klaren Erklärung, so ganz unter der Hand?«

»Wirklich nur unter der Hand!«, sagt Bieling verunsichert. »Das meine ich ernst! Meine Aussage muss unbedingt vertraulich behandelt werden.«

Der Hauptkommissar legt Silvia die Hand auf die Schulter und gibt ihr mit einem Blick unmissverständlich zu verstehen, dass er weitermachen wird.

»Wenn keine strafrechtlichen Gründe vorliegen, wird Ihre Aussage vertraulich behandelt«, verspricht er. Silvia ist auf Abstand gegangen und schmollt vor sich hin.

»Okay, okay!«, beteuert Bieling seine Bereitschaft. »Ich habe den Kredit von Herrn Eschenberg übernommen, privat!«

»Einfach so?«, faucht Silvia Haman herüber. Swensen atmet lautstark durch. Am liebsten hätte er die Kollegin erwürgt, doch glücklicherweise ist er Buddhist.

»Nein, natürlich nicht!« Es ist zu sehen, wie der Mann innerlich mit sich ringt. »Es gab eine Gegenleistung. Herr Eschenberg hat mir einige wertvolle Kunstwerke überlassen.«

»Lassen Sie mich raten«, sagt Swensen mit geheimnisvoller Stimme, »Zeichnungen von Horst Janssen?«

»Woher wissen Sie das?«

»Das ist unwichtig! Wichtiger ist, Sie bekommen Kunst von Herrn Eschenberg und übernehmen seinen Kredit. Ein riskanter Deal, finde ich! Woher wissen Sie, das es ein gutes Geschäft ist?«

»Ich kenne mich mit Kunst aus! Mein Vater ist Kunsthändler in Hamburg. Wir haben etliche Jahre neben dem Janssenhof in

Witzwort gelebt. Ich selbst habe Janssen als Kind ein paar Mal gesehen.«

»Sie sind aus Witzwort?«, fragt Swensen erstaunt. »Ich bin gerade dort hingezogen.«

»In solch eine gefährliche Gegend«, scherzt Bieling. Sein Gesichtsausdruck hat plötzlich etwas Spitzbübisches angenommen.

»Gefährlich?«

»Ja, gefährlich! Mein Vater hat mir erzählt, als Janssen '72 diesen Haubarg gekauft hat, soll der Bauer seiner Freundin Gesche und ihm eine Schrotflinte vor die Nase gehalten haben. Ein hutzeliges Bäuerlein, steht in einem von Janssens Büchern. Die Schrotflinte ist dann wieder im Schrank verschwunden, und dafür ist Aquavit auf den Tisch gekommen.«

»Das mit Aquavit klingt glaubwürdig. Er mochte den Schnaps, hab ich gehört.«

»Stimmt aufs Wort! Mein Vater sagt heute noch, so genial der Mann als Künstler war, so unerträglich war der leibhaftige Mensch zu Lebzeiten. Er war selbst einmal bei einer seiner feuchtfröhlichen Runden dabei, die wohl jedes Mal aus dem Ruder gelaufen sind. Janssen hatte seinem Freund Michael Hauptmann zum fünfjährigen Bestehen seiner Galerie einige Radierungen geschenkt, sie auf dem Fest signiert und ihn dann im Laufe des Trinkgelages angepflaumt: Dir habe ich Tausende von Mark geschenkt. Daraufhin soll Hauptmann ihm seine Blätter wütend in die Hand gedrückt haben: Die kannst du sofort zurückhaben. Janssen hat dann im Suff die Radierungen angezündet und Hauptmanns Frau gegen das Schienbein getreten.«

»Uns interessiert nur ihr merkwürdiger Deal mit Herrn Eschenberg!«, unterbricht Silvia Haman barsch, die den vertraulichen Ton von Felix Bieling nicht mehr ertragen will. »Für Anekdötchen eines durchgedrehten Genies haben wir keine Zeit!«

»Ich habe nur zu beschreiben versucht, dass ich mir das Geschäft mit Herrn Eschenberg gut überlegt habe. Ich konnte beurteilen, dass die Arbeiten echt sind und dass sie viel mehr wert sind als der Kredit, der noch ausstand.«

»Sie wussten aber nicht, dass die Zeichnungen gestohlen sind.«

»Gestohlen? Woher wollen Sie das denn wissen?«

»Herr Eschenberg hat sie seiner Mutter gestohlen. Die hat den Diebstahl bei der Polizei angezeigt und das Fehlen von zwölf Zeichnungen des Künstlers angegeben.«

»Zwölf? Ich habe nur zehn Zeichnungen bekommen. Sind Sie sicher, dass wir von den gleichen Arbeiten reden?«

»Der Teufel und die Tänzerin, sagt Ihnen das etwas?«

»Scheiße!«, flucht Bieling ohne jegliche Kontrolle.

»Ein riskanter Deal, Herr Bieling, ich habe es Ihnen bereits gesagt! Den Rest dürfen Sie jetzt mit Frau Eschenberg regeln. Und damit Sie die Sache auch wirklich freiwillig aus der Welt schaffen, wird Ihre Aussage erst im Gegenzug vertraulich bleiben.«

»Und der Kredit?«

»Ich denke, den haben Sie übernommen?«

»Scheiße, verdammte Scheiße! Das gibt es doch nicht. Der Kerl ist tot und hat mich selbst im Grab noch gelinkt!«

Swensen hört den Mann noch länger laut vor sich hin schimpfen. Er stapft mit den Schuhen in der Hand der Kollegin hinterher, die mit hochrotem Kopf, geballten Fäusten und kraftvollen Schritten in Richtung Dienstwagen vorauseilt.

Dänemark 1943

»Georg Ferdinand Duckwitz war der deutsche Schifffahrtsattaché an der Gesandtschaft in Kopenhagen. Ende September 1943, als die nervöse Spannung allenthalben zunahm, teilte er uns mit, dass sich der bisherige Zustand leider nicht halten lassen würde. Am 28. September suchte er mich während einer Sitzung im Alten Arbeiterversammlungsgebäude in der Rømersgade 22 auf. Das Unheil ist nun da, sagte er. Alles ist bis auf das kleinste Detail geplant. Im Hafen von Kopenhagen werden Schiffe vor Anker gehen, auf die Ihre unglückseligen jüdischen Landsleute von der Gestapo gebracht werden sollen, um einem unbekannten Deportationsschicksal entgegenzusehen. Er war kreideweiß vor Empörung und Scham.«

Hans Hedtoft, Parteivorsitzender der dänischen Sozialdemokraten

»Haben Sie das da gelesen?«, liest Aase und hält das Heft des Bruders fest in den Händen, als wolle sie es nie mehr loslassen. Sie ist ein Teil der Geschichte geworden, lebt in dieser kleinen Stadt am Meer, in die Soldaten gekommen sind. Sie möchte unbedingt wissen, was die Menschen gegen diesen Oberst Lanser unternehmen werden, was sie gegen seine Maschinengewehre ausrichten können. Die Mutter ist gerade mit zwei Eimern zur Pumpe gegangen, um Wasser zu holen. Es kann länger dauern, bis sie zurückkommt. Am Wasserhahn steht immer eine lange Menschenschlange an. Eine gute Gelegenheit, um noch schnell einige Seiten weiterzukommen.

»Nun, ich habe es gelesen. Bitte hören Sie gut zu.«

Aase liest weiter und stellt sich vor, wie der verdutzte Oberst ein im Inneren einer Papierhülle gefundenes Flugblatt anstarrt, und wie er die ungeheuerlichen Worte laut vorliest, die dort geschrieben stehen.

»Dem unbesiegten Volk. Versteckt das Papier, wenn es von euch gefunden wird. Ihr werdet es später gebrauchen können.«

Aase liest von den Gebrauchsanweisungen, die auf dem Flugblatt stehen, die die Menschen, die das Papier gefunden haben, auffordern, den Transport auf den Bahnstrecken zu unterbinden.

»Legt die Sprengkapsel unter die Schiene«, steht auf dem Papier geschrieben, das Lanser aus dem Heftchen des Bruders in dieser Geschichte vorliest, »dort wo sie mit der nächsten verbunden ist, dicht an der Schwelle.« Es gibt Anweisungen, dass man Erde oder hart geklopften Schnee über die Kapsel pressen soll, dass man langsam bis 60 zählen soll, wenn man die Zündschnur angesteckt hat. Dann explodiert die Bombe.

Aase hört die Stimme des Oberst, die in ihren Ohren entsetzt klingt: »Brücken. Beschädigen, nicht zerstören. Und hier: Telegrafenstangen. Bahnübergänge. Güterwagen.«

»Wir müssen etwas tun«, liest Aase. Den Satz hat Hauptmann Loft gesagt, und das Mädchen stellt sich seine Stimme schrill vor. »Es muss doch eine Möglichkeit geben, das zu unterdrücken. Was sagt das Hauptquartier, Herr Oberst?«

Aase ist glücklich, dass die Soldaten Angst bekommen haben. Sie weiß endlich, warum der Bruder ihr das Heft gegeben hat. Gleichzeitig kann sie nicht glauben, wieso dieser amerikanische Schriftsteller das alles wissen kann, was er geschrieben hat. Woher kennt er nur ihren Bruder? Wer hat ihm erzählt, wie ihr Bruder hier in Dänemark gegen diesen gemeinen Oberst Lanser kämpft?

»Es ist höchste Zeit, dass du ins Bett gehst, Aase!«, hört sie die befehlende Stimme der Mutter, noch bevor sie vorsichtig, die vollen Eimer in beiden Händen balancierend, durch die geöffnete Tür tritt.

»Noch fünf Minuten, bitte! Ich hab nur noch ein paar Seiten!«

»Die kannst du genauso gut morgen lesen, Aase«, wehrt die Mutter ab. »Du brauchst deinen Schlaf, verstanden? Es wird auch keine Kerze mehr angezündet und weitergelesen. Ich mach jetzt die Suppe heiß, und wenn Vater gleich von der Arbeit da ist, komm ich rüber und schau nach, ob du auch wirklich schläfst.«

Widerspenstig steht Aase auf. Die Mutter passt auf, dass ihr Heft auf dem Küchentisch liegen bleibt. Geräuschvoll lässt das Mädchen die Tür hinter sich zufallen, zieht ihre Kleidung aus, streift das Nachthemd über und kriecht unter die Decke. Sie ist noch wach, als der Vater kommt. Durch einen Spalt in der Bretterwand beobachtet sie vorsichtig das Treiben in der Küche. Ihr fallen schon fast die Augen zu, da klopft es leise an der Haustür. Sie ist sofort wieder hellwach, presst ihr Auge dicht ans Holz. Mutter und Vater sehen erschreckt aus.

»Wer ist da?«, fragt die Mutter mit ängstlicher Stimme.

Es klopft ein zweites Mal, diesmal etwas heftiger. Die Mutter geht zur Tür, öffnet sie langsam einen Spalt und stößt einen lauten, spitzen Schrei aus. Ihr Gesicht strahlt vor Freude, als sie zum Vater hinüberblickt.

»Jesper, schau nur wer da ist! Der Junge! Malthe! Er ist wieder da!«, sprudelt es aus ihr heraus. »Komm rein, Junge, komm rein! Dein Vater ist auch da!«

Aase klebt an dem Spalt, ihr Herz macht einen Satz, und sie hätte beinah vor Glück laut losgeschrien, wie die Mutter. Im letzten Moment beißt sie sich auf die Lippen, damit es keinen Ärger gibt.

Der Vater bleibt mürrisch hinter seinem Teller Suppe sitzen, während die Mutter wie von Sinnen einen Teller aus dem Schrank kramt.

»Möchtest du etwas Suppe, Kind? Du bist ja ganz schmal im Gesicht!«

»Nein, Mutter, ich habe keinen Hunger.«

»Hast du endlich genug von dem Unsinn?«, fragt der Vater, als wäre seine Zunge schwer wie Blei. Er legt den Suppenlöffel mit einem Knall auf den Tisch.

»Was wir machen, ist kein Unsinn, Vater«, sagt Malthe mit ruhiger Stimme. »Aber es ist nicht die Zeit, darüber zu streiten. Ich bin nur hier, um die Juden in der Siedlung zu warnen. Die Deutschen wollen alle Juden in Dänemark verhaften.«

»Woher willst du denn so was wissen?«, entgegnet der Vater schroff. »Es gibt so viele Gerüchte in diesem Land, es wird so viel geredet, davon kann man nicht einmal die Hälfte glauben!«

»Aber diesmal ist die Lage wirklich ernst, das müsst ihr mir glauben. Man hat uns angerufen, gestern Abend, eine Widerstandsgruppe aus Kopenhagen hat uns gewarnt. Der Oberrabbiner Marcus Melchior hat beim Gottesdienst in der Synagoge vor einer Deportation der dänischen Juden gewarnt. Die Information kommt von einem deutschen Offizier, der hat es bei einem aus der Regierung durchsickern lassen. Schon morgen soll es losgehen, morgen am jüdischen Neujahrsfest Rosch Haschanah. Die Deutschen werden bestimmt in die Siedlung kommen, alles nach Juden absuchen. Die Rosens aus unserem Dorf, wisst ihr, wo ich die finden kann? Sie müssen gewarnt werden!«

»Die sind hier in der Siedlung, Junge«, sagt die Mutter. Sie presst ihre Lippen zusammen, hat plötzlich kleine rote Flecken am Hals. »Sie sind ... sie wohnen gleich am Ende der Straße. Oh, mein Gott! Was machen wir denn jetzt, Jesper! Es sind noch andere Juden hier. Gegenüber ... direkt drüben, da wohnt Familie Abrahamowitz. Sie haben zwei Jungen! Oh, mein Gott! Die können doch nicht alle versteckt werden, in unseren kleinen

Baracken! Wenn dieser Bechgaard von der Zivilverteidigung das spitzkriegt, wird der uns bei den Deutschen verpfeifen.«

»Morgen müssen sie unbedingt versteckt sein!«, beschwört Malthe. »Das organisieren wir noch heute Nacht. Aber auf die Dauer ist das viel zu gefährlich, hier in der Siedlung. Es wird bald Fluchtwege nach Schweden geben, mit Booten über das Kattegat.«

»Was für Boote?«, fragt der Vater. »Woher sollen die Boote kommen?«

»Fischerboote! Es gibt eine Menge Fischer, die Menschen rüberbringen wollen«, versichert Malthe. Einen Augenblick herrscht reglose Erstarrung. Malthe sieht seinen Vater eindringlich an. »Was ist mit unserem Boot, willst du uns nicht dabei helfen?«

Der Vater trommelt unmerklich mit den Fingern auf dem Tisch. Die Mutter sendet ihm ermutigende Blicke. Dann hat sie Tränen in den Augen, streift nervös ihre Schürze glatt.

»Du hast recht mein Sohn, wir können da nicht einfach zusehen«, sagt der Vater wie aus der Tiefe eines Brunnens. »Es ist unsere verdammte Menschenpflicht zu helfen!«

Aase kann durch den Spalt erkennen, dass ihre Mutter erleichtert ausatmet, das Gesicht zu strahlen beginnt, und ehe das Mädchen noch reagieren kann, zu ihr in den Schlafraum stürzt. Die erwartete Strafpredigt, warum sie noch immer wach sei, bleibt aus.

»Zieh dich an, Kind, schnell!« Die Mutter ist wie von Sinnen, die Hände bewegen sich fahrig zu den Worten. »Wir müssen umräumen, hier drinnen. Wenn du angezogen bist, gehst du zu den Abrahamowitzs von gegenüber und sagst ihnen, sie möchten sofort zu uns kommen, es gibt sehr Wichtiges zu besprechen.«

Aase ist augenblicklich auf den Beinen. Es ist aufregend, genauso wie sie es im Heft des Bruders gelesen hat. Blitzschnell schlüpft sie in ihre Kleidung. Ich werde es den Deutschen schon zeigen, denkt sie übermütig und hört die Worte des Bürgermeisters, den sie so bewundert, aus der kleinen Stadt in dem Roman, den Oberst Lanser verhaften will:

»Wenn ich dem Volk sage, es soll nicht kämpfen, dann wird es traurig sein, aber es wird kämpfen. Wenn ich ihm sage, es soll kämpfen, dann wird es froh sein, und ich, der ich kein sehr tapferer Mann bin, werde mein Volk ein wenig tapferer gemacht haben.«

Ich will auch tapfer sein, denkt Aase und läuft hinüber zu ihrem Bruder, der sie in die Arme schließt.

Kopenhagen: Freitag, 1. Oktober 1943

Polizeioberwachmeister Rasmussen teilt um 20.00 Uhr mit, dass 20 große deutsche Mannschaftswagen in einer Kolonne den Freihafen verlassen.

Polizeioberwachmeister Toft vom Revier 2 berichtet, dass ca. 20 Wagen mit grünen Polizeisoldaten durch Strøget fahren. Man meint, es gelte den Juden.

Polizeioberwachmeister Rasmussen meldet um 21.37 Uhr, dass sämtliche Ausfallstraßen jetzt von Deutschen besetzt sind. Sie halten Fahrzeuge an und durchsuchen sie.

Das Revier 2 informiert um 22.10 Uhr, dass eine Aktion in der Købmagergade begonnen hat, in der eine Kette quer durch die Straße gebildet wird. Kleine Gruppen Deutscher durchkämmen die Häuser und kommen mit zivilen Personen wieder heraus. Ein deutscher Major sagt einem dänischen Polizisten vom Revier 4, die Aktion sei allein eine deutsche Angelegenheit und sie sollen sich nicht einmischen. Die Fernsprechverbindung wird unterbrochen.

Es ist kurz nach sieben, die Sperrzeit der Nacht ist beendet, als aus verschiedenen Baracken der Siedlung Gestalten aus den Türen huschen und in dem nahe gelegenen Wald verschwinden. Die aufgehende Sonne dringt durch das Unterholz und wirft ihren diffusen Strahlenschein über das Wasser des kleinen Sees. Auf der Lichtung davor steht ein Pferdewagen. Der kleine Nathan Abrahamowitz tritt vorsichtig hinter einem Baumstamm hervor und hält seinen Geigenkasten hoch in die Luft, das Erkennungszeichen. Der Kutscher winkt herüber. Die kleine Schar Menschen verlässt den schützenden Wald, eilt mit ihren Koffern und Taschen in den Händen auf das Gespann zu und klettert auf die Ladefläche. Die Männer, Frauen und Kinder hocken sich gekrümmt zwischen einige Strohballen und ziehen notdürftig eine bereitliegende Plane über sich. Die Jungen fragen ängstlich die Eltern, wo es hingeht und wann sie zurückkommen. Die zucken wehmütig mit den Achseln.

»Wenn uns Männer in Uniformen anhalten«, erklärt Malthe vom Kutschbock aus, ohne sich umzudrehen, »dann sagt ihr gar nichts und lasst nur mich mit ihnen sprechen, verstanden! Wenn man euch anspricht, sagt ihr nur ›Kanitverstan‹, sonst kein Wort, immer nur ›Kanitverstan‹. Und versteckt eure Koffer und Taschen unter dem Heuballen hinter mir.«

Malthe lässt die Peitsche knallen. Die klobigen Kaltblüter setzen sich in Bewegung, und der Wagen schaukelt über dem unebenen Waldboden. Die Herbstsonne ist ungewöhnlich warm, die durchgeschüttelten Menschen schwitzen unter der Plane. Das Gespann erreicht einen breiten Feldweg. Es geht vorbei an rechtwinkligen Feldern mit gradlinig gezogenen Ackerfurchen. Die Schatten der Laubbäume am Wegesrand kriechen über den Schatten, den das Fuhrwerk hinter sich herzieht. Der Versuch, sich den Weg zu merken, scheint unmöglich. Landstraßen, kleine Feldwege, die weißen Fachwerkhöfe, ihre Nebengebäude, gleichen einander. Unter der Plane wird kein Wort gesprochen, die stampfenden Schritte der Pferde und das Knarren der Holzplanken verlieren sich in der Zeit, lullen die beiden Flüchtlingsfamilien in ein trügerisches Gefühl von Sicherheit. Auf der Ladefläche liegt Stroh, darauf hocken Herr und Frau Rosen und Herr und Frau Abrahamowitz, ihre beiden Söhne an ihrer Seite. Der Tag geht zur Neige, die Schatten werden länger, als der Pferdewagen von der Landstraße abbiegt und auf einen schattigen Innenhof fährt. Das efeubewachsene Bauernhaus mit seinen Wirtschaftsgebäuden und dem Hühnerhof wird von Zwillingsbrüdern bewirtschaftet, die sie jetzt willkommen heißen.

»Hier seid ihr erst einmal sicher«, beruhigt Malthe die beiden Familien. »Morgen früh hält ein schwarzer Wagen an der Straße und bringt euch bis zum Fischerhafen, wo das Boot bereitliegt.«

Nachdem Herr Rosen, Herr Abrahamowitz und seine Söhne die Koffer und Taschen ins Haus getragen haben, führen die Zwillingsbrüder die sechs Flüchtlinge zu den Zimmern unter dem Dach. Hanne Rosen ist so erschöpft, dass sie in der Kleidung auf dem Bett einschläft.

Wie wird es wohl sein, wenn man tot ist, geht es Herrn Rosen durch den Kopf. Er hört ein fernes Summen. Das sind die Bombenflugzeuge, die sehr hoch in Richtung Süden fliegen. Ohne ein Gefühl von Mitleid stellt er sich die ohrenbetäubenden Einschläge vor, die Erschütterung des Bodens, wenn die tödliche Last eine der deutschen Städte trifft. Er lässt die Vision von zerstörten Häusern vor seinem inneren Auge entstehen, sieht die Reste der Wände, die wie karieszerfressene Zähne im offenen Mund des Krieges stehen, sieht die staubbedeckten Menschen, die kopflos zwischen zersprungenem Glas im eigenen Leid umherirren.

Es geschieht ihnen recht, diesen deutschen Teufeln. Auge um Auge. Das ist die Rache dafür, dass ihr gerade an einem heiligen Feiertag der Juden auf uns Hatz gemacht habt. Das ist der strafende Gott, der eurem Irrsinn Einhalt gebietet.

Es ist mittlerweile stockdunkel im Raum. Herr Rosen liegt immer noch wach, versunken in seinen Gedanken. Er hört die

Deutschen, wie sie vorige Nacht immer wieder mit dem Gewehrkolben an die Barackentüren hämmern, während er und seine Frau bei ihren dänischen Nachbarn im Kleiderschrank kauern, schlotternd vor Angst.

»Aufmachen!«, schreit die bedrohliche Stimme in seinem Kopf. »Sofort aufmachen!«

Er hält unwillkürlich die Luft an und erst, als er in seiner Erinnerung das Stapfen von Stiefeln im Kies verfolgt, Geräusche von Soldaten, die in einen Lastwagen steigen und davonfahren, fällt er in einen tiefen Schlaf.

Es ist sehr früh am Morgen, der erste Lichtschein schimmert über dem Horizont, als ein merkwürdiges Fahrzeug am Straßenrand wartet. Das Vorderteil ist ein LKW-Führerhaus, der hintere Teil besteht aus einem Kastengehäuse, an das eine Holzgasanlage montiert ist. Auf dem grauen, rostigen Blech steht in schwarzen Buchstaben: Imbert Generatoren GmbH. Am Steuer sitzt eine junge Frau mit kantigem Gesicht. Sie trägt eine braune Lederjacke und lange Hosen. Herr Rosen hält sie im ersten Moment für einen Mann, bis er lange blonde Strähnen entdeckt, die sich unter einer Art Chauffeursmütze hervorgezwängt haben. Die Frau erlaubt den Flüchtlingen nur jeweils mit einem Gepäckstück einzusteigen. Schweren Herzens müssen sie den Rest bei den Zwillingsbrüdern zurücklassen. Herr Rosen setzt sich neben die Frau auf den Beifahrersitz, die anderen fünf steigen in den Laderaum, der keine Fenster hat. Schwankend setzt sich das zusammengebaute Gefährt in Bewegung, kommt nur langsam auf Tempo. Auf einem Feldweg geht es durch einen dichten Laubwald, in dem der beginnende Tag immer wieder zur Nacht wird. Der Holzgasgenerator des Fahrzeugs macht merkwürdige Geräusche. Es stinkt nach verbranntem Holz, und der Geruch ist bereits in die groben, braunen Bezüge der Sitze eingedrungen. Die beißenden Abgase verfangen sich in den Haaren und brennen in den Augen. Die lange Fahrt geht durch mehrere Wälder, über private Schleichwege mit Schildern:

Durchfahrt verboten. Manchmal erscheinen plötzlich Gestalten, die Schlagbäume öffnen und hinter ihnen wieder schließen. Nach Stunden erreicht das Gefährt eine Häusersiedlung und stoppt auf einem Holzlagerplatz, der an das Hafenbecken grenzt.

»Hier müsst ihr raus. Aber vorher bekomme ich 100 Kronen«, sagt die Fahrerin. Herr Rosen kramt in seiner Tasche das Geld zusammen, gibt es ihr und steigt aus. Die Frau öffnet die Hecktür des Wagens, und während die anderen herausklettern sagt sie: »Ihr seid in Hirtshals. Versteckt euch hinter den Holzstapeln. Es wird bald jemand hier sein, der euch zum Fischerboot bringt.«

Es kommen weitere Wagen an und langsam sammelt sich eine kleine Schar von Menschen im Schatten der aufgeschichteten Holzplanken. Sie bleiben dicht beieinander wie ängstliche Tiere in einer Herde. Stunde um Stunde des Wartens vergeht, das Wenige zu trinken und zu essen, das einige dabeihaben, ist längst unter allen verteilt. Hinter einem kleinen Häuschen gibt es ein in die Erde gegrabenes Loch für die Notdurft. Unmerklich breitet sich eine schleichende Nervosität aus, einige wollen aus dem Versteck heraus deutsche Soldaten im Hafengebiet entdeckt haben, und Angst geht um. Es dämmert bereits, da taucht aus dem Nichts ein großer blonder Mann vor ihnen auf. Er hat ein jugendliches Gesicht, ist höchstens Anfang 20, wirkt aber furchtlos und vertrauenswürdig.

»Wir müssen vorsichtig sein«, flüstert er. »Es gibt Denunzianten unter der dänischen Polizei. Ab jetzt kein Wort mehr!«

Stumm führt er die Menschen im Sichtschutz eines Schuppens zu den Trockenplätzen der Fischer hinüber. Am Kai liegen fest vertäut mehrere Boote.

»Hierher!«, ruft jemand, als die Familien aus der Barackensiedlung an einem der Fischkutter vorbeigehen. Herr Rosen kann Malthe Stræde erkennen und weist aufgeregt mit dem Finger auf ihn. Sie stürzen auf den Holzsteg zu. Der Fischersohn steht vermummt in Ölzeug und Südwester an der Reling. Er streckt allen seinen Arm entgegen, zieht sie an Bord und führt sie weiter unter Deck in den Ballastraum gleich hinter dem Motor. Die Flüchtlinge müssen sich seitwärts an der Bordwand entlang am Treibriemen vorbeidrücken und auf die Schiffsplanken setzen. Die Decke ist so niedrig, dass, bis auf die Jungen, niemand ganz aufrecht sitzen kann. Malthe lässt mehrere Flaschen mit Wasser und in Papier gewickelte Brote zurück.

»Ihr müsst während der ganzen Fahrt unbedingt hier unten bleiben«, sagt er noch eindringlich und ist wieder verschwunden.

Laute Stimmen sind auf dem Hafengelände zu hören. Malthe sieht vier Soldaten in Wehrmachtsuniform. Sie marschieren zwischen dem Schuppen und der Fischtrockenanlage auf die Kaianlage zu. Der Fischersohn spürt die Gefahr, greift nach seiner Waffe unter der Öljacke, stürzt von Bord und stellt sich demonstrativ zu Fischern, die mit ihren kräftigen Gestalten, breitbeinig in Holzschuhen, eine menschliche Front vor den Booten bilden. Die Soldaten machen halt und beäugen die entschlossen wirkenden Männer. Plötzlich ist es totenstill, nur einige Möwen kreischen über dem erstarrten Geschehen. Die beiden Gruppen tasten sich gegenseitig mit Blicken ab, urplötzlich drehen die Soldaten um und ziehen ab. Erleichtert eilen die Fischer zu den Booten, ein Kutter nach dem anderen wirft seinen Motor an, und die kleine Flotte verlässt den Hafen.

Malthes Vater steuert im Ruderhaus das Boot durch die aufgewühlte Jammerbucht, während sein Sohn am Bug an der Reling steht und mit dem Fernglas den Horizont nach der dänischen Küstenschutzpolizei absucht. Südlich, in Richtung Küste, huschen Suchscheinwerfer am Himmel hin und her.

Im Ballastraum hallt der Rumpf wider vom steten »Tong-Tong-Tong« des Dieselmotors. Es riecht nach Öl. Niemand kommt zum Schlafen, der Boden ist feucht und hart. Nathan

Abrahamowitz beobachtet apathisch das Auf und Ab der Kolben und hört auf das gequälte Stampfen des Kutters. Unmerklich vergeht die Zeit, es gibt keinen Anhaltspunkt unter Deck. Dann bleibt der Motor stehen. Ungewohnte Stille. Wasser klatscht an die Bordwand. Ein anderes Boot kommt näher, geht längsseits. Laute Befehle fliegen durch die Luft. Mit Herzklopfen versuchen die Flüchtlinge zu hören, was die schleppende Stimme des Kapitäns antwortet. Hier unten kann man nicht sehen, was dort oben passiert, gute oder böse Menschen, zermartert sich Herr Rosen. Seine Sinne sind überscharf, seine Augen wollen das sehen, was ihm Angst einflößt. Plötzlich ist wieder Stille, eine Ewigkeit lang. Endlich tuckert das andere Boot davon.

»Alles in Ordnung«, hören sie von oben die vertraute Stimme von Malthe, »nur ein dänisches Vorpostenboot.«

Oben geht der Fischersohn wieder zu seiner Wache zurück und nimmt das Fernglas an die Augen. Der Wind ist etwas abgeflaut, die Nacht schleicht sich unmerklich heran. Der Mond hängt als scharfe Sichel hoch im Schwarz des Himmels. Im milchigen Dunst kann Malthe etwas in den Wellen schwimmen sehen, eine schwarze Kugel mit Hörnern, die wie ein eisernes Rieseneuter herantreibt. Der Kutter hält genau darauf zu.

»Halt! Stopp die Maschine!«, schreit er seinem Vater zu. »Eine Mine, Backbord voraus! Wir steuern auf eine Mine zu!«

Der Motor stoppt abrupt, der Kutter verliert an Fahrt und schiebt sich in einem Bogen zur Seite. Die Mine schaukelt, keine zehn Meter entfernt, in der See.

»Kann man sie wegstoßen, wenn sie herankommt?«, brüllt der Vater aus dem Ruderhaus.

»Nein!«, schreit Malthe zurück. »Das ist viel zu gefährlich. Aber es sieht so aus, als wenn die Strömung sie in eine andere Richtung treibt.«

Malthe behält recht, die Unterströmung lässt den tödlichen Sprengkörper achteraus im Dunkeln verschwinden. Der Kutter nimmt wieder an Fahrt auf und pflügt durch die tiefschwarze See.

»Es sind höchstens noch zehn Seemeilen, dann dürften wir die Dreimeilenzone von Schweden erreicht haben und ihr seid in Sicherheit, Leute. Bis dahin kann eigentlich nichts mehr schief gehen!«

Ein diesiger Lichtstreifen schiebt den Morgen über den Horizont, die Nacht gibt den nächsten Tag frei. Zum Greifen nah taucht in der trüben Luft die schwedische Küste auf. Malthe holt die Flüchtlinge an Deck, und Herr Rosen stiert wie elektrisiert zum Hafen hinüber. Tränen rollen über seine Wangen. Er drückt seine Frau ganz fest an sich und beide wimmern vor Erleichterung. Frau Abrahamowitz schluchzt laut auf, ihr Blick irrt zwischen dem Land und ihrer Familie hin und her. Kai und Molen sind voll mit winkenden Menschen, Möwen fliegen Ehrenrunden, jemand in der Ferne beginnt lauthals die schwedische Nationalhymne zu singen, und die Masse stimmt im Chor mit ein. Es klingt in den Ohren der Flüchtlinge wie das Schacharit der Freiheit.

»Du altes, du freies, du berghohes Land,
Du stiller, du freudenreicher Norden!
Mit grünen Wiesen und felsigem Strand,
Bist mir das liebste Land der Welt geworden.«

»Der Referent des Reichssicherheitshauptamtes teilte mit, die Judenaktion in Dänemark habe aus verschiedenen Gründen zu einem Misserfolg geführt. Einmal sei angeblich durch Polizeikräfte Verschiedenes durchgesickert. Eine Untersuchung in dieser Richtung laufe noch. Zum anderen habe man nur einen Bruchteil der Juden erfassen können, da der Bevollmächtigte des Reiches und der Militärbefehlshaber angeordnet hätten, es dürften keine Wohnungen erbrochen werden. Man habe daher nur diejenigen

Juden festnehmen können, die bei Klingeln oder Klopfen freiwillig die Wohnungen geöffnet hätten.

Gesandter Best habe sein Urteil sodann dahingehend zusammengefasst, dass das ›Ziel der Aktion nicht die Erfassung einer großen Anzahl von Juden, sondern die Reinigung Dänemarks von Juden gewesen sei‹, und dieses Ziel sei erreicht worden.«

Legationsrat im Auswärtigen Amt v. Thadden

»Die Gefahr im Osten ist geblieben, aber eine größere im Westen zeichnet sich ab: die angelsächsische Landung! Im Osten lässt die Größe des Raumes äußerstenfalls einen Bodenverlust auch größeren Ausmaßes zu, ohne den deutschen Lebensnerv tödlich zu treffen. Anders der Westen! Gelingt dem Feind hier ein Einbruch in unsere Verteidigung in breiter Front, so sind die Folgen in kurzer Zeit unabsehbar. Alle Anzeichen sprechen dafür, daß der Feind spätestens im Frühjahr, vielleicht aber schon früher, zum Angriff gegen die Westfront Europas antreten wird. Ich kann es daher nicht mehr verantworten, dass der Westen zugunsten anderer Kriegsschauplätze weiter geschwächt wird.«

Führerweisung Nr. 51 vom 3. November 1943

18.11.1943

In der Nacht wurden mehrere Sabotagefälle an Eisenbahnlinien in Jütland verübt, wobei u.a. eine wichtige Eisenbahnbrücke nördlich Aarhus gesprengt wurde. Der Verkehr konnte durch Umleitung aufrechterhalten werden. An den Reichsbevollmächtigten wurde die Forderung gestellt, bei den dänischen Stellen zu veranlassen, dass alle von der dänischen Generaldirektion der Staatsbahn als wichtig bezeichneten Eisenbahnobjekte von dänischer

Polizei oder auch Gemeindemitgliedern bewacht werden müssen.

In der Stadtmitte Kopenhagens wurde am Spätnachmittag der Oberheeresarchivrat Goes des eigenen Stabes von mehreren Zivilisten angeschossen. Gleichfalls erhielt ein Marinesoldat durch einen Zivilisten einen Pistolenschuss an der Hand beigebracht. Der Täter entkam nach einem Handgemenge.

2.12.1943

Die 2. Razzia gegen Sabotagetrupps wird für heute Nacht erneut befohlen. Beide Razzien zeitigten kein Ergebnis. Gleissprengungen fanden nicht statt.

Der Sonderzug des Generalfeldmarschalls Rommel traf mit mehr als 20stündiger Verspätung heute Abend an der dänischen Grenze ein. Durch einen Ordonanzoffizier wurden Lagekarten und Kriegsgliederungen überbracht.

Der Feldmarschall fuhr sodann, begleitet vom Herrn Wehrmachtbefehlshaber, im Pkw nach Silkeborg.

Der Tag war im Allgemeinen mit Vorbereitungen der in Aussicht genommenen Besichtigungsreise ausgefüllt.

Befehlshaber der deutschen Truppen in Dänemark

Das Ausatmen der Wellen

Hauptkommissar Swensen erwacht aus einem tiefen Schlaf. Er blinzelt in das Sonnenlicht, das durch einen Spalt in der Mitte der Vorhänge auf einen Mahagonischreibtisch fällt. Darüber hängt im Goldrahmen das Porträt einer Frau in einem magentafarbenen Kleid. Der Kriminalist glaubt das Gesicht von irgendwoher zu kennen. Er betrachtet die kurzen roten Haare, die etwas zu groß geratenen Augen, die im Stil der Impressionisten gemalt sind, doch der Name der divahaften Gestalt will ihm partout nicht einfallen. Nach einiger Überlegung gibt er auf, schielt zu seiner Armbanduhr auf dem Nachttisch, 8.21 Uhr. Er schlägt die Bettdecke zur Seite und steht auf. Seine Füße schmerzen beim Auftreten, die kurze Strecke zum Badezimmer hinüber setzt er jeden Schritt behutsam. Der Kriminalist will gerade die Schiebetür aufziehen, da klingelt sein Handy, das auf dem Schreibtisch liegt. Er zögert einen Moment, kann aber nicht widerstehen und nimmt den Anruf entgegen.

»Hallo, ich bin's, Anna! Bin gerade eben durch die Tür.«

»Du bist wieder in Witzwort?«

»Ja, ich wollte nur kurz fragen, wann du ungefähr zu Hause sein wirst?«

»Gar nicht, Schatz! Ich bin in Dänemark!«

»In Dänemark? Was machst du in Dänemark?«

»Eine Dienstreise. Silvia und ich ermitteln hier oben im Mordfall Hoyerswort. Ich befinde mich in einem Hotel in Thisted.«

»Schade, ich hatte mich so auf dich gefreut! Jetzt bin ich hier und du bist fort. Bist du noch länger weg?«

»Keine Ahnung wie viel Zeit wir brauchen. Aber es wird nicht unendlich dauern, schätze mal drei bis fünf Tage.«

»Und das nennst du nicht unendlich? Na gut, meldest du dich, wenn du es genauer weiß?«

»Klar, und ich beeile mich. Ich muss jetzt leider, bis dann … und ich liebe dich!«

»Ich dich auch, tschüss, Schnüffelhase!«

Swensen legt das Handy lächelnd auf den Schreibtisch und verschwindet unter der Dusche. Danach fühlt er sich besser, selbst die Schmerzen in den Füßen sind verschwunden. Kurze Zeit später steigt er die Hoteltreppe ins Erdgeschoss hinunter. Sein Magen knurrt, aber er hat noch keinen Appetit. Die frische Meeresluft vor der Tür ist genau das, was er braucht. Der Kriminalist schlendert über den leeren Parkplatz, auf dem eine einsame OK-Zapfsäule steht, zur weißgetünchten Kirche. Aus dem mächtigen Viergiebelturm ragt eine kurze Spitze. Er geht an dem langen Kirchenschiff entlang und entdeckt an der Rückseite eine Bronzemadonna mit Krone, die ein sitzendes Kind auf dem Arm hält. Das Baby von Freja Sjøqvist kommt ihm in den Sinn und er überlegt, dass sie ihre Ermittlungen am besten mit genau der Frau beginnen sollten. Er schaut auf die gütige Handhaltung der Madonna, als erneut das Handy klingelt. Das wird Silvia sein, überlegt er, während er das Gespräch annimmt und gleichzeitig den Rückweg zum Hotel antritt.

»Colditz hier, seid ihr schon in Thisted, Jan?«

»Gestern Abend angekommen, ziemlich spät. Hat alles einwandfrei geklappt mit den Reservierungen, danke.«

»Sehr gut! Ich habe euch bei der örtlichen Polizeistation im Ringvej angekündigt, nehmt mit Ove Toksvig Kontakt auf, dem habe ich die Sachlage ausführlich geschildert. Danach dürftet ihr euch frei bewegen können und selbstständig ermitteln.«

»Gut, das hört sich unkompliziert an.«

»Stimmt! Aber lasst die Dienstwaffen bitte im Hotelsafe. Im Gegensatz zur übrigen EU erlaubt Dänemark das Mitführen von Dienstwaffen nicht.«

»Okay, und bei euch? Gibt es noch irgendwelche Neuigkeiten?«, fragt Swensen, der in der Zwischenzeit das Hotel erreicht hat und sich im Empfang in einen Sessel setzt.

»Das LKA Kiel hat es endlich geschafft, einen Pfeil dieser HK P11 Gasdruckwaffe zu bekommen. Der Vergleich mit dem Tatpfeil ist aber negativ, das sind 36mm Pfeilgeschosse. Unser Pfeil kommt nicht aus solch einer Waffe.«

»Überrascht mich nicht«, sagt Swensen. »Aber das schließt einen Täter aus dieser Kampftaucherkompanie nicht grundsätzlich aus.«

»Eine vage Hoffnung, Jan! Wir waren derweil aber nicht untätig. Stephan hat mit der Journalistin der Husumer Rundschau gesprochen. Danach konnte er den Mann ausfindig machen, der Heinrich Kreuzhausen einst an die Presse verpfiffen hat.«

»Das hört sich doch gut an.«

»Der Mann, ein gewisser Gerhard Schach, ist in der Zwischenzeit Oberleutnant zur See. Er hat den Sachverhalt gegenüber Stephan unumwunden eingeräumt. Kreuzhausen hat ihm damals übel mitgespielt, hat ihn richtiggehend gemobbt, so dass er über Jahre nicht befördert wurde.«

»Und es gibt anscheinend ein ›aber‹, sonst würde deine Stimme anders klingen.«

»Genau, der gute Mann hat für die Tatzeit ein wasserdichtes Alibi. Damit ist deine Theorie anscheinend erst einmal geplatzt.«

»Hafte nicht an den Resultaten, die du erzielst!«

»Ein kluger Spruch. Wie ich dich kenne, ist er bestimmt Buddha zuzuordnen oder?«

»Der ist von Drukpa Rinpoche, einem Vertrauten des Dalai Lama.«

»Trotzdem gut! Gleichwohl würde ich es begrüßen, wenn ihr dort oben zu brauchbaren Resultaten kommt.«

»Das Gelingen ist relativ, es besteht aus Gold und aus Schlichtheit. Ich melde mich, wenn wir auf Gold stoßen. Und jetzt gehe ich frühstücken, Moin, Moin!«

Swensen steckt das Handy weg und trottet in den Frühstücksraum. Die Kollegin steht mit einem Teller am Buffet und füllt sich garnierte Brotscheiben auf.

»Original dänisches Smørrebrød, richtig lecker!«, schwärmt sie bereits von weitem.

»Und was ist das alles?«, fragt Swensen ratlos.

»Das hier drüben ist zum Beispiel gehackter Räucherschinken mit Rührei und Schnittlauchröllchen. Daneben Radieschenscheiben, Frühstücksspeck und Sprossen auf Pumpernickel. Schweinebraten auf Salatblatt, garniert mit Backpflaumen und Gurken. Und hier, das sind zu Tüten gedrehte Salamischeiben, Remoulade und Essiggurkenscheiben auf Mehrkorntoast. Und der absolute Klassiker: Leberpastete auf Schwarzbrot, Rotkohl, Rullepølse mit dänischer Remoulade und Röstzwiebeln. Lecker!«

»Gibt es auch Smørrebrød für Vegetarier?«

»Aber sicher! Extra für Husumer Hauptkommissare! Wenden Sie den Blick bitte auf die rechte Tischhälfte. Im Grill gebackenes Vollkornbrot mit Preiselbeeren, Birnenhälften und einer Scheibe Danablu, oder dieser fächerförmige Blauschimmelkäse auf Salatblatt und Vollkornbrot mit Weintrauben und Walnüssen garniert. Es gibt auch Fisch, dort die gebackene Scholle auf Eisbergsalat und Pumpernickel, dazu geriebener Meerrettich, Röstzwiebeln und Kresse, oder Thunfischmayonnaise auf Weißbrot, garniert mit Tomaten, Gurkenscheiben und Staudensellerie.«

»Danke, danke, es reicht, Kollegin Haman, vielen Dank! Eine überzeugende Einführung in dänische Spezialitäten«, stoppt der Hauptkommissar den Redefluss der Kollegin und greift nach den letztgenannten Brotvarianten. »Ich wusste schon, warum ich dich dabeihaben wollte.«

An den Wänden des länglichen Raums befinden sich dunkelgrüne Tapeten. Zusammen mit den vielen schmalen Fenstern entsteht so eine schummrige Atmosphäre. Sie suchen sich beide einen leeren Tisch und frühstücken wortlos. Silvia hat in den Jahren ihrer gemeinsamen Arbeit gelernt, dass Swensen aus Prinzip beim Essen nicht spricht. Danach informiert er sie von dem Telefonat mit Colditz und mit wem sie im Polizeirevier Kontakt aufnehmen sollen. Mit dem Stadtplan vor der Nase lotst die Hauptkommissarin wenig später Swensen durch die Stadt. Sie streifen den Hafen, fahren an Wohnhäusern vorbei den Østerbakken hinauf, nach links in den Ringvej und von dort rechts in den Kronborgvej. Hinter Bäumen streckt sich ein zweistöckiges Backsteingebäude. Es sind keine zehn Minuten vergangen, da steuert der Hauptkommissar den Dienstwagen auf den Parkplatz. Silvia Haman eilt sofort auf das überdachte Eingangsportal zu, Swensen kommt fast nicht hinterher. Die Kollegin steht bereits am Anmeldeschalter und redet auf Dänisch auf den Mann dahinter ein.

»Zimmer 213, 1. Stock«, informiert sie einsilbig und ist schon die Treppe hinauf. Vor dem Büro bleibt sie stehen, klopft erst, als Swensen zu ihr aufgeschlossen hat, und öffnet ohne Aufforderung von Innen die Tür. Hinter einem schlichten Schreibtisch sitzt ein großer schlanker Mann mit rotblondem Haar. Seine Gesichtshaut ist mit Sommersprossen übersät. Er setzt sich aufrecht zurecht, als Silvia Haman und Jan Swensen hereinkommen, und faltet seine Hände vor sich auf der Tischplatte. Die graublauen Augen fixieren die beiden Deutschen gelassen, die dunklen Schatten unter den Lidern geben ihm ein ernstes Aussehen.

»Vicepolitkommissær Toksvig?«, fragt Silvia. »Vi er de aviserede tyske betjente fra Husum og vil gerne efterforske i omegnen.«

»Sie können Deutsch sprechen, auch wenn Ihr Dänisch nahezu perfekt ist, liebe Kollegin«, antwortet Toksvig, und die ernste Miene wandelt sich zu einem herzlichen Lächeln, dem selbst Silvia nicht widerstehen kann und genauso freundlich erwidert. »Ihre Ermittlungen hier sind für uns in Ordnung, und ich werde Sie selbstverständlich begleiten, damit Sie alles ohne Probleme finden.«

»Das ist sehr freundlich.« Swensen versucht zu verbergen, dass er darüber nicht gerade begeistert ist. »Aber wegen uns müssen Sie sich nicht die viele Mühe machen, wir kommen schon zurecht.«

»Ich helfe Ihnen aber gern! Außerdem kenne ich die Spots, wo die Surfer sind. Als ich jung war, war ich einer von ihnen.«

»Sie haben gesurft?«, fragt Silvia interessiert.

»Das ›Sie‹ vergessen wir, ich bin Ove!«

»Silvia!«, sagt die Hauptkommissarin und eine kaum wahrnehmbare Röte überzieht ihre Wangen.

»Jan!«, sagt Swensen und reicht Toksvig die Hand.

»Es ist gut, sich mit den Weisen zu treffen, noch besser, mit ihnen zusammenzuleben.«

Swensen nimmt den Satz, der zu ihm spricht, als eine Rüge dafür, dass er lieber allein ermitteln wollte. Der Kriminalist sitzt auf der Rückbank eines dänischen Polizeiwagens, und Ove Toksvig steuert in Richtung Nordseeküste, vorbei an gelben Kornfeldern, Waldschonungen, kleinen Dörfern und einzelnen Gehöften.

»Das ist der Vandet Sø!«, erklärt der Däne und deutet nach links auf den großen See, der sich durch die bewaldete Landschaft zieht. »Es ist ein ruhiges Gewässer! Gut geeignet für Windsurf-Einsteiger. Bei Südost-Wind ist der See allerdings glatt wie ein Kinderpopo.«

»Ich glaube kaum, dass wir Zeit zum Surfen finden werden«, erwidert Silvia übermütig. »Oder gibst du kostenlose Übungsstunden, wenn wir Feierabend haben?«

»Ich fürchte, ich bin aus der Übung. Aber das heißt natürlich nicht, dass wir nichts unternehmen könnten, Silvia. Du musst das Kirsten Kjærs Museum ansehen. Es ist voller alter Gemälde. Die werden dir bestimmt gefallen.«

»Das wäre schön!« Silvia sitzt auf dem Beifahrersitz wie ein Schulmädchen, das sich gerade zum Stelldichein verabredet hat.

Silvia und Kunst, denkt Swensen und bemerkt gleichzeitig, dass er schon wieder bewertet. Für den Rest der Fahrt versucht er sich in Achtsamkeit zu üben, bleibt ein neutraler Zuhörer und Beobachter. Ihr Wagen passiert das Ortsschild von Klitmøller und stoppt wenig später vor einem einstöckigen Gebäude, welches ein offenes Viereck um einen Vorhof bildet. Die schmutzigen Mauern müssen einmal weiß gewesen sein, die Dachrinnen sind rostig, und auch das Wellblechdach ist stellenweise rotbraun verwittert. Auf dem ovalen Schild, von einer Krone geziert, steht in goldenen Buchstaben: Klitmøller Kro & Badehotel.

»Es dauert nicht mehr lange, dann bricht das Teil zusammen«, stellt Swensen trocken fest, als er mit Haman und dem Dänen neben einer leeren Fahnenstange auf dem Kiesplatz steht und sich überlegt, an welcher Stelle in dem riesigen Haus sich die Wohnung von Freja Sjøqvist befinden könnte. Die Eingangstür im Hauptgebäude wurde anscheinend schon jahrelang nicht mehr geöffnet.

»Die Adresse stimmt!«, sagt Silvia überzeugt, nachdem sie in ihrem Notizbuch nachgesehen hat. Sie beschließen, getrennt das Gebäude zu umrunden. Vicepolizeikommissar Toksvig wird als Erster fündig und ruft die Deutschen zu einer Auffahrt am rechten Seitenflügel. Über dem Türschild mit dem Namen Sjøqvist ist ein Klingelknopf. Swensen drückt, kann aber kein Klingelzeichen hören. Doch es öffnet sich ein Dachfenster und eine Frau beugt sich heraus. Der Däne erklärt, weswegen sie gekommen sind. Schritte kommen eine Treppe herab, die Haustür geht auf. Es ist Freja Sjøqvist, sie erkennt Silvia Haman sofort wieder.

»Wir kennen uns«, sagt sie im akzentfreien Deutsch.

Das Wohnzimmer im ersten Stock ist geschmackvoll eingerichtet. Die Kriminalisten dürfen auf dem alten Ledersofa und einem Sessel Platz nehmen. Swensen lehnt sich entspannt zurück und lässt seinen Blick unauffällig durch den Raum schweifen. In einem Dacherker zieht sich eine breite Fensterfront entlang, die Fahnenstange vom Kiesplatz ist zu sehen. An der linken Wand steht eine flache Couch, darüber hängt der Knochenschädel eines Wasserbüffels, dessen geschwungene Hörner über die gesamte Fläche ragen. Auf dem Tisch vor ihnen liegen stapelweise Surfmagazine. Freja Sjøqvist sitzt ihm in einem zweiten Sessel direkt gegenüber.

»Sie bekommen ein Baby?«, fragt Swensen unverblümt und registriert, dass seine Frage die Frau völlig überraschend trifft. Er sieht, wie sie nach Fassung ringt und ihre Lippen mehrmals kurz zucken.

»Wie … wo … woher wissen Sie das?«

»Dann stimmt das Gerücht?«

Freja Sjøqvists Blick geht durch Swensen hindurch. Sie hat die Augenlider halb geschlossen, ihre Miene ist verschlossen.

»Ole hatte fest versprochen, es niemandem zu sagen«, sagt sie fast zu sich selbst.

»Die Familie von Herrn Eschenberg ist über Ihre Schwangerschaft nicht unterrichtet. Sie haben es verschwiegen, als Sie auf der Beerdigung waren. Warum? Herr Eschenberg war ihr einziger Sohn! Glauben Sie nicht, dass seine Eltern sich über die Nachricht freuen würden?«

»Das ist einzig und allein meine Angelegenheit.«

»Frau Sjøqvist, ich möchte Ihnen auf keinen Fall zu nahe treten, aber wir ermitteln in einem Mordfall! Sie wissen, dass Herr Eschenberg getötet wurde. Jede Information ist wichtig für uns, damit wir den Täter ermitteln können. Das wollen Sie doch sicher auch?«

»Ich möchte, dass er seine Strafe erhält. Aber das hat nichts mit meiner Schwangerschaft zu tun.«

»Es könnte aber etwas miteinander zu tun haben. Gibt es einen triftigen Grund, warum Sie darüber nicht sprechen möchten, Frau Sjøqvist? Ihr Kind hat seinen Vater verloren! Das muss Sie doch berühren?«, bohrt der Hauptkommissar weiter.

»Meine Trauer ist meine Angelegenheit! Sie sitzen nicht auf meiner Bettkante in der Nacht! Oder erwarten Sie einen Beweis? Wollen Sie Tränen sehen, damit Sie mir glauben?«

»Es tut mir leid, aber ich muss diese Fragen stellen. Wir finden den Täter nur, wenn uns nichts verheimlicht wird.«

»Dann beantworten Sie erst einmal meine Frage, woher Sie überhaupt von meiner Schwangerschaft wissen.«

»Von einer jungen Frau aus Thisted.«

»Ist sie etwa schlitzäugig?«

»Das tut nichts zur Sache. Sie sagte aus, dass es diesbezüglich ein Gerücht geben soll, und ich dachte mir, es könne stimmen.«

»Es ist Risako, diese Giftschlange! Geben Sie es zu!«

»Sie meinen Risako Misugi?«

»Die meine ich! Ich hätte es mir denken können! Hat sie Ihnen auch erzählt, dass sie Ole vor Jahren angebaggert hat?«

»Sie hat nur zu Protokoll gegeben, dass sie Herrn Eschenberg von Okinawa kennt. Das wäre nichts Besonderes, hat sie gesagt, weil sich in der Surfer-Szene jeder auf der Welt mal irgendwo über den Weg läuft.«

»Aber dieser Weg führt nicht automatisch ins Bett!«

»Sie sind sehr aufgebracht, Frau Sjøqvist. Sie behaupten, Frau Misugi und Herr Eschenberg hätten ein Verhältnis gehabt?«

»Nein, ich behaupte gar nichts. Es ist ein Gerücht, von dem ich gehört habe. Vielleicht denken Sie da ja auch, dass es stimmen könnte! Und wenn wir schon gerade dabei sind, vielleicht befragen Sie in dem Zusammenhang einen gewissen Niels Skov.

Er ist der Freund von Risako und ein alter Kumpel von Ole. Kurz vor seinem Tod hatte Niels einen handfesten Streit mit Ole … und zwar hier in Dänemark.«

»Das ist jetzt wieder so ein Gerücht?«

»Nein, das ist eine Tatsache, davon hat mir Ole selbst erzählt.«

»Und Sie wissen auch, worum es in diesem Streit ging?«

»Ja, auch das weiß ich! Es ging um die vielen Bunkerruinen, die hier noch überall an den Stränden liegen. Niels hat Ole die deutsche Vergangenheit vorgeworfen, dass die Deutschen 1940 ohne Grund in Dänemark einmarschiert sind.«

»Und Herrn Eschenberg hat das geärgert?«

»Und wie! Er war ziemlich aufgebracht! ›Was hab ich damit zu tun?‹, hat er zu mir gesagt. Ich konnte ihn kaum beruhigen. Damals habe ich das nicht ernst genommen, fand es harmlos, aber heute sieht alles anders aus.«

»Dass die Nazis Dänemark besetzt hielten, hat sicher viele ältere Dänen verbittert. Die Jungen sehen das doch mittlerweile bestimmt lockerer? Wissen Sie, warum Herr Skov das getan hat?«

»Er wollte Ole provozieren, mit Absicht, da bin ich sicher. Aber warum er ihm die Taten der Nazis vorgeworfen hat, ist nicht zu begreifen. Ich nehme an, es muss etwas anderes dahinter stecken, etwas, von dem Ole gewusst hat. Aber das müssen Sie Niels selber fragen.«

»Das werden wir machen, Frau Sjøqvist!«, sagt Swensen, schließt die Augen, wartet einen Moment und öffnet sie wieder. »Eine Frage noch zum Schluss, kennt die Familie von Herrn Eschenberg Sie eigentlich?«

»Ich war ein paar Mal dabei, als er seine Mutter besucht hat.«

»Wusste sie, dass sie befreundet waren?«

»Nein, das wollte er nicht.«

»Warum nicht?«

»Er hat mir gesagt, dass er sich mit seiner Mutter nicht gut versteht. Sie sollte nichts über ihn wissen. Seine Familie sei nur schrecklich, hat er mir gesagt. Seinen Großvater hat er aber respektiert, glaube ich, obwohl er ihn auch nicht besonders mochte. Der hat ihn unterstützt, auch finanziell, hat er mir erzählt.«

»Hat er Sie dem Großvater vorgestellt?«

»Nein, auch nicht. Bis zur Beerdigung habe ich den nie persönlich gesehen. Ole hat mir nur das Schloss gezeigt, aus der Ferne, als wir zum Windsurfen in St. Peter waren. Ich habe aber ein Foto von seinem Großvater, ein ziemlich altes Foto. Er hat Ole auf dem Schoß, als er noch ein kleiner Junge war. Ich mochte das Bild so sehr, dass er es mir geschenkt hat.«

»Kann ich es sehen?«, fragt Swensen intuitiv.

Freja steht auf, geht in den Nebenraum hinüber. Es klappen Schranktüren und Schubladen werden aufgezogen, dann kommt die Frau mit verstörtem Blick und leeren Händen zurück.

»Das Bild ist weg, verschwunden!«, sagt sie nachdenklich. »Es stand immer neben meinem Laptop. Merkwürdig, vielleicht hat Ole es wieder mitgenommen, als er das letzte Mal hier war?«

»Wussten Sie, dass der Großvater von Herrn Eschenberg als Soldat in Dänemark war? Es gibt ein Bild, auf dem er mit Generalfeldmarschall Rommel in Hanstholm zu sehen ist.«

»Ich weiß nicht, wer dieser Rommel ist. Ich bin 1975 geboren. Die deutsche Besatzungszeit haben wir zwar in der Schule durchgenommen, aber das ist schon lange her. Nur die Kanonenstellung in Hanstholm, die kenne ich. Ich war dort ein paar Mal im Museum.«

*

An der Ortsausfahrt von Klitmøller befestigen zwei junge Männer Plakataufsteller mit Draht an einem Lichtmast. Der Hauptkommissar bemerkt im Vorbeifahren, dass die Werbung offensichtlich eine Surfveranstaltung ankündigt und lässt den dänischen Kollegen kurzerhand stoppen. In großer Schrift, die ohne Mühe aus dem Auto zu lesen ist, steht dort: Soulwave Surfcontest, Short & Longboard, Simmer Windsurf Cuash, Free Surfing Days und Big Surfers Party.

Ein gelber Überkleber am rechten Rand bringt den Hauptkommissar in Erregung: Special Guest from Hawaii, Kilian Martens.

Noch beim Gehen an der Haustür hatte er sich bei Freja Sjøqvist nach Kilian Martens erkundigt, ob sie wüsste wo er sich zurzeit in Dänemark aufhalten könnte. Die Frau hatte nur ausdruckslos mit den Achseln gezuckt und den Kopf geschüttelt. Das war gelogen, davon war er gleich überzeugt gewesen.

»Die feine Dame hat uns verarscht«, knurrt er Silvia in den Nacken.

»Was heißt ›verarscht‹? Was meint Jan damit?«, fragt Ove Toksvig, während er weiterfährt.

»Røvrendt!«, grinst Silvia Haman. »Der Kollege meint, Freja Sjøqvist hätte uns ganz schön røvrendt!«

»Und weswegen meinst du das, Jan?«

»Weil ich glaube, dass Frau Sjøqvist genau weiß, wo wir diesen Kilian Martens finden können. Stellt sich die Frage, warum sagt sie uns das nicht? Was haben die beiden miteinander zu tun?«

»Meinst du nicht, dass du … wie sagt man das … jeg tror du ser syner?«

»Ove meint, du siehst Gespenster«, übersetzt die Hauptkommissarin.

»Gibt es in Dänemark überhaupt Gespenster?«

»Wir haben auch einige alte Burgen«, grinst Ove Toksvig. »Aber ich finde, Frau Sjøqvist war sehr kooperativ. Sie hat uns den Tipp gegeben, wo wir Niels Skov finden könnten. Was willst du mehr?«

»Das eine schließt das andere nicht aus!«, bleibt Swensen stur.

»Ove hat aber nicht ganz Unrecht, Jan«, springt Silvia dem Dänen sofort zur Seite. »Schließlich war Niels Skov den ganzen Tag über telefonisch nicht zu erreichen.«

Der Hauptkommissar beißt die Zähne zusammen, verfällt demonstrativ in Schweigen und schaut gelangweilt aus dem Fenster auf die vorbeiziehende Dünenlandschaft. Die braungrüne Pflanzendecke wirkt entspannend, beruhigt die Augen. Swensen kann sogar einzelne Pflanzen erkennen, den schilfartigen Röhricht und das Binsengras, Strandhafer und Heidekraut. Jählings bricht der helle Himmel ab, die Straße führt durch einen bewaldeten Abschnitt.

»Das steht hier alles unter Naturschutz«, erklärt der Däne und deutet mit einer Hand auf das Handschuhfach. »Da liegen Faltblätter drin, auf Deutsch. Ich habe sie für euch besorgt, damit ihr etwas über diese Landschaft erfahrt.«

Silvia kramt die schmalen Hochglanzzettel heraus und reicht einen davon an Swensen weiter. Der setzt seine Lesebrille auf und liest: »Der Nationalpark Thy befindet sich auf ehemaligem Meeresboden, der sich angehoben hat. Unter dem Flugsand ist kalkhaltiger Moränenlehm aus der Eiszeit. Früher hat man hier nur Bergkiefer gepflanzt, um die Verwehungen zu stoppen, heute nimmt man produktive Baumarten, Fichten, Tannen, Buchen und Eichen.«

Als der Kriminalist den Kopf wieder hebt, sieht er gerade noch den Wegweiser nach Nørre Vorupør, hinter dem drei dänische Flaggen stehen. Ove Toksvig biegt ab, kutschiert langsam durch die kleine Ortschaft, vorbei an Einfamilienhäusern, Geschäften, Supermärkten und einer auffälligen Kreuzkirche aus roten Ziegelsteinen. Die Fahrt endet auf einem Parkplatz vor der länglichen Gebäudefront einer Fischräucherei. Nachdem Swensen ausgestiegen ist, erregt ein kleines Toilettenhäuschen, das direkt an den Dünen steht, für einen Moment seine Aufmerksamkeit. Es wird von mehreren Gestalten in schwarzen Neoprenanzügen umlagert, die davor ihre Surfbretter wachsen und dann mit denen auf den Strand zurennen. Ein zweiter Weg führt auf der anderen Seite der Räucherei entlang. Haman, Swensen und der Däne kommen an einem Holztürmchen mit einer Glocke vorbei, daneben mahnt eine deutsche Treibmine, frisch angestrichen. Einige Meter weiter rostet ein grüner Traktor vor sich hin. Früher wurden damit bestimmt Fischkutter an Land gezogen. Der Strand ist voll mit hellblauen Holzbooten, großen, die aufrecht im Sand stehen und kleineren, die zur Seite geneigt liegen. Eine aufgeschüttete Mole ragt ins Meer hinein, daneben tummelt sich eine Schar von Surfern in den Wellen.

»Herrjemine!«, stöhnt Silvia. »Schaut euch das Gewimmel an! Die sehen doch alle gleich aus. Wer von denen ist bitte dieser Niels Skov?«

»Ich horche mich mal unter den Jungs um«, verspricht der Däne und stapft auf eine schwarze Neoprengestalt zu, die gerade mit ihrem Board unterm Arm das Wasser verlässt.

Zwischen den Steinquadern der Mole, die bis auf den Strand liegen, glänzen verendete Fischleiber. Swensen schaut unangenehm berührt auf die unzähligen toten, glasigen Augen, die unter Plastikmüll und Treibholz hervor ins Nichts starren. Möwen stolzieren dazwischen hin und her und hacken die weichen Körper auf, prügeln sich mit ihren Flügeln um das Gedärm.

Der Däne winkt Haman und Swensen zu sich, deutet auf eine schwarze Gummigestalt auf einem knallroten Baord und sagt: »Das ist euer Mann!«

»Und nun? Wie kriegen wir ihn an Land?«, fragt Swensen.

»Indem wir warten. Gehen wir solange am Kiosk einen Hot Dog essen, bis er keine Lust mehr hat.«

»Ich bin Vegetarier, ich warte hier«, sagt Swensen, und Silvia übersetzt dem verdattert dreinschauenden Dänen: »Han er vegetar! Ich nicht, also gehen wir.«

Während die beiden auf eine Reihe Holzhäuschen zusteuern,

lehnt sich der Kriminalist an einen verwitterten Betonklotz, dessen verrostete Metallteile verraten, dass er mal eine Zugvorrichtung für die Kutter war. Der Wind bläst ihm ins Gesicht, und er schaut den heranrollenden Wellen zu, die nicht besonders hoch sind, aber ab und zu blau und rein in der Sonne funkeln. Die Surfer im Wasser dümpeln lässig wie Seehunde vor sich hin, bis im nächsten Moment einer mit aller Kraft auf eine Welle zupaddelt, sich auf dem Board aufrichtet, um im rasanten Tempo auf dem kochenden Schaum fortgerissen zu werden. Swensen lässt sich mitreißen, gleitet gedankenverloren über die Wasserfläche, wird eins mit dem Augenblick, dem ewigen Ziehen und Schieben der Gezeitenkräfte. Wie aus dem Nichts leuchtet plötzlich das knallrote Board von Niels Skov vor seinem Auge, er sieht es näherkommen, auf den Strand zusteuern. Der Surfer gleitet stehend auf den Ufersand, steigt einfach nur ab. Mit einer eleganten Bewegung packt er sein Sportgerät, klemmt es unter den Arm und muss vor Swensen stoppen, der ihm in Windjacke und Mütze im Weg steht.

»Niels Skov?«

Der Surfer zieht seine Neoprenkapuze vom Kopf, die blauen Augen unter den blonden, buschigen Augenbrauen taxieren argwöhnisch den Hauptkommissar, den er so gar nicht einordnen kann.

»Hvad ønsker De?«

»Do you speak English?«, fragt Swensen und als der Surfer kurz mit dem Kopf nickt wiederholt er. »Sie sind Niels Skov?«

Der Mann nickt erneut.

»Mein Name ist Jan Swensen, ich bin deutscher Kriminalpolizist und habe ein paar Fragen zu Oleander Eschenberg. Sie kannten Herrn Eschenberg doch oder?«

»Ole? Dette Røvhul! Mir wäre lieber, ich hätte ihn nicht gekannt!«

»Daraus schließe ich, Sie mochten Herrn Eschenberg nicht besonders?«

»Könnte man so sagen. Aber ich habe ihn nicht ermordet, wenn Sie darauf zusteuern.«

»Wenn Sie mir verraten, weswegen Sie Herrn Eschenberg nicht mochten, glaube ich Ihnen das vielleicht.«

»Weil er mich betrogen hat, det dumme svin!«

»Wie hat er das gemacht?«

»Wenn Sie mit zu meinem Auto kommen, dann zeige ich es Ihnen«, sagt der Mann und stapft entschlossen mit großen Schritten über den Strand davon. Swensen klebt an seinen Fersen. Der enge Gummianzug zeigt jede Kontur des Körpers, die breiten Schultern und die strammen Schenkel mit den kraftvollen Bewegungen.

Der Mann ist richtig wütend, denkt Swensen.

Niels Skovs Muskeln spannen, schwingen im Rhythmus der Füße. In der Wut kochen alte Bilder hoch, brodeln durch sein Bewusstsein, gischtfransig wie herabdonnernde Brecher.

Das kleine Brett, das Moritz für Ole und Niels aus Deutschland mitgebracht hat, ist ziemlich schmal mit einem guten seitlichen Widerstand, um im starken Passatwind nicht zu viel an Tempo einzubüßen. Die Leinen des neuen Segels kreuzen sich nicht mehr, Niels kann ohne Probleme Kurs halten. Oles neue Karabinerhaken fürs Handgelenk sind hervorragend, sie öffnen sich bei zu starkem Druck. Bei einem Sturz lösen sich die Leinen, und das Segel sinkt. Niels hat beim ersten Test den Eindruck, dass endlich die Probleme im Wind behoben sind. Er nimmt volle Geschwindigkeit auf, stemmt sich gegen den Zug des Schirms und steigt wie in einem Fahrstuhl in den Himmel.

Es ist geschafft. Wir können wie die fliegenden Fische durch die Luft sausen, denkt er und stößt laute Jubelschreie aus.

»Warst du das, den wir gesehen haben? Der mit dem Segel

auf dem Wasser?«, fragt einer dieser rotfleckigen, blondgebleichten Hippiegestalten am Strand, als Niels von Schweiß und Salzwasser glänzend wieder an Land marschiert. »Das Ding ist der reine Wahnsinn! Ich dachte schon, du wärst Kilian Martens persönlich!«

Niels Skov faltet mit geschwellter Brust das Segel zusammen, verstaut es im Rucksack, klemmt das kleine Brett unter den Arm und marschiert grinsend an den Verehrern vorbei auf den verrosteten Pritschenwagen zu, in dem Ole am Steuer auf ihn wartet. Auf der Rückfahrt, die Küste entlang zu Kilians Haus in den Bergen, bleiben Menschen stehen und winken. Die beiden verrückten Drachentypen sind mittlerweile vielen bekannt.

»I'm flying, through the air and riding a surfboard!« Niels' Stimme klingt wie in Trance, ein nicht enden wollender Wortschwall. »Die ganze Zeit hatten wir nur einen Drachen für den Strand, mit dem neuen Schirm haben wir jetzt einen, mit dem wir uns aufs Meer hinauswagen können.«

»Bleib am Boden, Niels«, knurrt Ole. »Solange wir mit dem Ding nicht am Wind fahren können, werden wir keinen der großen Hersteller auch nur zu einem müden Lächeln bewegen.«

»Du bist und bleibst ein ständiger Pessimist, Ole! Ich dachte, die vielen Jahre mit Kilian hätten positiver auf dich abgefärbt. Der hat die Worte ›gibt es nicht‹ nicht in seinem Repertoire.«

»Wenn wir zusammen weitermachen wollen, dann halt den Namen aus unserer Zusammenarbeit heraus, klar!«

»Okay, okay! Aber du weißt selbst, was für ein schlechter Springer ich beim Windsurfen bin. Wenn ich das jetzt so hervorragend mit unserem Segel schaffe, was kann dann erst ein echter Spezialist mit unserem Kite anstellen?«

»Wir müssen am Wind fahren, Niels, alles andere zählt nicht! Lass uns austüfteln, wie wir den Anstellwinkel des Schirms zum Wind regulieren können.«

»Dann bräuchten wir ein komplett neues Segel, Ole. Einen

neuen Prototypen herzustellen, ohne einen guten Sponsor im Boot, unmöglich!«

»Der Anstellwinkel, das muss mit Hilfe der Leinen in der Luft geändert werden. Bis jetzt haben wir alle unsere Kites mit zwei Leinen gesteuert. Das funktioniert aber nur, wenn der Wind den Kite schiebt. Steht der Schirm waagerecht zum Wind, dann fängt er an zu flattern, bietet keinen Widerstand mehr und wir verlieren den Vortrieb.«

»Was wäre, wenn wir vier Leinen nehmen? Damit müssten wir das Problem in den Griff bekommen.«

»Mit vier Leinen werden wir zwei Probleme mehr haben, Niels! Sie werden sich verheddern, das bringt nichts!«

»Doch, Ole! Vertrau mir, mit einem Verersystem werden wir am Wind fahren. Wir brauchen nur eine gebogene Lenkstange, ich sehe das schon vor mir. Wenn wir im Haus sind, fange ich sofort damit an. Ich baue uns einen Prototypen, versprochen!«

Swensen erreicht den Parkplatz vor der Fischräucherei. Niels Skov steht bereits an der offenen Heckklappe seines Wagens und pfeffert das Surfbrett ziemlich unsanft auf die Ladefläche. Der Hauptkommissar bemerkt, dass er sich nur noch schwer kontrollieren kann. Der Mann öffnet die Fahrertür und hängt einen Moment quer über dem Sitz, um die Ablage durchzuwühlen. Als er wieder auftaucht, hat er einen Briefumschlag in der Hand und hält ihn Swensen entgegen.

»Hier!«, sagt er mit geblähten Nasenlöchern. »Das Dokument habe ich heute aus München bekommen!«

Swensen erkennt ein rotes Logo, daneben die Schrift: European Patent Office.

»Ein Schweinehund ist das! Er hat das Vierleinensystem, meine Idee, still und heimlich als Patent angemeldet, ohne mir vorher ein Wort darüber zu sagen. Das ist eine elende Gaunerei! Ich … ich … mir fehlen die … ich kann das nicht begreifen! Und er hat es mir sogar in einem Brief mitgeteilt und nur über die jährlichen Gebühren gejammert. Ich habe dann gleich an das Patentamt in München geschrieben, damit man mir die Patentschrift zusendet.«

Niels Skov reißt mehrere Schriftstücke aus dem Umschlag, faltet sie auf und schlägt mit der flachen Hand darauf.

»Sein Name steht drauf! Ungeheuerlich!«, schimpft er aufgebracht. »Und hier steht's, ›Patent über ein Gurtsystem mit vier Leinen‹! Die Handhabung in der Praxis hat gezeigt, dass es für den Kitesurfer erstrebenswert ist, den durch den Gleitschirm entwickelten Vortrieb aus eigener Kraft regulieren zu können. Eine bodenlose Frechheit! Da steht doch tatsächlich das Wort ›Handhabung‹! Der hat doch glatt ›Handhabung‹ da reingeschrieben!«

»Es ist nicht zu überhören, dass Sie verärgert sind, Herr Skov«, kommentiert der Hauptkommissar den erneuten Wutausbruch.

»Sie haben recht, ich bin ein Kandidat mit einem fantastischen Motiv, aber ich bin Surfer. Bei unserem Sport geht es um mehr, als Geld zu machen. Natürlich ist es schön, wenn etwas dabei herausspringt. Aber das war nie meine Motivation, das können Sie mir glauben.«

»Sie sind trotzdem schnell erregbar, oder?«

»Ich finde, ich habe einen guten Grund dafür.«

»In dem Mordfall von Herrn Eschenberg gibt es ein Gerücht, das Sie ebenfalls betrifft. Es wird behauptet, Ihre Freundin, Frau Misugi, soll ein Verhältnis mit Herrn Eschenberg gehabt haben. Ein noch größerer Grund, um wütend zu sein!«

»Ein dummes Gerücht, uralt, über zehn Jahre. In der Zeit dürfte selbst die größte Wut verraucht sein.«

»Wenn das Gerücht wahr ist und ihre jetzige Wut noch dazukommt, sieht es schon anders aus oder? Vielleicht haben Sie es ja auch erst vor kurzem erfahren, das Herr Eschenberg es mit Ihrer Freundin getrieben hat?«

»Und welcher Vogel sollte mir das gesungen haben?«

»Sagen Sie es mir!«

»Es gibt keinen!«

»Wie wäre es mit Freja Sjøqvist?«

»Die würde nicht mit Steinen werfen!«

»Wieso sollte Frau Sjøqvist das nicht tun? Vielleicht ist sie nur sauer auf Ihre Freundin?«

»Quatsch! Freja sitzt selbst im Glashaus. Über sie gibt es auch genügend Gerüchte, ich sage nur Kilian Martens!«

»Mich interessiert jedes Gerücht, Herr Skov, selbst wenn es sich als unwahr herausstellen sollte.«

»Es stimmt aber! Ich bin selbst Zeuge! Vor zwei Wochen, der Surfwettbewerb in Frankreich, da habe ich Freja und Kilian zusammen gesehen.«

»Sie haben gesehen, dass die beiden im selben Bett waren?«

»Nicht direkt, aber sie sind zusammen in dasselbe Hotel gegangen.«

»Das ist alles?«

»Das ist mehr als genug. Zählen Sie eins und eins zusammen, dann kommen Sie genau zum selben Ergebnis.«

»Kopfrechnen ist meine Schwäche. Aber ich finde, eine Menge Menschen beschuldigen sich auf Teufel komm raus, ohne dass einer wirklich einen Beweis liefert. Stimmt denn das Gerücht, dass Sie und Herr Eschenberg kurz vor seinem Tod einen handfesten Streit hatten?«

»Eine harmlose Kabbelei, nicht der Rede wert. Außerdem hat Knud diesen Streit vom Zaun gebrochen.«

»Sie meinen Knud Abrahamowitz?«

»Genau der! Es ging um die alten Bunkerruinen der Deutschen.«

»Wie kann man sich über alte Bunkerruinen streiten?«

»Wegen dem Scheißdreck, den Knuds Familie durch die Deutschen in Dänemark erleiden musste. Ich konnte Knud gut verstehen, er hat mir mal alles erzählt. Sein Vater, sein Onkel und seine Großeltern mussten nach Schweden fliehen, weil die Deutschen alle Juden in Dänemark umbringen wollten.«

»Wusste Herr Eschenberg denn, dass Knud Abrahamowitz Jude ist?«

»Keine Ahnung! Aber ich denke, er wusste es nicht. Knud hat das bestimmt nicht jedem auf die Nase gebunden. Mir hat er es auch nur erzählt, weil wir zusammen ordentlich einen zur Brust genommen hatten.«

*

»Als ich mein Philosophie-Studium geschmissen habe, da sind von meinen Kommilitonen nur dumme Sprüche gekommen. Sie meinten verächtlich, dass Meditieren doch nur eine Flucht aus der Welt wäre«, berichtet Swensen zu seiner Person.

Es ist noch keine Woche her, dass er sich im buddhistischen Kloster in die ungewohnte Struktur eines neuen Tagesablaufs einzuleben beginnt, aufstehen, waschen, zwei Stunden meditieren, Frühstück, zwei Stunden arbeiten, wieder meditieren, Mittagessen und so weiter und wieder von vorn.

Am heutigen Morgen hat die kleine, hutzlige Gestalt in der orangefarbenen Leinenrobe die neuen Schüler das erste Mal im Kreis um sich herum versammelt. Sie möchte, dass sie über sich sprechen und ihm Fragen stellen, die sich in ihrem Kopf gebildet haben. Jetzt sitzt der Meister mit geschlossenen Augen vor ihnen, ein Dauerlächeln auf den Lippen und schweigt. Die Zeit verstreicht und Swensen spürt, dass er die Stille nicht mehr aushalten kann.

»Kann es möglich sein, dass Meditieren wirklich zu einer Flucht werden kann?«

Lama Rhinto Rinpoche schlägt seine braunen Augen auf, schaukelt leicht den runden Kopf mit den ausgeprägten Wangenknochen und antwortet mit ruhiger, fast ausdrucksloser Stimme: »Das ist eines der großen Missverständnisse des Westens über den Buddhismus. Hier glauben die Menschen, man geht eine Weile meditieren, um sich zu stärken. Aber das ist nicht die Hauptsache! Es geht nicht um eine Flucht vor der Welt, sondern es geht um das Gegenteil, nämlich nach dem Meditieren wieder in die Welt hinauszugehen und sich mehr zu engagieren als zuvor.«

»Das hört sich sehr merkwürdig an.« Swensen ist irritiert, fragt sich, warum er jeden Tag auf dem Kissen sitzt. »Soll das heißen, dass die Meditation gar nicht so wichtig ist?«

»Die Frage ist nicht einfach zu beantworten«, schmunzelt Rhinto Rinpoche, »geübte Meditationsmeister haben gesagt, die Erleuchtung wäre die größte Enttäuschung.«

»Ehrwürdiger Rinpoche, Sie sind aber doch erleuchtet oder?«, platzt es aus Swensen heraus.

»Ich hoffe nicht!«

»Der ehrwürdige Rinpoche hofft nicht, dass er erleuchtet ist? Wie ist das zu verstehen?«

»Wäre ich erleuchtet, könnte das enttäuschend für euch sein!«

»Wieso sollte das uns enttäuschen?«

»Weil die Erleuchtung keine so große Sache ist, wie ihr sie euch vorstellt. Ihr glaubt bestimmt, wenn ihr erleuchtet seid, dann seid ihr auch ein anderer Mensch. Erleuchtet bedeutet nur aufzuwachen, ganz man selbst zu sein und darauf zu achten, was im Augenblick passiert.«

Immer im Augenblick zu bleiben, das ist der größte Knackpunkt, denkt der Hauptkommissar, während er seiner Erinnerung entflieht und er das Hier und Jetzt in seinem Hotelzimmer betrachtet. Er sitzt hier auf dem Stuhl vor dem Schreibtisch, darüber das Frauenporträt im Goldrahmen, und hält jetzt ein Foto in der Hand, eines aus dem Stapel der Fotos, die ihm Peter Hollmann kurz vor seiner Abreise nach Dänemark in einem Umschlag mitgegeben hat.

»Vielleicht findest du zwischendrin ein wenig Zeit, dir die Aufnahmen anzusehen und dir Gedanken zu machen, welcher Spruch am besten unter das jeweilige Bild passen könnte.«

Der leicht gebogene Hochglanzabzug, den er zwischen Daumen und Fingern eingespannt hält, zeigt eine unter Sand begrabene Miesmuschel, die wie ein geöffneter, blauschimmernder Mund aus einer grauen, bröseligen Fläche herauslächelt. Hier und jetzt gehen die Gedanken des Hauptkommissars zu seinem letzten Spaziergang im Watt. Er grübelt über die Buddha-Natur, den steten Wandel, die Kräfte von Ursache und Wirkung. Im Watt zählt nur der Augenblick, im Watt zählt nur der Blick, mit dem du gerade siehst. Es gibt keinen Fleck, der länger als wenige Minuten konstant bleibt, dann hat das Licht alles verändert, der Gezeitenstrom neue Schlickstrukturen gespült oder der Wind den feinen Dünensand neu formiert.

Das ist der Anfang der Dinge, formuliert seine Intuition. *Der Anfang der Dinge liegt in jedem Augenblick.*

»Lerne, auf diese Weise zu denken«, ergänzt Meister Rinpoche den Satz, der Swensen von seinen vielen Belehrungen im Gedächtnis geblieben ist.

Er notiert den Satz vom Anfang der Dinge auf einem Notizzettel und nimmt das nächste Foto. Dicke, grobe Schlickrippel treffen auf eine glatte Wattfläche, ein maritimes Yin und Yang.

Alle Dinge und Ereignisse stehen in Abhängigkeit von Ursache und Wirkung, notiert er auch den zweiten Spruch. Für ein weiteres Foto, auf dem wellenartig geformtes Binsengras wie ein grün geflochtenes Meer erscheint, schreibt er spontan: *Alle Dinge sind im Kern leer und nur eine Illusion deiner Sinne.*

Vielleicht gilt diese Weisheit ja auch für Kilian Martens, springt Swensen aus seiner Konzentration. Der Mann scheint bei den Ermittlungen nur eine Illusion zu bleiben.

Dieser Eindruck hat sich noch einmal verstärkt, nachdem Niels Skov ihnen nach dem Gespräch den Tipp gegeben hatte, Kilian Martens würde bestimmt an der Mole vor Hanstholm anzutreffen sein.

»Das ist Kilians Lieblingsspot. Dort trainiert er meistens für den Wettbewerb«, hatte Niels versichert. »Heute kommt der Wind aus West-Nordwest. Beste Sideshore-Bedingungen, da brechen die Wellen perfekt auf den vorgelagerten Sandbänken.«

Silvia, Swensen und der Däne waren mit dem Gefühl, endlich nah am Ziel zu sein, auf der Küstenstraße nach Hanstholm gekurvt, hatten am Haus mit dem achteckigen Leuchtturm geparkt und von dort oben aufs Meer hinausgeschaut. Doch zu ihrer Enttäuschung war keines der bunten Windsurfersegel auf dem Wasser zu entdecken gewesen. Sie waren unverrichteter Dinge nach Thisted zurückgekehrt, hatten zusammen eine Mahlzeit eingenommen, und Swensen war auf sein Zimmer gegangen, während Silvia und Ove noch für einen Absacker in der Hotelbar verschwunden waren.

Solange ich Kriminalpolizist bin, stellt Swensen für sich fest, ist es mir noch nie untergekommen, dass ich ergebnislos einem wichtigen Zeugen hinterhergelaufen bin. Alle Beamten, die an dem Mordfall Oleander Eschenberg beteiligt sind, haben es seit zwei Wochen nicht geschafft, Kilian Martens zu Gesicht zu bekommen. Bis jetzt fehlte immer das Quäntchen Glück, seiner wirklich habhaft zu werden.

Der Hauptkommissar blättert jetzt lustlos im Fotostapel herum, macht sich bei einigen Bildern Notizen, während ihm zu den meisten nichts mehr einfällt und er letztendlich aufgibt. Er geht ins Bad, schüttet sich mit den Händen kaltes Wasser ins

Gesicht und schaut, nicht wesentlich erfrischt, auf die Armbanduhr. Es ist gerade mal 19.22 Uhr.

Etwas früh, um schon schlafen zu gehen, denkt er. Trotzdem legt er sich auf das gemachte Bett, öffnet das eingewickelte Stück Schokolade vom Kopfkissen, lässt die cremige Süße auf der Zunge zergehen und ist, eher er sich versieht, fest eingeschlafen. Der Kriminalist wacht erst auf, als jemand robust gegen die Zimmertür hämmert. Er liegt genauso da, wie er sich hingelegt hat. Draußen ist es noch stockdunkel. Mit einem Satz ist er auf den Beinen, muss sich aber mit Schwindelgefühl wieder hinsetzen, zu niedriger Blutdruck.

»Who is there, please?«, fragt er.

»Silvia!«, ruft die Stimme hinter der Tür. »Wäre gut, wenn du dich beeilen könntest. Wir müssen noch mal nach Hanstholm.«

Swensen zwingt sich hoch, geht die fünf Schritte zur Tür und öffnet sie.

»Heeeh, du bist ja schon angezogen!«, sagt die Oberkommissarin mit großen Augen. »Dann können wir ja gleich los. Ich hab schon ein paar Brote einpacken lassen.«

»Es ist kurz nach fünf Uhr«, knurrt Swensen beim Blick auf die Armbanduhr.

»Morgenstund hat Gold im Mund! Ove war gestern Abend nämlich nicht untätig, hat für uns herausgefunden, dass wir diesen Knud Abrahamowitz heute Morgen mit Sicherheit in Hanstholm erwischen können. Der ist dort Auktionator. Ab sieben Uhr läuft dort jeden Tag eine Fischauktion. Wäre also ganz gut, wenn wir rechtzeitig vor Ort sind, damit wir, bevor es losgeht, noch mit ihm reden können.«

Es ist noch dunkel, als Ove Toksvig seinen Wagen am spärlich beleuchteten Zollgelände vorbei über die Kai Lindbergs Gade steuert. Swensen hängt schräg auf der Rückbank und starrt mit müden Augen auf die dunklen Gebäude. Hinter dem Gelände des Fährterminals mit seinen verwaisten Zollhäuschen führt links eine Straße zu den Kaianlagen und dem Auktionsgelände. In einer Seitenstraße liegt die Eisfabrik. Ein Gabelstapler steht mit einer Plastikkiste vor einem Metallrohr, aus dem die Eisstückchen fließen.

»An guten Tagen werden hier bis zu 300.000 kg Fisch angelandet«, informiert der Däne und fährt zur riesigen Auktionshalle. Swensen wäre am liebsten im Auto hocken geblieben, als sie auf dem Parkplatz stoppen. Gabelstapler surren vorbei, bringen Kistentürme durch die Eingangstür des Flachbaus, die sich jedesmal automatisch öffnet. Der Däne steigt aus und versucht sich zu orientieren. Er deutet auf die Halle, aus der die Transportfahrzeuge kommen. Dort drinnen ist es empfindlich kalt, mindestens zehn Grad minus, schätzt der Hauptkommissar. Das arktische Klima dringt durch die Schuhsohlen und verscheucht seine Müdigkeit. In Plastikkübeln liegen Rotbarsch, Seelachs, Kabeljau, Seeteufel und Schellfisch auf Eis. Auf einem Förderband sortieren Männer in dicker Thermokleidung und mit Wollmützen auf dem Kopf aus den vorbeiziehenden Kübeln unerwünschten Beifang aus. Danach bekommt der Fisch anscheinend eine Kontroll-Nummer, und alles Weitere übernehmen Maschinen. Fische sausen über ein zweites Förderband, Computer registrieren in Bruchteilen von Sekunden das einzelne Gewicht eines jeden Fisches, bevor ein Metallschieber ihn in die vorbestimmte Plastikkiste stößt. Ein bärtiger Mitarbeiter im dicken Wollpullover, einen Laptop auf einer Art Bauchladen vor sich her tragend, geht die Kistenstapel entlang und gibt die Daten der Ware in sein Gerät ein. Der Däne stellt sich dem Mann in den Weg, und sie reden gestikulierend miteinander.

»Der Mann ist sozusagen das Gehirn des Auktionators«, erklärt Ove Toksvig. »Er erstellt eine Liste, in wie vielen Kisten sich welcher Fisch befindet. Er ist während der Auktion immer an seiner Seite. Und der Auktionator, den wir suchen, ist im Haus gegenüber.«

Es ist kurz vor Sonnenaufgang, als sie zu dem kleinen Bürogebäude hinübergehen. Über der Leuchtschrift am Dach ›Hanstholm Fiskeauktion‹ sind erste rötliche Streifen am schwarzvioletten Himmel zu sehen. In einem großzügigen Raum mit Gemälden von Fischern bei der Arbeit sitzt ein breitschultriger Mann vor einem Computer und surft auf irgendeiner Internetseite. Er hat ein kantiges Gesicht, einen Dreitagebart und Hände, breit wie Schaufeln. Nur zögerlich hebt er den Kopf, als der Däne mit seinem Anhang durch die Tür tritt.

»Tysk Politi?«, fragt er und sieht dabei Silvia Haman an. »Er I kommet helt Frau Tyskland for at snakke med mig?« (Sie sind extra aus Deutschland gekommen, um noch mal mit mir zu reden?)

»Es sind leider einige Fragen offen geblieben«, antwortet Silvia auf Dänisch, und Ove übersetzt die Worte flüsternd in das Ohr seines deutschen Kollegen.

»Um sieben Uhr beginnt die Auktion, ich habe höchstens noch 20 Minuten.«

»Das wird reichen, Herr Abrahamowitz«, beruhigt die Hauptkommissarin. »Wir möchten nur etwas über den Streit wissen, der kurz vor dem Tod mit Herrn Eschenberg stattgefunden hat. Uns ist bekannt, dass es dabei um die Bunkerruinen gegangen ist, die während des Krieges gebaut wurden.«

»Die Deutschen haben Dänemark 1940 ohne formale Kriegserklärung angegriffen. Dänemark hat mit Deutschland nie einen Kriegszustand gehabt.«

»Ich … ich … davon habe ich keine Ahnung«, sagt Silvia Haman und schaut etwas verlegen auf ihre Hände.

»Sie sollten das aber wissen, Sie sind Deutsche. Es ist Ihre verdammte Geschichte.« Der Mann ist aufgestanden, er spricht mit gelassener Stimme, die seine Worte Lügen straft. »Und genau darum ging es in diesem Streit. Ole hatte auch keine Ahnung, was alles in Dänemark passiert ist. Das hat mich geärgert. Ich ärgere mich immer, wenn irgendein Deutscher sich arrogant aufführt. Ole hat das getan, und deshalb gab es den Streit, das ist alles.«

»Es ist eine sehr hohe Erwartung an einen Deutschen, besonders wenn er erst nach dem Krieg geboren wurde. Wer kennt schon die gesamte Geschichte des Zweiten Weltkriegs.«

»Wenn jemand keine Ahnung hat, kann ich das gerade noch akzeptieren, aber wenn er dazu noch arrogant ist, dann ärgere ich mich eben.«

»Und wie drücken Sie Ihren Ärger aus?«

»Ich bringe niemanden um!«, Abrahamowitzs Stimme ist plötzlich gereizt. »Ich hoffe nicht, Sie wollen von mir jetzt ein Geständnis hören. Ich habe gute Gründe, über die deutsche Geschichte ärgerlich zu sein.«

»Weil Sie jüdischer Herkunft sind. Jedem Deutschen ist bekannt, was die Nazis den Juden angetan haben.«

»Das scheint nicht zu stimmen«, sagt der Mann und er spricht wieder ruhig und besonnen. »Zumindest scheinen Sie keine Ahnung zu haben, was die Nazis den Juden in Dänemark angetan haben. Meine Großeltern waren seit Jahrzehnten Bürger in diesem Land, sie wurden hier geboren, waren Dänen, und als die Deutschen kamen, mussten sie ohne Grund um Leib und Leben fürchten. Man hätte sie, genauso wie meinen Vater und meinen Onkel, ins Konzentrationslager gesteckt, wenn nicht die Nachbarn sie mit einem Fischerboot nach Schweden gebracht hätten.«

Silvia Haman steht angespannt vor dem Schreibtisch, reibt über ihre Unterlippe, als könnten dadurch die passenden Worte freikommen. Nach einer Zeit des Schweigens hat ihre Fragestrategie keinen Boden mehr: »Ihre Familie hat überlebt?«

»Ja, sie hat überlebt und ist nach Dänemark zurückgekehrt. Mein Großvater war den Nachbarn unendlich dankbar, hat mir mein Vater später erzählt, er wollte sich unbedingt bei der Familie Stræde bedanken. Leider hat er es nicht geschafft.«

»Das ist sehr schade«, sagt Silvia Haman mitfühlend. Sie ist aus dem Konzept, ihre Fragen scheinen ihren Sinn verloren zu haben.

»Familie Stræde hat nicht mehr in der Barackensiedlung gewohnt, aus der meine Familie flüchten musste. Mein Großvater hat wohl lange versucht, den neuen Aufenthaltsort herauszufinden. Selbst mein Vater hat sich nach seinem Tod weiter bemüht, hat sich im Umkreis der ehemaligen Siedlung umgehört, Leute gefragt. Nichts!«

»Sie wissen bis heute nicht, was aus der Familie geworden ist?«

»Doch! Ihr ist Schreckliches widerfahren. Durch Zufall habe ich einen Brief vom Sohn der Familie entdeckt, vor gut drei Jahren, in der Sammlung über die Besatzungszeit in Esbjerg. Darin schreibt er an seine Schwester, dass die Deutschen ihn zum Tode verurteilt haben. Der Brief ist 1945 an eine Adresse in Hirtshals verschickt worden. Ich ließ eine Kopie anfertigen, aber die Adresse brachte mich nicht zur Familie. In Hirtshals konnte ich nur in Erfahrung bringen, dass der Vater auf einer Fahrt, als er Widerständlern zur Flucht verhelfen wollte, auf eine Mine gelaufen ist und alle mit dem Boot untergegangen sind. Die Mutter ist in den 60ern gestorben, und von der kleinen Tochter konnte mir niemand mehr etwas sagen.«

»Können wir diesen Brief vielleicht sehen?«, lässt Swensen vom Dänen übersetzen.

»Da müssten Sie bis nach der Auktion warten, dann können wir kurz bei mir Zuhause vorbeifahren. Ich wohne nur drei Dörfer weiter. Dort kann ich Ihnen auch eine Kopie von dem Brief machen, wenn Sie wollen.«

Swensen nickt und lässt den Dänen für das Angebot danken. Knud Abrahamowitz schaut demonstrativ auf die Uhr und macht mit einer Handbewegung deutlich, dass er jetzt an seinen Arbeitplatz muss. Vor der Tür wartet der Vollbart mit seinem Bauchladen-Laptop, an seiner Seite noch andere Männer und eine Frau in derselben Aufmachung. Die Kriminalisten folgen dem Tross, der geschlossen zum Auktionsgebäude hinübergeht. Davor warten bereits einige Touristen, trotten hinter den vermummten Gestalten her in den riesigen Hallenraum. Sofort ziehen sie fotografierend an den Fischkisten entlang. Swensen bemerkt, wie Händler die Ware begutachten, einen flüchtigen Blick auf die Kiemen, Augen und die glänzende Haut der Fische werfen, um gleich die nächste Kiste zu inspizieren. Dann läutet Knud Abrahamowitz eine Schiffsglocke und erklärt die Auktion für eröffnet. Er tritt hinter die Plastikkisten, rasselt in kaum verständlicher Sprechweise Zahlen herunter, beobachtet gleichzeitig die Mienen der Großhändler. Der Zuschlag für den Verkauf einer Partie erfolgt, indem er mit einem weißen Stock gegen die entsprechenden Kisten klopft. Obwohl er sich anstrengt, gelingt es Swensen nicht, hinter das System zu kommen, wonach der Auktionator den Höchstbietenden erkennt. Manchmal sieht es so aus, als ob einer der Bieter nur die Augenbraue in die Höhe zieht oder kurz mit dem Kopf nickt, um ein höheres Gebot kundzutun. Außerdem gibt es offensichtlich auch Großhändler, die per Telefon und Internet ihre Ware ordern. Nach einer Stunde wilden Trubels verlassen Haman, Swensen und der dänische Kollege durchgefroren die Auktion und warten vor der Eingangstür auf das Ende. Die Sonne ist aufgegangen, der Himmel über den Fischkuttern im Hafen brennt feuerrot.

*

Ove Toksvig hält konstant die erlaubten 80 km/h, steuert den Wagen gemächlich nach Hanstholm zurück. Ein wolkenloser Himmel im satten Blau wölbt sich über den Hjardemålvej, der an hügeligen Wiesen mit Kühen, Kornfeldern, Wäldchen und einzelnen Häusern entlangführt. Swensen ist mit seinen Gedanken schon bei den Windsurfern, die er bei der Hinfahrt nach Vigsø im Vorbeifahren an der Mole in Hanstholm gesehen hatte. Er trommelt nervös auf den Bezug der Rückbank, malt sich aus, Kilian Martens könnte diesmal dabei sein. Er hätte am liebsten schon vorhin angehalten, war aber stumm geblieben, weil sie dem Wagen von Knud Abrahamowitz folgten. Jetzt kann die mögliche Chance von vorhin vielleicht schon vertan sein.

Die Sache mit der Kopie des Briefes war nur eine kurze Angelegenheit. Sie warteten im Wagen vor dem Haus des Auktionators, der ging hinein und reichte ihnen keine fünf Minuten später das Schriftstück heraus. Auf der Rückfahrt hatte der Hauptkommissar dann aber darauf bestanden, zurück zu dem Surfspot bei den Windrädern zu fahren.

»Dass Abrahamowitz ausgerechnet in Vigsø wohnt, ist schon ein wenig paradox«, sagt Ove Toksvig mehr zu sich selbst. Aber seine Stimme ist so laut, das Haman und Swensen ihn verstehen können.

»Auf den ersten Blick ist es doch ein nettes Örtchen«, reagiert die Hauptkommissarin. »Zu viele Siedlungsanlagen mit Ferienhäusern für meinen Geschmack, aber dafür hat man das Meer gleich vor seiner Haustür.«

»Aber wir waren nicht am Strand, der ist voll mit Bunkerruinen. Da liegen bestimmt 20 Betonklötze herum, eine ganze Armada. Mit solch einem Familienhintergrund, da hätte ich mir schon ein schöneres Stück Dänemark ausgesucht.«

»Und ich hätte diesen alten Scheißkram schon lange wegsprengen lassen, so was verschandelt den ganzen Badestrand«, sagt Silvia aufgebracht.

»Das braucht viel zu viel Sprengstoff, die Franzosen mussten mit ihrem Erbe an der Atlantikküste auch passen. Manchmal denke ich, der Atlantikwall ist fast vergleichbar mit der chinesischen Mauer. Über 2.500 Kilometer, von Frankreich bis Norwegen, ziehen sich diese Bunkeranlagen hin. In Dänemark waren es die größten Bauvorhaben, die jemals in diesem Land realisiert wurden. Zum Glück werden die Überreste eines Tages im Meer verschwunden sein.«

»Wie kann das in Deutschland geleugnet werden? Hier kann es doch jeder selbst sehen!« Die Worte sind anklagend, kommen aus der Erinnerung. Jan Swensen und Anna Diete reisen durch Polen, 1994, 4 Jahre nach dem Fall der Mauer. Zwei Wochen im VW-Bus kreuz und quer durchs Land, und am Ende des Urlaubs ein Besuch im KZ-Majdanek. Bilder aus dem Nebel, die aus einem Gefühl von Schuld aufsteigen, schleierig über das Lagergelände treiben, die Wachtürme im Dunst, schwarze Vögel auf den Stacheldrahtzäunen. Swensen sieht, wie er in eine der Baracken tritt, im schummrigen Lampenlicht auf einem schmalen, hölzernen Steg durch den Raum geht. Um ihn herum sind zu beiden Seiten Schuhe gestapelt, hinter langen Gitterverschlägen, übermannshoch, Tausende von Schuhen. Eine zierliche weiße Damensandalette fällt ihm ins Auge. Der Verstand streikt, er weiß Bescheid und hat doch keine Ahnung. Es ergibt kein Bild, kein wirkliches Bild. Der Schuh ist real, bleibt aber grauenvoll anonym. An einer Barackenwand sind Dosen aufgeschichtet, grüngraues Blech mit zerfranster Papierbanderole: Giftgas, Totenkopf, Zyklon-B.

»Sind Sie Deutscher?«, spricht ein älterer Mann Swensen auf Deutsch an, während der verschämt seine Tränen mit dem Handrücken wegwischt. Ohne Zweifel, der Mann ist Jude. Auf dem Rundgang treffen Anna und er immer wieder auf ihn. Unmerklich sucht er ihre Nähe. Gemeinsam betreten sie einen Barackenraum mit mehrstöckigen Schlafpritschen. Er steht eine Zeitlang wie versteinert da. Swensen stockt fast der Atem. Plötzlich wendet der Mann sich an ihn, schaut ihn mit fragenden Augen an und seine

Stimme klingt, als würde er wirklich verstehen wollen: »Meine Eltern sind hier umgekommen. Wie kann das in Deutschland nur geleugnet werden? Hier kann es doch jeder sehen!«

Der üble Geruch ist zurückgekehrt. Er steigt in Swensens Nase und bringt ihn zurück nach Dänemark. Der Polizeiwagen biegt hinter der Fischfabrik auf einen Feldweg. Ove Toksvig hält auf die Windräder zu und stoppt neben einer Art Schiffsfriedhof. Zwischen altem Gerümpel und Fischkisten liegen mehrere verrottete Fischerboote zur Seite geneigt auf einem Kiesplatz. Auf der anderen Seite ist das offene Meer, rechts ragt die Mole in die Vigsøbucht. Mehrere bunte Windsegel kreuzen durch die aufgewühlte See. Der Däne grinst, als er den naserümpfenden Hauptkommissar auf der Rückbank sieht.

»Die Fabrik verklappt gerade Abwasser, stinkt ziemlich penetrant«, stellt er fest und deutet zu den weißen Gebäuden hinüber.

»Bevor wir weitermachen …, ich würde gerne wissen, was in dem Brief steht!«, sagt Swensen. »Kannst du den bitte kurz übersetzen?«

Der Däne nickt, und der Hauptkommissar reicht ihm die Kopie des Auktionators hin. Der nimmt das Papier, liest den Text durch und beginnt dann langsam und stockend in Deutsch vorzulesen:

Westliches Gefängnis
Deutsche Abt., Zelle 371

Malthe Stræde,
geb. 23. September 1922
den 16. Januar 1945

Meine kleine Aase!

Man hat mich vor Gericht gestellt und zum Tode verurteilt. Die Deutschen haben es erlaubt, einen Abschiedsbrief zu schreiben. Du bist jetzt gerade erst 16 Jahre alt und ich möchte dir noch ein paar Worte sagen, kleine Schwester. Aber was kann ich mit Aussicht auf meinen Tod noch Wichtiges schreiben? Wie soll ich meinen Abgesang gestalten?

Mir bleibt nur kurze Zeit – meine Gedanken überschlagen sich, so viele sind es. Früher habe ich immer gedacht, meine letzten Worte müssten etwas ganz Bedeutendes sein. Doch jetzt fehlen mir die Worte dir zu schreiben, was ich dir wünsche. Gräme dich nicht zu sehr und verliere dein Lachen nicht! Lebe, lebe weiter, vielleicht auch ein Stück für mich mit.

Wahrscheinlich fühlst du in diesem Moment einen großen Schmerz in deinem Herzen, aber, liebe Aase, schau nach vorn, wir müssen alle irgendwann sterben, was spielt es da für eine Rolle, ob ich ein wenig früher oder später nicht mehr da bin.

Ich sehe deutlich vor mir, was für einen schweren Weg unser Land noch vor sich hat und ich weiß auch, dass mein Kampf nicht unnütz war. Gegen Unterdrückung werden immer wieder Menschen aufstehen, bis sie frei von den Tyrannen sind. Ich habe den Traum, dass wir Dänen nicht einfach wieder zu der Zeit vor dem Krieg zurückkehren. Das sollte auch dein Traum sein, kleine Schwester, und es sollte der Traum aller Dänen sein, der Jungen und der Alten, Verhältnisse herzustellen, die jedermann als ein Ideal leben kann. Das ist es, wonach ich mich hier in meiner Zelle sehne.

Meine liebe Aase, ich möchte, dass du daran teilhast, dafür arbeitest und kämpfst. Ich hauche dir alles Leben ein, das in mir ist, damit es auf diese Weise weiter besteht und nichts davon verloren geht. So ist nun mal meine Natur.

Nicht für ewig, dein Malthe

Der Fischgestank wirkt wie betäubend, wird mit dem starken Wind von der Industrieanlage über die Bucht verteilt. Swensen haben die Worte den Hals zugeschnürt, er fühlt sich wie damals in Majdanek. Er nimmt das Papier wortlos vom Dänen zurück, faltet es zusammen und steckt es in die Jacke. Danach schaut er aufs Meer hinaus und beobachtet die heranschwellenden Wellen, die ihr Nass auf den steinigen Strand atmen.

»Manchmal möchte man keine Deutsche sein«, unterbricht Silvia Haman das gequälte Schweigen und bekommt keine Antwort von den beiden Männern.

»Ich gehe jetzt zu den Surfern, die dort hinten am Wasser stehen und frage, ob sie Martens gesehen haben.« Das Schweigen ist der Hauptkommissarin unangenehm, sie muss etwas tun, steigt aus und stapft davon. Dabei muss Silvia höllisch aufpassen. Der kalksteinfelsige Strand ist tückisch, voller Algen, geschliffener Steine und scharfer Muscheln.

»Diese Aase Stræde, das Mädchen aus dem Brief, die muss jetzt in den 70ern sein, könnte also noch leben. Kann man die nicht ausfindig machen, oder was meinst du, Ove?«, fragt Swensen grübelnd. Die Kollegin, kaum noch zu erkennen, ist bei der bunten Schar von Surfern angekommen.

»Es gibt ein zentrales Personenregister in den Kommunen«, bestätigt der Däne. »Aber was willst du? Was willst du von Aase Stræde, sie ist eine alte Frau. Der Brief ist über 50 Jahre alt!«

»Kann ich dir nicht sagen, es gibt keine logische Erklärung.« Swensen grinst verlegen. »Es ist ein vages Gefühl, rein intuitiv. Meine Kollegen feixen immer, ich hätte einen siebten Sinn.«

»Verstehe, du hast eine Ahnung! Aber wovon?«

»In unserem Mordfall stoßen wir immer wieder auf die deutsche Vergangenheit in Dänemark. Ich glaube, dass das kein Zufall ist. Der Großvater des Ermordeten war während der Besetzung hier in Hanstholm. Vielleicht gibt es einen Zusammenhang, vielleicht ist es auch ein Hirngespinst. Ab und an nehme ich meinen siebten Sinn eben auch mal ernst.«

»Ich kann auf der Dienststelle eine Kollegin daran setzen.

Mit etwas Glück finden wir was heraus. Die Frau ist ein wahres Recherchiertalent am Computer.«

»Das wäre nicht schlecht, Ove, mango tak!«

»Mange, Kollege, nicht mango, mange tak! Ingen sag!«

»Ingen sag?«

»Keine Ursache!«

Silvia Haman kommt mit vom Wind zerzausten Haaren, die Hände tief in den Jackentaschen, vom Strand zurück. Ihr mürrisches Gesicht beantwortet bereits die Frage, ob Kilian Martens einer der Windsurfer auf dem Wasser ist.

»Wieder nichts.« Swensen kratzt sich an der Nase und legt den Kopf in den Nacken. »Der Mensch wird mir langsam unheimlich. Er ist immer weg, wenn wir auftauchen! Vielleicht hat er den siebten Sinn?«

»Es reicht, wenn du einen hast!«, knurrt die Hauptkommissarin und Ove Toksvig grinst über das ganze Gesicht. »Leider läuft es im Moment nicht sonderlich gut. Vor drei Tagen hätten wir den Typen hier jedenfalls erwischen können. Er soll mit einem Tross von Leuten gegen Abend hier gewesen sein, hat einige Runden gedreht und war auch schon wieder weg.«

»Aber keiner weiß, wo er sich im Moment herumtreibt, oder?«

»Stimmt! Einige sagen, er surft heute in Klitmøller, andere meinen, wir finden ihn vor Agger Tange am Pisa-Spot.«

»Pisa?«, fragt Swensen.

»Eine Bunkerruine, ehemaliges Beobachtungsradar«, erklärt der Däne, »ein hochragender Betonklotz, leicht geneigt, wie der schiefe Turm, daher nennen alle den Spot nur Pisa.«

»Agger Tange, wie weit ist das entfernt?«

»Mindestens 40 Minuten«, schätzt der Däne.

»Was sollen wir machen? Fahren wir hin und schauen nach, oder …?«, grübelt Swensen und schaut Silvia an, die demonstrativ mit den Achseln zuckt.

»Einen Vorschlag«, springt Ove der Kollegin zur Seite, »wir machen eine kleine Pause, könnten zum Kirsten Kjær Museum fahren, ist von hier nur ein … äh, Kaatz …«

»Katzensprung«, hilft Silvia weiter.

»Katzensprung?«, echot der Däne. »Dort kann man im Garten vor dem Museum sitzen, in der Sonne. Ihr könnt euch die Bilder anschauen, und ich habe ein wenig Zeit, mit ein paar alten Surfkumpeln zu telefonieren. Danach, das verspreche ich, schnappen wir uns euren Kilian.«

Erkenne den Strom des Lebens, passe dich dem Rhythmus der Ereignisse an. Es ist Swensens eigener Satz, der ihm gerade einfällt. Er hat ihn für eines der Fotos von Hollmann ersonnen. Vielleicht sollte ich mal auf mich hören, denkt er und findet den Vorschlag des Dänen plötzlich richtig verlockend. »Okay, lasst uns diese unsinnige Phantomjagd unterbrechen! Etwas Kultur kann meiner eingerosteten Intuition vielleicht wieder auf die Sprünge helfen.«

Swensen klettert wie selbstverständlich auf die Rückbank. Der Platz auf dem Beifahrersitz wird offensichtlich von Silvia Haman beansprucht. Die knisternden Blicke, die zwischen Ove und ihr hin und her gehen, sind nicht zu übersehen. Dem Hauptkommissar war auch nicht entgangen, dass der Däne morgens schon um fünf Uhr in der Hotellobby stand.

Eigentlich kann man eins und eins zusammenzählen, denkt er, aber die Sätze, die er für Peter Hollmanns Fotos notiert, mahnen ihn, keine voreiligen Schlüsse zu ziehen. *»Alle Dinge der Welt sind im Kern leer und nur eine Illusion deiner Sinne.«* Er schließt die Augen und sieht das wellenartige Binsengras vor sich.

»Es ist keine Illusion! Da läuft etwas zwischen den beiden!«, widerspricht etwas hartnäckig in ihm.

Er hält die Augen weiterhin geschlossen, als könne seine Meinung mit offenen Augen wie eine Seifenblase zerplatzen. Doch dann rüttelt ein holpriger Feldweg seine Lider wieder nach oben. Das letzte Stück der Fahrt geht durch ein Wäldchen und endet auf einem Parkplatz. Grobe Holzskulpturen, aus Baumstämmen herausgeschlagen, stehen über das ganze Gelände verteilt. Der Museumskomplex ist ein verschachtelter Holzbau, rotbraun angestrichen. Vor dem Haupteingang ist ein großes Bronzeporträt von Kirsten Kjær aufgestellt. Das Bildnis hat ein faltiges Gesicht und einen verkniffenen Mund. Swensen sieht eine gewisse Ähnlichkeit zu der Schauspielerin Brigitte Mira. John Anderson und Harald Fuglsang, langjährige Wegbegleiter der Künstlerin, empfangen die neuen Gäste vor der Tür.

»Das war Kirsten Kjærs Sommerresidenz«, nuschelt einer der kauzigen alten Herren auf Englisch und deutet auf ein reetgedecktes Haus. »Heute leben dort Gastkünstler aus aller Welt.«

Bevor die Kriminalisten das Museum besichtigen dürfen, werden sie in einen kleinen Vorführraum gebracht und bekommen ein kurzes Video in deutscher Sprache über die Malerin zu sehen. Das ungewöhnliche Künstlerinnenleben in knappen 15 Minuten:

Kirsten Kjær lebte von 1893 bis 1985. Schauspiel-Versuche auf der Bühne. Psychiatrischer Klinikaufenthalt. Mit 32 Jahren beginnt sie zu malen. 1926 erlebt sie ihre künstlerische Befreiung in den USA. 1930 in Paris und auf Mallorca. 1943 hilft sie politischen Emigranten in Dänemark. Nach der Besatzungszeit malt sie in Lappland, Island, Tunesien und Liberia. Sie hinterlässt über 180 Gemälde und 100 Zeichnungen und hat nie eine internationale oder auch nur nationale Anerkennung erfahren.

Während Silvia und Ove gegen eine Spende Kaffee und Kuchen nehmen und sich in mittlerweile trauter Zweisamkeit absetzen, schlendert Swensen allein hinein in das Labyrinth aus langgezogenen Galerien und kleinen Räumen mit plüschigem Wohncharakter. An den Wänden, in Nischen und Erkern hängen dicht an dicht Ölbilder von Frauen und Männern. Durch die offenen Türen wird der Rundgang vom Gezwitscher der Vögel aus dem Wald begleitet. Vor einem Klavier liegt einer der beiden Museumshunde in der Sonne, die durch die schrägen Fenster fällt. In einem zweistöckigen Galerieraum trifft Swensen auf das Porträt aus seinem Hotelzimmer, doch diesmal steht er vor dem Original. Ein Schild lüftet das Geheimnis um den Namen der Gemalten, es ist die große Asta Nielsen, die weltberühmte dänische Stummfilmdiva. Jetzt wird Swensen klar, warum er meinte, die Abgebildete von irgendwoher zu kennen. Es ist das unvergessene Gesicht aus der ›freudlosen Gasse‹, einem Stummfilmklassiker. Sein Philosophie-Professor hatte den Streifen im Rahmen eines Seminars gezeigt, in dem er den Studenten den neuen Realismus in den 20er Jahren nahe bringen wollte. Werner Krauß als brutaler Metzger im zynischen Tauschgeschäft ›Fleisch gegen Fleisch‹, in den Hauptrollen Asta Nielsen und Greta Garbo. Swensen sieht dem Idol aus vergangenen Zeiten in die gemalten Augen, und plötzlich werden sie alle lebendig, die Gesichter der Gemälde um ihn herum. Sie schauen mit wachen Augen auf ihn herab, den deutschen Hauptkommissar in Dänemark, geben ihm einen Augenblick ihrer Vergangenheit preis. Ein älterer, kahlköpfiger Herr mit langem Bart, Brille und Pfeife im Mund, der seine rechte Hand unter das offene schwarze Jackenrevers steckt, aus dessen Brusttasche ein weißes Taschentuch lugt. ›Thorvald Stauning‹ steht auf dem Schild daneben, gemalt 1932, bis zu seinem Tod 1942 dänischer Ministerpräsident.

»Alle Dinge und Ereignisse stehen in Abhängigkeit von Ursache und Wirkung«, erinnert die Stimme von Meister Rinpoche.

*

Eine Hand umfasst den Oberarm des Hauptkommissars, stoppt seinen zügigen Schritt. Sie ist hart, gleicht der Pranke eines Raubtiers. Der Mann steht ihm wie ein Golem im Weg, sein zurückgekämmter Haarschnitt hat das Aussehen von gebranntem Ton. Er schaut Swensen aus zusammengekniffenen Augen an, und der Tonfall seiner Stimme ist unmissverständlich: »Stop, hvor skal du hen?«

»Was will der Bär von mir?«, fragt der Kriminalist und dreht sich hilfesuchend zu Ove, der mit Silvia dicht hinter ihm ist.

»Er fragt nur, wo du hinwillst«, übersetzt der Däne und redet beschwichtigend auf das Muskelpaket ein, das jetzt mit verschränkten Armen und fast berstendem T-Shirt auf ihn hinunter guckt.

»Kilian Martens ist anscheinend gerade bei einem Fotoshooting seines Sponsors«, übersetzt Silvia das Gebrabbel. »Das kann wohl jetzt gerade nicht unterbrochen werden.«

»Hauptsache, er ist überhaupt hier«, knurrt Swensen und marschiert gelöst hinter Silvia, Ove und dem Securitymann her. »Auf die paar Minuten kommt es jetzt auch nicht mehr an.«

Ein scharfer Wind bläst von der See, fegt dem Hauptkommissar geräuschvoll um die Ohren und wirbelt sein weniges Haar durcheinander. Schon von weitem kann er den Betonklotz erkennen, der sich direkt am Wasser in den Sand gebohrt hat. Der Sockel besteht aus zwei rechteckigen Blöcken, eine vierkantige Stele ragt in den Himmel. Das ganze Monstrum hat leichte Schräglage. Luft und Salzwasser haben die Eisenteile der ehemaligen Radaranlage durchrosten lassen. Im Windschatten, vor einem Türloch im Winkel des Mauersockels, steht ein athletischer Mann, dessen Gesicht gerade von einer graumelierten Visagistin gepudert wird. Darauf legt sie noch einige Strähnen seiner sorgfältigen Frisur zurecht.

»Von der rechten Seite mehr blaues Licht! Ich will mehr blaues Licht!«, brüllt ein Mann in schrillbuntem Hawaiihemd. Er schaut kurz auf den Bildschirm seiner Kamera, hebt den Kopf und streicht nachdenklich über den Dreitagebart. »Die chilligen Klamotten müssen sich noch mehr vom kühlen Neon absetzen.

Kilian, die Jacke etwas lässiger über die Schulter! Stell dir vor, du bist in Gedanken noch auf dem Wasser. Etwas verträumter dein Blick, bitte! Und mehr Entschlossenheit im Körperausdruck!«

»Was denn nun? Verträumt oder entschlossen?«, ruft das Model zurück. Es spannt demonstrativ seine Brust- und Rückenmuskeln an, was automatisch auch seinen Gesichtsausdruck verändert. »Ich kann nicht beides!«

»Okay, okay! Konzentriere dich auf den verträumten Blick!«, korrigiert der Fotograf und legt den Finger auf den Auslöser. Die Kamera rattert wie ein leises Maschinengewehr.

»Das Surfbrett leicht nach links! Drehen, drehen, drehen! Nein! Halt! Total uncool, die Schose! Ich will Bodennebel, da muss Nebel aus der Türöffnung quellen.«

»Wir haben kein Trockeneis dabei«, meldet einer der Assistenten.

»Scheiße, verdammte!«, flucht der Fotograf. »Dann besorgt es! Sofort!«

»Da müssen wir bestimmt ganz bis nach Thisted, das kann dauern!«

»Scheiße! So geht das nicht! Ich mache hier professionelle Arbeit! Pause, Leute! Der Spot wird unterbrochen, bis dieses verdammte Trockeneis da ist!«

Er kneift den Mund fest zusammen, stapft mit funkelnden Augen durch den Sand und verschwindet hinter den Dünen in einem Wohnwagen. Die Gesichter der Assistenten, die eben noch voller Anspannung um ihn herumstanden, hellen sich deutlich auf. Einer von ihnen zieht eine Schutzfolie über die Kamera, die verwaist auf dem Stativ an Ort und Stelle stehen bleibt.

Swensen hat Kilian Martens die ganze Zeit im Auge behalten, aber der Securitymann ihn offensichtlich auch. Er stellt sich dem Hauptkommissar erneut in den Weg, als der seinen ihm angewiesenen Platz verlässt.

»Kriminalpolizei!«, pflaumt Swensen das Muskelpaket auf Deutsch an, doch der verzieht keine Miene und steht stur vor ihm. Erst als Ove Toksvig mit dem Mann redet, legt der den Kopf schief, als würde er lauschen und tritt stoisch zur Seite. Kilian Martens hat in der Zwischenzeit eine Trainingshose übergezogen und bekommt gerade eine dicke Windjacke gereicht.

»Herr Martens?«, ruft der Hauptkommissar und wartet, bis der Mann den Kopf hebt. »Kriminalpolizei Husum, meine Kollegin Hauptkommissarin Haman und meine Wenigkeit, Hauptkommissar Swensen! Wir ermitteln im Mordfall des Herrn Eschenberg!«

Kilian Martens zieht in aller Ruhe seine Windjacke über, und als Swensen und Haman mit zügigen Schritten näher kommen, springen die vier Assistenten des Fotografen ihm zur Seite.

»Wir möchten, dass Sie einige Fragen beantworten. Dies ist eine offizielle Ermittlung der deutschen Polizei.«

»Schon gut, Leute!«, beruhigt Kilian Martens mit einem feinen Lächeln und schickt seine Beschützer weg. »Ich denke, niemand braucht mich vor der Polizei zu beschützen.«

Er tritt aus dem Windschatten der Betonmauer, und im Nu sind seine gelgestylten Haare in eine Igelfrisur verwandelt. Das braungebrannte Gesicht hat sich kaum wahrnehmbar angespannt. Er steckt seine Hände betont lässig in die Hosentaschen und stellt sich breitbeinig vor den Kriminalisten. Swensen wartet, bis die kleine Schutztruppe außer Hörweite ist.

»Wir suchen seit geraumer Zeit nach Ihnen«, beginnt der Kriminalist und beobachtet sein Gegenüber möglichst unauffällig. »Sie sind die Person, mit der Herr Eschenberg noch kurz vor seinem Tod gesprochen hat.«

»Woher wollen Sie das wissen?«

»Es gibt Zeugen.«

»Und wenn schon, damit bin ich bestimmt nicht allein!«

»Es gibt auch Zeugen, die Sie noch kurz vor dem Zeitpunkt der Tat auf Schloss Hoyerswort gesehen haben wollen.«

»Hallo, so läuft das hier nicht, Herr Kommissar! Ich beantworte gerne Ihre Fragen, aber ich lasse mich nicht kurzerhand zu einem Verdächtigen abstempeln! Sie reden mit Kilian Martens, also ein wenig Respekt, wenn ich bitten darf.«

»Solange der Täter frei herumläuft, gehören auch Sie zu den Verdächtigen, Herr Martens! Ich wüsste nicht, was daran respektlos ist. Außerdem stellen wir im Moment nur reine Routinefragen. Sagen Sie uns bitte einfach, wo Sie zur Zeit des Mordes waren.«

»Wann hat der denn stattgefunden?«

»Kurz nach zwei Uhr, nehmen wir an.«

»Da war ich wahrscheinlich im Auto. Ich habe die Feier zwischen zwölf und eins verlassen und bin nach Flensburg in mein Hotel gefahren.«

»Wann sind Sie dort angekommen?«

»Keine Ahnung, ich habe nicht auf die Uhr geschaut.«

»Gibt es einen Zeugen im Hotel, der Sie bei Ihrer Ankunft gesehen hat?«

»Schätze nein, die Rezeption war nicht mehr besetzt. Ich bin auf mein Zimmer und ins Bett.«

»Darf ich fragen, weshalb Sie nicht auf der Beerdigung Ihres Freundes waren?«, mischt sich Silvia Haman ein.

»Was höre ich da für eine merkwürdige Betonung bei ›Ihres Freundes‹?«

»Ich bin mir nicht bewusst, dass ich die Worte merkwürdig betont habe.«

»Haben Sie, werte Frau! Und ich war nicht auf der Beerdigung ›meines Freundes‹, weil ich Beerdigungen grundsätzlich hasse! Ich gehe nicht auf solch heuchlerische Veranstaltungen. Meine Asche werde ich ins Meer streuen lassen, und zwar unter jeglichem Ausschluss der Öffentlichkeit.«

»Wir versuchen uns ein umfassendes Bild von Herrn Eschenberg zu machen«, insistiert Swensen weiter.

Kilian Martens schaut den Hauptkommissar mit stechenden Augen an und schweigt. Das Geräusch der rhythmischen Brandung untermalt eine Zeitlang das gegenseitige wortlose Abtasten.

»Meine Beziehung zu Ole hat eine etwas längere Geschichte, Herr Kommissar«, sagt Kilian Martens nach einer Weile selbstgefällig, »eine ziemlich lange Geschichte. Ich kann mir nicht vorstellen, dass Sie die Einzelheiten wirklich hören wollen.«

»Doch, genau das wollen wir! Alles, was wir über Herrn Eschenberg in Erfahrung bringen können, ist interessant für uns!«

Sie springt ihnen sofort ins Auge, diese Lichtgestalt im Deep-Purple-Bikini. Die zierliche Frau steht, einer griechischen Statue gleich, im Gegenlicht auf der Ladefläche eines Kombis. Sie nimmt die Boards, die ihr von einer kleinen Schar Surfer heraufgereicht werden, mit solch einer Leichtigkeit entgegen, als wäre es der ultimative Kick. Die rotblonden Haare, zu seildicken Zöpfen geflochten, wirbeln bei jeder Drehung ihres biegsamen Körpers hin und her, und der leicht geöffnete Kirschmund verleiht dem schmalen Gesicht ein erotisches Flair. Kilian versucht augenblicklich sie auf sich aufmerksam zu machen.

»Hey! Ich bin Kilian!«, ruft er mit einem Augenzwinkern und breitem Grinsen und nimmt nebenbei sehr wohl wahr, dass Oleander ihn von der Seite angiftet.

»Freja!«

»Freja kommt aus Dänemark«, sagt der bärtige Hippie-Typ, dem der Kombi gehört. »Hab keine Ahnung, wo das ist. Aber Freja ist eine erstklassige Surferin, ein richtiges Talent, die bald mit den ganz großen Namen mithalten kann. Denkt an meine Worte, Jungs, ihr werdet das noch erleben!«

Während Oleander die schöne Dänin heimlich anschmachtet, lüftet Kilian schon nach kurzer Zeit ihr Erfolgsrezept. Sie hat einen Kumu, einen hawaiianischen Surflehrer. Ein magerer Typ mit dunkler Haut und pechschwarzen Haaren, der mindestens 20 Jahre älter ist. Sein Name ist Archie Kalepa. Er ist keiner dieser akrobatischen Surfer, aber seine Körperbewegungen sind die gelebte Leichtigkeit des Seins, verbunden mit der akkuraten Anmut eines Tangotänzers. Sein Geschick auf dem Wasser fasziniert Oleander und Kilian vom ersten Augenblick an, und in kürzester Zeit sind Freja und die Neuankömmlinge, die er nur abfällig ›Malihinis‹ nennt, zu seinem Schatten geworden.

Kalepa reitet einen leuchtendblauen ›Fish‹, ein kurzes, gedrungenes Board mit gespaltenem Tail, als wäre er damit verschmolzen. Verächtlich schaut er zu den vielen Surfern, die mit verkniffenen Blicken auf dem Wasser sind, als gelte es ein festgeschriebenes Pensum zu erfüllen. Manchmal provoziert er die jungen Männer lachend: »Hey, Alter, das ist doch keine Welle! Paddel weiter raus aufs Meer, da beißen dich die Wellen!«

Kalepa verhält sich anders als die anderen Einheimischen, die allen Weißen, diesen Haoles, den Kampf angesagt haben. Er mag die Dänin und schließt auch ihre deutschen Freunde in sein Herz, zeigt ihnen seine Tricks und ist oft schon bei Sonnenaufgang mit ihnen auf den Brettern. Manchmal surfen sie bis zum letzten Sonnenstrahl, und Kilian lernt jeden kleinen Kniff wie von selbst, während Oleander sich abmühen muss wie ein Ackergaul.

»Wenn ihr hervorragende Surfer werden wollt«, sagt er immer wieder, »schreibt euch ein hawaiianisches Sprichwort hinter die Ohren: »Beobachte mit den Augen, höre mit den Ohren, halte die Klappe!«

Freja, Kilian und Oleander leben mitten im Regenwald in kleinen Nurdachhäusern, die nur hinten und vorn mit Fliegengittern versehen sind. Der Platz im Inneren ist gerade einmal so groß, um ein Bett, einen Tisch und einen Stuhl hinein stellen zu können. Die

Vermieter haben sie vor Skorpionen und Tausendfüßlern gewarnt, und die Warnung ist berechtigt, wie sie immer wieder feststellen. Nachts quaken die Laubfrösche ihre Symphonien, begleitet von dem Donnern der Brandung. Aus der Ferne leuchten die Hütten wie winzige Pyramiden. Am Lagerfeuer geht der Joint herum. Auf Oleanders Gesicht flackert heimliche Liebe, und Kilian legt ein Holzscheit nach, damit die Flamme erst richtig zu lodern beginnt. Er setzt sich Freja gegenüber, klappt mit geheimnisvollem Blick Hesses Steppenwolf auf und beginnt mit Inbrunst an einer Stelle vorzulesen. Dabei tauscht er geschickt den Namen Maria, so wie er im Buch steht, gegen den Namen Freja aus:

»Wen Freja eigentlich liebte, darüber dachte ich oftmals nach. Am meisten, glaube ich, liebte sie den Jüngling Pablo vom Saxophon, mit den verlorenen schwarzen Augen und den langen, bleichen, edlen und melancholischen Händen. Ich hätte Pablo in der Liebe für etwas schläfrig, verwöhnt und passiv gehalten, aber Freja versicherte mir, dass er zwar nur langsam in Glut zu bringen, dann aber gespannter, härter, männlicher und fordernder sei als irgendein Boxer oder Herrenreiter.«

Kilian lässt das Buch sinken, sieht Freja tief in die Augen und fragt sie herausfordernd: »Ole oder ich, wer von uns beiden ist Pablo? Und wen hältst du für den Erzähler, den Steppenwolf?«

Während Freja verklärt die Augen schließt, als würde sie ernsthaft darüber nachdenken, sitzt Oleander versteinert neben ihr, und nur das rote Licht des Feuers verhindert, dass die Röte in seinem Gesicht sichtbar wird. Kilian vertieft sich wieder in das Buch und liest unbeirrt weiter:

»Besonders aber kam ich nun sehr häufig mit Herrn Pablo zusammen, den Freja sehr liebte. Zuweilen brauchte sie auch von seinen geheimen Mitteln, auch mir verschaffte sie je und je diese Genüsse, und immer stand Pablo mir mit besonderem Eifer zu Diensten. Mein Urteil über diesen frohen, klugen, kindlichen und dabei unergründlichen Menschen ändert sich beständig, wir sind Freunde, nicht selten nahm ich etwas von seinen Mitteln an. Etwas belustigt sah er meiner Verliebtheit in Freja zu. Einmal veranstaltete er ein ›Fest‹ im Zimmer seines Nurdachhäuschens. Es gab dort nur einen Stuhl, Freja und ich mussten auf dem Bett sitzen. Er gab uns zu trinken, einen aus drei Fläschchen zusammen gegossenen, geheimnisvollen, wunderbaren Likör. Und dann, als ich sehr guter Laune geworden war, schlug er uns mit leuchtenden Augen vor, eine Liebesorgie zu dreien zu feiern.«

Frejas frenetisches Lachen klingt noch in seinen Ohren, als Kilian Martens mitten im Satz abbricht und zum Hauptkommissar sagt: »Das ist nur der Anfang unser gemeinsamen Geschichte. Reicht es Ihnen oder wollen Sie noch mehr hören.«

»Ehrlich gesagt, ich habe von dem, was Sie bis jetzt erzählt haben, nicht gerade alles verstanden, Herr Martens!«

»Was ist daran nicht zu verstehen?«

»Wollten Sie damit andeuten, Sie hatten eine Liebesbeziehung mit Frau Sjøqvist?«

»Richtig!«

»Und Herr Eschenberg hatte ebenfalls eine Liebesbeziehung mit Frau Sjøqvist?«

»Dann haben Sie ja doch alles verstanden.«

»Nur interpretiere ich Ihre Geschichte bestimmt anders, als Sie es tun, Herr Martens. Sie haben nämlich gerade ein klassisches Beziehungsdrama vor mir ausgebreitet. Und wenn in einer Liebesbeziehung eine dritte Person im Spiel ist, so ist erfahrungsgemäß immer eine Person zu viel. Eifersucht gehört zu den stärksten Mordmotiven, die wir Kriminalisten kennen.«

»Sie sind immer noch besessen davon, mich zum Täter zu machen. Für den spießigen Bürger bleibt die freie Liebe eben unvorstellbar. Und dass sie sogar funktioniert, ist für euch undenkbar.«

»Wer zweimal mit derselben pennt, gehört schon zum Establishment. Das kommt von den 68ern, Herr Martens, und gehört zu meiner Generation. Aber das Resümee, das ich heute daraus ziehen kann, besagt: Es hat in der Realität leider nie richtig gut funktioniert.«

»Ausnahmen bestätigen die Regel, Herr Kommissar!«

»Sie wollen mir ernsthaft weismachen, es gab nie handfesten Streit zwischen Ihnen und Herrn Eschenberg?«

»Nicht wegen Freja, damals jedenfalls nicht!«

»Das heißt, es gab später Streit zwischen Ihnen?«

»Aber der Streit kam nicht von meiner Seite. Ole konnte es einfach nicht ertragen, dass Freja und ich weiterhin zusammen waren.«

Frejas wegen entwickelt Oleander eine bis dahin unerreichte Kraft. Archie Kalepa ist berührt von der unglücklichen Liebe des Deutschen zu der Dänin. Er nimmt Oleander heimlich unter seine Fittiche, ab da trotzen sie zu zweit den Wellen und dem Wettergott. Der Lehrer zeigt ihm geheime Plätze, lehrt ihn, wie er im hüfttiefen Wasser über die vorgelagerten Riffplatten in die metertiefen Senken kommt und durch kopfhohes Weißwasser hinaus aufs offene Meer. Oleanders Surfstil wird nach und nach eleganter, er meistert Backside Turns, Airs, Hacks und trainiert ausgelassen auf brechenden A-Frame-Wellen. Eines regnerischen Nachmittags, als sein Selbstvertrauen einen neuen Höhepunkt erreicht hat, sitzt er mit Kilian in Frejas Häuschen zusammen. Nebelschwaden treiben durch den Riesenfarn und die rot blühenden Bromeliengewächse. Kilian holt geheimnisvoll eine Seekarte hervor, breitet sie auf dem kleinen Tisch aus und deutet auf einen Punkt, der ein Schifffahrtshindernis kennzeichnet. Dann beginnt er mit flinken Strichen Diagramme zu zeichnen, wie der Swell an der Stelle auf ein Riff trifft.

»Dort ist ein Riesenriff mitten im Ozean«, versichert er, »nur knapp unter der Wasseroberfläche, ein Schiffskiller. Dagegen sind all deine Spots, die du bisher gesurft hast, wie Quietsch-Enten-Spiele in der Badewanne. Ab und zu formiert sich dort eine Bombora, die alle nur Moby Dick nennen. Die unmöglichste aber auch faszinierendste Welle, von der ich bis jetzt gehört habe. Das ist keine dieser Tiefwasser-Bomboras. Du musst dir tückisches Spritzwasser vorstellen und eine Riesenwelle, die garantiert nie sauber bricht.«

Kilian beobachtet die Wirkung seiner Worte auf Oleanders Gesicht. Der ist in einem Wechselbad der Gefühle, wobei die Skepsis noch überwiegt.

»Das ist doch hirnrissig, kein Mensch kann so etwas surfen!«, wiegelt er ab.

»Bist du dir sicher?«, stachelt Kilian ihn erneut an.

Der imaginäre Ort, den Kilian anpreist, liegt ganze drei Meilen vor der Küste. Er stellt seinen Finger auf die Karte, bis der Punkt in Oleanders Bewusstsein verankert ist.

»Der Spot liegt in der Nähe einer Lavainsel! Das ist nichts für Feiglinge! Die Ecke ist ein Hailoch«, sagt er herablassend und hebt im nächsten Moment die Stimme. »Kurz bevor die Welle über dem Riff bricht, nimmt sie die Rundung eines Walkopfes an. Moby Dick!«

»Glaubst du allen Ernstes, dass es wirklich möglich ist, sie zu reiten?« Oleander pocht das Blut in den Schläfen und er versucht, seine Stimme nicht besorgt klingen zu lassen.

»Lasst die Finger davon, Jungs«, mahnt Freja.

Doch der Ehrgeiz ist bereits angefacht, beginnt im Namen der Ehre lichterloh zu brennen. Ein Name hat sich ins Gedächtnis gebrannt: Moby Dick! Moby Dick! Moby Dick!

Der Herbst kommt. Auf der Wetterkarte sieht das Sturmgebiet über dem Ozean wie ein stetig wachsender Tumor aus, als Freja das Motorboot mit den Freunden seewärts steuert. Oleander spürt den Wind an seinen Haaren zerren, und seine Angst gleicht den schwarzen Wolkenbänken, die auf die Küste zutreiben. Im Oktober, bei eher sanften Swells, hatten sie sich die Stelle wieder und wieder angesehen. Jetzt kündigt ein mörderisches Krachen von der Gewalt der hohlbrechenden Wassermasse, die abgerissenen Riementang und Muschelbruch in die Luft schleudert. Sie ankern in sicherer Entfernung und beobachten aufgewühlt die Serien. Die Männer haben ihre Brewers dabei, lange, schwere Bretter, wie sie die Hawaiianer bauen. Oleander gibt sich miesepetrig, um seine Angst zu verbergen, paddelt mit aller Kraft hinter Kilian her, der sich hinter einer Turbulenz aufsetzt, während Oleander sich bäuchlings treiben lässt.

Die Dinger sind deutlich zu steil, schießt es durch seinen Kopf, während er zu Freja schielt, die im Boot wartet. Und dieses Scheißriff. Das Risiko ist viel zu hoch.

Eine breite Welle schwingt herein und urplötzlich geht Kilian sie an. Er kämpft mit dem Wasser, bis er genügend Tempo erreicht hat. Es donnert, als würde ein Haus einstürzen, und Sekunden später stürzt Moby Dick über Kilian zusammen. Aber seine Füße kleben am Brett, und mit außerirdischer Kraft reißt er es herum. Die Welle bäumt sich keilförmig auf, zeigt ihre hässlich gebogene Fratze, dunkel wie die Nacht. Die Flosse von Kilians Board greift, er schießt vorbei und verschwindet in der explodierenden Gischtwolke. Einen unendlichen Augenblick lang ist er gänzlich verschwunden, doch dann spuckt Moby Dick ihn wieder aus. Er gleitet lauthals johlend ins tiefe, sanfte Wasser. Kilian hat Moby Dick bezwungen, die Welle erobert und Oleander kann nur voller Neid aus der Ferne zuschauen. Nach diesem Tag ist der Ritt auf Moby Dick der Maßstab, mit dem in Zukunft ihre Freundschaft gemessen wird.

»Ich war danach immer derjenige, der Moby Dick bezwungen hat. Heute bin ich der Meinung, Ole hat diesen verlorenen Wettstreit nie verwunden. Er ist auch der Auslöser dafür, dass

Ole sich aus unserer gemeinsamen Beziehung zurückgezogen hat. Die plötzlich hervorbrechende Eifersucht war ein Symptom seiner Gekränktheit. Nach Moby Dick hatte unsere Beziehung einen Knacks und ist nie wieder wie vorher geworden.«

»Und Sie sind in dieser Geschichte das Unschuldslamm, das wollen Sie mir offensichtlich weismachen?«, stellt Swensen mit sarkastischem Unterton fest.

»Sie glauben mir nicht?«

»Mein Beruf verleiht mir eine gesunde Ungläubigkeit. Das hat nichts mit Ihnen persönlich zu tun.«

»Ich hatte keinen Grund, meinen Freund Ole umzubringen!« Kilian Martens Stimme ist ausdruckslos, als bräuchte sie keinen Nachdruck, damit man ihr glaubt.

»Wenn Herr Eschenberg eifersüchtig gewesen ist«, sagt Swensen, »dann sind Sie der Grund für diese Eifersucht. Und Sie haben selbst bestätigt, dass die Eifersucht auch berechtigt war.«

»Wie meinen Sie das?«

»Nun, offensichtlich wollte Herr Eschenberg seine Geliebte nicht mehr mit Ihnen teilen.«

»Das ist richtig, ich habe nichts anderes gesagt.«

»Aber vielleicht waren Sie in dem Punkt ausnahmsweise einmal einer Meinung mit Herrn Eschenberg. Vielleicht wollten Sie Frau Sjøqvist auch für sich allein haben.«

»Ich wollte noch nie einen Menschen für mich allein. Freja war nicht aus dem profanen Grund mit mir zusammen, weil sie mich liebte. Sie war mit mir zusammen, weil sie meinte, dass meine Liebe ihr auch zusteht!«

»Sie sind der Auserwählte! Herr Martens, Größenwahn scheint für Sie ein Fremdwort zu sein. Ich denke, das Gespräch war sehr aufschlussreich und es gibt auch keinen Grund, Sie von der Liste der Verdächtigen zu streichen. Ihre Geschichte ist mehr als nebulös, und Ihr Alibi ist mitnichten wasserdicht!«

Dänemark 1944

Dänen sprengen Fabrik, die deutsche Waffen herstellt
Bewaffnete Patrioten überwältigen die Wachleute auf dem Stahlwerk in Varde.

New York Times, Titelseite vom 13. Dezember 1943

»Aufgrund der Berichte über die Lage in Dänemark hat der Führer sehr scharfe Kritik an der bisherigen Politik geübt. Der Führer äußerte, dass an der Entwicklung in Dänemark die Einrichtung von Gerichten Schuld trage. Wenn man anstelle der Erschießungen die Sabotageakte nur durch Gegenterror bekämpft hätte, wäre die jetzige Entwicklung nicht eingetreten. Das richtige Verfahren sei, bei einem Sabotageakt sofort einen Antiterror zu organisieren, so zum Beispiel, dass ein Auto vorfahre und die Saboteure einfach umlege …«

v. Ribbentrop am 3. Juli 1944

Es gärt in der Luft, Wolken driften zu schwarzen Ungetümen zusammen. Die kahlen Zweige der Buchen zittern und flattern. Dann ist es schlagartig still, und wenig später weht ein warmer Wind und Regenwetter setzt ein. Es prasselt in dichten Kaskaden vom Himmel, Wasser rinnt die Hügel hinab und sammelt sich in den Schlaglöchern des Feldwegs, dringt in die Erde, wird zu Schlamm und macht festen Boden grundlos. In der Nähe einer Eisenbahnstrecke sind einige Motor- und Kettenfahrzeuge in Richtung Nørre Nebel unterwegs. Eine dunkelbraune Opel Olympia Limousine fährt in einigem Abstand der

Kolonne voraus. Der schnurgerade Weg durch die Dünenlandschaft verschwindet in einem dichten Kiefernwald und macht unerwartet eine scharfe Kurve. Der Fahrer ist nur einen kurzen Moment unaufmerksam, übersieht die große Wasserlache, und schon dreht das rechte Hinterrad seines Fahrzeugs durch. Gnadenlos frisst der Reifen sich immer tiefer in den Morast. Der Mann lässt den Motor aufheulen, doch der Wagen hängt fest. Eines der Kettenfahrzeuge hinter ihnen kommt seitwärts. Ein Trupp Soldaten sitzt mit Maschinenpistolen und triefnassen Gesichtern unter der luftigen Plane.

»Wir stecken fest!«, brüllt der Fahrer des Opels aus der heruntergelassenen Seitenscheibe dem Fahrer der Artilleriezugmaschine zu. »Nehmt uns an den Haken und zieht uns raus!«

»Und Beeilung«, sagt der Mann auf dem Rücksitz zum Fahrer.

»Und Beeilung!«, echot der hinüber.

Der Mann auf dem Rücksitz ist der frisch beförderte Hauptmann Kreuzhausen. Ungeduldig schaut er auf seine Armbanduhr und flucht mehrmals »Verdammter Scheißdreck« vor sich hin.

Hinter der regennassen Scheibe springen Gestalten unter der Plane hervor und beginnen mit der Arbeit, die Limousine aus dem Schlamm zu ziehen. Heinrich Kreuzhausen versucht sich zu beruhigen, trommelt mit den Fingern gegen die Rückenlehne des Fahrers. Die kostbare Zeit verrinnt. Zeit, in der die vermeintlichen Saboteure ihr Ziel unbehelligt erreichen können. Unwillkürlich muss der Hauptmann an die letzten Tage denken, die er in der Nähe von Generalfeldmarschall Rommel zubringen durfte. Schon in seiner Kindheit wurde dieser Name nur ehrfurchtsvoll ausgesprochen, und sein erster Eindruck von dem kleinen, strammen Mann hat ihn zutiefst beeindruckt, der stählerne Blick, das knochige Steingesicht mit seinen langen, senkrechten Furchen. Der Hauptmann sieht ihn vor sich, wie er, in einem eleganten Mantel mit Pelzkragen, mit eisiger Miene zwei Stunden lang die Befestigungsanlagen in Hanstholm inspiziert. Die ganze Zeit über sagt er kaum ein Wort, nur ab und zu ein kurzes Knurren und ein Lächeln, das sich meist zur Grimasse verformt.

Oberleutnant Kreuzhausen ist für die Koordinierung der Sicherheitsmaßnahmen des gesamten Dänemarkaufenthalts zuständig und steht häufig dicht an der Seite des hohen Gastes. Obwohl der Vater schon unter dem jungen Rommel am Monte Matajur dabei gewesen war, traut er sich nicht, den Generalfeldmarschall aus eigenen Stücken anzusprechen. Das passiert dann wie von selbst, als er ihm vorgestellt wird.

»Kreuzhausen?«, fragt Rommel und schiebt energisch sein Kinn vor. »Kannte einen Ferdinand Kreuzhausen, Schlacht von Karfreit.«

»Mein Vater, Herr Generalfeldmarschall!«

»Tüchtig, tüchtig, Kreuzhausen! Machen Sie dem Namen alle Ehre!«

Heinrich Kreuzhausen wird es warm, wenn er daran denkt. Er ist sich sicher, dass diese Begegnung zu seiner Beförderung beigetragen hat. Oder es war der vereitelte Attentatsversuch, der wahrscheinlich dem Generalfeldmarschall gegolten und den er strategisch genau verhindert hatte. Eine Informantin war kurz vorher in die Wehrmachts-Kommandantur Thisted gekommen und hatte von einer bevorstehenden Widerstandsaktion berichtet. Alle im Stab der Heeres-Küstenartillerie Dänemark hatten die Information natürlich sofort mit dem Besuch aus Berlin in Zusammenhang gebracht. Zu dem Zeitpunkt war der junge Oberleutnant Kreuzhausen den Stabsoffizieren bereits aufgefallen. Seine Arbeit bei der Baustellenüberwachung und der furchtlose Umgang mit der Organisation Todt war selbst in den höchsten Kreisen anerkannt worden. Er wurde kurzerhand ins Sicherheitsteam um den Generalfeldmarschall befohlen.

Seitdem sitzt Kreuzhausen der Ehrgeiz im Nacken und er schaut genervt aus dem regennassen Rückfenster, will wissen, warum es immer noch nicht weitergeht. Die Soldaten stapfen knöcheltief im Schlamm. Ein Haken wird gebracht und irgendwo unter der Kühlerhaube der Limousine befestigt. Eine der Uniformen hebt den Arm und gibt das Zeichen zum Anfahren. Langsam setzt sich das Kettenfahrzeug in Bewegung, und während Kreuzhausens Limousine aus dem Morast gezogen wird, zündet der sich eine Zigarette an und lässt den Rauch durch die Nase entweichen. In seiner Erinnerung rekonstruiert er die Situation auf der Straße südöstlich von Østerild, dem letzten Einsatz in einem dichten Buchenwald. Dort wollten die Widerständler, so hatte es die Informantin berichtet, die Panne eines Lastwagens vortäuschen, um den Konvoi des Generalfeldmarschalls zu stoppen.

Kreuzhausen sieht den Umriss des LKWs vor sich, der exakt zum angegebenen Zeitpunkt am Straßenrand in einer Kurve steht. Zwei Männer sind im Scheinwerferlicht auszumachen. Kreuzhausen hat den Ablauf seiner Aktion akribisch durchgeplant. Er lässt den schwarzen Mercedes, der als der Wagen des Generalfeldmarschalls gelten soll, in sicherer Entfernung stoppen. Außer Sichtweite ist dem Fahrzeug ein Mannschaftswagen gefolgt und erscheint keine zwei Minuten später vor Ort. Die mit Maschinenpistolen bewaffneten Soldaten springen von der Ladefläche, verteilen sich blitzartig im Gelände und versuchen, die Männer, die sich rund um den LKW im Wald verschanzt haben, in großem Bogen einzukreisen. Doch die Widerständler sind mit Fahrrädern gekommen. Sie kennen die kleinen Waldwege gut und sind verschwunden, bevor die Soldaten den Kreis schließen können. Nur ein gewisser Holger Sølyst wird von einem Projektil am rechten Bein getroffen, kann in der Nähe des LKWs verhaftet und in ein deutsches Lazarett gebracht werden. Obwohl er in die Mangel genommen wird, beschwört der Mann im Verhör, er wäre nur auf der Fahrt zur Arbeit gewesen und hätte mit der ganzen Sache nichts zu tun. Er bleibt weiter in Haft und wird drei Tage später bei einem Fluchtversuch vom Gelände von einem deutschen Wachmann erschossen. Kreuzhausen kann nicht endgültig klären, ob dieser Holger Sølyst wirklich zum Widerstand gehört hat. Ebenso ist es nicht sicher, dass mit dem defekten LKW auf der Østerild wirklich ein Attentat auf den Generalfeldmarschall geplant worden war.

Ein greller Blitz, dessen Licht hundertfach in den kleinen Wassertropfen an der Autoscheibe explodiert, reißt Hauptmann Kreuzhausen in die Gegenwart zurück, und er ahnt, noch bevor der vibrierende Donnerhall aus Richtung der Eisenbahnbrücke herübertönt, dass er und seine Männer zu spät gekommen sind. Auf gleicher Höhe, unsichtbar hinter den Kiefern, ist das stoßweise Zischen einer Dampflok zu hören. Der ›Pirat‹ der Nørre Nebel-Bahn stößt ein lang gezogenes Pfeifsignal aus, dann kreischen schon die Bremsen. In diesem Moment schießt die Limousine aus dem Waldstück, Hauptmann Kreuzhausen hat endlich freie Sicht auf den Bahndamm. Vor seinen Augen schlittert die Lok Funken sprühend, mit blockierten Rädern, auf die Brücke und rast auf der gegenüberliegenden Seite in die zerfetzten Gleise. Metall kracht schrill, Eisenräder bohren sich in die Erde des Eisenbahndamms. Die schon beinah stehende Lok neigt sich langsam, kippt dann seitwärts von der Böschung und reißt die ersten drei Waggons mit hinab. Die Fahrzeuge der Wehrmacht stoppen am Damm vor dem Flusslauf. Die beiden Ziegelpfeiler, die den Eisenträger der schmalen Brücke stützen, sind von der Sprengung beschädigt. Überall liegen Steine über das Gelände verstreut. Einer der hinteren Waggons steht quer auf der Brücke, blockiert den Weg zu dem verunglückten Zug. Als Hauptmann Kreuzhausen den Fuß aus dem Opel in den strömenden Regen stellt, ist von irgendwelchen Saboteuren weit und breit nichts mehr zu sehen. Er veranlasst, baldig über Funk den Wachhabenden vom Lager Nymindegab zu informieren, dass von dort umgehende Hilfe der dänischen Polizei kommen solle.

Der Ärger über den Misserfolg lässt ihn drei Nächte nicht schlafen. Besonders wütend ist er auf die dänische Polizei, die kaum noch Anstalten macht, in ihrem eigenen Land für Ruhe und Ordnung zu sorgen. Sie war erst am nächsten Mittag an der Unglücksstelle erschienen und zeigte nicht die geringste Bemühung, der Täter habhaft zu werden. Kreuzhausen hat sich den Polizeibericht aus der Nacht besorgen lassen und sitzt nun seit einer halben Stunde im Vorzimmer von General von Hanneken. Hinter der hohen, doppelflügeligen Tür rührt sich überhaupt nichts. Der Parkettfußboden riecht nach Bohnerwachs. Die Sekretärin ignoriert seine Anwesenheit, tippt nur stakkatoartig auf ihrer Rheinmetall Schreibmaschine. Ein gequälter Ausdruck huscht über das Gesicht des Hauptmanns, innerlich aufgebracht liest er den dänischen Polizeibericht zum dritten Mal: »Bombenexplosion auf der Brücke der Nørre Nebel-Bahn am 5 September um ca. 23.00 Uhr. Entgleisung des ›Piraten‹, der mit Arbeitern und Baumaterial zum Lager Nymindegab unterwegs war. Detonierte Sprengbombe vom Typ P808 gefunden. 13 Leicht- und fünf Schwerverletzte. Untersuchung abgeschlossen. Fall ungeklärt.«

Erneut spürt er seine Wut, murmelt leise »Unverschämte Frechheit« vor sich hin und will gerade die Sekretärin anpflaumen, als die Zwischentür aufgeht. Die stattliche Figur des Generals steht im Rahmen und winkt kurz mit der rechten Hand.

»Kreuzhausen, kommen Sie rein!«, sagt von Hanneken mit einem müden Lächeln und drückt dem Hauptmann die Hand. »Tut mir leid, dass Sie kurz warten mussten. Was gibt es Dringendes?«

Von Hanneken eilt in sein Büro zurück und sitzt bereits wieder hinter seinem Schreibtisch, als Kreuzhausen Platz nimmt.

»Ein Informant bei der dänischen Polizei hat mir diesen

Bericht zugespielt, Herr General«, meldet Kreuzhausen und reicht das Papier über den Tisch. »Die Art und Weise, wie der Wisch verfasst wurde, zeigt überdeutlich, welche Gesinnung dahinter steht.«

Hanneken liest, zieht mehrmals die Augenbrauen hoch und schaut sein Gegenüber fragend an.

»Die Lage spitzt sich zu, Herr General. Selbst im Bereich Nordjütland vergeht kaum noch ein Tag ohne neue Sabotageakte, am 7. wurde ein OT-Bus in Varde gesprengt, dazu vier Lastwagen in Nordby. Auf der Fähre nach Fanø ist eine Bombe explodiert. Das Schlimme daran: Die Täter entkommen in den meisten Fällen. Dabei mangelt es am sichtbaren Willen der dänischen Polizei, selbst bei direkten Anfragen unseren Ordnungskräften hilfreich zur Seite zu stehen. Bei Verhaftungen von Saboteuren lässt sich feststellen, dass wir nicht nur Waffen aus den Beständen des ehemaligen Militärs sicherstellen, sondern eindeutig auch Polizeiwaffen. Es muss etwas Grundsätzliches passieren, sonst wird der Konflikt eskalieren und ich kann …«

»Wird es Kreuzhausen, wird es!«, unterbricht der General. »Es laufen bereits vertrauliche Gespräche, um den Missstand endgültig zu beseitigen. Danach werden unsere Ordnungskräfte härter durchgreifen können. Auf Sie wird aber auch eine größere Verantwortung zukommen, Kreuzhausen. Frischen Sie diesbezüglich schon mal Ihre Dänischkenntnisse auf.«

»Dürfen Sie schon konkreter werden, Herr General?«

»Es gibt Befürchtungen, dass der Reichsbevollmächtigte Best vorher Wind von der Sache bekommt. Er genießt nicht mehr das volle Vertrauen in Berlin. Also, höchstes Stillschweigen, Kreuzhausen, das versteht sich von selbst. Der Führer hat die Auflösung der dänischen Polizei befohlen. Ich werde in ein paar Tagen eine Unterredung mit Polizeiführer Pancke haben, damit die Entwaffnung der Polizeibeamten und deren Deportation ins Reich reibungslos ablaufen können. Die Einweisung ins KZ

Buchenwald wird Kaltenbrunner vom Reichssicherheitshauptamt übernehmen. Ihr Verantwortungsbereich wird in Zukunft wachsen, Kreuzhausen! Sind Sie bereit?«

»Jawoll, Herr General, ich danke Ihnen für das Vertrauen in meine Person!«

17.9.44:

Heute Vormittag fanden zwischen dem SS-Obergruppenführer als Höherem SS- und Polizeiführer in Dänemark und dem Herrn Wehrmachtsbefehlshaber Besprechungen statt.

Inhalt: Reichsführer SS hat Entwaffnung der dän. Polizei und Auflösung der C.B.-Kolonnen befohlen, die am 19.9.44 durchgeführt werden soll. Auf Seeland wird der Höhere SS- und Polizeiführer bei zur Verfügungstellung von Truppen durch das Kommando Kopenhagen die Aktion selbstständig durchführen, während der Herr Wehrmachtsbefehlshaber gebeten wurde, für die Aktion in Fünen und Jütland Truppen zur Verfügung zu stellen.

Die Besprechungen wurden im kleinsten Kreise durchgeführt. Der Herr Wehrmachtsbefehlshaber wurde gebeten, den Herrn Reichsbevollmächtigten nicht zu unterweisen.

Der Befehl an die Divisionen über die Entwaffnung der dän. Polizei (in Aarhus, Odense und Aalborg neben der Entwaffnung die Festnahme der Angehörigen der dän. Polizei) wurde unter dem Stichwort ›Möve‹ den Sachbearbeitern bei den Divisionen, die zu diesem Zwecke nach Silkeborg befohlen wurden, übergeben. Auf strengste Geheimhaltung wurden die Sachbearbeiter hingewiesen.

Befehlshaber der deutschen Truppen in Dänemark

Die Einfahrt zu den Motorenwerken Burmeister & Finn ist mit einem schweren Eisentor verbarrikadiert. Durch eine Ritze kann Malthe zwei bewaffnete Sicherheitskräfte erkennen, die hier Wache halten. Seine Erfahrung sagt ihm, dass die Bombenlegergruppe unmöglich ungesehen auf dem direkten Weg hineinkommt. Er gibt seinen Kameraden ein Zeichen, und sie schleichen im Schatten der Bäume weiter an der Ziegelmauer entlang, die sich um das Fabriksgelände zieht. Auf der Krone reihen sich dicht an dicht gebogene Eisenbalken, die mit drei Reihen Stacheldraht bespannt sind. Malthe sucht verbissen nach einer geeigneten Stelle, um hinüberzuklettern. Es liegt aber überall haufenweise Schrott davor. Ein geräuschloses Eindringen ist aussichtslos. Mit der Taschenlampe leuchtet er die mitgebrachte Planskizze ab, doch auch darauf findet sich kein Hinweis, der ihnen weiterhilft. Sie haben fast das Fabrikgelände umrundet, als Malthe einen Baum entdeckt, der unmittelbar an dem Hindernis steht. Einer nach dem anderen klettert hinauf und kommt ohne Probleme über Schrott und Stacheldraht in den Hof. Eine Reihe Bogenlampen am Fabrikgebäude taucht das Gelände in diffuses Licht. Das kleine Häuschen der Wachmänner steht zirka 30 Meter entfernt neben dem Fabrikstor. Auf ein Zeichen von Malthe huschen die Männer ohne Deckung darauf zu. Die Eingangstür steht einen Spalt offen, und im Inneren ist eine Stimme zu hören.

»Wachmann Larsen hier. Soeben sind Männer über die Mauer auf das Fabrikgelände eingedrungen ... vier ... jawohl, wir haben es selbst gesehen.«

»Jetzt sind die Deutschen alarmiert«, flüstert Malthe den Kameraden aufgeregt zu. »Der Moment der Überraschung ist futsch. Jetzt bleiben uns höchstens noch wenige Minuten. Wollen wir die Sache trotzdem durchziehen?«

Ein Augenblick vergeht, dann nicken alle zustimmend. Malthe entsichert die Maschinenpistole, tritt mit dem Fuß die Tür zum Wachhäuschen auf, sodass sie krachend an die Innenwand prallt. Er feuert eine kurze Salve in die Decke. Die beiden Wachmänner werfen sich panisch auf den Boden. Sie rühren sich nicht mehr, halten nur schützend die Hände über ihre Köpfe.

»Bitte, bitte, erschießen Sie uns nicht!«, jammert einer leise vor sich hin. »Ich habe Frau und Kinder!«

Der Hörer des Telefons liegt auf dem Tisch. Am anderen Ende der Leitung müssen sie die Schüsse aus der MP gehört haben. Nur mit Augenkontakt, ohne ein einziges Wort zu wechseln, hält Malthe die Wachmänner in Schach, und Viggo Elmqvist bezieht Posten am Fabrikstor, während Ejnar Lüttichau und Vilhelm Eskelund zur Dreherei hinübersprinten, die Eingangstür aufschießen und in Windeseile von Drehbank zu Drehbank hetzen. Nullkommanix sind 15 Sprengsätze an den Maschinen befestigt und mit Cordtex-Lunten verbunden. Als die beiden zurückkommen, meldet Viggo am Tor lauthals: »Die Deutschen kommen! Spähpanzer und Kübelwagen, kurz vor dem Tor!«

»Wenn ihr euch bewegt, seid ihr tot«, brüllt Malthe die Wachmänner an, stürzt aus dem Wachhäuschen und rennt zu seinen Kameraden. Ihm wird klar, dass einer von ihnen jetzt die Verantwortung übernehmen muss und dass er keine Wahl hat, als die Bürde selbst zu tragen.

So wie wir reingekommen sind, kommen wir nicht wieder raus, überlegt er fieberhaft und sein Blick hastet über das Gelände.

»Das flache Nebengebäude! Da müssen wir rüber!«, befiehlt er den anderen und rennt los. »Aufs Dach, wir müssen aufs Dach! Es geht bis an die Mauer!«

Mit einem metallenen Knall bricht das Panzerfahrzeug durch das Werkstor, sprengt es einfach zur Seite. Zwei Kübelwagen preschen hinterher in den Hof. In dem Moment ist der Bombenlegertrupp bereits an der Dachrinne aufs Dach geklettert. Aber es ist aus dünnem Wellblech, und jeder ihrer Schritte macht einen Höllenlärm. Uniformierte springen aus den Fahrzeugen und eröffnen ohne Vorwarnung das Feuer. Schüsse peitschen an ihren Köpfen vorbei. Die Mauerkrone ist erreicht, und einer nach dem anderen klettert rasant über den Stacheldraht. Ejnar

Lüttichau kommt unglücklich auf, ein Stück Eisenschrott bohrt sich durchs linke Hosenbein ins Fleisch. Blut sickert durch den zerrissenen Stoff. Er stöhnt bei jedem Schritt laut auf, rennt aber wie die anderen aus Leibeskräften die knapp 100 Meter über ein Feld zum Waldrand. Viggo und Vilhelm sind schon weit voraus, verschwinden hinter den Bäumen im Dunkel des Waldes.

»Scheiße, mein Bein«, stöhnt Ejnar, »sieh dir das verdammte Bein an, Malthe!«

Malthe stoppt, wartet, bis der Freund zu ihm aufgeschlossen hat, und sieht sich die Wunde an. Das Blut steht dem Freund in den Schuhen.

»Du musst jetzt durchhalten, Ejnar, nur noch ein kurzes Stück!«, beschwört er den Verletzten und ahnt bereits, dass die Blutspur sie verraten wird.

Die Flucht geht weiter. Sie krabbeln über Hügel, stapfen durchs Unterholz, und dann bleibt Ejnar endgültig stehen.

»Ich kann nicht mehr weiter«, sagt er, nach Luft ringend, »meine Beine sind schwer wie Blei. Mir wird schwarz vor Augen. Ich bleib zurück, bring du dich in Sicherheit.«

»Kommt nicht in Frage!«, widerspricht Malthe und wuchtet sich den Kumpel auf die Schulter. Völlig außer Atem erreicht er mit Ejnar huckepack das Versteck mit den Fahrrädern. Viggo und Vilhelm sind mit ihren bereits losgefahren. Malthe hilft seinem verwundeten Freund aufs Rad, gibt ihm einen Stoß, damit er ins Rollen kommt und schwingt sich auf sein eigenes Rad. Nur langsam kommen sie voran. Malthe muss immer wieder helfen und Ejnar an der Schulter vorwärtsdrücken. Dann hören sie ein Motorengeräusch. Zwei grelle Lichter kommen ihnen auf dem schmalen Waldweg entgegen. Sie gehen sofort hinter Bäumen in Deckung, doch es ist zu spät. Der Kübelwagen stoppt, ein zweiter stößt dazu, Kommandos werden gerufen. Die Deutschen haben sie bemerkt. Malthe tastet nach der englischen Handgranate in seiner Hosentasche. Er weiß genau, es gibt keine Chance, sie noch einzusetzen. Das Magazin der Pistole ist auch leer. Er muss handeln. Er versteckt Pistole, Handgranate und ihre Ausweise unter welken Blättern. Sie erheben sich mit erhobenen Händen, werden sofort von den Deutschen umringt. Mit vorgehaltenen Maschinenpistolen bringt man sie zu einem Kübelwagen. Ejnar Lüttichau hat mit seinem Leben abgeschlossen. Das Gelände, auf das man sie bringt, ist stockdunkel. Sie werden in kahlen Wänden auf zwei Holzstühle gesetzt. Ein Soldat mit einem Gewehr in der Hand steht breitbeinig vor ihnen. »Wo sind die beiden anderen?«, brüllt er markerschütternd. Im Hintergrund kann Malthe einen Mann in Hauptmannsuniform erkennen, der mit verschränkten Armen dem Geschehen zusieht. Von der Decke hängt eine einsame Glühbirne und wirft lange Schatten an die Wände.

»Sie müssen schon mit mir sprechen«, erklärt Malthe auf Deutsch, »mein Freund kann kein Deutsch verstehen.« Erst in dem Moment realisiert er erschrocken, dass der Deutsche die ganze Zeit Dänisch spricht.

»Was sagen Sie dazu, Herr Hauptmann? Wir haben einen Spaßvogel unter uns!«, knurrt der Soldat und hebt drohend seinen Gewehrkolben. »Wo sind die beiden anderen, verdammt noch mal!«

»Ich mach das!«, ordnet der Hauptmann an. »Unser dänisches Früchtchen möchte doch so gerne Deutsch sprechen!«

Er stellt sich in den Rücken von Malthe, legt ihm die Hände auf die Schultern und beugt seinen Mund dicht an das Ohr: »Mein Name ist Heinrich! Den solltest du dir unbedingt merken! Denn Heinrich wird dir jetzt einen Rat geben, den du dringend befolgen solltest! Kooperiere mein Junge! Also, zum letzten Mal, wo sind die beiden anderen!«

»Sie meinen die vier anderen?«, antwortet Malthe trocken. »Ich hab keine Ahnung!«

Der Hauptmann tritt zur Seite, macht eine Handbewegung,

und der Soldat stößt mit dem Gewehrkolben zu. Der Holzschaft kracht gegen Malthes Schädel. Ihm wird schwarz vor Augen. Als er wieder zu sich kommt, liegt er am Boden im Blut. Sein Kopf fühlt sich an, als wäre er zerborsten.

»Warum haben Sie mich geschlagen?«, stöhnt er.

»Schnauze!«, brüllt der Hauptmann. »Mit Saboteuren machen wir kurzen Prozess!«

»Wir sind keine Saboteure«, stammelt Malthe mit schwerer Zunge. »Wir sind von vier Männern überfallen worden, die unsere Ausweise und Jacken wollten. Wir haben uns zur Wehr gesetzt, da haben sie meinem Freund ins Bein gestochen. Danach haben sie sich in nördlicher Richtung aus dem Staub gemacht.«

»Erzähl uns keine Märchen, Däne«, brüllt der Hauptmann, und der Soldat stößt erneut mit dem Gewehrkolben zu.

Es ist früh am Morgen, Aase packt gerade Bücher und Hefte für die Schule in ihre Ledertasche. Der Vater ist schon mit dem Fahrrad zu der neuen Baustelle in Klitmøller unterwegs, Mutter sitzt am Küchentisch und schält Kartoffeln, als ein größeres Automobil zu hören ist, das vor der Baracke stoppt. Durch die dünne Bretterwand schallt das Klappen der Wagentür, dann knirschen Stiefel im Kies der Siedlungsstraße. Deutsche Worte werden gesprochen. Ein paar Mal fällt der Name Stræde und Jesper, der Vorname vom Vater. Aase erkennt genau, wer da spricht, dieser Nazispitzel Bechgaard. Sie wirft einen verächtlichen Blick zur Tür, ihr Herz schlägt im Rhythmus ihrer Wut.

»Stikker!«, zischt Aase durch die Zähne. »Die Schuld wird bezahlt!« Es sind die letzten Worte aus dem Roman des Amerikaners.

»Was redest du für einen Unsinn, Kind?«, fragt die Mutter überrascht. »Stikker? Was ist das?«

»Ein Spitzel! So heißen die deutschen Spitzel.« Aases Augen funkeln stolz.

»Woher weißt du denn so was?«

»Malthe hat's mir gesagt.«

Sie verstummen, die Schritte stapfen heran. Eine Faust schlägt gegen die Holztür, dass sie vibriert.

»Militärpolizei! Aufmachen!«, dröhnt eine Stimme in akzentfreiem Dänisch.

Der Mutter fällt die Kartoffel aus der Hand, und das kleine, gelbe Oval kullert über den Boden unter den Küchenschrank. Mit Schrecken in den Augen springt sie vom Stuhl auf und steht mit zitternden Knien mitten im Raum. Aase greift instinktiv ihre Ledertasche, hält sie mit den Unterarmen wie eine Rüstung vor ihre Brust. Es donnert erneut gegen das Holz.

»Jesper Stræde! Sofort aufmachen!«, klingt es unheilvoll von draußen herein.

»Mein Mann ist nicht im Haus!«, ruft die Mutter.

»Aufmachen!«, tönt es zurück.

Aase ballt ihre Hände zu Fäusten. Die Mutter nimmt die Schüssel mit den Kartoffeln, wandert damit kopflos durch die Küche, als gäbe es keinen Platz, wo sie abgestellt werden könnte. Schweiß steht ihr auf der Stirn.

»Zum letzten Mal, aufmachen!«

Aase begreift, sie muss etwas tun. Sie geht zur Tür, fasst nach dem rostigen Schlüssel, der im Schloss steckt. Die Mutter stellt die Schüssel an denselben Platz auf den Tisch zurück und eilt der Tochter hinterher. Die dreht den Schlüssel. Sofort wird die Tür von außen aufgerissen, eine hochgewachsene Gestalt in Uniform platzt herein und drückt die Mutter grob beiseite. Der Deutsche geht langsam einmal im Kreis, lässt seinen Blick über die karge Einrichtung schweifen. Der schwere Mantel hat zwei Reihen Silberknöpfe und einen grünen Samtkragen. Seine Haare sind unter der Schirmmütze verborgen, aber Aase erkennt das kantige Gesicht mit den scharfen Zügen sofort wieder. Der Goldblonde aus dem Laden von Herrn Rosen, der mit dem großen

Adamsapfel. Oberst Lanser! Aase starrt auf die schwarzen Stiefel, ihr Mund ist plötzlich trocken. Aus dem Augenwinkel sieht sie Bechgaard, den Dänen von der Zivilverteidigung, der draußen auf der Holztreppe geblieben ist. Das Mädchen möchte sich am liebsten auf ihn stürzen, diesen gemeinen Stikker.

»Malthe Stræde, das ist dein Sohn?«, poltert die Stimme des Deutschen los. Die Mutter nickt verkrampft. »Du händigst sofort alles aus, was sich von ihm im Haus befindet!«

»Mein Sohn hat keine Sachen hiergelassen. Er ist vor langer Zeit nach Kopenhagen, um Arbeit zu suchen. Er hat seine ganze Habe mitgenommen. Ich weiß nicht einmal, wo er dort wohnt.«

»Dein Sohn ist nie in Kopenhagen gewesen, dein Sohn ist ein Saboteur! Und dies hier ist ein Widerstandsnest, hier wohnen seine Komplizen!«

»Das ist nicht wahr!« Die Stimme der Mutter klingt verzweifelt. »Wir sind rechtschaffene Menschen, mit Politik haben wir nichts zu tun.«

»Lüg nicht! Sonst wird dein Mann noch heute verhaftet!«

Aase ist erschrocken, dass der Deutsche, der immer stumm war, wirklich sprechen kann und dazu Dänisch. Sie hört das Donnergrollen der Kanone, damals vor dem Laden, als er mit den Keksen und der Schokolade herauskommt. Sieht die goldblonden Haare, als er an der Baustelle des Vaters vorbeifährt.

»Du hörst den englischen Sender! Ich weiß das! Es ist verboten!«

»Ich … ich … zum Radiohören hab ich keine Zeit«, stammelt die Mutter. Aase schickt einen vernichtenden Blick zu Bechgaard, der durch die offene Tür zusieht. Der Hauptmann geht ohne ein Wort durch die Wohnung, zieht Schubladen auf und schaut in Schränke und Truhen.

»Lassen Sie das sein!« Aases Stimme schreit heftig und schrill. »Gehen Sie endlich weg!«

»Was haben wir denn da?« Der Deutsche grinst mit der ganzen Macht seiner Autorität. »Die junge Dame ist aufmüpfig wie der Bruder!«

Aase spürt das erste Mal Angst, sie weicht einen Schritt zurück. Doch der Deutsche ist in zwei Schritten bei ihr, reißt ihr die Schultasche aus den Armen und schüttet den Inhalt auf den Küchentisch. Mit sicherem Griff zieht er den Roman von Steinbeck zwischen den Schulbüchern hervor.

»Ein Widerstandsnest, ich wusste es doch!« Die Stimme grollt plötzlich wie der Donner ihrer Kanonen. »Woher hast du das, junge Dame!«

»Das ... das issst ... das hab ... ich hab es auf der Straße gefunden.«

»Du hast es von deinem Bruder, gib es zu!«

»Ich weiß nicht, wo mein Bruder ist.«

»Das kannst du auch gar nicht wissen! Aber ich weiß es! Und ich weiß auch genau, dass dieser Schund hier gegen die Deutschen hetzt!«

»Meine Tochter ist doch noch ein Kind«, bettelt die Mutter. »Sie kann das alles doch noch gar nicht wissen!«

»Ein Kind, dass ich nicht lache! Ich glaube, die junge Dame bewegt sich in gefährlichem Fahrwasser.« Der Deutsche zieht ein gefaltetes Papier aus der Manteltasche und streift es auf dem Küchentisch glatt. ›Alt Arbejde for Tyskerne skal indstilles‹ steht dort in großen Buchstaben über dem Text.

»Kennst du das?«, fragt er Aase scharf, die heftig den Kopf schüttelt. »Da wird aufgerufen, dass die Arbeit für die Deutschen eingestellt werden soll. Hast du das verteilt?«

»So etwas würde meine Tochter nie machen!«, widerspricht die Mutter furchtlos. Und es ist der Mut der Verzweiflung, der aus ihr spricht. »Mein Mann baut seit zwei Jahren Bunker. Heute ist er zum Zementmischen in Klitmøller.«

»Es ist ein ganzer Stapel dieser Flugblätter auf den Baustellen verteilt worden.«

»Ich war das nicht«, versichert Aase.

»Sie war das nicht!«, bekräftigt die Mutter. »Meine Tochter muss in die Schule. Bitte, lassen Sie sie gehen!«

»Meine Freundin wartet auf mich«, sagt Aase leise.

»Lassen Sie sie gehen, bitte!«

Der Adamsapfel des Hauptmanns bewegt sich auf und ab. Der Mund ist zusammengekniffen. Er steht unbeweglich vor dem Mädchen, blickt sie lange an, bis er völlig unerwartet eine abrupte Kopfbewegung in Richtung Tür macht. »Hau endlich ab!«, zischt er.

»Beeil dich, Kind! Los, lauf!«, befiehlt die Mutter, während Aase die Bücher vom Küchentisch in ihre Tasche zurückstopft, sie unter den Arm klemmt und an dem verdutzten Bechgaard vorbei ins Freie stürzt.

»Fahr, Damaris, fahr los!«, ruft sie der Freundin zu, die anscheinend ganz aus der Nähe die Vorgänge in der Baracke durch die offene Tür beobachtet hat. Sie steigt auf ihr Fahrrad und tritt aus Leibeskräften in die Pedale.

»Ich hatte solche Angst!«, sagt sie, als Aase zu ihr aufschließt. Sie sieht, wie ihre Freundin sich auf die Lippen beißt, ihr Tränen über die Wange kullern.

»Was ist denn los? Was wollte der Deutsche von euch?«, fragt Damaris mit zitternder Stimme.

»Ich glaube, die Deutschen haben meinen Bruder verhaftet.«

Sie radeln aus der Barackensiedlung hinaus und den Hügel zum Feldweg hinauf, der durch die Dünenlandschaft führt. Einen kurzen Moment sind nur die Tretgeräusche der Fahrräder zu hören.

»Verhaftet? Bist du ganz sicher?«

»Der Deutsche wollte alles haben, was meinem Bruder gehört!«

»Dürfen die denn so was machen?«

»Die brauchen uns ja nicht zu fragen, die machen einfach was sie wollen!«

»Und da kann man nichts dagegen machen?«

»Was soll ich denn machen, Damaris?«

Aase stoppt ihr Rad und schluchzt hemmungslos.

»Nicht weinen«, bittet Damaris, steigt von ihrem Rad und nimmt ihre Freundin in den Arm. »Uns wird schon etwas einfallen.«

Aus der Ferne weht ein Motorengeräusch herüber, wird lauter und kommt langsam immer näher. Aase wendet den Kopf und sieht die dunkelbraune Limousine des Deutschen in einer Staubwolke hinter dem Hügel auftauchen. Die beiden Mädchen verschanzen sich ängstlich hinter ihren Rädern, als der Opel Olympia direkt neben ihnen anhält. Die Fahrertür geht auf, und der Deutsche steigt aus. Er ist allein, Bechgaard muss in der Siedlung geblieben sein. Der Hauptmann kommt gemächlich um die Kühlerhaube auf sie zu. Ein eigentümliches Wohlgefallen geht von ihm aus. Die Augen unter der Schirmmütze haben den lauernden Blick einer Raubkatze, die sich alle Zeit lassen kann, bis sie sich ihre Beute einverleibt. Aase spürt Abscheu, senkt verschämt ihre verweinten Augen.

»Möchtest du deinem Bruder helfen?«, fragt die Stimme beunruhigend freundlich. Die Frage klingt nach Gefahr, erreicht sie ungeschützt und weckt trotzdem Hoffnung. Das Mädchen zittert, das Fahrrad gleitet ihr aus den Händen und stürzt krachend zu Boden.

»Willst du deinem Bruder nun helfen oder willst du nicht? Ich kann dafür sorgen, dass man ihn noch heute freilässt.«

»Stimmt das auch wirklich?«

»Ja, du musst nur eine kleine Sache für mich erledigen.«

»Was soll ich denn tun?«

»Dein Bruder ist unvernünftig, will seit Tagen nicht mit uns sprechen. Ich brauche nur einen Namen. Wenn er mir einen Namen sagt, kann er freikommen!«

»Aber es sind seine Freunde!«

»Der Name muss nicht von seinen Freunden sein!«

»Und was soll ich für Sie tun?«

»Du fährst mit mir nach Thisted. Dort bringe ich dich zu deinem Bruder. Du sagst ihm, dass ich nur einen Namen will und er dann sofort freigelassen wird. Auf dich wird er hören. Dann kann er noch heute mit dir zu deinen Eltern zurück. Was meinst du? Bist du schon so erwachsen, dass du das schaffst?«

»Muss ich im Auto mitfahren?«

»Du kannst nicht mit dem Fahrrad nach Thisted!«

»Aber ich muss zur Schule!«

»Wenn du mit mir fährst, brauchst du nicht in die Schule.«

Aase tauscht mit Damaris Blicke aus. Die Freundin sieht sie flehend an, schüttelt unmerklich mit dem Kopf. Doch Aase dreht ihr verzagt den Rücken zu, will das warnende Gesicht nicht sehen.

»In Ordnung, ich mache es«, sagt Aase mit bebenden Lippen. »Ich lasse das Fahrrad hier liegen. Sagst du dem Lehrer Bescheid, Damaris?«

»Steig nicht in das Auto, Aase«, flüstert Damaris ihr zu.

»Ich muss meinem Bruder helfen.«

»Tu es nicht!«

»Ich muss!«, sagt Aase trotzig.

Der Deutsche öffnet die Beifahrertür, und das Mädchen klettert mit all ihrem Mut auf den Sitz. Durchs Seitenfenster schaut sie verstohlen zu Damaris, sieht in ihren Augen und Mundwinkeln etwas Qualvolles. Ihre Arme hängen kraftlos herunter, als wäre sie allein auf der Welt. Sie starrt bewegungslos auf die spiegelnde Seitenscheibe, hinter der die diffusen Umrisse von Aase schimmern. Der Motor heult auf, und der Wagen braust in einer Staubwolke davon. Damaris fühlt plötzlich eine ungeahnte Kraft, sie springt auf ihr Rad, tritt aus Leibeskräften in die Pedale, immer dem Wagen hinterher. Doch der entfernt sich immer weiter, wird kleiner und kleiner und taucht hinter einem

Hügel ab. Als sie außer Atem die Kuppe des Hügels erreicht, breitet sich die Landschaft mit dem See und dem Wald daneben vor ihr aus. Das Fahrzeug des Deutschen ist wie von der Hölle verschluckt.

Die Unschuld der Kinder

Mama don't go,
Daddy come home.
Mama don't go,
Daddy come home.
Mama don't go,
Daddy come home.

Der nicht enden wollende Refrain wird von John Lennon mit gequälter Stimme herausgeschrien, tönt blechern aus dem Autoradio. Maria Teske kann ihre Gefühle nicht mehr beherrschen, Tränen laufen ihr die Wangen hinab. Nach der Therapiestunde, stellt sie bekümmert fest, scheint ihre Psyche jedes Mal besonders nah am Wasser gebaut zu sein. Und der Song trifft sie in ihrem momentanen Zustand mitten ins Herz.

Mutter, du hattest mich, aber ich hatte dich nie.
Ich wollte dich, aber du wolltest mich nie.
So bleibt mir nichts übrig, als dir zu sagen:
Goodbye, goodbye.
Vater, du hast mich verlassen, aber ich verließ dich nie.
Ich brauchte dich, aber du brauchtest mich nie.
So bleibt mir nichts übrig, als dir zu sagen:
Goodbye, goodbye.

Auf dem Dach des alten Reethauses, an dem die Journalistin vorbei kommt, ist eine Satellitenschüssel montiert. Das Storchennest daneben ist verwaist. Sie kann sich nicht erinnern, ob ein Storchenpärchen es in den letzten Jahren in Besitz genommen hat. Im breiten Graben vor dem Grundstück spiegeln sich die

Erlen auf der Wasseroberfläche. Misstraue der Idylle, die Worte sind ihr zurzeit ständig auf den Fersen. Sie kann sie nicht aus dem Gedächtnis verbannen. Maria Teske erreicht die A5, hört in der Ferne Glockengeläut, das unheilvoll neben ihrem Auto durch die Eiderniederung treibt.

»Bim bam bum, Dode, Dode, kumm!« Die Totenglocke ruft, denkt die Journalistin verstört, und ihr Fuß drückt aufs Gaspedal. Sie möchte weg von hier und außerdem rechtzeitig in der Redaktion ankommen.

»Pünktlichkeit war ein unumstößlicher Wert in meinem Elternhaus. Warum, das habe ich nie begriffen. Das war einfach etwas Selbstverständliches. Eine Erklärung dafür hat mir meine Mutter nie gegeben«, hört sie sich sagen. Sie sitzt in einem Sessel gegenüber von ihrer Therapeutin, sieht das kleine Mädchen Maria am Esstisch sitzen, mit der Gabel im Spinat stochern, die Mutter lauernd im Nacken. »Du bleibst solange sitzen, bis der Teller leer ist!«

»Was ist nur mit dir los?«, fragt sie sich. »Du hast diese Therapie angefangen, weil man dich beinahe ermordet hätte. Und jetzt? Jetzt hockst du mittlerweile hier, um über deine Mutter zu reden, eine Frau, die du nicht einmal richtig kennst.«

Die Journalistin beobachtet Anna Diete heimlich aus dem Augenwinkel. Die Therapeutin sitzt ihr wie gewohnt schweigend gegenüber, wartet anscheinend darauf, dass sie endlich etwas sagt. Doch ihr fällt nichts ein, es gibt keine Idee, womit sie beginnen könnte.

»Wir hatten früher doch immer so schöne Gespräche«, meldet sich die Stimme der Mutter.

»Welche schönen Gespräche meinst du, Mama? Wovon handelten unsere Gespräche? Von den lieben Nachbarn, die mich nicht im geringsten interessierten, was sie mal wieder gemacht oder nicht gemacht haben, und natürlich von solchen wichtigen Dingen wie dem Wetter und dem Essen, wie konnte ich das Essen nur vergessen?«

»Du weißt nicht, was richtiger Hunger ist, mein Kind! Deine Großmutter hat noch auf dem Feld Kartoffeln geklaut, damit ich etwas zu essen hatte.«

»Daran kannst du dich erinnern?«

»Nein, das nicht. Aber sie hat es mir vorgehalten, später mal.«

»Und von Onkel Ludwig, hat sie dir auch von dem erzählt?«

»Was sollte sie mir von dem erzählt haben?«

»Dass die Nazis von ihm verlangt haben, dass er sich sterilisieren lässt, wenn er deine Tante heiraten will, zum Beispiel!«

»Über Onkel Ludwig hat meine Mutter nicht gesprochen.«

»Und wieso hat deine Familie nie ein Wort darüber verloren, dass es diesen Onkel Ludwig gegeben hat? Und dass dieser Onkel eine Tochter hatte, die Traudl hieß und nur neun Jahre alt geworden ist?«

»Unsere Familie hat einen Grundsatz, den hat meine Mutter mir schon als Kind eingebläut, wenn ich, ihrer Meinung nach, zu neugierig war: Besser zweimal geschwiegen als einmal das Maul verbrannt.«

»Du hast in der letzten Stunde davon gesprochen, dass deine Mutter und du sich bis heute fremd geblieben sind«, unterbricht Anna Diete das Schweigen.

»Sie ist mir fremd, weil ich nichts von ihr weiß. Aber ich muss ihr genauso fremd geblieben sein, denn sie hat nie wirklich Fragen gestellt. Eine Frau hat es gefälligst hinzunehmen, anonym zu bleiben, sich aufzuopfern, keine eigene Persönlichkeit zu haben. Ich bin davon überzeugt, dass meine Mutter, mein Vater natürlich auch, dass sie einfach nur ängstliche Menschen sind, die sich vor allem Neuen fürchten. Deshalb haben sie zu meinem Leben geschwiegen. Und das ist heute noch genauso!«

»Welche Fragen hätten sie dir denn stellen sollen?«

»Ich habe dir beim letzten Mal von diesem Familiengeheimnis berichtet, dass der Onkel meiner Mutter von der Familie totgeschwiegen wurde. Doch selbst jetzt, nachdem das Geheimnis gelüftet ist, wird in der Familie weiterhin darüber geschwiegen, genauso wie vorher. In der letzten Woche habe ich einen Artikel für die Zeitung über die Familie meiner Großtante geschrieben. Darin wurde unter anderem auch die Nazivergangenheit aufgedeckt. Die Zeitung habe ich meiner Mutter demonstrativ auf den Küchentisch gelegt. Ein flüchtiges Hinschauen. Der Kommentar: Kind, musste das denn wirklich sein? Und sonst keine weitere Frage. Stattdessen belanglose Gespräche über Alltägliches, letztendlich nur Banalitäten.«

»Wie hat sich das angefühlt für dich?«

»Ich war total enttäuscht.«

»Und? Hast du ihr das gesagt?«

»Nein, das ging doch nicht.«

»Warum nicht?«

»Keine Ahnung, irgendwie kann ich das nicht.«

»Wieso, würde sie es nicht verstehen?«

»Meine Eltern sind nicht sehr gebildet. In meinem Elternhaus wurde nie über Literatur gesprochen, gab es nicht ein einziges Buch, solange ich mich erinnern kann. Auch später nicht, als ich schon lange dort ausgezogen war. Erst mit 14 Jahren bekam ich mein erstes eigenes Buch geschenkt, nicht etwa von meinen Eltern, nein, ich bekam es von einer Freundin. In meinem Elternhaus herrscht Desinteresse für Dinge, die sie nicht verstehen. Und das gilt auch für Menschen, die anders sind als sie selbst. Ich glaube, sie haben mich nie wirklich wahrgenommen. Ich weiß sogar, dass meine Eltern nicht einmal wissen, was ich in meinem Beruf täglich mache. Ich habe einmal gehört, wie meine Mutter zu den Nachbarn gesagt hat: Meine Tochter, die macht eine Zeitung.«

»Kannst du dich noch erinnern, warum du Journalistin geworden bist?«

»Ich wollte es nur zu etwas bringen, keine Bankangestellte sein, wie mein Vater, der sich hinter Kundenschaltern abgerackert hat. Und schon gar nicht wollte ich Hausfrau werden, wie meine Mutter. Ständig bemüht sein, bloß nicht auffallen. Ich wollte immer etwas Kreatives machen, die Welt verändern, mir einen Namen machen. Das ist doch schließlich ganz normal, das wollen doch alle oder?«

»Und für so etwas Normales hast du dich verausgabt?«

»Ich wollte auch die Welt verändern, sie besser machen.«

»Dein Blutdruck war bei einem Wert von 240!«

»Man hätte mich fast ermordet!«

»Und du hast weitergemacht, hast weiter versucht die Welt zu verändern, bis es nicht mehr ging.«

»Ich war immer schon sehr diszipliniert. Wenn ich Ärger in der Schule hatte, sagte mein Vater lapidar: Das hast du dir selbst eingebrockt, also sieh zu, wie du da wieder rauskommst.«

»Und das hast du dann getan?«

»Ja klar! …Ich glaube, ich war früher ein sehr braves Mädchen … Das fühlt sich gerade ganz komisch an …«

»Was fühlst du gerade?«

»Ich … ich bin plötzlich ganz traurig.« Maria Teske hat plötzlich den Zugang zu ihren Worten verloren und spürt gleichzeitig, dass ein alter Schmerz in ihrem Schweigen haust, der endlich hinaus will. »Als ich klein war, ist mein Vater mit mir immer spazieren gegangen, hat mir jeden Abend Märchen erzählt. Ich war seine kleine Prinzessin. Ich durfte immer auf seinem Schoß sitzen, bis meine Schwester geboren wurde. Danach hat er mich kaum noch beachtet, nur noch belehrt. Ich war plötzlich ›die Große‹. Und dann hat er mir seine Zuneigung entzogen, weil ich selbstständig sein wollte. Ich glaube, eigentlich wollte er nur, dass ich das brave Mädchen bleibe.«

»Brave Mädchen fragen nicht nach der Vergangenheit!«

»Wahrscheinlich, aber in meinem Leben gilt jetzt der Satz: Brave Mädchen kommen in den Himmel, die anderen Mädchen kommen überall hin. Meine Mutter fühlt sich im Himmel, wenn nicht über persönliche Dinge gesprochen wird. Manchmal denke ich, die Kriegszeit, die meine Großeltern miterlebt haben, ängstigt meine Mutter noch heute. Jedenfalls hat sie das Geheimnis bewahrt, mit dem sie doch gar nichts zu tun hatte. Sie muss es als eine Bedrohung empfunden haben.«

»Aber nicht bewusst, Maria. Wenn, dann in ihrem Unterbewusstsein. Das gehört jetzt nicht zu deiner Therapiestunde, aber es ist möglich, dass schreckliche Ereignisse im Krieg immer noch als kollektives Geheimnis in Familien existieren. Es gibt psychologische Studien darüber, dass nicht nur die Kriegsgeneration unter den Folgen ihrer Traumata leidet, sondern dass es auch Verschiebungen in die zweite und dritte Generation gibt.«

Das flackernde Rot der Blinkanlage stoppt auch Marias Gedanken. Der Sprung von der Vergangenheit in die Gegenwart ist so unscheinbar wie der Flügelschlag eines Engels oder der Druck auf die Bremse ihres Wagens. Die Bahngleise von St. Peter nach Husum kreuzen die A 5 in einer leichten Kurve, doch die Tücken der Strecke beherrscht die Journalistin schlafwandlerisch. Sie bringt ihren schwarzen Smart Cabrio souverän am Ende der kleinen Autoschlange zum Stehen. Der Triebwagen kündigt sich mit einem schrillen Signalton an, bevor er an der Halbschranke vorbeirauscht. Der Ton hallt im Kopf der Journalistin nach, wie ein mächtiger Posaunenton. Der Engel schlägt erneut mit dem Flügel, und ein diffuses Gefühl, plötzlich in der falschen Zeit zu sein, weht durch ihren Verstand. Es ist wie eine Vision, als wäre die Vergangenheit eine unendliche Illusion, und Traudl Dullweber säße neben ihr im Auto. Sie ist nicht das kleine Mädchen, sondern eine erwachsene Frau, die den Tod und die Bomben überdauert hat.

»Am Nachmittag wurde die Bevölkerung über das Radio gewarnt. Mein Vater und ich sind in der Wohnung geblieben, als das auf- und abschwellende Heulen der Sirenen einsetzte«, berichtet Traudl sachlich und emotionslos. »Im April 1944 hatten wir das schon ein paar Mal gemacht, es war wie ein verschworenes Spiel zwischen meinem Vater und mir. Ich hatte furchtbare Angst vor dem dunklen Keller im Nachbarhaus, vor den vielen fremden Menschen von der Straße, die dort dicht an dicht an den feuchten Wänden kauerten. Vater wusste es, war immer ganz lieb, wenn ein Alarm begann: Du musst dich nicht fürchten, Traudl. Hier oben sind wir genauso sicher wie da unten. Die Flugzeuge fliegen nur nach Schauendahl, zum Fliegerhorst. Sie sind noch nie nach Husum gekommen. Dann setzte das Dröhnen ein, das gewohnte Gebrumm der Royal Airforce Bomber, wurde lauter, zog unheilvoll über uns hinweg. Die Explosionen in der Ferne waren zu hören, das Donnergrollen, das die Luft erzittern und die Scheiben vibrieren ließ. Ich duckte mich unter die Wolldecke auf dem Sofa, während der Vater am Fenster stand und mutig die Lichtstreifen der Scheinwerfer am Himmel beobachtete. Plötzlich lag ein Pfeifen in der Luft, ein Geräusch, das ich vorher noch nie gehört hatte, aber das mich unwillkürlich in Panik versetzte. Die große Standuhr war stehengeblieben. Die folgenden Sekunden werde ich nie vergessen, solange ich lebe. Es gab einen Schlag, der so gewaltig war, dass er mir den Atem nahm. Gleichzeitig zerbarst das Wohnzimmer im Pulverqualm, die Wände wurden pulverisiert und breiteten sich als

Staubpilz über dem eingestürzten Haus aus. Danach war jede weitere Sekunde zur Ewigkeit geworden. Ich konnte über mir den Himmel sehen, Feuer prasselte stumm, Trümmer lagen im Hof, die Haustür mitten auf der Straße, daneben eine Amsel, vom Luftdruck im Flug getötet. Danach war nur noch weißes Licht …

»Die Stimmung in der Bevölkerung ist sehr zuversichtlich. Alles glaubt, wenn nur der harte Frost erst wieder nachlässt, dann geht es los. Losgehen heißt – gegen England! Wie, das wissen wir in Husum alle nicht.«

Dieser Text aus den Husumer Kriegschroniken, den sich Maria Teske in ihr Notizbuch geschrieben hat, ist plötzlich wieder präsent. Der Flügel des Engels schlägt durch ihr Gedächtnis. Die Schranken öffnen sich wieder, der Verkehr fährt an, und die erwachsene Traudl Dullweber, die heute fast 70 Jahre alt gewesen wäre, kehrt in ihre Vergangenheit zurück. Geblieben ist die nicht gestellte Frage an die kleine Traudl, warum die ganze Nazivergangenheit in der nachfolgenden Generation immer schwerer wog, als ihr kleines Kriegsleid und das der überlebenden deutschen Kriegskinder, die von ihren Traumata bis in die heutige Zeit begleitet wurden und sie an die Kinder der nächsten Generation weitergegeben haben.

Maria Teske sieht sich, als sie vier Jahre alt war. Draußen krachen die Böller der Silvesternacht, Feuerwerk zerplatzt in bunten Lichtern, und die kleine Maria schreit vor Angst, bis die Mutter hereinkommt und sich an ihr Bett setzt.

»Dreh dich zur Wand, Kind!«, sagt sie mit ruhiger Stimme. »Dann kannst du nichts sehen. Mach einfach die Augen fest zu!«

Die kleine Maria macht, was man ihr sagt, ist erleichtert und überglücklich, dass die Mutter jetzt bei ihr bleibt. Doch die Mutter geht zurück in das Wohnzimmer, aus dem lautes Lachen und Gejohle herübertönt. Vorher bleibt sie kurz in der Tür stehen, dreht sich noch einmal um und sagt bestimmt: »Du hast nichts gesehen.«

*

Swensen tritt in den Hotelflur. In dem Moment geht direkt gegenüber Silvias Zimmertür auf, und Ove Toksvig steht vor ihm, grinst etwas verlegen und wünscht ihm freundlich einen »Guten Morgen!«.

»Goddag, Ove! Na, so was! Genauso früh auf den Beinen wie ich?«, fragt der Hauptkommissar, als hätte er den Kollegen gerade auf der Straße getroffen.

»Es gibt eine Neuigkeit, eine erstaunliche Neuigkeit«, stellt der Däne fest. »Deswegen war ich gerade bei Silvia, um sie zu informieren.«

»Okay! Gehen wir zusammen zum Frühstücken, dann kannst du mich gleich auf den neuesten Stand bringen«, schlägt Swensen vor und lässt nebenbei seinen Zweifel an einem rein dienstlichen Zusammentreffen mit seiner Kollegin durchschimmern. »Oder hast du etwa schon zuhause gefrühstückt?«

»Nein, so früh bekomme ich keinen Bissen herunter.«

»Was ist mit Silvia?«, fragt der Hauptkommissar.

»Sie wollte … äh … kommt gleich frühstücken, wollte nur noch …«

Die Zimmertür geht auf, und Hauptkommissarin Haman tritt in seinen unbeendeten Satz. Einen Hauch lang blickt sie entgeistert, dann verharrt die Szenerie. Wohlwissend schweigen alle, Silvia Haman scheint keine Luft zu holen, steht angespannt und abwartend zwischen den beiden Männern.

»Jan ist bereits informiert, ich … ich meine das mit der Neuigkeit«, versucht der Däne die peinliche Stille aufzulösen. »Wir wollen zum Frühstücken, damit ich berichten kann.«

Silvia nickt, ihr Gesicht verrät nichts von der Unordnung in ihren Gefühlen.

»Dann reden wir nicht rum, machen wir es endlich«, sagt Swensen bestimmt und eilt mit zügigen Schritten voran in Richtung Treppenhaus. Silvia und Ove holen ihn erst im Frühstücksraum wieder ein, als er vor dem Smørrebrød-Buffet steht und seine vegetarische Auswahl trifft.

»Was ist das für eine Nachricht?«, fragt er, als Silvia und Ove mit ihren Tellern und einem Kaffee am Tisch Platz nehmen.

»Du wirst das nicht glauben«, stellt Ove mit prophezeiender Stimme fest und macht eine gesetzte Pause.

»Mach es nicht künstlich spannend, Ove!«, bittet Swensen.

»Künstlich?«

»Kunstig!«, übersetzt Silvia.

»Die Kollegin auf der Dienststelle hat die Frau aufgespürt ..., ich meine das Mädchen, das diesen Brief vom Bruder bekommen hat.«

»Aase Stræde? Ehrlich? Und wo können wir die Frau finden?«

»Sie ist tot, vor vier Jahren gestorben. Wie es aussieht, Selbstmord, so steht es in der Akte! Die Frau war 72 Jahre alt.«

»Schade«, knurrt Swensen, »na ja, war sowieso nur so 'ne fixe Idee. Und warum ist die Nachricht erstaunlich?«

»Der Name der Frau!«

»Was ist mit dem Namen?«

»Sie hieß natürlich nicht mehr Stræde. Die Frau hat mit 17 Jahren, gleich nach der Besatzungszeit der Nazis, einen gewissen Finn Sjøqvist geheiratet und ein Kind geboren.«

»Sjøqvist!«, Swensens Stimme überschlägt sich. »Ist das wirklich ganz sicher?«

»Die Angaben meiner Kollegin sind verlässlich«, versichert Ove. »Ich habe die Auszüge aus dem zentralen Personenregister und Kopien aus der Akte über den Selbstmord im Auto. Kannst du dir gleich ansehen.«

»Mensch, das könnte ein Durchbruch sein!«, sagt Swensen euphorisch.

»Vielleicht ist alles auch nur ein Zufall«, beschwichtigt Ove. »Obwohl das Kind, das Aase Sjøqvist zur Welt gebracht hat, auf den Namen Sandi Sjøqvist getauft ist.«

»Der Name von Freja Sjøqvists Mutter, das ist doch kein Zufall!«, stellt der Hauptkommissar fest und schlägt erregt mit der flachen Hand auf den Tisch. Silvia zuckt erschrocken zusammen.

»Bleib auf dem Teppich, Jan!«, sagt sie, indem sie den Kopf zurücklehnt und ihn misstrauisch anschaut. »Selbst wenn das wirklich so ist, was kann das schon mit unserem Mordfall zu tun haben?«

»Keine Ahnung«, erwidert Swensen ernüchtert. »Es könnte aber ein Zusammenhang bestehen?«

»Ziemlich unwahrscheinlich, findest du nicht? Das ist 60 Jahre her, das ist doch alles schon lange nicht mehr wahr, Jan! Du vergaloppierst dich in wilden Spekulationen!«

»Und was sollten wir deiner Meinung nach machen? Die Sache ignorieren?« Swensens Blick signalisiert, dass er eine Antwort möchte. Doch die bleibt aus. Silvia zuckt nur mit den Achseln. »Wir haben alles ausgeschöpft, was es hier in Dänemark zu ermitteln gibt«, fährt Swensen fort. »Wir sind jeden Abend noch mal alles durchgegangen, ohne eine brauchbare Spur zu entdecken. Selbst mit Erik Dragsted und Arne Højgaard haben wir gesprochen. Und mal ganz ehrlich, dieser läppische Streit, den die Männer sich da geliefert haben, deshalb bringt man doch niemanden um. Deshalb bin ich im Moment der Meinung, wir gehen lieber einer wilden Spekulation zu viel nach, als unverrichteter Dinge nach Husum zurückzufahren.«

Silvia nimmt die Essiggurke von ihrem belegten Vollkornbrot, beißt ein Stück ab und grinst Swensen schelmisch an.

»Was soll ich dazu sagen? Du hast wie immer recht, Jan! Essen wir und dann geben wir uns deinen Spekulationen hin.«

Der Hauptkommissar ist überrascht, wie ausgelassen seine Kollegin sein kann. Er nimmt seinen Fischtoast und beißt herzhaft hinein.

»Je mehr wir uns in freundliche Stimmungen versenken, desto mehr Freude erfüllt uns. Die Botschaft des Buddhas zielt dabei auf die befreiende Freude – auf Sukhā, auf das, was uns mit dem Gefühl der Weite und des Glücks erfüllt. Wo das nicht ist, da sind wir auf dem falschen Wege.«

Diesmal bin ich auf dem richtigen Weg, spürt der Hauptkommissar. Es ist seine Intuition, die zu ihm spricht, auch wenn der Intellekt dafür keinerlei Anhaltspunkte nachliefert. Aus seinem Blick auf die flache Landschaft sind alle Fragen gewichen, er lässt alles vorbeiziehen, die grünen Wiesen und Felder, die gepflügte Erde, die rotbraun schimmert. Eine dichte Wolkendecke zieht am Himmel landeinwärts. Sie sind noch keine zehn Minuten unterwegs, als sie Sennels erreichen. Es geht an weißen und backsteinroten Häusern vorbei. Nach einer Linkskurve passiert der Dienstwagen des Dänen eine weiße Kirche mit Steinsockel. Sie wird von einer grasbewachsenen Steinmauer aus Findlingen umsäumt.

»Wir müssen gleich da sein«, sagt Ove Toksvig und reduziert die Geschwindigkeit auf Schritttempo. In einer Baumreihe steht ein grauer Stromkasten, ›we was here‹ ist darauf gesprayt. Die weißen Buchstaben wischen über die Seitenscheibe. Wenige Meter dahinter biegt eine Auffahrt zu einem ockerfarbenen Ziegelhaus mit Garage ab. Der Däne steuert den Wagen über den knirschenden Kies aufs Grundstück. Swensen grübelt bereits darüber nach, wie das kommende Gespräch geführt werden muss.

»Es gibt keinen Übergang vom Wissen zur Weisheit. Es ist nicht so, dass du erst genügend Wissen ansammelst und du dann aus heiterem Himmel weise wirst. Weisheit erklärt sich darin, dass du alles schon intuitiv weißt. Sie stützt sich nicht auf das Ansammeln von Informationen.«

Sandi Sjøqvist sieht ihrer Tochter zum Verwechseln ähnlich, stellt der Hauptkommissar fest, nur die eisengrauen Haare und die Fältchen um Augen und Mund verraten, dass ihre sportliche Figur zu keiner jungen Frau gehört. Das attraktive Äußere täuscht Swensen nicht darüber hinweg, dass sie nicht willkommen sind. Die Frau steht abwartend in der Haustür, wirft Silvia Haman einen abschätzenden Blick zu und macht keine Anstalten, sie und die beiden Männer hereinzubitten.

»Können wir hereinkommen?«, fragt der Däne.

»Ich habe aber nicht viel Zeit«, sagt sie abwehrend.

»Wir machen so schnell wir können«, entkräftet der Däne.

Sandi Sjøqvist macht eine Handbewegung, ihr zu folgen, und geht durch einen kurzen Flur ins Wohnzimmer. Dort weist sie Swensen und Silvia einen Platz auf der roten Chaiselongue zu, die so unbequem ist wie die Stimmung im Raum. Ove Toksvig darf neben ihr in einem Sessel sitzen, der im Lichtkegel einer Stehlampe steht.

»Sie sind von die deutschen Polizei?«, fragt die Dänin auf fehlerhaftem Deutsch und hält Blickkontakt mit Silvia Haman. »Mit Ihnen habe ich bereits in Deutschland gesprochen. Es handelt sich um der Tod von Herrn Eschenberg?«

»Das ist richtig. Und es haben sich neue Fragen ergeben, die wir gerne abklären möchten«, erklärt Silvia Haman.

»Sind Sie die Tochter von Aase Sjøqvist, geborene Stræde?« Die Vehemenz, mit der Swensen sich in das Gespräch drängt, überrascht ihn selbst.

Der Gesichtsausdruck von Sandi Sjøqvist verrät, dass die

Frage sie völlig unerwartet trifft. Eine leichte Röte überzieht Wangen und Stirn, und sie beginnt tiefer zu atmen. Es dauert einen kleinen Moment, bis sie ihre Fassung zurückgewinnt. »Wo wissen Sie das von?«, fragt sie mit schriller Stimme.

Der Hauptkommissar nimmt wahr, wie sich ihre Finger in die Stofflehnen ihres Sessels krallen. »Durch einen Zufall, Frau Sjøqvist, einen reinen Zufall.«

»Und was hat meine Mutter zu tun mit Herrn Eschenberg?«

»Das kann ich Ihnen noch nicht beantworten«, sagt er und versucht möglichst offen zu wirken. »Es kann natürlich keinen direkten Zusammenhang geben, aber vielleicht gibt es einen indirekten!«

»Ich verstehe nicht, was meinen Sie! Ein indirekter Zusammenhang? Können Sie das erklären genauer?«

»Das kann ich nicht, Frau Sjøqvist, jedenfalls jetzt noch nicht. Können Sie bestätigen, dass ihre Mutter während der Besatzungszeit der Nationalsozialisten in Hanstholm gelebt hat?«

»Sie meinen die Besatzungszeit der Deutschen!«, verbessert Sandi Sjøqvist und lächelt grimmig. »Die Nationalsozialisten waren Deutsche, und Deutsche haben unser Land überfallen und gemacht, was sie wollen. Meine Mutter wurde als kleine Mädchen von den Deutschen aus ihrem Haus in Hanstedt gejagt, zusammen mit meinen Großeltern, und musste hausen in eine Baracke.«

»Dann ist Ihre Mutter nicht aus Hanstholm?«, fragt Swensen enttäuscht.

»Hanstholm hieß damals noch Hanstedt, der Ort wurde in den 60er Jahren umbenannt«, erklärt Ove Toksvig knapp.

»Wissen Sie, was damals passiert ist? Hat Ihre Mutter es Ihnen erzählt?«

»Nein, sie wollte nicht sprechen. Aber als junge Mädchen meine Mutter hat mir geschenkt ein Roman, ›Der Mond ging unter‹ von John Steinbeck. Da steht alles drin, was ist in Dänemark passiert, hat sie gesagt, was für furchtbare Menschen die Deutschen sind. Vergiss das nie, sie hat gesagt. Danach ich habe informiert mich selbst, über die Besatzungszeit und die Deutschen. Deutschland hat mit Absicht gedemütigt Dänemark, das ist meine Meinung, und wie mit meinem Volk umgegangen wurde, ist gewesen menschenverachtend.«

Swensen hat wieder dasselbe Unbehagen, das er in Gegenwart des Juden im KZ empfunden hat. Die Worte, die er entgegnen will, sitzen verkantet im trockenen Hals fest. Er hustet und schluckt mühsam den Speichel hinunter.

»Ich ... es gibt ... es ist nichts zu beschönigen. Die Nazi-Zeit war eine Zeit, die unendliches Leid über die Menschen gebracht hat.«

»Ja, und dieses Leid ist gekommen von die Deutschen.«

»Ich wurde noch von keinem Ausländer aufgefordert, mich zu entschuldigen, ein Deutscher zu sein, Frau Sjøqvist. Möchten Sie, dass ich dies tue?«

Swensen blickt zu Boden, wartet auf ihre Antwort. Doch die bleibt aus. Er hebt den Kopf und ihre Blicke bohren sich ineinander.

»Auch wenn Ihnen das unangenehm ist, ich möchte Sie bitten, über die nächste Frage gründlich nachzudenken«, sagt der Hauptkommissar bestimmt und setzt eine Pause. »Hat Ihre Mutter jemals den Namen Kreuzhausen erwähnt, Heinrich Kreuzhausen? Das ist der Name eines deutschen Offiziers, der während der Besatzungszeit auf der Kanonenfestung stationiert war.«

»Sie meinen den Großvater von Herrn Eschenberg? Der heißt Kreuzhausen, das hat mir meine Tochter auf der Beerdigung erzählt. Sie hat ihn mir gezeigt, in Husum, und auch die Mutter von Herrn Eschenberg.«

»Und Ihre Mutter? Hat sie den Namen Kreuzhausen vielleicht früher einmal genannt?«

»Nein, ganz bestimmt nicht. Das hätte ich erinnert.«

»Und Ihr Vater? Der auch nicht?«

»Mein Vater? Das ist eine alte, gebrechliche Mann gewesen, solange ich erinnere mich an ihn. Er war beinah 30 Jahre älter als meine Mutter. Ich war noch ein junges Mädchen, da ist er schon gestorben.«

»Und den Namen Kreuzhausen hat er auch nie genannt?«

»Nein, aber ich hatte sowieso kein gutes Verhältnis zu ihm, er hat kaum gesprochen mit mir.«

»Gibt es noch etwas aus der Zeit, hat Ihre Mutter etwas aufbewahrt, Geschriebenes vielleicht oder Fotos?«, fragt der Hauptkommissar und bemerkt das Unbehagen im Gesicht der Frau. Sie schließt ihre Augen, scheint einen Moment völlig abwesend, als würde sie innerlich mit sich ringen. Dann öffnet sie die Augen wieder und blickt an Swensen vorbei an die Wand.

»Ich weiß nicht, warum ich es Ihnen sage, aber es gab etwas, eine alte Dose. Die stand jahrelang im Wohnzimmerschrank meiner Mutter. Da waren Fotos drin, alte Fotos aus dem Barackenlager, in dem sie zu der Zeit gewohnt hat. Nach ihrem schrecklichen Tod wollte ich den Kram nicht mehr haben.«

»Wir wissen, dass sich Ihre Mutter umgebracht hat. Das tut mir sehr Leid, Frau Sjøqvist.«

»Es war schrecklich, so unbeschreiblich schrecklich! Ich habe sie gefunden, meine Mutter, vor vier Jahren, mit eine Strick im Schuppen erhängt, als wäre sie hingerichtet worden. Was für ein furchtbares Ende!«

»Können Sie sich erklären, warum Sie es getan hat?«

»Nein, nicht so richtig«, sagt die Frau nachdenklich. »Meiner Mutter ist es nie wirklich gut gegangen, die ganze Leben, sie war keine fröhliche Mensch. Aber im Alter ist sie geworden richtig melancholisch, fast trübsinnig, hat keine Freude mehr empfunden. Für mich ist die Besatzungszeit daran schuld, und die Deutschen, die ihr alles haben weggenommen. Das kann man zwar nicht beweisen, aber ich bin davon überzeugt, dass sie dadurch verloren hat die Lust am Leben.«

»Sie meinen damit auch den Bruder Ihrer Mutter?«, fragt Ove Toksvig.

»Einen Bruder? Meine Mutter hatte keine Bruder!« Sandi Sjøqvist wirkt empört. Sie blitzt den Dänen mit feindseligen Augen an.

»Es ist aber so, Frau Sjøqvist!«, beschwört der Däne. »Sie hatte einen Bruder! Er wurde von den Nationalsozialisten ermordet. Jedenfalls geht das aus einem Brief hervor, den der Bruder Ihrer Mutter geschrieben hat.«

Swensen zieht wortlos die Kopie aus seiner Jackentasche, faltet sie auseinander und reicht sie der Frau. Die kneift den Mund fest zusammen, als hätte sie Angst, die geschriebenen Worte zu verschlucken. Ihre Augen weiten sich, tasten über die Zeilen, verweilen an einigen Stellen, verschließen sich urplötzlich vor dem Geschriebenen, um im nächsten Moment unter Tränen weiterzulesen. Eine Ewigkeit scheint zu vergehen, dann sinken die Hände mit dem Papier auf ihren Schoß. Sandi Sjøqvist ist am Ende ihrer Kräfte, sie verliert den letzten Halt und schluchzt minutenlang leise vor sich hin. Swensen möchte am liebsten gehen, doch er bleibt erstarrt sitzen, als gebe es eine Anordnung, dass er sich nicht bewegen darf.

»Ich habe es schon immer gewusst!«, platzt der aufgestaute Zorn aus Sandi Sjøqvist heraus. Ihre Stimme klingt durchdringend und außer Kontrolle. »Es waren die Deutschen, sie sind schuld am Tod meiner Mutter. Ich möchte nicht gefragt werden weiter von Deutschen! Verlassen Sie sofort mein Haus!«

Die Frau springt auf, geht entschlossen zur Haustür. Swensen spürt Scham hochsteigen, als wäre er ein Hund, der vom Hof geprügelt wird. Er möchte nur noch raus, tritt hinter Ove und Silvia in den Hof.

»Das Erreichen von Wahrhaftigkeit erfordert zu jeder Zeit Mut und Entschlossenheit!«

Der Hauptkommissar spürt einen Kloß im Hals, doch die Worte von Meister Rinpoche bewegen ihn, sich noch einmal umzudrehen.

»Die Dose?« Er muss die Worte fast herauswürgen. »Wo ist die Dose Ihrer Mutter geblieben? Gibt es sie noch oder haben Sie sie weggeworfen?«

Einen Moment steht Sandi Sjøqvist entgeistert in der Haustür, einem Cherubim gleich, doch dann legt sich eine ganz leise Traurigkeit über ihr Gesicht.

»Nein, die Dose wurde nicht weggeworfen. Meine Tochter hat sie mitgenommen, damals, als wir zusammen haben ausgeräumt die Wohnung meiner Mutter.«

*

Die Fahrt über wird der Hauptkommissar vom Schweigen erdrückt, das Motorengeräusch dröhnt ihm monoton in den Ohren. Ab und zu bleibt der Wagen an einer Ampel stehen, und im Stillstand ist die Spannung im Innenraum noch belastender. Swensen zieht sich tief in seine innere Leere zurück, kaut nervös auf den Lippen und schaut teilnahmslos auf die vorbeiziehende Landschaft, die ihn nicht wirklich erreicht. Er kennt dieses Gefühl von Sprachlosigkeit aus seinem Elternhaus, und die Vorwürfe von Sandi Sjøqvist lassen die entsprechenden Bilder aus seiner Jugend auferstehen. Die Mutter, die immer nur darum besorgt war, dass auch genug zu essen auf dem Tisch steht. Der Vater, der sich darüber freut, dass der Sohn sein brotloses Philosophiestudium hingeschmissen hat und zur Polizei gehen will. »Als Beamter hast du immer einen sicheren Arbeitsplatz, Junge, und am Ende bekommst du eine angemessene Pension.«

Vielleicht bin ich nur zur Polizei gegangen, brütet Swensen, weil ich die Kriegsschuld, die mein alter Herr in Polen und Russland hinterlassen hat, wieder gutmachen wollte. Warum habe ich als Jugendlicher die fixe Idee entwickelt, niemals zu heiraten? Warum habe ich mich vor nun fast 20 Jahren sterilisieren lassen? War ich wirklich davon überzeugt, in diese unbelehrbare Welt keine Kinder setzen zu können?

»Bist du noch immer davon überzeugt, dass wir nicht irgendwelchen Gespenstern der Vergangenheit hinterherlaufen?« Silvias plötzliche Frage hört sich an, als kommentiere sie seine Gedanken. Nur unwillig kehrt er in die Gegenwart zurück. »Ich kann mir beim besten Willen nicht vorstellen, wie wir in dem braunen Sumpf, in dem wir jetzt rumrühren, ein Mordmotiv entdecken können.«

»Frag mich was Leichteres, Silvia«, antwortet Swensen verlegen lächelnd. »Ich kann jetzt aber nicht einfach aufhören. Zumindest will ich noch in diese Dose reinschauen.«

Der Rest der Strecke verläuft genauso wortlos. Sie erreichen Klitmøller, als es zu regnen beginnt. Dicke Tropfen zerplatzen an der Seitenscheibe. Der Hinterhof des Badehotels liegt düster im Regenschauer. Freja Sjøqvist, die nach dem Klingeln ihre Haustür öffnet, hat ein verkniffenes Lächeln auf den Lippen und bittet die feuchten Gestalten herein. »Wie oft wollen Sie noch kommen?«, fragt sie mit bitterem Unterton.

»Der Fall ist noch nicht gelöst«, entgegnet Silvia Haman erstaunlich sanft.

»Ich habe Ihnen bereits alles gesagt!«

»Es tut uns leid, aber manches liegt nicht in unserer Macht!« Swensen versucht, jeglichen Druck aus seiner Stimme zu nehmen. »Beim letzten Gespräch haben wir über den Großvater von Herrn Eschenberg geredet, dass er während der Besatzungszeit in Hanstholm stationiert war.«

»Ich weiß wirklich nicht, was Sie von mir wissen wollen.«

»Sie haben gewusst, dass Ihre Großmutter in Hanstholm gelebt hat?«

»In Hanstedt!«

»In Hanstedt, richtig! Ich frage mich, warum Sie uns das verschwiegen haben?«

»Was ist daran so wichtig? Warum fragen Sie ständig nach meiner Großmutter? Sie ermitteln doch im Todesfall von Oleander?«

»Es soll eine alte Dose geben, das hat uns gerade Ihre Mutter erzählt. Darin sollen Dinge Ihrer Großmutter sein. Haben Sie diese Dose noch?«, fragt Swensen. Seinem Tonfall ist anzumerken, wie wichtig ihm sein Anliegen ist.

»Wenn Sie diesen kleinen Kekskasten meinen, der ist noch da.«

»Ich hätte eine große Bitte, dürfte ich mir vielleicht den Inhalt ansehen? Ich verspreche Ihnen, danach sind Sie uns auch los.«

»Okay, der Kasten, wo habe ich diesen Kasten?« Freja spricht mehr zu sich selbst. Ihr Blick irrt durch den Raum, bis sich ihre Miene aufhellt. Sie verschwindet in den Nebenraum, ist gleich darauf mit einer viereckigen alten Keksdose zurück und stellt sie auf den Wohnzimmertisch. Sie hat einen abnehmbaren Blechdeckel, auf dem die aufgedruckten Verzierungen bereits abgeblättert sind. Swensen erinnert sich an einen ähnlichen Blechkasten seiner Mutter, in dem sie jahrelang selbstgebackene Weihnachtsplätzchen bis zum Fest gelagert hatte. Die Hälfte des Kastens ist mit alten Fotos gefüllt, die sich über die Jahrzehnte bräunlich verfärbt haben. Freja Sjøqvist nimmt sie heraus und verteilt sie auf dem Tisch. Sie deutet mit dem Finger auf eines der Fotos. »Das ist die Mutter meiner Großmutter, meine Urgroßmutter, vor der Baracke in der Siedlung Nytorp!«

Ein typisches Bild, denkt Swensen, könnte auch aus dem Fotoalbum meines Vaters stammen. Diese Frisuren und die Kleider, kein wesentlicher Unterschied.

Freja greift zu einem anderen Foto. Es zeigt zwei junge Mädchen an einer Holzwand, stocksteif hinter ihren Fahrrädern. »Links, das ist meine Großmutter, das Mädchen daneben kenne ich nicht. Vielleicht ist das Damaris, Damaris Mølby.«

»Wer ist Damaris Mølby?« Swensen bemerkt den misstrauischen Blick von Freja Sjøqvist und ergänzt: »Entschuldigung, ich frage nur, weil Sie den Namen kennen, aber nicht wissen, wie Damaris Mølby aussieht.«

»Ich habe einen Brief von ihr«, sagt Freja Sjøqvist nach einigem Zögern. »Den habe ich mal unter den ganzen Fotos in diesem Kasten gefunden. Eine Damaris Mølby hat ihn an meine Großmutter geschrieben. Ich kenne die Frau nicht. Aber der Brief ist merkwürdig. Ich weiß bis heute nicht, worum es darin wirklich geht.«

»Darf mein dänischer Kollege den Brief sehen?«, fragt Swensen und schaut die Frau bittend an.

Freja Sjøqvist greift in die Keksdose und fördert einen blauen Briefumschlag zu Tage. Dem Hauptkommissar springt sofort die deutsche Briefmarke ins Auge. Er erkennt den Kopf von Dietrich Bonhoeffer. Zum 50. Todestag liest er, indem er den Kopf verdreht, und nimmt den Umschlag entgegen. Die Marke ist am 17. Mai 1995 in Rüdesheim am Rhein abgestempelt. Der Absender: Die Benediktinerabtei St. Hildegard. Er zieht ein handgeschriebenes Papier heraus. Der Brief ist, wie erwartet, in Dänisch verfasst. Swensen reicht ihn Ove Toksvig hinüber. Der Vicepolitikommissær liest ihn durch und übersetzt mit langsam gesetzten Worten:

»Liebe Aase,

nach so vielen Jahren, jetzt als alte Frau, muss ich dir schreiben. Zu sehr drückt mich die Schuld. Die Bilder aus der Vergangenheit sind wieder aufgetaucht, sie stehen so deutlich vor meinen Augen, als wäre es gestern geschehen. Du als junges Mädchen, so wie ich dich in meiner Erinnerung behalten habe, kurz bevor unsere Wege sich trennten. Du steigst in das Auto des Deutschen! Immer habe ich um das gewusst, was nie ausgesprochen werden durfte. Ich habe es in deinen Augen gesehen. Ich kannte dein Geheimnis, und du wusstest, dass ich es gewusst habe. Ich sehe deinen Blick, leer und stumpf, als du in die Siedlung zurückkamst. Heute kenne ich diesen Blick. Ich habe ihn noch so häufig bei den Frauen sehen müssen, die zu uns ins Kloster kamen, die ich beim Sterben begleitet habe und die mir von dem gleichen Leid berichtet haben, welches dir widerfahren ist.

Ich sehe ihn noch immer, deinen Blick, als du dich umdrehtest und gegangen bist nach unserem Abschied, als du mich allein ließest mit dieser Last, die ich bis heute auf mir spüre. Ich weiß, dass nur der Herr mir meine Schuld vergeben kann, und dennoch wünsche ich mir tief in meinem Herzen, dass du mir vergeben mögest.

Damaris«

Als die letzten Worte verklungen durch den Raum schweben, liegt eine bleierne Schwere in der Luft. Der Hauptkommissar spürt wieder dieses Vakuum, welches er aus seinem Elternhaus kennt, die Leere der unausgesprochenen Worte, die sich wahrscheinlich jedem Verstand widersetzen würden, wenn jemand sich traut, sie wirklich auszusprechen. Die Zeit gerinnt zur Ewigkeit, überlässt den Schock der Botschaft abermals dem uneingeschränkten Raum. Erst als der Kriminalist in Swensen wieder zu denken wagt, kann er die nächste Frage stellen: »Sie wissen nicht, von welcher Schuld diese Nonne geschrieben hat?«

»Ich weiß nicht, was der Brief bedeutet«, sagt Freja Sjøqvist dünnhäutig. »Er macht mir nur ein unangenehmes Gefühl. Damals, als ich ihn durch Zufall entdeckt habe, war ich bei meiner Mutter und wollte wissen, wer diese Frau ist. Aber meine Mutter meinte, dass sie Damaris Mølby auch nicht kennt. Dann hat sie erbost auf den Umschlag geschaut. Sieh dir die Adresse an, hat sie gesagt. Der Brief ist aus Deutschland, damit will ich nichts zu tun haben! Schmeiß ihn weg! Meine Mutter ist tot, was sollen wir noch damit?«

»Haben Sie schon einmal daran gedacht, dass es einen Zusammenhang zwischen dem Brief und dem Tod Ihrer Großmutter geben könnte?«

»Die Frage verstehe ich nicht.«

»Wenn ich den Brief richtig verstanden habe, muss Ihrer Großmutter etwas Schreckliches widerfahren sein.«

»Und was soll das mit ihrem Tod zu tun haben?«

»Ihre Großmutter hat sich umgebracht, Frau Sjøqvist!«

»Das geht Sie gar nichts an!« Die Stimme von Freja Sjøqvist gleicht einem Schrei, doch der schrille Ton sackt genauso schnell wieder ab, wirkt plötzlich fast sanft und gedankenverloren. »Sie hat sich umgebracht, ja, sie hat sich umgebracht. Ich werde es nie vergessen, den Strick um ihren Hals, es war grauenhaft. Ich möchte, dass Sie jetzt gehen und dass Sie nie mehr wiederkommen.«

»Die schwierigste Aufgabe des Menschen ist, die Heftigkeit seiner Emotionen zu meistern. Gebe dich dem Leben hin, kämpfe nicht dagegen an, aus freien Stücken, ohne es nur über dich ergehen zu lassen.«

Der Hauptkommissar sinnt über die Worte seines Meisters nach, als Ove Toksvig den Dienstwagen auf der Strandpromenade von Klitmøller vor der Fischräucherei stoppt.

»Ich kaufe ein paar Fischfrikadellen«, sagt er, steigt aus und stapft als dunkle Silhouette vor dem Feuerball der untergehenden Sonne davon.

»Ist was?«, fragt Silvia. »Du bist so nachdenklich.«

»Manchmal ist es schwierig, finde ich, wenn die Ablehnung einen so massiv trifft«, antwortet Swensen und schaut auf die roten Wolkenfetzen. »Ich weiß natürlich, dass ich nicht persönlich gemeint bin.«

»Ich finde, diesmal bist du persönlich gemeint! Du stocherst in der Vergangenheit einer Frau herum, die gerade den Vater ihres Kindes verloren hat, und wunderst dich auch noch, wenn du dafür angemacht wirst. Ich bitte dich, Jan!«

»Unsere Emotionen dürfen uns nicht den Blick auf die Realität versperren. Die Vergangenheit spielt in unseren Fall hinein, dabei bleibe ich. Außerdem ist das Verhältnis von Freja Sjøqvist und Kilian Martens mehr als merkwürdig. Da finden wir eine ganze Bandbreite von Tatmotiven, und Eifersucht steht dabei ganz oben.«

»Und was hat Eifersucht mit der Vergangenheit zu tun?«

»Da bin ich überfragt, im Moment jedenfalls, aber wir sollten uns auf jeden Fall noch einmal Kilian Martens vorknöpfen.«

»Und was versprichst du dir davon«, fragt Silvia mürrisch.

»Wenn Frau Sjøqvist uns nichts mehr sagen will, möchte ich zumindest hören, was Martens zu dem Baby von Herrn Eschenberg zu sagen hat.«

Die Wagentür geht auf, und der Däne steigt mit einer Papiertüte in der Hand wieder ein. Sofort riecht es nach gebratenem Fisch. Ove verteilt die goldgelben Frikadellen in einer Serviette an alle, und eine Zeit lang sind nur Kaugeräusche zu hören.

»Lachs«, sagt der Däne kauend, »frisch von der Fischauktion!«

»Jan möchte noch mal mit Kilian Martens sprechen«, informiert Silvia, nachdem sie sich den Mund abgewischt hat. »Er hat mir aber noch nicht verraten, wie er das anstellen will.«

»Der ist hier in Klitmøller!«, sagt Swensen, als er den letzten Bissen hinuntergeschluckt hat. »Hast du das Plakat vom ›Soulwave Surfcontest‹ vergessen? Der dürfte bereits voll im Gang zu sein, oder?«

»Stimmt!«, bestätigt der Däne. »Vorn am Südstrand. Wird hier nur Bunker Beach genannt. Da wird immer ein großes Partyzelt aufgebaut. Soweit ich informiert bin, spielen am Abend die Surf Coasters, eine japanische Instrumentalband. Wenn sich euer Surfer heute in Klitmøller aufhält, werden wir ihn dort finden.«

Der Himmel zieht den roten Vorhang zu, und es wird langsam dunkel. Sie fahren an Schlangen geparkter Fahrzeuge vorbei, die einer Invasion gleichend sämtliche Randplätze der Straße erobert haben. Kurz vor den Dünen steht ein grüner Riesenbus der Biermarke Tuborg im Licht einer langen Kette von Glühbirnen und ist von einer Schar Menschen mit Bierdosen in den Händen umlagert. Der Däne steuert seinen weißen Dienstwagen mit der blauen Aufschrift ›Politi‹ im Schritttempo daran vorbei. Auf dem Parkplatz, direkt am Übergang zum Strand, steht ein riesiges Pavillon-Partyzelt auf einem Holzsockel, in dem bestimmt mehrere hundert Personen Platz finden können. Ein schriller Gitarrensound vibriert durch die Luft, verschmilzt rhythmisch mit dem Lachen und Gejohle. Der Däne parkt seinen Polizeiwagen frech neben dem Zelteingang. Swensen öffnet die Rücktür bereits, als der Motor noch läuft, steigt aus und bahnt sich einen Weg durch die Menschenmenge. Silvia und Ove sehen den Hauptkommissar nur noch zwischen den ausgelassenen Frauen und Männern im Zeltinneren verschwinden und hängen sich an seine Spur. Es ist gerammelt voll, ein Menschenknäuel in bunter Kleidung treibt in einer einzigen, wellenartigen Bewegung auf der Tanzfläche. Von der Bühne hämmert der Beat. Swensen drängt sich zu einem freien Platz, von dem aus er einen Überblick auf all die fremden Gesichter hat. In dem schummrigen Licht ist es nicht so einfach, jemanden zu erkennen. Es dauert eine ganze Weile, bis er den Gesuchten zwischen zwei hünenhaften Bodybuildern wahrnimmt. Es ist genauso schwer, in dem Gewühl in die Nähe von Kilian Martens zu kommen. Er hält einem der Männer, der den Surfer abschirmt, seinen Dienstausweis entgegen.

»German Police!«, schreit er lauthals der Musik entgegen.

Kilian Martens gibt seinen Aufpassern mit einer Handbewegung zu verstehen, dass sie sich zurückhalten sollen.

»Können wir rausgehen?«, schreit Swensen. »Hier kann man ja sein eigenes Wort nicht verstehen!«

Kilian Martens nickt und folgt dem Hauptkommissar vor das Zelt. Silvia Haman und Ove Toksvig erwarten sie am Ausgang und stellen sich an die Seiten der Bodybuilder.

»Frau Sjøqvist hat uns gerade in einem Gespräch gesagt, dass Sie schon länger von ihrer Schwangerschaft wissen, Herr Martens«, pokert Swensen, um Martens aus der Reserve zu locken. »Und Sie wissen auch, dass dieses Kind von Oleander Eschenberg ist. Warum haben Sie uns das bis jetzt nicht gesagt?«

»Freja hat mich eindringlich gebeten, darüber Stillschweigen zu bewahren. Sie möchte unter keinen Umständen, dass die Familie Eschenberg von diesem Kind erfährt.«

»Warum nicht?«

»Weil sie Angst hat, dass sie dann von der Familie bedrängt wird. Dass die Familie Anspruch auf das Kind erhebt.«

»Niemand kann ihr das Kind wegnehmen. Das ist doch kein Grund, es zu verschweigen. Der Vater ihres Kindes ist tot, und sie weigert sich, die Familie, die ihr in dieser Situation doch bestimmt helfen würde, zu informieren.«

»Freja braucht keine Hilfe, nicht von der Familie Eschenberg und erst recht nicht von diesem Kreuzhausen.«

»Und woher wissen Sie, dass Frau Sjøqvist keine Hilfe nötig hat? Sie wird zu einer alleinerziehenden Mutter werden, da wird sie finanzielle Mittel brauchen, um über die Runden zu kommen.«

»Glauben Sie mir, ich weiß, dass es so ist!«

»Weil Sie mit dieser Entscheidung etwas zu tun haben, nicht wahr? Ist das richtig?«

»Wie kommen Sie darauf?«

»Herr Martens, haben Sie etwas damit zu tun oder nicht? Meinen Sie nicht, dass wir das sowieso irgendwann herausbekommen werden?«

»Und wenn das so wäre, was hat das Ganze mit Ihrem Mordfall zu tun?«

»Diese Beurteilung überlassen Sie lieber uns! Also, reden Sie endlich!«

»Ich habe Freja angeboten, wenn Sie mich nach der Geburt als Vater eintragen lässt, wird sie nie mehr Geldprobleme haben.«

»Sie wollen das Kind kaufen?«

»Quatsch, Freja und ich sind über Jahre in einer engen Beziehung gewesen. So wäre es doch am besten, für alle, besonders aber für das Kind.«

*

»Der Staat hat seine Erziehungsarbeit so einzuteilen, dass die jungen Körper schon in ihrer frühesten Kindheit zweckentsprechend behandelt werden und die notwendige Stählung für das spätere Leben erhalten«, schreibt Adolf Hitler 1925 in ›Mein Kampf‹. Acht Jahre später heißt das Resultat ›Napola‹, ein Kürzel für Nationalpolitische Lehranstalten, die sofort nach der nationalsozialistischen Machtübernahme als Gemeinschaftserziehungsstätten gegründet werden.

Mit 13 Jahren, an einem grauen Septembertag 1942, fährt Horst Janssen in Richtung holländische Grenze nach Haselünne. Die Erziehungsanstalt von Haselünne ist ein bollwerkartiges Kloster mit gewaltigen Räumen, Gängen und Sälen. Der junge Pimpf muss seine adrette Kleidung gegen die Uniform tauschen, kommt in einen straffgeführten Tagesablauf: Wecken, Frühstück, sechs Stunden Schulunterricht, Gemeinschaftsessen, Mittagsschlaf, Sport und Exerzieren, Kaffeezeit, Hausaufgaben, Abendbrot, Appell und Zapfenstreich um neun Uhr. In der Erziehung geht es auch immer um den Gedanken der Bewährung für das Vaterland und den Kampf an der Front. Sportlicher Drill und Waffen- und Geländeübungen im Sinne der nationalsozialistischen Ideologie.

»Es war alles neu und machte Spaß«, sagt Janssen rückblickend mit 20 Jahren.

»Es war ein böses Himmelreich auf Erden«, kommentiert er seine Zeit in der Napola mit 50 Jahren.

Vom ersten Tag an gibt es eine feindliche Stimmung zwischen den katholisch geprägten Bürgern und Bauern von Haselünne und den Absolventen der Eliteschule. Sie werden immer wieder als ›SS-Schweine‹ beschimpft. So kommt es auch zu einem Zwischenfall während einer Reitstunde, an der Jungmann Horst Janssen mit seinem Pferd Rosinante teilnimmt. Einer der Eliteschüler wird mit einer Steckrübe beworfen. Sein Pferd scheut, geht durch. Der jugendliche Reiter stürzt herunter, bleibt im Steigbügel hängen. Das Pferd schleift ihn zwei Kilometer weit über das Steinpflaster bis vor die Klosterbrücke. Der Kopf des Reiters ist zerschmettert und bis zur Unkenntlichkeit entstellt. Horst Janssens Rosinante ist dem durchgehenden Pferd brav auf dem Huf gefolgt, und der spiddelige Jungmann Janssen muss den schrecklichen Vorfall aus nächster Nähe miterleben.

Er bleibt bis Kriegsende auf dieser Eliteschule, bis die Alliierten von Westen heranrücken. Haselünne ist nur wenige Kilometer von der holländischen Grenze entfernt. Auf einem Acker vor dem Kloster stürzt ein englisches Kampfflugzeug ab. Die Jungmannen, von dem Ereignis angelockt, rennen zur ausgebrannten Maschine. Aus der Entfernung kann Janssen den Piloten aufrecht im Cockpit sitzen sehen. Als jemand ihn berührt, zerfällt der Tote zu Staub.

»Ein Kriegsdrama, das sich bestimmt als traumatische Erinnerung in das Gedächtnis des Künstlers Janssen eingegraben hat«, kommentiert der Biograf in seinem Buch.

»Meine sehr verehrten Damen und Herren, in Kürze erreichen wir Kassel-Wilhelmshöhe«, reißt eine Stimme aus dem Lautsprecher, die sehr an Lindenbergs Genuschel erinnert, den Hauptkommissar aus seiner Lektüre. Er klappt die Janssen-Biografie zu, in der er seit seiner Rückkehr aus Dänemark liest, und legt sie vor sich auf den schmalen Tisch. Seitdem Swensen erfahren hat, dass der berühmte Zeichner einmal in Witzwort einen Haubarg gekauft hatte, war sein Interesse, mehr über diese skurrile Person zu erfahren, gewachsen, und er hatte das Buch in der Husumer Buchhandlung bestellt.

Jetzt blickt Swensen in das Gesicht des Künstlers, eines seiner Selbstbildnisse, welches das Buchcover ziert. Eine radierte Fratze, ein Auge blind, nur noch schwarzes Loch, das andere tastet sich vorsichtig unter dem Lid hervor, ein Totenkopf, über den der Zeichner ein Lappen Haut gezogen hat.

Wir leben im Schatten einer unbewussten Tätergesellschaft, assoziiert der Kriminalist in Swensen. Mit der prickelnden Neugier des Zuschauers verfolgen wir täglich in Kriminalfilmen und Nachrichten, was Täter alles anrichten. Wir können gar nicht genug davon bekommen. In solch ein Schema von steter Sensation passt wahrscheinlich auch ein wildgewordener Künstler, der säuft, seine Frauen schlägt und Freunde quält. Der Schlusspunkt Tat scheint für viele wesentlich interessanter, als ein Trauma, das dem Menschen als Kind zugefügt wurde. Mit Schauder starren wir gebannt auf die Wirkung und ignorieren jahrzehntelang die Ursache.

»Krieg und Frieden entstehen im Herzen von jedem einzelnen von uns. Wenn niemand ernsthaft anfängt, etwas Harmonie zu schaffen, wird niemals der Samen gelegt werden können, aus dem der Frieden auf dieser Erde wachsen kann.«

Der Zug bremst kaum spürbar ab, kommt langsam zum Stehen. Türen klappen, und die Hoffnung Swensens, während der Zugfahrt in der Janssen-Biografie ein ganzes Stück voranzukommen, scheint sich vorerst im Nichts aufzulösen. Eine Reisegruppe ist zugestiegen, ein Strom von Rollkoffern rattert durch das Großraumabteil. Die Besitzer suchen geräuschvoll nach den reservierten Plätzen. Eine junge Mutter mit Kleinkind nimmt gegenüber vom Hauptkommissar Platz. Trotz der jähen Unruhe versucht der Hauptkommissar weiterhin tapfer, in seinem Text zu bleiben, selbst als das Seniorenpaar auf den Fensterplätzen selbstgemixte Apfelschorle in Halbliterfläschchen auf den Tisch stellt und sein camembertbelegtes Baguette mit einem Silbermesser exakt mittig schneidet. Die Frau vom Platz gegenüber geht, den Säugling im Arm, wie aufgezogen im Gang auf und ab und summt in einer Endlosschleife den Refrain von ›Heal the world‹. Nachdem Swensen den letzten Abschnitt dreimal gelesen und den Inhalt immer noch nicht verstanden hat, fällt er den Entschluss, zur gegebenen Zeit weiterzulesen.

»Meine Damen und Herren, wenn Sie Lust auf einen kleinen Snack haben oder einfach etwas trinken möchten, freuen wir uns auf Ihren Besuch in unserem Bordtreff!«, tönt es aus dem Lautsprecher.

Der Kriminalist lässt sich nicht lange bitten, dieses Angebot anzunehmen. Und seine Entscheidung stellt sich als richtig heraus, denn er bekommt ohne Mühe einen einsamen Fensterplatz, und der doppelte Espresso und der Kuchen werden schon wenig später serviert. Sein Blick starrt unbeweglich in die vorbeirasende Landschaft, nicht einmal eine Minute lang, dann kapituliert sein Auge, einzelne Eindrücke zu erfassen, fliegt in der entfesselten Bewegung dahin und öffnet einen weiten Raum für Gedanken, Spekulationen und Überlegungen im Mordfall Oleander Eschenberg.

Silvia Haman setzt ihn mit dem Dienstwagen vor dem Reetdachhaus in Witzwort ab. Er greift seine Reisetasche aus dem Kofferraum, grüßt zum Abschied mit der erhobenen Hand und marschiert mit langen Schritten den Fliesenweg zur Eingangstür hinauf. Ein Blick auf die Armbanduhr, es ist kurz vor 22 Uhr. Bevor er die Tür aufschließt, bemerkt er das dunkle Wohnzimmerfenster.

Als er Anna gestern mitteilen wollte, dass er heute wieder aus Dänemark zurück sein würde, war nur der Anrufbeantworter angesprungen. Unwillig hatte er seine Nachricht hinterlassen. Jetzt beschleicht ihn die Ahnung, sie könne gar nicht zuhause sein. In der Küche findet die Befürchtung ihre Bestätigung, ein Zettel von Anna, auf dem sie ankündigt, dass sie am Donnerstag für vier Tage zu ihrer Freundin fährt. Und heute ist dummerweise Donnerstag.

Swensen stopft die schmutzige Wäsche in die Waschmaschine und stellt sie an. Das einlaufende Wassergeräusch im Ohr schleicht er ins Bad. 15 Minuten später liegt er im Bett, wühlt sich müde in das Kissen und wacht am nächsten Morgen – wie fast immer – kurz vor sechs Uhr auf. Als er nach dem Duschen, Anziehen und Frühstücken in seinen Wagen steigt, bricht aus den dichten Wolken die Sonne hervor. Die Strecke zur Arbeit ist mittlerweile zur Routine geworden, auch wenn er sie – wie heute – lange nicht gefahren ist. Hat er erst die Gerade durch den Finkhaushalligkoog hinter sich, sind die Getreidesilos am Husumer Hafen nicht mehr weit. Der Koog ist ein nationalsozialistisches Erbe, weiß Swensen, er ist 34/35 im Rahmen der Blut-und-Boden-Ideologie eingedeicht worden.

Die Ideologie in den Köpfen der Elterngeneration scheint mein Erbe zu sein. Er hat mit einem Mal den Eindruck, dass er irgendwie übersensibilisiert ist, seitdem die Ermittlungen so häufig in Vergangenes führen. Noch nie hat er in letzter Zeit so oft über seine Kindheit nachgedacht. Er muss an die alten, aufgeschnappten Parolen denken, die im deutschen Sprachgebrauch überlebt haben: So jemand wie dich sollte man ›vergasen‹, oder ›so was wie dich hat man früher in der Pfeife geraucht‹.

Wie oft hast du solche Sätze unüberlegt benutzt, damals als Jugendlicher, denkt er, steigt die Treppe zur Polizeiinspektion hinauf und wäre beinahe ohne einen Gruß an Susan Biehl vorbei in die kleine Teeküche marschiert. »'tschuldigung«, ruft er ihr nach. »Ich war grade in Gedanken.«

Die Frühbesprechung startet, als wäre er gar nicht fort gewesen. Swensen hört nur mit halbem Ohr dem SOKO-Chef zu, schenkt seinen grünen Tee ein und schaut zu Silvia Haman hinüber, die ebenfalls gelangweilt an die Pinnwand starrt. Auf dieser hat sich in ihrer Abwesenheit nicht das Geringste verändert.

»Was gibt es für Erkenntnisse aus Dänemark?«, fragt Jean-Claude und wendet sich an Silvia. »Ladies first!«

»Nichts wirklich Handfestes, wenn du mich fragst«, beginnt Silvia. »Immerhin haben wir endlich Kilian Martens aufgespürt. Der hat für die Tatzeit kein einwandfreies Alibi, aber es gibt auch keine Beweise, womit wir ihn festnageln könnten. Außerdem fehlt mir persönlich auch ein Motiv. Warum sollte er einen alten Freund umbringen? Nur, weil sie sportliche Konkurrenten waren? Das mit dem Motiv gilt übrigens auch für alle anderen Personen, mit denen wir gesprochen haben.«

»Es soll einen Streit zwischen Eschenberg und Niels Skov gegeben haben«, ergänzt Swensen. »Skov wirft Eschenberg vor, dass er ihm eine Erfindung gestohlen und als Patent angemeldet hat.«

»Das könnte doch ein Motiv sein«, hakt Jean-Claude nach.

»Das ist richtig«, bestätigt Silvia Haman. »Aber der Mann hat seiner Wut freien Lauf gelassen. Das hätte er bestimmt nicht getan, wenn er der Mörder wäre. Hunde die bellen, beißen nicht.«

»Es hat sich bestätigt, dass Eschenberg mit der Dänin Freja Sjøqvist eine intime Beziehung hatte. Es stimmt genauso, dass Frau Sjøqvist ein Baby von ihm erwartet. Sie will aber nichts mit der Familie Eschenberg zu tun haben.«

»Und welchen Grund hat sie genannt?«, fragt Jean-Claude irritiert.

»Keinen für mich ersichtlichen«, räumt Swensen ein. »Es sei denn, die Frau weiß etwas über die Vergangenheit von Heinrich Kreuzhausen, was uns noch nicht bekannt ist.«

»Der alte Kreuzhausen? Was soll denn eine junge Dänin über den wissen?«

»Nun, der Mann war während des Krieges in Dänemark. Wir kennen das Foto aus der Zeitung, auf dem er mit Feldmarschall Rommel in Hanstholm zu sehen ist. Mit Hilfe der dänischen Polizei haben wir dazu etwas mehr herausbekommen. Die Großmutter von Frau Sjøqvist lebte zur selben Zeit in Hanstholm. Vielleicht ist ihr der junge Kreuzhausen begegnet. Könnte doch sein, oder?«

»Natürlich könnte das sein! Doch selbst wenn, was hat das mit unserem Mordfall zu tun?«, fragt Jean-Claude leicht genervt.

»Das habe ich Jan schon öfter gefragt«, schlägt Silvia in die gleiche Kerbe. »Aber der liebe Kollege hält vehement an seinen Ahnungen fest. Da kann man nichts machen.«

»Du vergisst dabei die Tatsache, dass eine Nonne aus Deutschland an die Großmutter von Freja Sjøqvist geschrieben hat, die sich übrigens vor vier Jahren umbrachte. In diesem Brief wird von einem schrecklichen Ereignis gesprochen, das der Großmutter während der Besatzungszeit der Deutschen zugestoßen sein soll.«

»Eine Nonne aus Deutschland?«

»Diese Nonne ist Dänin, der Brief wurde in Dänisch verfasst. Sie muss eine Jugendfreundin der Großmutter gewesen sein.«

»Wann wurde der Brief verschickt und woher kam er?«

»Vor ungefähr zehn Jahren und er kam aus Rüdesheim am Rhein, aus der Benediktinerabtei St. Hildegard.«

»Benediktinerabtei St. Hildegard?«

»Dort wirken die Nachfolgeschwestern der Hildegard von Bingen!«

»Und lebt diese Nonne denn noch?«

»Weiß ich noch nicht, ich werde mich heute darum kümmern.«

»Klingt alles ziemlich an den Haaren herbeigezogen. Trotzdem, einen Versuch ist das wert.«

»Ich möchte noch etwas zu dem fehlenden Alibi von Kilian Martens sagen«, fährt Swensen unbeirrt fort. »Er sagte uns, er wäre während der Tatzeit mit seinem Auto auf dem Weg zu seinem Hotel in Flensburg gewesen. Es gibt aber keine Zeugen, wann er dort angekommen ist. Dazu haben wir erfahren, dass zwischen Eschenberg, Martens und Freja Sjøqvist eine Art Dreiecksverhältnis bestand. Ich habe mich daraufhin gefragt, ob Martens wirklich allein in dem Hotel in Flensburg gewesen ist. Ich spekuliere mal, er hat dort heimlich Freja Sjøqvist getroffen.«

»Worauf willst du hinaus, Jan?«

»Das ist jetzt zwar eine sehr verwegene Theorie, aber es gibt bei uns ja noch kein Denkverbot.«

»Nun mach es nicht künstlich spannend«, knurrt Colditz.

»Ich glaube, Sjøqvist und Martens haben in dem Hotel ein Mordkomplott geschmiedet.«

»Und das Motiv, Jan? Was ist das Motiv«, fragt Silvia Haman aufgebracht.

»Sjøqvist hat Martens angeheuert, Eschenberg aus dem Weg zu schaffen.«

»Und warum?«

»Weiß ich auch nicht. Aber vielleicht ist im Krieg etwas passiert, wofür die Sjøqvist sich rächen wollte?«

»Und warum sollte Martens das machen?«

»Wegen dem Kind! Er will das Kind! Er hat uns gesagt, er würde für Frau Sjøqvist und das Kind sorgen. Vielleicht ist das ein mörderischer Deal, Kind gegen Mord?«

»Das passt eher zu einer durchgeknallten italienischen Familienfehde«, bleibt Silvia hart.

»Ich stimme Silvia zu«, unterstützt Jean-Claude die Attacke der Kollegin. »Wenn du nicht der wärest, der du bist, würde ich sagen, du siehst zu viele Krimis im Fernsehen. Aber ich sympathisiere auch mit durchgeknallten Ideen, besonders wenn wir mit der normalen Ermittlung in diesem Fall nicht besonders gut vorankommen. Also kümmere dich um diese Nonne, Jan, und das mit dem Hotel sollten wir auch unbedingt checken.«

Swensen sieht durch sein Abbild in der spiegelnden Scheibe. Der Himmel dahinter zieht grau und verhangen vorbei. Es hat zu regnen begonnen, Tropfen ziehen diagonale Streifen über sein wesenloses Gesicht und die vorbeihuschenden Häuser, Wiesen und Felder. Silvias hartnäckige Worte geistern durch seine Gedanken. Er fragt sich, warum sie so impulsiv gegen seine Idee eines Mordkomplotts gestichelt hat. Ist es ihr doch unangenehm, dass er ihre kleine Liaison mit dem Dänen so hautnah mitbekommen hat?

Loslassen, Swensen, loslassen!

Der Hauptkommissar nimmt seine Lesebrille, schlägt das Buch am Stoffbändchen auf und sucht auf der Seite nach dem Absatz, an dem er geendet hatte. Der Biograf spannte an der Stelle einen Bogen zwischen dem Kriegskind Janssen und seiner selbstzerstörerischen Leidenschaft als Künstler. Der nachfolgende Text beginnt mit einem Zitat aus Janssens ›Hinkepott‹:

» ...Denn: Es stehen hier an der Wand ein Dutzend große Zinkplatten – sehr große – leere, aber vorbereitete Zinkplatten. Seit Wochen geht mein Morgenspaziergang vor diesen Platten hin und her. Und vor meinem inneren Auge bilden sich die eindrucksvollsten Bilder: Bäume! Baumstämme – Voluminöses, dunkel, geborsten, zersplittert. Verwittertes und bemoostes Holz. Äste – gebogen, verschlungen, sich spreizend. Bäume – mal statisch massig – mal dramatische Arabesken. Und alles in eine schwarze Tiefe gestellt, von Blitzlichtern aufgebrochen.

Quasi Piranesis »die Kerker« – nur eben Bäume. Bald ist es soweit und alle Bilder werden in meinem Hirn explodieren: dann fange ich an zu sticheln und zu ÄTZEN – die tiefsten Tiefen und Dunkelheiten werde ich ätzen, und die Salpeter-Dämpfe werden sich in meine Lunge drängen und die Nieren vergiften und mein auf 200 Jahre angelegtes Leben wieder mal um 10 Jahre verkürzen. Und ich werde von Platte zu Platte glücklicher werden. DAS IST MEIN »KRIEG«.«

Und was ist dein Krieg, fragt sich Swensen, welchen Krieg hast du geführt, nachdem der Krieg deiner Eltern beendet war? Die Welt vom Bösen zu erlösen? Ist das dein unbewusstes Schlachtfeld? Unermüdlich kämpfen, tagaus, tagein, immer bis an die Grenzen gehen? Was verlangst du deinem Körper ab? Gönnst ihm keine Ruhe, bis der letzte Verbrecher hinter Schloss und Riegel ist, ist dann auch dein Krieg beendet?

Die Skyline von Frankfurt taucht aus dem Regendunst auf. Wie ein Moloch verschluckt ihn das dunkle Maul des Hauptbahnhofs mitsamt seinem Abteil. Unverdaut stolpert er durch die Innereien der Überdachung.

»Sänk ju fohr träväling wis Deutsche Bahn!«, klingt es noch in seinen Ohren nach, während er innerlich amüsiert auf das Tourist Informationsbüro zuhält, um nach einer öffentlichen Fahrgelegenheit zur Benediktinerabtei St. Hildegard zu fragen.

*

Das Taxi vom Bahnhof Rüdesheim hat nur wenige Minuten gebraucht, bis es auf dem Stellplatz unterhalb der massigen Abteikirche stoppt. Die beiden Türme, die schemenhaft durch die Frontscheibe zu sehen sind, erinnern den Hauptkommissar an eine antike Basilika. Der Nieselregen, der seit seiner Ankunft in Frankfurt nicht abgerissen ist, hat die Erde aufgeweicht und Kuhlen mit Wasser gefüllt. Swensen muss aufpassen, dass er nach dem Aussteigen mit seinen Halbschuhen nicht ungewollt in eine der Pfützen tritt. Er marschiert über den schlammigen Feldweg durch den Weinberg bis unter den schützenden Giebelvorbau des Portals. Als er dort ankommt sind Haare und Kleidung mit Feuchtigkeit vollgesogen. Fröstelnd betritt er den Kirchenraum und wird augenblicklich von der geheimnisvoll gedämpften Farbigkeit der Wandgemälde in den Bann gezogen. Die geraden Linien der Abbildungen aus den Testamenten spiegeln die geraden Linien der Architektur wieder. Das Ganze findet seinen Höhepunkt in einer monumentalen Christusfigur in der Apsis des Kirchenschiffs, deren Goldgrund den byzantinischen Mosaiken nachempfunden ist. Die ausgebreiteten Arme strahlen etwas Einladendes aus. Swensen spürt plötzlich einen inneren Frieden mit sich selbst, setzt sich berührt auf eine Holzbank und schließt die Augen. Er hört, wie sich der Kirchenraum langsam mit Besuchern füllt. Als er seine Augen wieder öffnet, tritt gerade eine Nonne in schwarzem Habit und schwarz-weißer Haube aus dem Seitenflügel. Mit andächtiger Bewegung entzündet sie die Kerzen im halbkreisförmigen Altarraum. Im wärmenden Schein werden dem Hauptkommissar seine durchweichten Schuhe wieder bewusst. Zumindest die klamme Jacke legt er zum Trocknen über die Rückenlehne der vorderen Sitzbank. Im selben Moment erklingt aus einem Nebenflügel der Klosterkirche, der nicht einsehbar ist, ein heller liturgischer Choralgesang. Quia ergo femina mortem instruxit, den Tod, den eine Frau gebracht, singen Frauenstimmen engelsgleich, und dem Kriminalisten läuft eine Gänsehaut den Rücken hinunter, die nicht von der Kälte kommt. Kurze, einfache Melodiephrasen wiederholen und variieren sich. Mit seinen lange nicht genutzten Lateinkenntnissen versucht er, das Lied im Kopf zu übersetzen.

Den Tod, den eine Frau gebracht,
hat eine Jungfrau überwunden.
So ruht der höchste Segen
– vor jeder Kreatur –
auf der Gestalt der Frau.
Denn Gott ist Mensch geworden
in einer Jungfrau, einzig geliebt und gesegnet.

Die sphärischen Klänge erfüllen die Klosterkirche bis in den letzten Winkel, verbreiten eine meditative Ruhe, der Swensen sich vollkommen hingeben kann. Sein Körper schwingt zwischen Ton und Stille mit, hebt vom Boden der Zeit ab, und die Welt um ihn herum ist außer Kraft gesetzt. Er ist nur noch Empfindung, lässt Schönheit und Harmonie in sein Herz eindringen. Es ist das Wunder der Gegenwart, das Hier und Jetzt, bis die Stimmen aushallen, sich in der Stille des Schweigens verlieren. Erst das Knarren der Bänke holt den Hauptkommissar zurück, die Besucher verlassen mit hallenden Schritten den Raum der Andacht. Swensen quält sich in seine noch klamme Jacke und folgt ihnen langsam nach. In der Zwischenzeit ist der trübe Himmel wieder aufgezogen, die Sonne versteckt sich aber noch hinter den Wolken. Im kleinen Garten kommt der Hauptkommissar an einer Bronzeskulptur der Hildegard von Bingen vorbei, die unter einem Umhang ihre Arme vor der Brust kreuzt. Der Anblick erinnert ihn an einen Artikel von Oliver Sacks, den er einmal von Anna zum Lesen bekommen hat. Der Neurologe diagnostiziert darin die halluzinatorischen Lichterscheinungen der Benediktinerin als Skotom, den Blinden Fleck, und als ein Symptom einer schweren Migräne.

Der spirituelle Weg kann einem manchmal schon einige Kopfschmerzen bereiten, scherzt der Kriminalist innerlich und überlegt, wie er in dieser großen Klosteranlage am schnellsten Schwester Damaris finden kann. Er entscheidet sich, einfach im

Klosterladen nach ihr zu fragen. Den Wegweiser dorthin hat er bereits vor dem Gang in die Kirche entdeckt. Er muss nur den Weg, den er gekommen ist, noch ein kleines Stück weiter hinaufgehen. Schon durch die gläserne Eingangstür registriert Swensen, dass die Ladenräume voller Käufer sind, die eben noch mit ihm andächtig den Gesängen gelauscht haben. Jetzt belagern sie die wenigen Schwestern an der Kasse und stehen der kleinen Anfrage des Hauptkommissars im Wege. Abwartend schlendert er an dem Angebot der religiösen Bücher, Ikonen, Karten, Kunst, Keramik und Kalender vorbei und hofft, dass der erste Ansturm auf die Kasse bald vorbei ist. In einem Regal entdeckt er im Dinkelsortiment Glücks- und Nervenkekse. Seine Laune hebt sich sofort, schmunzelnd nimmt er jeweils eine Packung. Die Kasse ist auch wieder zugänglich.

»Können Sie mir sagen wo ich Schwester Damaris finde«, fragt er die Nonne hinter dem Verkaufstresen.

»Da haben Sie Glück«, sagt diese lächelnd, indem sie die Glückskekse eintippt. »Schwester Damaris verkauft den Klosterwein. Sie treffen sie gleich dort hinten.«

Die Nonne deutet in den Raum, aus dem er soeben mit seinen Keksen gekommen ist, und reicht ihm das Wechselgeld und seine Backwaren.

»›Domus Domini‹ ist ein klassischer trockener Riesling. ›Mons Sanctus‹ ein fruchtig-spritziger, halbtrockener Riesling und ›Hildegardis Scivias‹ ein eher vollmundiger Riesling«, erklärt die Ordensschwester einem vermeintlichen Ehepaar mit überzeugendem Frohsinn in der Stimme. Swensen stellt sich dazu und mustert die etwas füllige Frau. Die Wangen unter den hohen Backenknochen sind eingefallen, ihr Kinn tritt spitz hervor. Unter dem von Falten durchzogenen Gesicht ist ihre frühere Schönheit noch zu ahnen. Wenn sie lächelt, lüftet sich ein weißer Schneidezahn aus der Zahnreihe auffällig hervor. Der Tisch vor ihr ist mit einer blütenweißen Decke überzogen, darauf stehen kleine Gläser in Reih und Glied, in die sie jeweils einen Schluck des gerade angepriesenen Weines füllt und ihn den Kunden zum Probieren reicht.

»Sie machen einen sehr erkälteten Eindruck, mein Herr«, spricht sie den Hauptkommissar an.

»Halb so schlimm«, beschwichtigt Swensen. »Ich bin nur ein wenig nass geworden.«

»Sie brauchen einen kräftigen Schluck von Hildegards Kräuterbitter.«

»Das ist wirklich nicht nötig«, wehrt der Kriminalist ab.

»Keine Widerreden!«, sagt die Ordensschwester, und auf ihren graublauen Augen liegt ein Schimmer von Freude. »Sie trinken ein Glas und ich versichere Ihnen, in fünf Minuten geht es Ihnen besser.«

Dem Kommissar bleibt nichts anderes übrig, als vor dem heiteren Liebreiz der Frau zu kapitulieren. Er stürzt das dunkle Getränk herunter, spürt sofort eine wohlige Wärme, die sich von seinem Magen in den ganzen Körper ausbreitet.

»Sind Sie Schwester Damaris?«, fragt er dann ohne Umschweife.

Ihre Lippen zucken kurz, doch ihr Gesichtsausdruck bleibt ihm zugewandt. Ahnungsvoll sieht sie Swensen direkt in die Augen.

»Dann sind Sie der Kriminalpolizist aus dem Norden, der bei unserer Äbtissin angekündigt wurde?«

»Ja, genau der bin ich«, bestätigt Swensen. »Kann ich Sie für einen kurzen Moment sprechen?«

»Ich habe Sie erwartet. Einen Augenblick Geduld, bitte.« Die Ordensschwester zieht ein Handy aus einer Gürteltasche, die sie um ihren Habit trägt, und wählt eine Nummer. »Schwester Klarissa, könntest du bitte für eine Weile den Weinverkauf im Klosterladen übernehmen, der Polizist aus Husum ist angekommen.«

»Das ganze Kloster weiß Bescheid, dass ich komme?«

»Wir sind eine Gemeinschaft, Herr Kommissar. Die Gemeinschaft trägt uns und hilft uns, auch schmerzliche Erfahrungen auf unserem Weg zu bestehen. Ich würde mit Ihnen gerne in einen der Kreuzgänge gehen, dort kann man den weiten Atem Gottes spüren. Sie können mir dann in Ruhe und Frieden mitteilen, wobei ich Ihnen behilflich sein kann.«

Swensen folgt der Schwester durch einen Innengarten der Klosteranlage, in deren Mittelpunkt eine Steinsäule mit einem Kreuz steht.

»Das ist das Gründungskreuz unserer Abtei, hier versammeln wir uns einmal im Jahr, um unseren Gründungstag zu begehen«, erklärt Schwester Damaris. Die Sonne bricht hinter den Wolken hervor, und die Strahlen spannen einen Regenbogen über den Himmel. Sie betreten einen langen Rundgang mit buntverglasten Bogenfenstern, die ein verwunschenes Farbenspiel auf die Steinplatten des Bodens flimmern.

»Wie kommt eine Dänin in ein deutsches Kloster?«, fragt Swensen.

»Weil mich das Leben der Hildegard von Bingen schon als junges Mädchen fasziniert hat«, antwortet Schwester Damaris. »Wer betet, der schaut auf Gott, und Gott schaut auf dich, hat sie gesagt. Dieser Satz gilt immer und überall.«

»Dann hätte er doch auch in Dänemark gegolten?«

»Das ist richtig, aber ich wollte in das Land gehen, durch das ich in Versuchung geführt wurde.«

»Deutschland hat Sie in Versuchung geführt?«

»Ja, ich habe mich verführen lassen und Schuld auf mich geladen.«

»Hat diese Schuld etwas mit Aase Stræde zu tun?«

»Sie wissen davon?« Schwester Damaris senkt den Blick. Ihr Gesicht hat einen gequälten Ausdruck. Ein blauer Lichtschein tänzelt über ihre Stirn.

»Ich habe den Brief gelesen, den Sie an Aase Stræde geschrieben haben.«

»Sie waren bei Frau Sjøqvist?«

»Sie kennen Freja Sjøqvist?«

»Nein, wer ist Freja Sjøqvist?«

»Das ist die Frau, derentwegen ich hier bin!«

»Dann sind Sie leider umsonst hier, Herr Kommissar. Ich kenne nur eine Sandi Sjøqvist. Sie ist die Tochter von Aase, hat sie mir gesagt.«

»Sandi Sjøqvist? Sie war hier bei Ihnen?«

»Ja. Als sie zu mir in den Laden gekommen ist, ist mir der Schreck in die Glieder gefahren. Sie ist ihrer Mutter wie aus dem Gesicht geschnitten. Obwohl ich Aase nie als alte Frau gesehen habe, habe ich ihre Tochter sofort erkannt.«

»Und was wollte Frau Sjøqvist von Ihnen?«

»Sie wollte wissen, was der Brief bedeutet, den ich an ihre Mutter geschrieben habe.«

»Das möchte ich auch gerne von Ihnen wissen!«

Swensen hat plötzlich den Eindruck, das Gewicht der Welt würde sich auf die Schultern der Schwester legen. Ihre Augen haben eine seltsame Leere, als blickten sie aus einem schwarzen Abgrund herauf.

»Es fällt mir sehr schwer, darüber zu sprechen, Herr Kommissar. Ich habe von dem schrecklichen Umstand gehört, dass Aase sich vor Kummer umgebracht haben soll. Ich spüre meine Schuld seitdem wieder wie am ersten Tag. Sie hätten besser Aases Tochter gefragt, der habe ich doch bereits alles erzählt.«

»Sie hat mir nicht gesagt, dass sie bei Ihnen gewesen ist, Schwester Damaris.«

»Das verstehe ich nicht, sie wollte doch unbedingt alles wissen, hatte sogar die ganzen Zeitungsartikel mitgebracht.«

»Was für Zeitungsartikel?«

»Ein Heft voller Zeitungsausschnitte. Alle über die Zeit, als die Deutschen in Dänemark waren. Aase soll sie alle ausgeschnitten und bis nach dem Krieg gesammelt haben.«

»Und warum hat Frau Sjøqvist diese Zeitungsartikel mitgebracht?«

»Da gab es ein Bild von der Kanonenfestung aus unserem Dorf, ein ziemlich großes Zeitungsbild, auf dem ein deutscher Generalfeldmarschall zu sehen ist. Er studiert mit Kommandanten von Hanstholm eine Karte. Ganz hinten ist ein deutscher Offizier zu sehen, dessen Gesicht wahrscheinlich von Aase mit einem roten Buntstift eingekreist worden ist. Ich kannte diesen Mann genau. Es war dieser Soldat, der ihr etwas angetan hat.«

»Und woher wissen Sie das?«

»Ich war damals dabei.«

»Wo waren Sie dabei? Was ist denn genau passiert?«

»Dieser Mann hat Aase in seinem Auto mitgenommen. Als sie dann in die Siedlung zurückkam, da habe ich gewusst, er hat ihr etwas angetan.«

»Hat Aase Stræde Ihnen das erzählt?«

»Nein, das brauchte sie auch nicht. Ich habe es ihr angesehen. Glauben Sie mir, seitdem war mein ganzes Leben verändert. Aase ist wenige Wochen später mit ihren Eltern aus der Siedlung fortgezogen. Man sagte, sie wären nach Hirtshals gegangen. Danach war es noch furchtbarer für mich. Wir haben nie darüber sprechen können. Und ich habe direkt neben ihr gestanden, als sie in den Wagen gestiegen ist. Ich hätte ihr helfen müssen, ich hätte sie zurückhalten müssen.«

Die Schwester legt die Hände vor ihre Augen. Das bunte Glaslicht spiegelt den Umriss eines Bogenfensters auf die Steinplatten und den halben Habit hinauf. Der schwarze Stoff schimmert rot, gelb, blau und grün.

»Sie waren noch ein Kind«, versucht Swensen sie zu beruhigen.

»Ich habe genau gewusst, was mit ihr passieren wird!«

»Es ist nicht Ihre Schuld. Der Mann hat es ihr angetan!«

»Ich kann es mir nicht vergeben.« Ihre Stimme bebt.

Die lebensfrohe Person, die der Hauptkommissar noch vor knapp einer halben Stunde in dem Klosterladen kennengelernt hat, ist wie verwandelt. Die Ordensfrau wirkt zerbrechlich, ihre Augen haben den blauen Glanz verloren, blicken grau und tot ins Nichts.

»Ich wünsche mir eine göttliche Vision, die mir zeigt, wie ich mit meiner Schuld zurechtkommen kann.« Ihre Worte sind leise gesprochen. Sie atmet tief und hörbar.

»Wer loslässt, der verzichtet nicht. Er nimmt an!«, sagt der Hauptkommissar.

Sie lächelt gequält. Schweigend geht Swensen neben ihr durch den Klostergarten zurück. Vor der Säule mit dem Kreuz bleibt der Kriminalist stehen. Schwester Damaris bemerkt es, dreht sich zu ihm um und nickt ihm auffordernd zu.

»Ich habe noch eine letzte Frage. Sie sagten, Sie kennen den Mann, der sich an Ihrer Freundin vergangen hat. Ist sein Name Heinrich Kreuzhausen?«

Schwester Damaris nickt stumm, wendet sich ab und geht langsam weiter. Swensen folgt ihr. Sie verabschiedet sich mit einem festen Händedruck und betritt den Klosterladen. Er geht den schlammigen Feldweg hinunter, schaut von oben auf Rüdesheim und das beeindruckende Rheintal und bestellt sich mit dem Handy ein Taxi, das ihn unten vom Parkplatz abholen soll.

*

Seit einer halben Stunde ist es dunkel. Swensen fühlt sich todmüde, als die Lichter des kleinen Örtchens Skjoldborg rechts neben der Straße im Seitenfenster vorbeiziehen. Silvia fährt stoisch die gleiche Geschwindigkeit und ist bereits die ganze Fahrt von Husum aus nicht sonderlich gesprächig. Die Scheinwerfer der entgegenkommenden Fahrzeuge schmerzen auf seiner Bindehaut. Er schließt die Augen und gerät unwillkürlich in den Sog der letzten beiden Tage, in denen sich die Ermittlungen im Mordfall Oleander Eschenberg rasant zugespitzt haben.

Nachdem der Hauptkommissar in der Frühbesprechung von Stephan Mielke erfährt, das Freja Sjøqvist tatsächlich an dem Mordtag in dem Flensburger Hotel gesehen wurde, in dem auch Kilian Martens ein Zimmer gebucht hatte, vertritt der Kriminalist seine These eines Mordkomplotts noch einmal vehement.

»Wir können nicht ausschließen, dass dieses Verbrechen von beiden gemeinsam ausgeheckt worden ist«, sagt Swensen mit Druck in der Stimme. »Wahrscheinlich ist der Dänin eine Sicherung durchgebrannt, als sie von ihrer Mutter erfuhr, dass der Großvater ihres Geliebten ihre Großmutter vergewaltigt hat.«

Gleich nach der Sitzung ruft Colditz beim LKA in Kiel an, damit von höherer Stelle bei der Kripo in Thisted um Amtshilfe nachgefragt wird. Die dänischen Kollegen sollen umgehend tätig werden und so schnell wie möglich einen DNA-Test bei Freja Sjøqvist durchführen. Im Team der ›Soko Hai‹ sind die Meinungsverschiedenheiten ausgeräumt, die Stoßrichtung wird von allen getragen. Aber die Beamten sind sich auch im Klaren: Swensens Theorie hat nach wie vor einen entscheidenden Haken. Selbst wenn der Test der Dänin ein verwandtschaftliches Verhältnis mit der Familie Eschenberg und Kreuzhausen ermitteln kann, ist das noch immer kein Beweis, das Freja und Kilian den Mord auch wirklich begangen haben. Aus dieser Unsicherheit heraus kann Swensen Colditz davon überzeugen, dass Silvia und er erneut nach Dänemark reisen müssen, um bei dem Verhör von Freja und Sandi Sjøqvist dabei zu sein.

»Erfolg im Leben haben heißt nicht, dass wir eine Stellung erringen, die uns das Gefühl gibt, andere zu beherrschen. Erfolgreich sein heißt vor allem, die anderen dazu zu bringen, uns zu lieben.«

Immer wenn die Stimme des Meisters in ihm auftaucht, ist es höchste Zeit, ins Hier und Jetzt zurückzukehren. Swensen öffnet die Augen. Vor ihm tanzen die Lichter der Stadt auf den Wellen des Limfjords.

Geht es wirklich nur darum, dass man geliebt werden will, zweifelt Swensen.

Es geht leicht bergab, der Dienstwagen kommt an einem Aldi vorbei und fährt in einer langen Rechtskurve an der Küste entlang bis zum ersten Kreisverkehr, weiter an zwei Tankstellen, einem zweiten Rondell und an einem alten Backsteingebäude vorbei in die Innenstadt. Die Uhr auf dem Turmerker zeigt auf kurz vor zehn Uhr. Wenige Minuten später checken Silvia Haman und Jan Swensen erneut im Hotel Thisted ein. Der Kriminalist ist erfreut darüber, dass er dasselbe Zimmer bekommt. Das vertraute Gesicht von Asta Nielsen strahlt ihn mit einem schiefen Lächeln aus der Goldumrandung an, als er seine Reisetasche neben dem Bett abstellt. Er fischt Duschzeug und Zahnpflege heraus und verschwindet im Bad. Die heiße Dusche spült den Tagesdreck und seine Gedanken in den Abfluss. Doch im Bett kann er trotz Müdigkeit kein Auge zumachen, wälzt sich unruhig von einer Seite auf die andere. Es ist kurz nach Mitternacht, als er das erste Mal aus unruhigem Schaf erwacht. Nach dem dritten Erwachen zeigt die Armbanduhr auf dem Nachttisch 3.25 Uhr. Swensen ist hellwach, steht miesepetrig auf und zieht seine Kleidung an. Er beschließt, zur Beruhigung einen kleinen Spaziergang durch die Stadt zu machen. Auf der Treppe vor dem Eingang trifft er auf eine dichte Nebelwand. Der große Parkplatz vor dem Hotelgebäude wird von diffusen Lichtkreisen erleuchtet. Die nahe Kirche ist im Dunstschleier schon nicht mehr zu sehen. Er hat den Platz fast überquert, als er vor dem Brugsen Supermarkt eine schemenhafte Frauengestalt in einem hellen Regenmantel an der Tankanlage stehen sieht. Soweit er erkennen kann, steckt sie eine Kreditkarte in den Automaten der Zapfsäule und beginnt, ihren Wagen zu betanken.

Noch jemand, der nicht schlafen kann, denkt der Kriminalist, schlägt den Jackenkragen hoch und schlendert in Richtung Hafen weiter. Der Weg am Kirchengebäude entlang zur Einkaufsmeile ist kaum noch zu erkennen, ein schwarzer Streifen in der milchigen Suppe. Er hat gerade die Hälfte der Strecke zurückgelegt, als es urplötzlich hinter ihm mit einem lauten Zischen hell wird. Erschrocken dreht er sich um. Ein gewaltiger Feuerschein lodert irgendwo auf dem Parkplatz. Nach einer Schrecksekunde spürt er das Adrenalin im Blut, er will losrennen, rutscht auf den feuchten Steinen aus und stürzt auf den linken Ellenbogen. Ein stechender Schmerz nimmt ihm die Luft. Benommen setzt er sich auf, befühlt vorsichtig seinen Arm und ist erleichtert, dass nichts gebrochen scheint. Aber die Haut ist abgeschürft, es brennt höllisch. Swensen braucht einige Zeit, bis er wieder klar denken und handeln kann. Als er endlich den Parkplatz erreicht, steht eine meterhohe Flamme über einem nagelneuen BMW, Motorraum und Vorderreifen brennen lichterloh. Swensen rennt zum Dienstwagen hinüber, der nur weniger Meter entfernt parkt. Zum Glück hat er den Zweitschlüssel immer in seiner Jacke dabei. Er klickt das Schloss auf, greift nach dem Feuerlöscher hinterm Sitz. Wenig später pufft das Löschpulver in die Flammen und erstickt sie. Einige Hotelfenster sind geöffnet und Neugierige schauen dem Geschehen zu. Der Hauptkommissar kann im Nebel nur undeutlich sehen, aber er erfasst Silvias Gestalt, die aus dem Hotel kommt. Hinter ihr eine schattenhafte Person, die zielsicher auf den gelöschten Wagen zustürmt. Es ist Kilian Martens.

»Elende Sauerei«, flucht er und lächelt bitterböse. Dann wendet er sich abrupt vom dampfenden Autowrack ab und zieht ein Handy aus der Jackentasche. Der Hauptkommissar ist kurz irritiert, geht aber auf den Mann zu, der gerade eine Nummer ins Gerät eintippen will. Der bemerkt seine Schritte und hebt den Kopf.

»Sie wohnen hier in dem Hotel?«, fragt Swensen mit Verwunderung.

»Sie anscheinend auch«, stellt Kilian Martens unbeeindruckt fest und schaut auf den Feuerlöscher, den sein Gegenüber in der Hand hält. »Sie haben meinen Wagen gelöscht?«

»Das ist Ihr Wagen?«

»Ich fürchte, er war es! Trotzdem vielen Dank!«

Swensen will gerade darauf antworten, als etwas von hinten an seinem Unterarm vorbeizischt und sich keine zwei Handbreit neben Kilian Martens in das Wagenblech bohrt. Swensen wirft sich instinktiv zu Boden. Im selben Moment springt ein Motor an, ein Auto rast über den Parkplatz und verschwindet hinter der nächsten Hausecke. Der Kriminalist hält sich seinen lädierten Ellenbogen und ist schon wieder auf den Beinen, als Silvia neben ihm steht.

»Hast du die Nummer?«, fragt er mit schmerzverzerrtem Gesicht.

Die Kollegin schüttelt den Kopf. »Es ist nebelig! Und so schnell kann ich mir sowieso kein dänisches Nummernschild merken.«

Kilian Martens steht unverändert neben ihnen, starrt wie versteinert auf die Mittelsäule des Wagens, in der ein Harpunenpfeil im Blech steckt.

»Alles in Ordnung?«, fragt Swensen.

»Was …? Das … das war … man wollte mich ermorden!«, stammelt Martens.

»Jan, komm mal, das musst du dir ansehen!«, ruft Silvia und deutet auf den Asphalt vor dem verkohlten Motorraum. »Hier hat jemand etwas hingesprüht: Verschwinde, sonst bist du tot!«

Die weißen Buchstaben sind mit Rußpartikeln übersät, aber noch gut zu lesen.

»Sieht nach einer Drohung aus, in Deutsch! Das war jemand, der Sie kennt, Herr Martens!«, stellt Swensen nüchtern fest.

»Ich hab keine Ahnung, was dieser Scheiß hier soll!« Kilian Martens scheint das erste Mal sein Selbstbewusstsein verloren zu haben. Er schaut fassungslos, und seine Stimme hat einen aggressiven Unterton. »Ich lass mir nicht drohen! Finden Sie den Kerl, oder ich werde ihn selber finden!«

»Woher wissen Sie, dass es ein Kerl war, Herr Martens? Haben Sie gesehen, wer auf Sie geschossen hat?«

»Nein, aber ich glaube, das Ding kam aus dem Auto, das gerade abgehauen ist.«

»Was war das für ein Auto, welche Marke?«

»Keine Ahnung, irgendein Ausländer. Dunkelblau war er, das habe ich genau gesehen!«

»Du kannst die Karre auch nicht identifizieren, Silvia?«

Silvia Haman zuckt nachdenklich mit den Achseln. »Könnte irgendein Asiate gewesen sein, Japaner, Chinese, Koreaner. Die Autos sehen alle sehr ähnlich aus.«

Eine Sirene kommt näher, hallt irgendwo hinter den Häusern in den engen Straßen von den Wänden wider. Wenig später biegt ein Polizeiwagen der dänischen Politi auf den Parkplatz. Ein alter Bekannter steigt aus, Ove Toksvig, und winkt schon von weitem, während ein zweiter und ein dritter Polizeiwagen eintreffen.

»Ich frage mal bei den Schaulustigen rum, ob jemand den Wagen gesehen hat«, ruft Silvia Swensen zu und eilt in Richtung Hotel davon, bevor der dänische Beamte das ausgebrannte Fahrzeug erreicht.

»Ich dachte, wir wären erst zum Frühstück verabredet?«, fragt Ove scherzhaft und schaut aus dem Augenwinkel der deutschen Kollegin hinterher. Swensen berichtet dem Dänen in knappen

Worten den Hergang. Der veranlasst, das Autowrack weiträumig zu sichern und ordert die Spurensicherung.

»Hier geht etwas Merkwürdiges vor!« Swensen spürt einen Überschuss von Energie, kann nicht ruhig stehen bleiben und wandert vor dem dänischen Kollegen auf und ab. »Ein Mordanschlag auf Kilian Martens passt überhaupt nicht ins Bild. Das wirft unseren Ermittlungsstand völlig durcheinander!«

»Du verhältst dich merkwürdig, Jan. Da hat jemand auf Kilian Martens geschossen. Der wollte ihn umbringen, was sonst!«

»Das war kein Mann!«

»Hast du gesehen, wer geschossen hat!«

»Nein, aber es war eine Frau auf dem Parkplatz, kurz bevor das mit dem Feuer passiert ist. Ich habe sie kurz gesehen. Und ich bin überzeugt, die wollte Kilian Martens auch nicht umbringen.«

»Ganz langsam, Kollege! Du willst andeuten, es wurde mit Absicht daneben geschossen?«

»Könnte ich mir vorstellen.«

»Wie kommst du darauf? Irgendwie scheinst du mehr zu wissen! Was ist los, raus mit der Sprache!«

»Ich glaube, die Sache ist vorgetäuscht. Diesen Anschlag haben Kilian Martens und Freja Sjøqvist sich zusammen ausgedacht. Allerdings haben Sie dabei nicht eingeplant, dass die deutsche Polizei gleich nebenan im Hotel sitzt. Es hat nicht viel gefehlt und wir hätten sie auf frischer Tat ertappt.«

»Warum sollten sie das getan haben?«

»Sie wissen allmählich, dass wir ihnen dicht auf den Fersen sind. Es wurde ein DNA-Test gemacht. Die werden sich ihren Teil gedacht haben. Das Ergebnis der Verwandtschaftsanalyse wird meine These untermauern, da bin ich sicher. Habt ihr eigentlich schon ein Resultat?«

»Haben wir, Kollege, und du hast recht. Der DNA-Vergleich von Frau Sjøqvist mit eurem Mordopfer bestätigt ein verwandtschaftliches Verhältnis. Sie sind beide zweiten Grades miteinander verwandt.«

»Es stimmt! Ich wusste, dass es stimmt! Unsere Ermittlungen liegen genau richtig. Jetzt müssen wir nur noch einen Weg finden, wie wir die beiden festnageln können!«

»Festnageln?«

»Wir müssen Sie nur noch überführen.«

»Jan sagde at vi bare …«, Silvia ist von ihrer Befragung zurück.

»Ich hab es schon verstanden, Silvia«, sagt Ove verschnupft. »Guten Morgen übrigens, schön, dass wir uns wiedersehen!«

Silvia Haman errötet, während sich der Däne an Swensen wendet. »Am besten ich sorge dafür, dass Kilian Martens auch gleich morgen früh zum Verhör zum Politigården kommt.«

*

Den Rest der Nacht liegt Swensen wach im Bett, sortiert alle Details des Mordanschlags im Kopf und versucht, sie zu einem logischen Ganzen zusammenzufügen. Dann reißt er das Ergebnis wieder auseinander, um es im nächsten Moment abermals neu zu ordnen. Selbst beim Frühstück gelingt es ihm nicht, seine ergebnislosen Überlegungen aufzugeben. Der Hauptkommissar schaut wiederholt auf die Uhr, aber Silvia erscheint die ganze Zeit über nicht. Er steht vom Tisch auf und geht zur Rezeption um zu bitten, die Kollegin im Zimmer anzurufen. Doch dort drückt man ihm einen gefalteten Zettel in die Hand, eine Nachricht, die Silvia für ihn hinterlegt hat. Darauf steht in knappen Worten, dass Ove sie zum Frühstücken abgeholt hat und sie beide pünktlich in der Polizeizentrale sein werden. Der Hauptkommissar steckt den Zettel in die Hosentasche, bemerkt, dass er ungehalten ist, weil die beiden ihren Privatkram durchziehen. Doch dann muss er über seinen Ärger innerlich selbst lachen.

»Man versperrt sich seine Zukunft, indem man vom Kommenden träumt. Konzentriere deine Wünsche und dein Wollen auf den Augenblick. Es ist der Weg. Nur der gegenwärtige Augenblick enthält die Substanz der Dinge. Nur er ist das Herz der Welt.«

Das war jetzt nicht nötig, denkt er, verlässt das Hotel und geht über den Parkplatz. Der Nebel zieht noch immer vom Meer herauf in die Stadt, er ist allerdings nicht mehr so dicht wie in der Nacht. Der helle Schein der Sonne arbeitet sich langsam durch den Dunst. Die Brandspuren auf dem Asphalt und die gesprayte Schrift sind noch zu sehen. Das Autowrack ist aber nicht mehr da. Der Hauptkommissar rekonstruiert den Punkt, an dem er gestanden hat, als der Harpunenpfeil an ihm vorbeigezischt ist und wo das Auto gestanden haben muss, aus dem die Person geschossen hat. Er ist der Meinung, der Wagen wurde nur angezündet, damit sich genügend Zeugen für den Mordanschlag auf dem Platz einfinden würden.

Die Sache ist vorgetäuscht, versucht sich Swensen selbst zu überzeugen. Doch es gibt auch Zweifel, die zusätzlich auf seine Stimmung drücken. Er geht zum Dienstwagen hinüber, setzt sich hinters Steuer und nimmt den kleinen Stadtplan von Thisted. Keine 15 Minuten später erreicht er den Parkplatz vom Politigården. Das zweistöckige Backsteingebäude ist mindestens dreimal größer als die Husumer Polizeiinspektion. Auf der Treppe unter dem Glasvordach klingelt sein Handy. Anna ist am Telefon, sie ist anscheinend gerade nach Hause gekommen und hat seine Nachricht gefunden, dass er erneut nach Dänemark abgereist ist.

»Was ist nur los? Ich komme, du bist weg! Du kommst, ich bin weg!«, mault Swensen unzufrieden.

»He, höre ich da einen versteckten Vorwurf? Ich war bei Sabine!«

»Aber da warst du doch erst vor einer Woche.«

»Hast du ein Problem damit, wie häufig ich bei meiner Freundin bin?«

»Nein, natürlich nicht. Ich wundere mich nur, dass wir uns ständig verpassen.«

»Das ist nicht ständig, Jan Swensen! Das ist im Moment so. Sabine hat Eheprobleme und braucht meinen Rat.«

»Das tut mir leid, entschuldige. Ich bin ein wenig gereizt, weil es nicht so läuft, wie ich es erwartet habe. Wir sprechen darüber, wenn ich zurück bin.«

»Weißt du schon, wann?«

»Nicht genau, ich habe noch keinen Überblick.«

»Okay, ruf mich an, wenn du es weißt, Schnüffelhase!«

»Okay, bis dann!«

»Nur der gegenwärtige Augenblick enthält die Substanz der Dinge. Nur er ist das Herz der Welt.«

Schon gut, schon gut, denkt Swensen, hat seine Hand bereits am Griff der Eingangstür und sieht aus dem Augenwinkel Ove und Silvia aus dem Wagen steigen. Er ist erleichtert, dass er sich mit seinen paar Brocken Dänisch nicht zum Verhörraum durchfragen muss. Die beiden strahlen unverkennbar verliebt, grüßen ausgelassen von weitem. Swensen kann auch nicht anders, als Silvia anzugrinsen. Ove Toksvig übernimmt die Führung im Gebäude, vom Erdgeschoss eine Treppe hinab und weiter durch einen langen Flur mit vielen Türen. Vor der Ziffer 3 bleibt der Däne stehen. »Da ist Martens drin«, sagt er und schließt danach die Tür vom Nebenraum auf. Darin befinden sich mehrere Stühle und ein heller Holzfurniertisch mit Sprechanlage, Telefon, Bildschirmen und Computer. Auf dem linken Flachbildschirm ist Kilian Martens in seinem Vernehmungsraum zu sehen.

»Ihr wisst, wo er ist«, stellt der Däne fest und erklärt, »ihr habt beide die Genehmigung zum Verhör. Wäre schön, wenn du es machst, Jan. Wenn ich etwas nicht verstehe, kann Silvia übersetzen.«

Swensen nickt, verlässt den Raum und betritt die 3. Er hat noch nicht die Tür geschlossen, da springt Kilian Martens von seinem Stuhl auf.

»Was läuft hier eigentlich? Man wollte mich umbringen, und ich werde behandelt wie ein Verbrecher! Warum bin ich überhaupt hier? Und warum werde ich in Dänemark von einem deutschen Polizisten vernommen?«

»Am besten, wir setzen uns erst einmal, dann beruhigen Sie sich und ich erkläre Ihnen, was ich hier mache.« Swensens Stimme klingt ruhig, aber er lässt keinen Zweifel aufkommen, wer in diesem Raum das Sagen hat.

»Es gibt in Europa eine Art Amtshilfe. Das Landeskriminalamt von Schleswig-Holstein hat bei den Thisteder Kollegen darum ersucht, und deshalb bin ich befugt, Ihnen jetzt ein paar Fragen zu stellen.«

Nur widerwillig setzt sich Kilian Martens auf den Stuhl zurück, der Hauptkommissar nimmt ihm gegenüber Platz.

»Ich habe mich an der Rezeption erkundigt. Sie sind gestern Abend gegen 20.30 Uhr im Hotel abgestiegen. Was haben Sie hier in Thisted gemacht?«

»Ich bin gestern aus Deutschland gekommen, von meinen Eltern in Uelvesbüll. Ich habe einen Termin, heute Nachmittag, die Vaterschaftsanerkennung und Sorgerechtserklärung für das ungeborene Kind von Frau Sjøqvist.«

»Sie sind nicht der Vater!«

»Das spielt keine Rolle.«

»Oder sind Sie es doch? Ja oder nein?«

»Das geht Sie gar nichts an! Ich werde Frau Sjøqvist jedenfalls nach dem Tod von Ole nicht hängen lassen.«

»Frau Sjøqvist erkennt Ihre Vaterschaft an?«

»Das sagte ich doch gerade!«

»Und was hat Frau Sjøqvist dafür bekommen?«

»Nichts! Ich verstehe nicht, was die Frage soll?«

»Frau Sjøqvist war in der Mordnacht von Herrn Eschenberg in Ihrem Hotel in Flensburg. Was hat Sie dort gemacht?«

»Sie … sie … das geht Sie auch nichts an!«

»Sie haben kein Alibi für die Mordnacht. Wie es aussieht, hat auch Frau Sjøqvist kein Alibi. War sie mit Ihnen in Hoyerswort?«

»Was soll das hier gerade werden? Ich werde ab sofort nichts mehr sagen, bis ich einen Anwalt habe! Haben Sie mich verstanden?«

»Das ist Ihr gutes Recht. Dann verlasse ich Sie jetzt. Und wenn Ihr Anwalt da ist, sehen wir uns wieder, Herr Martens.«

Swensen steht auf, geht mit ruhigen Schritten aus dem Verhörraum in das Zimmer nebenan, wo Silvia und Ove vor dem Flachbildschirm sitzen. Kilian Martens hat sein Handy herausgezogen und telefoniert.

»Was meint ihr?«, fragt Swensen.

»Ich glaube nicht, dass er ohne Beweise ein einziges Wort ausplaudert«, antwortet Silvia, und Ove nickt zustimmend.

»Wir haben noch Freja Sjøqvist in der Hinterhand, vielleicht hat sie weniger starke Nerven!«

»Ich habe Frau Sjøqvist in Nummer 4 bringen lassen, die dritte Tür rechts«, sagt Ove und klickt mit der Maus den Verhörraum auf den Bildschirm. Der Blick der Dänin wandert hilflos hin und her, als suchte sie nach einem festen Halt. Ihre Finger trommeln auf die Tischplatte. Swensen hat einen Anflug von Mitgefühl. Die junge Frau wirkt plötzlich einsam und zerbrechlich. Kann sie wirklich eine Mörderin sein?

»Das grundlegende Gutsein wird oft missverstanden.« Die Worte gab ihm Meister Rinpoche mit auf den Weg, damals, als er das Kloster verließ und zur Polizei gehen wollte. Er hatte dem Ehrwürdigen beim Abschied gesagt, er wolle endlich etwas grundlegend Gutes tun. »Das grundlegende Gutsein bedeutet nicht, dass wir uns grundsätzlich an das Gute halten und das Schlechte ablehnen. Das grundsätzliche Gute ist etwas Elementares. Es ist immer da, wie der Himmel und die Erde. Wir lehnen den Himmel nicht ab, wir bejahen ihn. Grundlegendes Gutsein kennt kein ›für‹ und ›wider‹. Es ist wie das Sonnenlicht, das nicht für oder gegen etwas ist.«

»Hier ist übrigens eine Akte über die Mutter von Frau Sjøqvist«, sagt Ove und öffnet einen schmalen Ordner, den er gerade aus einer Aktentasche gezogen hat. »Den hätte ich jetzt beinah vergessen. Keine Ahnung, ob der Inhalt für euren Fall überhaupt relevant ist.«

Er schiebt ihn zu Silvia hinüber. Sie blättert die Papiere durch, hebt ein paar Mal bedeutungsvoll die Augenbrauen und pfeift am Ende leise durch die Zähne: »Die Mutter ist vergewaltigt worden. Das hat schon einige Brisanz! Woher hast du das?«

»Ich habe unsere Recherche-Expertin darauf angesetzt, alles zusammenzutragen, was wir über Mutter und Tochter haben. Dabei hat sie diese alte Akte aufgestöbert.«

Swensen steht da, wie vom Donner gerührt. In Gedanken versunken nimmt er den Ordner in die Hand, bemerkt aber sofort, dass es ihm gar nichts nützt, weil er kein Wort lesen kann.

»Lass mich dieses Verhör machen, ich bin neutraler«, schlägt Ove vor. »Ich weiß mittlerweile, worauf es ankommt und außerdem nehme ich alle Fragen, die ihr aufgeschrieben habt, mit zu Hilfe. Was meint ihr?«

Der Hauptkommissar ist noch immer verwirrt, nickt aber zustimmend, und Silvias Meinung ist auf ihrem Gesicht ablesen. Ohne ein weiteres Wort verschwindet der dänische Kollege durch die Tür, einen kurzen Moment später taucht er auf dem

Bildschirm auf, setzt sich und schlägt seine Akte auf. Silvia versucht sich zu konzentrieren, damit sie mit dem Übersetzen hinterherkommt.

»Frau Sjøqvist, Sie sind in der Mordnacht Ihres Freundes in einem Hotel in Flensburg gesehen worden, in dem sich zur gleichen Zeit auch Kilian Martens aufgehalten hat. Was haben Sie dort gemacht?«

»Weshalb sollte ich solche Fragen beantworten? Weswegen hat die Polizei mich vorgeladen? Ich möchte erst, dass Sie mir das beantworten!«

»Es haben sich neue Fakten im Mordfall Ihres Freundes ergeben. Warum waren Sie in dem Hotel?«

»Ich habe alles erzählt, und Sie wissen bereits alles über meine Beziehung zu Herrn Martens. Ich werde nichts weiter dazu sagen. Ich war im Hotel, weil ich mit ihm reden wollte.«

»Ausgerechnet in der Mordnacht Ihres Freundes. Das ist aber ein merkwürdiger Zufall!«

»Kilian wollte unbedingt auf diese Geburtstagsfeier von Oleanders Großvater. Das habe ich überhaupt nicht verstanden und deswegen bin ich am späten Nachtmittag wieder zurück nach Dänemark gefahren. Ich konnte doch nicht ahnen, dass Oleander ermordet wird.«

»Sie erwarten ein Kind und treffen sich mit Ihrem Geliebten.«

»Sie sind nicht mein Moralapostel!«

»Ich hinterfrage Ihr merkwürdiges Verhalten.«

»Sie haben einfach keine Ahnung vom wirklichen Leben!«

»Dann ist es in Ihren Augen sicher auch nicht merkwürdig, dass Sie Ihrem Baby einen falschen Vater unterschieben wollen?«

»Das geht Sie gar nichts an! Das hat alles nichts mit dem Tod von Oleander zu tun!«

»Das könnte man aber auch anders sehen!«

»Sie müssen kein Baby allein durchbringen! Ich bin froh, dass Kilian mir helfen will.«

»Frau Sjøqvist, der DNA-Test hat ergeben, dass Sie mit Oleander Eschenberg verwandt sind.«

»Was reden Sie für einen Unsinn!«

»Es ist aber so, Frau Sjøqvist. Die DNA beweist, dass zwischen Ihnen beiden ein Verwandtschaftsverhältnis besteht!«

»Das kann gar nicht sein, dann haben die Leute in Ihrem Labor Mist gebaut!«

»Das ist nicht möglich. Der Test ist einwandfrei!«

»Sie wollen mich hinters Licht führen. Darauf falle ich nicht herein!«

»An dem Ergebnis ist nicht zu rütteln!«

»Ich kann nicht mit Oleander verwandt sein. Wie sollte das denn gegangen sein?«

»Wie bei Ihrer Mutter vielleicht!«

»Was soll das? Sie wollen mich bewusst verunsichern! Warum machen Sie das?«

»Sie wissen schließlich auch nicht, wer Ihr Vater ist, habe ich recht?«

»Woher wissen Sie das?«

»Weil es eine alte Akte über Ihre Mutter gibt. Einen Vergewaltigungsfall, der nie aufgeklärt wurde, weil der Vergewaltiger wahrscheinlich ein Ausländer war.«

»Sie behaupten, dass meine Mutter vergewaltigt worden ist?«

»Det er ikke noget vi hævder. Det er noget vi ved!«

»Wir behaupten es nicht, wir wissen es!« Silvias Übersetzung kommt schnell und unbetont, als würde sie mit sich selbst sprechen. Swensen starrt gebannt auf den Bildschirm, sieht direkt in das entsetzte Gesicht von Freja Sjøqvist. Entweder sie ist wirklich ahnungslos oder sie beherrscht das Mienenspiel genauso perfekt wie die große Asta Nielsen, denkt er, während Silvia Hamans monotone Stimme weiter spricht.

»Wollten Sie sich dafür rächen, was man Ihrer Großmutter und Ihrer Mutter angetan hat?«

»Hören Sie auf! Ich weiß überhaupt nicht mehr, wovon Sie reden!«

»Haben Sie Kilian Martens damit beauftragt, Oleander Eschenberg umzubringen? Und haben Sie in der vergangenen Nacht mit einer Harpune auf ihn geschossen, damit es für dieses Mordkomplott keinen Zeugen mehr gibt?«

»Sie sind verrückt! Sie sind vollkommen verrückt! Ich will das nicht mehr hören! Lassen Sie mich in Ruhe! Verschwinden Sie, sofort!«

»Sagen Sie mir einfach, dass Sie es waren! Dann wird es Ihnen gleich besser gehen!«

»Ich sage gar nichts mehr! Verschwinden Sie! Ich will sofort einen Anwalt!«

Mist, jetzt ist die Karre endgültig festgefahren, denkt Swensen, atmet tief durch und schaut Hilfe suchend zur Decke. In seinen Ohren klingt eine alte Weisheit des Buddhas.

»Flieg zum Himmel hinauf, grab dich im Boden ein, du kannst den Konsequenzen deiner Handlungen nicht entkommen.«

*

Hauptkommissar Swensen ist das erste Mal in seiner Laufbahn bei der Kriminalpolizei zutiefst verunsichert. Er weiß nicht mehr, was er jetzt noch machen kann. Immer mehr Mosaiksteinchen hat er für sein Bild von einem Mordkomplott zusammengetragen. Seine Überzeugung stützt sich nur auf einen grundlegenden Gedanken: Das späte Rachemotiv von Freja Sjøqvist ist nach dem Selbstmord der Großmutter entstanden. Sie hat den Brief aus dem Kloster gefunden. Ihre Mutter wird ihr von der Behauptung der Nonne berichtet haben, dass Kreuzhausen die Großmutter vergewaltigt hat, und dass ihre Mutter das Kind von Oleanders Großvater ist. Nur so kann es gewesen sein. Sie erfährt etwas so Ungeheuerliches, Unfassbares, ist in solch einen Zorn geraten, dass sie sich einen teuflischen Plan ausgedacht hat. Sie wollte den Mord nicht selbst begehen, das hätte sie auch allein nicht geschafft. Deshalb war Kilian Martens auf dieser Geburtstagsfeier, die ihn gar nicht interessiert haben kann. Er hat die Harpune auf Oleander Eschenberg abgefeuert. Den Ablauf der Tat haben die beiden vorher im Flensburger Hotel abgesprochen. Doch es gibt nach wie vor einen entscheidenden Haken daran. Die ganze Geschichte ist nur von ihm selbst ausgedacht, und alle dazu passenden Fakten reichen nicht aus, dass ein Richter dafür einen Haftbefehl ausstellen würde.

Die Tür geht auf, und Ove Toksvig kommt mit einem Tablett voller belegter Brötchen herein.

»Nervennahrung!«, scherzt er knapp.

»Ich kann jetzt nichts essen«, knurrt Swensen.

»Ich schon!«, sagt Silvia freudig, greift nach einer Hälfte mit Lachs und Meerrettich und beißt kräftig hinein.

Während Swensen sich weiterhin die aufgezeichnete Szene aus dem Verhör ansieht, in der Freja Sjøqvist von der Vergewaltigung ihrer Mutter erfährt, kauen der Däne und die Hauptkommissarin seelenruhig vor sich hin. Am Ende bleiben noch zwei Brötchenhälften mit Fisch auf dem Tablett zurück.

»Warum schaust du dir immer wieder dieselbe Stelle an?«, fragt Ove, der die ganze Zeit über Swensen beobachtet hat. »Wonach suchst du eigentlich?«

»Wie war diese Situation für dich, als du allein mit ihr da drinnen warst? War es überzeugend oder kam dir ihr Ausbruch nur gut gespielt vor?«

»Da bin ich überfragt. War schon ziemlich dick aufgetragen, war mein Eindruck! Aber letztendlich kann keiner in einen Menschen hineinschauen. Ich tippe mal, sie hat es gespielt!«

»Aber du bist dir nicht sicher?«

»Nein, nicht hundertprozentig! Und du, Jan, wie siehst du die Sache?«

»Mein erster Eindruck war, so gut kann das niemand spielen. Aber es gibt auch Zweifel. Silvia, komm schon, was sagst du dazu!«

»Theatralisch, die Nummer! Gespielt, das Ganze!«

»Was machen wir jetzt?«, fragt der Däne. »Wir können uns die Mutter noch mal vornehmen. Die könnte etwas mitbekommen haben!«

»Wenn ja, wird sie nichts sagen! Sie wird zu ihrer Tochter halten.« Swensen fasst sich an die Stirn und massiert sich die Schläfen. Trotz der wachen Augen wirkt er müde. »Ich bin der Meinung, wir sind in einer Sackgasse!«

»In einer was?«

»En blind vej!«, übersetzt Silvia.

»Hinter der Erscheinung der Dinge gibt es Wege, Übergänge in andere Welten der Wirklichkeit. Doch wer in eine andere Welt überwechseln will, muss sein Bewusstsein verändern.«

Urplötzlich, wie aus dem Nichts, ist die Idee in Swensens Kopf. Selbst nach einem kurzen Abwägen findet er sie immer noch stimmig.

»Wie wäre es, wenn wir eine Situation schaffen, in der Mutter und Tochter sich wie zufällig in einem Raum treffen? Sie müssten dabei das Gefühl haben, dass sie völlig allein sind und niemand ihnen zuhört. Dann warten wir in aller Ruhe ab, was passiert.«

»Und was soll das bringen?«, fragt Silvia. »Wenn sie sich

abgesprochen haben, werden sie auch allein nicht darüber reden!«

»Kann sein, muss aber nicht«, antwortet Swensen. Sein Blick ist schon abwesend, als würde er die beiden Frauen bereits allein in einem Raum sitzen sehen. »Ich glaube, es wird etwas passieren. Vielleicht bekommen wir auch nur heraus, ob ihre Reaktion auf die Vergewaltigung geschauspielert war. Dann wissen wir am Ende zumindest, in welche Richtung es mit den Verhören weitergehen könnte.«

»Wir haben nichts zu verlieren«, stimmt der Däne zu.

»Gibt es einen Raum, unauffällig, der nicht gleich auf den ersten Blick nach Verhörraum aussieht, und in dem wir trotzdem mithören können?«

»Ein Warteraum mit Bank, Stühlen und Wasserspender. Da können wir mithören und sehen! Kleine Kamera in der Decke, winzigklein, wird nicht auffallen.«

Der Däne tritt an den Tisch, lässt den Cursor mit der Maus über den Computerbildschirm flitzen, und mit ein paar Klicks erscheint das Bild des beschriebenen Raums auf dem Flachbildschirm.

»Okay?«, fragt er.

»Okay!«, stellt Swensen fest und klopft dem Dänen auf die Schulter.

»Machen wir es!«, sagt der.

Während er aus dem Raum eilt, greift Swensen zum Fischbrötchen. Er kaut jetzt ebenfalls genussvoll, als Ove Toksvig mit Freja Sjøqvist auf dem Bildschirm erscheint, ein paar Worte spricht und wieder den Raum verlässt. Wenige Minuten später geht die Tür erneut auf. Sandi Sjøqvist tritt herein. Sie trägt einen schwarzen Fuggerhut, unter dem ihre auffällig grauen Haare nahezu verborgen sind.

»Hvad laver du her?« (Was machst du hier), Freja Sjøqvists Stimme ist voller Aggression.

»Sie haben mich hier reingeschickt. Ich soll hier warten, bis sie mich zum Verhör holen.«

Sandi Sjøqvist sitzt auf ihrem Stuhl mit dem Rücken zur Kamera. Die Tochter hält es offensichtlich vor Erregung nicht mehr auf ihrem Platz. Sie stellt sich direkt neben den Stuhl ihrer Mutter, ballt ihre Hände zu Fäusten. Mit zusammengepressten Lippen ringt sie nach Worten. Swensen beobachtet jede Regung auf dem Bildschirm, als würde er gleich in das Gerät hineinklettern. Es ist nur der schwere Atem von Freja Sjøqvist zu hören. Einen Augenblick wirkt die Szenerie eingefroren, dann entlädt sich die aufgestaute Energie in ihrer schrillen, sich fast überschlagenden Stimme.

»Du hast mich angelogen, Mutter, jahrelang! Jedes Mal hast du mich angelogen, immer wenn ich dich gefragt habe! Warum hast du mir das angetan? Warum?«

»Wovon redest du, Kind?«

»Von meinem Vater, diesem ewigen Gespenst, den es für mich immer gegeben hat, aber der nie eine Gestalt hatte. Kein Foto, keine Beschreibung, eben ein Gespenst. Mein Vater hat dich angeblich vor meiner Geburt verlassen! Aber das ist eine Lüge, gib es endlich zu!«

»Dein Vater ... dein Vater hat mich verlassen, als ich schwan ...«

»Hör endlich auf damit, Mutter! Ich weiß wer mein Vater ..., mein Vater ist ein Frauenschänder!«

»Das ist doch Unsinn! Wer hat dir das eingeredet?«

»Bei der Polizei gibt es eine Akte, darin wird das bestätigt!«

»Hast du die Akte gesehen?«

»Nein!«

»Siehst du, die denken sich etwas aus, um dich zu verunsichern. Du solltest deiner Mutter glauben, nicht diesen deutschen Polizisten!«

»Und was ist damit, dass wir mit der Familie von Oleander verwandt sein sollen? Hat die Polizei sich das auch ausgedacht?«

»Das ist alles Unsinn! Sie wollen uns auseinander bringen!«

»Warum hat Großmutter sich umgebracht?«

»Das weiß ich nicht, Kind. Woher soll ich das wissen.«

»Du weißt mehr, als du mir sagen willst! Ich will endlich die Wahrheit erfahren!«

»Großmutter hat der Krieg unglücklich gemacht. Das waren schwere Zeiten damals, glaub mir, Kind. Sie hatte Kummer, mochte einfach nicht mehr leben.«

»Sag die Wahrheit. Du bist gar nicht das Kind vom Großvater. Großvater war schon uralt, als ich noch ein kleines Mädchen war. Schon damals hatte ich immer das Gefühl, dass er nicht mein Großvater sein kann. Alle anderen Kinder hatten viel jüngere Großväter.«

»Du bildest dir etwas ein. Als Kind sieht man die Welt mit anderen Augen.«

»Ich hab mehr verstanden, als du glaubst. Mir ist nicht entgangen, dass du deinen Vater nie wie einen Vater behandelt hast, Mutter!«

»Was weißt du von damals. Wir haben es nicht gelernt, unsere Gefühle zu zeigen!«

»Weil überhaupt keine Gefühle da waren, Mutter! Du hattest keine Gefühle für deinen Vater, weil er nicht dein Vater war. Jetzt rede endlich! Was bedeutet der Brief, den diese Nonne aus Deutschland geschrieben hat? Von wem wurde meine Großmutter vergewaltigt?«

»Deine Großmutter wurde nicht vergewaltigt!«

»Doch, Mutter! Man hat einen DNA-Test von mir machen lassen und mit Oleanders DNA verglichen. Ich bin mit ihm verwandt. Das bedeutet, du kannst nur das Kind von Oleanders Großvater sein. Das erklärt auch endlich den Brief dieser Nonne. Sie hat gewusst, was du schon jahrelang geahnt hast. Das stimmt doch, oder? Du hast mir nur Lügen erzählt, jahrelang! Ich hasse dich, hast du gehört? Ich hasse dich!«

»Du wagst es, so mit mir zu reden, Freja! Du undankbarer Bastard! Du hast nicht die geringste Ahnung von dem, was hier in Dänemark passiert ist. Und es hat dich auch nie wirklich interessiert. Du hast mich allein zurück gelassen. Es war dir völlig egal, was aus mir wird. Bist lieber in der Weltgeschichte herumgereist, hast dich nur amüsiert, und mit wem, das war dir gleichgültig.«

Der Hauptkommissar hätte jetzt gerne in das Gesicht der Mutter gesehen, doch die Kameraperspektive gibt nur ihre Rückseite preis. Die Frau sitzt mit einer seltsamen Steifheit auf ihrem Stuhl, als würde ein hölzernes Tragjoch mit zwei Wassereimern auf ihren Schultern liegen, die sie bisher ohne zu murren durch ihr Leben getragen hat. Das erste Mal scheint sie sich dagegen aufzulehnen. Wie eine Explosion brechen ihre Vorwürfe hervor.

»Wenn es dir gepasst hat, bist du nach Hause gekommen und hast dich mit mir gestritten. Wer dein Vater ist, warum du ihn nicht kennenlernen kannst. Und ich? Sollte ich dir etwa zwischen Tür und Angel erzählen, dass ich vergewaltigt worden bin? Ich trage meine Schande doch nicht wie eine Dornenkrone mit mir herum! Glaubst du vielleicht, deine Großmutter hat mir erzählt, was ihr unter den Deutschen zugestoßen ist? Lange Zeit habe ich Aase die Schuld daran gegeben. Sie hat mir verboten, mich mit irgendwelchen Jungen abzugeben oder etwa zum Tanzen zu gehen. Als junges Mädchen saß ich jedes Wochenende in meinem Zimmer und habe gelesen, während meine Freundinnen in die Diskothek gingen. Ich war schon eine junge Frau als ich diesen Mann getroffen habe, auf der Straße. Ich fand ihn aufregend. Er hatte ein Auto, war gerade aus Deutschland gekommen und wollte mich mit in die Stadt nehmen. Ich war so was von naiv, bin gedankenlos eingestiegen.«

Swensen hält die Luft an, klebt förmlich am Bildschirm, während Silvia Haman neben seinem Ohr den Rest des Satzes übersetzt. Die Tochter steht bewegungslos, mit versteinertem Gesicht, neben dem Stuhl ihrer Mutter, ohne sie anzublicken. Ihr Schluchzen scheint sie nicht zu berühren. Erdrückendes Schweigen im Raum, als hätten Enttäuschung und Verbitterung ihr jegliches Gefühl betäubt. Swensen verfolgt die Szene so angespannt, dass ihm der Nacken schmerzt. In seinem Kopf hämmert nur ein Gedanke: Jetzt kommt der entscheidende Moment.

»Aber du bist genauso naiv, Freja! Du schleppst blauäugig einen Geliebten ins Haus, dessen Großvater dieser Heinrich Kreuzhausen ist!« Sandi Sjøqvists Stimme schneidet durch die dicke Luft der Stille. »Ein Verbrecher ist das! Ein Verbrecher, wie alle diese Deutschen! Heinrich Kreuzhausen hat deine Großmutter vergewaltigt. Wahrscheinlich hat er sogar ihren Bruder umgebracht. Ich bin bei der Nonne in Deutschland gewesen. Sie war die Freundin deiner Großmutter und hat diesen Kreuzhausen erkannt. Er hat meine Mutter im Auto verschleppt. «

»Woher weißt du das alles!? Das kannst du gar nicht wissen!«

Die Tochter ist vor den Stuhl der Mutter getreten. Die Augen scheinen sich ineinander zu bohren, beide verharren Aug in Aug. Die Sekunden ziehen sich in die Länge. Der Hauptkommissar hält den Atem an, fixiert das Gesicht von Freja, die den Blickkontakt mit ihrer Mutter hält, bis die es nicht mehr schafft und den Kopf senkt.

»Großmutter hat Zeitungsartikel ausgeschnitten und gesammelt, Zeitungsartikel über die Besatzungszeit in Dänemark. Sie hat alle sorgfältig in ein Heft geklebt, und darin habe ich diesen Kreuzhausen entdeckt. Großmutter hat sein Gesicht mit einem roten Stift umkreist.«

»Und woher wusstest du, dass es der Großvater von Oleander ist? Du hast den Mann nie gesehen, bis wir auf der Beerdigung waren! Du kannst ihn unmöglich erkannt haben!«

»Dein Foto! Darauf habe ich ihn erkannt!«

»Auf welchem Foto?«

»Das Foto auf deinem Schreibtisch.«

»Das Kinderfoto von Oleander, das er mir geschenkt hat?«

»Da war der Großvater drauf. Ich habe es mitgenommen und mit dem Zeitungsfoto verglichen.«

»Du hast es mitgenommen?«

»Ja!«

Freja Sjøqvist greift nach einem leeren Stuhl, wirft in durch den Raum. Ein lauter Knall ist zu hören, und der Stuhl rutscht über den Boden wieder ins Fernsehbild zurück. Ove Toksvig springt auf und stürzt zur Tür, doch Swensen ist schneller. Er packt den Kollegen fest an der Schulter und hält ihn zurück. »Du darfst jetzt auf keinen Fall da rein, Ove! Das muss so weiterlaufen, sonst gibt es kein Geständnis!«

»Ich habe dir mehrfach gesagt, lass die Finger von diesen elenden Deutschen. Aber meine Tochter hat ihren eigenen Kopf! Und dann auch noch ein Kind, ein Kind von diesem Kerl! Das musste ich doch verhindern! Was sollte ich denn sonst machen, du wolltest einfach nicht auf mich hören, wolltest unter keinen Umständen abtreiben. Und dann …, dann willst du plötzlich das Kind mit einem anderen Deutschen aufziehen? Das konnte ich nicht zulassen!«

»Wo warst du gestern Abend, Mutter?«

»Hast du nicht gehört, was ich dir gerade gesagt habe?«

»Als ich gestern vom Surfen kam, da bin ich bei dir gewesen, Mutter, an deinem Haus. Es brannte kein Licht, und es war schon ziemlich spät. Wo warst du gestern Abend? Kilian hat mich in der Nacht angerufen und mir erzählt, was ihm passiert ist. Du warst dort in Thisted!«

»Ja, ja, ja! Ich war in Thisted! Du verkaufst dein Kind nicht an diesen Deutschen, das verspreche ich dir.«

»Sag sofort, dass du das nicht gemacht hast, Mutter! Du hast Oleander nicht umgebracht! Mutter, sag es!«

»Jemand musste es machen, Freja! Jemand musste für die Schuld bezahlen. Ich hab das für meine Mutter getan, für die kleine Aase in ihr, dieses unschuldige Kind, das die Deutschen in den Tod getrieben haben. Sie durften damit nicht ungestraft davonkommen! Die Schuld musste bezahlt werden, genauso wie es in dem Roman steht, den mir Mutter geschenkt hat. Ich habe sie ihre Schuld bezahlen lassen. Eines Tages wirst du das verstehen, Kind, eines Tages wirst du mich verstehen.«

*

»Polenta a bocconi! Fantastico Signora Diete! Branzino al radicchio, eccellente, Commissario! Ein wirklich gute Entscheidung!«, ereifert sich Bruno, zwirbelt begeistert an seinem Schnurrbart und kritzelt behände die Bestellung auf einen Block. »Ich heut avanti, vielen Gäste!« Und schon stürmt er zum nächsten Tisch davon.

Der Falesco Marciliano, der tiefrot im Weinglas schimmert, ist eine Empfehlung vom Chef des Dante. Seitdem die weinverkaufende Ordensschwester aus der Benediktinerabtei auf Swensens Frage, »ob sie selbst auch Wein trinken würde«, geantwortet hatte, »wenn jemand so dicht an der Quelle arbeitet, wäre es eine Sünde, es nicht zu tun« ist der Hauptkommissar gegenüber seinen selbst auferlegten Vorsätzen nachsichtiger geworden. Er schaut auf den Glaskelch, bewundert die perfekte Form, führt ihn zur Nase und riecht das Aroma von reifen Brombeeren.

»Willst du ihn auch trinken?«, fragt Anna scherzhaft.

»Mit dir doch jederzeit, Schatz!«

»Auf dass du wieder zurück bist und ich zufällig zuhause bin!«

Swensen lächelt und lässt sein Glas an das von Anna klingen. Er trinkt einen Schluck, spürt den würzigen Geschmack auf der Zunge.

»Alle Tyske er nazister! Alle Deutschen sind Nazis!«

Der Fluch springt in sein Bewusstsein. Er sieht das ausdrucklose Gesicht von Sandi Sjøqvist und hört, wie sie ihm ihren Hass im Vorbeigehen ins Ohr zischt.

»Entschuldige, Schatz, aber ich war mit meinen Gedanken kurz woanders«, sagt er, und sein Blick kehrt reuevoll zu Anna zurück.

»Na ja, nach dem, was du erlebt hast in den letzten Wochen … ich finde, das hört sich sehr tragisch an, was du mir von eurem Fall erzählt hast.«

Der Hauptkommissar nimmt Annas rechte Hand zwischen seine Hände, drückt sie fest und lächelt verlegen.

»Ich weiß, wovon ich rede, Jan, ich hab noch einmal viel gelernt auf diesem Traumakongress. Neben den Vorträgen habe ich mit einigen Traumaforschern sprechen können. Die haben alle bestätigt, dass viele Betroffene 40 bis 50 Jahre brauchen, um den Schrecken nach einem Trauma überhaupt spüren zu können. Ihr ganzes Entsetzen ist meist unter einem jahrelangen Vergessen verschüttet.«

»Bei dem Geständnis hatte ich kurz den Eindruck, ganz tief unten besitzt die Frau keine eigene Identität«, sinniert Swensen mit abwesendem Blick. »Es muss sich eine unendliche Verzweiflung in ihr aufgestaut haben, die sich dann in einem Akt unbändiger Wut entladen hat.«

»Bei lange zurückliegenden Kindheitsschrecken nehmen Depressionen eher zu, anstatt ab«, sagt Anna. »Wut ist die andere Seite der Depression. Das ist ein Erklärungsversuch, keine Entschuldigung für eine so schreckliche Tat.«

»Die Waffe hat man übrigens noch in ihrem Wagen sichergestellt. Du wirst nicht glauben, wem sie gehört hat. Dem Mordopfer! Oleander Eschenberg hat mit der Harpune auf Hawaii Fische gejagt. Als er dort seine Zelte abgebrochen hat, brachte er sie mit nach Dänemark. Sie hing die ganze Zeit bei Freja Sjøqvist im Schuppen, ist nie wieder von ihm benutzt worden. Frejas Mutter hat sie von dort mitgenommen und für den Mord benutzt. Eschenberg wurde mit seiner eigenen Waffe umgebracht!«

»Makaber! Das klingt fast wie Vorsehung. Wie habt ihr das erfahren?«

»Die Frau hat alles gestanden. Sie hat die Harpune gesehen, als sie Kaminholz aus dem Schuppen geholt hat. Und weil sie nicht wusste, wie sie an eine Waffe kommen kann, hat sie die Harpune genommen. Dann hat sie lange in ihrem Garten damit trainiert, bis sie ganz sicher war, dass sie damit auch treffen würde.«

»Das heißt, es war ein durch und durch geplantes Verbrechen!«

»Es wird beim Urteil keine mildernden Umstände geben, da bin ich mir sicher.«

»Und was ist mit der Tochter, wie kommt sie mit diesen unfassbaren Taten ihrer Mutter zurecht?«

»Die ist zusammengebrochen, musste mit einem Notarztwagen ins Krankenhaus gebracht werden. Die Ärzte versuchen, das ungeborene Kind zu retten. Zum Glück steht Kilian Martens ihr zur Seite. Manchmal quält mich der Gedanke, dass es meine Schuld ist, dass es ihr so schlecht geht!«

»Das ist doch Unsinn, Schnüffelhase! Du hast deine Arbeit gemacht, das Verbrechen hat ihre Mutter begangen.«

»Aber ich war verblendet, ich habe die Falschen verdächtigt. Sie wurde in meinem Verhör härter rangenommen, als es nötig gewesen wäre. Ich habe alle Warnzeichen in den Wind geschlagen.«

»Hauptkommissar Swensen, der Unfehlbare mit dem sechsten Sinn! Jan, wach auf! Du bist auch nur ein Mensch! Menschen machen Fehler!«

Swensen atmet auf, als Bruno mit dem Essen in ihr Gespräch platzt und mit einem »buon appetito« gleich zu neu eingetroffenen Gästen weitereilt. Dadurch tritt ihr Ritual in Kraft, beim Essen nicht zu sprechen. Ihm bleibt eine Antwort erspart, und er versucht, sich erleichtert dem Essen hinzugeben. Das Wolfsbarschfilet ist goldgelb gebraten und liegt auf roten Radicchioblättern.

Ich habe mir nie erlaubt, Fehler zu machen, gesteht der Kriminalist sich ein. Vielleicht ist das ein Teil meines Erbes, das die Väter den Kriegs- und Nachkriegskindern mit auf den Weg gegeben haben. 40, 50 Jahre Verdrängung sind fast ein ganzes Leben. Meine Generation wollte neue moralische Werte schaffen, hat sich gegen die Väter aufgelehnt und ist doch meistens an den eigenen, hohen Ansprüchen gescheitert. Selbst bei meinem eigenen Versuch, einen spirituellen Weg zu gehen, erscheint mir häufig das Ziel wichtiger, als der Weg dorthin.

Plötzlich hat der Hauptkommissar einen bitteren Geschmack auf der Zunge. Er spürt erschrocken, seine Überlegungen könnten eine allgemeingültige Wahrheit besitzen. Den Krieg, den die Eltern geführt haben, führen die Kinder und Enkel in ihren Lebensentwürfen unbewusst weiter. Der Hauptkommissar greift zum Glas, entschlossen, mit dem betörend, würzigen Geschmack des Weines sein Gedankenspiel ad absurdum zu führen. Doch er bleibt, der bittere Nachgeschmack. Das Klingeln des Handys schallt wie eine Erlösung aus einer anderen Welt, der realen Welt.

»'tschuldigung, hab vergessen, es abzustellen«, entgegnet Swensen dem angespannten Gesichtsausdruck von Anna. »Ich schalt es schon aus!«

Der Hauptkommissar zieht das Handy aus der Jackentasche und sieht auf dem Display die Telefonnummer von Peter Hollmann. Er kann sich nicht erinnern, dass sein Kollege ihn jemals in seiner Freizeit angerufen hat. Vielleicht gibt es etwas sehr Wichtiges?

»Was ist, Jan? Du überlegst doch nicht etwa, ans Telefon zu gehen?« Anna schaut ihn unmissverständlich an. Das Handy klingelt erneut.

»Peter Hollmann ist dran. Der hält sich eigentlich penibel an die Abmachung, nicht nach Dienstschluss anzurufen. Da muss etwas passiert sein, wenn der so was macht, Anna!«

»Dann geh schon ran! Es ist nicht zu übersehen, dass du auf Kohlen sitzt.«

»Swensen!«, meldet er sich.

»Hollmann! Wo bist du gerade, Jan?«

»Im Dante. Heute ist Freitag, du weißt, dann gehen wir immer hier essen.«

»Wenn es euch beiden nichts ausmacht, komme ich kurz vorbei. Es gibt eine Neuigkeit, die möchte ich dir unbedingt persönlich sagen. Es wird dich freuen, glaub mir, und Anna wird es auch gefallen, das verspreche ich dir.«

»Dein Wort in Gottes Ohr! Okay, Peter, komm einfach vorbei.«

Der Hauptkommissar schaltet das Handy ab und steckt es in die Jacke zurück.

»Jan Swensen, ich glaub es nicht! Du hast Peter wirklich das Okay gegeben, vorbeizukommen?«

»Er will mir unbedingt etwas persönlich sagen. Das ist die

große Ausnahme, Anna! Er hat mir versichert, es würde dir auch gefallen.«

»Polizisten!«, zischt Anna, nimmt den letzten Bissen und schiebt den Teller zur Seite.

Es dauert keine zehn Minuten, da steht der Chef der Spurensicherung in der Tür, spricht mit Bruno am Tresen und kommt mit drei kugelbäuchigen Grappagläsern auf einem Silbertablett an den Tisch.

»Entschuldigt die Störung«, sagt er verschmitzt und verteilt die klaren Getränke. »Aber ich muss dir das unbedingt zeigen.«

Er legt dem Hauptkommissar grinsend einen Din-A4-Bogen neben seinen leeren Teller. Der nimmt das Papier in die Hand und liest die Überschrift: Verlagsvertrag.

»Als du in Rüdesheim bei dieser Ordensschwester warst, habe ich den Gmeiner-Verlag angerufen, wegen unseres Buchprojekts. Dort hat man mir gesagt, ich soll ihnen ein Exposé zuschicken. Das hab ich dann gemacht. Und als du noch mal in Dänemark warst, da ruft mich Armin Gmeiner, der Verleger, doch wirklich persönlich an und bittet mich, das Manuskript und die Fotos an den Verlag zu schicken. Sie würden das Buch gerne herausbringen. Und voilà, vor dir liegt der Vertrag für unser gemeinsames Buch.«

»Ein gemeinsames Buch?«, fragt Anna Diete erstaunt.

»Also, Peter hat mir seine tollen Fotos gezeigt«, erklärt der Hauptkommissar mit hektischer Stimme. »Und dann saßen wir bei Wilhelm zusammen und haben ein wenig rumgesponnen. Ich schreibe einige buddhistische Weisheiten, die ich von meinem Meister behalten habe, zu den Fotos, und fertig ist ein Buch. Ich hätte nie geglaubt, dass jemand das wirklich veröffentlichen würde.«

»Aber das ist doch richtig toll!«, sagt Anna und strahlt. »Gratuliere!«

»Darauf trinken wir einen«, grinst Peter Hollmann und hebt zufrieden sein Glas. Sie stoßen an und stürzen den Grappa in einem Zug die Kehle hinunter.

»Wir brauchen nur noch einen Titel«, verkündet er danach. »Ich muss dem Verlag bis morgen einen Vorschlag durchgeben.«

»Na, das kann uns kreativen Kriminalisten doch nicht besonders schwer fallen«, verkündet Swensen vollmundig und beginnt laut vor sich hin zu grübeln. »Etwas mit Watt, wäre nicht schlecht, Wattlandschaften oder Naturlandschaften. Apropos Natur ... wie wäre es mit Buddha-Natur, das ist schön doppeldeutig und verbindet Weisheit und Natur in einem Wort.«

»Buddha-Natur? Ich weiß nicht«, entgegnet Hollmann. »Was ist denn das, Buddha-Natur?«

»Das ist ein Zustand der All-Einheit des Seins, in dem es kein Ich-Bewusstsein mehr gibt!«, ereifert sich Swensen.

»Also, ganz ehrlich, das versteht doch niemand. Ich bin für etwas Bodenständiges. Ich dachte an so etwas wie: Spurensuche.«

»Da kann ich einem Spurensicherer nur zustimmen«, mischt Anna sich scherzhaft ein.

»Okay«, gibt Swensen nach. »Dann nehmen wir Spurensuche. Aber etwas genauer könnte es schon sein. Wie wäre es mit Spurensuche am Meer!«

»Bruno! Bringst du uns noch drei Grappa?«, ruft Peter Hollmann dem Chef vom Dante zu.

Epilog

SS-Obergruppenführer Werner Best, der mit seinem Telegramm Nr. 1.032 an das Auswärtige Amt in Berlin die ›Lösung der Judenfrage‹ in Dänemark forderte, steht nach dem Krieg beim ersten Kopenhagener Kriegsverbrecherprozess vor Gericht.

Der Hauptanklagepunkt lautet, dass sein Telegramm die Judenverfolgung herbeigeführt habe. Zur Verteidigung führt der deutsche Reichsvollbemächtigte an, dass er am selben Tage, an dem das belastende Telegramm versendet wurde, einen Anruf aus Berlin erhalten habe. Darin wurde ihm mitgeteilt, dass der Führer Adolf Hitler die Einleitung der Judenverfolgung schon befohlen hatte. Es sei daher nicht sein Telegramm dafür verantwortlich gewesen, dass der Vorgang eingeleitet wurde.

Seine Verteidigungsstrategie geht im ersten Prozess nicht auf. Das Stadtgericht Kopenhagen sieht es als nicht erwiesen an, dass der Befehl von Hitler schon vor Abgang seines Telegramms gegeben worden war. Am 20. September 1948 wird Werner Best vom Stadtgericht zum Tode verurteilt. In der Urteilsbegründung steht unter anderem: »Nach den vorliegenden Informationen muss man davon ausgehen, dass die Gefahr einer Aktion gegen die Juden um den 1. September 1943 besonders akut war, aber es gibt keinen Grund zur Annahme, dass die Aktion bereits entschieden war, als der Angeklagte das von ihm erwähnte Telegramm vom 8. September abschickte, in dem er eine Aktion vorschlug. Deshalb muss man davon ausgehen, dass seine Initiative der Grund für die darauf folgende Deportation war, zu der seine Dienststelle mit Sicherheit hatte Vorbereitungen treffen lassen.«

Doch Werner Best kommt trotzdem mit dem Leben davon. Das Appellationsgericht Østre Landsret hebt das Urteil des Stadtgerichts am 18. Juli 1949 wieder auf. Der Verteidiger von

Best hat den ehemaligen Leiter des Ministerialbüros von Oberst Ribbentrop, Franz von Sonnleithner, als Zeugen einbestellt. Der Mann sagt vor Gericht aus, dass er Informationen aus dem Auswärtigen Amt in Berlin erhalten habe, Hitler hätte am 6. September, also zwei Tage vor der Absendung des berüchtigten Telegramms Nr. 1.032, auf Himmlers Vorschlag hin die Einleitung der Judenverfolgung in Dänemark befohlen. Sonnleithner teilt mit, er habe zum eigenen Schutz eine offizielle Mitteilung über Hitlers Entscheidung an das Auswärtige Amt in Berlin geschickt. Diese Mitteilung liegt dem Appellationsgericht allerdings während des Prozesses nicht vor. Man gibt sich mit Sonnleithners Mutmaßung zufrieden, die Note müsse sich beim Internationalen Militärgerichtshof in Nürnberg im Archiv befinden. Daraufhin wird Werner Best freigesprochen, und das Höchste Gericht bestätigt am 17. März 1950 diesen Freispruch, wobei man die Strafe für die übrigen Anklagepunkte von fünf auf zwölf Jahre erhöht. Doch schon am 24. August 1951 wird der deutsche Reichsbevollmächtigte auf Empfehlung des ehemaligen dänischen Ministerpräsidenten Erik Scavenius begnadigt und fünf Tage später aus Dänemark ausgewiesen.

Während des dänischen Haftaufenthalts reagiert Werner Best mit tiefen Depressionen, droht den Ärzten und seiner Familie mit Selbstmord und lässt sich zu der Behauptung hinreißen, man würde ihn schlimmer behandeln als das Deutsche Reich die KZ-Häftlinge.

*

Am 24. August 2005 wird Sandi Sjøqvist von einem deutschen Gericht wegen heimtückischen Mordes zu einer lebenslangen Haftstrafe verurteilt. Jan Swensen beschließt nach der Urteilsverkündung, die Journalistin Maria Teske anzurufen und ihr von dem sträflichen Geheimnis zu berichten, das der angesehene Bürger Eiderstedts, Heinrich Kreuzhausen, lebenslang hat verbergen können. Der Hauptkommissar ist der Meinung, dass seine Schuld wenigstens vor seinem Tod einmal für alle sichtbar sein soll.

Danksagung

Ich bedanke mich herzlich bei meiner Ehefrau Brigitte Tiegs und bei Cordula Henning für ihre Arbeit am Manuskript, letzterer besonders für ihre Übersetzungen und den Akzent der Sandi Sjøqvist.

Außerdem bedanke ich mich bei

Hermann Hesse
Friedrich Hebbel
John Steinbeck
Horst Janssen

für die verwendeten Zitate aus ihren Werken.